HEROES REBORN LE RETOUR

OMNIBUS

CE VOLUME CONTIENT LES ÉPISODES HEROES REBORN: THE RETURN (1997) 1 À 4, THOR ANNUAL (1999) 1, HEROES REBORN: DOOMSDAY (2000) 1, HEROES REBORN: ASHEMA (2000) 1, HEROES REBORN: MASTERS OF EVIL (2000) 1, HEROES REBORN: REBEL (2000) 1, HEROES REBORN: REMNANTS (2000) 1, HEROES REBORN: YOUNG ALLIES (2000) 1, HEROES REBORN: DOOM (2000) 1, FANTASTIC FOUR (1998) 25 ET 31, DOOM (2000) 1 À 3, THUNDERBOLTS (1997) 51, 52, UN EXTRAIT DU 59 ET DU 63, 60 À 62, 64, 66, 68, 70, 72, 74 ET 75, DOOM: THE EMPEROR RETURNS (2002) 1 À 3, EXILES (2001) 81 ET 82, ONSLAUGHT REBORN (2007) 1 À 5 AINSI QU'ONSLAUGHT UNLEASHED (2011) 1 À 4.

PETER DAVID • CHRIS CLAREMONT • SALVADOR LARROCA

HEROES REBORN
LE RETOUR

OMNIBUS

PETER DAVID (Heroes Reborn: The Return 1 à 4)
DAN JURGENS (Thor Annual 1)
CHRIS CLAREMONT (Heroes Reborn: Doomsday 1, Heroes Reborn: Ashema 1, Heroes Reborn: Doom 1, Fantastic Four 25 et 31)
JOE CASEY (Heroes Reborn: Masters of Evil 1)
JOE KELLY (Heroes Reborn: Rebel 1, Heroes Reborn: Remnants 1)
FABIAN NICIEZA (Heroes Reborn: Young Allies 1, Thunderbolts 51, 52, 59 à 64, 66, 68, 70, 72, 74 et 75)
CHUCK DIXON (Doom 1 à 3, Doom: The Emperor Returns 1 à 3)
TONY BEDARD (Exiles 81 et 82)
JEPH LOEB (Onslaught Reborn 1 à 5)
SEAN McKEEVER (Onslaught Unleashed 1 à 4)
SCÉNARIO

SALVADOR LARROCA (Heroes Reborn: The Return 1 à 4, Fantastic Four 25 et 31)
DAN JURGENS (Thor Annual 1)
MIKE McKONE (Heroes Reborn: Doomsday 1, Heroes Reborn: Doom 1)
MICHAEL RYAN (Heroes Reborn: Ashema 1)
CHARLIE ADLARD (Heroes Reborn: Masters of Evil 1)
MARK BAGLEY (Heroes Reborn: Rebel 1, Heroes Reborn: Young Allies 1, Thunderbolts 59)
ETHAN VAN SCIVER (Heroes Reborn: Remnants 1)
LEONARDO MANCO (Doom 1 à 3, Doom: The Emperor Returns 1 à 3)
PATRICK ZIRCHER (Thunderbolts 51, 52 et 60 à 64)
CHRIS BATISTA (Thunderbolts 66, 68, 72 et 74)
STEFANO CASELLI (Thunderbolts 70)
JIM CALAFIORE (Exiles 81 et 82)
ROB LIEFELD (Onslaught Reborn 1 à 5)
FILIPE ANDRADE (Onslaught Unleashed 1 à 4)
MATT HALEY (Heroes Reborn: Rebel 1)
MANUEL GARCIA (Thunderbolts 75)
DESSIN

ART THIBERT (Heroes Reborn: The Return 1 à 3, Fantastic Four 25 et 31)
SCOTT HANNA (Heroes Reborn: The Return 4, Heroes Reborn: Remnants 1, Thunderbolts 75)
KLAUS JANSON (Thor Annual 1)
MARK MCKENNA (Heroes Reborn: Doomsday 1, Heroes Reborn: Doom 1, Exiles 81 et 82)
DON HILLSMANN (Heroes Reborn: Ashema 1)
CHARLIE ADLARD (Heroes Reborn: Masters of Evil 1)
AL VEY (Heroes Reborn: Young Allies 1, Thunderbolts 51, 52 et 59 à 64)
ETHAN VAN SCIVER (Heroes Reborn: Remnants 1)
YANCEY LABAT (Heroes Reborn: Remnants 1)
LEONARDO MANCO (Doom 1 à 3, Doom: The Emperor Returns 1 à 3)
KLAUS JANSON (Doom: The Emperor Returns 3)
JOHN STANISCI (Doom: The Emperor Returns 3)
RICH PERROTTA (Thunderbolts 66, 68, 70, 72 et 74)
ROB LIEFELD (Onslaught Reborn 1 à 5)
FILIPE ANDRADE (Onslaught Unleashed 1 à 4)
BUD LaROSA (Heroes Reborn: The Return 3)
ANDREW PEPOY (Heroes Reborn: The Return 3)

MARK PRUDEAUX (Heroes Reborn: The Return 3)
STEVE LIEBER (Heroes Reborn: Rebel 1)
SCOTT KOBLISH (Heroes Reborn: Rebel 1, Heroes Reborn: Remnants 1)
RODNEY RAMOS (Heroes Reborn: Remnants 1)
JOHN CZOP (Heroes Reborn: Remnants 1)
MARK A. NELSON (Heroes Reborn: Remnants 1)
MARK PENNINGTON (Fantastic Four 25)
ENCRAGE

STEVE BUCCELLATO (Heroes Reborn: The Return 1 à 4)
MAD SCIENCE MEDIA (Heroes Reborn: The Return 1 à 4)
MARK BERNARDO (Thor Annual 1, Heroes Reborn: Doomsday 1, Heroes Reborn: Rebel 1, Heroes Reborn: Doom 1)
JASON WRIGHT (Heroes Reborn: Ashema 1, Heroes Reborn: Young Allies 1)
KEVIN SOMERS (Heroes Reborn: Masters of Evil 1)
TOM SMITH (Heroes Reborn: Remnants 1)
LIQUID! (Fantastic Four 25 et 31)
MARIANA SANZONE (Doom 1 à 3, Doom: The Emperor Returns 1 à 3)
VLM (Thunderbolts 51 et 52)
HI-FI DESIGN (Thunderbolts 59 à 64, 66, 68, 70, 72, 74 et 75, Doom: The Emperor Returns 2 et 3)
TOM CHU (Exiles 81 et 82)
MATT YACKEY (Onslaught Reborn 1 à 5)
KARL ALTSTAETTER (Onslaught Reborn 4)
FRANK CUONZO (Onslaught Reborn 4)
RICHARDO TERCIO (Onslaught Unleashed 1 à 4)
MOOSE BAUMANN (Heroes Reborn: Rebel 1)
COULEURS

LAURENCE BELINGARD
GENEVIÈVE COULOMB
THOMAS DAVIER
NICOLE DUCLOS
SOPHIE WATINE-VIÉVARD
TRADUCTION

ASTARTE DESIGN-ROMA
BIT
ÉRIS MONTÉSINOS
CHRISTOPHE SEMAL
STUDIO RAM
STUDIO VIANNEY JALIN
LETTRAGE

NICK LOWE
BOBBIE CHASE
TOM BREVOORT
ANDREW LIS
MIKE MARTS
JOHN BARBER
LAUREN SANKOVITCH
C.B. CEBULSKI
RÉDACTION USA

Pour l'édition française : Panini France S.A. - Nice La Plaine, Bât. C2
Avenue Emmanuel Pontremoli, 06200 Nice.
Édition régulière : ISBN - 979-10-391-1283-3 ; code produit : **FMO23003**
Édition collector : ISBN - 979-10-391-1617-6 ; code produit : **FMO23003V**
Dépôt légal : **février 2023**
Achevé d'imprimer en **Italie** en **janvier 2023** par **L.E.G.O. S.p.A.** - Via Galileo Galilei, 11 - 38015 Lavis (TN).

www.panini.fr

SOMMAIRE

LE RETOUR DES HÉROS

Un an. C'est en tout et pour tout le temps qu'a duré l'événement "Heroes Reborn" (La Renaissance des Héros) chez Marvel. Si vous n'avez pas lu l'OMNIBUS *Heroes Reborn*, laissez-moi vous faire une petite piqûre de rappel avant que vous n'alliez plus loin dans votre lecture. Dans les années 1990, l'industrie des comics n'est pas au meilleur de sa forme. Une bonne dizaine d'années plus tôt, les comics au format *single issue* (les épisodes de vingt pages publiés chaque mois) quittent progressivement les kiosques pour être vendus dans des librairies spécialisées. Grâce à ces lieux de vente spécifiques, l'idée du comic book en tant qu'objet de collection se développe, poussant les éditeurs à rivaliser d'inventivité pour que les comics soient prisés des collectionneurs – avec l'espoir qu'ils puissent prendre de la valeur avec le temps. Les couvertures variantes de toutes sortes se multiplient (avec des effets en relief, métallisés, phosphorescents, voire 3D) et une bulle spéculative sur les comics apparaît, prend de l'ampleur, puis explose. C'est pourquoi des éditeurs tels que Marvel manquent de se retrouver en faillite. En parallèle, la question des droits des auteurs et celle de la rémunération des artistes par les "Big Two" (c'est-à-dire Marvel et DC Comics) sont de plus en plus débattues. Si bien qu'en 1992, sept des artistes les plus en vue claquent la porte de la Maison des Idées pour fonder leur propre maison d'édition, Image Comics. Trois ans plus tard, après la crise touchant l'industrie des comics, Marvel fait appel à ces mêmes artistes pour l'aider à relancer ses plus grands héros. C'est la première fois dans l'Histoire que l'éditeur fait appel à d'autres studios pour publier les aventures régulières d'**Iron Man**, de **Captain America**, des **Avengers** et des **Quatre Fantastiques**. Ainsi, **Jim Lee**, **Rob Liefeld**, **Whilce Portacio** ou **Brett Booth**, entre autres, se répartissent les quatre séries régulières de ces héros. Il s'agit d'un événement : Heroes Reborn, une anomalie spectaculaire dans l'Histoire de Marvel, témoin de son époque et de la façon dont l'industrie a pu fonctionner à un moment donné.

Le principe de *Heroes Reborn* est assez simple : dans l'intervalle de temps qui précède cette publication, l'univers Marvel est confronté à **Onslaught**, une entité surpuissante née de la fusion des consciences de **Charles Xavier** et **Magnéto**. Le crossover *Onslaught* est à l'époque le plus long jamais publié chez Marvel, et sa conclusion voit les héros les plus importants s'allier pour détruire le super-vilain dans un climax aux proportions gigantesques. Sur la Terre-616, la planète de la continuité principale Marvel, Iron Man, Captain America et les Quatre Fantastiques périssent au cours de cette bataille finale. En réalité, le fils de **Reed Richards** et **Susan Storm**, **Franklin Richards**, doté de pouvoirs démentiels, a créé un univers de poche dans lequel se sont retrouvés les héros "disparus". C'est là que se déroulent les récits de *Heroes Reborn* et des quatre séries de comics précédemment mentionnées. Les origines des personnages, qui ne se souviennent plus de leurs vies passées dans leur ancien monde, y sont réinventées. Malgré l'énorme promotion médiatique et des premières ventes qui font de l'événement un franc succès commercial (surtout au vu du contexte économique chez Marvel), les retours critiques ne sont pas unanimes pour toutes les séries et des artistes comme Rob Liefeld entrent en désaccord avec la Maison des Idées. *Heroes Reborn* ne dure finalement qu'une seule année. Les héros déplacés sur ce que l'on appelle désormais la Contre-Terre sont donc ramenés dans leur univers originel, durant la mini-série qui ouvre cet OMNIBUS, *Heroes Reborn: The Return*.

En fait, environ un an après la "funeste" bataille, les **Célestes** se rendent compte de la coexistence de la Terre-616 et de cet univers de poche, ce qui ne peut être qu'annonciateur de catastrophes à une échelle cosmique. Franklin Richards doit donc déterminer lequel de ces deux mondes détruire. Le dénouement est pourtant quelque peu différent du choix radical qui a été proposé au jeune garçon. Cependant, ce n'est pas la fin de cet univers pour autant. Après la publication de

Heroes Reborn:The Return, Marvel aurait en effet pu décider que la Contre-Terre, une fois ses héros disparus, ne représentait plus aucun intérêt, et ne plus la mentionner dans ses publications. Mais le terrain créatif laissé vacant par cette planète, privée de ses plus grands symboles, devient au contraire un petit espace fictionnel qui sera exploité à plusieurs reprises par la suite.

Il y a techniquement deux façons de procéder pour continuer d'écrire le destin de la Contre-Terre. D'une part, explorer ce qu'il s'y passe réellement une fois Iron Man, Captain America et les Quatre Fantastiques disparus. C'est l'occasion pour les auteurs et artistes de développer des personnages qui sont apparus dans *Heroes Reborn*, tels que **Rikki "Bucky" Barnes**, mais aussi d'inventer de nouveaux héros et nouvelles héroïnes, comme **Lancer** (**Samantha Dunbar** de son vrai nom). Plusieurs protagonistes font ainsi leur apparition dès 1999 : c'est-à-dire deux ans seulement après le départ des icônes principales de la Contre-Terre. D'autre part, des vilains comme **Fatalis**, disposant de la puissance et des facultés pour se mouvoir entre différents univers, sont capables de rendre visite à cette terre parallèle. Il s'agit là de la seconde façon de l'exploiter : y amener des héros issus de la continuité principale. Vous verrez donc toute l'importance qu'a eue Fatalis, mais aussi comment les **Thunderbolts** (des super-vilains qui se sont fait passer pour un nouveau groupe de justiciers après la disparition des héros dans l'affrontement contre Onslaught, et qui ont pris goût à leurs actions même après avoir été démasqués) ou les **Exilés** ont été amenés, de façon plus ou moins volontaire, à se rendre sur la Contre-Terre. À chaque fois, c'est l'occasion pour Marvel de laisser ses équipes créatives s'amuser tout en rendant hommage à une période particulière de son histoire éditoriale.

Aujourd'hui, le souvenir de l'événement Heroes Reborn/Heroes Return est encore vif chez bon nombre de lecteurs de comics Marvel des années 1990. Qu'il s'agisse du côté, encore aujourd'hui, assez surréaliste de toute la démarche éditoriale, des dessins extravagants des artistes qui ont participé à cet événement, ou de la façon dont tout a fini par se résoudre, il y a en effet beaucoup de raisons pour garder ces histoires en mémoire. En 2021, la Maison des Idées confie même à **Jason Aaron** le soin d'écrire un aparté dans sa série *Avengers*, intitulé *Heroes Reborn/Heroes Return*. Cette histoire n'a aucun lien avec ce qui est raconté dans cet ouvrage, mais il est aussi question d'une autre réalité dans laquelle l'univers Marvel se trouve considérablement déformé, avant qu'un retour à la normale ne soit opéré. Ce récit contient donc quelques similitudes sur la forme plutôt que le fond. C'est un arc narratif qui illustre à quel point la période de publication de *Heroes Reborn: The Return* est associée à un regard plein de nostalgie. Désormais, avec cet OMNIBUS, vous avez tout le temps de (re)découvrir comment le retour des héros dans l'univers Marvel principal a été orchestré, et ce qui est advenu de la Contre-Terre par la suite. Qui sait ? L'éditeur pourrait bien la remettre au goût du jour en 2027, pour le trentième anniversaire de cette publication. Excellent argument de vente, la nostalgie est un sentiment qu'affectionnent particulièrement les lecteurs, alors l'histoire de la Contre-Terre n'est peut-être pas encore tout à fait terminée... En attendant, installez-vous confortablement pour savourer la lecture de ce volume.

LE RETOUR (1) : LE JUGEMENT

HEROES REBORN: THE RETURN (1997) 1

AU BAXTER BUILDING, Q.G. NEW-YORKAIS DES QUATRE FANTASTIQUES, UNE JOURNÉE UNIQUE VIENT DE COMMENCER.
TU M'AGACES, REED !
HMMM ?
À PEINE LEVÉ, TE JETER SUR TES APPAREILS... C'EST TROP !
DES SOUCIS, SUE ?
JE FAIS DES CAUCHEMARS... ET J'AI UN GOÛT AFFREUX DANS LA BOUCHE !
AUTANT RETOURNER AU LIT !
TU ES LIBRE... MAIS À TA PLACE...
... JE PROFITERAIS DE CE BEAU SOLEIL !
OH, CES MATINAUX !
VOIS, PAS UN NUAGE ! ÇA FAIT PLAISIR D'ÊTRE EN VIE, NON ?

STAN LEE PRÉSENTE :
LA RENAISSANCE DES HÉROS
LE RETOUR 1ère PARTIE
AUTRE NEW YORK. LES ALENTOURS DU Q.G. MENTIONNÉ PLUS HAUT.
LE JUGEMENT
PETER DAVID SCÉNARIO
SALVADOR LARROCA DESSIN
ART THIBERT ENCRAGE
STEVE BUCCELLATO COULEURS
GENEVIÈVE COULOMB TRADUCTION
ASTARTE DESIGN - ROMA LETTRAGE
POLLY WATSON, BOBBIE CHASE, BOB HARRAS RÉDACTION USA

J'VEUX PAPA ET MAMAN !

TU N'AS PAS BESOIN DES RICHARDS.
SI ! JE VEUX RETOURNER AVEC EUX !
NON. TU VIVRAS AVEC NOUS.
NOUS AVONS ÉVITÉ DE TE BRUSQUER AU PREMIER CONTACT MAIS TU **DOIS** COMPRENDRE QUE...
JE COMPRENDS RIEN DU TOUT !
CELA VIENDRA BIENTÔT.
VA-T'EN ! C'EST DÉFENDU DE PARLER AUX INCONNUS !
VA-T'EN ET...
WHOAAAAAA!

TU AS LE POUVOIR DE REMODELER LA RÉALITÉ À TON GRÉ, FRANKLIN RICHARDS.
CELA FAIT DE TOI UN HUMAIN UNIQUE...
... ET LE POUVOIR IMPOSE DES DÉCISIONS.
TES PARENTS SONT D'AILLEURS DANS UN AUTRE TEMPS... TU PEUX LES Y REJOINDRE...
... CAR C'EST TOI QUI LES Y AS ENVOYÉS.
TU PEUX AUSSI LES TRANSFÉRER SUR LE MONDE DE TON CHOIX... MAIS QUEL MONDE ? TA DÉCISION AURA...
... DES RÉPERCUSSIONS COSMIQUES !

"MAIS IL N'EST POINT TEMPS ENCORE. RETOURNE AU MARAIS DE FLORIDE...
"... OÙ TON AMI L'HOMME-CHOSE VEILLE SUR TOI. ET...
"N'OUBLIE PAS CE RÊVE.
"DORS... AUPRÈS DE CE BALLON BLEU DONT TU PERÇOIS OBSCURÉMENT LE SENS !
"JE REVIENDRAI BIENTÔT...
"... TE MONTRER LA LUMIÈRE !"
VA-T'EN...
JE VEUX PAS...
... DE... TA LUMIÈRE...
IL FAIT...
... JOUR ?
OÙ EST...?
NON !

LE BALLON DISPARAÎT DANS LA GUEULE DU GRAND SAURIEN.
UNE **VAGUE DE TERREUR** SUB-MERGE FRANKLIN.
SANS COMPRENDRE CE QUE REPRÉSENTE LE BALLON...
... IL REDOUTE DE LE PERDRE.
LES ÉMANATIONS DE SA PEUR ALERTENT AUSSITÔT L'HOMME-CHOSE...
... LE MONSTRE DES VASES, GARDIEN DU NEXUS DES RÉALITÉS, QUI, AYANT CROISÉ LA ROUTE DE FRANKLIN, L'A AMENÉ ICI POUR LE PROTÉGER.
MAIS LA MÉMOIRE DE L'HOMME-CHOSE EST ÉPHÉMÈRE, AISÉMENT DÉTOURNÉ PAR L'IMPRESSION DU MOMENT. **LA PEUR**, EN L'OCCURRENCE.
LA PEUR QU'IL HAIT... CAR TOUT CE QUI CONNAÎT LA PEUR BRÛLE AU CONTACT DE L'HOMME-CHOSE.
LA PEUR QUI ÉMANE DE FRANKLIN A TRANSFORMÉ SON PROTECTEUR...
... EN **ENNEMI**.

QUEENS, NEW YORK...
TANTE ANNA, ON PEUT METTRE LA MÉTÉO ?
ILS VONT PEUT-ÊTRE ANNONCER LA FIN DE CE DÉLUGE !
UN INSTANT, PETER. CE REPORTAGE SE TERMINE...
REPORTAGE SUR QUOI ?
SUR CES MALHEUREUX HÉROS... C'EST L'ANNIVERSAIRE DE...
... DE LEUR **MORT**.
AH... OUI.
NOUS REGARDIONS LE CIEL... ET LEUR PRÉSENCE NOUS RASSURAIT. LES "SUPER-HÉROS" ÉTAIENT LÀ, PRÊTS À TOUT POUR NOUS PROTÉGER.
*AUJOURD'HUI, LE 4 FREEDOMS PLAZA EST DÉSERT. L'ESPOIR **SE MEURT**.*
SONY

"LE TEMPS PASSE SANS ÉLUCIDER LES CIRCONSTANCES EXACTES DE LEUR DISPARITION. SEUL FAIT ÉTABLI, TOUS CES BRAVES SONT TOMBÉS EN COMBATTANT UN CERTAIN 'ONSLAUGHT'.
"PARMI CES VICTIMES, CITONS CAPTAIN AMERICA, THOR, LES AVENGERS... ET LES QUATRE FANTASTIQUES, RÉSIDENTS DU 4 FREEDOMS PLAZA.
"LES SURVIVANTS - LES INSAISISSABLES X-MEN, NOTAMMENT - ONT REFUSÉ DE RÉPONDRE AUX QUESTIONS DES ENQUÊTEURS."
C'EST AFFREUX... COMMENT ON PEUT ÊTRE JUSTICIER COSTUMÉ À NOTRE ÉPOQUE ?
HMM... SÛR QUE...

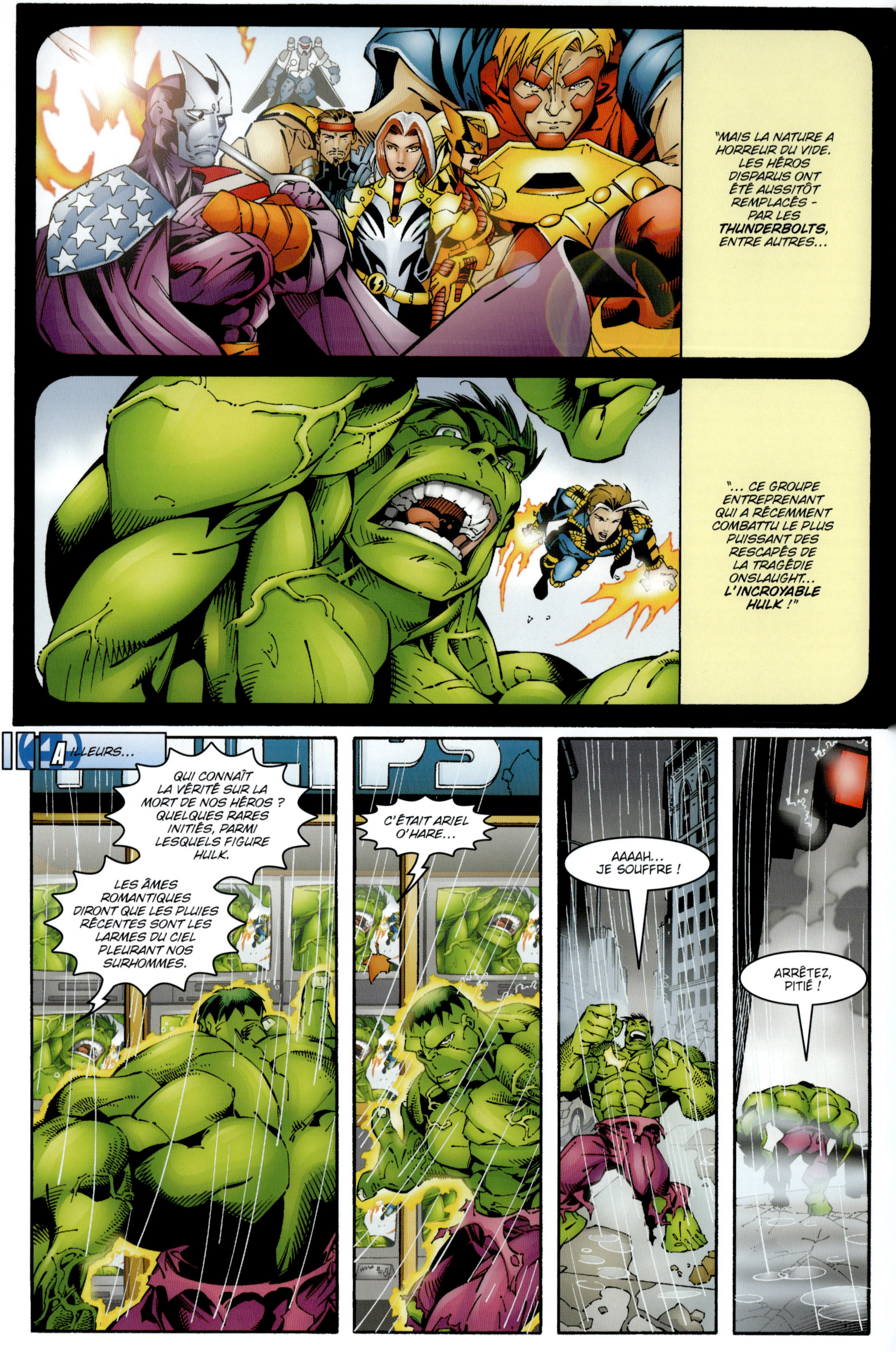
"MAIS LA NATURE A HORREUR DU VIDE. LES HÉROS DISPARUS ONT ÉTÉ AUSSITÔT REMPLACÉS - PAR LES THUNDERBOLTS, ENTRE AUTRES...
"... CE GROUPE ENTREPRENANT QUI A RÉCEMMENT COMBATTU LE PLUS PUISSANT DES RESCAPÉS DE LA TRAGÉDIE ONSLAUGHT... L'INCROYABLE HULK !"
AILLEURS...
QUI CONNAÎT LA VÉRITÉ SUR LA MORT DE NOS HÉROS ? QUELQUES RARES INITIÉS, PARMI LESQUELS FIGURE HULK.
LES ÂMES ROMANTIQUES DIRONT QUE LES PLUIES RÉCENTES SONT LES LARMES DU CIEL PLEURANT NOS SURHOMMES.
C'ÉTAIT ARIEL O'HARE...
AAAAH... JE SOUFFRE !
ARRÊTEZ, PITIÉ !

PR WARREN ROTHSCHILD, JOURNAL DE BORD, ENREGISTREMENT 147.
AUCUNE OBSERVATION N'EST POSSIBLE DEPUIS UNE SEMAINE.
JE SONGE À ME RECYCLER EN BÂTISSEUR D'ARCHES !
EH ? QU'EST-CE QUE CELA ? JE VOIS MAL... LA DISTANCE...
CELA SE RAPPROCHE... LE DIABLE ME...?!?
EEYAARGH!

ÇA SUFFIT, TOI !
MON BALLON !
RENDS-LE...
... MOI !
L'HOMME-CHOSE S'ARRÊTE... LA PEUR CÈDE...
... À LA COLÈRE.
ET LA RÉVÉLATION DES POUVOIRS DU BALLON BLEU...
... PROVOQUE SURPRISE...
... ET ÉMERVEILLEMENT.
C'EN EST FAIT DU PRÉDATEUR.
C'EST À MOI, NA !

HÉ !
SALUT ! L'ALLIGATOR A EXPLOSÉ, T'AS VU ?
PAUVRE BÊTE ! LA MORT, C'EST TRISTE... ÇA DEVRAIT PAS EXISTER !
MAIS POURQUOI IL A VOULU MANGER MON BALLON ?
IL AURAIT PAS DÛ.
OH... Y A DES IMAGES DEDANS, ÇA BOUGE ! ÇA ALORS !

TERRE BIS.
LE SEIGNEUR DIT À NOÉ QU'IL ALLAIT DÉTRUIRE LA TERRE... ET NOÉ FIT SANS PROTESTER CE QUE DIEU AVAIT PRESCRIT. IL FUT SAUVÉ...
... MAIS D'APRÈS CERTAINS THÉOLOGIENS, NOÉ AURAIT MIEUX FAIT DE PLAIDER LA CAUSE DE L'HUMANITÉ.
JACOB A COMBATTU L'ANGE... LA LUTTE CONTRE LE DIVIN EST DONC NOTRE LOT !
MA TÊTE RÉSONNE DE CE FRACAS ! MAIS À LA FIN, IL FAUDRA QUE HULK CRIE GRÂCE !
LA CHOSE NON PLUS CÈDERA PAS ! ÇA VA CHAUFFER !
CHOOOM

TONTON BEN ?
OUI, FRANKLIN.
C'EST LUI.
TE VOICI ENFIN PRÊT...
... À VOIR.
ARRIÈRE, CRÉATURE. TES EFFORTS POUR PROTÉGER FRANKLIN SONT VAINS.
... ET INUTILES.

REGARDE-MOI ET VOIS...
... QUI JE SUIS.
TU M'AS RECONNUE...
TREMBLE.
FWOOOSH
QU'EST-CE QUE TU LUI AS FAIT ?
RIEN.
IL AGIT LUI-MÊME.
JE SUIS ASHEMA...
... CELLE QUI ENTEND.

UNE JOURNÉE UNIQUE POUR LES QF SE TERMINE.
TU N'Y ES POUR RIEN, BEN !
... ET L'AUTRE VERDÂTRE A FILÉ !
MOI JE CROIS QUE SI, SUE... J'ÉTAIS PAS EN FORME...
... J'AVAIS JE NE SAIS QUOI EN TÊTE... J'ÉTAIS DISTRAIT !
BON... TU TE RATTRAPERAS LA PROCHAINE FOIS !
CE THÉ EST FROID...
VOILÀ, REED !
MERCI, JOHNNY...
SUE ? QU'AS-TU ?
JE... -SOB- SAIS PAS ! JE PLEURE...
... SANS SAVOIR POURQUOI !
IL SE PASSE QUELQUE CHOSE...

RAMÈNE-LE, T'AS PAS LE DROIT DE LE TUER !
BAH, QU'IMPORTE ?
TOUT CE QUI VIT EST IMPORTANT, C'EST MAMAN QUI LE DIT !
NE CRIE PAS.
T'AS PAS À ME COMM...
NE CRIE PAS.
BON... OK.
BIEN.
JE VAIS TENTER DE TE DONNER UNE EXPLICATION À TA PORTÉE.
QUE FAIT TON PÈRE QUAND IL A TERMINÉ UNE EXPÉRIENCE ?
BEN... HEU... IL CRIE "ÇA MARCHE" ! ET ÇA FAIT RIGOLER TON-TON BEN...
... ET SI DES TRUCS ONT GICLÉ...

... PAPA NETTOIE PARTOUT !
OUI.
FRANKLIN... J'APPARTIENS À LA RACE SURHUMAINE DES CÉLESTES. J'AI PRIS CETTE APPARENCE... POUR NE PAS T'EFFRAYER.
QUAND LA VIE EST NÉE SUR TERRE, NOUS AVONS COMMENCÉ UNE EXPÉRIENCE.
ET ELLE EST AUJOURD'HUI TERMINÉE.
QUOI ?
NOUS VOULIONS CRÉER UN ÊTRE COMME TOI.
L'HEURE EST DONC VENUE DE RELEVER LES RÉSULTATS DE L'EXPÉRIENCE ET DE TOUT NET-TOYER.
TU VEUX NETTOYER... LA TERRE ?
NON !! JE TE LAISSERAI PAS FAIRE ÇA, JE...
TU AS DÉJÀ FAIT LE MAXIMUM.
VIENS CONTEMPLER TON ŒUVRE... ENSUITE, TU DÉCIDERAS.
HEEYYYYYYY

NON... ARRÊTE !
J'VEUX MA MAMAN, MON PAPA, MON...
ILS SONT ICI.
SUR CE MONDE OÙ TU LES AS ENVOYÉS.
BEN... C'EST MON MONDE À MOI...
NON.
C'EST UN AUTRE. IL PROUVE QUE L'HUMANITÉ A ATTEINT EN TOI L'APOGÉE DE SON ÉVOLUTION.
CAR TU AS CRÉÉ TOUT CET UNIVERS À PARTIR DE RIEN.
TES PARENTS TELS QU'ILS SONT ICI FONT PARTIE DE TA CRÉATION.

CET UNIVERS DE GRANDEUR EST TON ŒUVRE, FRANKLIN.
TU EN ES LE DIEU. MAIS TU N'ACCÉDERAS À LA CONNAISSANCE, À LA CONSCIENCE DE TES DEVOIRS, QUE SI TU ACCOMPLIS UN SACRIFICE.
LA TERRE NE NOUS EST PLUS UTILE. SI TU NE VEUX PAS QUE NOUS LA DÉTRUISIONS, IL FAUT ANÉANTIR CE MONDE-CI.
MAIS... Y A PLEIN DE GENS !
ILS MOURRONT SI J'EFFACE CE MONDE !
TUER LES GENS, PAPA ET MAMAN TROUVENT ÇA TRÈS MAL !
LES HUMAINS DISENT, DE FAÇON CONCISE, QUE...
"... DIEU DONNE ET DIEU REPREND."
VIENS VOIR CE QUE TU AS RÉALISÉ.

JE NE SAIS PAS CE QUI M'A PRIS, REED.
JE ME SUIS SENTIE...
... COMME TERRASSÉE PAR UNE FOULE DE PROBLÈMES !
MAMAN ! PAPA ! VOUS ÊTES LÀ...
... EN VRAI ! ELLE AVAIT RAISON, ELLE...
C'EST MOI, FRANKLIN !
ILS M'ONT DIT D'EFFACER UN DES DEUX UNIVERS... J'ARRIVE PAS À CHOISIR...
... LEQUEL JE DOIS DÉTRUIRE.
VOUS ÊTES PAS FÂCHÉS, DITES ?

HEROES REBORN: THE RETURN (1997) 2
Couverture : SALVADOR LARROCA

STAN LEE PRÉSENTE :
LA RENAISSANCE DES HÉROS
LE RETOUR 2ème PARTIE
MORTEL ! "SORCIER SUPRÊME" ! "DOCTEUR STRANGE" QUI VIS RECLUS EN TON SANCTUAIRE AUPRÈS DU FUTILE "ŒIL D'AGAMOTTO"...
... IL FAUT LAISSER LÀ CES OCCUPATIONS VAINES, CAR LOKI ODINSON LE MALIN REQUIERT TON AIDE !
ELLE EST REVENUE !
PETER DAVID SCÉNARIO
SALVADOR LARROCA DESSIN
ART THIBERT ENCRAGE
STEVE BUCCELLATO COULEURS
GENEVIÈVE COULOMB TRADUCTION
ASTARTE DESIGN - ROMA LETTRAGE
POLLY WATSON, BOBBIE CHASE, BOB HARRAS RÉDACTION USA

DE TOUTE CETTE VILE PLANÈTE, TOI SEUL SOUPÇONNES CE QUI S'EST PASSÉ... TOI SEUL CONNAIS L'EXISTENCE DE L'UNIVERS ALTERNATIF OÙ VOS SURHOMMES D'ANTAN SONT RETENUS CAPTIFS !
AVEC TOI, MON ENNEMI ?
NE POUVANT ME NUIRE, TU N'ES PAS MON ENNEMI.
NI TON ALLIÉ, JUSQU'ICI... ET J'IGNORE COMMENT TE LIBÉRER, LOKI.
IL Y A UN AUTRE MOYEN D'ACCÈS QUE CETTE ÉNERGIE QUI ÉMANE DE HULK... MAIS JE N'AI PU LE LOCALISER.
JE N'AI DÉCOUVERT QUE TOI...
... SEMANT LE CHAOS DANS CET AUTRE UNI-VERS !
CALOMNIE !
IMPOSTEUR, MOI ? FI DONC !
TROUVE LE NEXUS, STRANGE ! À PEINE EST-IL TEMPS ENCORE !
DES CONJONCTIONS COSMIQUES S'AMAS-SENT SUR NOS MONDES !
SI THOR EST AUSSI LÀ-BAS...
... PRENDS-LE POUR ALLIÉ... À MOINS QUE TU NE PRÉFÈRES LA MORT ?
HUM !

LOKI ?
QUE SE PASSE-T-IL ? QU'AS-TU VU ?
NON... ARRIÈRE !
N'APPROCHE PAS !
MENACER UN DIEU D'ASGARD... NUL NE L'OSE-RAIT !
NOOOON !
BRA KOOM
PLUS RIEN... PAR LES VISHANTI...
QUI PEUT INSPIRER TANT D'EFFROI À UN DIEU ?

SALUT À TOI ! JE SUIS LA CÉLESTE ASHEMA !
JE T'AI CONDUIT DU FOND DU SUBESPACE À CET APEX DE L'ÉTERNITÉ POUR T'INTERDIRE DE T'INTÉGRER DANS NOS AFFAIRES. ELLES TE DÉPASSENT...
... COMME LES TIENNES DÉPASSENT CELLE DE LA FOURMI.
SOIS DONC PUNI... TELLE UNE FOURMI !
NOOON !

TU AS ENTENDU *CE CRI* ?
QUI... ?
JE DIS VRAI, PAPA, MAMAN, JE MENS JAMAIS... HEU... C'EST MOI...
... QUI AI CASSÉ LA BON-BONNIÈRE.
LA BONB... ?
J'ALLAIS VOUS LE DIRE, MAIS TONTON BEN A DIT AVANT QUE C'ÉTAIT LUI...
... POUR PAS QUE JE ME FASSE GRONDER !
"TONTON BEN" ?
C'EST L'ENFANT QUE J'AI VU DANS LA ZONE NÉGATIVE, REED ! AVEC... UNE AUTRE MOI !
NOTRE FILS ?
QUI ES-TU ?

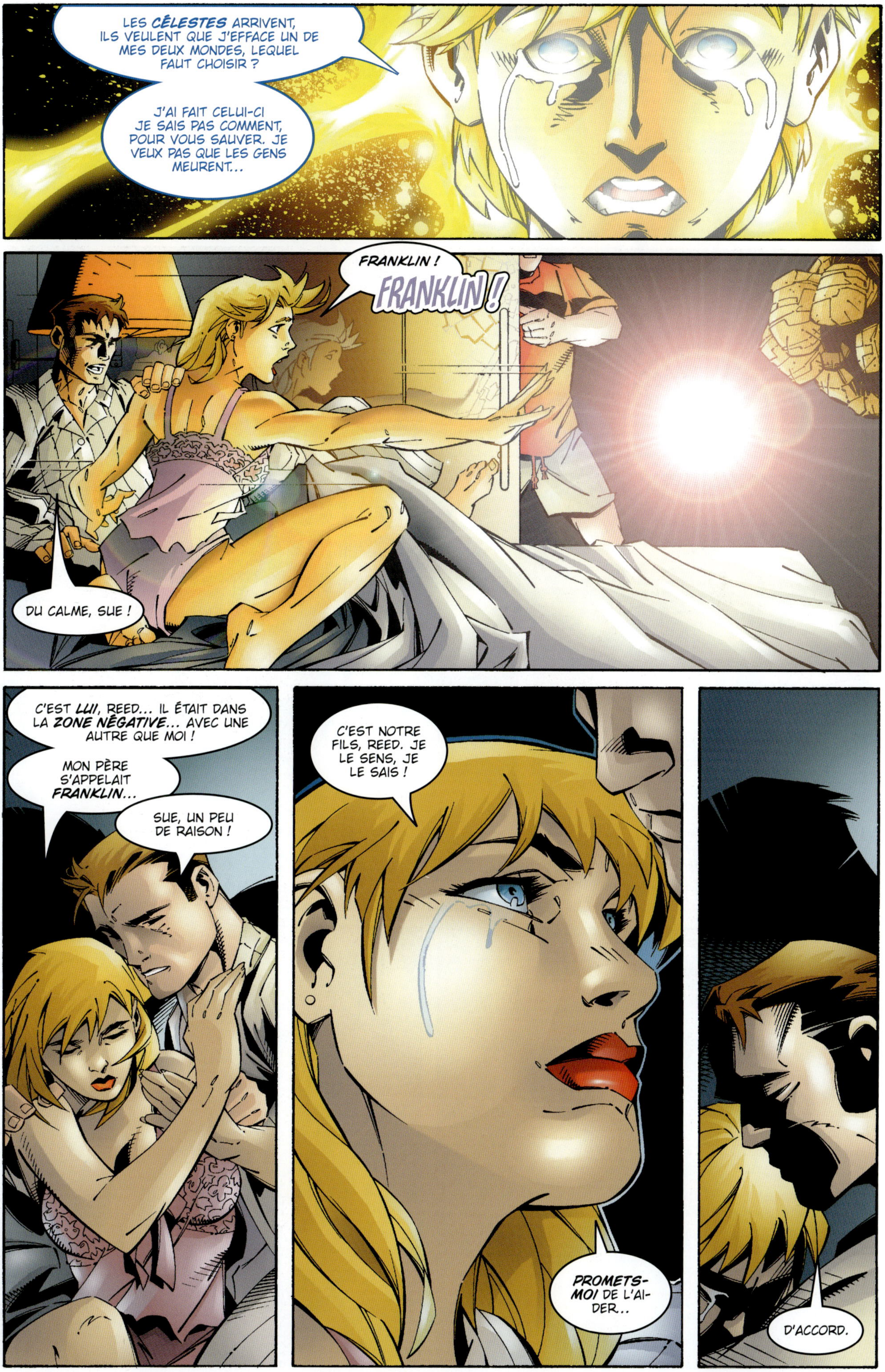
LES CÉLESTES ARRIVENT, ILS VEULENT QUE J'EFFACE UN DE MES DEUX MONDES, LEQUEL FAUT CHOISIR ?
J'AI FAIT CELUI-CI JE SAIS PAS COMMENT, POUR VOUS SAUVER. JE VEUX PAS QUE LES GENS MEURENT...
FRANKLIN !
FRANKLIN !
DU CALME, SUE !
C'EST LUI, REED... IL ÉTAIT DANS LA ZONE NÉGATIVE... AVEC UNE AUTRE QUE MOI !
MON PÈRE S'APPELAIT FRANKLIN...
SUE, UN PEU DE RAISON !
C'EST NOTRE FILS, REED. JE LE SENS, JE LE SAIS !
PROMETS-MOI DE L'AIDER...
D'ACCORD.

FOREST HILLS, À UN UNIVERS DE LÀ.
WAAA...
JE M'ANKYLOSE... JE DEVRAIS FAIRE QUELQUE CHOSE...
... AU LIEU DE RESTER LÀ À RUMINER !
QUELQU'UN APPELLE À L'AIDE... J'IGNORE OÙ, VOILÀ LE HIC !
LES PLUIES TORRENTIELLES QUI DÉVASTENT L'ENSEMBLE DES ÉTATS-UNIS MAINTIEN-NENT NOS SUPER-HÉROS SUR LE PIED DE GUERRE.
ILS ONT DÉSERTÉ MANHATTAN, OÙ LA NOUVELLE DE LA PRÉSENCE DE HULK CAUSE D'AUTANT PLUS D'INQUIÉTUDE.
ZUT !
JE SUIS SÛR D'ÊTRE MALADE DEMAIN, MOI !
À MOINS D'ÊTRE MORT, BIEN SÛR !

A CHORUS LINE
BROADWAY : UNE LUMIÈRE POUR CHAQUE CŒUR BRISÉ, DIT-ON.
L'INCROYABLE HULK N'EN A CURE.
IL NE VOIT PAS LES GENS S'ENFUIR...
Jekyll AND HYDE
... NI LES NÉONS S'ÉTEINDRE...
... À SON APPROCHE.
IL NE CONTRÔLE PAS L'ÉNERGIE QUI L'HABITE.
SA FORCE GRANDIT.
IL SE MEURT.
RENDS-TOI, HULK !
OBÉIS !
MAIS LA DISCRÉTION N'EST PAS TOUJOURS SON FORT.

BRUCE, LE COLONEL ST LAWRENCE NE SOUHAITE PAS TIRER.
MAIS TU ES EN TRAIN DE COURT-CIRCUITER TOUTE LA VILLE ! TU ÉMETS DES FLOTS D'ÉNERGIE INCONNUE.
ÇA NE PEUT PAS DURER...
FICHE-MOI LA PAIX !
IL FILE ! ARRÊTEZ-LE !
MACH 1 À ÉQUIPE D'INTERVENTION ! JE RESTE À DISTANCE, SINON IL GRILLERA MON ARMURE !
MAIS JE PEUX L'ENVOYER AU BUT !
WAAAM

LE PARC... C'EST ICI...
... QUE ÇA A COMMENCÉ... ILS SONT **RE-VENUS**...
HULK ! ÉCOUTE LA PAROLE D'**HERCULE**, TON ADVERSAIRE D'ANTAN !
JE NE PUIS CROIRE QUE TU TE SENTES MENACÉ PAR UN AUSSI FAIBLE AN-TAGONISTE...
SYMPA POUR LES THUNDER-BOLTS, HERCULE, MERCI !
SILENCE, OU J'APPELLE CELUI À QUI TU AS VOLÉ LE NOM D'ATLAS !
VOYONS HULK...
TU NE COMPRENDS PAS !
PERSON-NE...

... NE VAINCRA HULK !
AUTRE UNIVERS. AUTRE HULK. LA TERRE, TOUJOURS.
PEUT-ÊTRE REGRETTES-TU DE DISPUTER SI TÔT LA REVANCHE... MAIS MOI, JE SUIS PRÊT.
PRÊT... À MOURIR, ASGARDIEN ?
OUI-DA... SI LE BIEN COMMUN EST À CE PRIX !
MAIS JE GARDE BON ESPOIR !
HÉ ?
PAR L'ŒIL D'ODIN, QU'EST-CE ?
LA LAVE... SEMBLE VOMIE PAR SURTUR LUI-MÊME !
À L'AIDE !

PAIX, MORTELS ! LA PUISSANCE DE MJOLNIR VOUS PROTÈGE !
HULK A FUI TANDIS QUE JE SAUVAIS L'INNOCENT ! C'EST INDIGNE...
... MAIS SAGE.
LA LAVE SE RETIRE... NULLE TRACE NE DEMEURE DE L'INCIDENT.
POUR UN ÊTRE VENU DU NORD... CETTE CHALEUR EST INCOM-MODANTE!

UN UNIVERS PLUS LOIN...
... UN BALLON BLEU OUBLIÉ DANS LE MARAIS GARDE SES SECRETS.
MAIS SOUDAIN RETENTIT...
... LE DIEU DU TONNERRE D'UN AUTRE MONDE.
ON APPROCHE.
IRONIE SUPRÊME... LOKI M'A MIS SUR LA VOIE !
COMMENT N'AVAIS-JE PAS SONGÉ DE MOI-MÊME AU NEXUS DES RÉALITÉS ?
JE M'OB-NUBILAIS SUR LES ÉNERGIES ÉMANANT DE HULK...
... AU POINT D'EN PERDRE LE BON SENS !
EN PRÉSENCE DU TITAN VERT, CET ARTEFACT AURAIT DES RÉ-ACTIONS...
"... INTÉRES-SANTES !"

ET "LÀ OÙ IL NE PLEUT PAS"...
LAISSE-MOI AVEC PAPA ET MAMAN ! J'AI BESOIN D'EUX !
NON. TU ES APTE À FAIRE TON CHOIX SANS L'AIDE DE CES ÊTRES INFÉRIEURS.
"INFÉRIEURS" ? CE SONT MON PAPA ET MA MAMAN, C'EST MON MONDE ! J'LES EFFACERAI PAS, NA !
ALORS SUPPRIME LE MONDE DE TA NAISSANCE.
JE TE DÉCONSEILLE, FRANKLIN, DE ME METTRE EN COLÈRE.
LA PATIENCE DES CÉLESTES EST COURTE. SI TU NE RÉSOUS PAS LE PROBLÈME... NOUS NOUS EN CHARGERONS.
TU M'EMBÊTES ! TU ES MÉCHANTE, TU VEUX ME FAIRE TUER DES GENS ! VA-T'EN !

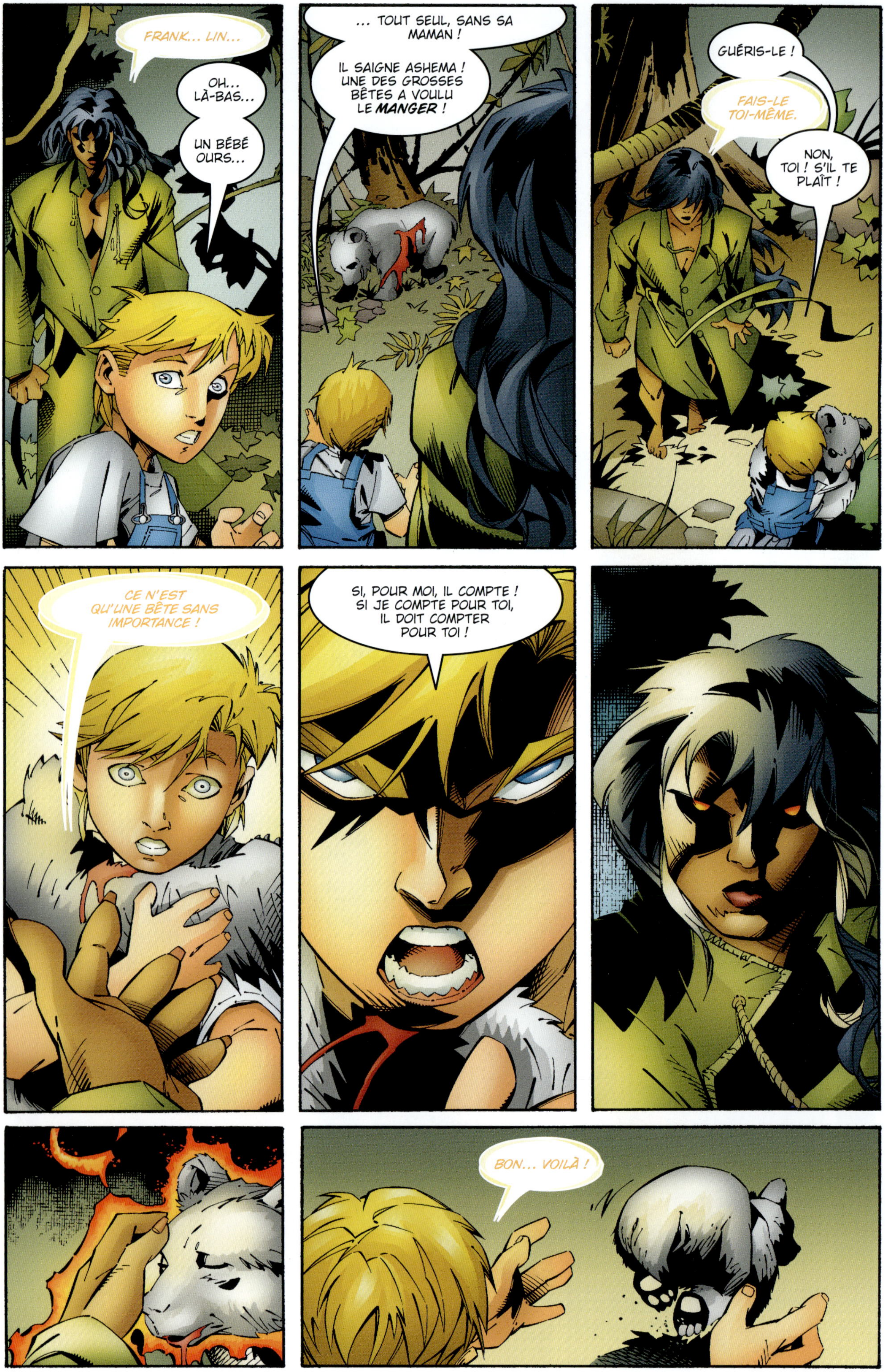

FRANK… LIN…
OH… LÀ-BAS…
UN BÉBÉ OURS…
… TOUT SEUL, SANS SA MAMAN !
IL SAIGNE ASHEMA ! UNE DES GROSSES BÊTES A VOULU LE MANGER !
GUÉRIS-LE !
FAIS-LE TOI-MÊME.
NON, TOI ! S'IL TE PLAÎT !
CE N'EST QU'UNE BÊTE SANS IMPORTANCE !
SI, POUR MOI, IL COMPTE ! SI JE COMPTE POUR TOI, IL DOIT COMPTER POUR TOI !
BON… VOILÀ !

MERCI ! MERCI !
AU FOND, T'ES GENTILLE...
UN GESTE... ET L'OURSON CESSE D'EXISTER.
IL N'EST RIEN.
FAIS TON CHOIX, LE TEMPS NOUS PRESSE !
MÉCHANTE !
UNHH !
SURPRENANT, EN VÉRITÉ !

HUM !
VOILÀ QUI EST INQUIÉTANT !
LE DÉPART DE GALACTUS N'A PAS MIS FIN À NOS PROBLÈMES SPATIAUX.
T'EN AS PAS MARRE DE L'ÉLASTOC, SUE ?
JE ME CONDUIS COMME UNE *IDIOTE*.
TOUT DE SUITE LES GRANDS MOTS !
COOKIES
LES TEMPS SONT DIFFICILES, JE DOIS CRAQUER, JE SUPPOSE...

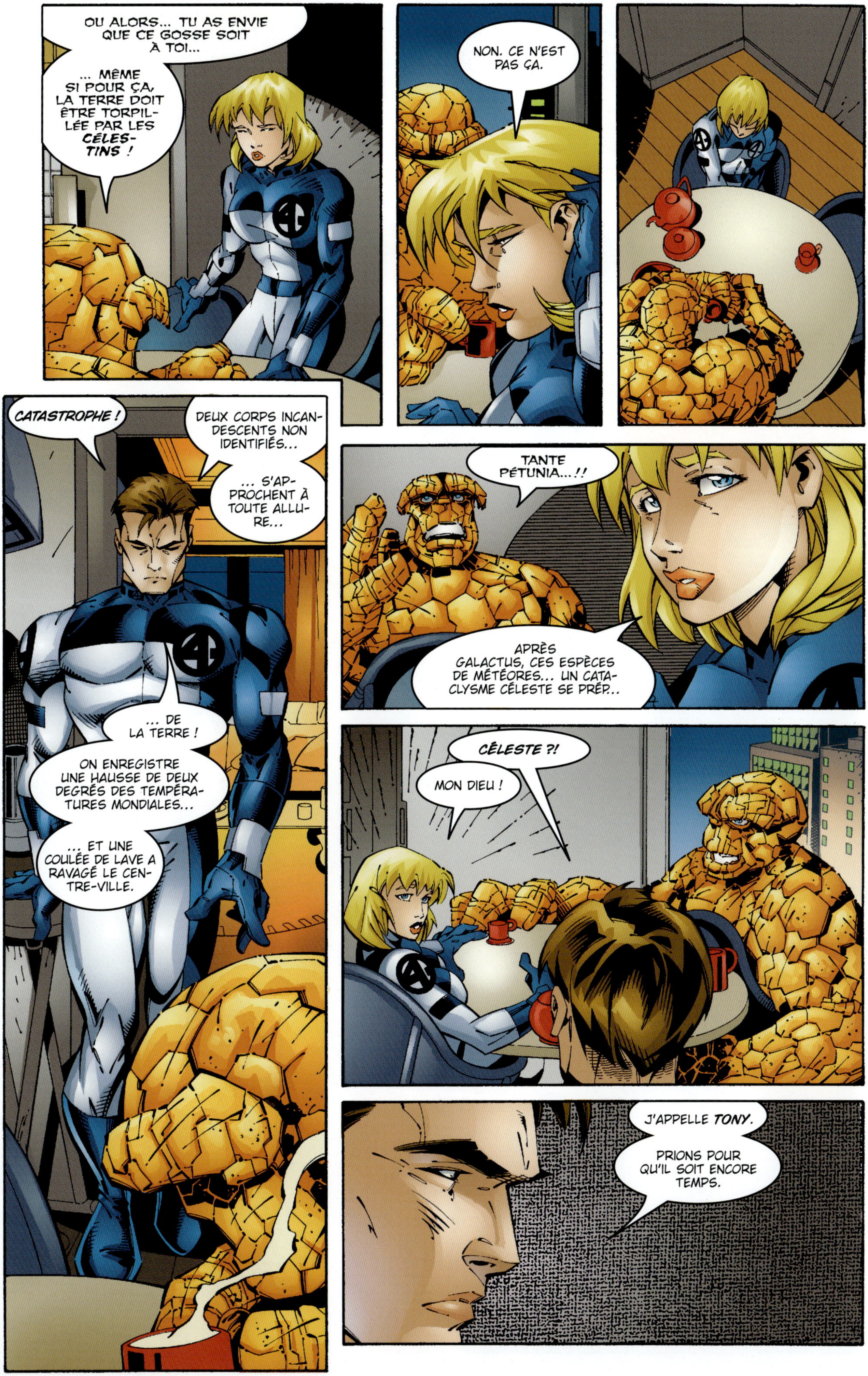

OU ALORS... TU AS ENVIE QUE CE GOSSE SOIT À TOI...
... MÊME SI POUR ÇA, LA TERRE DOIT ÊTRE TORPILLÉE PAR LES CÉLESTINS !
NON. CE N'EST PAS ÇA.
CATASTROPHE !
DEUX CORPS INCANDESCENTS NON IDENTIFIÉS...
... S'APPROCHENT À TOUTE ALLURE...
... DE LA TERRE !
ON ENREGISTRE UNE HAUSSE DE DEUX DEGRÉS DES TEMPÉRATURES MONDIALES...
... ET UNE COULÉE DE LAVE A RAVAGÉ LE CENTRE-VILLE.
TANTE PÉTUNIA...!!
APRÈS GALACTUS, CES ESPÈCES DE MÉTÉORES... UN CATACLYSME CÉLESTE SE PRÉP...
CÉLESTE ?!
MON DIEU !
J'APPELLE TONY.
PRIONS POUR QU'IL SOIT ENCORE TEMPS.

CENTRAL PARK. LE NÔTRE.
AU SIGNAL INCONSCIENT DE HULK, LES ÉLÉMENTS RÉAGISSENT.
LA PLUIE DEVIENT DÉLUGE. DES VAGUES MONSTRUEUSES S'ÉLÈVENT.
IL EST TROP TARD...

POUR LA TERRE ET MOI, C'EST FINI !
SEULE CHOSE À FAIRE... ME LAISSER TRANQUILLE !
OUSTE ! PLIEZ BAGAGE ET DISPARAISSEZ !!
ET, SUR UN ARBRE PERCHÉ...
LA CATA !
Y A DES JOURS, ON VOUDRAIT ÊTRE CLONE !
NOUS ALLONS VOIR SI LES ÉNERGIES DE CETTE SPHÈRE SONT...
EH ?

HÉ, **HERCULE** ! DIEU...
... SE METTRAIT-IL DE MON CÔTÉ ?
RESTE PAS LÀ, HULK, FILE TE PLANQUER ! TA PRÉSENCE MET LA VILLE EN DANGER DE MORT !
TOI, VA TE FAIRE VOIR CHEZ **XENA** !
HULK, ÉCOUTE...
NON ! JE N'ÉCOUTERAI PLUS RIEN NI PERSONNE ! JE...
-GLUB- ARRIÈRE, TISSEUR ! TU NE PEUX RIEN !
HMM ?
WHOOAAAA

FRANKLINNNNN
OH...
LA VENUE DES CÉLESTES VA CATALYSER L'ÉVÉNEMENT !
COMME LA BALEINE SOULÈVE LES FLOTS...
... LES CÉLESTES ENGENDRENT DES ONDES D'ÉNERGIE QUI BOULEVERSENT À LA FOIS CE MONDE...
... ET CELUI DE TA NAISSANCE !
CHOISIS... OU NOUS CHOISIRONS POUR TOI...
... D'ANÉANTIR CELUI DES DEUX QUI...
MINCE ! QU'EST-CE QU'ON FOUT LÀ ?
PLUS DE PLUIE... ET UNE CHALEUR À BRONZER SOUS MON COSTARD !
HULK... TU SAIS COMMENT ON EST...
TOI !
TOI !

AHHH...
ENFIN !
HULK ÉCRASE !

LE RETOUR (3) : TROISIÈME DIMENSION

HEROES REBORN: THE RETURN (1997) 3
Couverture : **SALVADOR LARROCA**

UNE JUNGLE.
UNE CERTAINE ASHEMA, PEU HABITUÉE AUX SURPRISES, À LA CONTRADICTION...
... ET AUX CONTINGENCES HUMAINES.
CE JEUNE FRANKLIN EST IMPOSSIBLE ! CHOISIR ENTRE DEUX MONDE LEQUEL DOIT ÊTRE ANÉANTI, OÙ EST LA DIFFICULTÉ ? POURQUOI CE CAPRICE ?
VOILÀ BIEN LA MISÉRABLE RACE HUMAINE ! PARMI LES MILLIARDS D'ESPÈCES VIVANTES DU COSMOS, ELLE SEULE POSE DE TELS PROBLÈMES !
IL A PRIS LA FUITE EN HURLANT... TOUT DE MÊME, IL A FINI PAR SE TAIRE.
LA RAISON L'AURA EMPORTÉ.
LA FALAISE.
FRANKLIN ?
FRANKLIN ?
DANS L'OBSCURITÉ, IL N'A PAS VU LE BORD DU PRÉCIPICE. TRENTRE MÈTRES À PIC... IL NE BOUGE PLUS. IL RESPIRE À PEINE.
ASHEMA REGARDE...
... ET RÉFLÉCHIT.

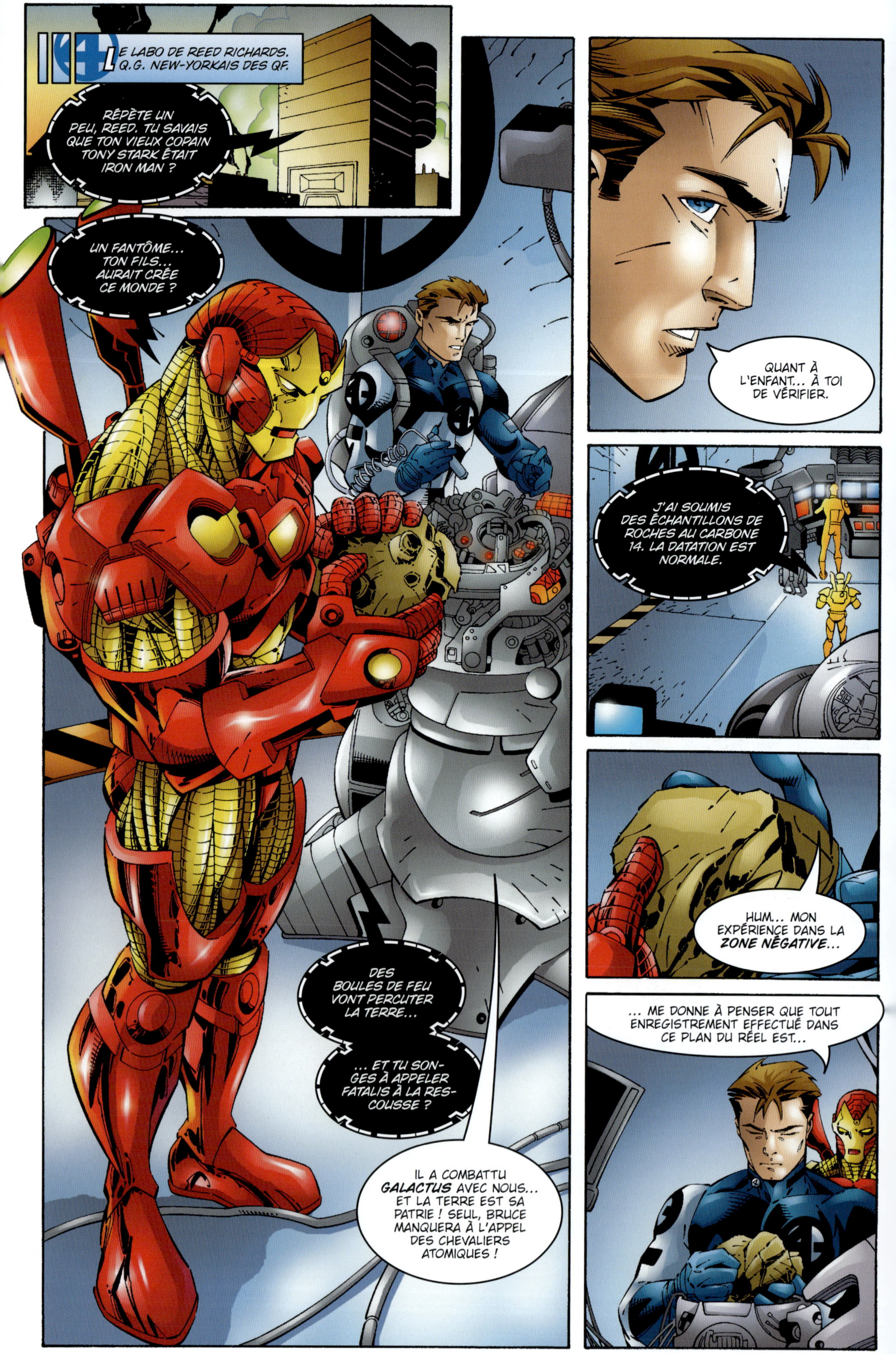
LE LABO DE REED RICHARDS. Q.G. NEW-YORKAIS DES QF.
RÉPÈTE UN PEU, REED. TU SAVAIS QUE TON VIEUX COPAIN TONY STARK ÉTAIT IRON MAN ?
UN FANTÔME... TON FILS... AURAIT CRÉE CE MONDE ?
DES BOULES DE FEU VONT PERCUTER LA TERRE...
... ET TU SONGES À APPELER FATALIS À LA RESCOUSSE ?
IL A COMBATTU GALACTUS AVEC NOUS... ET LA TERRE EST SA PATRIE ! SEUL, BRUCE MANQUERA À L'APPEL DES CHEVALIERS ATOMIQUES !
QUANT À L'ENFANT... À TOI DE VÉRIFIER.
J'AI SOUMIS DES ÉCHANTILLONS DE ROCHES AU CARBONE 14. LA DATATION EST NORMALE.
HUM... MON EXPÉRIENCE DANS LA ZONE NÉGATIVE...
... ME DONNE À PENSER QUE TOUT ENREGISTREMENT EFFECTUÉ DANS CE PLAN DU RÉEL EST...

REED ! IL EST ARRIVÉ QUELQUE CHOSE À FRANKLIN, JE LE SENS !
"FRANKLIN"... LE FANTÔME ?
NON, C'EST NOTRE FILS ! IL FAUT L'AIDER !
CERTES, SUE. MAIS IL FAUT D'ABORD ENQUÊTER SUR LE PÉRIL ANNONCÉ.
BON, D'ACCORD ! MAIS IRON MAN PEUT SE CHARGER DE...
BZZT BZZT
OH...!
CELA VA MAL...
QUOI, REED ?
LES BOULES DE FEU PRENNENT DE LA VITESSE. ELLES PERCUTERONT LA TERRE D'ICI QUATRE JOURS.
SUPER ! ALLONS-Y, REED ! TOI, TU ENREGISTRES D'ICI ET MOI JE VAIS ANALYSER CES ROCHES DANS LA ZONE NÉGATIVE !
FATALIS ET BRUCE BANNER, ALLIÉS POTENTIELS ?
LE MONDE DEVIENT DINGUE !

FAUX HULK CROIT TROMPER HULK ?! FAUX HULK IDIOT !

STAN LEE PRÉSENTE :
La RENAISSANCE des HÉROS
Le RETOUR 3ème PARTIE
HOLÀ, ARRÊTEZ ! ÇA VOUS MÈNERA À RIEN !
JE TE RECONNAIS, BANNER !
JE T'AI ASSEZ CHERCHÉ ! ENFIN JE TE TIENS...
ET JE T'ÉCRASERAI !!
TROISIÈME DIMENSION
PETER DAVID SCÉNARIO
SALVADOR LARROCA DESSIN
THIBERT/LAROCCA/PEPOY/PRUDEAUX ENCRAGE
STEVE BUCCELLATO COULEURS
GENEVIÈVE COULOMB TRADUCTION
ASTARTE DESIGN - ROMA LETTRAGE
POLLY WATSON, BOBBIE CHASE, BOB HARRAS RÉDACTION USA

SEIGNEUR ! ME FOURRER ENTRE DEUX HULK...
... JE CRAQUE !!

ON A ATTERRI... SUR LE PONT GEORGE WASHINGTON ?
LA PLUIE S'EST ARRÊTÉE... IL FAIT UNE CHALEUR À TOURNER DE L'ŒIL !
D'OÙ IL SORTAIT LE ***HULK BIS*** ? ET QUESTION ENCORE MEILLEURE...
D'OÙ ON EST SORTIS ?
FAUX HULK FAIBLE, COMME LES AUTRES !

HULK, LUI... PLUS FORT QUE TOUS !
C-C'EST...
C'EST TA FAUTE SI...
TU M'AS TRAHI !
TOUT EST TA FAUTE !
VU, FILONS NOUS ABRITER... AU...
... PÉ-ROU !!
TU TE PRENDS POUR LE VRAI HULK, BANNER ?

SANS BANNER, JE ME SENS DIMINUÉ, *INCOMPLET* !
COMME... COMME UN BLESSÉ SANS SA BÉQUILLE !
EN TE RETROUVANT, JE CROIS REVIVRE... LE VIEUX TEMPS OÙ JE T'AVAIS LÀ, DANS LA TÊTE...
JAMAIS...
JE TE LAISSERAI JAMAIS REVENIR !

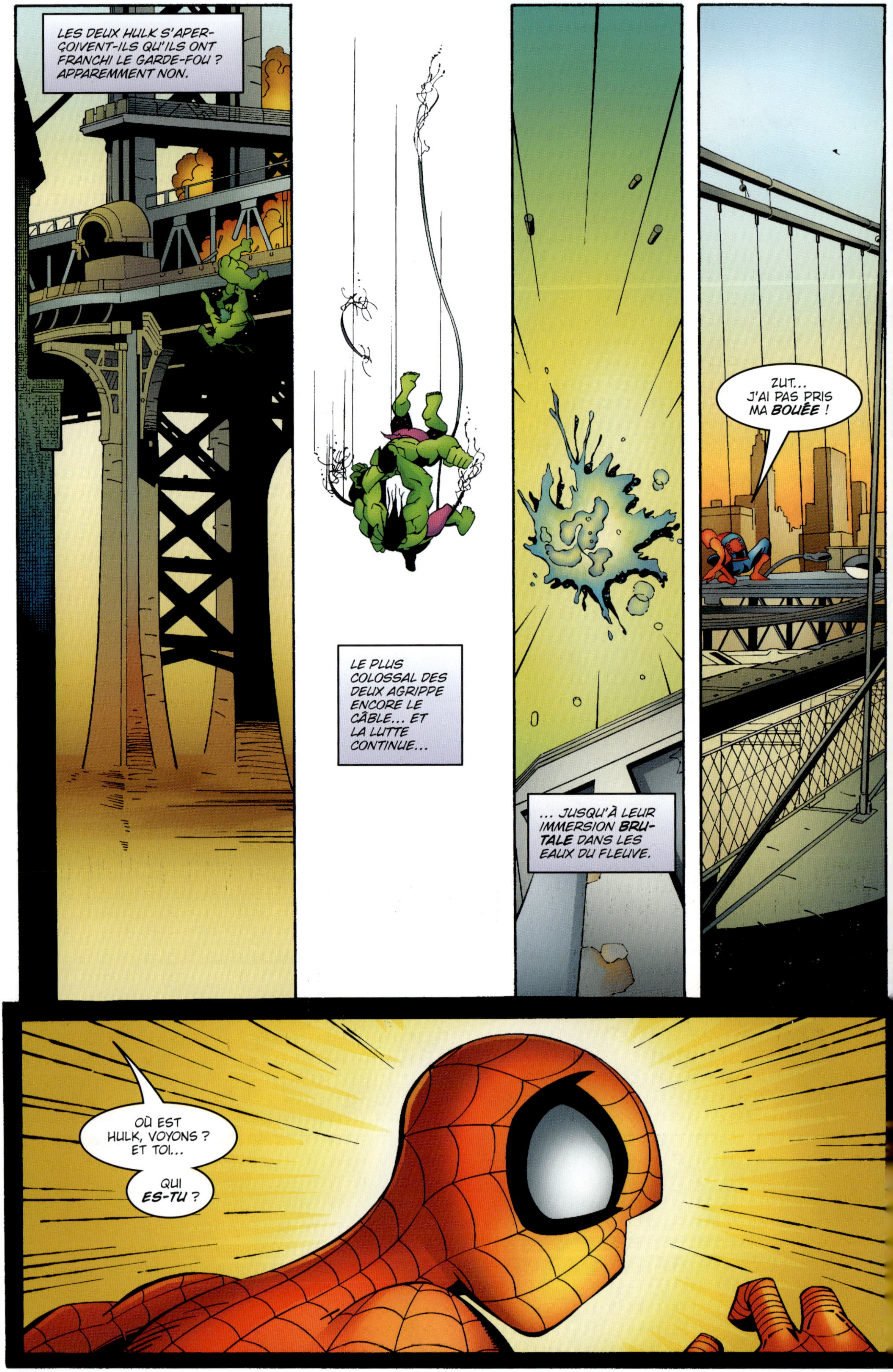
LES DEUX HULK S'APERÇOIVENT-ILS QU'ILS ONT FRANCHI LE GARDE-FOU ? APPAREMMENT NON.
LE PLUS COLOSSAL DES DEUX AGRIPPE ENCORE LE CÂBLE... ET LA LUTTE CONTINUE...
... JUSQU'À LEUR IMMERSION BRUTALE DANS LES EAUX DU FLEUVE.
ZUT... J'AI PAS PRIS MA BOUÉE !
OÙ EST HULK, VOYONS ? ET TOI...
QUI ES-TU ?

DIEU !
VOUS ÊTES VIVANTS ?

MA FOI... OUI.
TECHNIQUE-MENT... CELA DÉPEND.

DANS LA JUNGLE...
MÊME LA SAGESSE DES CÉLESTES N'AVAIT PAS PRÉVU QUE L'EXPÉRIENCE FINIRAIT AINSI.
LES VOIES DE LA SCIENCE SONT MYSTÉRIEUSES...
REPOSE EN PAIX, FRANKLIN...
QUOI ?
LE SAUVER ?
UN ÊTRE AUSSI DÉCEVANT, AUSSI FRAGILE ? À QUOI BON ?
BON. FRANKLIN, JE DOIS TE SAUVER, J'AI DES...
... ORDRES.
LA MORT TOUTE PROCHE VIBRE DANS SA GORGE. AVEC UNE GRÂCE VRAIMENT CÉLESTE, ELLE TEND LA MAIN...
... ET TENTE DE SAISIR LA FRAGILE PETITE ÂME HUMAINE POUR LA RÉUNIR AU CORPS... L'INSTINCT SEUL LA GUIDE.
ELLE LA TOUCHE...

... ET ENTRE AU CONTACT DE TOUTES LES ÂMES !
CAR FRANKLIN EST LA SOURCE DE CET UNIVERS. SON ÂME EST UNIE À TOUS LES VIVANTS QUI LE PEUPLENT.
CETTE RÉVÉLATION BRUTALE DE L'HUMANITÉ A DE QUOI FOUDROYER MÊME UNE CÉLESTE.
ASHEMA, QUI, L'ÉTERNITÉ DURANT, A VÉCU AU-DESSUS DE TOUT, BASCULE SOUDAIN EN PLEINE EXPÉRIENCE HUMAINE. IL LUI SEMBLE REDÉCOUVRIR UN MONDE OUBLIÉ.
SISA

A...
A... SHEMA...?
TU PLEURES ?
NON... CERTAINEMENT PAS !
JE PEUX RETOUR-NER AVEC MAMAN ?
OUI.

À NEW YORK...
LES DEUX HULK S'ÉPUISENT EN TENTATIVES POUR SE NOYER L'UN L'AUTRE. TÔT OU TARD...
... TOUS **DEUX** Y RESTERONT.
LE FLEUVE SERA LEUR TOMBEAU, CE SERAIT LA SEULE CONCLUSION POSSIBLE...
... SANS L'INTERRUPTEUR NEURAL...
... ET L'INHIBI-TEUR GAMMA.

INCROYABLE !!
AH, IRON MAN ! EH BIEN, CES TESTS EN ZONE NÉGATIVE...?
TIENS-TOI BIEN... CES CAILLOUX DE NOTRE MONDE...
... ONT UN AN D'ÂGE !
MON DIEU !
RETROUVONS FRANKLIN. LA RÉPONSE, C'EST LUI. IL A AUSSI PRÉVENU QUE LES CÉLESTES ARRIVAIENT ET QUE LA TERRE SERAIT DÉTRUITE.
BZZT BZZT
ET COMME SI ÇA NE SUFFISAIT PAS, LES BOULES DE FEU ACCÉLÈRENT ENCORE. SUE A RAISON.
IL FAUT TROUVER LE PETIT D'URGENCE.
PAPA ? MAMAN ?
MAMAN !

NON LOIN...
TU PEUX NOUS EXPLIQUER, BESTIOLE ?
"SPIDER-MAN" ! NON, JE PENSAIS QUE VOUS LE FERIEZ...
VIVANTS, ÇA ALORS... J'ARRIVE PAS À M'Y FAIRE !
NOM DE...!!
REMETS-TOI ET BOUGE !
CE TRUC EST MONTÉ DU FLEUVE COMME...
BANNER... ET L'AUTRE, AUSSI ! PRISONNIERS D'UNE ESPÈCE DE BULLE...

AUX POURSUIVANTS DE CE VAISSEAU, À REED RICHARDS QUI ENREGISTRE CE MESSAGE, ATTENTION ! IL SEMBLE QUE VOUS INTERPRÉTIEZ MAL MON INTERVENTION !
RICHARDS A PROPOSÉ UNE RÉUNION DE NOTRE ANCIEN GROUPE ! C'EST DANS CET OBJECTIF...

... QUE J'EMMÈNE BANNER !

SACHEZ, SI CELA VOUS INTÉRESSE, QUE "L'AUTRE HULK" SÉCRÈTE UNE ÉNERGIE TRANSDIMENSIONNELLE ET QUE SEULE MA BULLE DE COERCITION L'EMPÊCHE D'ENDOMMAGER CE VAISSEAU !
QU'ON NE M'ACCUSE PAS DE FUIR !
JE ME RENDS TOUT DROIT AU QUARTIER GÉNÉRAL DES QUATRE FANTASTIQUES, POUR CONFÉRER AVEC LE SEUL ÊTRE DE CETTE PLANÈTE QUE JE CONSIDÈRE COMME MON ÉGAL !
PAROLE DU DR FATALIS !

À MANHATTAN...
... LA CHALEUR EST SUFFOCANTE, UN PRÉSAGE FUNESTE PLANE.
CERTAINS S'ABANDONNENT À LEURS INSTINCTS...
... D'AUTRES SE PRÉPARENT À AFFRONTER ARMAGEDDON.
D'AUTRES...
... LUTTENT POUR LA LUMIÈRE.
SI JE SAVAIS OÙ EST CAP, FAUCON !
ON EST SEULS, BUCKY.
HÉ !!
CES BOULES DE FEU, DANS LE CIEL !! QUELQUE CHOSE SE FORME AUTOUR ! QU'EST-CE...

LE LABO DE REED.
TU AVAIS UN ASTRONEF TOUT PRÊT, FATALIS ?
DEPUIS L'ATTAQUE DE GALACTUS, IRON MAN, CE VAISSEAU SE TIENT PRÊT À M'ÉVACUER EN CAS D'URGENCE. FATALIS NE DOIT POINT PÉRIR.
QUAND RICHARDS M'A APPRIS LA SITUATION, J'AI PENSÉ QU'IL POURRAIT ÊTRE UTILE, SI VOUS REQUÉRIEZ MON AIDE.
VOUS RÉCLAMIEZ BANNER... J'AI RÉGLÉ CELA AUSSI.
À PRÉSENT, RICHARDS... SI NOUS COMMENCIONS ?
LES FAITS SONT LÀ. L'ÂGE DE LA PLANÈTE, L'ARRIVÉE DES BOULES DE FEU, LE RÉCIT DE... MON "FILS..." CONCERNANT UNE TERRE PARALLÈLE... TOUT EST CONFIRMÉ PAR L'AUTRE HULK ET "SPIDER-MAN".
CELA PARAÎT FOU, MAIS...
"FOU" EST TROP FAIBLE, RICHARDS. QUE PROPOSES-TU ?
DE SAUTER DANS LE VAISSEAU DE FATALIS ET D'ALLER VOIR ?
OUI, HAWKEYE... C'EST CE QU'IL PROPOSE.

IL LE FAUT.
QUI EST-CE ?!
SILENCE.
LES CÉLESTES ONT CHARGÉ FRANKLIN DE DÉCIDER QUEL MONDE DOIT VIVRE OU MOURIR. SON CHOIX EST FAIT.
PARDON, MAMAN... JE PEUX PAS EFFACER L'AUTRE MONDE.
CELUI-CI, JE L'AI FAIT... JE VOUDRAIS LE SAUVER, MAIS... FAUT CHOISIR.
IL Y A MOYEN DE SAUVER LES DEUX, J'EN SUIS SÛRE ! QUE NOUS CACHES-TU ?
RIEN. FUYEZ, C'EST VOTRE SEULE CHANCE DE SALUT ! VITE... CES BOULES DE FEU SONT PLUS NOMBREUSES QU'IL N'Y PARAÎT !
CHUT... DANS LA RUE... VOUS ENTENDEZ ?
POURQUOI CES CRIS ?
DIEU !

STAN LEE PRÉSENTE :
LA RENAISSANCE DES HÉROS
LE RETOUR 4ème PARTIE
DROIT AU BUT
AUTRE UNIVERS MIROIR DU NÔTRE.
EXPLICATIONS... OBJURGATIONS... MISES EN DEMEURE...
... NÉGOCIATIONS PLUS OU MOINS VÉHÉMENTES, JUSTIFICATIONS, PRIÈRES... IL EN A FALLU DES PAROLES, DES EFFORTS !
TU EN ES SÛR ?
OUI... TOUT LE MONDE EST LÀ.
ÇA NE ME DIT RIEN QUI VAILLE !
RIEN N'AVAIT COÛTÉ TANT DE PEINES DEPUIS LA CRÉATION DU MONDE !
OBJECTIF : LE SALUT DE QUELQUES-UNS.
PETER DAVID SCÉNARIO
SALVADOR LARROCA DESSIN
SCOTT HANNA ENCRAGE
STEVE BUCCELLATO COULEURS
GENEVIÈVE COULOMB TRADUCTION
ASTARTE DESIGN - ROMA LETTRAGE
POLLY WATSON, BOBBIE CHASE, BOB HARRAS RÉDACTION USA

HEROES REBORN: THE RETURN (1997) 4
Couverture : **SALVADOR LARROCA**

SALVADOR
LIQUID!

"ÊTES-VOUS CONVAINCUS ?"

BAXTER BUILDING, NEW YORK. LE LABO DU SAVANT REED RICHARDS.
TU ES NOTRE **SAUVEUR**, FATALIS. SANS TON ASTRONEF DE SECOURS, TOUS CES GENS SUR LA TERRASSE SERAIENT PERDUS.
ET TOUTE BONNE ACTION REÇOIT SON CHÂTIMENT, DIT-ON.
LE MONDE QUI M'ATTEND SEMBLE UN PÂLE REFLET DE CELUI-CI, RICHARDS...
ET CETTE FUITE... EST UNE INDIGNITÉ. C'EST INÉVITABLE, POURTANT.
TOI QUI AS ICI TOUT CE QU'UN HOMME PEUT DÉSIRER, TONY STARK...
... LE QUITTES-TU DE **BON GRÉ** ?
JE N'AI PAS **LE** CHOIX... N'EST-CE PAS, BRUCE ?
NON. MAIS DANS NOTRE NOUVEAU... ANCIEN MONDE, NOUS RESTERONS ALLIÉS...
... POUR CONSERVER NOS AVANTAGES D'ICI... ET SI C'EST IMPOSSIBLE...
... LE DÉPART DES CHEVALIERS ATOMIQUES AURA SAUVÉ UN MONDE.

UNE AUTRE TERRASSE.
TU... TU PLAISANTES ?!
TU PARS... SANS MOI ? TU EMMÈNES LE FAUCON ET PAS MOI ? OH, CAP !
IL Y A CES YEUX DE FEU DANS LE CIEL, ON ANNONCE LA FIN DU MONDE... ET TU PARS EN MISSION SECRÈTE ? POURQUOI NE PUIS-JE T'ACCOMPAGNER ?
QUE DIRE ? "PARCE QUE NI SAM NI MOI N'APPARTENONS À CE MONDE" ? "PARCE QUE TU ES NÉE DE L'IMAGINATION D'UN ENFANT AUX POUVOIRS PRODIGIEUX" ?
"PARCE QUE..."
PARCE QUE.
DÉSOLÉ.
SOIS PRUDENTE, BUCKY.
J'Y...
... COMPTE !

AU Q.G. DES QF.
AH, CAP ET LE FAUCON ARRIVENT !
DONC... TOUT LE MONDE EST LÀ ?
OUI.
BIEN. JOUONS CARTES SUR TABLE, ASHEMA.
AUCUN DE NOUS N'EST DÉCIDÉ À PARTIR.
IL LE FAUT POURTANT. FRANKLIN A VOUÉ CE MONDE À LA DESTRUCTION. ENSEMBLE VOUS ÊTES ARRIVÉS, ENSEMBLE VOUS DEVEZ LE QUITTER. SINON LES CÉLESTES DÉTRUIRONT LES DEUX TERRE.
DÈS VOTRE ARRIVÉE LÀ-BAS, J'EMMÈNERAI FRANKLIN ACCOMPLIR SON DESTIN.
POUR FACILITER VOTRE DÉPART, JE PUIS L'EFFACER DE VOS MÉMOIRES...
PAS QUESTION !
RICHARDS A PARLÉ POUR NOUS. NOUS RESTONS.
FICTION OU NON, CE MONDE SERA PRÉSERVÉ... ET L'ENFANT RESTERA AUPRÈS DE SES PARENTS.
JAMAIS NOS HÉROS N'ONT D'AUSSI PRÈS CÔTOYÉ LA MORT.

En un lieu dont l'existence même est ambiguïté, le Dr Strange...
Toi, notre ultime recours à tous... toujours je t'ai aidé, et toujours jusqu'ici tu m'as refusé ton secours.
Ta grandeur ignore la gratitude... mais quel que soit ton pouvoir... si tu as un pouvoir... exauce ma prière avant qu'il ne soit trop tard !
NOUS Y... RÉFLÉCHISSONS. DONNE-NOUS LA SPHÈRE.
J'ai fait le maximum... à eux, à présent.

VOTRE PRÉSOMPTION EST INTOLÉRABLE, MICROBES !
VOUS DÉFIEZ CELLE QUI PEUT VOUS ANÉANTIR D'UNE PENSÉE !
JE PUIS...
IL LÈVE LES YEUX VERS ELLE.
ET SOUS LE REGARD DE SON ÉGAL, POUR LA PREMIÈRE FOIS DE L'ÉTERNITÉ, ASHEMA...
... SE SENT...
... INFIME.
BON.
SI MALGRÉ VOS DISCORDANCES VOUS PARVENEZ À SERVIR ENSEMBLE UN GRAND DESSEIN, J'EXAUCERAI VOTRE SOUHAIT. PARTEZ ET CE MONDE VIVRA, PAROLE...
... DE CÉLESTE.

À TA PAROLE, NOUS NE NOUS FIONS POINT !
POURQUOI MENTIRAIS-JE ?
CRAINTE DE NOTRE COURROUX, PEUT-ÊTRE !
SNAP
PEUT-ÊTRE PAS.
QU'UN SEUL D'ENTRE VOUS DEMEURE SUR CETTE SPHÈRE, LA POPULATION ENTIÈRE PÉRIRA.
VU ?
OÙ EST ALLÉ TONY ?
FINIR JE NE SAIS QUOI...

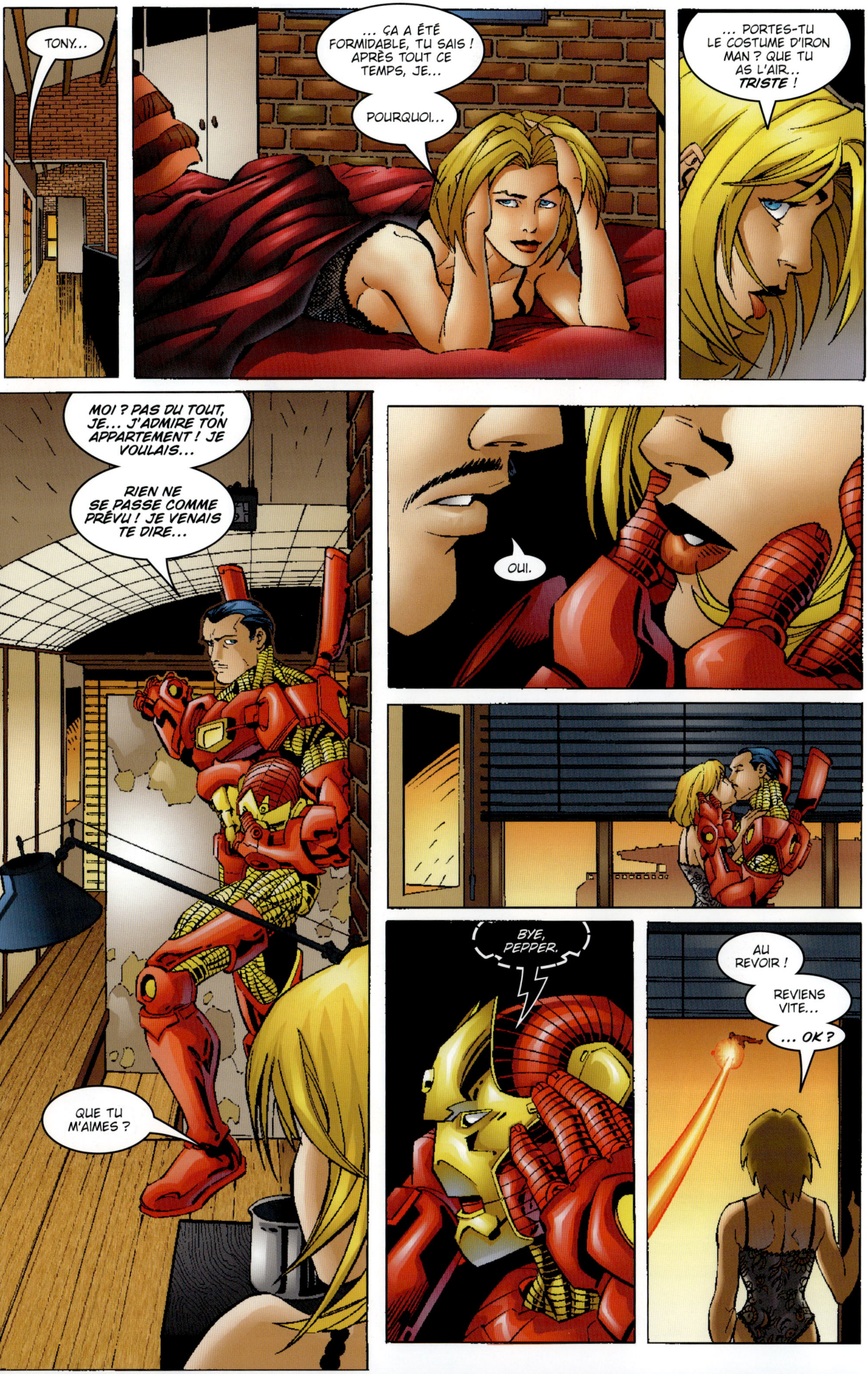
TONY...
... ÇA A ÉTÉ FORMIDABLE, TU SAIS ! APRÈS TOUT CE TEMPS, JE...
POURQUOI...
... PORTES-TU LE COSTUME D'IRON MAN ? QUE TU AS L'AIR... TRISTE !
MOI ? PAS DU TOUT, JE... J'ADMIRE TON APPARTEMENT ! JE VOULAIS...
RIEN NE SE PASSE COMME PRÉVU ! JE VENAIS TE DIRE...
QUE TU M'AIMES ?
OUI.
BYE, PEPPER.
AU REVOIR !
REVIENS VITE...
... OK ?

CATACLYSME ENVOYÉ PAR UN ÊTRE TOUT-PUISSANT, PUIS EMBAR-QUEMENT DANS L'ARCHE... ÇA NE TE RAPPELLE RIEN, TISSEUR ?
SI SI, MISS HULK... SAUF QUE NOÉ COLLE PAS AU RÔLE !
MMM ! M'ASSEOIR PRÈS DE LUI, BERK !
WAHOU ! C'EST COOL, ICI !
TANT QU'À SURVIVRE, ENFANT, SURVIVONS DANS LE ...
... FASTE !
ASHEMA A CONFIRMÉ, IL FAUT PASSER PAR LA ZONE NÉGATIVE... QUI N'EST PAS INFINIE, EN FAIT. SES FRONTIÈRES SONT CELLES DE L'IMAGINATION DE FRANKLIN.
PASSONS CETTE FRONTIÈRE ET NOUS SERONS ARRIVÉS. LE PASSAGE ÉTAIT TROP ÉTROIT POUR CE VAISSEAU...
... MAIS RICHARDS ET MOI AVONS ADAPTÉ LE DISPOSITIF RÉDUCTEUR AVEC LEQUEL IL COMP-TAIT EXPLORER LE MICROVERS.
L'ENFANT AURAIT PU LUI-MÊME RÉDUIRE LE VAISSEAU, EN FAIT... UN TEL POUVOIR, SI JEUNE...!

VENEZ TOUS, IL EST TEMPS ! À QUOI BON BRAVER LE DESTIN ?
IL ME COÛTE DE BATTRE AINSI EN RETRAITE, THOR !
HÉLAS, CAPTAIN, NOUS NE SOMMES QUE DES SOLDATS SERVANT LA CAUSE...
... DU *BIEN PUBLIC* !
VRRRRRR

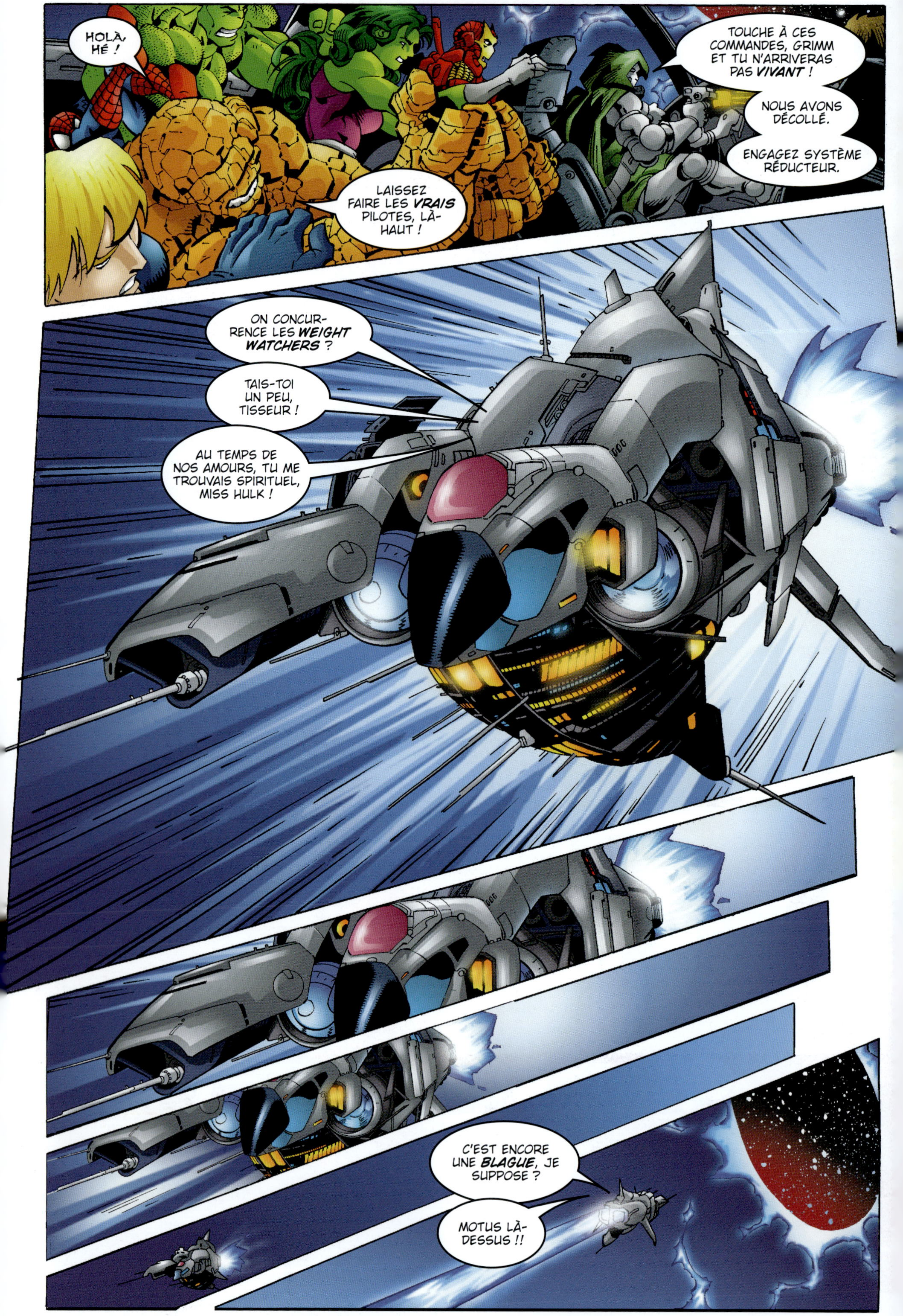
HOLÀ, HÉ !
TOUCHE À CES COMMANDES, GRIMM ET TU N'ARRIVERAS PAS VIVANT !
NOUS AVONS DÉCOLLÉ.
ENGAGEZ SYSTÈME RÉDUCTEUR.
LAISSEZ FAIRE LES VRAIS PILOTES, LÀ-HAUT !
ON CONCURRENCE LES WEIGHT WATCHERS ?
TAIS-TOI UN PEU, TISSEUR !
AU TEMPS DE NOS AMOURS, TU ME TROUVAIS SPIRITUEL, MISS HULK !
C'EST ENCORE UNE BLAGUE, JE SUPPOSE ?
MOTUS LÀ-DESSUS !!

ASHEMA EST À L'ENTRÉE DE LA ZONE NÉGATIVE !
PAPA, MAMAN...
... ELLE ME SOURIT !
LES VENTS SOLAIRES HURLENT... ELLE A...
... DISPARU.

IMBÉCILES ! ILS ŒUVRENT À LEUR PROPRE DES-TRUCTION...
... ET NE S'EN DOUTENT MÊME PAS !
ILS REFUSENT DE VOIR...
... LA LUMIÈRE !

FRONTIÈRE À TROIS MINUTES ! NOTRE PRÉCÉDENTE EXPÉDITION S'EST ARRÊTÉE ICI !!
CETTE FOIS, IL FAUT LA FRANCHIR... CAR DANS CETTE RÉALITÉ, ELLE SÉPARE CE MONDE... DE NOTRE VÉRITABLE PATRIE.
TON FILS S'INTÉRESSE À MON ASTRONEF, IL TIENT DE TOI SON ESPRIT CURIEUX, RICHARDS.
MERCI, VICTOR.
UN TEL POUVOIR... UNI À L'INNOCENCE DE L'ENFANCE...
JE T'ENVIE.
ET...

CE QUE FATALIS CONVOITE, IL LE PREND !
FATALIS, TU ES FOU ! LÂCHE-LE !
JAMAIS JE NE FERAIS DE MAL À UN ENFANT... SI L'ENJEU N'ÉTAIT...
... LA MAÎTRISE DE L'UNIVERS !
FRANKLIN !
REED, QU'Y A-T-IL ?

LES PASSAGERS ALERTÉS SE RUENT COMME UN SEUL HOMME VERS L'AVANT DE L'ARCHE...
... MAIS EN MOINS DE SIX SECONDES, LE DRAME EST JOUÉ.
LE TUBE D'ÉVACUATION D'URGENCE EXPULSE FATALIS ET FRANKLIN DANS LE VIDE.
NON ! ASHEMA A DIT QUE SI ON PARTAIT PAS TOUS ENSEMBLE, LES CÉLESTES VIENDRAIENT TOUT DÉTRUIRE !
TES POUVOIRS BIEN DIRIGÉS FERONT DE MOI L'ÉGAL DES CÉLESTES ! MON ARMURE CONÇUE POUR CAPTER L'ÉNERGIE D'UN HÉRAUT DE GALACTUS, DRAINE LA TIENNE ET LA COMMUNIQUE À MON CORPS !
CELA DOIT ÊTRE AINSI, CAR MOI SEUL SUIS DIGNE D'UNE TELLE PUISSANCE !

"OUI CERTES...
POUR LE MONDE, POUR MOI, POUR TOI...
"... TOUT EST POUR LE MIEUX.
"TU SERAS MON FILS. ENSEMBLE, NOUS RÉGIRONS LE MONDE...
"... ET NOUS VAINCRONS LES CÉLESTES, CAR NUL NE RÉSISTERA À NOS POUVOIRS CONJUGUÉS !"

RENDS-MOI MON FILS !
VAS-Y PAPA ! ARRÊTE-LE !
TU AVAIS L'AMITIÉ, LE RESPECT DE TOUS...
TOI, TU AVAIS LA VIE. MAIS TES VALEURS NE FURENT JAMAIS LES MIENNES...
... ET TU TIENS PEU À LA VIE, SEMBLE-T-IL.
ARRIÈRE, VILAIN ! L'ENFANT REGAGNERA SA PATRIE AVEC SON PÈRE...
... DÛT-IL M'EN COÛTER MA VIE ÉTERNELLE !

REED ! ON NE PEUT PAS ABANDONNER THOR... NI FATALIS ! CE SERAIT...
EN VAIN TU JOUES LES HÉROS, DIEU DU TONNERRE ! SI TOI ET MOI DEMEURONS ICI, LE MONDE PÉRIRA !
SI MA MORT ENTRAÎNE LA VÔTRE, JE L'ACCEPTE !
SI JE SURVIS, JE RETOURNERAI AU MONDE QUE NOUS AVONS QUITTÉ POUR Y RÉGNER SANS VOTRE INGÉRENCE ! DANS TOUS LES CAS, JE TRIOMPHE !
REED ! SUE ! NE CRAIGNEZ NI POUR VOUS NI POUR MOI ! JE RÉDUIRAI À NÉANT LES CABALES DE FATALIS !
QUE FAIS-TU ?
JE PUISE L'ÉNERGIE DIMENSIONNELLE POUR OUVRIR ENTRE LES RÉALITÉS UNE FAILLE QUI NOUS ENGLOUTIRA TOUS DEUX !
LA SÉCURITÉ DE DEUX RÉALITÉS VAUT BIEN QUE JE PASSE L'ÉTERNITÉ À TE COMBATTRE... POUR REPRENDRE TES PAROLES...
... J'ACCEPTE !

LES VOILÀ REMBARQUÉS ! HÉ, OÙ EST THOR ?
IL A EMMENÉ FATALIS... JE NE SAIS OÙ.
LES CÉLESTES NOUS ONT ORDONNÉ DE REGAGNER ENSEMBLE LA TERRE, ET NOUS VOILÀ SÉPARÉS D'EUX. CELA SUFFIT-IL À...
... COMPROMETTRE L'ÉQUILIBRE ? HÉLAS, REED, JE LE CRAINS. LE CHAMP RÉDUCTEUR DÉRAILLE...
LE VAISSEAU REPREND SA TAILLE NORMALE ! LE FROTTEMENT LE MET À RUDE ÉPREUVE !
JAMAIS IL NE FRANCHIRA LE PASSAGE !
LA FRONTIÈRE ! ATTENTION !

SUE SE VOIT ÉPOUSE ET MÈRE COMBLÉE... ELLE EXULTE.
BRUCE, MÉDUSÉ, DÉCOUVRE UNE VIE DE CONFLITS CONJUGAUX, UN PÈRE ABUSIF, UN ADOLESCENT INFIRME.
TONY S'IRRITE DE SE TROUVER SI IMMATURE, SI FAIBLE, SI DÉPENDANT.
STEVE VOIT UNE VIE DE COMBATS, DE DÉVOUEMENT À UNE CAUSE... RIEN N'A CHANGÉ.
NAGUÈRE, EN APPROCHANT LA FRONTIÈRE, LES QF ONT EU DES VISIONS D'EXISTENCES ANTÉRIEURES. AUJOURD'HUI, TOUS À BORD ÉPROUVENT LE MÊME VERTIGE.

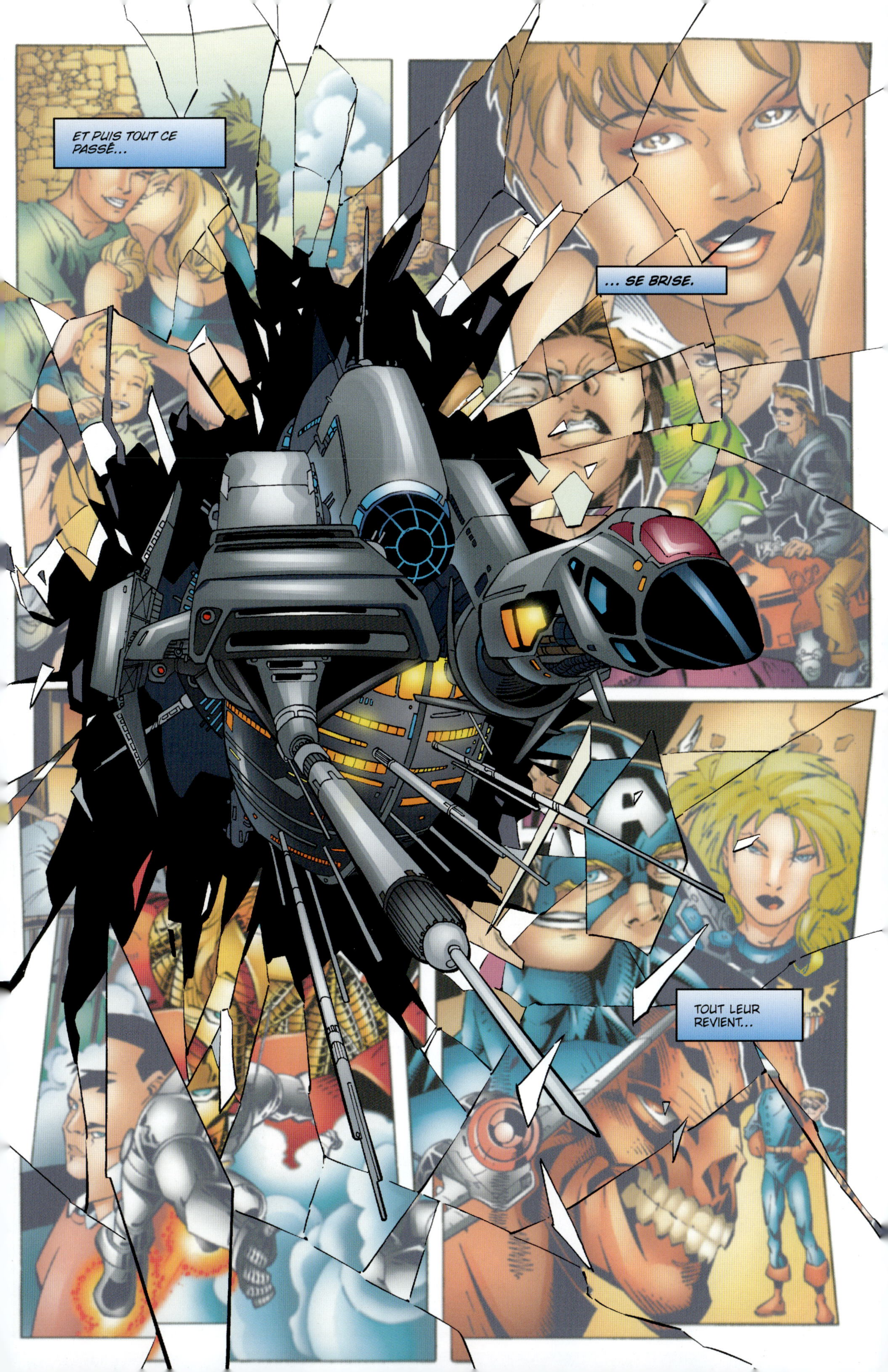
ET PUIS TOUT CE PASSÉ...
... SE BRISE.
TOUT LEUR REVIENT...

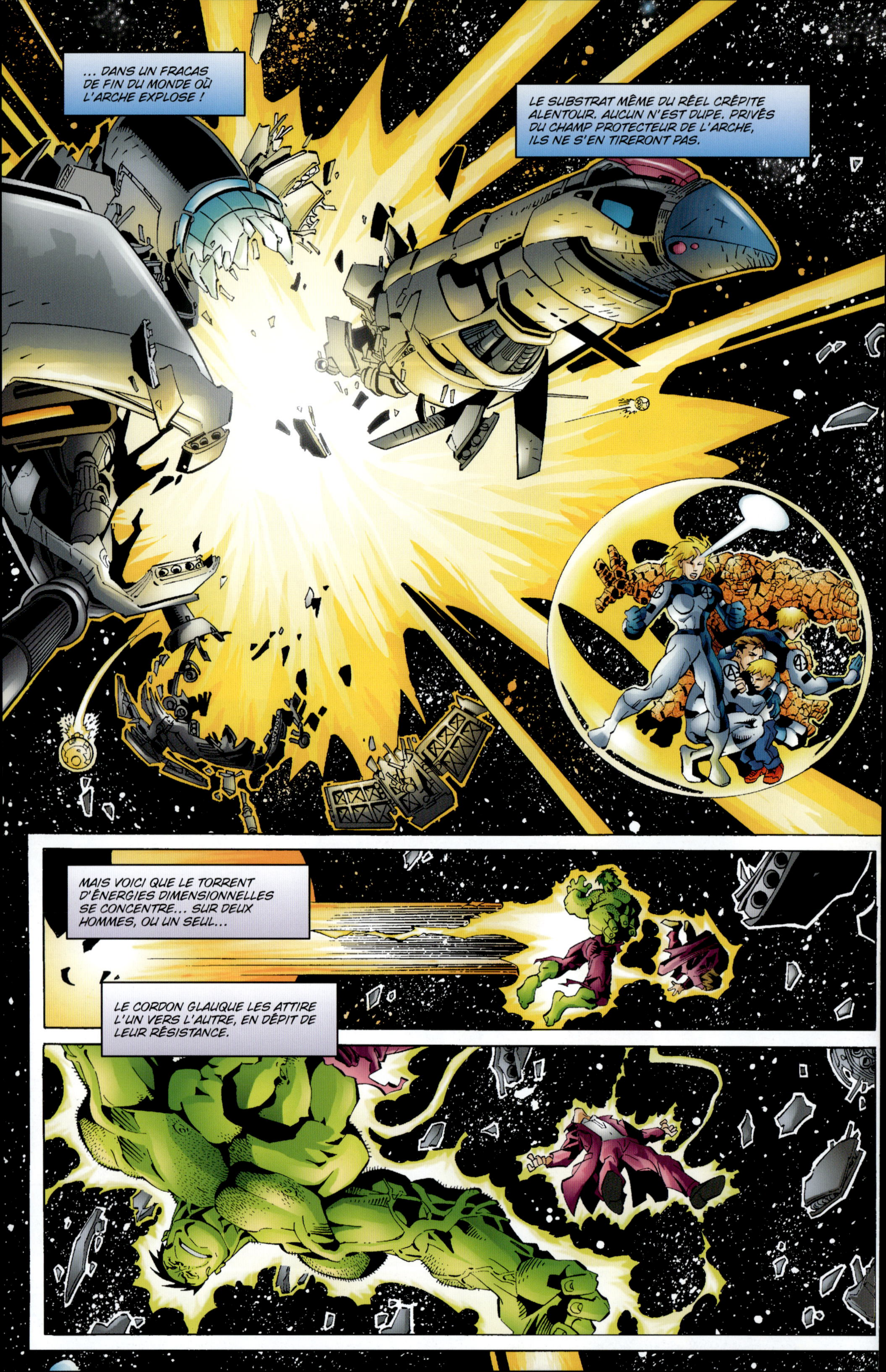
… DANS UN FRACAS DE FIN DU MONDE OÙ L'ARCHE EXPLOSE !
LE SUBSTRAT MÊME DU RÉEL CRÉPITE ALENTOUR. AUCUN N'EST DUPE. PRIVÉS DU CHAMP PROTECTEUR DE L'ARCHE, ILS NE S'EN TIRERONT PAS.
MAIS VOICI QUE LE TORRENT D'ÉNERGIES DIMENSIONNELLES SE CONCENTRE… SUR DEUX HOMMES, OU UN SEUL…
LE CORDON GLAUQUE LES ATTIRE L'UN VERS L'AUTRE, EN DÉPIT DE LEUR RÉSISTANCE.

DEPUIS DES MOIS, HULK CANALISAIT LA PUISSANCE DE DEUX UNIVERS.
À PRÉSENT, IMMERGÉE DANS LE VORTEX D'ÉNERGIES DIMENSIONNELLES, RÉUNIE À LUI-MÊME AU NIVEAU **MOLÉCULAIRE**...
... IL EXPULSE D'UN COUP LA FORCE ACCUMULÉE EN LUI... UN VIDE BÉANT DÉCHIRE LES CONFINS DE LA ZONE NÉGATIVE.
L'AIR S'ENGOUFFRE EN RAFALE DANS LE VIDE AINSI CRÉÉ, ASPIRANT LES VOYAGEURS DANS LE MONDE DE LEUR **NAISSANCE**.
LES HÉROS...

... SONT DE RETOUR.
VOUS AVEZ TRAHI L'ESPRIT DE NOTRE ACCORD... À TORT, NOUS VOUS FAISIONS CONFIANCE.
ASSEZ, TOI, POUR QUI TE PRENDS-TU ? TU NOUS AS MANIPULÉS, PERSÉCUTÉS, BRISÉS !
NOUS GÂTONS FRANKLIN, VRAIMENT ? QUI A DIT CELA ?
QUELQU'UN... QUE VOUS AVEZ DÉTRUIT AUSSI...
VEILLE À TON PRÉCIEUX FARDEAU, SUE !
LES VOYAGEURS SONT RENTRÉS, DONC... LA PLUIE A CESSÉ. LE SYMBOLE BIBLIQUE DE L'ALLIANCE SE DÉPLOIE À LA FOIS...

... DANS LE CIEL DE DEUX MONDES.
LA POPULATION ENTIÈRE -MOINS UNE JEUNE FILLE- CÉLÈBRE LA FIN DE LA TERREUR. YEUX DE FLAMME, MISSILES EMBRASÉS, TOUT A DISPARU.
LA JEUNE FILLE...
... SENT MOURIR SON RÊVE.
PEUT-ÊTRE N'A-T-ELLE PAS TORT. CERTAINS PRÉTENDENT QUE LE MONDE... QUE L'UNIVERS ENTIER...
...N'EST QUE LE RÊVE D'UN GÉANT ENDORMI.
QUE L'HOMME ET TOUT CE QUI L'ENTOURE...
... SONT LES FANTASMES D'UN ÊTRE SUPÉRIEUR, PLONGÉ DANS LE SOMMEIL.
ASHEMA A EFFECTUÉ UNE EXPÉRIENCE DONT NUL N'AVAIT PRÉVU L'ISSU.

L'UNIVERS DE FRANKLIN EN ÉTAIT LE SUJET. FRANKLIN... CELUI EN QUI LES CÉLESTES ONT RECONNU LEUR ÉGAL. CELUI QU'ILS VOULAIENT ÉDUQUER, TESTER.
ASHEMA, CELLE QUI ÉCOUTE, A ÉTÉ CHOISIE POUR CETTE MISSION D'ÉTUDE. TRÈS VITE, ELLE A PERDU LE CONTRÔLE ET CESSÉ DE COMPRENDRE... MAINTENANT, ELLE SAIT...
EN ACCÉDANT À LA CONDITION HUMAINE, ELLE A MÛRI ET GRANDI. ET SON SAVOIR S'ÉTENDRA AUX AUTRES CÉLESTES.
L'EXPÉRIENCE APPORTE LA CONNAISSANCE... MAIS SANS LA MATURITÉ, LE SAVOIR N'EST QUE VANITÉ.
ASHEMA A SACRIFIÉ SA PROPRE CONSCIENCE À LA SURVIE DE L'AUTRE UNIVERS. IL PERDURERA EN ELLE DANS LES SIÈCLES DES SIÈCLES.
LES CÉLESTES EFFECTUERONT SUR ELLE DES TESTS INTERDITS AUX OBSERVATEURS DÉTACHÉS DE TOUT QU'ILS ÉTAIENT JUSQU'ICI. LEUR ÉVOLUTION SERA LONGUE... MAIS LES CÉLESTES ONT LE TEMPS.

"RÊVE D'UN GÉANT"... ET SI LES CÉLESTES EUX-MÊMES N'ÉTAIENT QUE LE FRUIT D'UNE IMAGINATION FANTASTIQUE. ÉTERNELLE ?
COMME L'UNIVERS ENTIER ?
COMME NOUS ?
FIN

THOR ANNUAL (1999) 1
Couverture : **DAN JURGENS**

LES SCANNERS PÉRIMÉTRIQUES ONT IDENTIFIÉ L'OBJECTIF. SANS AUCUN DOUTE, C'EST LUI.
PFFF ! T'AS BESOIN D'UN LABO PLEIN DE BIDULES POUR NOUS DIRE ÇA ? Y A QU'À LE REGARDER, POURTANT. ÇA PEUT ÊTRE...
... QUE THOR !
STAN LEE PRÉSENTE:
Un Dieu pleure
DAN JURGENS SCRIPT / DESSIN
KLAUS JANSON ENCRAGE
MARK BERNARDO COULEUR
ASTARTE DESIGN - ROMA LETTRAGE & ADAPTATION GRAPHIQUE
GENEVIÈVE COULOMB TRADUCTION
TOM BREVOORT & BOB HARRAS RÉDACTION USA

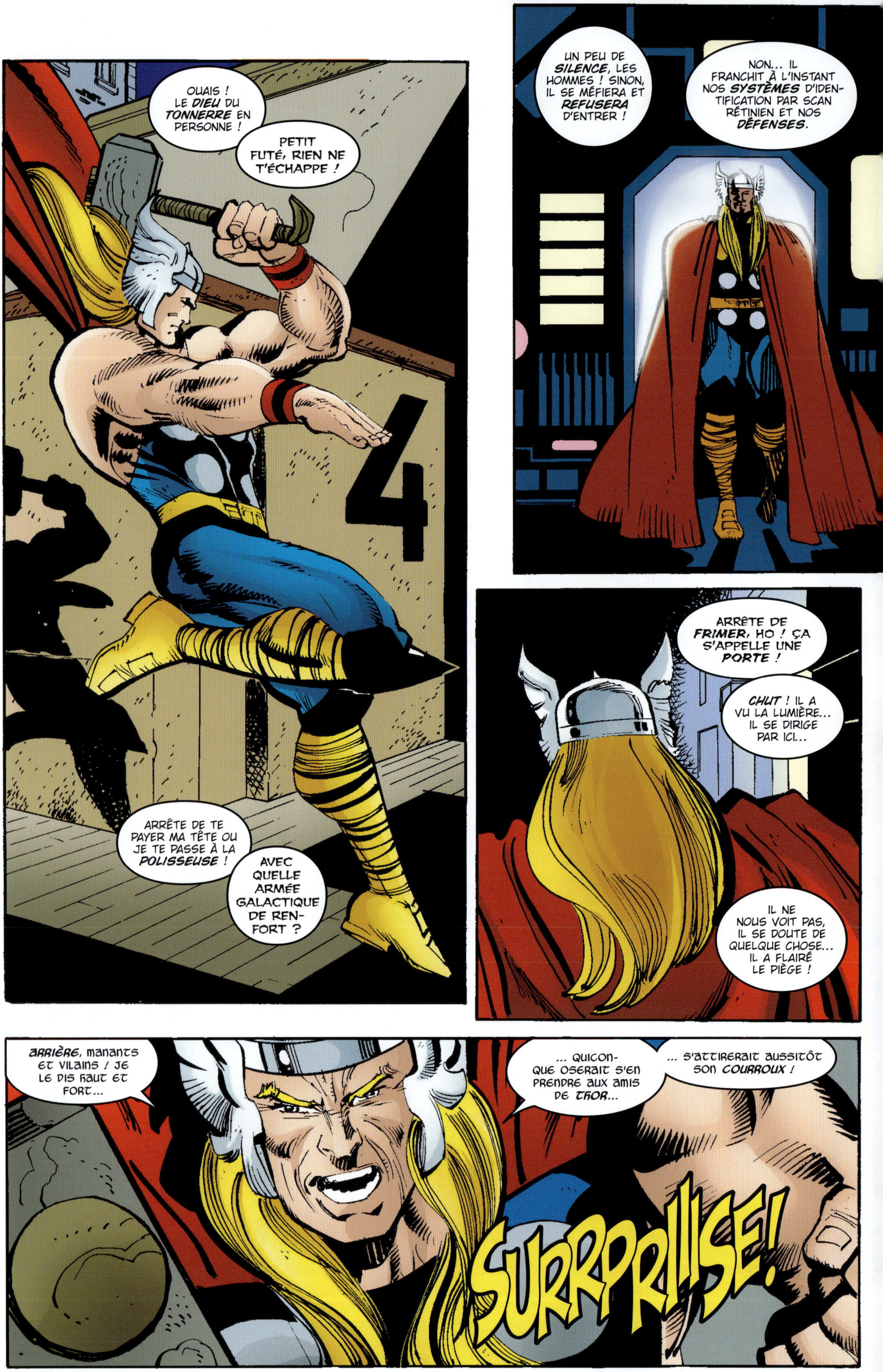

OUAIS ! LE DIEU DU TONNERRE EN PERSONNE !
PETIT FUTÉ, RIEN NE T'ÉCHAPPE !
ARRÊTE DE TE PAYER MA TÊTE OU JE TE PASSE À LA POLISSEUSE !
AVEC QUELLE ARMÉE GALACTIQUE DE RENFORT ?
UN PEU DE SILENCE, LES HOMMES ! SINON, IL SE MÉFIERA ET REFUSERA D'ENTRER !
NON... IL FRANCHIT À L'INSTANT NOS SYSTÈMES D'IDENTIFICATION PAR SCAN RÉTINIEN ET NOS DÉFENSES.
ARRÊTE DE FRIMER, HO ! ÇA S'APPELLE UNE PORTE !
CHUT ! IL A VU LA LUMIÈRE... IL SE DIRIGE PAR ICI...
IL NE NOUS VOIT PAS, IL SE DOUTE DE QUELQUE CHOSE... IL A FLAIRÉ LE PIÈGE !
ARRIÈRE, MANANTS ET VILAINS ! JE LE DIS HAUT ET FORT...
... QUICONQUE OSERAIT S'EN PRENDRE AUX AMIS DE THOR...
... S'ATTIRERAIT AUSSITÔT SON COURROUX !
SURRPRIISE!

QUELLE TRAHISON EST-CE LÀ ? POURQUOI LES 4 FANTASTIQUES CHERCHENT-ILS À DUPER LE DIEU DE LA FOUDRE ?
JAMAIS ENTENDU PARLER DE "SURPRISE PARTY" ?
JOHNNY... LES COUTUMES ASGARDIENNES SONT DIFFÉRENTES DES NÔTRES !
TOUT LE MONDE A PAS LA VEINE DE CONNAÎTRE LE FOLKLORE DE YANCY STREET.
NOS REMERCIEMENTS SE SONT FAIT ATTENDRE, THOR.
SANS TOI, FATALIS M'AURAIT PEUT-ÊTRE GARDÉ AVEC LUI !
OUI, THOR. TU AS SAUVÉ MON FILS.
NOUS T'EN SERONS TOUJOURS RECONNAISSANTS.
C'EST TROP DE BONTÉ, DAME JANE.
SECOURIR L'INNOCENCE EN PÉRIL EST LE PREMIER DES DEVOIRS DE THOR.
NOUS PARTAGEONS CE SENTIMENT. FATALIS A BIEN FAILLI DISPARAÎTRE AVEC FRANKLIN.
CE SOUVENIR ME GLACE JUSQU'AUX MOELLES.
JE NE L'OUBLIE PAS NON PLUS, RICHARDS.

LES ÉVÉNEMENTS DE CE JOUR-LÀ FAILLIRENT ME METTRE À LA MERCI DE *FATALIS*.
NOUS, LES HÉROS DE LA TERRE, PRISONNIERS D'UN UNIVERS QUI N'ÉTAIT POINT LE NÔTRE...
... CROYIONS NOTRE EXIL TERMINÉ... QUAND LE BANDIT ENLEVA TON ENFANT.
POUR L'HONNEUR, POUR ASGARD, JE **M'ÉLANÇAI** SUR **FATALIS**...
... TANDIS QUE TU LUI ARRACHAIS TA PROGÉNITURE.
SEULEMENT GRÂCE À TON INTERVENTION. FRANKLIN ?
TIENS, THOR ! JE L'AI FAIT POUR TOI !
VEUX-TU DONC ARRACHER DES LARMES AU FILS D'*ODIN* ?
THOR N'EST POINT ACCOUTUMÉ À DE TELLES ATTENTIONS !

"LA COLÈRE DE FATALIS DÉBORDA COMME L'HYDROMEL D'UN HANAP.
"SON ARMURE ME REPOUSSANT, IL TENTA DE REGAGNER L'UNIVERS D'OÙ NOUS ÉTIONS VENUS."
TU **OSES** TE PRÉTENDRE **DIEU**...
... TOI QUI TE **COMPROMETS** AVEC CES ÊTRES INFÉRIEURS ?
C'EST UN CRIME CONTRE L'UNIVERS QUE TU COMMETS LÀ ! MOI QUI NE SUIS QUE MORTEL, SACHE-LE...
... JE SUIS PAR MES AMBITIONS **SUPÉRIEUR** À TOI DE TOUTE FAÇON !
"SOUDAIN, CELA ARRIVA.
"TANDIS QU'IL DÉBLATÉRAIT, UN ÉVÉNEMENT DIMENSIONNEL SE PRODUISIT...
"... SANS QUE J'Y EUSSE PART.
"MON DERNIER SOUVENIR...
"... EST UN ÉCLAIR... PLUS ÉBLOUISSANT QUE TOUTE LA CLARTÉ D'**ASGARD** LA SAINTE !"

TOUT CELA EST L'AFFAIRE DE QUELQUES INSTANTS... ET TU AS MIS DES SEMAINES À REVENIR SUR TERRE.
CES SEMAINES-LÀ, RICHARDS, SONT MYSTÈRE POUR MOI AUSSI.
MAMAN, THOR IL A UNE... ANNÉSIE, ALORS ?
AMNÉSIE, CHÉRI.
SALAUD DE FATALIS ! UN TYPE COMME ÇA, C'EST PIRE QU'UN BÂTON DANS LES ROUES DU VÉLO DE LA VIE !
ON S'INQUIÉTAIT POUR TOI, BOUCLES D'OR. L'ÉLASTOC SURTOUT.
OUI... J'AVAIS HÂTE DE REVOIR CELUI GRÂCE À QUI FRANKLIN A PU RENTRER AU BERCAIL.
ÇA, C'EST SÛR ! L'HOMME-CAOUTCHOUC TE CHERCHAIT TELLEMENT PARTOUT...
"... QUE SON FOURBI DE DÉTECTION COSMIQUE ENVAHISSAIT TOUTE LA MAISON !
NON MAIS HO, TU PERMETS ?
FATALIS. OÙ EST-IL ?
JE L'IGNORE, HÉLAS !
SON SORT RESTE POUR MOI ENVELOPPÉ DE TÉNÈBRES.

EN VAIN JE CHERCHE À ME REMÉMORER LES FAITS.
WOW ! TON HISTOIRE, THOR, ÇA FAIT PEUR !
COMMENT ES-TU REVENU SUR TERRE ?
JE NE M'ÉVEILLAI POINT SUR MIDGARD LA DOUCE...
... MAIS EN ASGARD, LA GLORIEUSE D'ANTAN... HÉLAS !... POUR N'Y RETROUVER QUE CENDRES ET RUINES.
LE ROYAUME ÉTERNEL ÉTAIT DÉTRUIT, SES TOURS D'OR DÉSERTÉES.
DEPUIS LORS, JE ME RONGE EN SONGEANT AU DESTIN D'ASGARD...

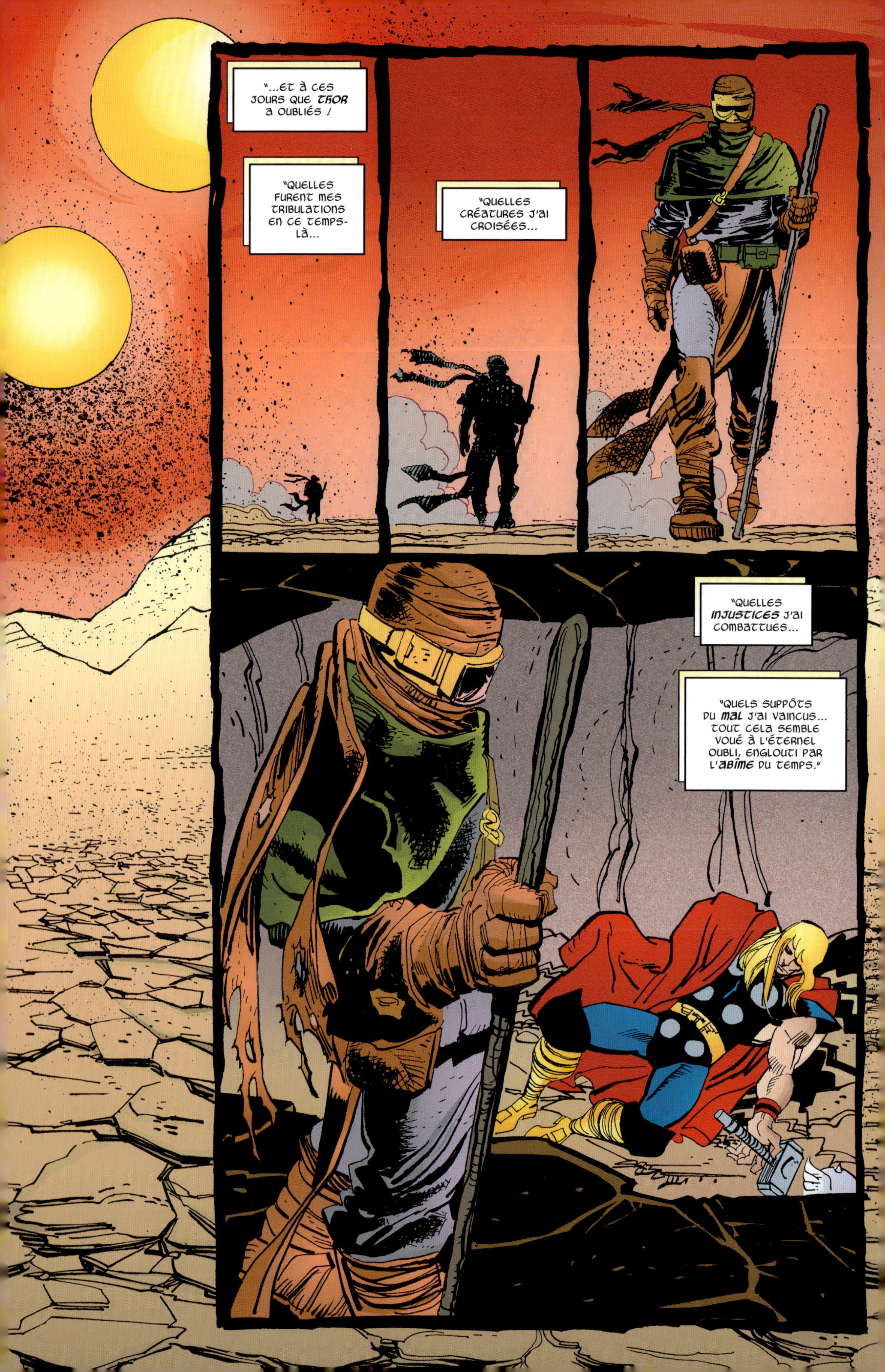
"...ET À CES JOURS QUE THOR A OUBLIÉS !
"QUELLES FURENT MES TRIBULATIONS EN CE TEMPS-LÀ...
"QUELLES CRÉATURES J'AI CROISÉES...
"QUELLES INJUSTICES J'AI COMBATTUES...
"QUELS SUPPÔTS DU MAL J'AI VAINCUS... TOUT CELA SEMBLE VOUÉ À L'ÉTERNEL OUBLI, ENGLOUTI PAR L'ABÎME DU TEMPS."

ENFIN !
JE ME DEMANDAIS SI TU T'ÉVEILLERAIS JAMAIS !
V... VEUX-TU DIRE QUE...
TU ES RESTÉ TROIS JOURS INCONSCIENT, ÉTRANGER.
MOI, CÉRANDA...
... JE VEILLE SUR TOI DEPUIS QUE JE T'AI DÉCOUVERT DANS UNE CAVERNE.
TU N'ES POINT DE MIDGARD ! APPRENDS À THOR EN QUEL LIEU IL SE TROUVE !
THOR. JE CONNAIS ENFIN TON NOM.
SI J'EN CROIS TON APPARENCE, TU N'ES PAS ORIGINAIRE DE NOTRE SYSTÈME DE BALATRAAN.
QUE NENNI ! J'IGNORE LES DÉTAILS DE L'AFFAIRE, MAIS C'EST UN PHÉNOMÈNE PARANORMAL QUI A CONDUIT CÉANS LE FILS D'ODIN !
PARLES-TU TOUJOURS DE TOI À LA TROISIÈME PERSONNE ?
TA BONTÉ TE VAUT À JAMAIS LA GRATITUDE DE THOR... MAIS LORSQUE TU M'AS DÉCOUVERT, ÉTAIS-JE SEUL ?
OUI, SANS AUCUN DOUTE, BEAU BLOND. POURQUOI ?
LES LOUCHES MACHINATIONS D'UN DÉNOMMÉ FATALIS EMPLISSENT MON ÂME D'INQUIÉTUDE, CÉRANDA.
SI CET INFÂME N'ÉTAIT POINT PRÈS DE MOI... ALORS...

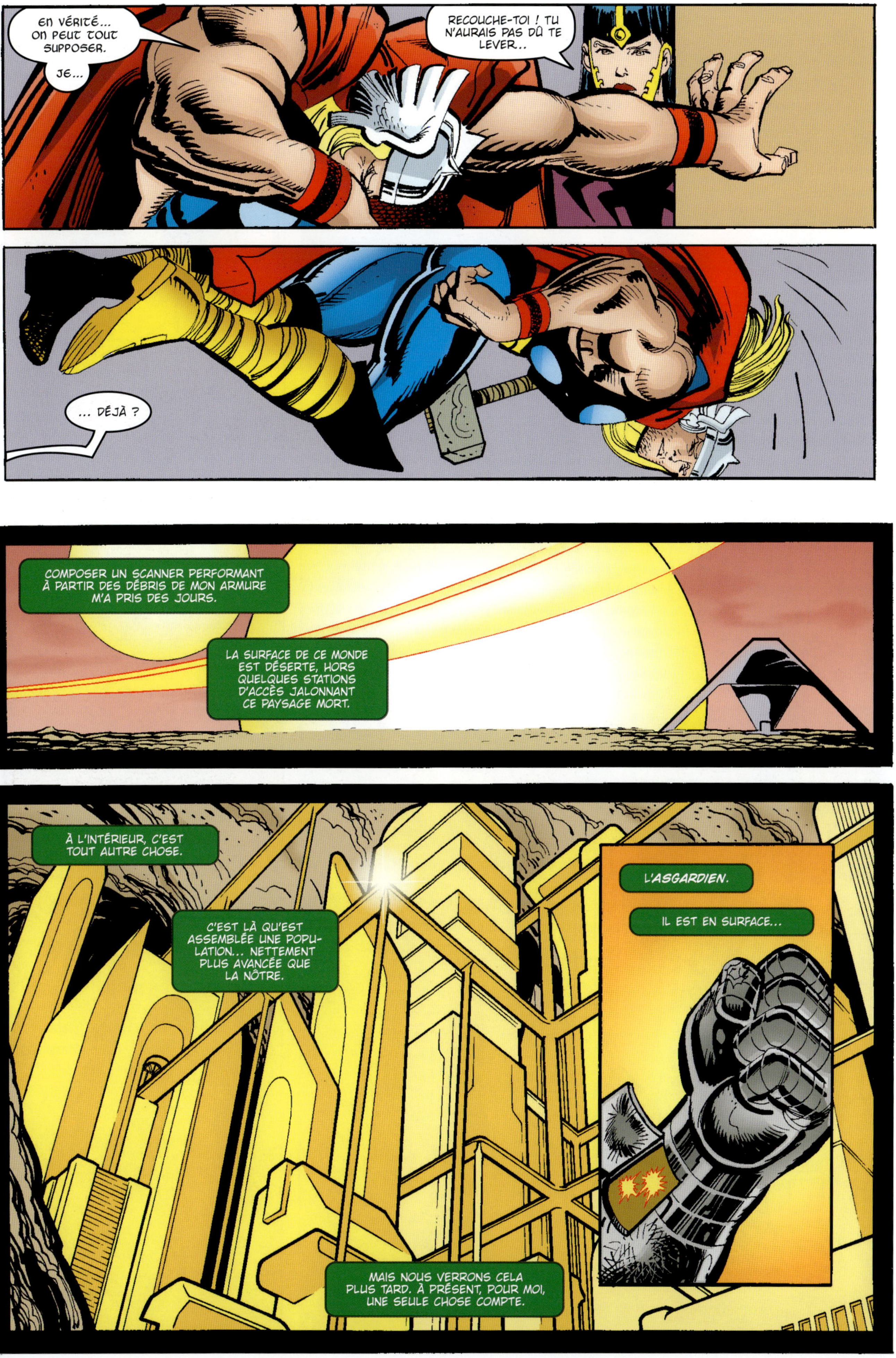
EN VÉRITÉ... ON PEUT TOUT SUPPOSER.
JE...
RECOUCHE-TOI ! TU N'AURAIS PAS DÛ TE LEVER...
... DÉJÀ ?
COMPOSER UN SCANNER PERFORMANT À PARTIR DES DÉBRIS DE MON ARMURE M'A PRIS DES JOURS.
LA SURFACE DE CE MONDE EST DÉSERTE, HORS QUELQUES STATIONS D'ACCÈS JALONNANT CE PAYSAGE MORT.
À L'INTÉRIEUR, C'EST TOUT AUTRE CHOSE.
C'EST LÀ QU'EST ASSEMBLÉE UNE POPULATION... NETTEMENT PLUS AVANCÉE QUE LA NÔTRE.
MAIS NOUS VERRONS CELA PLUS TARD. À PRÉSENT, POUR MOI, UNE SEULE CHOSE COMPTE.
L'ASGARDIEN.
IL EST EN SURFACE...

... CIRCONSTANCE PLUTÔT FAVORABLE.
J'AI ABSOLUMENT BESOIN DE *LUI*...
... ET DES POUVOIRS DE SON *MARTEAU*.
LE *"DIEU DU TONNERRE"* DEVRA ME RAMENER CHEZ MOI...
... PUISQUE LES FORCES QUI NOUS ONT ENTRAÎNÉS ICI ONT ENDOMMAGÉ MON ARMURE.
TRADUCTEUR INITIALISÉ.
ÉRAS ONT REPÉRÉ UN ÉTRANGER !
QUI ÊTES-VOUS ?
CHIENS MAUDITS ! LAISSONS-LES CROIRE QU'ILS ONT LE DESSUS, LE TEMPS DE JAUGER LEURS FACULTÉS !
BIENTÔT, JE LES ÉCRASERAI TOUS.
JE SUIS FATALIS. JE VIENS... EN *PAIX*.

CES PAROLES DE CONCILIATION ME BRÛLENT LA LANGUE !
MAIS PATIENCE ! TÂCHONS D'EN SAVOIR PLUS...
... SUR L'ASGARDIEN...
COMBIEN DE TEMPS A ENCORE PASSÉ, DAME CÉRANDA ?
UN CYCLE À PEINE... MAIS POUR MOI, LE TEMPS N'EST RIEN.
JE SUIS SI SEULE...!
JADIS, JE VIVAIS À L'INTÉRIEUR, AVEC MES FRÈRES DE RACE... ILS M'ONT BANNIE POUR AVOIR PRATIQUÉ LA SORCELLERIE.
CELA TE CHOQUE ?
NULLEMENT. JE SAIS QU'IL EST DE BONS MAGICIENS AUTANT QUE DE MAUVAIS.
MAIS PLACE ! IL EST TEMPS...
... QUE JE PRENNE CONGÉ. LES COMPAGNONS DE THOR L'ATTENDENT SUR MIDGARD, ET SES FRÈRES EN LA LÉGENDAIRE ASGARD !
QUE LE POUVOIR DE MJOLNIR M'OUVRE LES DIMENSIONS...
... ET ME RAMÈNE CHEZ MOI SUR-LE-CHAMP.

SHRAKKT
PAR LA BARBE D'ODIN !
UN PROBLÈME ?!
AUCUNE FORCE... AUCUNE BARRIÈRE DIMENSIONNELLE NE DEVRAIT RÉSISTER À MJOLNIR !
ODIN EN PERSONNE FORGEA LE MÉTAL D'URU POUR DONNER À THOR DES POUVOIRS TRANSCENDANT L'HUMANITÉ ET LES DIEUX MÊMES !
AINSI EST-IL ÉCRIT. "QUICONQUE SOULÈVERA CE MARTEAU, S'IL EN EST DIGNE, RECEVRA LE POUVOIR DE THOR."
QUICONQUE SOULÈVERA CE MARTEAU, S'IL EN EST DIGNE, RECEVRA LE POUVOIR DE THOR
ET VOICI QU'IL TRAHIT MA VOLONTÉ !
COMMENT CELA EST-IL POSSIBLE ? SERAIT-CE... ENCORE UNE MANŒUVRE DE FATALIS ?
D'APRÈS LE SCANNER, IL EST TOUJOURS LÀ.
EST-IL...

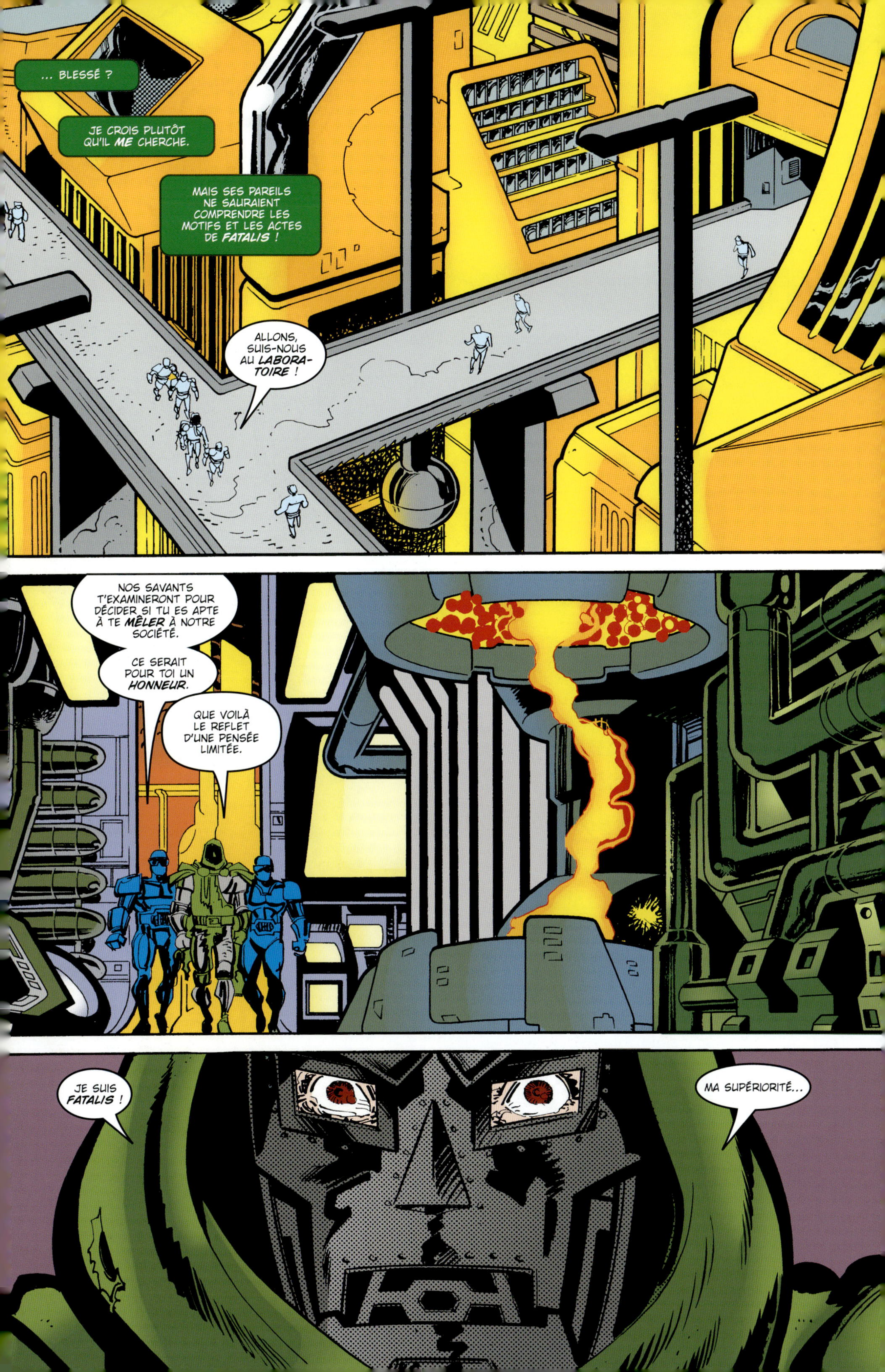

... BLESSÉ ?
JE CROIS PLUTÔT QU'IL ME CHERCHE.
MAIS SES PAREILS NE SAURAIENT COMPRENDRE LES MOTIFS ET LES ACTES DE FATALIS !
ALLONS, SUIS-NOUS AU LABORATOIRE !
NOS SAVANTS T'EXAMINERONT POUR DÉCIDER SI TU ES APTE À TE MÊLER À NOTRE SOCIÉTÉ.
CE SERAIT POUR TOI UN HONNEUR.
QUE VOILÀ LE REFLET D'UNE PENSÉE LIMITÉE.
JE SUIS FATALIS !
MA SUPÉRIORITÉ...

... EST INCONTESTÉE !
IL EMPOIGNE UN CÂBLE À HAUTE TENSION ! IL EST FOU !
PAUVRES IMBÉCILES !
JE RECHARGE MON ARMURE...

... POUR PRENDRE LE POUVOIR EN CE MONDE...
... ET FAIRE DE VOUS MES SUJETS !
CAR FATALIS EST NÉ POUR COMMANDER ET RÉGNER...
... MÊME SUR QUI OSE SE PRENDRE POUR DIEU !

ALLONS, THOR, VAS-TU **BOUDER** CETTE MATI-NÉE SPLENDIDE ?!
JE VIENS DE TENTER, COMME AU JOUR DE MON AR-RIVÉE, DE REGAGNER MA BIEN-AIMÉE **ASGARD**.
LA BARRIÈRE ?
RESTE INFRANCHISSABLE, HÉLAS !
JE SUIS À JAMAIS CAPTIF EN CE LIEU, SEM-BLE-T-IL.
PLUS JAMAIS JE NE REVERRAI MA PATRIE... NI NE CONTEMPLERAI MIDGARD.
JE **SAIS**, C'EST FRUSTRANT.
MAIS ICI, CE N'EST PAS SI MAL... JE M'Y SUIS ORGANISÉ UNE VIE CONFOR-TABLE...
... ET À NOUS DEUX, NOUS FAISONS UNE BONNE **ÉQUIPE**...

DE TON POINT DE VUE, PEUT-ÊTRE... MAIS THOR N'EN PEUT JUGER AINSI.
JAMAIS ENCORE MJOLNIR N'AVAIT FAILLI À ME SERVIR !
C'EST LÀ CE QUI M'ALARME LE PLUS !
THOR... JE SUIS NAVRÉE QUE TU TE SENTES SI MALHEUREUX PRÈS DE MOI... MAIS MOI AUSSI, JE SUIS PRISONNIÈRE !
FAISONS-NOUS UNE RAISON...
NON, DAME CÉRANDA !
JE SUIS GUERRIER ET AVENGER, VOUÉ À LA PROTECTION DE MIDGARD !
DUSSÉ-JE RESTER ICI DIX ANNÉES DURANT, JAMAIS...
... JE NE DÉSESPÉRERAI DE REGAGNER MA PATRIE !
BON.
COMME TU VEUX.
MAIS EN ATTENDANT, AU LIEU DE FAIRE LA TÊTE, AIDE-MOI À FAIRE CES PLANTATIONS.
"FAIRE LA TÊTE" ?
JAMAIS NUL N'A PARLÉ AINSI AU DIEU DU TONNERRE !
C'EST PEUT-ÊTRE DOMMAGE !

LA CONDUITE DE L'ASGARDIEN M'INTRIGUE.
MES INSTRUMENTS LE SIGNALENT TOUJOURS EN SURFACE.
EST-IL PRISONNIER ? L'AUTRE FORME DE VIE QUE JE DÉTECTE LE RETIENT-ELLE PRÈS D'ELLE ?
MES SCANNERS FONT PAR AILLEURS ÉTAT DE TURBULENCES SÉISMIQUES... COMME S'IL RETOURNAIT LE SOL POUR LE... LABOURER !
EN OUTRE... THOR SEUL PEUT ATTIRER DE TELLES CHUTES DE PLUIE SUR CE MONDE ARIDE !
L'AVENGER, DONC, A TROUVÉ ICI DE L'OCCUPATION.
S'IL NE CHERCHE À FUIR CE ROC RÉBARBATIF, C'EST QUE QUELQU'UN A BESOIN DE LUI...
ET DE SES TALENTS DE HÉROS.
OU DE SA COMPAGNIE.
MAIS JE N'AI PAS LE TEMPS DE ME PENCHER SUR LES NIAISES AMOURETTES DE L'AVENGER.

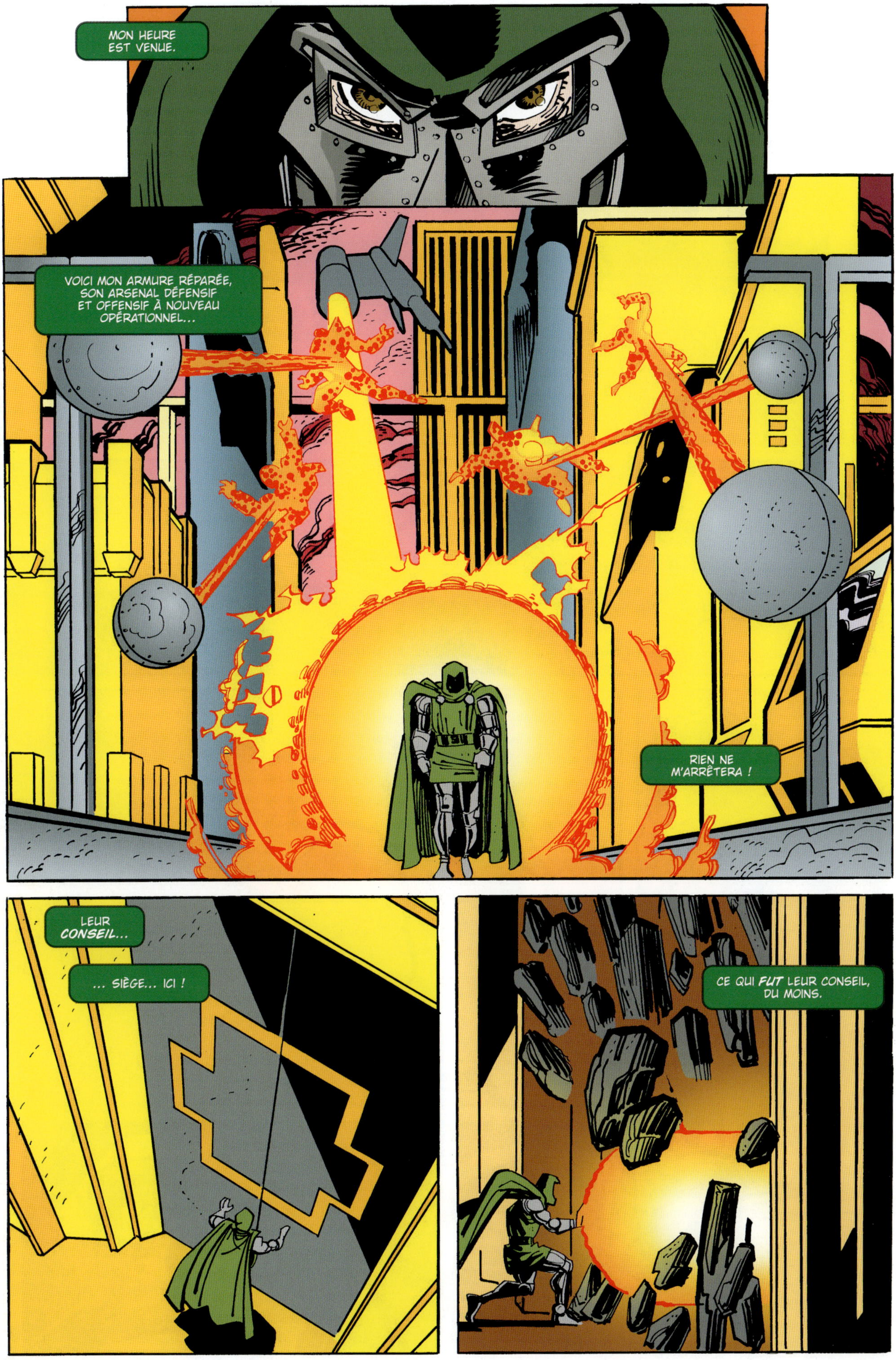
MON HEURE EST VENUE.
VOICI MON ARMURE RÉPARÉE, SON ARSENAL DÉFENSIF ET OFFENSIF À NOUVEAU OPÉRATIONNEL...
RIEN NE M'ARRÊTERA !
LEUR *CONSEIL*...
... SIÈGE... ICI !
CE QUI *FUT* LEUR CONSEIL, DU MOINS.

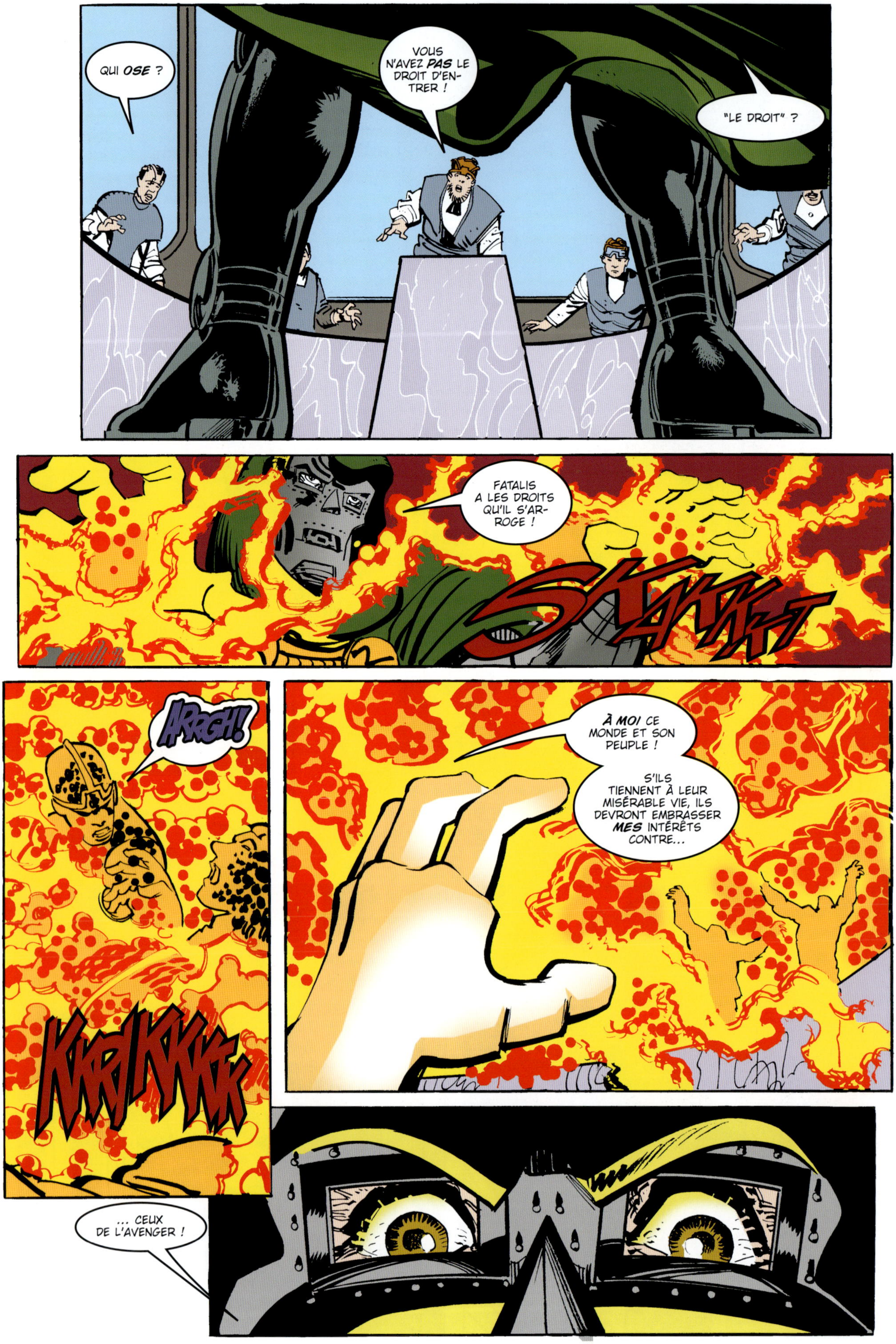
QUI OSE ?
VOUS N'AVEZ PAS LE DROIT D'ENTRER !
"LE DROIT" ?
FATALIS A LES DROITS QU'IL S'ARROGE !
SKAKKKT
ARRGH!
KKRKKKKK
À MOI CE MONDE ET SON PEUPLE !
S'ILS TIENNENT À LEUR MISÉRABLE VIE, ILS DEVRONT EMBRASSER MES INTÉRÊTS CONTRE...
... CEUX DE L'AVENGER !

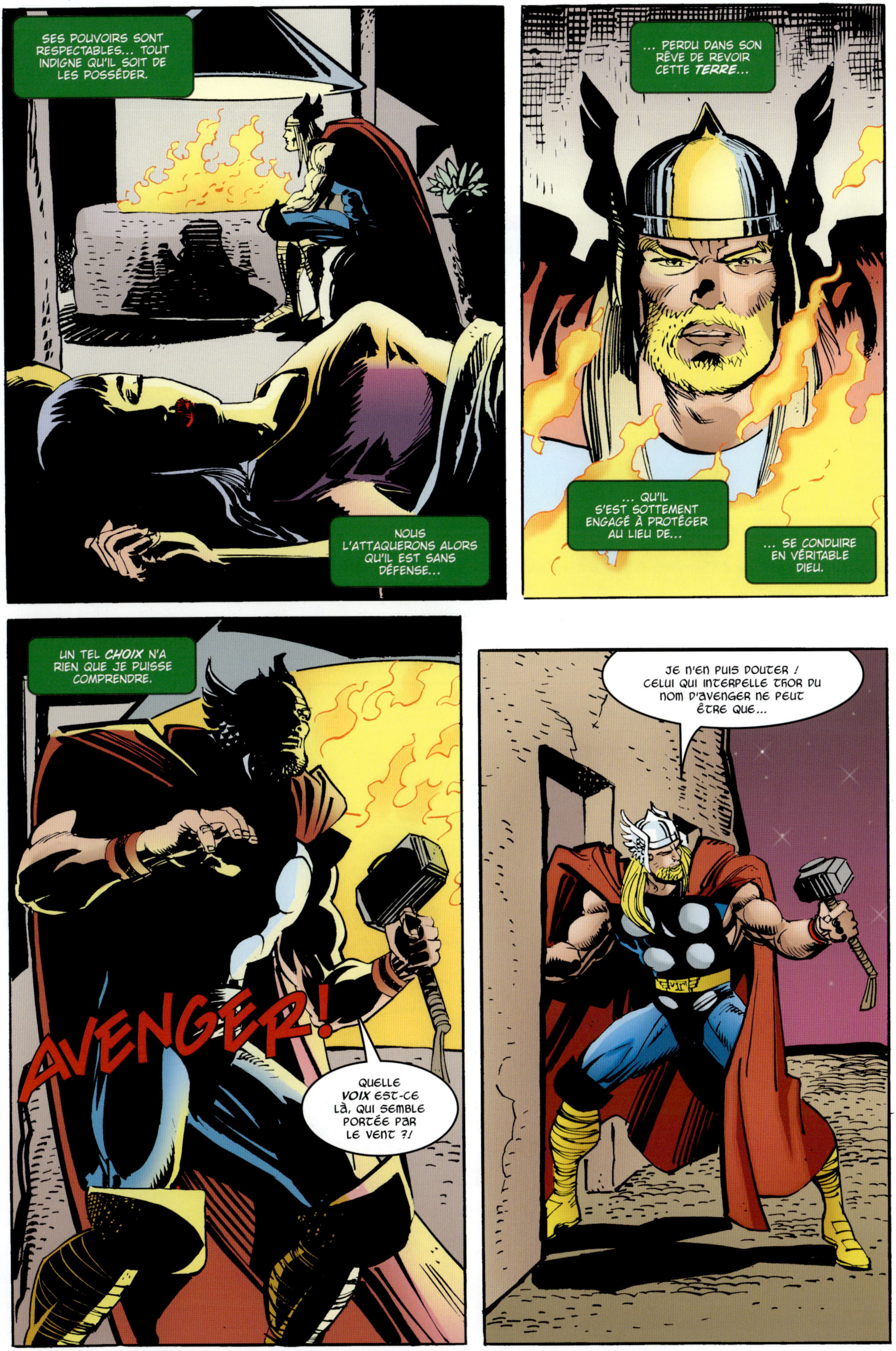
SES POUVOIRS SONT RESPECTABLES... TOUT INDIGNE QU'IL SOIT DE LES POSSÉDER.
NOUS L'ATTAQUERONS ALORS QU'IL EST SANS DÉFENSE...
... PERDU DANS SON RÊVE DE REVOIR CETTE *TERRE*...
... QU'IL S'EST SOTTEMENT ENGAGÉ À PROTÉGER AU LIEU DE...
... SE CONDUIRE EN VÉRITABLE DIEU.
UN TEL *CHOIX* N'A RIEN QUE JE PUISSE COMPRENDRE.
AVENGER!
QUELLE *VOIX* EST-CE LÀ, QUI SEMBLE PORTÉE PAR LE VENT ?!
JE N'EN PUIS DOUTER ! CELUI QUI INTERPELLE THOR DU NOM D'AVENGER NE PEUT ÊTRE QUE...

... FATALIS !
AMÈNE ICI TOUS LES ALLIÉS QUE TU POURRAS TROUVER ! MAIS SOIS-EN CERTAIN...
... TU NE PEUX RIEN CONTRE THOR !
... TROIS MILLIONS D'ÊTRES HABITENT L'INTÉRIEUR DE LA PLANÈTE. J'Y AI ÉTABLI UN DISPOSITIF DIF-FUSANT UN POISON MORTEL...
ILS MOURRONT TOUS SI TU REFUSES DE COOPÉRER !
QUELLE FOLIE TE PORTE À CROIRE QUE THOR CÈDERA À TES VOLONTÉS ?
DISPARAIS, FATALIS ! TU N'AS RIEN D'HUMAIN !
USE DE TON MARTEAU POUR ME RENVOYER SUR TERRE, ET NUL NE PÂTIRA !

SILENCE, AVENGER ! JE NE DÉSIRE PAS ME BATTRE.
J'EXIGE SEULEMENT D'ÊTRE RENVOYÉ EN LATVÉRIE PAR LE POUVOIR DE TON MARTEAU !
ET POUR T'EN CONVAINCRE... SACHE QUE...
CHOWWW
PRENDS GARDE !
SI TU REQUIERS ICI LE POUVOIR DE MJOLNIR...
... TU L'ÉPROUVERAS DANS TOUTE SA FUREUR !
SKRIKKKT
EXACTEMENT CE QUE J'ATTENDAIS.

ARRIÈRE, PIÉTAILLE ! THOR N'A NUL DÉSIR DE VOUS METTRE À MAL !
IL EST SEUL ! POUR LE SALUT DE NOTRE PEUPLE... FEU !
VOUS SERVEZ FATALIS, PAR CRAINTE DE VOIR PÉRIR LES VÔTRES.
THOR COMPATIT À CE SENTIMENT ET AGIRA EN CONSÉQUENCE.
TON IMPUDENCE CAUSERA DES MILLIONS DE MORTS, AVENGER !
JE LIBÈRE LE GAZ !
HALTE LÀ !
OÙ LE MAL SE DÉPLOIE...
... OÙ L'INNOCENT RISQUE DE DEVENIR VICTIME...
... THOR SE DRESSERA POUR COMBATTRE LES FORCES DES TÉNÈBRES ! POUR LA JUSTICE !
POUR L'ÉTERNELLE ASGARD !
BRAKA BRAMM

TA MACHINE DE MORT NE PEUT AVOIR ÉTÉ ENFANTÉE QUE PAR UNE ÂME SOUILLÉE DU MAL ULTIME !
LES PLUS GRANDS ESPRITS, PYM ET RICHARDS, RENDENT HOMMAGE À LA VALEUR SCIENTIFIQUE DE FATALIS...
... MAIS SON GÉNIE EST OBSCUR ET PERVERS, ENTACHÉ DE FOLIE !
RIEN NE M'EMPÊCHERAIT DE DÉCHAÎNER LE MARTEAU ENCHANTÉ CONTRE SON ARMURE...
... SI UNE TELLE ACTION NE RISQUAIT DE FAIRE EXPLOSER LA MACHINE !
EN DÉTRUI-SANT LE CONDUIT ACHEMINANT L'ÉNERGIE QUI ALIMENTE CE COMPLEXE...
... J'AURAI RAISON DE CE PÉRIL !
L'ÉTRANGER NOUS A SAUVÉS !
AH !... CES CRIS DE JOIE SONT PLAISANTS À L'OREILLE !
POURTANT... MA VICTOIRE FUT TROP AISÉE.

C'EST À CROIRE QUE...
PAR HÉLA !
MA PRIORITÉ ÉTANT DE SAUVER LES INNOCENTS DE CE MONDE...
... LA TROP PROMPTE DÉFAITE DE FATALIS...
... M'A ÉCHAPPÉ !
LE VOICI... INCONSCIENT, TERRASSÉ PAR LE POUVOIR DE MJOLNIR.
VOYONS LE VILAIN SOUS LE MASQUE.
SANS CONNAÎTRE TON VRAI VISAGE...
... UNE CHOSE EST CERTAINE, MONSTRE !
TU N'ES POINT FATALIS, MAIS...
... UN FAUX-SEMBLANT !
OÙ ES-TU, PLEUTRE ? JE TE DÉFIE !

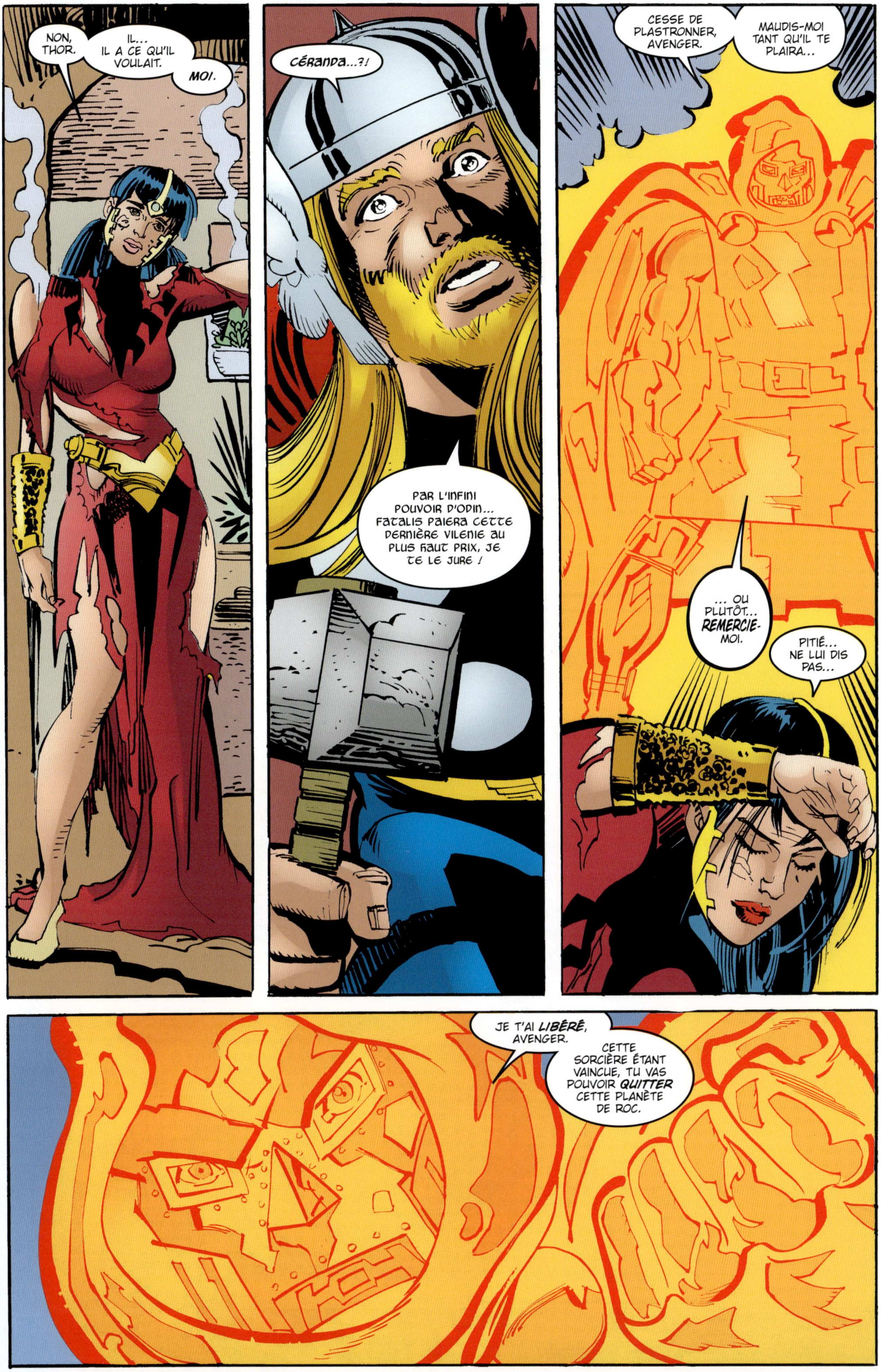
NON, THOR.
IL... IL A CE QU'IL VOULAIT.
MOI.
CÉRANDA...?!
PAR L'INFINI POUVOIR D'ODIN... FATALIS PAIERA CETTE DERNIÈRE VILENIE AU PLUS HAUT PRIX, JE TE LE JURE !
CESSE DE PLASTRONNER, AVENGER.
MAUDIS-MOI TANT QU'IL TE PLAIRA...
... OU PLUTÔT... REMERCIE-MOI.
PITIÉ... NE LUI DIS PAS...
JE T'AI LIBÉRÉ, AVENGER.
CETTE SORCIÈRE ÉTANT VAINCUE, TU VAS POUVOIR QUITTER CETTE PLANÈTE DE ROC.

BIEN-AIMÉ, IL MENT... N'ÉCOUTE PAS SSSSS...
IMPUDENT MORTEL ! TU REGRETTERAS D'AVOIR ATTIRÉ SUR TOI LA COLÈRE DE THOR !
QUOI ? SI INFÉRIEUR À MOI, TU OSES M'INJURIER DE CETTE FAÇON ?
SILENCE, FATALIS ! CÈDE À LA PUISSANCE DE MJOLNIR, OU...
... MEURS !
SI D'AVOIR ÉTÉ MYSTIFIÉ TE MET DANS CETTE RAGE PUÉRILE, NE M'EN TIENS PAS RESPONSABLE !
C'EST À CETTE FEMME QU'IL FAUT T'EN PRENDRE !
JE ME MOQUE DE TOUT CELA...
ALLONS, DIEU DU TONNERRE !
ES-TU STUPIDE AU POINT DE REFUSER L'ÉVIDENCE ?

CÉRANDA N'EST QU'UNE **VILE** SORCIÈRE, AVENGER.
JADIS, ELLE HABITAIT L'INTÉRIEUR DE LA PLANÈTE... DERNIÈRE DES NÉCROMANCIENNES PARMI UN PEUPLE DE TECHNOLOGUES.
LA PRATIQUE MAGIQUE ÉTANT ICI ILLÉGALE, ELLE FUT **EXILÉE** DE LA CITÉ.
EN SURFACE, SOUS LA CHALEUR ACCABLANTE ET LES PLUIES MÉTÉORITIQUES, ELLE LANGUISSAIT DE SOLITUDE.
OR RÉCEMMENT, USANT DE SES TALENTS MAGIQUES POUR OBSERVER LE VIDE COSMIQUE...
... ELLE SURPRIT NOTRE COMBAT.
C'EST **ELLE** QUI NOUS A ATTIRÉS...
... ICI.
AVANT QUE TU AIES REPRIS CONSCIENCE, ELLE A MANIPULÉ LES ÉNERGIES DE TON **MARTEAU**...
... POUR **T'EMPÊCHER** DE REPARTIR...
... ET **MOI** DU MÊME COUP !

NON ! CE SONT LÀ MENSONGES...!
TU CHERCHES À CIRCONVENIR THOR POUR QU'IL TE RENVOIE SUR TERRE !
NON.
JE RÉSOUS SEUL MES PROBLÈ-MES.
JE SUIS GRÂCE À MA MÈRE VERSÉ MOI AUSSI EN SORCELLERIE, AVENGER.
J'AI DÉPOUILLÉ CÉRANDA DE SON POUVOIR POUR L'AMALGAMER AU MIEN.
CELA ME PERMET...
... DE REPRENDRE EN MAIN MON DESTIN.
ADIEU ! POUR TOUJOURS, J'ESPÈRE !
DAME ?
QU'EST-CE À DIRE ?

C'EST FAUSSEMENT QUE FATALIS...?
JE LE VOUDRAIS, MON AMOUR.
C'EST DONC... TOI QUI NOUS AS ATTIRÉS EN CE LIEU ?
"JE NE VOULAIS PAS QUE TU SACHES... EN ME DÉROBANT MES POUVOIRS, FATALIS...
"... M'A BLESSÉE... À MORT.
OUTRE SA VOCATION DE GUERRIER, THOR EST ÉGALEMENT BON MÉDECIN !
TROP TARD...
IL N'Y A QU'UN TEMPS POUR... LES REGRETS ET... LE PARDON.
J'ÉTAIS... SI SEULE.
SI SEULE... QU'EN TE VOYANT, J'AI VOULU...
REPOSE-TOI...
PAS ENCORE... JE VEUX TE DONNER... UN GAGE D'AMOUR...
CÉRANDA ?
PAR MON DERNIER SORTILÈGE...
QUITTE CE MONDE, THOR, ET OUBLIE-MOI...
... POUR NE PAS... PLEURER MA MÉMOIRE...

HÉ, GARS, TU DORS ?
TU AS JAMAIS ÉTÉ LE GENRE À TE CONFIER AUX COPAINS, MAIS LÀ, TU ES ENCORE PLUS COINCÉ QUE D'HABITUDE !
JE NE SAIS QUE DIRE, JOHNNY STORM. UNE TRISTESSE IMMENSE...
... UNE SORTE DE... DEUIL... PÈSE SUR MON CŒUR.
ÇA C'EST PAS ÉTONNANT. T'AS QUAND MÊME PERDU TOUTE TA FAMILLE !

OUI. MAIS J'AI LE SENTIMENT QU'IL Y A...
... PLUS.

SI SEULEMENT NOUS CONNAISSIONS LE SORT DE FATALIS ! LA DISPARITION D'UN PAREIL ENNEMI A DE QUOI INQUIÉTER.
S'IL REPARAÎT, PAR MA FOI JURÉE... THOR SE CHARGERA DE LUI !

BON. EN TOUT CAS... ENCORE MERCI.
SMACK
...!

THOR, T'AS PAS ENCORE REGARDÉ TON CADEAU ! OUVRE !
PARDON, JEUNE FRANKLIN, D'AVOIR TANT DIFFÉRÉ !

RAREMENT LE DIEU DU TONNERRE A REÇU PRÉSENT D'UNE MAIN AUSSI NOBLE !
SCHRIPP
MORBLEU ! MAIS VOILÀ QUI EST... SUPERBE !
CONTRE KANG LE CONQUÉRANT, JE SAIS PAS...
... MAIS AVEC ÇA T'ES PARÉ CONTRE LE GANG DE YANCY STREET !
SOIS REMERCIÉ, FRANKLIN, CAR TU AS AUJOURD'HUI COMBLÉ MON CŒUR !
C'EST VRAI, ÇA TE PLAÎT ?
HÉ ! C'EST PLUS MOI LE TONTON PRÉFÉRÉ, ALORS ?
EH NON, TÊTE D'ALLUMETTE, ON VIENT DE TE PIQUER LE TITRE !

HEROES REBORN: DOOMSDAY (2000) 1
Couverture : **MIKE McKONE**

HEROES REBORN

AU LENDEMAIN D'UN GIGANTESQUE COMBAT, LES PLUS PUISSANTS CHAMPIONS DE LA PLANÈTE SE SONT RETROUVÉS SUR LA TERRE PARALLÈLE D'UN UNIVERS DE POCHE CRÉÉ PAR L'IMAGINATION D'UN ENFANT.

LÀ, IGNORANT LEURS VRAIES ORIGINES, ILS ONT VÉCU DE NOUVELLES VIES, ÉTRANGEMENT SIMILAIRES AUX ANCIENNES. ILS SONT RESTÉS LES MÊMES HÉROS, TOUT EN ÉTANT DIFFÉRENTS.

PUIS, LES CÉLESTES SONT ARRIVÉS POUR RENDRE LEUR JUGEMENT, AVEC L'INTENTION D'ÉLIMINER CE MONDE JUMEAU OU LA TERRE D'ORIGINE QUI L'AVAIT INSPIRÉ.

POUR ASSURER L'EXISTENCE DES DEUX PLANÈTES, LES HÉROS ONT ÉTÉ FORCÉS DE RETOURNER À LEUR UNIVERS D'ORIGINE, REPRENANT LES VIES QU'ILS AVAIENT LAISSÉES DERRIÈRE EUX.

ET PAR AILLEURS, SUR LA TERRE "HEROES REBORN" À PRÉSENT LAISSÉE AUX BONS SOINS DE LA CÉLESTE ASHEMA, LA VIE CONTINUE...

DESIGN BY JOHN ROSHELL AND COMICRAFT

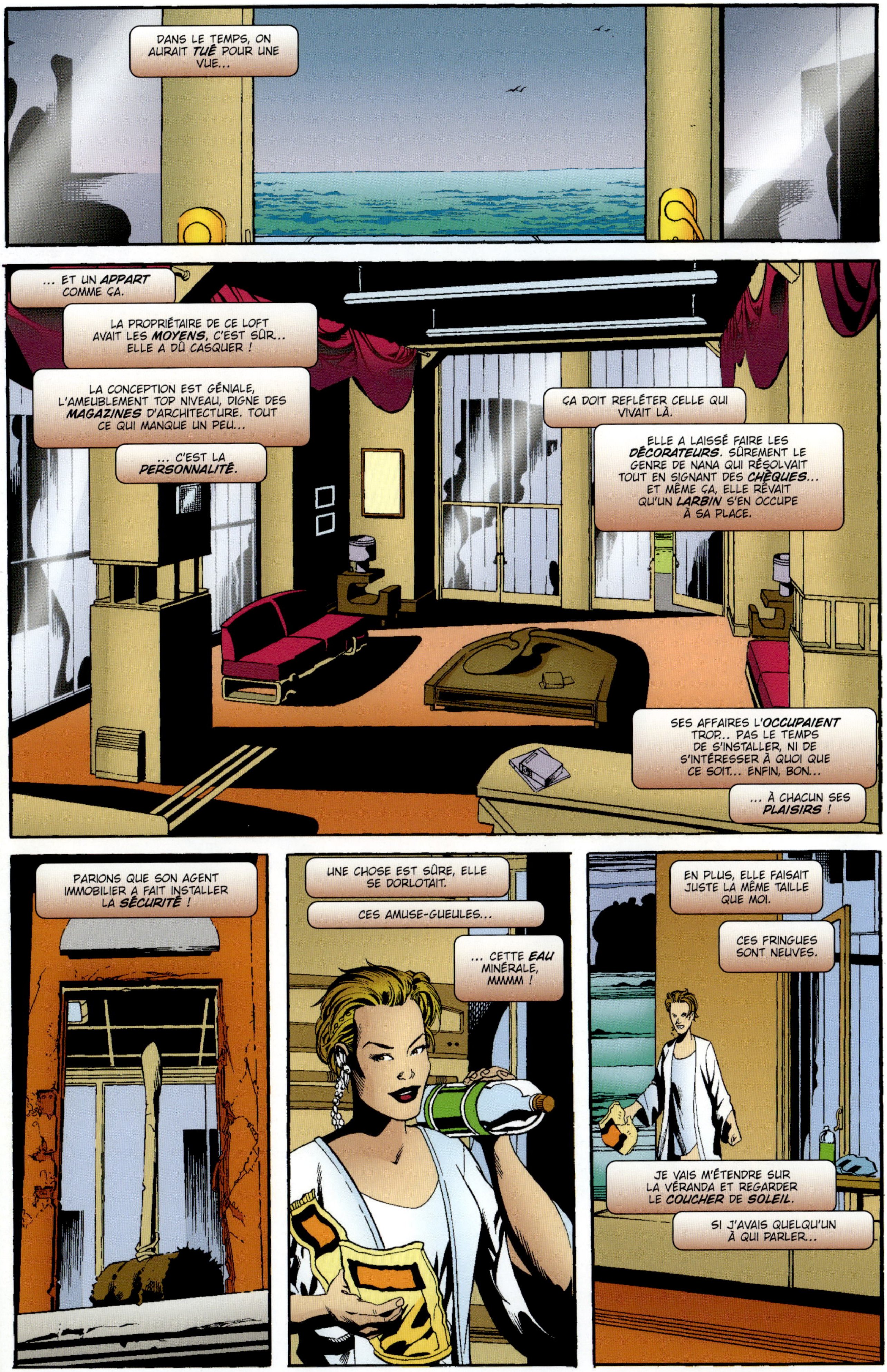
DANS LE TEMPS, ON AURAIT TUÉ POUR UNE VUE...
... ET UN APPART COMME ÇA.
LA PROPRIÉTAIRE DE CE LOFT AVAIT LES MOYENS, C'EST SÛR... ELLE A DÛ CASQUER !
LA CONCEPTION EST GÉNIALE, L'AMEUBLEMENT TOP NIVEAU, DIGNE DES MAGAZINES D'ARCHITECTURE. TOUT CE QUI MANQUE UN PEU...
... C'EST LA PERSONNALITÉ.
ÇA DOIT REFLÉTER CELLE QUI VIVAIT LÀ.
ELLE A LAISSÉ FAIRE LES DÉCORATEURS. SÛREMENT LE GENRE DE NANA QUI RÉSOLVAIT TOUT EN SIGNANT DES CHÈQUES... ET MÊME ÇA, ELLE RÊVAIT QU'UN LARBIN S'EN OCCUPE À SA PLACE.
SES AFFAIRES L'OCCUPAIENT TROP... PAS LE TEMPS DE S'INSTALLER, NI DE S'INTÉRESSER À QUOI QUE CE SOIT... ENFIN, BON...
... À CHACUN SES PLAISIRS !
PARIONS QUE SON AGENT IMMOBILIER A FAIT INSTALLER LA SÉCURITÉ !
UNE CHOSE EST SÛRE, ELLE SE DORLOTAIT.
CES AMUSE-GUEULES...
... CETTE EAU MINÉRALE, MMMM !
EN PLUS, ELLE FAISAIT JUSTE LA MÊME TAILLE QUE MOI.
CES FRINGUES SONT NEUVES.
JE VAIS M'ÉTENDRE SUR LA VÉRANDA ET REGARDER LE COUCHER DE SOLEIL.
SI J'AVAIS QUELQU'UN À QUI PARLER...

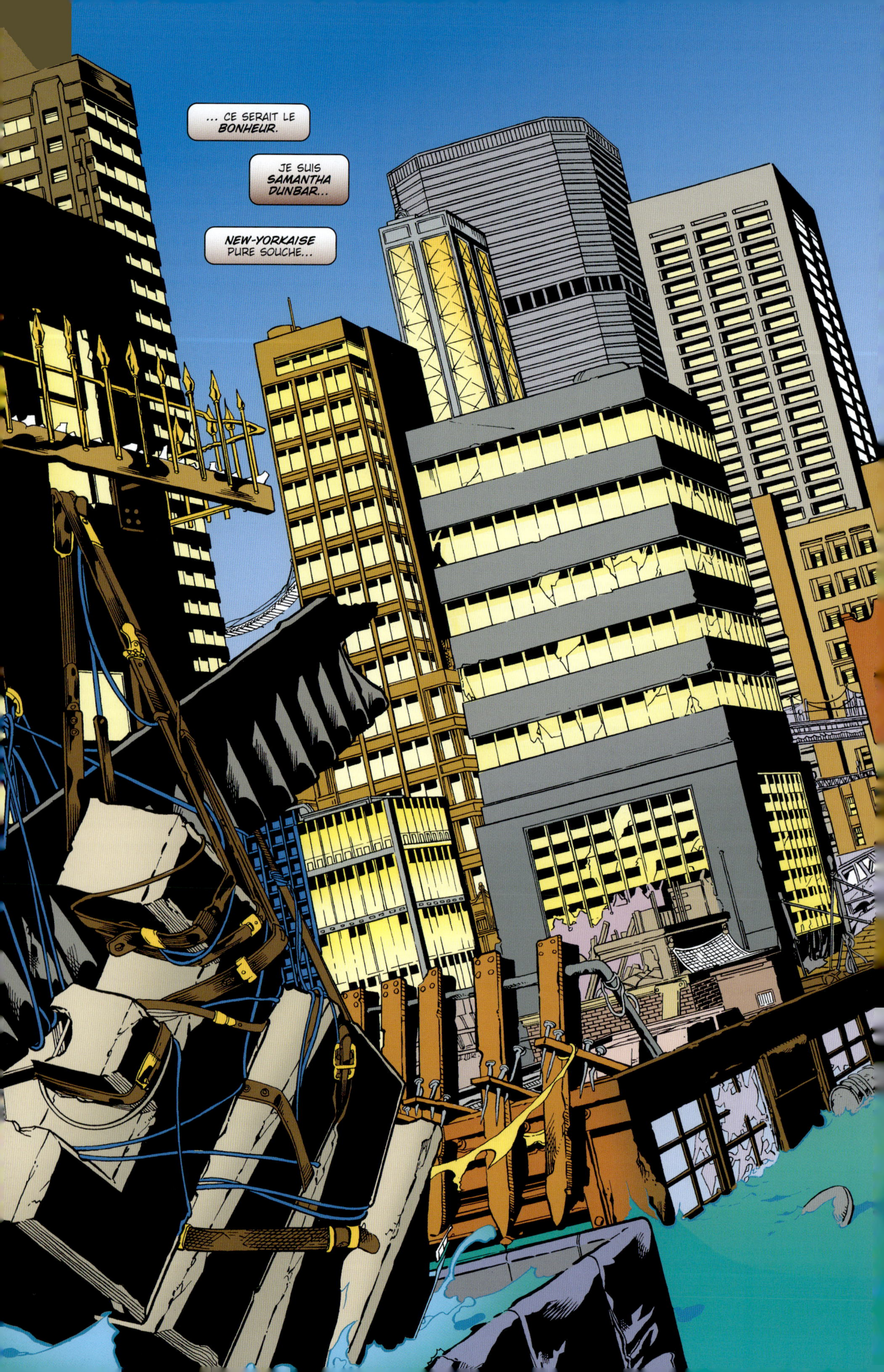

... CE SERAIT LE **BONHEUR.**
JE SUIS **SAMANTHA DUNBAR...**
NEW-YORKAISE PURE SOUCHE...

… DU TEMPS OÙ ON POUVAIT ENCORE FLÂNER DANS LES RUES DE LA "GROSSE POMME".
ALORS, ON AVAIT UN PASSÉ, DES SOUVENIRS… ALORS, LE CONCEPT DE RÉALITÉ VOULAIT DIRE QUELQUE CHOSE.
TOUT A BIEN CHANGÉ.
STAN LEE PRÉSENTE:
LA RENAISSANCE DES HÉROS
FIN DES TEMPS
UN MONDE CRUEL
PAR CHRIS CLAREMONT ET MIKE MCKONE
MARK MCKENNA ENCRAGE MARK BERNARDO COULEURS
STUDIO VIANNEY JALIN LETTRAGE ET ADAPTATION GRAPHIQUE
GENEVIÈVE COULOMB TRADUCTION TOM BREVOORT, BOB HARRAS RÉDACTION USA

SALVADOR

QU'EST-CE QUE C'EST QUE ÇA ?
UNE EXPLOSION... OU UN NOUVEAU DÉGOURDI EN COLLANT PRESSÉ D'EXHIBER SES POUVOIRS ?
ET PUIS, LE FEU D'ARTIFICE SE RAPPROCHE...
... ET MON SANG SE GLACE.
IMAGINEZ... LE CIEL EST UN RIDEAU. IMAGINEZ... UNE GRANDE FLAMME SURNATURELLE LE CONSUME... LAISSANT ENTREVOIR CE QUI SE TROUVE DERRIÈRE.
J'AI DÉJÀ VU ÇA UNE FOIS, UNE SEULE... LE JOUR OÙ NOS HÉROS SONT REPARTIS CHEZ EUX.
POUR LA PLUPART DES GENS ORDINAIRES, CETTE ESPÈCE DE FLASH A ÉTÉ LEUR DERNIÈRE VISION SUR CETTE TERRE.
MON TOUR EST-IL VENU DE REJOINDRE LES MIENS ?
ET SOUDAIN, J'APERÇOIS AUTRE CHOSE... UN TRUC...
... QUI DÉGRINGOLE.
ON DIRAIT... UN MEC !
FWOOOSH

JE N'AI PAS PRIS LE TEMPS DE RÉFLÉCHIR.
UNE VRAIE FOLIE !
MAIS SUIVRE MON INSTINCT...
... M'A PLUTÔT BIEN RÉUSSI, DEPUIS DES MOIS QUE LE MONDE EST DEVENU UN ENFER.
CONTRAIREMENT À TANT D'AUTRES, JE VIS ENCORE.
ET PUIS, CETTE CRÉATURE EST TOMBÉE, POUR AINSI DIRE, À MA PORTE.
JE ME JETTE À L'EAU PAR PURE CURIOSITÉ... JE VEUX VOIR QUI C'EST.
IMPRESSIONNANT, COMME ENTRÉE ! SA CHUTE À TRAVERS L'ATMOSPHÈRE A GÉNÉRÉ UNE CHALEUR TELLE QUE L'EAU BOUILLONNE AUTOUR DE LUI.
MON CERVEAU RÂLE QUE LA CURIOSITÉ EST UN VILAIN DÉFAUT... QUE JE FERAIS MIEUX DE RETOURNER FISSA EN SURFACE. ICI...
... C'EST CHEZ LES ATLANTES.
CES GARS-LÀ N'APPRÉCIENT LES GENS DE LA SURFACE...
... QUE MORTS.
MAIS ME VOILÀ ASSEZ PRÈS POUR L'OBSERVER...
PAS DE BULLES !
IL N'A POURTANT PAS PU ÉLIMINER SI VITE UNE TELLE CHALEUR !
OH MINCE ! CE GANT...!

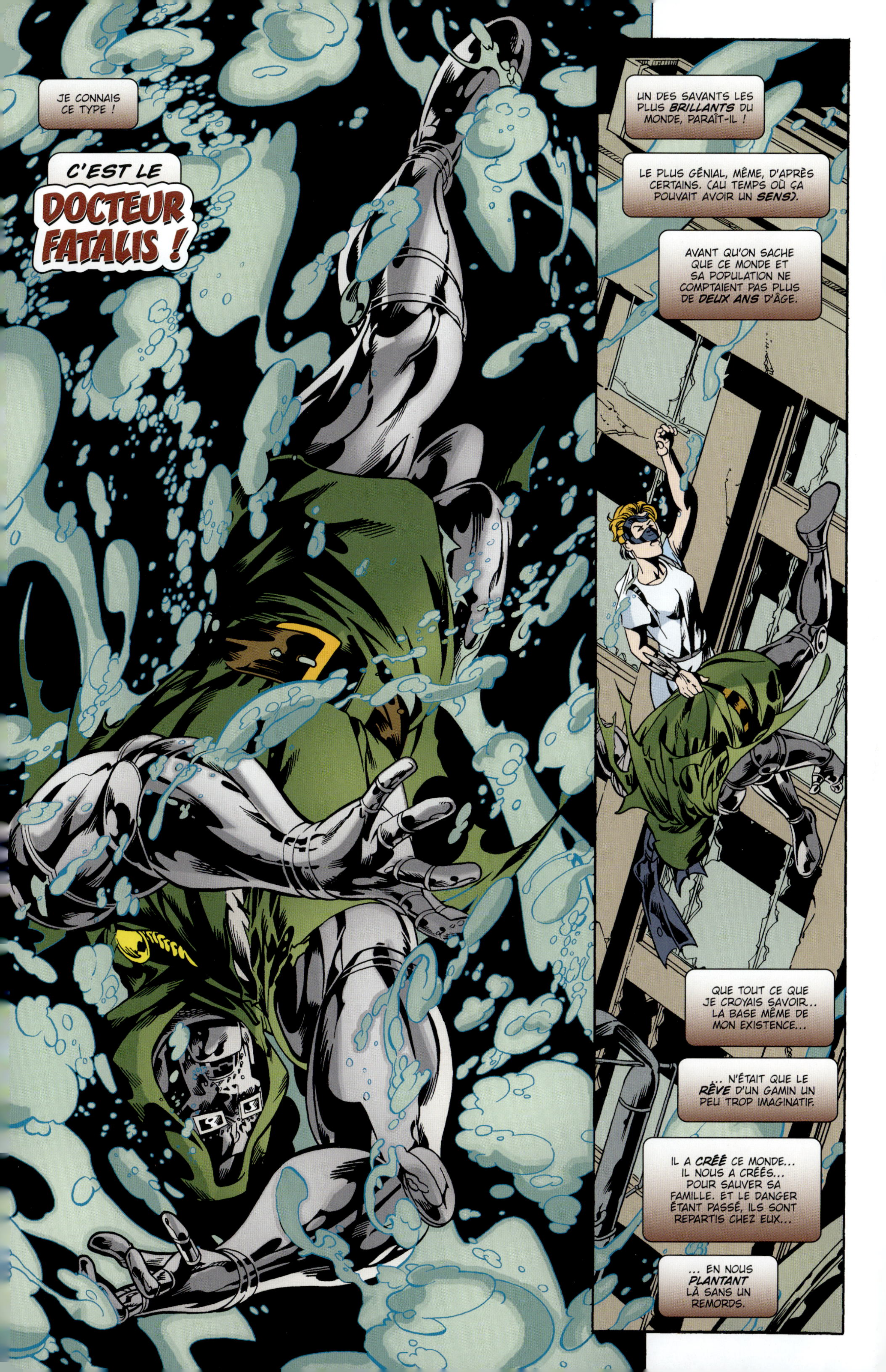
JE CONNAIS CE TYPE !
C'EST LE DOCTEUR FATALIS !
UN DES SAVANTS LES PLUS BRILLANTS DU MONDE, PARAÎT-IL !
LE PLUS GÉNIAL, MÊME, D'APRÈS CERTAINS. (AU TEMPS OÙ ÇA POUVAIT AVOIR UN SENS).
AVANT QU'ON SACHE QUE CE MONDE ET SA POPULATION NE COMPTAIENT PAS PLUS DE DEUX ANS D'ÂGE.
QUE TOUT CE QUE JE CROYAIS SAVOIR... LA BASE MÊME DE MON EXISTENCE...
... N'ÉTAIT QUE LE RÊVE D'UN GAMIN UN PEU TROP IMAGINATIF.
IL A CRÉÉ CE MONDE... IL NOUS A CRÉÉS... POUR SAUVER SA FAMILLE. ET LE DANGER ÉTANT PASSÉ, ILS SONT REPARTIS CHEZ EUX...
... EN NOUS PLANTANT LÀ SANS UN REMORDS.

LES *ATLANTES* CROIENT QUE C'EST GAGNÉ.
MALGRÉ LE POIDS DE LEURS ARMURES, ILS FONCENT AVEC LA GRÂCE PUISSANTE DE REQUINS.
MAIS MÊME DANS LEUR ÉLÉMENT...
... ILS NE SONT PAS *INVINCI-BLES !*
ILS SONT *K.-O.* !
PAS LE TEMPS DE CHANTER VICTOIRE ! VITE...
... DE L'AIR !

LE TEMPS DE REVENIR À FATALIS, ILS ME COUPENT TOUTE RETRAITE !
CES GUERRIERS ONT APPRIS LA PRUDENCE...
ILS PROCÈDENT COMME SI J'ÉTAIS DE LEUR RACE.
EN FAIT... C'EST UN SUPER COMPLIMENT !
COMME ÉPITAPHE, CE SERAIT PAS MAL !
J'ESSAIE DE LES SEMER...
AU TEMPS POUR MOI !
J'ENRAGE... PAS CONTRE EUX. CONTRE MOI.
MOURIR ICI, ET POUR UNE PAREILLE RAISON, GRRRRR !
LE GARS QUE JE VOULAIS SAUVER EST DÉJÀ MORT, PROBABLE !

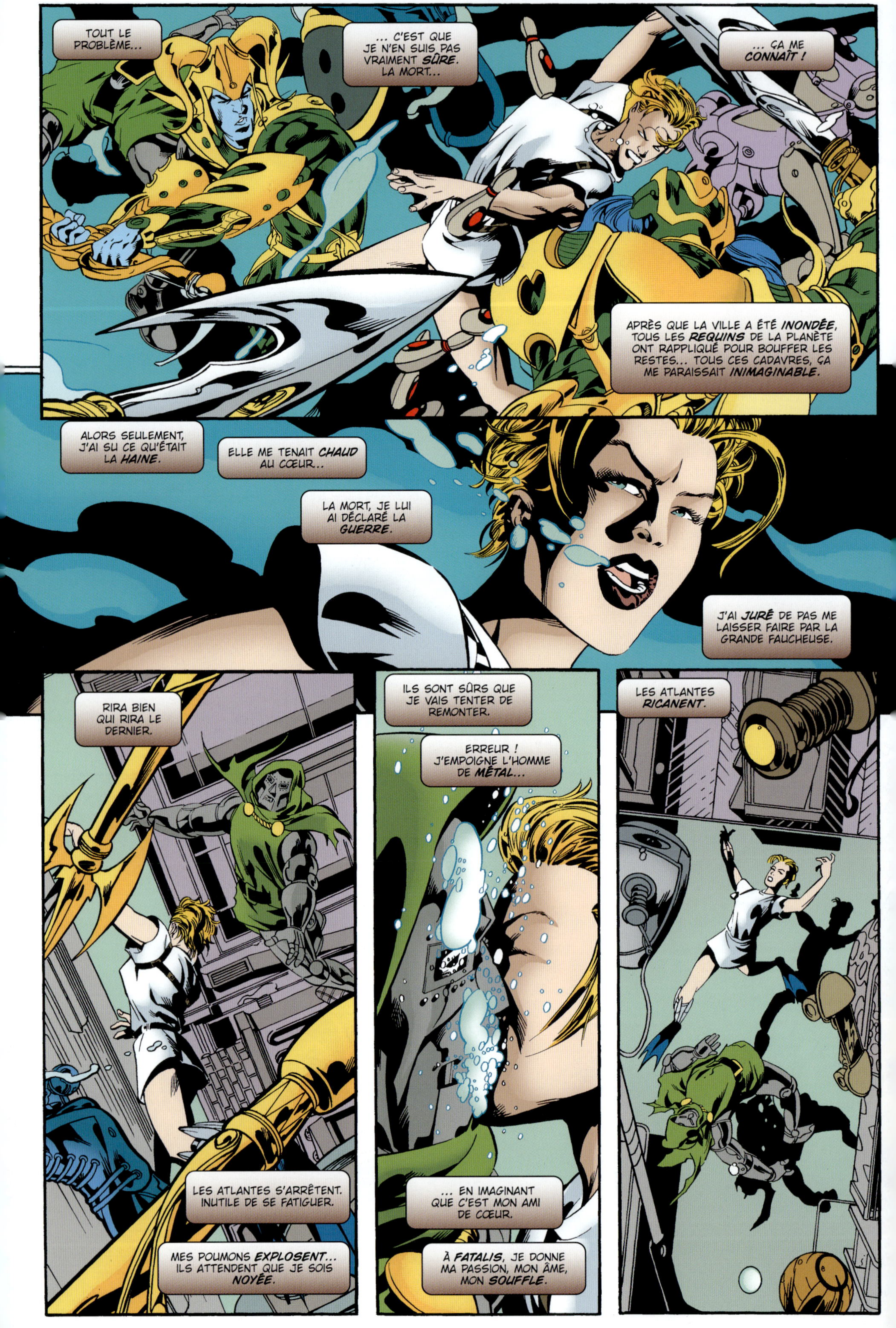
TOUT LE PROBLÈME...
... C'EST QUE JE N'EN SUIS PAS VRAIMENT SÛRE. LA MORT...
... ÇA ME CONNAÎT !
APRÈS QUE LA VILLE A ÉTÉ INONDÉE, TOUS LES REQUINS DE LA PLANÈTE ONT RAPPLIQUÉ POUR BOUFFER LES RESTES... TOUS CES CADAVRES, ÇA ME PARAISSAIT INIMAGINABLE.
ALORS SEULEMENT, J'AI SU CE QU'ÉTAIT LA HAINE.
ELLE ME TENAIT CHAUD AU CŒUR...
LA MORT, JE LUI AI DÉCLARÉ LA GUERRE.
J'AI JURÉ DE PAS ME LAISSER FAIRE PAR LA GRANDE FAUCHEUSE.
RIRA BIEN QUI RIRA LE DERNIER.
LES ATLANTES S'ARRÊTENT. INUTILE DE SE FATIGUER.
MES POUMONS EXPLOSENT... ILS ATTENDENT QUE JE SOIS NOYÉE.
ILS SONT SÛRS QUE JE VAIS TENTER DE REMONTER.
ERREUR ! J'EMPOIGNE L'HOMME DE MÉTAL...
... EN IMAGINANT QUE C'EST MON AMI DE CŒUR.
À FATALIS, JE DONNE MA PASSION, MON ÂME, MON SOUFFLE.
LES ATLANTES RICANENT.

L'UN D'EUX S'ENHARDIT.
IL S'IMAGINE QUE J'AI MON COMPTE... IL TIRE SON POIGNARD...
IL VEUT PRENDRE MA TÊTE COMME TROPHÉE TANT QUE JE SUIS ENCORE CONSCIENTE.
ÇA LUI COÛTE CHER.
KRAK
JE RESSENS UNE ESPÈCE DE PULSION...
... COMME L'ONDE DE CHOC D'UN SÉISME.
J'ENTENDS LES ATLANTES HURLER DE RAGE ET DOULEUR, TANDIS QUE LES GUERRIERS SONT PROJETÉS AU LOIN...
... PUIS UN GRONDEMENT, RAPPELANT LE DÉCOLLAGE D'UNE NAVETTE SPATIALE.
J'AI L'IMPRESSION DE M'ENVOLER... DE SOMBRER.
COOL.
UN ANGE, SANS DOUTE, ME TRANSPORTE...
... JUSQU'AU PARADIS...

LE NIVEAU OCÉANIQUE EST MONTÉ...
... DE PLUS DE TRENTE MÈTRES. CETTE VILLE N'EST PAS SEULE À ÊTRE INONDÉE... C'EST PAREIL POUR LES TROIS QUARTS DU GLOBE.
DE TOUS LES BUILDINGS DU MONDE ENTIER...
... CELUI-CI SEUL POUVAIT RESTER PRATIQUEMENT INTACT.
À MOI LE BAXTER BUILDING ! J'EN REVENDIQUE LA PROPRIÉTÉ EXCLUSIVE !
PLONGER DANS CES EAUX HOSTILES...
... POUR SAUVER UN ÉTRANGER... REQUIERT UN GRAND COURAGE.
ELLE N'A PAS ABANDONNÉ FATALIS...
... FATALIS NE L'ABANDONNERA PAS.
PLUS...
... DE POULS... VITE !
MON ARMURE PEUT GÉNÉRER UNE SORTE D'ÉLECTROCHOC QUI STIMULERA SON CŒUR !
RIEN.
AUCUNE...
... RÉACTION !
ALLONS, FEMME STUPIDE ! RESPIRE, QU'ATTENDS-TU ?
EST-IL TROP TARD ? LA CAUSE EST-ELLE PERDUE ?
NON !
ELLE EST FORTE... C'EST UNE LUTTEUSE-NÉE !
ELLE M'A OFFERT SON DERNIER SOUFFLE, ELLE M'A SAUVÉ.
NI ELLE NI FATALIS NE RENONCERONT !
RESPIRE, FEMME, JE TE L'ORDONNE ! VIS !

GASP !
BLEURGH !
KRAK
TOI !
ASSASSIN !
QUELLE FOLIE TE SAISIT, FEMME ?
REPRENDS-TOI ! JE T'AI SAUVÉ LA VIE !
VOUS NOUS AVEZ...
... ASSAS-SINÉS... TOUS !
VOUS ÊTES... PARTIS ! ON AVAIT BESOIN DE VOUS... VOUS NOUS AVEZ ABAN-DONNÉS !!
VOUS, NOS HÉROS !
VOUS... AVEZ...
... TRAHI NOTRE CON-FIANCE !

JE SUIS RESTÉE LÀ...
... SANGLOTANT À PERDRE HALEINE... JE DISJONCTAIS, JE VOULAIS MOURIR.
UNE SOUFFRANCE PRESQUE OUBLIÉE...
... LE CHAGRIN, REVENAIENT EN FORCE.
... AVEC LES BLESSURES NON CICATRISÉES.
FATALIS, LUI, RESTAIT LÀ, IMPASSIBLE.
COMME SI LA RAGE, LA DOULEUR, ÉTAIENT UN LIEN ENTRE NOUS.
QUAND À LA FIN JE ME SUIS CALMÉE...
... J'AI VU OÙ IL M'AVAIT AMENÉE.
NON !
N'IMPORTE OÙ, MAIS PAS ICI !
NE RESTONS PAS LÀ... PARTONS VITE, VITE !
QU'EST-CE DONC, FEMME ?
4
TRÊVE D'ABSURDITÉ ! CE LIEU ME REVIENT DE DROIT !
IL EST HANTÉ.
FATALIS SE RIT DES FANTÔMES.
OH, ASSEZ ! JE NE PLAISANTE PAS !
LE BAXTER BUILDING A QUELQUE CHOSE... MÊME LES ATLANTES ONT APPRIS À PASSER AU LARGE !
DANS LES JOURS QUI ONT SUIVI LE CATACLYSME, DES TAS DE GENS SONT VENUS LE PILLER OU S'Y INSTALLER.
PERSONNE N'Y A RÉSISTÉ UNE NUIT.
C'EST ICI LA CITADELLE DU RIVAL NUMÉRO UN DE FATALIS.
LES DÉFENSES, SANS DOUTE, SONT FORMIDABLES...
MAIS FATALIS SE FAIT FORT DE LES DÉSAMORCER.
CE BUILDING ET CE MONDE SONT À LUI !
QU'ON VIENNE LES LUI DISPUTER...
... ET ON TROUVERA À QUI PARLER !

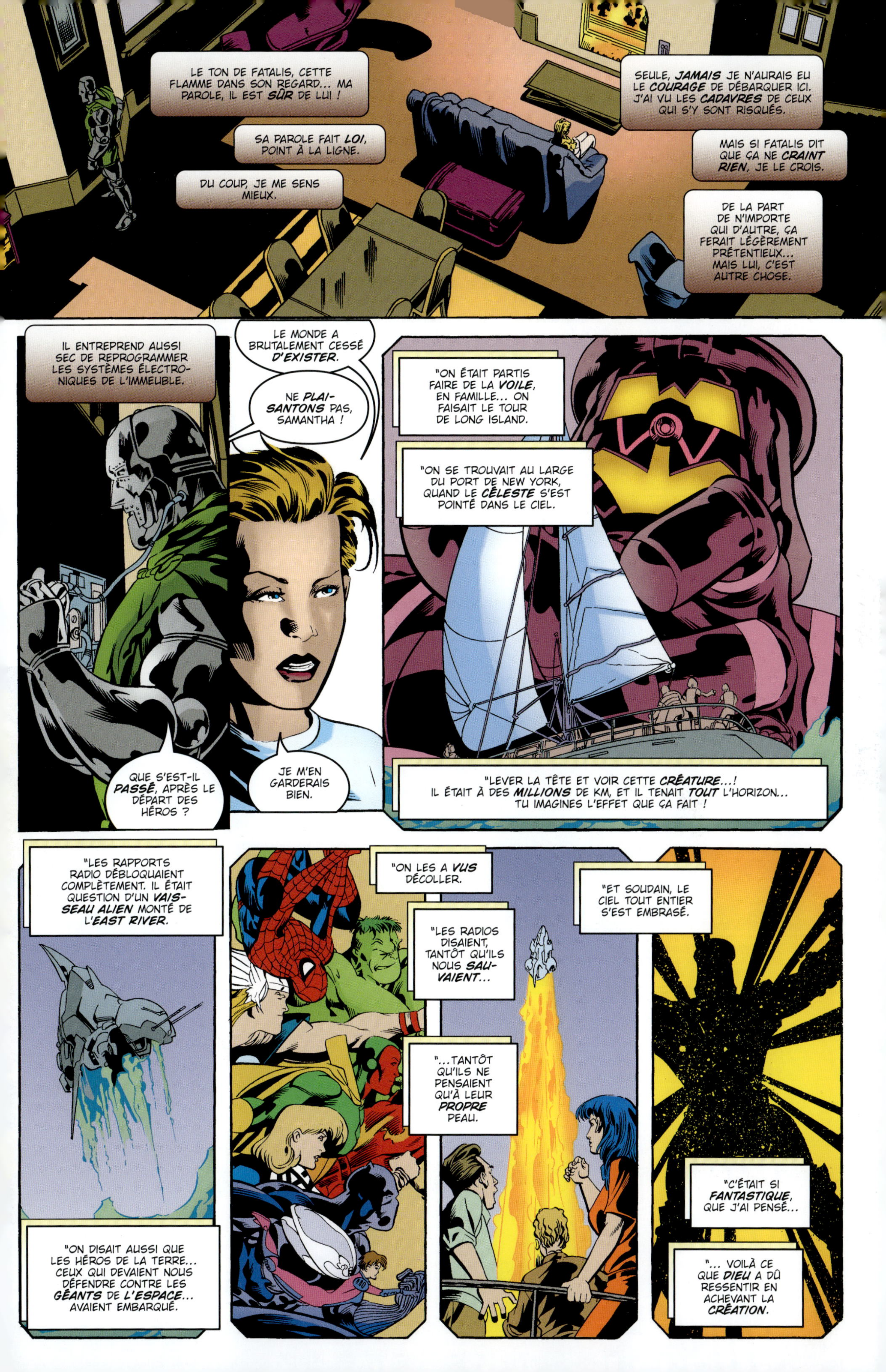

LE TON DE FATALIS, CETTE FLAMME DANS SON REGARD... MA PAROLE, IL EST SÛR DE LUI !
SA PAROLE FAIT LOI, POINT À LA LIGNE.
DU COUP, JE ME SENS MIEUX.
SEULE, JAMAIS JE N'AURAIS EU LE COURAGE DE DÉBARQUER ICI. J'AI VU LES CADAVRES DE CEUX QUI S'Y SONT RISQUÉS.
MAIS SI FATALIS DIT QUE ÇA NE CRAINT RIEN, JE LE CROIS.
DE LA PART DE N'IMPORTE QUI D'AUTRE, ÇA FERAIT LÉGÈREMENT PRÉTENTIEUX... MAIS LUI, C'EST AUTRE CHOSE.
IL ENTREPREND AUSSI SEC DE REPROGRAMMER LES SYSTÈMES ÉLECTRONIQUES DE L'IMMEUBLE.
LE MONDE A BRUTALEMENT CESSÉ D'EXISTER.
NE PLAISANTONS PAS, SAMANTHA !
QUE S'EST-IL PASSÉ, APRÈS LE DÉPART DES HÉROS ?
JE M'EN GARDERAIS BIEN.
"ON ÉTAIT PARTIS FAIRE DE LA VOILE, EN FAMILLE... ON FAISAIT LE TOUR DE LONG ISLAND.
"ON SE TROUVAIT AU LARGE DU PORT DE NEW YORK, QUAND LE CÉLESTE S'EST POINTÉ DANS LE CIEL.
"LEVER LA TÊTE ET VOIR CETTE CRÉATURE...! IL ÉTAIT À DES MILLIONS DE KM, ET IL TENAIT TOUT L'HORIZON... TU IMAGINES L'EFFET QUE ÇA FAIT !
"LES RAPPORTS RADIO DÉBLOQUAIENT COMPLÈTEMENT. IL ÉTAIT QUESTION D'UN VAISSEAU ALIEN MONTÉ DE L'EAST RIVER.
"ON DISAIT AUSSI QUE LES HÉROS DE LA TERRE... CEUX QUI DEVAIENT NOUS DÉFENDRE CONTRE LES GÉANTS DE L'ESPACE... AVAIENT EMBARQUÉ.
"ON LES A VUS DÉCOLLER.
"LES RADIOS DISAIENT, TANTÔT QU'ILS NOUS SAUVAIENT...
"...TANTÔT QU'ILS NE PENSAIENT QU'À LEUR PROPRE PEAU.
"ET SOUDAIN, LE CIEL TOUT ENTIER S'EST EMBRASÉ.
"C'ÉTAIT SI FANTASTIQUE, QUE J'AI PENSÉ...
"... VOILÀ CE QUE DIEU A DÛ RESSENTIR EN ACHEVANT LA CRÉATION.

"LE GÉANT ALIEN AVAIT DISPARU.
"LE CIEL, LES ÉTOILES, LE MONDE, TOUT SEMBLAIT REDEVENU NORMAL. ON A CRU...
"... QUE LES HÉROS AVAIENT GAGNÉ.
"ET PUIS, LA RADIO A DIT QUE LE VAISSEAU DES HÉROS AVAIT CESSÉ D'ÉMETTRE.
"S'ÉTAIENT-ILS DONC SACRIFIÉS POUR NOUS PRÉSERVER ?
"DU COUP, ON AVAIT PLUS ENVIE DE FAIRE DU BATEAU.
"ON A FAIT DEMI-TOUR.
"C'EST VENU PETIT À PETIT... ON S'EST DOUTÉS DE RIEN AVANT QU'IL SOIT TROP TARD.
"ON ÉTAIT PRESQUE ARRIVÉS AU PORT, QUAND L'OCÉAN S'EST MIS À MONTER.
"UNE LAME DE PLUSIEURS CENTAINES DE MÈTRES DE HAUT NOUS A SOULEVÉS.
"ON N'AVAIT PAS ENCORE BASCULÉ, IL RESTAIT UNE PETITE CHANCE.
"J'AI MANŒUVRÉ LE GOUVERNAIL DE FAÇON À GLISSER SUR LA CRÊTE, EN PRIANT POUR QUE D'AUTRES VAGUES NE VIENNENT PAS DERRIÈRE.
"NON, C'ÉTAIT LA SEULE. MAIS...
"... IL Y AVAIT UN SOUS-MARIN.
"IL NOUS A HEURTÉS PAR LE FLANC. LE VOILIER A EXPLOSÉ.
"ON A COULÉ SUR-LE-CHAMP.
"J'AI REFAIT SURFACE JUSTE AU MOMENT OÙ LA LAME ATTEIGNAIT LE RIVAGE.
"J'AI VU MANHATTAN SE PRÉCIPITER À MA RENCONTRE.
"JE ME SUIS VUE MORTE.
"SI J'ÉCHAPPAIS À LA NOYADE, CE SERAIT POUR M'ÉCRASER CONTRE LES BUILDINGS.
"COUP DE BOL, JE ME SUIS PAYÉ UN ÉCHAFAUDAGE DE LAVEURS DE VITRE !
"MALGRÉ TOUT, JE BAISSAIS PAS LES BRAS. LE DESTIN, VA SAVOIR POURQUOI, M'AVAIT DONNÉ LA CHANCE DE SURVIVRE."

JE RENDS HOMMAGE À TA VOLONTÉ.
VU LES CIRCONSTANCES, JE ME DEMANDE S'IL Y A VRAIMENT DE QUOI.
TU AS SURVÉCU, SAMANTHA. EN CE MONDE, C'EST UNE PERFORMANCE.
"CE MONDE" ME DÉBECTE, FATALIS.
CE JOUR-LÀ, TOUS CEUX QUI LOGEAIENT EN DESSOUS DU VINGTIÈME ÉTAGE SONT MORTS.
ÇA FAIT COMBIEN DE MILLIONS, À TON AVIS ?
ET AU FIL DES MOIS, LA SITUATION N'A FAIT QU'EMPIRER.
UN VRAI CAUCHEMAR ! TOUTES LES LOIS NATURELLES SONT BOULEVERSÉES... PARFOIS, LA RÉALITÉ MÊME SE TRANSFORME SOUS NOS YEUX !
CE NE PEUT ÊTRE LE FAIT DU HASARD.
TOUT CELA PROCÈDE D'UNE CAUSE.
IL N'Y A QU'À LA DÉTERMINER...
... PUIS À LA SUPPRIMER.
BEN VOYONS !!
CE QUE JE DIS LÀ TOMBE SOUS LE SENS, MAIS TOUT FORTICHE QUE TU ES...
... TU T'ES QUAND MÊME FAIT VIRER DE L'ESPACE !
QUI DONC POURRAIT AFFIRMER QUE TU T'EN TIRERAS ICI ?
MOI, FATALIS.
C'EST LÀ QU'IL M'A PARLÉ DE FRANKLIN RICHARDS...
... LE PETIT GOSSE QUI VOULAIT SAUVER SES PARENTS...
... EN LEUR CRÉANT CE MONDE-REFUGE.
DOMMAGE QU'IL AIT PAS ÉTÉ LÀ POUR SAUVER LES MIENS !
C'EST LÀ QUE JE REGARDE LE CIEL NOCTURNE... ET UN TRUC ME FRAPPE.
CE N'EST PLUS LE NOIR TOTAL.
QUAND JE COMPRENDS POURQUOI... JE ME DIS QU'UN HÉROS AU MOINS EST DE RETOUR !
FATALIS A RESTAURÉ LE CIRCUIT ÉLECTRIQUE DU BAXTER BUILDING.

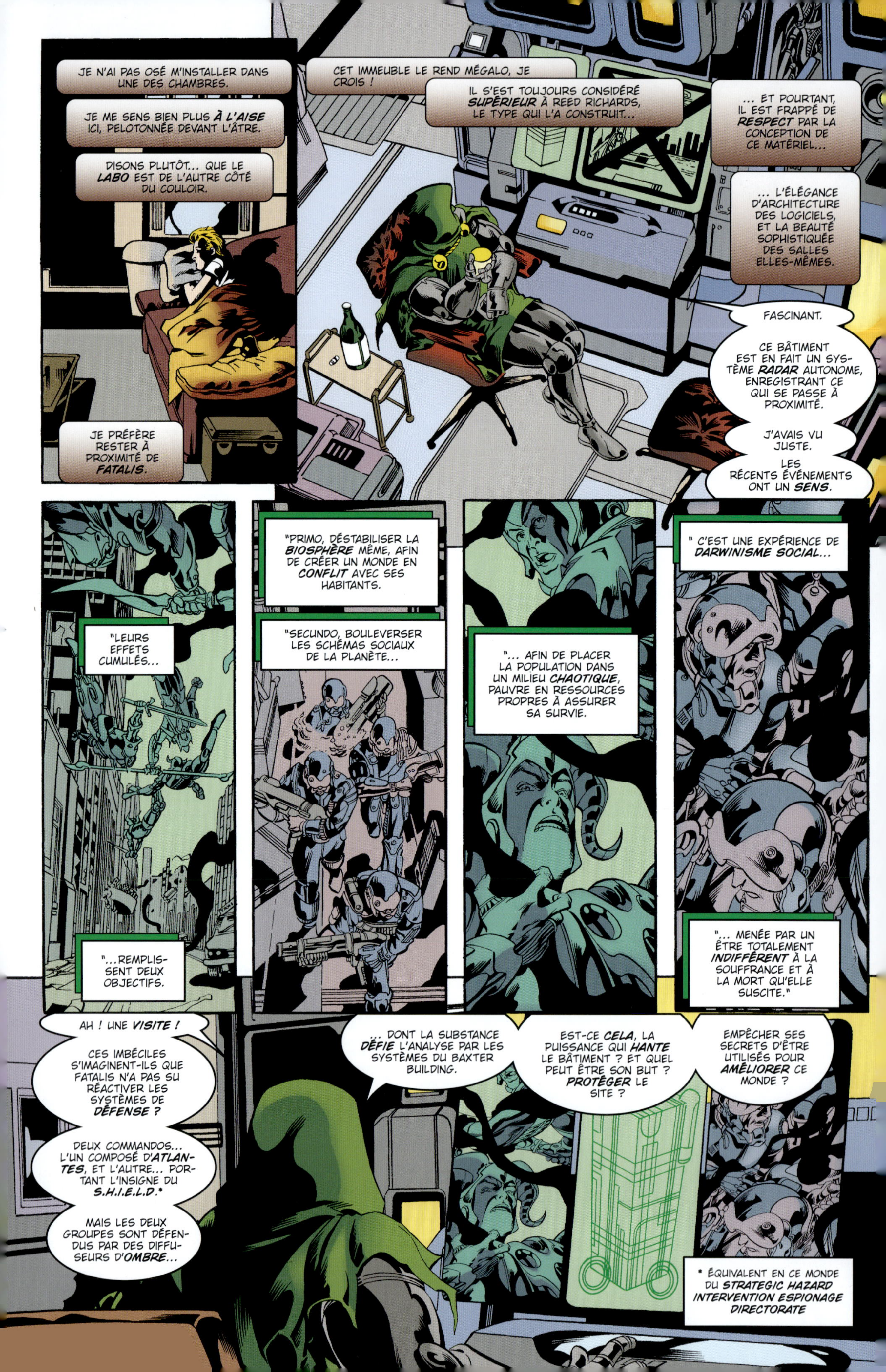

JE N'AI PAS OSÉ M'INSTALLER DANS UNE DES CHAMBRES.
JE ME SENS BIEN PLUS À L'AISE ICI, PELOTONNÉE DEVANT L'ÂTRE.
DISONS PLUTÔT... QUE LE LABO EST DE L'AUTRE CÔTÉ DU COULOIR.
JE PRÉFÈRE RESTER À PROXIMITÉ DE FATALIS.
CET IMMEUBLE LE REND MÉGALO, JE CROIS !
IL S'EST TOUJOURS CONSIDÉRÉ SUPÉRIEUR À REED RICHARDS, LE TYPE QUI L'A CONSTRUIT...
... ET POURTANT, IL EST FRAPPÉ DE RESPECT PAR LA CONCEPTION DE CE MATÉRIEL...
... L'ÉLÉGANCE D'ARCHITECTURE DES LOGICIELS, ET LA BEAUTÉ SOPHISTIQUÉE DES SALLES ELLES-MÊMES.
FASCINANT.
CE BÂTIMENT EST EN FAIT UN SYSTÈME RADAR AUTONOME, ENREGISTRANT CE QUI SE PASSE À PROXIMITÉ.
J'AVAIS VU JUSTE.
LES RÉCENTS ÉVÉNEMENTS ONT UN SENS.
"LEURS EFFETS CUMULÉS...
"...REMPLISSENT DEUX OBJECTIFS.
"PRIMO, DÉSTABILISER LA BIOSPHÈRE MÊME, AFIN DE CRÉER UN MONDE EN CONFLIT AVEC SES HABITANTS.
"SECUNDO, BOULEVERSER LES SCHÉMAS SOCIAUX DE LA PLANÈTE...
"... AFIN DE PLACER LA POPULATION DANS UN MILIEU CHAOTIQUE, PAUVRE EN RESSOURCES PROPRES À ASSURER SA SURVIE.
" C'EST UNE EXPÉRIENCE DE DARWINISME SOCIAL...
"... MENÉE PAR UN ÊTRE TOTALEMENT INDIFFÉRENT À LA SOUFFRANCE ET À LA MORT QU'ELLE SUSCITE."
AH ! UNE VISITE !
CES IMBÉCILES S'IMAGINENT-ILS QUE FATALIS N'A PAS SU RÉACTIVER LES SYSTÈMES DE DÉFENSE ?
DEUX COMMANDOS... L'UN COMPOSÉ D'ATLANTES, ET L'AUTRE... PORTANT L'INSIGNE DU S.H.I.E.L.D.*
MAIS LES DEUX GROUPES SONT DÉFENDUS PAR DES DIFFUSEURS D'OMBRE...
... DONT LA SUBSTANCE DÉFIE L'ANALYSE PAR LES SYSTÈMES DU BAXTER BUILDING.
EST-CE CELA, LA PUISSANCE QUI HANTE LE BÂTIMENT ? ET QUEL PEUT ÊTRE SON BUT ? PROTÉGER LE SITE ?
EMPÊCHER SES SECRETS D'ÊTRE UTILISÉS POUR AMÉLIORER CE MONDE ?
* ÉQUIVALENT EN CE MONDE DU STRATEGIC HAZARD INTERVENTION ESPIONAGE DIRECTORATE

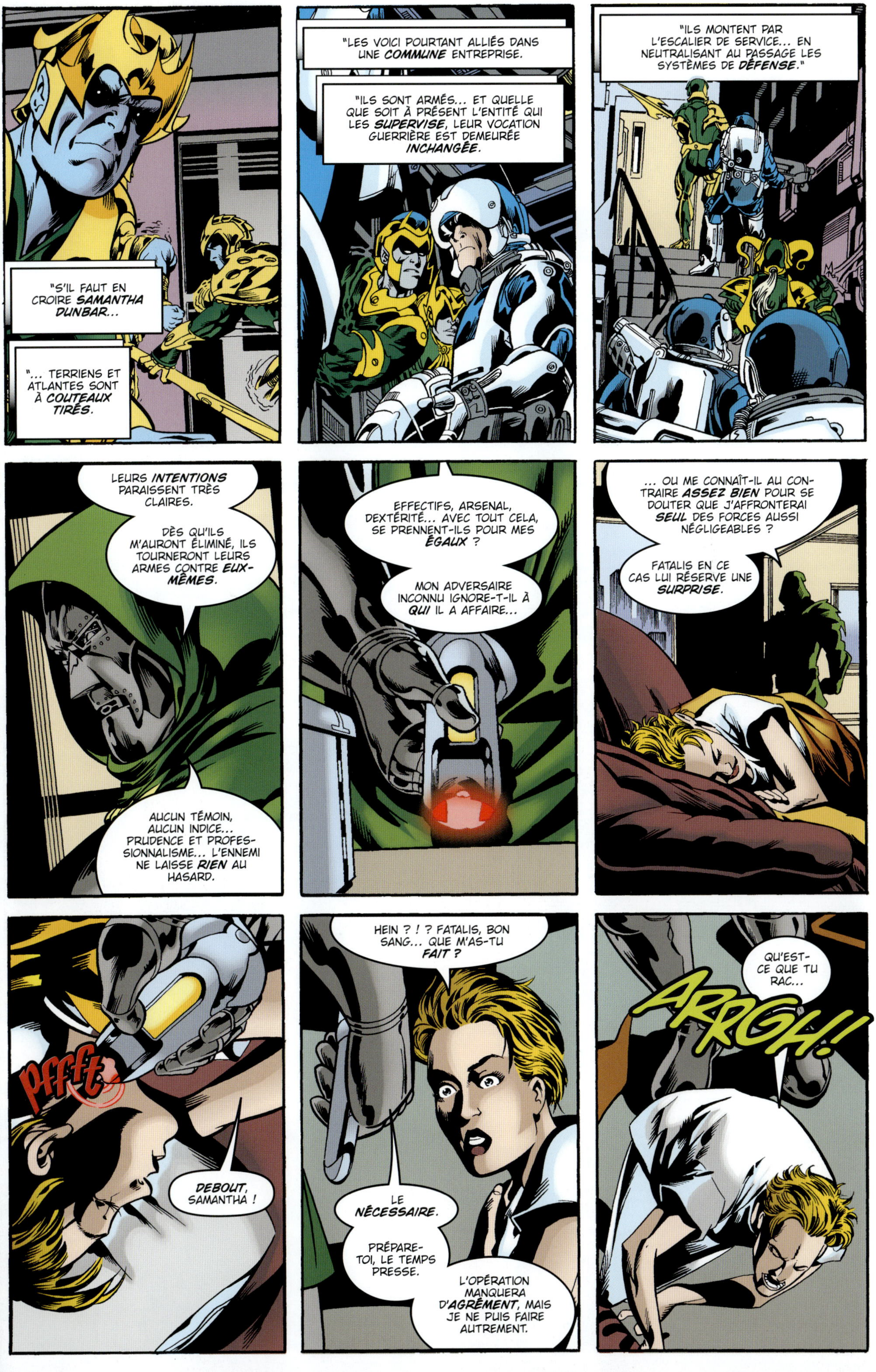
"S'IL FAUT EN CROIRE SAMANTHA DUNBAR...
"... TERRIENS ET ATLANTES SONT À COUTEAUX TIRÉS.
"LES VOICI POURTANT ALLIÉS DANS UNE COMMUNE ENTREPRISE.
"ILS SONT ARMÉS... ET QUELLE QUE SOIT À PRÉSENT L'ENTITÉ QUI LES SUPERVISE, LEUR VOCATION GUERRIÈRE EST DEMEURÉE INCHANGÉE.
"ILS MONTENT PAR L'ESCALIER DE SERVICE... EN NEUTRALISANT AU PASSAGE LES SYSTÈMES DE DÉFENSE."
LEURS INTENTIONS PARAISSENT TRÈS CLAIRES.
DÈS QU'ILS M'AURONT ÉLIMINÉ, ILS TOURNERONT LEURS ARMES CONTRE EUX-MÊMES.
AUCUN TÉMOIN, AUCUN INDICE... PRUDENCE ET PROFES-SIONNALISME... L'ENNEMI NE LAISSE RIEN AU HASARD.
EFFECTIFS, ARSENAL, DEXTÉRITÉ... AVEC TOUT CELA, SE PRENNENT-ILS POUR MES ÉGAUX ?
MON ADVERSAIRE INCONNU IGNORE-T-IL À QUI IL A AFFAIRE...
... OU ME CONNAÎT-IL AU CON-TRAIRE ASSEZ BIEN POUR SE DOUTER QUE J'AFFRONTERAI SEUL DES FORCES AUSSI NÉGLIGEABLES ?
FATALIS EN CE CAS LUI RÉSERVE UNE SURPRISE.
pffft
DEBOUT, SAMANTHA !
HEIN ? ! ? FATALIS, BON SANG... QUE M'AS-TU FAIT ?
LE NÉCESSAIRE.
PRÉPARE-TOI, LE TEMPS PRESSE.
L'OPÉRATION MANQUERA D'AGRÉMENT, MAIS JE NE PUIS FAIRE AUTREMENT.
QU'EST-CE QUE TU RAC...
ARRGH !

MON CRI SEMBLE
DÉCLENCHER LA PANIQUE.
ILS ONT OUVERT
LE FEU.
FATALIS A PARÉ
AVEC SON CHAMP
DE FORCE.
ILS L'ONT CHARGÉ BILLE EN
TÊTE, COMME S'ILS SE FICHAIENT
DE SURVIVRE OU NON...
... ET COMME SI LEUR
NOMBRE LEUR DONNAIT
L'AVANTAGE SUR LUI.

JE ME SUIS ÉCROULÉE À TERRE, TERRASSÉE PAR UNE SOUFFRANCE INIMAGINABLE.
J'AI EU L'IMPRESSION QU'UN OCÉAN D'ACIDE SE DÉVERSAIT SUR CHAQUE CELLULE DE MON CORPS POUR LA DISSOUDRE...
... ET DES SOLDATS SE SONT RUÉS PAR L'ESCALIER.
LE VÉRITABLE COMBAT A COMMENCÉ.
LES YEUX DES GUERRIERS SE SONT MIS À DÉVERSER DES FLOTS DE TÉNÈBRES...
... QUI DE TOUTE ÉVIDENCE CONSUMERAIENT L'ÂME DE FATALIS APRÈS CELLE DES SOLDATS.
LE PIRE EST QUE CONTRE CE TYPE D'ATTAQUE, SON CHAMP DE FORCE NE POUVAIT RIEN.

PERSONNE NE FAISAIT *ATTENTION* À MOI.
POUR EUX, JE N'ÉTAIS...
... QU'UNE FEMME ORDINAIRE... *INOFFENSIVE*.
GRAVE *ERREUR* !
MAGNIFIQUE !
J'AI BONNE ENVIE, FATALIS... DE TE FAIRE SUBIR LE *MÊME* SORT !

LE FEU ME BRÛLAIT.
MAIS CETTE FORMIDABLE ÉNERGIE AVAIT TROUVÉ UN EXUTOIRE.
J'ÉTAIS DÉSORMAIS CAPABLE DE GÉNÉRER DES LANCES DE PLASMA NUCLÉAIRE, LA SUBSTANCE DU SOLEIL.
CES ARMES VISAIENT D'INSTINCT LES DIFFUSEURS DE TÉNÈBRES...
... QUI S'EMBRASAIENT COMME DU PAPIER.
À LEUR SIMPLE CONTACT, ELLES SE RACORNISSAIENT, SE CONSUMAIENT...
... COMME LES ÂMES DE LEURS MALHEUREUX HÔTES.
BIEN JOUÉ, LANCER.
AU DIABLE TES FÉLICITATIONS; FATALIS !
EXPLIQUE-TOI !
QUOI QUE TU AIES FAIT, C'EST PARCE QUE TU AS BESOIN...
... D'UNE ALLIÉE...
PAS D'UNE BONICHE, NI D'UNE ESCLAVE !
EU ÉGARD AUX CIRCONSTANCES, JE VEUX BIEN EXCUSER TA CONDUITE... POUR CETTE FOIS SEULEMENT.
JAMAIS, LANCER...
... JE N'AI EU CETTE INTENTION.

TU ME RASSURES.
LE SARCASME TE SIED MAL.
TU VAS PARLER, OUI ?
POUR UNE RAISON SANS DOUTE LIÉE À L'ORIGINE PARTICULIÈRE DE CE MONDE...
... TOUTE LA POPULATION POSSÈDE DES FACULTÉS SURHUMAINES LATENTES.
JE N'AI EU QU'À T'ADMINISTRER UN CATALYSEUR.
POUR ?
SI TU NE LE DEVINES PAS...
... TU ME DÉÇOIS FORT.
OK, JOUONS CARTES SUR TABLE. TU ES ICI EN TERRAIN INCONNU, TU IGNORES TOUT DES JOUEURS... ET TU AS EU LA PREUVE QU'ILS NE PLAISANTAIENT PAS.
POUR LE MOMENT, TU ÉTUDIES LE PARCOURS, ET TU TE SENS VULNÉRABLE. IL TE FAUT...
... QUELQU'UN DE CONFIANCE POUR...
... SURVEILLER TES ARRIÈRES.
JE DEVRAIS ME SENTIR FLATTÉE.
LA CONFIANCE DE FATALIS...
... EST EFFECTIVEMENT UN GRAND HONNEUR.
JE PRÉFÈRE AGIR SEUL...
QUI T'EN EMPÊCHE ?
JE NE SUIS PAS STUPIDE.
TON ANALYSE EST EXACTE.
LE DESTIN A DÉCIDÉ QUE JE RESTERAI EN CE MONDE, EN CET UNIVERS.
LA RAISON M'EN PARAÎT ÉVIDENTE. DEPUIS QUELQUES MOIS, UNE QUELCONQUE ENTITÉ OU ORGANISATION A MÉTAMORPHOSÉ CETTE PLANÈTE ET LES POPULATIONS QUI L'HABITENT.
SELON L'ANCIEN DROIT FÉODAL, LE POUVOIR QUI NOUS CONFÈRE LE PRIVILÈGE DE RÉGNER NOUS FAIT AUSSI OBLIGATION DE VEILLER SUR LES PEUPLES PLACÉS SOUS NOTRE GARDE.
CE MONDE A ÉTÉ UN TEMPS MA PATRIE.
À CE TITRE, IL MÉRITE MA PROTECTION.
MON ADVERSAIRE A AFFIRMÉ PAR LES ARMES SON DROIT DE SOUVERAINETÉ.
JE DIS NON !
CE MONDE, DÉSORMAIS, APPARTIENT À
FATALIS!

HEROES REBORN: ASHEMA (2000) 1
Couverture : **MICHAEL RYAN**

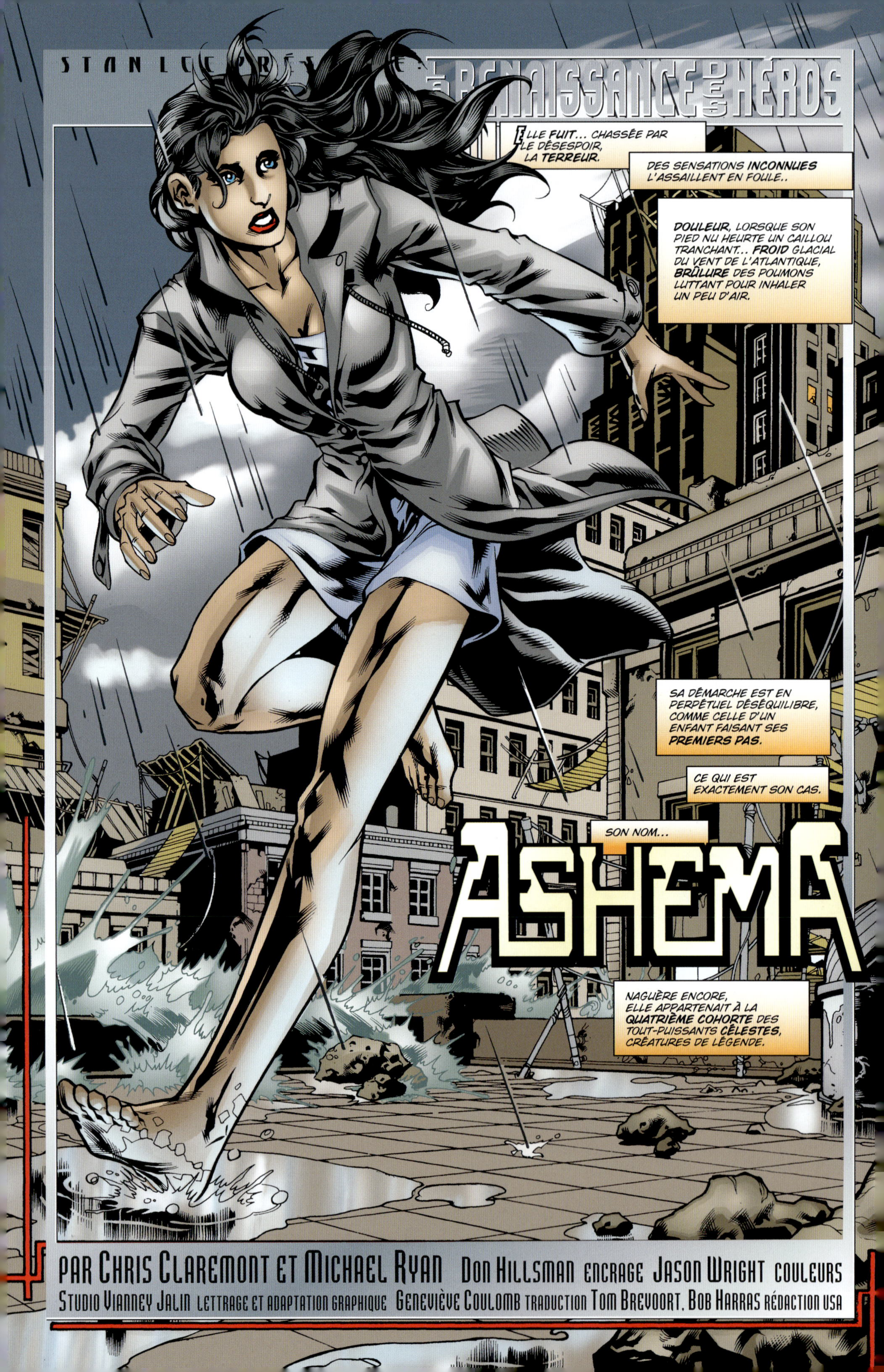
STAN LEE PRÉS
RENAISSANCE HÉROS
ELLE FUIT… CHASSÉE PAR LE DÉSESPOIR, LA TERREUR.
DES SENSATIONS INCONNUES L'ASSAILLENT EN FOULE..
DOULEUR, LORSQUE SON PIED NU HEURTE UN CAILLOU TRANCHANT… FROID GLACIAL DU VENT DE L'ATLANTIQUE, BRÛLURE DES POUMONS LUTTANT POUR INHALER UN PEU D'AIR.
SA DÉMARCHE EST EN PERPÉTUEL DÉSÉQUILIBRE, COMME CELLE D'UN ENFANT FAISANT SES PREMIERS PAS.
CE QUI EST EXACTEMENT SON CAS.
SON NOM…
ASHEMA
NAGUÈRE ENCORE, ELLE APPARTENAIT À LA QUATRIÈME COHORTE DES TOUT-PUISSANTS CÉLESTES, CRÉATURES DE LÉGENDE.
PAR CHRIS CLAREMONT ET MICHAEL RYAN DON HILLSMAN ENCRAGE JASON WRIGHT COULEURS
STUDIO VIANNEY JALIN LETTRAGE ET ADAPTATION GRAPHIQUE GENEVIÈVE COULOMB TRADUCTION TOM BREVOORT, BOB HARRAS RÉDACTION USA

SES CONGÉNÈRES HANTAIENT L'UNIVERS TELS DES DIEUX.
DEPUIS L'AUBE DES ÂGES, LEUR MISSION CONSISTAIT À JUGER LES CRÉATURES INFÉRIEURES.
À DÉTERMINER QUI MÉRITAIT DE MONTER DANS LA HIÉRARCHIE DE L'ÉVOLUTION...
... ET QUELLE BRANCHE MORTE DEVAIT ÊTRE ÉLAGUÉE.
IRONIE DU SORT ! LA VOICI ELLE-MÊME ENGAGÉE DANS CE CONFLIT...
... À CAUSE D'UN GUERRIER ATLANTE...
... VENU D'ATLANTIS, LE ROYAUME DES GRANDS FONDS JADIS RÉGI PAR NAMOR, PRINCE DES MERS.
UNE ANIMOSITÉ ANCESTRALE OPPOSE LE PEUPLE DES OCÉANS À CELUI DE LA TERRE FERME.
DEPUIS LA MONTÉE DES EAUX, IL Y A QUELQUES MOIS, LES DISSENTIMENTS ONT EXPLOSÉ.
LES ATLANTES TRAQUENT ACTIVEMENT CEUX DE LA SURFACE.
POUR LA CÉLESTE, CELA AUSSI EST NOUVEAU.
ET DÉSAGRÉABLE.
ELLE TENTE, D'INSTINCT, DE RÉDUIRE L'ADVERSAIRE EN POUSSIÈRE.
HÉLAS ! SON CORPS, DÉSORMAIS HUMAIN...
... NE CANALISE PLUS LES ÉNERGIES FAMILIÈRES AUX CÉLESTES.
INUTILE DE ME FUSILLER DU REGARD !
SEULE COMPTE ICI TA FORCE EFFECTIVE !

JAMAIS ON N'AVAIT FRAPPÉ ASHEMA.
CELA DÉPASSE COMPLÈTEMENT SON EXPÉRIENCE. COMMENT RIPOSTER ?
À SON IMMENSE SURPRISE... SON CORPS PREND LE RELAIS DES OPÉRATIONS.
SOUS SON COUP DE PIED, L'ASSAILLANT SE PLIE EN DEUX, COMME SOUS LA CHARGE D'UN DAUPHIN.
BIEN QUE DÉCHUE DE LA PUISSANCE DES CÉLESTES...
... ASHEMA RESTE TOUT DE MÊME CAPABLE D'Y PUISER UNE FORCE PHYSIQUE SUPÉRIEURE À CELLE DES SIMPLES MORTELS.
UNE FORCE QU'HÉLAS ELLE NE MAÎTRISE PAS.
LE SAVOIR-FAIRE DU GUERRIER...
... LUI DONNE RAPIDEMENT L'AVANTAGE.
MAIS ELLE REFUSE DE SE RENDRE.
LA VIE HUMAINE EST TROP PRÉCIEUSE POUR QU'ON Y RENONCE SANS COMBATTRE.
ARRRGH!!

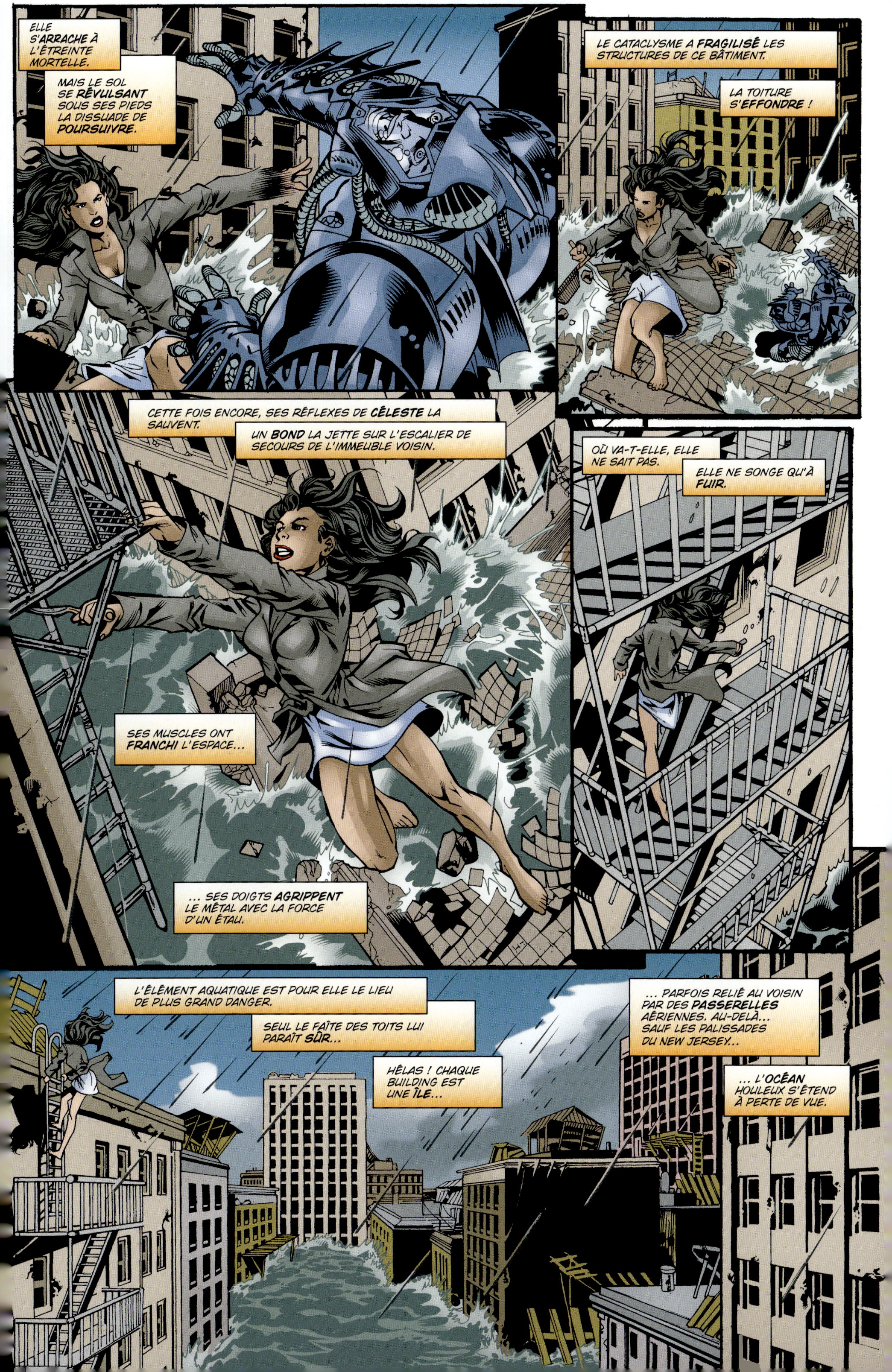

ELLE S'ARRACHE À L'ÉTREINTE MORTELLE.
MAIS LE SOL SE RÉVULSANT SOUS SES PIEDS LA DISSUADE DE POURSUIVRE.
LE CATACLYSME A FRAGILISÉ LES STRUCTURES DE CE BÂTIMENT.
LA TOITURE S'EFFONDRE !
CETTE FOIS ENCORE, SES RÉFLEXES DE CÉLESTE LA SAUVENT.
UN BOND LA JETTE SUR L'ESCALIER DE SECOURS DE L'IMMEUBLE VOISIN.
SES MUSCLES ONT FRANCHI L'ESPACE...
... SES DOIGTS AGRIPPENT LE MÉTAL AVEC LA FORCE D'UN ÉTAU.
OÙ VA-T-ELLE, ELLE NE SAIT PAS.
ELLE NE SONGE QU'À FUIR.
L'ÉLÉMENT AQUATIQUE EST POUR ELLE LE LIEU DE PLUS GRAND DANGER.
SEUL LE FAÎTE DES TOITS LUI PARAÎT SÛR...
HÉLAS ! CHAQUE BUILDING EST UNE ÎLE...
... PARFOIS RELIÉ AU VOISIN PAR DES PASSERELLES AÉRIENNES. AU-DELÀ... SAUF LES PALISSADES DU NEW JERSEY...
... L'OCÉAN HOULEUX S'ÉTEND À PERTE DE VUE.

QUE FAIRE ?
COMME TOUS LES SURVIVANTS DE CE MONDE MAUDIT...
... JE SUIS PIÉGÉE ICI.
JE NE CESSE DE FRISSONNER... PAS SEULEMENT DE FROID !
LE POIGNARD DE L'ATLANTE... JE L'AI PRIS ET EMPORTÉ DANS MA FUITE !
LÀ, SUR MON BRAS... C'EST...
... CE QU'ILS APPELLENT DU "SANG" !
CETTE FLAMME ÉTEINTE, DANS SES YEUX, LORSQU'IL EST TOMBÉ, C'ÉTAIT...
... LA MORT !
EN TANT QUE CÉLESTE, JE DÉCIDAIS DU SORT DE CIVILISATIONS ENTIÈRES.
POURQUOI L'EXTINCTION D'UNE VIE ME BOULEVERSE-T-ELLE ?
TOUT CELA EST NORMAL, PETITE "SŒUR".
UN PHILOSOPHE A DIT: UN MILLION DE MORTS EST UNE STATISTIQUE...
UNE MORT PEUT ÊTRE UNE RÉVÉLATION.
C-C'EST... TOI !
L'APOSTAT !
TU ÉTAIS EN PRISON POUR L'ÉTERNITÉ !
CROIS-TU ? CONTEMPLE, AUTOUR DE TOI, MON ŒUVRE...
... ET TON ERREUR !
CE MONDE EST MON TERRAIN DE JEU... ET COMME IL EST AUSSI TA PATRIE...
... TE VOICI DEVENUE MON JOUJOU !
IL EST LIBRE... TOUT EST PERDU.
POUR CE MONDE... ET POUR L'ENSEMBLE DU COSMOS !

NON. JE M'Y OPPOSE.
CET IMMEUBLE, LÀ-BAS... EST ÉCLAIRÉ, COMME DANS LE MONDE NORMAL. POURQUOI ?
Y TROUVERAI-JE DE L'AIDE ?
PAR L'ORIGINE...
LE TOIT S'ANIME !
BONSOIR À TOUS !
MON NOM EST DIVINITY !
MA MISSION EST DE CONDUIRE À LA MORT CES MINABLES ENVELOPPES CHARNELLES !
DU MORTEL... AU DIVIN !
MON OBJECTIF... EST DE TE RENVOYER D'OÙ TU VIENS !
ZARK
ZARK
ZARK
ET LE MIEN EST DE T'ARRÊTER !
ICI
LANCER !
QUI QUE TU SOIS, D'OÙ QUE TU VIENNES...
... LÂCHE CETTE FEMME...
... OU JE ME FÂCHE !

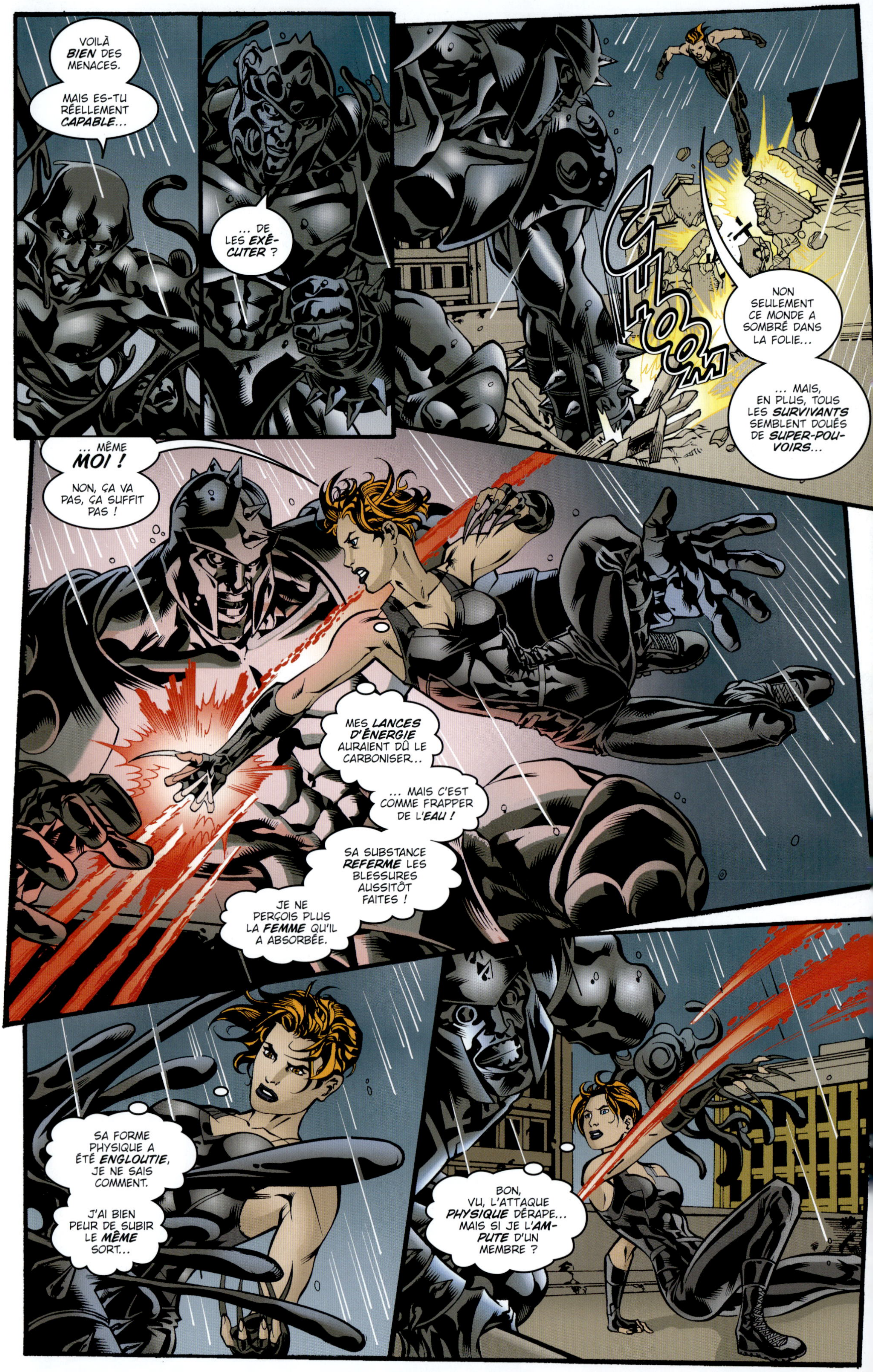
VOILÀ BIEN DES MENACES.
MAIS ES-TU RÉELLEMENT CAPABLE...
... DE LES EXÉ-CUTER ?
CHOOOOM
NON SEULEMENT CE MONDE A SOMBRÉ DANS LA FOLIE...
... MAIS, EN PLUS, TOUS LES SURVIVANTS SEMBLENT DOUÉS DE SUPER-POU-VOIRS...
... MÊME MOI !
NON, ÇA VA PAS, ÇA SUFFIT PAS !
MES LANCES D'ÉNERGIE AURAIENT DÛ LE CARBONISER...
... MAIS C'EST COMME FRAPPER DE L'EAU !
SA SUBSTANCE REFERME LES BLESSURES AUSSITÔT FAITES !
JE NE PERÇOIS PLUS LA FEMME QU'IL A ABSORBÉE.
SA FORME PHYSIQUE A ÉTÉ ENGLOUTIE, JE NE SAIS COMMENT.
J'AI BIEN PEUR DE SUBIR LE MÊME SORT...
BON, VU, L'ATTAQUE PHYSIQUE DÉRAPE... MAIS SI JE L'AM-PUTE D'UN MEMBRE ?

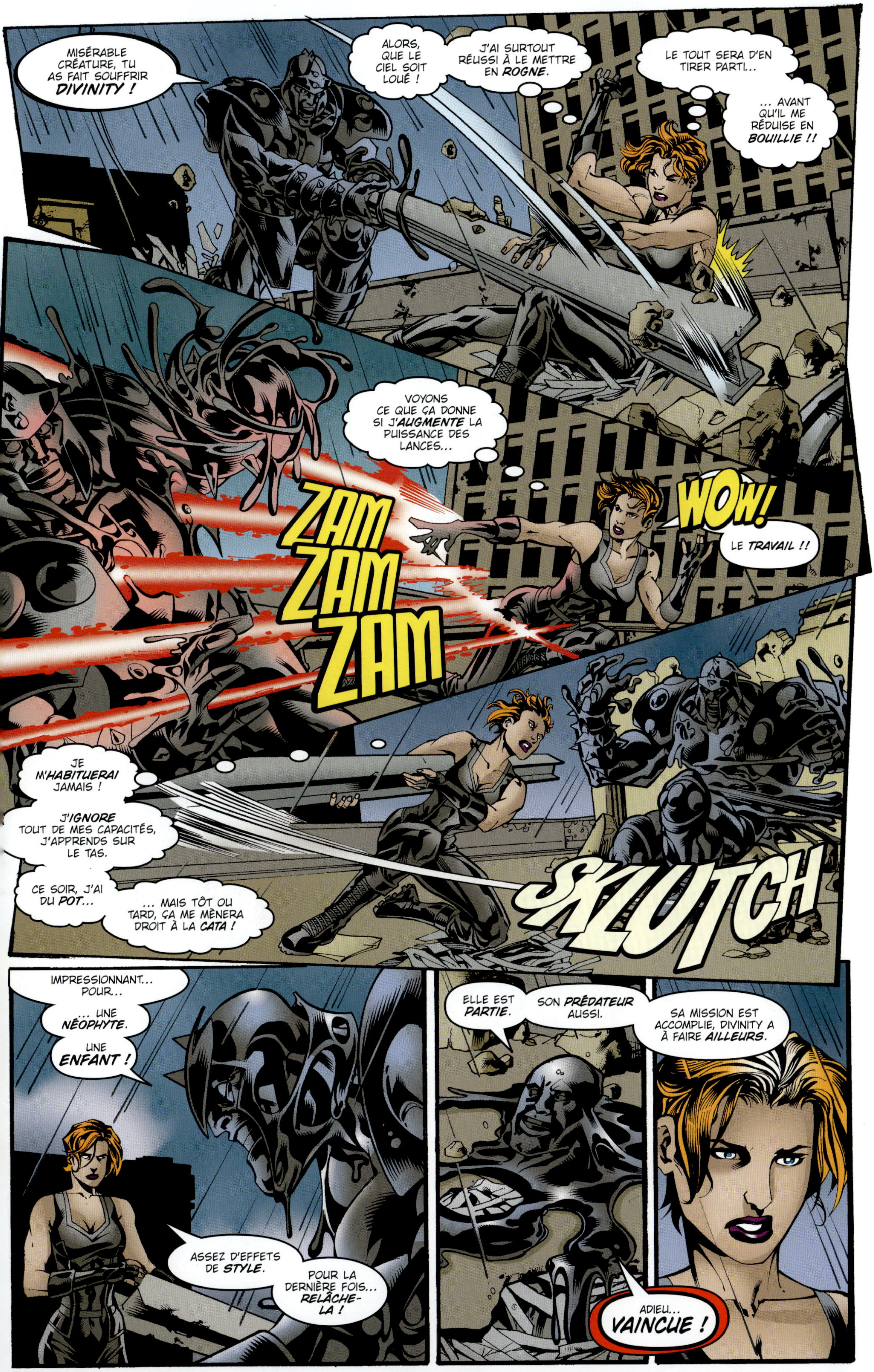
MISÉRABLE CRÉATURE, TU AS FAIT SOUFFRIR DIVINITY !
ALORS, QUE LE CIEL SOIT LOUÉ !
J'AI SURTOUT RÉUSSI À LE METTRE EN ROGNE.
LE TOUT SERA D'EN TIRER PARTI...
... AVANT QU'IL ME RÉDUISE EN BOUILLIE !!
VOYONS CE QUE ÇA DONNE SI J'AUGMENTE LA PUISSANCE DES LANCES...
ZAM ZAM ZAM
WOW!
LE TRAVAIL !!
JE M'HABITUERAI JAMAIS !
J'IGNORE TOUT DE MES CAPACITÉS, J'APPRENDS SUR LE TAS.
CE SOIR, J'AI DU POT...
... MAIS TÔT OU TARD, ÇA ME MÈNERA DROIT À LA CATA !
SKLUTCH
IMPRESSIONNANT... POUR...
... UNE NÉOPHYTE.
UNE ENFANT !
ASSEZ D'EFFETS DE STYLE.
POUR LA DERNIÈRE FOIS... RELÂCHE-LA !
ELLE EST PARTIE.
SON PRÉDATEUR AUSSI.
SA MISSION EST ACCOMPLIE, DIVINITY A À FAIRE AILLEURS.
ADIEU... VAINCUE !

J'AI FRACASSÉ LE TOIT POUR VISITER LES COMBLES.
QUE DE BOULOT POUR RIEN !
PLUS LA MOINDRE FLAQUE EN VUE, IL S'ÉTAIT VOLATILISÉ !
REMARQUE C'EST AUSSI BIEN.
SI ON AVAIT REMIS LA SAUCE, ÇA POUVAIT QUE MAL SE TERMINER.
J'AVAIS BEAU METTRE TOUTE LA GOMME, AVEC TOUT MON ARSENAL, DIVINITY SE RECONSTITUAIT AU FUR ET À MESURE.
TU AS TORT DE TE DÉNIGRER AINSI, LANCER.
SI TON ADVERSAIRE ÉTAIT AUSSI FORMIDABLE QU'IL LE PRÉTEND... POURQUOI SE SERAIT-IL RETIRÉ ?
FATALIS N'EST PAS MÉCONTENT DE TA PERFORMANCE EN CETTE RENCONTRE.

DÉSOLÉE, DOC, MAIS TES COMPLIMENTS J'EN AI RIEN À CIRER !
C'EST À LA FILLE QUE JE PENSE.
J'AURAIS DÛ LA SAUVER.
C'ÉTAIT IMPOSSIBLE.
IL N'Y AVAIT PAS DE FEMME À SAUVER... PAS AU SENS PHYSIQUE.
TU N'AS RENCONTRÉ QU'UNE PROJECTION PSYCHIQUE.
J'Y ÉTAIS, JE L'AI VUE ! ELLE ÉTAIT RÉELLE !
LES DEUX CONCEPTS NE SONT PAS INCOMPATIBLES.
C'ÉTAIT UNE SIMULATION TRÈS SOPHISTIQUÉE.
ASSIMILÉE PAR DIVINITY, LADITE MANIFESTATION S'EST DÉMATÉRIALISÉE.
CELA EXPLIQUE L'IMPOSSIBILITÉ DE DÉTECTER SA PRÉSENCE. CET AVATAR A CESSÉ D'EXISTER.
COMMENT TU PEUX SAVOIR ? TU ÉTAIS PAS LÀ-BAS !
CES NANITES QUI ONT CATALYSÉ TON POUVOIR LATENT ONT AUSSI RECONFIGURÉ TON SYSTÈME NERVEUX...
... ET L'ONT RELIÉ AU RÉSEAU DE DATA DE MON ARMURE.
KRAK
CHACUNE DE TES EXPÉRIENCES EST AUSSITÔT OBSERVÉE, DISSÉQUÉE ET ANALYSÉE PAR MOI.
DE QUEL DROIT...?!
FATALIS T'A DONNÉ LE POUVOIR DE LE DÉFENDRE, MON ENFANT.
CE MONDE EST EN PÉRIL.
MAIS SEULE, TU NE PEUX RIEN.
MALGRÉ TOUS NOS TALENTS, NOTRE COURAGE... PRIS SÉPARÉMENT, NOUS RESTONS LIMITÉS.
MAIS UNIS POUR UNE CAUSE COMMUNE, QUI SAIT...
... CE QUE NOUS POUVONS ACCOMPLIR ?
TU AURAIS PU ME PRÉVENIR... PAR RESPECT !
TU AS DROIT À MA GRATITUDE, SAMANTHA... MAIS TU N'AS RIEN FAIT...
... POUR MÉRITER MON RESPECT.

UN PEU PLUS TARD, FATALIS REPREND CES ARGUMENTS...
... LORS D'UNE CONFÉRENCE AVEC LA REINE-GUERRIÈRE D'ATLANTIS...
DORMA.
CE MONDE EST EN DANGER, DIS-TU ?
LE TIEN, CELA SE PEUT.
MAIS CHAQUE MÈTRE GAGNÉ PAR L'OCÉAN ACCROÎT MON DOMAINE ET LE REND PLUS SÛR.
SÉCURITÉ TOUT ILLUSOIRE, MAJESTÉ !
LE MÊME ENNEMI NOUS MENACE TOUS DEUX.
TÔT AU TARD, IL TOURNERA INÉVITABLEMENT SON ATTENTION VERS VOUS.
JE VOUS OFFRE LE MOYEN D'ÉCHAPPER À UN SORT AUSSI DRAMATIQUE.
LE COURANT QUI MÈNE À LA VICTOIRE EST VIOLENT... NOUS N'Y POUVONS NAVIGUER SEULS.
POUR SURVIVRE -ET TRIOMPHER- IL FAUDRA NOUS UNIR.
SOUS TON AUTORITÉ ?
FAUT-IL VOUS LE RAPPELER, MAJESTÉ ? C'EST PAR CHOIX QUE JE DEMEURE SUR CE MONDE.
CONTRAIREMENT AUX SOI-DISANT SUPER-HÉROS QUI ABANDONNÈRENT CETTE TERRE...
... J'AI L'INTENTION DE LA DÉFENDRE. AU SACRIFICE DE MA VIE S'IL LE FAUT.
<CE MARCHEUR SAIT S'Y PRENDRE... LA REINE EST INTÉRESSÉE.>*
<CERTES PAS PAR SES PAROLES !>
<ATTENDS SEULEMENT QU'IL AIT CESSÉ DE LUI ÊTRE UTILE !>
<ALORS, ELLE LE BRISERA COMME UNE CARAPACE DE CRABE, ET REJETTERA LES RESTES !>
HAHAHAHAHAHA
* TRADUIT DE LA LANGUE ATLANTE

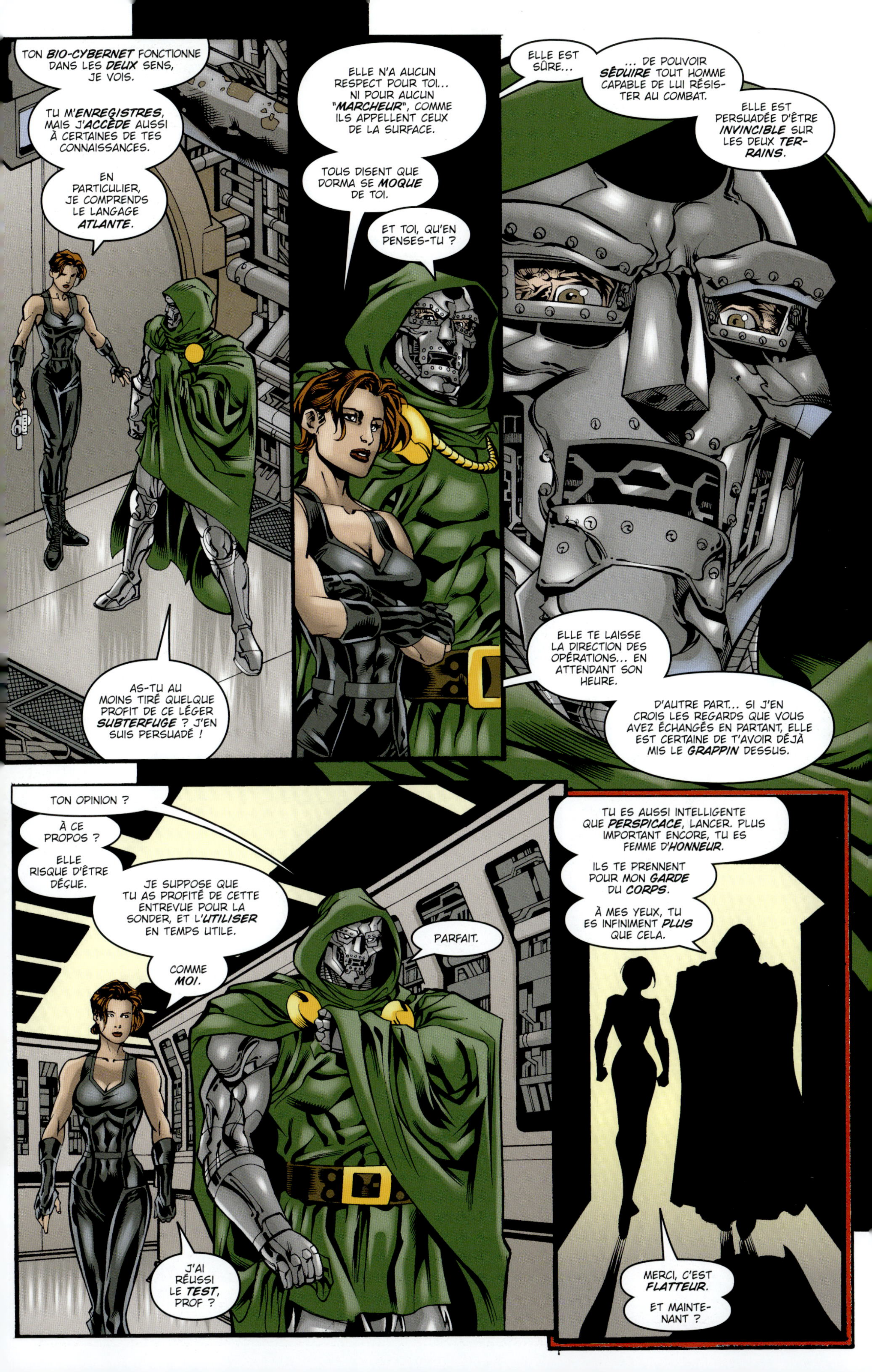
TON BIO-CYBERNET FONCTIONNE DANS LES DEUX SENS, JE VOIS.
TU M'ENREGISTRES, MAIS J'ACCÈDE AUSSI À CERTAINES DE TES CONNAISSANCES.
EN PARTICULIER, JE COMPRENDS LE LANGAGE ATLANTE.
AS-TU AU MOINS TIRÉ QUELQUE PROFIT DE CE LÉGER SUBTERFUGE ? J'EN SUIS PERSUADÉ !
ELLE N'A AUCUN RESPECT POUR TOI... NI POUR AUCUN "MARCHEUR", COMME ILS APPELLENT CEUX DE LA SURFACE.
TOUS DISENT QUE DORMA SE MOQUE DE TOI.
ET TOI, QU'EN PENSES-TU ?
ELLE EST SÛRE...
... DE POUVOIR SÉDUIRE TOUT HOMME CAPABLE DE LUI RÉSISTER AU COMBAT.
ELLE EST PERSUADÉE D'ÊTRE INVINCIBLE SUR LES DEUX TERRAINS.
ELLE TE LAISSE LA DIRECTION DES OPÉRATIONS... EN ATTENDANT SON HEURE.
D'AUTRE PART... SI J'EN CROIS LES REGARDS QUE VOUS AVEZ ÉCHANGÉS EN PARTANT, ELLE EST CERTAINE DE T'AVOIR DÉJÀ MIS LE GRAPPIN DESSUS.
TON OPINION ?
À CE PROPOS ?
ELLE RISQUE D'ÊTRE DÉÇUE.
JE SUPPOSE QUE TU AS PROFITÉ DE CETTE ENTREVUE POUR LA SONDER, ET L'UTILISER EN TEMPS UTILE.
COMME MOI.
PARFAIT.
J'AI RÉUSSI LE TEST, PROF ?
TU ES AUSSI INTELLIGENTE QUE PERSPICACE, LANCER. PLUS IMPORTANT ENCORE, TU ES FEMME D'HONNEUR.
ILS TE PRENNENT POUR MON GARDE DU CORPS.
À MES YEUX, TU ES INFINIMENT PLUS QUE CELA.
MERCI, C'EST FLATTEUR.
ET MAINTENANT ?

MAINTENANT... J'AI SONGÉ À DEUX PUISSANCES QUE JE DÉSIRE RALLIER À NOTRE CAUSE.
L'UNE SE NOMME TECHNARX, L'AUTRE EST UNE SECTE MYSTIQUE BASÉE DANS L'EX-SAN FRANCISCO.
CE SERA DIFFICILE.
AINSI, POUR S'ASSURER UN REFUGE INEXPUGNABLE, LES TENANTS DE LA SECTE ONT HAUSSÉ TOUTE LA RÉGION DE LA BAIE AU SOMMET DE FALAISES INFRANCHISSABLES.
LE PONT DE GOLDEN GATE FRANCHIT UNE CHUTE DE 2 KM DE HAUT.
MAIS NOUS AVONS ENCORE LE TEMPS D'Y SONGER.
NOUS DEVONS AVANT TOUTE CHOSE DÉLIVRER LA FEMME QUE TU AS VUE CETTE NUIT.
JE CROIS ÊTRE PARVENU À LA LOCALISER.
J'AI NOTÉ UNE CONVERGENCE UNIQUE DES LIGNES D'ÉNERGIE DE LA PLANÈTE EN UN POINT DU SUD-OUEST DES ÉTATS-UNIS, DANS UNE RÉGION CONCÉDÉE PAR TRAITÉ À LA TRIBU PRIMITIVE DES KEEWAZI.
LEUR RÉSERVE ?
OUI... POUR LES PROFANES.
"PROFANE"... C'EST MOI TOUT CRACHÉ, JUSTEMENT.
À PART ÇA... JE SUPPOSE QUE LA SIGNATURE DE CE NEXUS CORRESPOND À CELLE DE CETTE FEMME ?
OUI, EXACT.
ET ON VA LA RÉCUPÉRER À NOUS DEUX ?
MALGRÉ L'OPPOSITION DE DIVINITY... ET DE DIEU SAIT QUOI ENCORE ?
TANT PIS. CETTE FEMME NOUS EST NÉCESSAIRE.
SÛR, C'EST TOUT SIMPLE !
TRÈS SIMPLE EN EFFET, LANCER. QUE NOUS L'EMPORTIONS OU NON, LE CONFLIT SE TROUVERA RÉSOLU.
TRÊVE D'INQUIÉTUDES OISEUSES, DONC.

QUELQUES HEURES PLUS TARD, À BORD D'UN VÉHICULE AÉRIEN EMPRUNTÉ AUX ANCIENS RÉSIDENTS DU BAXTER BUILDING...
ON APPROCHE LA ZONE GAMMA.
LES RADIATIONS ATTEIGNENT LE SEUIL DE TOLÉRANCE.
NI TOI NI MOI N'AVONS RIEN À REDOUTER.
MES NOUVEAUX POUVOIRS ME FLANQUENT LES JETONS...
QU'AURAIS-JE À FAIRE D'UNE ALLIÉE DOTÉE D'UN POUVOIR INFÉRIEUR AU MIEN ?
ÇA SUFFIT PAS À ME RASSURER !
PARDON, JE SUIS À CRAN.
J'ATTENDS L'EMBUSCADE.
D'APRÈS MES CALCULS, NOUS AURIONS DÛ ÊTRE INTERCEPTÉS PAR LE S.H.I.E.L.D. LOCAL IL Y A UN QUART D'HEURE.
LEUR LAXISME EST IMPARDONNABLE !
VAM VAM
VAM VAM
VAM VAM
VAM VAM
VAM VAM
BAH ! LEUR ENTHOUSIASME COMPENSE LARGEMENT CETTE PETITE DÉFAILLANCE !
UNE ESCADRE DE CYBORGS ATTAQUE PAR L'ARRIÈRE !
TU PILOTES OU TU TE BATS ?
NI L'UN NI L'AUTRE.
OBJECTIF ACQUIS.
ARSENAL ACTIVÉ ET VERROUILLÉ.
OUVREZ LE FEU CROISÉ, DÉTRUISEZ À LA FOIS LE VÉHICULE ET LES PASSAGERS.
SQUEEEEE!
OUAIS, COMPTES-Y !
COMMENT, "NI L'UN NI L'AUTRE ?"

J'AI À FAIRE. JE DOIS D'ABORD LOCALISER LE NEXUS QUE NOUS CHERCHONS.
C'EST ASSEZ DÉLICAT POUR MOBILISER À LA FOIS MON ATTENTION ET MES SYSTÈMES RADARS.
J'APPRÉCIE ASSEZ PEU D'ÊTRE TOUJOURS DÉRANGÉ.
SI CES BROUTILLES SUFFISENT À TE DÉCONCENTRER, FATALIS...
... TU VAS ADORER CE QUI POINTE À L'HORIZON !
JE SUIS LE TOTEM VIVANT...
TOMAZOOMA!
GARDIEN DU TERRITOIRE SACRÉ DES KEEWAZI !
QUICONQUE LE VIOLERA MOURRA !

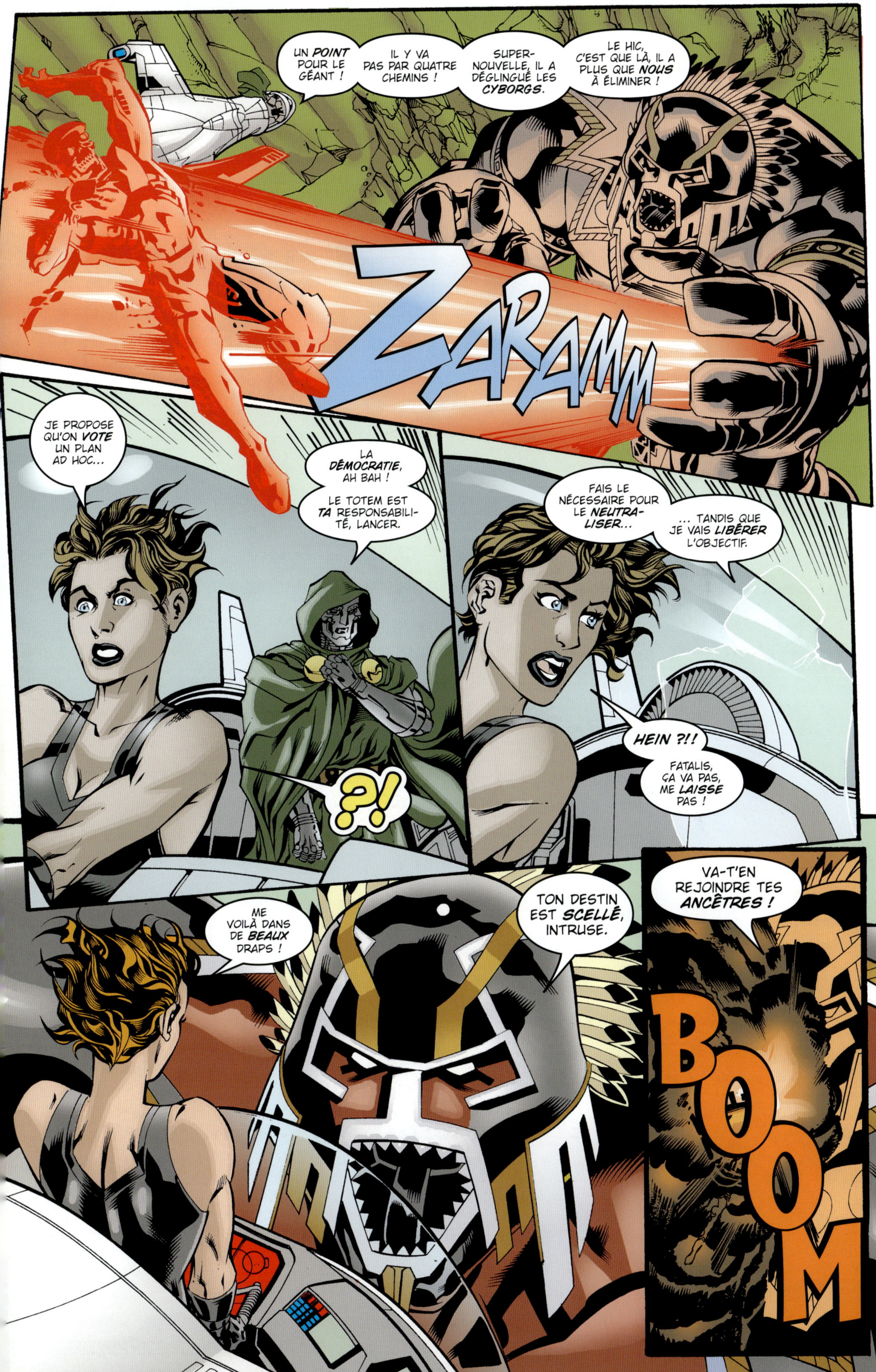
UN POINT POUR LE GÉANT !
IL Y VA PAS PAR QUATRE CHEMINS !
SUPER-NOUVELLE, IL A DÉGLINGUÉ LES CYBORGS.
LE HIC, C'EST QUE LÀ, IL A PLUS QUE NOUS À ÉLIMINER !
ZARAMM
JE PROPOSE QU'ON VOTE UN PLAN AD HOC...
LA DÉMOCRATIE, AH BAH !
LE TOTEM EST TA RESPONSABILI-TÉ, LANCER.
?!
FAIS LE NÉCESSAIRE POUR LE NEUTRA-LISER...
... TANDIS QUE JE VAIS LIBÉRER L'OBJECTIF.
HEIN ?!!
FATALIS, ÇA VA PAS, ME LAISSE PAS !
ME VOILÀ DANS DE BEAUX DRAPS !
TON DESTIN EST SCELLÉ, INTRUSE.
VA-T'EN REJOINDRE TES ANCÊTRES !
BOOM

LA LIAISON TÉLÉMÉTRIQUE AVEC L'AÉRONEF EST COUPÉE.
MAIS CELA IMPORTE PEU.
CETTE CHAMBRE EST DE DIMENSIONS COLOSSALES !
LES STATUES ONT LA TAILLE DE BUILDINGS...
LA SALLE ELLE-MÊME A BIEN UN KM DE LONG.
IL FAUT CELA À LA MAJESTÉ DES CÉLESTES.
UN GISANT SUR LA DALLE CENTRALE... ET DOUZE TOUT AUTOUR, SÉPARÉS PAR DES PILIERS.
SANS DOUTE UN SARCOPHAGE, SUR LEQUEL VEILLENT LES PERSONNAGES ENVIRONNANTS... L'ÉQUIVALENT DE NOS PLEUREURS, PEUT-ÊTRE.
POURQUOI CETTE ALCÔVE VIDE ? LA STATUE QU'ELLE HABITAIT EST RÉDUITE EN POUSSIÈRE...
NI DÉFENSES...
... NI RÉPONSES.
DÉCLENCHER LES UNES ME CONDUIRA-T-IL AUX AUTRES ?
DU MOINS, CELA RENDRA MA MISSION PLUS AISÉE...
... EN ÉLIMINANT TOUT DANGER.
AH ! LA PREMIÈRE DÉFENSE EST... DIVINITY !
SACHE-LE, IL EST BIEN PLUS FACILE DE TRIOMPHER D'UNE ILLUSION, QUE DE VAINCRE...
... FATALIS !

CHOUETTE, MES RÉFLEXES !
ET LES MUSCLES À L'AVENANT !
NON SEULEMENT J'AI ESQUIVÉ...
... MAIS J'AI PAS EU LE TEMPS D'AVOIR PEUR !
Y A UN OS... COMMENT ASSOMMER UN MEC GRAND COMME LE CHRYSLER BUILDING ?
UNE CHOSE EST SÛRE...
TOTEM "VIVANT", C'EST LUI QUI LE DIT !
C'EST UNE ARMURE ARTIFICIELLE...
... COMME CELLES QUE L'ARMÉE UTILISE DANS CERTAINS CHARS DE COMBAT.
EN PLUS... MES LANCES LE TRANSPERCENT !
TOMAZOOMA A POUR LUI SA TAILLE ET SA FORCE BRUTE...
MOI, DE MON CÔTÉ, JE L'EMPORTE QUESTION RAPIDITÉ...
... QUOIQUE, LUI AUSSI, IL SE DÉFEND.
J'AI AUSSI MES POUVOIRS.
LUI A SA MATRAQUE...
SKARK
MOI... C'EST PLUS... CHIRURGICAL !
ÇA FRAPPE AVEC UNE PRÉCISION ABSOLUE.
ZERAM
AH ! LES PAROIS DU CANYON DÉGRINGOLENT, SUPER !
SKORG

WHOOPS !
IL ME CHOPE AU PASSAGE !!
MINCE, IL VA ME BOULOTTER TOUTE CRUE !
"TESTER MES LIMITES", A DIT FATALIS.
VOYONS PLUS PRÉCISÉMENT CE QU'IL ENTENDAIT PAR LÀ !
LE MIEUX, POUR NE PAS ÊTRE AVALÉE...
... EST DE SUPPRIMER LA TÊTE !
SKRAMM
ROBOTIQUE DE POINTE, PAS DE DOUTE LÀ-DESSUS !
ÇA MARCHE TOUJOURS.
MORALITÉ, LE CERVEAU DOIT PAS ÊTRE OÙ JE L'IMAGINAIS.
VIVE MOI, J'AI RÉUSSI À LUI ÉCHAPPER !
ON VA EXPLORER UN PEU...
... ET ARRACHER TOUT CE QUI SE PRÉSENTE...
... JUSQU'À CE QUE LE ROBOT DÉCLARE FORFAIT !
TOUJOURS RIEN DE FATALIS.

"A-T-IL DÉJÀ TROUVÉ CE QU'IL CHERCHAIT ?"
CROIS-TU QUE TON ARMURE TE PROTÈGE, ANIMAL ?
IL SUFFIT À DIVINITY D'UNE BRÈCHE IMPERCEPTIBLE...
... AU PLAN MOLÉCULAIRE OU SUBATOMIQUE !
LE MOINDRE CONTACT PHYSIQUE LUI PERMETTRA...
... DE T'ASSIMILER...
RIEN N'ARRÊTERA LE PROCESSUS !
MON ARSENAL NE SE LIMITE PAS À MON ARMURE.
AH ! UN...
... CHAMP DE FORCE !
BAH!
CETTE ENTITÉ A LA PROPRIÉTÉ DE TRAVERSER MES ÉCRANS LES PLUS HERMÉTIQUES !
"EN CONTREPARTIE, TOUTEFOIS... DU FAIT DE SA RENCONTRE AVEC LA FEMME, ELLE ME MET EN LIAISON AVEC ELLE !"
FATALIS, MAGE ET SAVANT, POSSÈDE UN POUVOIR LATENT AUSSI FORMIDABLE QUE SES RÉALISATIONS TECHNOLOGIQUES.
LE COMBAT CONTRE DIVINITY PERMET À ASHEMA DE CATALYSER CE POUVOIR... D'ATTEINDRE À TRAVERS LUI LEUR COMMUN ENNEMI, TOUT EN PROJETANT DES IMAGES.
CECI EST LA CHRONIQUE DE SON MONDE NATAL, LA GENÈSE D'UN TERRIBLE CONFLIT.
AU COMMENCEMENT ÉTAIENT LES CÉLESTES...
... DE TOUT TEMPS FASCINÉS PAR LA PLANÈTE TERRE, BIEN PLUS QUE PAR TOUTES LES CIVILISATIONS CONNUES.
SUR LADITE PLANÈTE, DANS UN PASSÉ RÉCENT, LES HÉROS FURENT MENACÉS DE DISPARITION PAR UNE CRÉATURE NOMMÉE ONSLAUGHT.

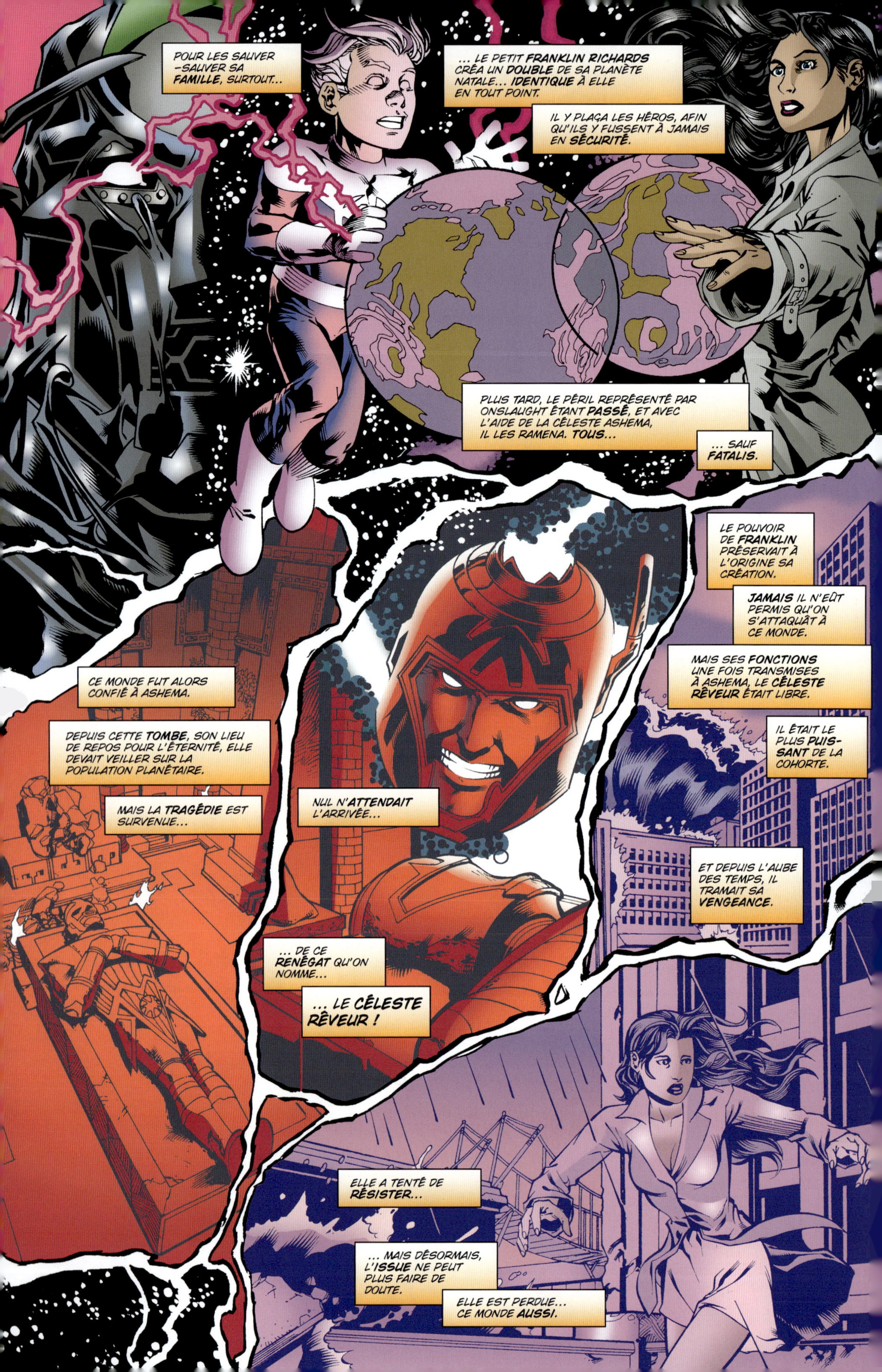
POUR LES SAUVER —SAUVER SA FAMILLE, SURTOUT...
... LE PETIT FRANKLIN RICHARDS CRÉA UN DOUBLE DE SA PLANÈTE NATALE... IDENTIQUE À ELLE EN TOUT POINT.
IL Y PLAÇA LES HÉROS, AFIN QU'ILS Y FUSSENT À JAMAIS EN SÉCURITÉ.
PLUS TARD, LE PÉRIL REPRÉSENTÉ PAR ONSLAUGHT ÉTANT PASSÉ, ET AVEC L'AIDE DE LA CÉLESTE ASHEMA, IL LES RAMENA. TOUS...
... SAUF FATALIS.
CE MONDE FUT ALORS CONFIÉ À ASHEMA.
DEPUIS CETTE TOMBE, SON LIEU DE REPOS POUR L'ÉTERNITÉ, ELLE DEVAIT VEILLER SUR LA POPULATION PLANÉTAIRE.
MAIS LA TRAGÉDIE EST SURVENUE...
NUL N'ATTENDAIT L'ARRIVÉE...
... DE CE RENÉGAT QU'ON NOMME...
... LE CÉLESTE RÊVEUR !
LE POUVOIR DE FRANKLIN PRÉSERVAIT À L'ORIGINE SA CRÉATION.
JAMAIS IL N'EÛT PERMIS QU'ON S'ATTAQUÂT À CE MONDE.
MAIS SES FONCTIONS UNE FOIS TRANSMISES À ASHEMA, LE CÉLESTE RÊVEUR ÉTAIT LIBRE.
IL ÉTAIT LE PLUS PUIS-SANT DE LA COHORTE.
ET DEPUIS L'AUBE DES TEMPS, IL TRAMAIT SA VENGEANCE.
ELLE A TENTÉ DE RÉSISTER...
... MAIS DÉSORMAIS, L'ISSUE NE PEUT PLUS FAIRE DE DOUTE.
ELLE EST PERDUE... CE MONDE AUSSI.

ET LE TIEN, PAR CONSÉQUENT.
FATALIS A ENTENDU CELA CENT FOIS...
... SANS EN VOIR LES EFFETS !
FOOM
GARE DESSOUS !
OH, JOIE ! SENTIMENT DE DÉJÀ-VU !
PRÊT À LA REVANCHE, DIVINITY ?
ET AU FAIT, FATALIS, NE RECOMMENCE PLUS JAMAIS ÇA !
NE PARS PLUS, NE VA PLUS JAMAIS TE CASTAGNER...
... SANS MOI !
ZARG
CE CUBE DE MOLÉCULES ULTRA-DENSES, ET CHANGEANT CONSTAMMENT DE FRÉQUENCE...
... RETIENDRA DIVINITY EN CAPTIVITÉ.
TON INTERVENTION, LANCER...
... QUOIQUE FORT OPPORTUNE, N'ÉTAIT NULLEMENT NÉCESSAIRE.
J'AVAIS LA SITUATION PARFAITEMENT EN MAIN.

BEN VOYONS ! J'AURAIS DÛ SAVOIR !
SI ÇA T'INTÉRESSE, JE TIENS À TA DISPOSITION UN CHEF KEEWAZI, WYATT WINGFOOT.
FAIS-EN CE QU'IL TE PLAÎT.
TU VEUX PAS CONNAÎTRE LES SALAUDS QUI LUI ONT FAIT ÇA ?
ILS SONT DANGEREUX...!
ILS NE SONT RIEN.
ÇA VA, MADAME ?
JE SUIS HUMAINE... MORTELLE.
TES PAREILS NE PEUVENT COMPRENDRE QUEL PURGATOIRE CELA REPRÉSENTE POUR MOI.
UN PURGATOIRE QUE TU AS CHOISI, ASHEMA.
REGRETTES-TU TA DÉCISION ?
PAS DU TOUT.
JADIS, POURTANT, J'AURAIS PU AFFRONTER L'ENNEMI EN ÉGALE.
AINSI...
CE MONDE POSSÈDE LA CLÉ QUI PERMETTRAIT AU CÉLESTE RÊVEUR DE QUITTER SA GEÔLE.
SI CELA ARRIVE, LA CRÉATION ENTIÈRE EN PÂTIRA.
POURQUOI LES AUTRES CÉLESTES L'ARRÊTENT PAS ?
ILS ONT JURÉ DE NE PAS S'OCCUPER DES AFFAIRES DE CE MONDE.
AH BON ?
ET VOIS LE PRIX QUE J'AI PAYÉ !
NOUS ÉTIONS DIEUX DANS L'UNIVERS.
LE RÊVEUR ET MOI NE SOMMES PLUS QUE DES ANGES DÉCHUS.
PEU IMPORTE CE QUE VOUS ÊTES. CETTE ENTITÉ MENACE UN MONDE QUE FATALIS A JURÉ DE PROTÉGER.
ET IL TIENDRA PAROLE !
QUELS QUE SOIENT LES DÉSIRS DU CÉLESTE, QUELS QUE SOIENT SES PLANS...
... À LA FIN, IL NE TROUVERA QUE FATALIS.

HEROES REBORN: MASTERS OF EVIL (2000) 1
Couverture : CHARLIE ADLARD

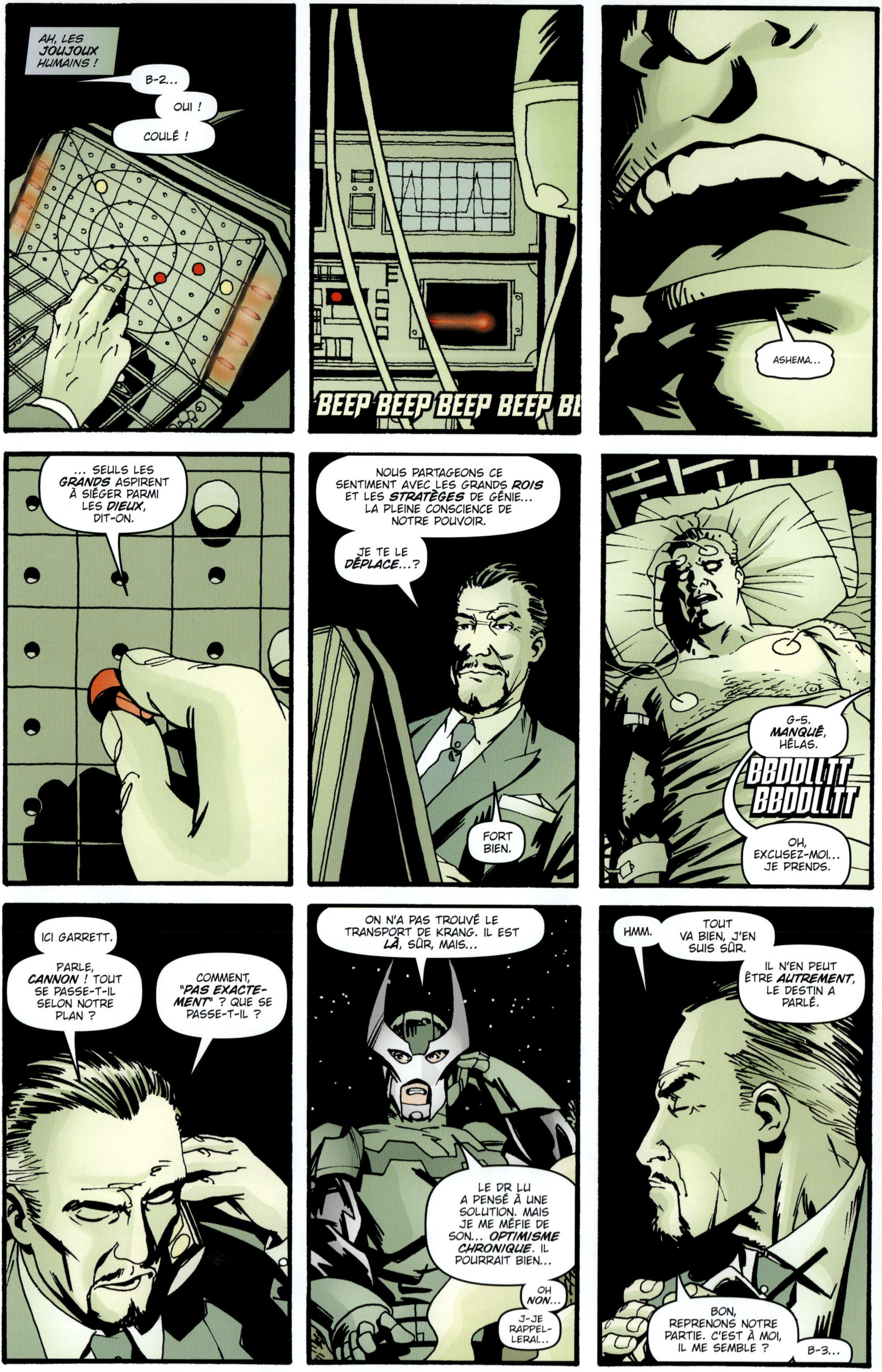

AH, LES JOUJOUX HUMAINS !
B-2...
OUI !
COULÉ !
BEEP BEEP BEEP BEEP BE
ASHEMA...
... SEULS LES GRANDS ASPIRENT À SIÉGER PARMI LES DIEUX, DIT-ON.
NOUS PARTAGEONS CE SENTIMENT AVEC LES GRANDS ROIS ET LES STRATÈGES DE GÉNIE... LA PLEINE CONSCIENCE DE NOTRE POUVOIR.
JE TE LE DÉPLACE...?
FORT BIEN.
G-5. MANQUÉ, HÉLAS.
BBDDLLTT BBDDLLTT
OH, EXCUSEZ-MOI... JE PRENDS.
ICI GARRETT.
PARLE, CANNON ! TOUT SE PASSE-T-IL SELON NOTRE PLAN ?
COMMENT, "PAS EXACTE-MENT" ? QUE SE PASSE-T-IL ?
ON N'A PAS TROUVÉ LE TRANSPORT DE KRANG. IL EST LÀ, SÛR, MAIS...
LE DR LU A PENSÉ À UNE SOLUTION. MAIS JE ME MÉFIE DE SON... OPTIMISME CHRONIQUE. IL POURRAIT BIEN...
OH NON...
J-JE RAPPEL-LERAI...
HMM.
TOUT VA BIEN, J'EN SUIS SÛR.
IL N'EN PEUT ÊTRE AUTREMENT, LE DESTIN A PARLÉ.
BON, REPRENONS NOTRE PARTIE. C'EST À MOI, IL ME SEMBLE ?
B-3...

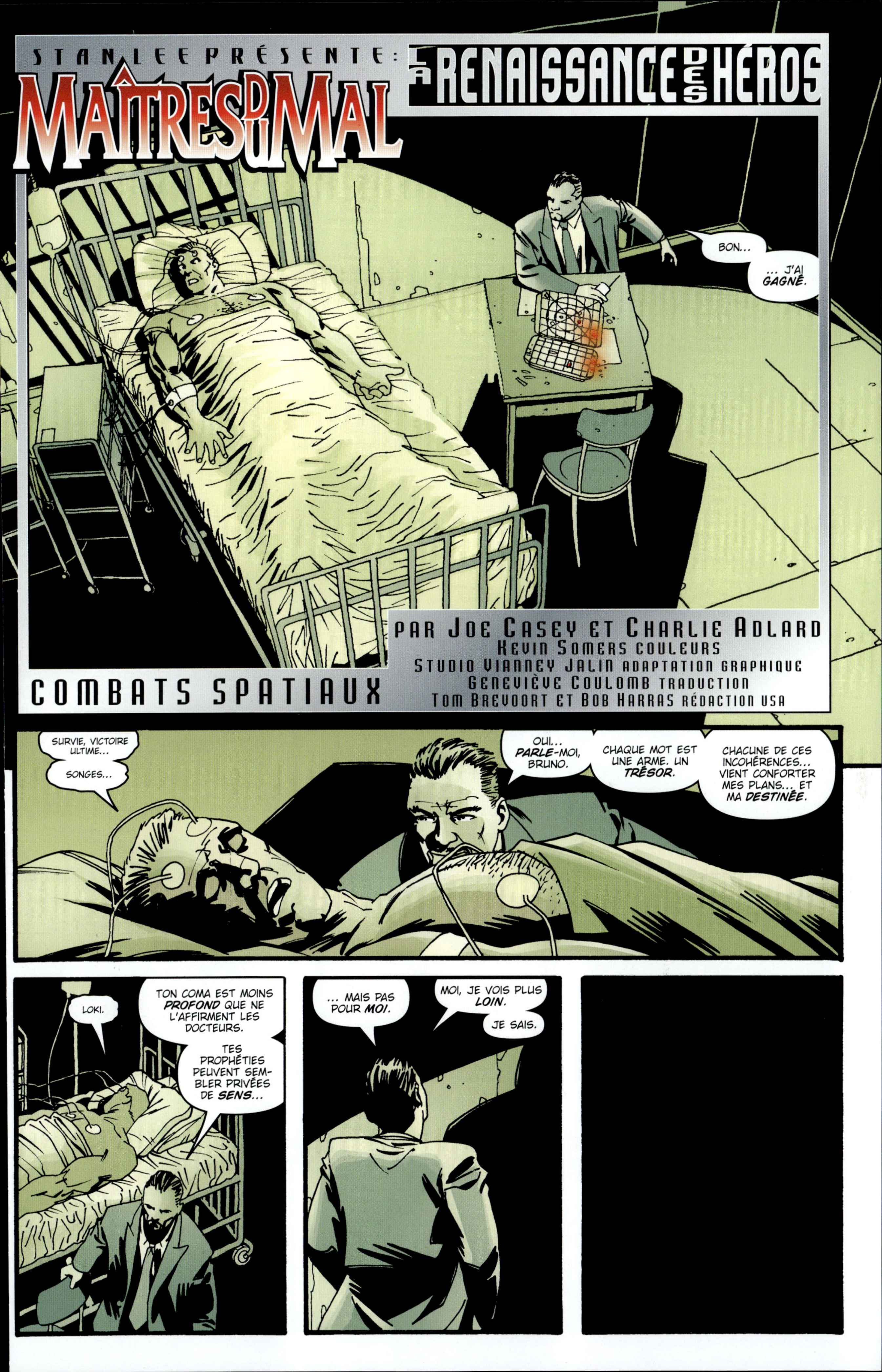
STAN LEE PRÉSENTE :
MAÎTRES DU MAL
LA RENAISSANCE DES HÉROS
BON...
... J'AI GAGNÉ.
PAR JOE CASEY ET CHARLIE ADLARD
KEVIN SOMERS COULEURS
STUDIO VIANNEY JALIN ADAPTATION GRAPHIQUE
GENEVIÈVE COULOMB TRADUCTION
TOM BREVOORT ET BOB HARRAS RÉDACTION USA
COMBATS SPATIAUX
SURVIE, VICTOIRE ULTIME...
SONGES...
OUI... PARLE-MOI, BRUNO.
CHAQUE MOT EST UNE ARME. UN TRÉSOR.
CHACUNE DE CES INCOHÉRENCES... VIENT CONFORTER MES PLANS... ET MA DESTINÉE.
LOKI.
TON COMA EST MOINS PROFOND QUE NE L'AFFIRMENT LES DOCTEURS.
TES PROPHÉTIES PEUVENT SEMBLER PRIVÉES DE SENS...
... MAIS PAS POUR MOI.
MOI, JE VOIS PLUS LOIN.
JE SAIS.

QU'EST-IL ARRIVÉ À WHIRLWIND
HMM... DOIS-JE PRÉSUMER QUE TON SILENCE EST UNE INVITATION À DEVINER LA SIGNIFICATION DE CET OBJET ?
JE DÉTESTE LES DEVINETTES, KRANG.
ET CES RENDEZ-VOUS D'ARRIÈRE-SALLES DEVIENNENT LASSANTS.
CECI EST LA LÉGENDAIRE TROMPETTE D'ATLANTIS. RARES FURENT LES ÊTRES DE LA SURFACE ADMIS À LA VOIR OU À EN PERCER LE SECRET.
INTÉRESSANT.
BIEN PLUS QUE CELA, CHEVALIER NOIR. CET INSTRUMENT APPELLE UNE ARME TERRIBLE, SEMBLABLE À NULLE AUTRE...
... GIGANTO, LA BALEINE GÉANTE.
"SA TAILLE EST COLOSSALE, SON POUVOIR DESTRUCTEUR. LÂCHÉE UNE FOIS SUR LA TERRE, ELLE Y CAUSA DE GRAVES DÉGÂTS."
SI ON L'APPELLE, ELLE RECOMMENCERA. TU ASPIRES, JE CROIS, AU POUVOIR ULTIME ? ELLE TE PERMETTRA DE L'OBTENIR.
CE QUE TU TIENS ENTRE TES MAINS MODIFIERA LE DESTIN EN TA FAVEUR... GRÂCE À ELLE, TU N'AS PAS À NÉGOCIER.
ET POURQUOI M'AIDERAIS-TU À PARVENIR AU POUVOIR ? QU'ESPÈRES-TU Y GAGNER ?

JE SUIS AU COURANT DE L'INONDATION DE NEW YORK. CHACUN SAIT QUE LES MIENS OCCUPENT LA ZONE. LA TROMPETTE DOIT ÊTRE CONFIÉE À UN ÊTRE DE LA SURFACE POUR RÉALISER MON OBJECTIF.
QUI EST...?
ÇA NE TE CONCERNE PAS...
JE SUIS LAS DE DISCUTER.
SI TU N'EN VEUX PAS, INUTILE DE PERDRE DAVANTAGE DE TEMPS.
BIEN... MARCHÉ CONCLU.
TU PRENDS LÀ UNE SAGE DÉCISION.
JE REVIENDRAI BIENTÔT DISCUTER DE CE QUE JE SOUHAITE EN ÉCHANGE. TOUT L'AVANTAGE DE LA TRANSACTION EST POUR TOI... HÉLAS, MA GÉNÉROSITÉ ME PERDRA !
ADIEU, CHEVALIER NOIR.

J'ADORE LA CITÉ DU VENT.
LES FEMMES SONT BELLES, LE BLUES ET LA TABLE DE QUALITÉ. MAIS LE REVERS DE LA MÉDAILLE, PAR ICI... CE SONT LES HIVERS.
CHICAGO
... ÇA NE VOUS A PAS FRAPPÉS ? LES CHOSES, ICI, DEVIENNENT... BIZARRES.
GARRETT A PLANQUÉ MELTER QUELQUE PART DANS LES CAVES, AVEC TOUT UN BAZAR POUR LE GARDER EN VIE...
LE PAUVRE EST DEVENU UNE LOQUE. ÊTRE AVALÉ, PUIS RECRACHÉ PAR LOKI... ÇA VOUS DÉMOLIT UN MEC. LOKI S'EST BIEN AMUSÉ, PAS MELTER. ON AURAIT DÛ LE LAISSER CREVER EN PAIX.
MAIS GARRETT EST PERSUADÉ QUE MELTER EST UN GENRE DE PROPHÈTE... ET QUE DE TOUTES SES DIVAGATIONS, LA VÉRITÉ UNIVERSELLE FINIRA PAR SORTIR.
À MON AVIS, IL DÉCONNE.
MAIS BON, JE CONTINUE À ME TAPER SON SALE BOULOT. J'ENCAISSE LES CHÈQUES, JE DORS, EN DEMANDANT SEULEMENT QUI, OÙ, ET COMBIEN.
TOUT LE RESTE, J'EN AI RIEN À FOUTRE !
C'EST CLAIR ?
DR LU...?

J'EN SUIS ENCORE À ESSAYER DE ME RAPPELER À QUEL MOMENT AU JUSTE TU AS ARRÊTÉ DE PARLER. ÇA ME REVIENT PAS.
ET TU AS TOUJOURS L'AIR D'AVOIR QUELQUE CHOSE À DIRE.
AVANT, JE CROYAIS PAS AU KARMA... MAIS DEPUIS QUELQUE TEMPS, J'AI TOUJOURS L'IMPRESSION QU'UN TRUC ME FRÔLE LA NUQUE...
... COMME UNE OMBRE GLACÉE.
C'EST P'T'ÊT' MON IMAGINATION QUI TRAVAILLE ? POSSIBLE QUE TOUT ÇA SOIT NORMAL. FAUT LE TEMPS DE S'Y FAIRE, C'EST TOUT.
MANGE DONC UN MORCEAU.
HELLO ! Y A QUELQU'UN ? LE REPAS EST SERVI !
MA RÈGLE DE VIE NUMÉRO 1...
... C'EST DE JAMAIS BOSSER L'ESTOMAC VIDE.
JE TENAIS PAS VRAIMENT À TRAVAILLER SUR CETTE AFFAIRE AVEC CHEN LU, MAIS QUAND GARRETT A DÉCIDÉ QUELQUE CHOSE, ON A PAS ENVIE DE DISCUTER... ET PUIS, IL PAIE BIEN. ALORS... BON...
Y A QU'À FAIRE AVEC.
D'AILLEURS... L'HOMME RADIOACTIF A AU MOINS UNE QUALITÉ. IL SAIT ÉCOUTER.
MAIS... J'AI DANS L'IDÉE QUE DANS CETTE VIE-CI, JE SERAI JAMAIS PÈRE DE FAMILLE. GRÂCE À TOI, DR LU.

RESTONS ICI.
LE CHEVALIER NOIR A-T-IL MARCHÉ ?
À FOND. IL EST AFFAMÉ DE POUVOIR.
IL IGNORE QUE GIGANTO EST MORT, ET QUE LA TROMPETTE APPELLERA À SA PLACE UNE ARMÉE DE MONSTRES MARINS GÉANTS DONT L'ARRIVÉE DÉPLACERA ASSEZ D'EAU POUR NOYER TOUT LE CONTINENT SOUS UN RAZ-DE-MARÉE.
MAIS UTILISERA-T-IL LA TROMPETTE ?
BIEN SÛR ! IL EST INCAPABLE DE RÉSISTER.
ALORS, CE MONDE SERA À NOUS. LA RACAILLE DE LA SURFACE PÉRIRA SOUS NOS YEUX.
À PRÉSENT, IL NE NOUS RESTE PLUS À ATTENDRE QUE CET IMBÉCILE...
EUH... LORD KRANG...?
LA TEMPÉRATURE DES EAUX...
... MONTE...
... À TOUTE ALLURE !
NOUS ALLONS BOUILLIR...!
ACK...!
Q-QUE SE PASSE-T-IL...?
HUURRK...!
Q-QUELLE CAUSE... A PU...

MINCE !
ÇA VA MARCHER ?
SSSSSSSSSSSSSSSSSSSSSSSSSSSSSSSSSSS
PEUT-ÊTRE QUE TU TE CRÈVES POUR RIEN. SI GARRETT S'EST TROMPÉ... S'ILS SONT PAS LÀ-DESSOUS...?
-SIGH-
HEUREUX QUE PERSONNE AILLE NAGER DANS LE LAC MICHIGAN...
SINON, APRÈS ÇA...
BEEP BOOP BEEP BEEP BOOP BEEP BOOP
SALUT, C'EST MOI. C'EST POUR LE RAPPORT QUE VOUS DEMANDIEZ.
PAS EXACTEMENT...
ON A PAS TROUVÉ LE TRANSPORT DE KRANG. IL EST LÀ, MAIS...
LE DR LU A PENSÉ À UNE SOLUTION. MAIS JE ME MÉFIE DE SON... OPTIMISME CHRONIQUE. IL POURRAIT BIEN...
OH, NON...
J-JE RAPPELLERAI...

LES POISSONS... BOUILLIS !
CRÉNOM, ÇA *PUE* !
SSSSSSSSSSSSSSSSSSSSSSS
HEU... TU AS FAIT ***EXPRÈS*** DE TUER TOUS LES POISSONS DU LAC, DR LU ?
PAS QUE ÇA ME DÉRANGE, MAIS ON AURAIT PU EN ***DISCUTER*** AVANT...
SPLOOSH
SSSSSSSSSSSSSSSSSS
HM.
Y A DU MONDE DEDANS, TU CROIS ?
NON... MOI NON PLUS.
BON, ON A TERMINÉ ICI...

LE CHEVALIER PARLE
ASHEMA...
TU M'AS ÉTÉ D'UNE AIDE INAPPRÉCIABLE, BRUNO. QUI AURAIT PU LE PRÉVOIR ?
UNE TELLE CERTI-TUDE ÉMANE DE TA VOIX... QUE CELA ME SÉCURISE MOI-MÊME.
SI SOUVENT J'AI PARLÉ DE MON DESTIN... OR TU M'APPRENDS QUE RIEN N'A D'IMPORTANCE, HORS LA DESTINÉE.
L'HÉRITAGE, CELA FAIT TOUT... ET LE MIEN ME REVIENDRA. QUAND ET COMME JE VOUDRAI.
NOUS NOUS SOMMES FAIT NOTRE PLACE À CHICAGO. MAIS CELA NE SUFFIT PAS. LA FACILITÉ AVEC LAQUELLE MES HOMMES ONT TUÉ CET IDIOT DE KRANG EST UN TESTAMENT À NOTRE EMPIRE...
LA CITÉ EST NÔTRE...
... MAIS CELA NE SUFFIT PAS, DISAIS-JE. UN ROI A LE DEVOIR DE CONQUÉRIR. DE PRENDRE RANG PARMI D'AUTRES ROIS. DE RÉALISER SA DESTINÉE.
IL EST TEMPS.
À NEW YORK, NOUS NOUS RENCONTRERONS... DEUX ROIS FACE À FACE SE PARTAGERONT LE MONDE.
CÉLESTE... SOUS LES SABLES...
ADMIRABLE CHOSE !
JE VAIS VEILLER AUX DERNIERS PRÉPARATIFS.
"SI TU T'EN TIRES AUJOURD'HUI... TU ES PARÉ POUR LA VIE... À TOI LE MONDE..."

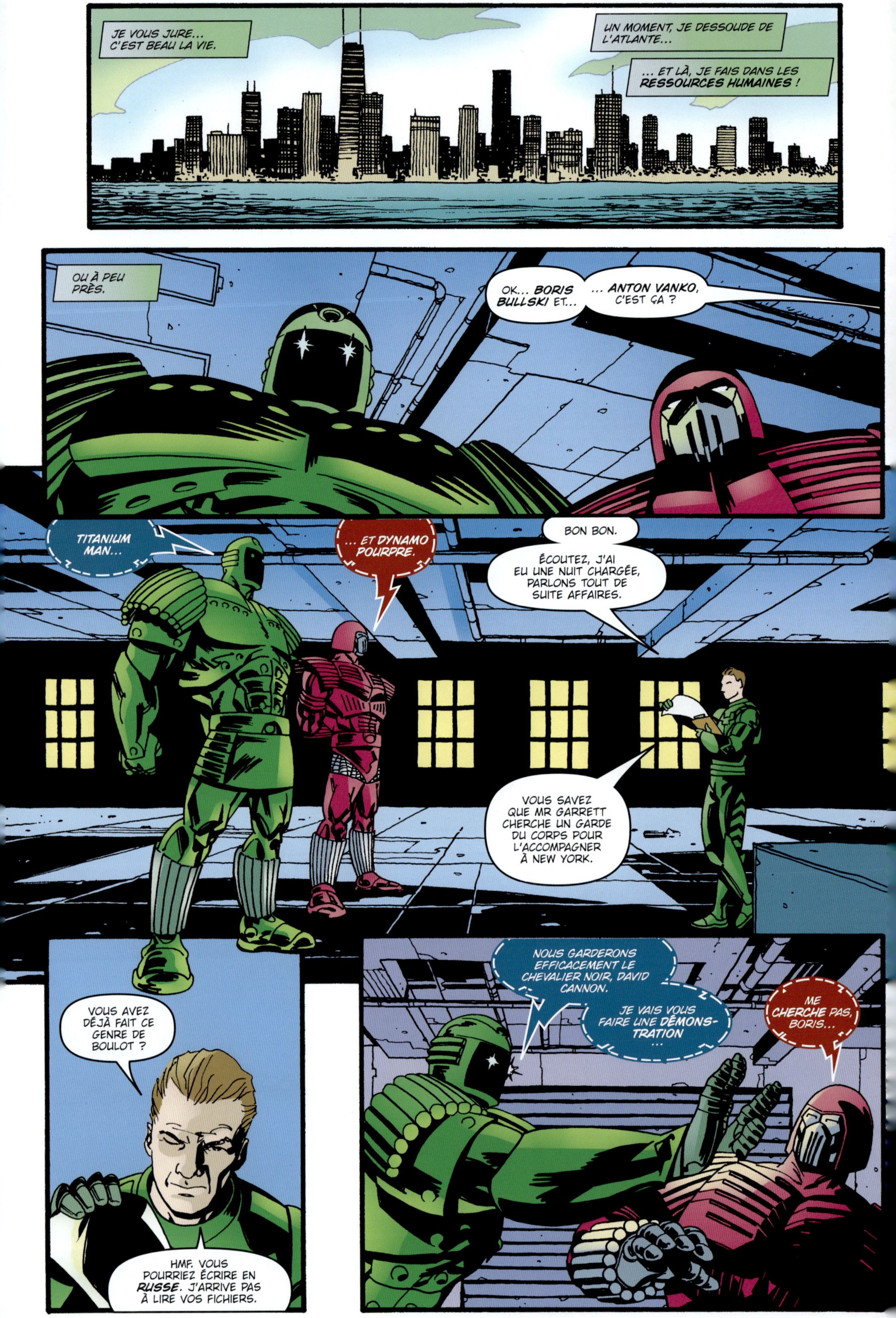

JE VOUS JURE... C'EST BEAU LA VIE.
UN MOMENT, JE DESSOUDE DE L'ATLANTE...
... ET LÀ, JE FAIS DANS LES RESSOURCES HUMAINES !
OU À PEU PRÈS.
OK... BORIS BULLSKI ET...
... ANTON VANKO, C'EST ÇA ?
TITANIUM MAN...
... ET DYNAMO POURPRE.
BON BON.
ÉCOUTEZ, J'AI EU UNE NUIT CHARGÉE, PARLONS TOUT DE SUITE AFFAIRES.
VOUS SAVEZ QUE MR GARRETT CHERCHE UN GARDE DU CORPS POUR L'ACCOMPAGNER À NEW YORK.
VOUS AVEZ DÉJÀ FAIT CE GENRE DE BOULOT ?
HMF. VOUS POURRIEZ ÉCRIRE EN RUSSE. J'ARRIVE PAS À LIRE VOS FICHIERS.
NOUS GARDERONS EFFICACEMENT LE CHEVALIER NOIR, DAVID CANNON.
JE VAIS VOUS FAIRE UNE DÉMONSTRATION...
ME CHERCHE PAS, BORIS...

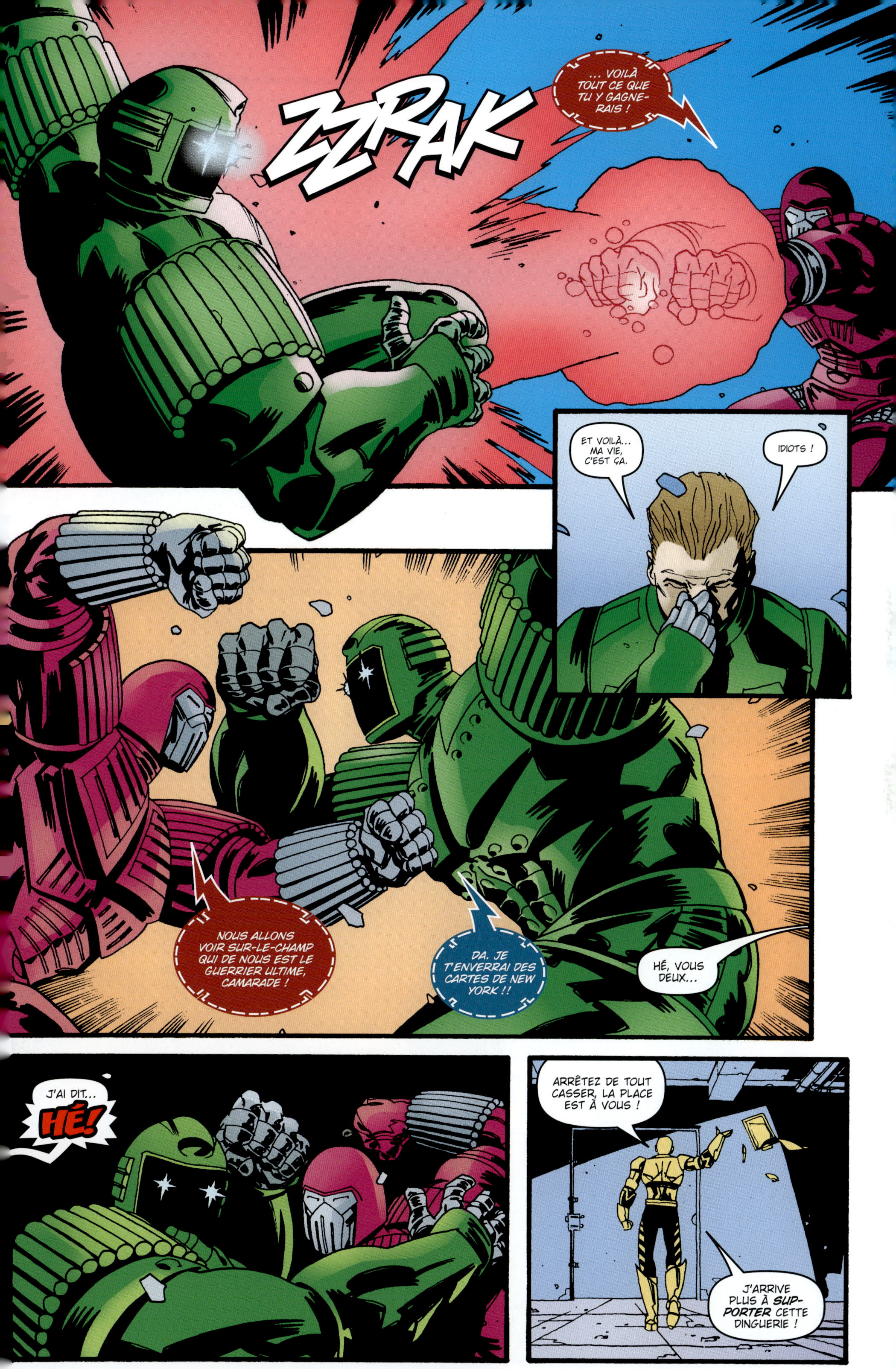
ZZRAK
... VOILÀ TOUT CE QUE TU Y GAGNERAIS !
ET VOILÀ... MA VIE, C'EST ÇA.
IDIOTS !
NOUS ALLONS VOIR SUR-LE-CHAMP QUI DE NOUS EST LE GUERRIER ULTIME, CAMARADE !
DA. JE T'ENVERRAI DES CARTES DE NEW YORK !!
HÉ, VOUS DEUX...
J'AI DIT... HÉ!
ARRÊTEZ DE TOUT CASSER, LA PLACE EST À VOUS !
J'ARRIVE PLUS À SUPPORTER CETTE DINGUERIE !

JE DÉTESTE AVOIR L'AIR DE RENONCER...
... MAIS TOUT CELA FINIT PAR... ME RÉPUGNER.
RACKETS... ESCROQUERIES... HOLD-UP... BLANCHIMENT D'ARGENT SALE... TOUT EST BON. CELA DOIT CESSER IMMÉDIATEMENT.
JE SUIS AU FAÎTE DE MA CARRIÈRE DANS CETTE VILLE. JE NE DOIS RIEN À PERSONNE. KRANG L'A APPRIS À SES DÉPENS.
JE PARS À NEW YORK, POUR PRENDRE LA PLACE QUE ME REVIENT DE DROIT ENTRE LES PUISSANTS DE CE MONDE.
TOUTEFOIS...
... DES BRUITS DÉPLAISANTS COURENT SUR L'UN DES NÔTRES.
L'UN DE MES FIDÈLES SONGE AUJOURD'HUI À ME QUITTER. À QUITTER LA VIE.
M'ABANDONNER À L'HEURE OÙ MON ASCENSION TOUCHE À SON TERME... JE M'Y OPPOSE.
EN PAREIL CAS, IL N'EXISTE QU'UNE SOLUTION...
... N'EST-CE PAS, DR LU ?

SÉRÉNADE À NEW YORK
WHUP WHUP WHUP WHUP WHUP
WHUP WHUP WHUP
LE BAXTER BUILDING.
UNE TELLE IRONIE ME RAVIT.
LES NOUVELLES PORTES S'OUVRENT.
C'ÉTAIT PRÉVISIBLE.

UN GRAND JOUR SE PRÉPARE, MES GARDES.
TRÈS GRAND...
VOILÀ.
NOUS ARRIVONS.
ENFIN...
... LE *DESTIN* M'ATTEND.
SHHHHHHH
GARDES, RESTEZ ICI.
QUAND VOUS ME REVERREZ, L'ÉQUILIBRE DES FORCES EN CE MONDE SI TROUBLÉ...
... AURA À TOUT JAMAIS BASCULÉ EN MA FAVEUR.

J'AVAIS ATTEINT MES LIMITES.
ET VOILÀ, GARRETT EST PARTI POUR NEW YORK... POUR UNE RENCONTRE AU SOMMET ENTRE SUPER-VILAINS. LA FOLIE.
IL EST DINGUE, CE TYPE. JE VOUDRAIS PAS ÊTRE LÀ QUAND IL SE RAMASSERA UNE GAMELLE...
... ET ÇA ARRIVERA, QUELLES QUE SOIENT LES CONNERIES QUE MELTER AIT PU LUI RACONTER.
J'AI APPRIS À SUIVRE MES INTUITIONS, JE SAIS CE QUE ÇA M'A COÛTÉ DE PASSER OUTRE.
MES TRIPES ME DISENT QUE L'AFFAIRE DEVIENT TROP ÉNORME, BIZARRE ET COMPLIQUÉE POUR UN PETIT COMME MOI.
J'AI RAMASSÉ SUR CE COUP-LÀ ASSEZ DE FLOUZE POUR ME METTRE AU VERT UN MOMENT.
J'IRAI P'T'ÊT' FAIRE UN TOUR DANS L'OUEST, LES HIVERS SONT PLUS DOUX. ÇA SERA MOINS BIZARRE QU'ICI, SÛR. ET JE MANQUERAI À PERSONNE.
OH-OH...

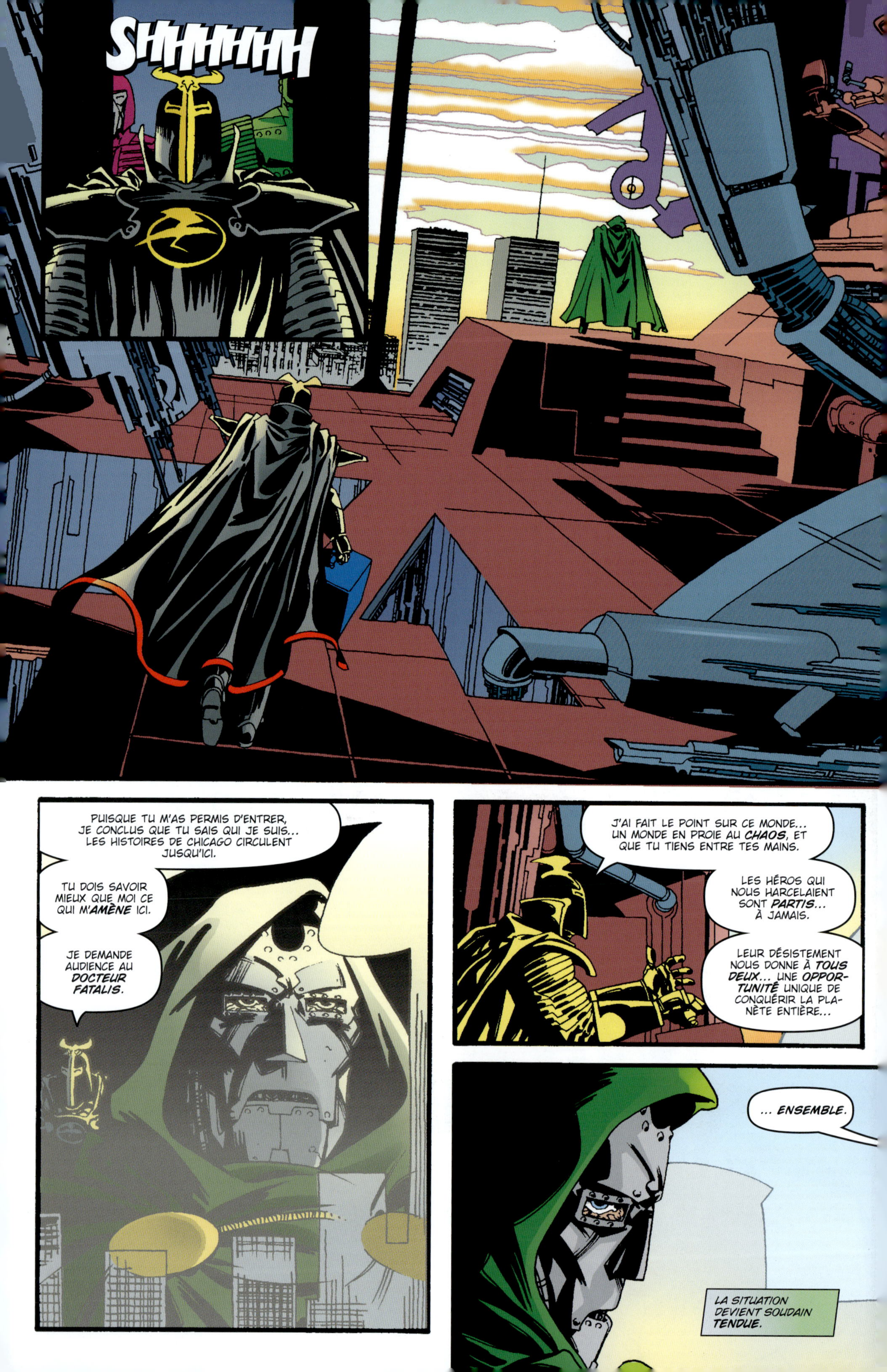
SHHHHHHH
PUISQUE TU M'AS PERMIS D'ENTRER, JE CONCLUS QUE TU SAIS QUI JE SUIS... LES HISTOIRES DE CHICAGO CIRCULENT JUSQU'ICI.
TU DOIS SAVOIR MIEUX QUE MOI CE QUI M'**AMÈNE** ICI.
JE DEMANDE AUDIENCE AU **DOCTEUR FATALIS**.
J'AI FAIT LE POINT SUR CE MONDE... UN MONDE EN PROIE AU **CHAOS**, ET QUE TU TIENS ENTRE TES MAINS.
LES HÉROS QUI NOUS HARCELAIENT SONT **PARTIS**... À JAMAIS.
LEUR DÉSISTEMENT NOUS DONNE À **TOUS DEUX**... UNE **OPPORTUNITÉ** UNIQUE DE CONQUÉRIR LA PLANÈTE ENTIÈRE...
... **ENSEMBLE**.
LA SITUATION DEVIENT SOUDAIN **TENDUE**.

PEUT-ÊTRE EST-CE UN EUPHÉMISME.
DR. LU...
QUE DIABLE...?
C'EST...
... GARRETT QUI T'EN-VOIE...?
-SIGH-
ÉVIDEMMENT.
ET JE CROYAIS POUVOIR M'EN TIRER... J'ÉTAIS SÛR QU'IL S'EN FICHERAIT...
OÙ J'AVAIS LA TÊTE, HEIN ?
CET ENDROIT DEVIENT BIZARRE, JE T'AI DIT...
ON PEUT PLUS SE FIER À PER-SONNE...
BON. T'ES VENU ME REFROIDIR... VAS-Y, TE GÊNE PAS. C'EST UN SERVICE QUE TU ME RENDS.
LA VIE, MON VIEUX, ÇA VOUS REND NIHILISTE.
JE SAIS, JE TIRE À LA LIGNE...
AU FOND, QUAND ON Y PENSE, POURQUOI ON FAIT ÇA ? LE FRIC ? LES GONZESSES ? LE POUVOIR ? TOUT ÇA, ON L'A DÉJÀ. MÊME QU'ON EN DEMANDAIT PAS TANT.
ON A CE QU'ON A TOUJOURS VOULU... ON EST LIBRES À PAS SAVOIR QU'EN FOUTRE. ON IMAGINAIT PAS QU'UNE FOIS NOS ENNEMIS PARTIS, LE VRAI DANGER SE POINTERAIT.
NOUS-MÊMES.
DANS CES CONDITIONS, VIVRE OU MOURIR, J'EN AI RIEN À CIRER.
RIEN N'A D'IMPORTANCE, EN FAIT.
ALORS, CHEN, TU TE DÉCI-DES...?

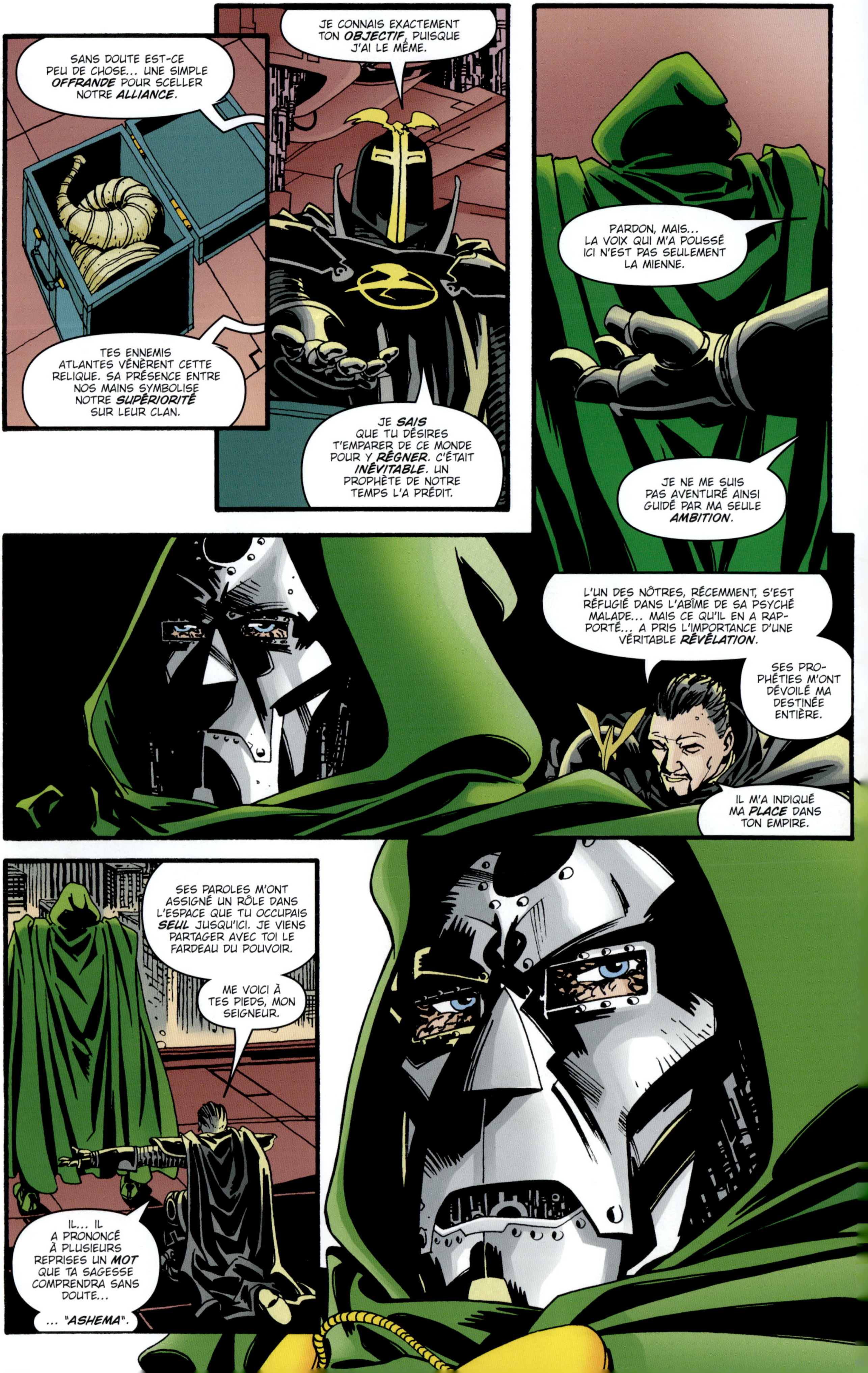
SANS DOUTE EST-CE PEU DE CHOSE... UNE SIMPLE OFFRANDE POUR SCELLER NOTRE ALLIANCE.
TES ENNEMIS ATLANTES VÉNÈRENT CETTE RELIQUE. SA PRÉSENCE ENTRE NOS MAINS SYMBOLISE NOTRE SUPÉRIORITÉ SUR LEUR CLAN.
JE CONNAIS EXACTEMENT TON OBJECTIF, PUISQUE J'AI LE MÊME.
JE SAIS QUE TU DÉSIRES T'EMPARER DE CE MONDE POUR Y RÉGNER. C'ÉTAIT INÉVITABLE. UN PROPHÈTE DE NOTRE TEMPS L'A PRÉDIT.
PARDON, MAIS... LA VOIX QUI M'A POUSSÉ ICI N'EST PAS SEULEMENT LA MIENNE.
JE NE ME SUIS PAS AVENTURÉ AINSI GUIDÉ PAR MA SEULE AMBITION.
L'UN DES NÔTRES, RÉCEMMENT, S'EST RÉFUGIÉ DANS L'ABÎME DE SA PSYCHÉ MALADE... MAIS CE QU'IL EN A RAPPORTÉ... A PRIS L'IMPORTANCE D'UNE VÉRITABLE RÉVÉLATION.
SES PROPHÉTIES M'ONT DÉVOILÉ MA DESTINÉE ENTIÈRE.
IL M'A INDIQUÉ MA PLACE DANS TON EMPIRE.
SES PAROLES M'ONT ASSIGNÉ UN RÔLE DANS L'ESPACE QUE TU OCCUPAIS SEUL JUSQU'ICI. JE VIENS PARTAGER AVEC TOI LE FARDEAU DU POUVOIR.
ME VOICI À TES PIEDS, MON SEIGNEUR.
IL... IL A PRONONCÉ À PLUSIEURS REPRISES UN MOT QUE TA SAGESSE COMPRENDRA SANS DOUTE...
... "ASHEMA".

ZZZZTT
KLANK
MES PIEDS !
JE SUIS... COLLÉ SUR PLACE...
ZZZRRRAT
YEEAARRGG--!

JE N'EN DIRAI PAS PLUS. J'ATTENDS...
... HUMBLEMENT... MA NOMINATION...
MA *DESTINÉE* ME...
EH...?
ZZRAT
AAAAAA--

AS-TU VISIONNÉ CETTE SCÈNE, MAÎTRE ?
OUI CERTES.
LES INTRUS ONT ÉTÉ ABATTUS CONFORMÉMENT À TES ORDRES.
LE SOT SE CROYAIT DIGNE DE RÉGNER AU CÔTÉ DE FATALIS ! IL PRONONCE LE NOM D'ASHEMA SANS CRAINDRE D'ÊTRE CHÂTIÉ !
LA MORT SEULE POUVAIT LUI FAIRE COMPRENDRE QUE FATALIS N'A PAS D'ÉGAUX. ON NE SIÈGE PAS AUX CÔTÉS DE FATALIS.
MONTRE-MOI TON VISAGE, FÉAL SUJET...
OUI, MAÎTRE.
JE N'AI NI TEMPS NI PATIENCE À CONSACRER À CE GENRE DE DIVERSIONS STUPIDES.
CE QUI SE PRÉPARE DOIT RESTER POUR TOUS UN SECRET.
MON VRAI DESTIN EN CE MONDE M'ATTEND.
LE DESTIN DE FATALIS !

ÉPILOGUE
L'HOMME RADIOACTIF M'A LÂCHÉ. J'AI TOUJOURS ÉTÉ BEAU PARLEUR.
CE QUE J'AI DIT, DANS LA PLANQUE, ÉTAIT VRAI... MAIS JE SAVAIS COMMENT ÇA FINIRAIT.
LE MUST, POUR UN BON ESCROC, C'EST DE SAVOIR ARRÊTER À TEMPS.
ON FAISAIT UNE BONNE ÉQUIPE, EN FAIT.
BAH, RIEN N'EST ÉTERNEL.
PERSONNE S'ASSIED PRÈS DE MOI. HISTOIRE DE VIBRATIONS ?
À PARTIR DE MAINTENANT, FINIES LES INSOMNIES, JE SENS !
J'ESSAIE UN MOMENT DE TIRER LA LEÇON DE MON EXPÉRIENCE. MAIS J'AI BEAU ME TRITURER LA CERVELLE, JE TROUVE PAS.
LE MIEUX À FAIRE EST DE ME RELAXER EN REGARDANT LE PAYSAGE. SUPER IDÉE !
OÙ JE VAIS COMME ÇA ? EN CE MONDE DE FOUS, QUI SAIT...
... OÙ LES VENTS M'ENTRAÎNENT ?
FIN

HEROES REBORN: REBEL (2000) 1
Couverture : **MATT HALEY**

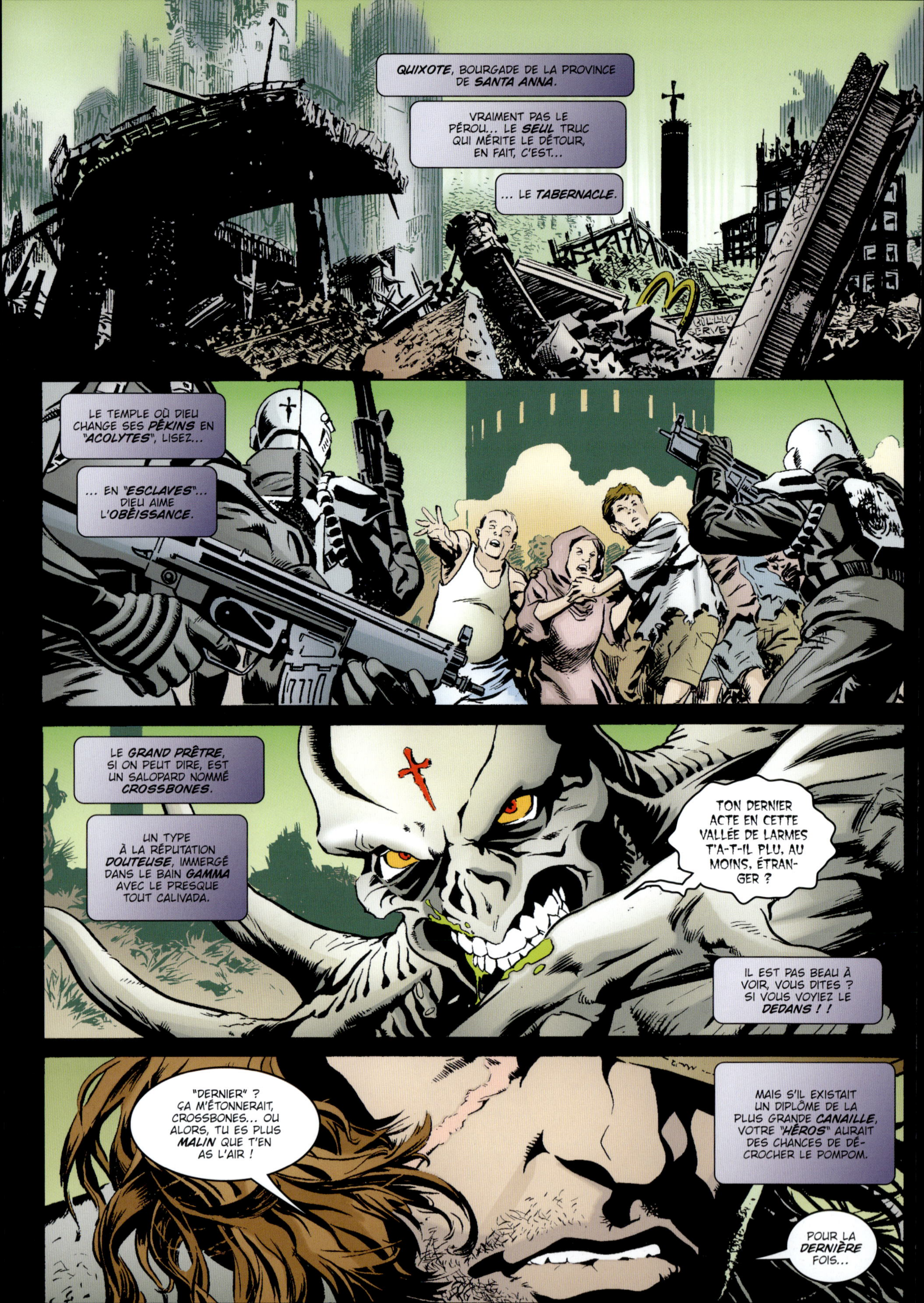
QUIXOTE, BOURGADE DE LA PROVINCE DE SANTA ANNA.
VRAIMENT PAS LE PÉROU... LE SEUL TRUC QUI MÉRITE LE DÉTOUR, EN FAIT, C'EST...
... LE TABERNACLE.
LE TEMPLE OÙ DIEU CHANGE SES PÉKINS EN "ACOLYTES", LISEZ...
... EN "ESCLAVES"... DIEU AIME L'OBÉISSANCE.
LE GRAND PRÊTRE, SI ON PEUT DIRE, EST UN SALOPARD NOMMÉ CROSSBONES.
UN TYPE À LA RÉPUTATION DOUTEUSE, IMMERGÉ DANS LE BAIN GAMMA AVEC LE PRESQUE TOUT CALIVADA.
TON DERNIER ACTE EN CETTE VALLÉE DE LARMES T'A-T-IL PLU, AU MOINS, ÉTRANGER ?
IL EST PAS BEAU À VOIR, VOUS DITES ? SI VOUS VOYIEZ LE DEDANS ! !
"DERNIER" ? ÇA M'ÉTONNERAIT, CROSSBONES... OU ALORS, TU ES PLUS MALIN QUE T'EN AS L'AIR !
MAIS S'IL EXISTAIT UN DIPLÔME DE LA PLUS GRANDE CANAILLE, VOTRE "HÉROS" AURAIT DES CHANCES DE DÉCROCHER LE POMPOM.
POUR LA DERNIÈRE FOIS...

STAN LEE PRÉSENTE :
EMBALLE TA CARCASSE DANS LA PREMIÈRE PAPA-MOBILE QUI PASSE ET DÉGAGE...
... AVANT QUE JE FILE TES RESTES À BOUFFER AUX VAUTOURS !
LA RENAISSANCE DES HÉROS
REBEL
CIEL BLEU
PAR JOE KELLY ET MATT HALEY
STEVE LIEBER ENCRAGE
REBEL EST UNE CRÉATION DE JOE KELLY ET MATT HALEY
MOOSE BRUMAN COULEURS STUDIO VIANNEY JALIN LETTRAGE ET ADAPTATION GRAPHIQUE
GENEVIÈVE COULOMB TRADUCTION BREVOORT, HARRAS RÉDACTION USA

COMPTES-Y ET BOIS DE L'EAU.
À GENOUX, INSOLENT ! UNE TELLE IMPERTINENCE SERA EXPIÉE DANS LE SANG !
JAMAIS JE ME SUIS MIS À GENOUX, C'EST PAS AUJOURD'HUI QUE...
SCHRAKT
SANS DOUTE, PÉCHEUR, TU ES UN GUERRIER ÉMÉRITE...
SCHRR!
... MAIS TU LUTTES ICI CONTRE LE SOLDAT ÉLU, TOUCHÉ PAR LA MAIN DE DIEU !
HNNGH

CONTRE MOI, INSTRUMENT DU DESSEIN DIVIN, UN CHIEN DE SANG-MÊLÉ TEL QUE TOI N'A AUCUNE CHANCE DE L'EMPORTER !
FACE À LA LUMIÈRE DU VERBE, TU ES MOINS QUE POUSSIÈRE !
DIS VOIR UN PEU, MOCHETÉ...
... TU CONNAIS CIEL BLEU ?
IMBÉCILE ! IL N'EST DÉSORMAIS DE CIEL BLEU QUE DANS LA MAISON DE MON PÈRE... QUE TON ÂME NE CONTEMPLERA JAMAIS !
FWOOSH
YEEARGH!
J'AVAIS DONC VU JUSTE.
ET CECI ÉTANT, ON N'A PLUS RIEN À SE DIRE !
CROIS-TU?
EN LIVRANT TA TÊTE À DIEU, JE PRENDRAI RANG PARMI LES SAINTS ! PRÊT, IMBÉCILE ?
CHCHAKK
IMBÉCILE, FAUT VOIR !
QUAND JE PARLAIS DE TE FILER AUX VAUTOURS, C'ÉTAIT JUSTE POUR DIRE.
Y A JAMAIS EU DE CRÉTINS DANS MA FAMILLE.

FUMANT !
FWAT
T'AURAIS PU NOUS DIRE QUE TU Y ALLAIS EN SOLO, J'AVAIS UN ROMAN À FINIR !
UN COLOSSE PAREIL...! COMMENT TU AS PU...? C'EST PAS POSSIBLE...
REBEL...?
BEN DITES DONC... SI SES YEUX ÉTAIENT DES FLINGUES...
TU SERAIS PLUS LÀ. MAIS TE BILE PAS, PEPPER POTTS. IL EST TOUJOURS COMME ÇA APRÈS.
QUAND TU CONNAÎTRAS MIEUX REBEL, TU FERAS PLUS ATTENTION.

OREGON
CALIVADA
SANTA ANNA
N
SEPT JOURS.
POUR UN PROJET UNIQUE... C'EST PLUTÔT LONGUET.
SMASHH
SEPT JOURS... ONT SUFFI À PEPPER POTTS ET À SES INFIDÈLES POUR PROFANER MON GRAND ŒUVRE ?!!
JE N'AI PAS VOULU CELA ! DIEU NE L'A PAS VOULU !
DIEU, BOF ! SI LE PAPE LE LEUR APPORTAIT À DOMICILE, ILS PIGERAIENT PAS.
AVANT LE GRAND CHAOS, MASTER MAN ÉTAIT UNE SALE ENGEANCE RACISTE AVEC UNE ESPÈCE DE HACHE ET UNE COUPE AU BOL.
LÀ, IL LES A LAISSÉ POUSSER.

J'ADORE MA VERMINE... HEIN, ACOLYTE ?
À TOI LA PUISSANCE ET LA GLOIRE, MAÎTRE !
C'EST POURQUOI JE LUI AI MONTRÉ LA VOIE... LA FLAMME GAMMA M'A RECRÉÉ POUR CHÂTIER LE FAIBLE ET MULTIPLIER LE FORT.
MAIS PEPPER ET CE... REBEL... NE CESSENT DE BLASPHÉMER MON NOM...
JADIS... AVANT QUE J'AIE RESSUSCITÉ CE MONDE... QUAND MES DESSEINS MANQUAIENT DE GRANDEUR... J'AURAIS SANS DOUTE ADMIRÉ LEUR COURAGE.
HUURK
À PRÉSENT JE SAIS QUE REBEL EST UN DÉMON... UNE ORDURE À CONFONDRE, À ÉTRIPER, À SAUVER !
GRRGLE
KRRRK
POP
OUI... REBEL SERA SAUVÉ, COMME LE FURENT TOUS MES ENFANTS... ABSOUS.
LAVÉ. PURIFIÉ.
CAR DIEU L'A VOULU AINSI.
QU'ON M'AMÈNE LE PASTEUR.

COMMENT ÇA, À L'EST ? MASTER MAN EST PLEIN NORD... C'EST LÀ QU'ON VA !
JE PRÉFÈRE L'EST. SES PAYSAGES, SON CIEL...
"SON CIEL" ? TU TE FIGURES QU'ON EST LÀ POUR JOUER AUX INDIENS ET AUX COW-BOYS ?
EXCUSE-MOI, J'AI RIEN DIT... TU AS VU COMMENT TU ES SAPÉ ?
IL VEUT PAS DIRE QUE ÇA URGE !
ON FAIT SAUTER LE TABERNACLE, PUIS ON FILE À L'EST.
À CE QU'ON RACONTE, Y AURAIT DES FEMMES-SALAMANDRES À CHICAGO...
AU DIABLE ! ! RAS L'BOL DE CETTE CHEVAUCHÉE FANTASTIQUE FAÇON DESPÉRADOS, LÀ !
SI ON VEUT ORGANISER SÉRIEUSEMENT LA RÉSISTANCE CONTRE MASTER MAN ET SON ARMÉE, C'EST AU NORD QU'IL FAUT ALLER RECRUTER !
GUINNESS...
... L'ORGANISATION, ÇA TE CONNAÎT ?
PAS VRAIMENT, BOSS. NOTRE TRUC, C'EST PLUTÔT D'EFFACER LES VILAINS ET DE DYNAMITER CE QUI TRAÎNE.
DÈS LE DÉBUT, ON A DÉCIDÉ...
... QUE L'ORGANISATION ÇA PAYAIT PAS, SI TU TE RAPPELLES BIEN ?
PFF ! CRÉTINS ! NOTRE GUERRE EST MAL BARRÉE...
DES CRÉTINS SE SERAIENT PAS FAIT PAYER D'AVANCE, PETITE.
ON VEUT QUE JE SAUVE LE MONDE...

... NOTRE MORCEAU, TOUT AU MOINS. LES CHEVALIERS DE LA LÉGENDE, C'EST NOUS...
MOI, JE VEUX JUSTE... REVOIR LE CIEL.
CIEL BLEU. SOLEIL, NEIGE. UNE ÂME DE DÉMON CACHÉE SOUS UNE PEAU D'ANGE...
POURQUOI JE PEUX PAS T'OUBLIER ? TE LARGUER COMME TU M'AS LARGUÉ ?
TU M'AS LAISSÉ... LE CŒUR MORT DANS UN CORPS ENCORE CHAUD...
MAIS JE TE RETROUVERAI, CIEL... JE TE...
...
EMBRASSE-MOI, ET TU TE PRENDS UNE BAFFE !
TU TE TROMPES DE SALAMANDRE !

T'EMBRASSER ?! JE TE BOUFFERAI PLUTÔT SI J'AI PAS MON P'TIT-DÉJ' !
EH, À QUI LA FAUTE, MON VIEUX ? C'EST PAS MOI QUI AI REFUSÉ DE MANGER EN COMPAGNIE DE PEPPER POTTS !
GRRR... AH CES FEMMES ! ELLES VONT TOUT FICHE PAR TERRE !
MFFF...
FWAPPT
P'T'ÊT' QUE C'EST PAS ELLES LE PROBLÈME.
QU'EST-CE QUE TU RACONTES ?
CRUNCH
CRUNCH
L'EST ? JE VOIS DEUX RAISONS POUR ALLER LÀ-BAS.
ON VA SE PAYER LA VISITE GUIDÉE DE NEW YORK... OU ALORS, ON S'EST COLLÉ DANS LA TRONCHE DE RETROUVER CIEL BLEU.
BOSS... ICI ET MAINTENANT, ON A UNE CHANCE DE FAIRE QUELQUE CHOSE DE CHOUETTE... D'IMPORTANT.
CETTE ARMURE T'EST PAS TOMBÉE DESSUS PAR HASARD.
ET MOI, J'AI ÉTÉ TRANSFORMÉ EN SALAMANDRE POUR UNE BONNE RAISON.
POUR DESSOUDER UN MÉGALO QUI SE PREND POUR DIEU LE PÈRE ET QUI LAVE LE CERVEAU DU POPULO.
PAS POUR FAIRE LA CHASSE À UNE FOLLE QUI T'A BRISÉ LE CŒUR APRÈS T'AVOIR LIGOTÉ AVEC DU FIL À PÊCHE.
NON, DES CORDES DE GUITARE. PRÊT ? LE FEU D'ARTIFICE VA COMMENCER.
RÉFLÉCHIS, OK ? NON SEULEMENT TU VAS BOUSILLER L'OPÉRATION...

"... MAIS TU PERDRAS UN TRUC PRÉCIEUX QUE TU POSSÈDES SANS LE SAVOIR.
MICHKA... MICHKA ROSE... RÉVEILLE-TOI, IL EST TEMPS.
ON ENTRE PAR LÀ... Y A QU'UNE ÉQUIPE DE SURVEILLANCE RÉDUITE. ON LES MET OUT, ON POSE LA BOMBE, ON SE TIRE.
VAS-Y.
MAIS ILS SONT TROP CAMÉS POUR RÉALISER.
FANTASTIQUE ! TOUS BALAYÉS EN DEUX SECONDES !
LES INDIGÈNES DU COIN APPELLENT "VENT DE MALHEUR" CE SOUFFLE MYSTÉRIEUX QUI APPORTE À L'ÂME HUMAINE...
... TOUTE LA DOULEUR DU MONDE. S'ILS CONNAISSAIENT MICHKA ROSE, S'ILS ENTENDAIENT SA CHANSON...
... ILS SAURAIENT D'OÙ VIENT LE VENT EN QUESTION.
JE CRÈVE DE CURIOSITÉ. J'AIMERAIS T'ENTENDRE UNE FOIS SANS PROTÈGE-TYMPANS.
DE QUOI ÇA PARLE, TA CHANSON ?
UN HOMME ? N'IMPORTE QUEL HOMME...
A MAN A BETRAYAL.
* UN HOMME, UNE TRAHISON

... OU C'EST À REB QUE TU PENSES ?
BONJOUR, MESDAMES ! ENCORE UN BEAU JOUR À VIVRE POUR DIEU !
?!?
... ATTAQUE PRÉVUE...
... CE QU'IL A FAIT À CROSSBONES.
... CENT HOMMES...
IMBÉCILES ! PRIVÉE DE SON CHEF, TOUTE LA HORDE EST PARALYSÉE...
HÉ... REGARDEZ-MOI UN PEU... LE SOURIRE ET L'AIR IDIOT, MAIS... Y A QUELQUE CHOSE... DE CHANGÉ.
PAS SI BÊTE, CE QUE DISAIT GUINNESS... CETTE ARMURE, CE N'EST PAS UN HASARD... C'EST PEUT-ÊTRE LA CHANCE DE MA VIE...
LE TEMPS EST PEUT-ÊTRE VENU DE LAISSER TOMBER CIEL... PEUT-ÊTRE... BON, ASSEZ CAUSÉ. OÙ SONT LES FILLES ?
"RÉJOUISSEZ-VOUS AVEC MOI, CAR J'AI RETROUVÉ LA BREBIS PERDUE" LUC, 15: 6.
APPROCHE, REBEL ! LE JUSTE N'A RIEN À REDOUTER DE MOI... ET TU ES JUSTE AU REGARD DE DIEU, NON ?
-SIGH- LA RÉALITÉ A RATTRAPÉ REBEL !

"ET VOICI... JE T'AI ENVOYÉ UN ANGE, POUR TE MONTRER LE CHEMIN."
TRÈS HEUREUX DE TE REVOIR, REBEL... VEUX-TU PRIER AVEC MOI ?
JE PRIE PLUS DEPUIS LONGTEMPS, CURÉ... PERSONNE ÉCOUTAIT.
DIEU ÉCOUTE TOUJOURS, MON FILS... LORSQUE L'ON PRIE ASSEZ FORT !
LE PASTEUR TE FERA PRIER DE TOUS TES POUMONS !
OK, VU. PLAN DE SECOURS. GUINNESS, TIRE !

... PLUS DE FEU, OUVRE-MOI TA PORTE...
... POUR L'AMOUR DE DIEU !
MMM... CETTE ODEUR DE CHAIR CARBONISÉE, J'ADORE !
FWOOSH
YEAAGH
YEAAGH
YEAAGH
TSS-TSS... SI MÊME UN PAÏEN COMME MOI CONTRÔLE LA FLAMME INFERNALE, OÙ ON VA ?
FAUDRA ÉCRIRE UNE RÉCLAMATION OU UN PSAUME QUELCONQUE, RÉVÉREND !
"QUEL EST CE FEU INTÉRIEUR QUI NE BRÛLE PAS LES VÊTEMENTS ?"
ALLONS, REBEL, PRIONS ENSEMBLE.
OUAIS, BONNE IDÉE...

M-MICHKA... ELLE...
PEPPER ! DU CALME, PETITE... BAISSE LA TÊTE AVANT QUE...
MICHKA ? OH MON DIEU, OÙ EST-ELLE ?
GUINNESS, CETTE EMBUSCADE, ELLE ⇝KOF !⇜... ELLE SAVAIT !
MISÈRE DE NOUS... ELLE ÉTAIT DES LEURS !
CETTE ARMURE TE DONNE LA FORCE, REBEL... MAIS ELLE N'EST QU'UNE EXTENSION DE TON ÂME TOURMENTÉE...
JE PUIS LA ROMPRE.
POUR UN TYPE QUI N'A D'IDÉES PERSONNELLES QUE CELLES DE LA BIBLE, C'EST BIEN DIT ! HNNGH !
LE SARCASME EST L'ARME DES FAIBLES, REBEL... TEL FUT TOUJOURS TON PROBLÈME...
... LA FAIBLESSE, MON FILS !
FERME-LA !!
ELLE T'A COÛTÉ L'AMOUR DE CIEL.
SCHRAKK

"CAR TU *PERDS* TOUT CE QUI T'*AIME*..."
NE PRONONCE PAS CE **NOM!**
NON, JÉZABEL... CIEL ÉTAIT UNE FEMME *DÉVOUÉE*... MALGRÉ SES GOÛTS DISCU-TABLES...
TU L'AS *EMPOISONNÉE*, N'EST-CE PAS ?
SCHWAKK
NON, ELLE... *HURGH.*
LE *BLASPHÈME* EST *POISON*, REBEL ! **REPENS-TOI,** CAR TON *SACRILÈGE* T'A FAIT PERDRE CIEL !

NON... ÇA S'EST PAS PASSÉ...
SI, MON FILS... SI ! CE QUE TU AS FAIT SUBIR À SA VOLONTÉ SOUILLERA À JAMAIS TA CONSCIENCE...
SEULE LA FLAMME SACRÉE TE DONNERA LE PARDON...
"PURIFIE-MOI DE MES CRIMES, SEIGNEUR" PSAUMES...
JE T'ABSOUDRAI, MON FILS, JE TE DONNERAI LA PAIX...
SKRIEEEEEEE
UN SOUFFLE IMPALPABLE CHARRIE DU SABLE EN FUSION À TRAVERS DU VERRE CASSÉ.
UNE CHANSON MONTE... LA DERNIÈRE CHANSON DU MONDE...
LE REMORDS EST UN ACIDE, LA HAINE UNE TORNADE. L'ÂME DE MICHKA SE GAUCHIT ET SE DÉFORME...
LA VÉRITÉ... TOUTE LA VÉRITÉ EST LÀ, POUR CEUX QUI SAVENT ENTENDRE...
ELLE CHANTE... CHANTE POUR MOI... ELLE M'AI...
MINCE, MICHKA... J'AVAIS JAMAIS RÉALISÉ...

TCCLASSH
"ET VOICI, L'HEURE EST VENUE, OÙ LE FILS DE L'HOMME SERA LIVRÉ AUX PÊCHEURS..."
QUE DIEU T'ABSOLVE ET T'ACCUEILLE DANS LE CHŒUR DES ANGES, JUDAS.
AIGH!
NOOON!
COMBIEN DE JEUNES FILLES DEVRAS-TU ENCORE DÉTRUIRE AVANT DE TE REPENTIR ET DE T'AMENDER, MON FILS ?
REVIENS AU TROUPEAU, JE T'EN CONJURE ! SOIS BAPTISÉ DANS...
POUR LE BAPTÊME, TE FATIGUE PAS...

J'AI DÉJÀ RESSUSCITÉ UNE FOIS.
RIIIPP
C'ÉTAIT PAS LE PIED.
PSCH'OWWWN
CHOPE-LE... METS-LE AU TAPIS !
"SOYEZ PROMPTS À ENTENDRE ET LENTS À LA COLÈRE...
"... CAR LA COLÈRE DE L'HOMME VA CONTRE LE DESSEIN DE DIEU." HÉBREUX...
IL EST DIT AUSSI, "TUEZ-LES TOUS, DIEU RECONNAÎTRA LES SIENS."

TIENS BON, PETITE, ON VA S'OCCUPER DE TOI DÈS QUE...
REBEL ?!
TUE-LE, BON SANG, TU ATTENDS QUOI ?!
LE MIEUX EST DES FOIS L'ENNEMI DU BIEN, CURÉ...
J'AI PAS VOULU ÇA... JAMAIS.
JE TE... PARDONNE... FILS.
OUAIS, SÛR... EH BEN... MOI PAS. QUAND TU VERRAS DIEU, DANS L'AUTRE VIE... DIS-LUI QUE JE VEILLE AU GRAIN.
QU'IL A PAS À S'INQUIÉTER DES CONS QUI DÉBLOQUENT EN SON NOM.
VREEEET
COMPRENDS-TU QUE LA FLAMME DU COURROUX A DÉTRUIT TOUTES LES DONNÉES SUR...
... LA CACHETTE DE CIEL BLEU ?
CIEL ? NON...
TU MENS.
CROIS-TU ? TU AS ALORS OUBLIÉ QUE J'AI FAIT SERMENT DE NE JAMAIS MENTIR.
EH BIEN ? LA COLÈRE OU LE SALUT ? DÉCIDE, LE CIEL EST LAS D'ATTENDRE.

EH, QUOI ENCORE ?! REBEL, IL A... DISPARU !
OUAIS, J'AI VU.
COMMENT ELLE VA ?
L'IDIOTE... A RISQUÉ SA VIE POUR TOI, BOSS... ELLE EST VRAIMENT BOUCHÉE !
TU PEUX DIRE MERCI.
LE PROCHAIN TOUBIB EST LOIN, GUINNESS ?
MOINS D'UN KILOMÈTRE... AVEC TES JET-BOOTS, ÇA SERA...
PIQUE UNE JEEP ET CONDUIS-LA, MOI JE PEUX PAS. J'AI DES TRUCS À VÉRIFIER.
HEIN ?! REBEL !! C'EST À CAUSE DE TOI QUE C'EST ARRIVÉ, TU POURRAIS...
ELLE... NOUS A TRAHIS.
ELLE T'A SAUVÉ LA PEAU, ÇA ÉGALISE LE SCORE ! LA PLANTER LÀ APRÈS ÇA, TU CHARRIES...!
POSSIBLE.

JE SUIS PEUT-ÊT' PAS HUMAIN.
LÀ-DESSUS, IL EST PARTI, SANS UN REGARD POUR CETTE MÔME QUI AVAIT RISQUÉ SA VIE POUR LUI... PARTI, COMME ÇA.
LES TÉNÈBRES SE REFERMAIENT SUR LUI... ET IL S'EN BATTAIT L'ŒIL.
QUAND UN MEC EST PARTI DANS UNE QUÊTE, IL VA SON CHEMIN SANS RIEN VOIR, NI SOLEIL NI LUNE, NI BIEN NI MAL.
SURTOUT QUAND IL S'IMAGINE QUE LA CITÉ SECRÈTE DE L'OR... EST LA CLÉ DE SON CŒUR.
VA, REBEL... GALOPE DERRIÈRE LE VENT QUI PASSE... TU L'ATTRAPERAS PEUT-ÊTRE.
CIEL...?
NON...
CETTE FOIS TU REPÉRERAS PEUT-ÊTRE LA PISTE MENANT À LA VILLE FANTÔME QUE TU PRENDS POUR TA PATRIE.

OU ALORS, TU **RÉCOLTERAS** SEULEMENT CE QUE TU AS **SEMÉ**.
À TOI

AUX TEMPS QUI SUIVIRENT LE CHAOS...
... UNE POIGNÉE DE BRAVES, VAILLANTS ENTRE LES VAILLANTS...
... ÉMERGEA DES RUINES...
... POUR DÉFENDRE LA TERRE PLONGÉE DANS LE DÉSARROI.
ILS SONT LA FINE FLEUR DE L'HUMANITÉ... LEURS TRIOMPHES SERONT CHANTÉS DE PAR L'UNIVERS JUSQU'À LA FIN DES TEMPS !

PARFAIT !
CLIK
JE PEUX BOUGER ?
LE "CRI VISCÉRAL", À LA FIN, ÇA FILE DES CRAMPES.
N.B. : C'EST PAS EUX.
J'AI LES HANCHES COMME ÇA ?!
HABILLEUSE ! LE FILS DE WAKANDA A BESOIN DE REMETTRE EN ORDRE SA TENUE RITUELLE !
ÉTEIGNEZ LE PHOTOGRAPHE, QUELQU'UN ! IL CRAME...
EN DEUX MOTS, VOUS ÊTES TOUS FAB... ULEUX !!
C'ÉTAIT BIEN, BLAZE, SÉRIEUX ?
-NNGH- OUF, ÇA SE TERMINE !
AAH ! CETTE SOIF DE SANG QUI BOUILLONNE EN MOI...!!
UNE GALAXIE D'ÉTOILES, JE N'EN DIRAI PAS PLUS ! SI JE NE FAIS PAS DE VOUS DES SUPERSTARS, ALORS JE NE VOIS PLUS QUE LA CHIRURGIE ESTHÉTIQUE !
OUI, MON VIEUX MANT, JE LE SENS ! L'IMAGE, ÇA RÉSUME DES MILLIERS DE PHRASES, ET CETTE PRISE ÉTAIT GÉNIALE...
B-BON... SI TU ES SI SÛR...
LES IMAGES, C'EST TON TRUC !
HÉ, MAXI ! ON REPREND NOTRE TÊTE-À-TÊTE OÙ ON L'A LAISSÉ ?
STERLING, ENFIN ! POUR LA ÉNIÈME FOIS, JE NE SUIS PAS HUMAINE...
MOI NON PLUS ! ON A TOUT EN COMMUN, TU VOIS !
JE RÊVAIS DE SURFER AUTOUR DE TES GLOBES COSMIQUES, LE LONG DE TES ESPACES EMPYRÉENS...

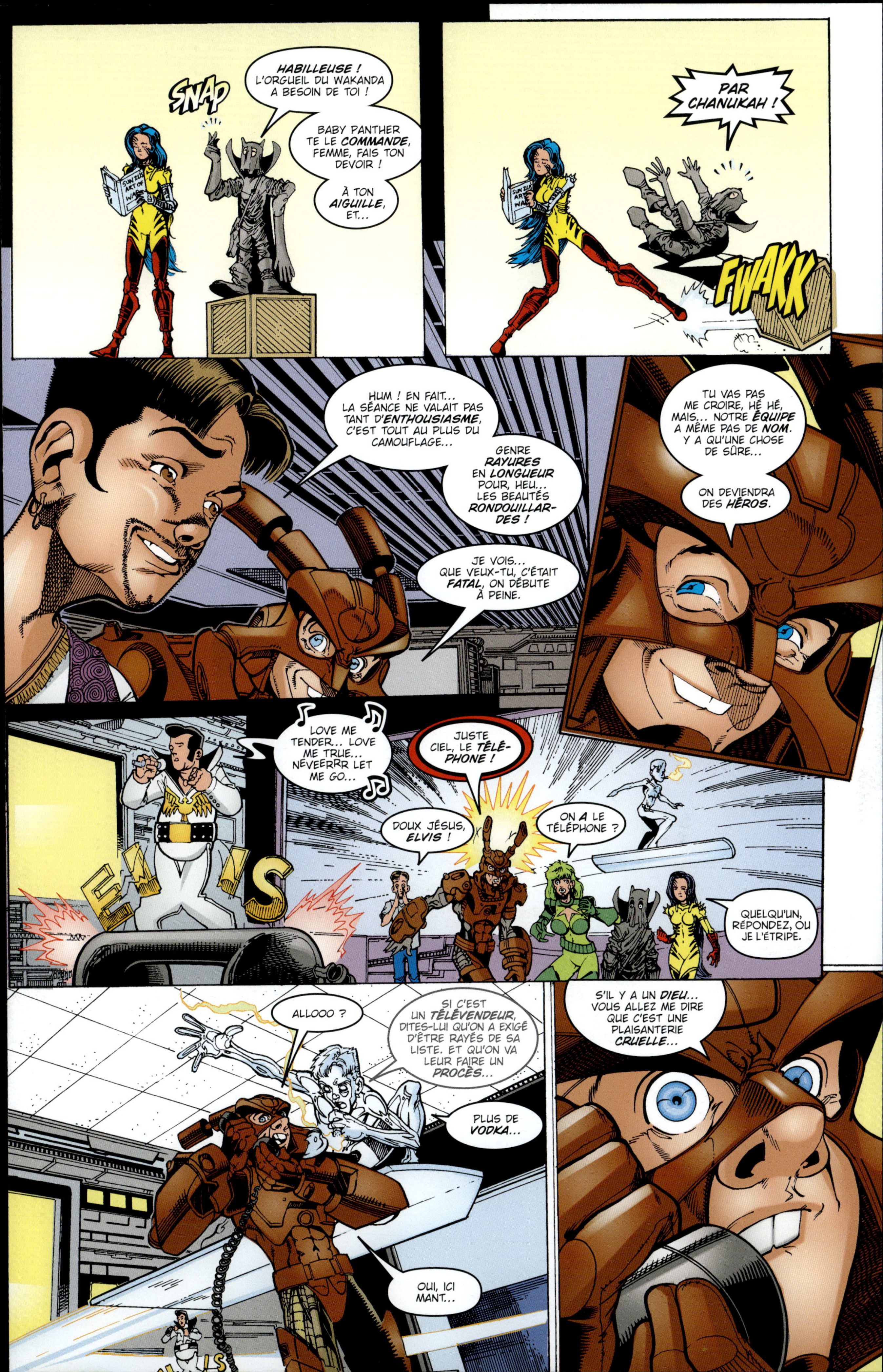
SNAP
HABILLEUSE ! L'ORGUEIL DU WAKANDA A BESOIN DE TOI !
BABY PANTHER TE LE COMMANDE, FEMME, FAIS TON DEVOIR !
À TON AIGUILLE, ET...
SUN TZU ART OF WAR
PAR CHANUKAH !
FWAKK
HUM ! EN FAIT... LA SÉANCE NE VALAIT PAS TANT D'ENTHOUSIASME, C'EST TOUT AU PLUS DU CAMOUFLAGE...
GENRE RAYURES EN LONGUEUR POUR, HEU... LES BEAUTÉS RONDOUILLAR-DES !
JE VOIS... QUE VEUX-TU, C'ÉTAIT FATAL, ON DÉBUTE À PEINE.
TU VAS PAS ME CROIRE, HÉ HÉ, MAIS... NOTRE ÉQUIPE A MÊME PAS DE NOM. Y A QU'UNE CHOSE DE SÛRE...
ON DEVIENDRA DES HÉROS.
LOVE ME TENDER... LOVE ME TRUE... NÉVEERRR LET ME GO...
JUSTE CIEL, LE TÉLÉ-PHONE !
DOUX JÉSUS, ELVIS !
ON A LE TÉLÉPHONE ?
QUELQU'UN, RÉPONDEZ, OU JE L'ÉTRIPE.
ALLOOO ?
SI C'EST UN TÉLÉVENDEUR, DITES-LUI QU'ON A EXIGÉ D'ÊTRE RAYÉS DE SA LISTE. ET QU'ON VA LEUR FAIRE UN PROCÈS...
PLUS DE VODKA...
OUI, ICI MANT...
S'IL Y A UN DIEU... VOUS ALLEZ ME DIRE QUE C'EST UNE PLAISANTERIE CRUELLE...

STAN LEE PRÉSENTE :
"CONTEMPLEZ *SA* CRÉATION, Ô PUISSANCES !
LA RENAISSANCE DES HÉROS
Les ÉPAVES
"MES MEILLEURS AGENTS... *MASSACRÉS*. L'HÉLIPORTEUR, FLEUR DE NOTRE ARSENAL DE GUERRE... *VOLÉ*. LE MONUMENT PHARE DE LA PLUS GRANDE CIVILISATION ANTIQUE... *DÉFIGURÉ*."
Miss Chose
Baby Panther
Mant
Amazo-Maxi-Woman
et Sterling
CRISE DE MYXOMATOSE !
PAR JOE KELLY ET ETHAN VAN SCIVER
LABAT, KOBLISH, RAMOS, HANNA, SCUMMY, CZOP, NELSON... ÉQUIPE À RIPER LE SOLEIL
LES ÉPAVES ONT ÉTÉ CRÉÉS (AVEC LEURS EXCUSES) PAR JOE KELLY ET ETHAN VAN SCIVER
TOM SMITH COULEURS STUDIO VIANNEY JALIN LETTRAGE ET ADAPTATION GRAPHIQUE
GENEVIÈVE COULOMB TRADUCTION TOM BREVOORT, BOB HARRAS RÉDACTION USA

LE S.H.I.E.L.D. EST DANS LE MERDIER...
CRUNCH
PAS BESOIN D'AVOIR FAIT MATHS SUP POUR COMPRENDRE... ON SE BAGARRE CONTRE... QUELQUE CHOSE DE PLUS QU'HUMAIN.
SEULS, ON EST PAS DE TAILLE.
VOUS SAVEZ PEUT-ÊTRE...
... EN CE MOMENT, Y A PÉNURIE DE HÉROS SUR LE MARCHÉ. ALORS...
... JE VOUS APPELLE.
PRENONS L'AIR MARTIAL... ET INTIMIDÉ.
TROP DE ROUGE...
SUPER.
ON EST LÀ POUR ÇA, GÉNÉRAL DARLEGUNG... POUR COMBLER LE VIDE LAISSÉ PAR LE DÉPART DES HÉROS.
JE VOUS REMERCIE.
PAS "JE", "NOUS", MISS CHOSE. TOUTE L'ÉQUIPE LE REMERCIE.
EN FAIT, Y A... UNE AUTRE RAISON. EN LISANT VOTRE DOSSIER DE PRESSE, ON S'EST APERÇUS QUE VOUS AVIEZ UN PLUS...
LE DOSSIER DE PRESSE, C'ÉTAIT MON IDÉE !
ÇA VOUS A PLU, ALORS ?
J'AI CHOISI LES COULEURS !
ET QUI A PRIS LA DÉCISION DE PARLER EN PUBLIC...
... AMAZO-MAXI WOMAN ?
SCRIIITCH
TOI, OK...
EN QUOI AVONS-NOUS RETENU VOTRE ATTENTION ?
RAPIDITÉ DU SERVICE ? NOTE DE FRAIS DÉTAILLÉE ?
CARTE DE FIDÉLITÉ ?
RIEN DE TOUT ÇA. SIMPLEMENT, LE RESPONSABLE DU CARNAGE EN ÉGYPTE...
KRUNNCH
... EST LE TYPE QUI A ORGANISÉ VOTRE ÉQUIPE. VOTRE ANCIEN LEADER...
KRRUUNCH
DEADPOOL !

... BZZT... PANNE DE CIRC... 01010101
NON...
COUPEZ CE &@#$ DE @*% !
WHOA !
IL Y A SÛREMENT ERREUR... DEADPOOL, CET ÊTRE ALTRUISTE, NOBLE...
... BEAU, INTELLIGENT...
... EST LE PLUS GRAND HÉROS QUE LA TERRE AIT PORTÉ !
ET D'UNE ÉLÉGANCE, EN PLUS !
MÊME LA PERLE DU WAKANDA L'ADMIRE !
IL FUT LE DERNIER DES JUSTICIERS !
MOI AUSSI, J'AI D'ABORD REFUSÉ D'Y CROIRE !
NOUS VÉNÉRIONS TOUS DEADPOOL...
... MAIS CROYEZ-MOI, Y'A PAS DE DOUTE. APRÈS LE BINZ, NOS GARS ONT TROUVÉ ÇA.
UN SABRE ?
ET ALORS, QUI DIT QUE C'EST À LUI ?
C'EST ÉCRIT LÀ, "PROPRIÉTÉ DE DEADPOOL."
EH BEN ? MOI J'AI UN T-SHIRT AVEC "PROPRIÉTÉ DE MA NANA", C'EST PAS POUR AUTANT QUE...
MANT, LE MEC QUI A MASSACRÉ NOS AGENTS N'EST PAS TON AMI, C'EST UN MALADE... UN CINGLÉ MAL DANS SA PEAU. POINT À LA LIGNE.
ON A BESOIN DE VOUS POUR L'ARRÊTER AVANT QU'IL RECOMMENCE.
PEUT-ON OUI OU NON COMPTER SUR VOUS ?
MA FOI, GÉNÉRAL... HONNÊTEMENT...
HONNÊTEMENT, UNE SEULE QUESTION SE POSE... "VOUS FAUT-Y UN PAQUET-CADEAU ?" TOPEZ LÀ, GÉNÉRAL !
EUH, MARY... PARDON DE TE SAPER L'ENTHOUSIASME, MAIS... ON N'EST PAS PRÊTS ! ON N'A MÊME PAS ENCORE DE NOM...
ON AURA BESOIN D'UN TRANSPORT, GÉNÉRAL, OK ?

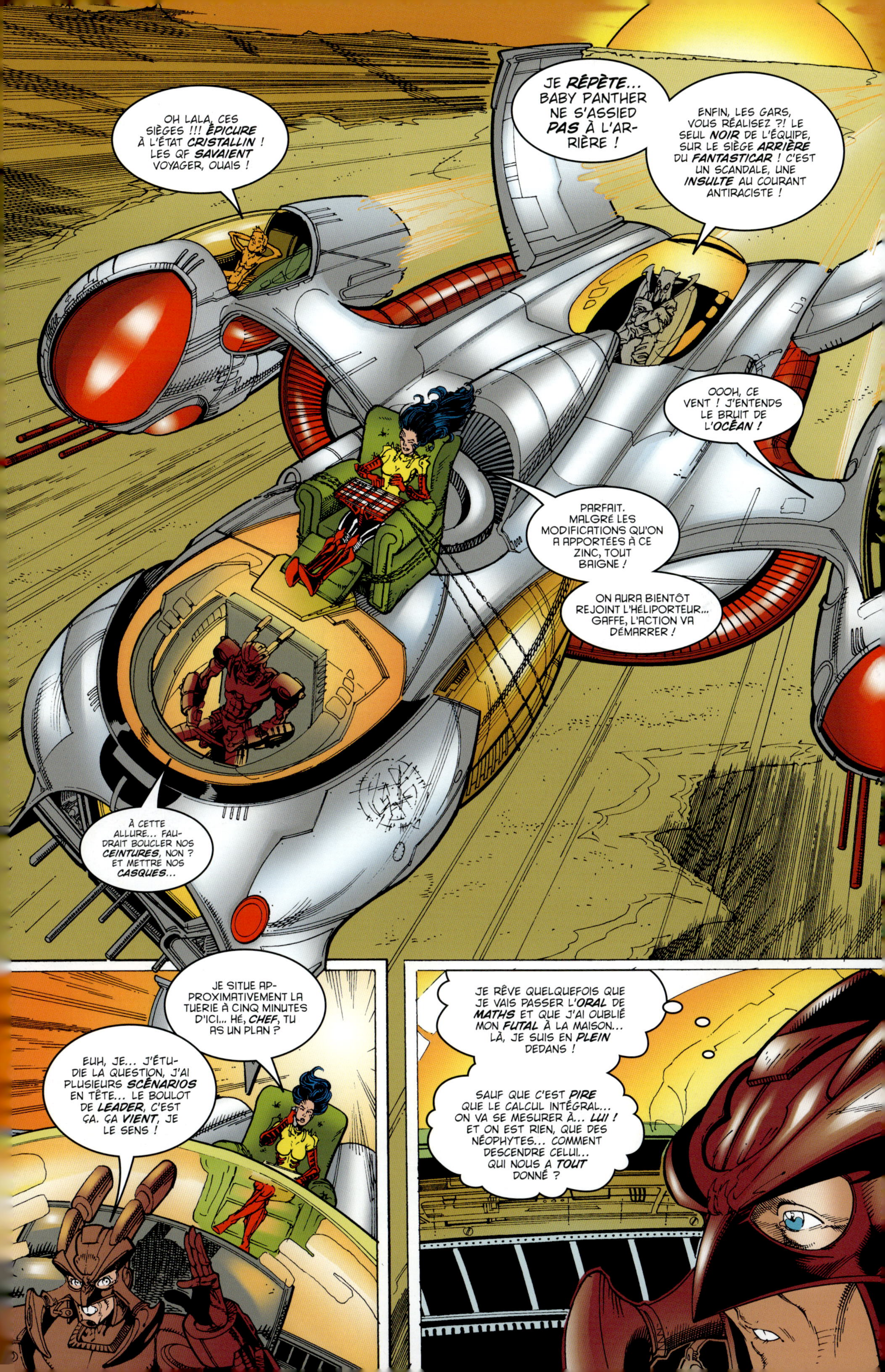

OH LALA, CES SIÈGES !!! ÉPICURE À L'ÉTAT CRISTALLIN ! LES QF SAVAIENT VOYAGER, OUAIS !
JE RÉPÈTE... BABY PANTHER NE S'ASSIED PAS À L'ARRIÈRE !
ENFIN, LES GARS, VOUS RÉALISEZ ?! LE SEUL NOIR DE L'ÉQUIPE, SUR LE SIÈGE ARRIÈRE DU FANTASTICAR ! C'EST UN SCANDALE, UNE INSULTE AU COURANT ANTIRACISTE !
OOOH, CE VENT ! J'ENTENDS LE BRUIT DE L'OCÉAN !
PARFAIT. MALGRÉ LES MODIFICATIONS QU'ON A APPORTÉES À CE ZINC, TOUT BAIGNE !
ON AURA BIENTÔT REJOINT L'HÉLIPORTEUR... GAFFE, L'ACTION VA DÉMARRER !
À CETTE ALLURE... FAUDRAIT BOUCLER NOS CEINTURES, NON ? ET METTRE NOS CASQUES...
JE SITUE APPROXIMATIVEMENT LA TUERIE À CINQ MINUTES D'ICI... HÉ, CHEF, TU AS UN PLAN ?
EUH, JE... J'ÉTUDIE LA QUESTION, J'AI PLUSIEURS SCÉNARIOS EN TÊTE... LE BOULOT DE LEADER, C'EST ÇA. ÇA VIENT, JE LE SENS !
JE RÊVE QUELQUEFOIS QUE JE VAIS PASSER L'ORAL DE MATHS ET QUE J'AI OUBLIÉ MON FUTAL À LA MAISON... LÀ, JE SUIS EN PLEIN DEDANS !
SAUF QUE C'EST PIRE QUE LE CALCUL INTÉGRAL... ON VA SE MESURER À... LUI ! ET ON EST RIEN, QUE DES NÉOPHYTES... COMMENT DESCENDRE CELUI... QUI NOUS A TOUT DONNÉ ?

COMMENT ÇA, TU VEUX PAS TE BATTRE CONTRE MOI ? JE PIGE PAS...
ENFIN, SWORDSMAN ! JE SUIS PAS LE VRAI ANT-MAN !
ÇA, ERNEST, J'AVAIS REMARQUÉ ! HANK PYM PORTAIT LE COSTUME AUTREMENT QUE TOI !
JE VOIS... C'EST MES POIGNÉES D'AMOUR QUI M'ONT TRAHI, HEIN ? J'AI BEAU FAIRE...!
SIGH ERNEST... POURQUOI AS-TU TROQUÉ TON COSTUME DE CONCIERGE CONTRE CELUI D'ANT-MAN ?!
MA FOI... PERSONNE ME REMARQUAIT, C'ÉTAIT GALÈRE... ALORS JE ME SUIS DIT... QU'IL FALLAIT FAIRE QUELQUE CHOSE.
SÛR. FALLAIT LE FAIRE.
L'INJUSTICE, L'AVIDITÉ, MÈNENT CE MONDE À SA PERTE. ET MOI, JE SUIS LE DERNIER DES JUSTICIERS.
JE VAIS SUIVRE UN TRAITEMENT POUR MON CANCER... SI ÇA NE MARCHE PAS... JE SERAI UN JUSTICIER MORT, VOILÀ TOUT.
CE MONDE A BESOIN DE HÉROS... ET LES HÉROS...
... ONT BESOIN D'UN CHEF.
TOI, ERNEST.
MOI ?
OUI. AVEC UN ENTRAÎNEMENT AD HOC, UN RÉGIME, QUELQUES LEÇONS DE DICTION... TU SERAS DE TAILLE À PORTER LE FLAMBEAU.
J-JE COMMANDERAI... À QUI ?!

NEW JERSEY. LA SUPER-ADAPTOÏDE, ENTITÉ JADIS MALÉFIQUE, AYANT PRIS CONSCIENCE DE SON IDENTITÉ, EST DEVENUE L'ANDROÏDE LE PLUS PUISSANT DE LA PLANÈTE.
NEW YORK. LE FILS D'UN ROTURIER WAKANDAIS A PRIS LE NOM DE PANTHER POUR VENGER SON ROI DISPARU... UN NOUVEAU JUSTICIER EST NÉ.
LAS VEGAS. LES ÉNERGIES RÉSIDUELLES RÉSULTANT D'UN PASSAGE DU SILVER SURFER SE SONT GELÉES POUR PRENDRE FORME... UNE FORME DÉTENTRICE DU POUVOIR SUPRÊME.
HI-ROLLERS
CANADA. UNE FEMME, ESCLAVE SA VIE DURANT, S'EST ENFIN RÉVOLTÉE, POUR DEVENIR...
... UNE GUERRIÈRE, NANTIE DES ARMES DE SON BOURREAU.
TOUTES CES... ÉPAVES DE L'ÂGE DES HÉROS ONT UN POTENTIEL. IL NE LEUR RESTE QU'À ACQUÉRIR UN STATUT.
JE VOUS ENSEIGNERAI TOUT CE QUE JE SAIS... ET SI VOUS ÊTES À LA HAUTEUR, VOUS SEREZ MON ORGUEIL.
BOF !
ÇA OU NETTOYER LES TOILET-TES...!!
OUI, J'AI DIT ÇA, MOI... MISÉRABLE CON !
IL AURAIT PU ME RETIRER SA CONFIANCE... AU LIEU DE ÇA, IL M'A FORMÉ, MÊME QUAND SON CANCER L'A EMPÊCHÉ DE RESTER SWORDSMAN.
JE NE DÉCE-VRAI PAS CELUI QUI A CRU EN MOI !
HEY, MANT ! ÇA PEUT PAS ÊTRE DEADPOOL, HEIN, C'EST PAS VRAI ? UN CITOYEN MODÈLE COMME LUI... AMÉRICAIN PUR FRUIT ET J'EN PASSE...
... A PAS PU TOURNER VILAIN, ÇA SE PEUT PAS !
ÇA SE POURRAIT DANS UNE VERSION ALTERNATIVE DE NOTRE MONDE... DANS...
... UN UNIVERS PARALLÈLE DÉVOYÉ, STERLING... MAIS PAS ICI... PAS RÉELLEMENT.
DEADPOOL EST UN HÉROS...

... ET CE TYPE EST FOU.
CAT
HEP, VOS HONNEURS ! HO, LA CRÈME DE LA CRÈME ! ATTENTION, QUELQU'UN...
... APPROCHE VOTRE HÉLIPORTEUR !
QUI ÇA ? LES INFIDÈLES, LA LIE, LES FAUX-SEMBLANTS... QU'IMPORTE QUE CES PLAISANTINS PÉNÈTRENT LE ROYAUME ?
... NOUS POUVONS ENCORE REGARDER L'AVENIR AVEC CONFIANCE... NOUS SOMMES LES GUERRIERS-BARDES...
SLUUURP
LES POÈTES AU PETIT BALLON BLEU.
PAR ICI, MES HÉROS !

VOICI VENUE NOTRE HEURE DE VÉRITÉ, MES AMIS !
RESPIREZ PROFONDÉMENT... VISUALISEZ LE BAS REIN DE L'ENNEMI...
... FAITES UNE PRIÈRE À VOTRE DIEU PRÉFÉRÉ.
C'EST PARTI, ALPHA BRAVO, AVEC UN ZESTE DE KIRBY SUR BÂBORD ! UNE, DEUX, GO ! !
QUE DIA...?
TRIP
OWW
STUMBLE
HOOHA
WHOOP
FLOUNDER
BRAVO, C'EST À GAUCHE...?
EH BEN, J'AI PRIS À GAUCHE ! LÂCHE-MOI, JE POLLUE TES VÊTEMENTS RITUELS !
TU L'AS FAIT EXPRÈS... POUR ESSAYER DE VOIR SOUS MON ARMURE !
TU TE FLATTES, MA BELLE !
T'ES PAS RED MONIKA !
LES GARS ! TOUS PAR ICI, AVEC MOI ! !
JE PEUX PAS ENVAHIR CE SATANÉ HÉLIPORTEUR TOUT SEUL !!
ARRÊTEZ VOTRE CHAMBARD, OU VOUS SEREZ TOUS PRIVÉS DE TÉLÉ !

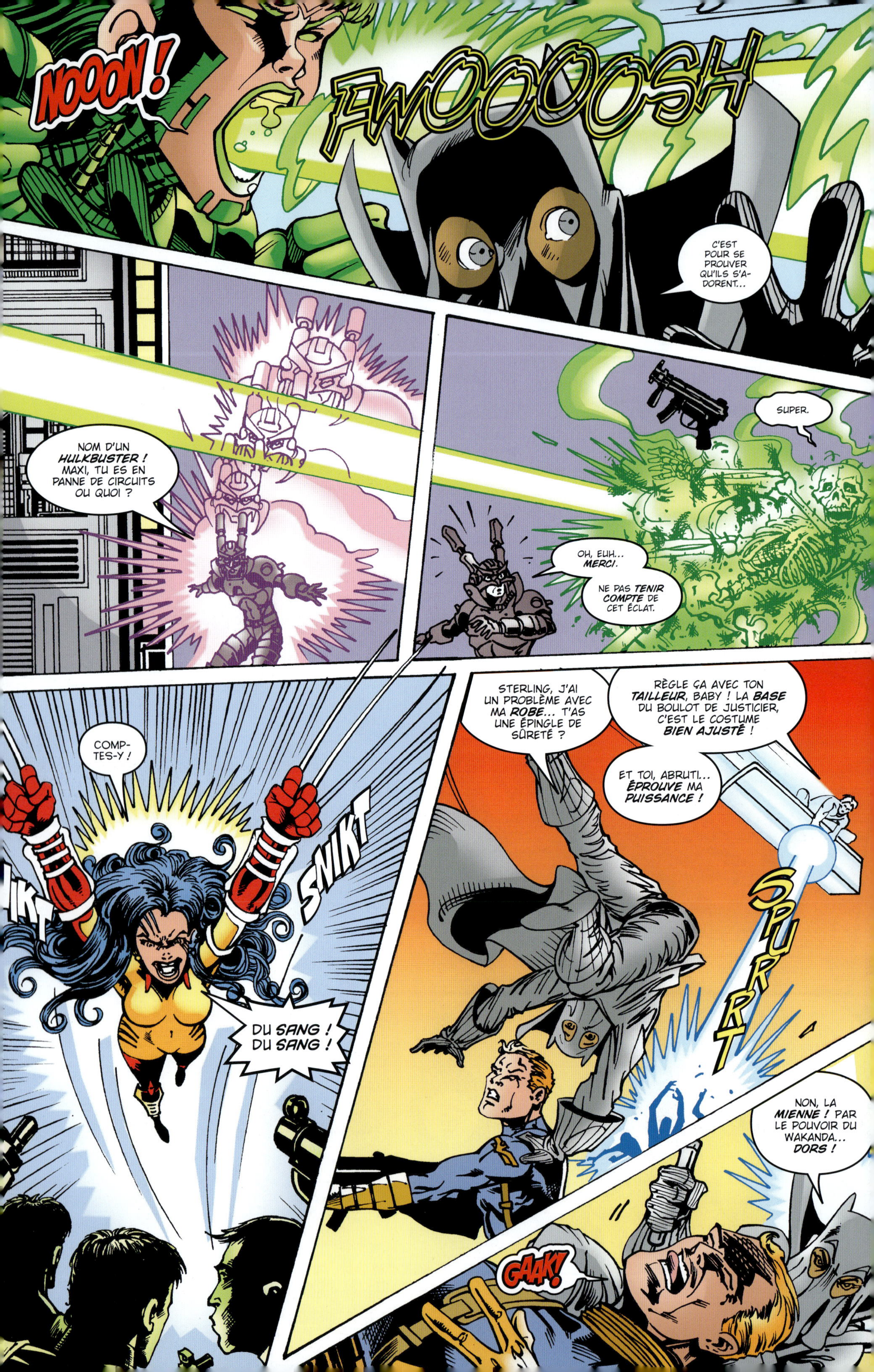
NOOON !
FWOOOOSH
C'EST POUR SE PROUVER QU'ILS S'A-DORENT...
NOM D'UN HULKBUSTER ! MAXI, TU ES EN PANNE DE CIRCUITS OU QUOI ?
SUPER.
OH, EUH... MERCI.
NE PAS TENIR COMPTE DE CET ÉCLAT.
COMP-TES-Y !
SNIKT
DU SANG ! DU SANG !
STERLING, J'AI UN PROBLÈME AVEC MA ROBE... T'AS UNE ÉPINGLE DE SÛRETÉ ?
RÈGLE ÇA AVEC TON TAILLEUR, BABY ! LA BASE DU BOULOT DE JUSTICIER, C'EST LE COSTUME BIEN AJUSTÉ !
ET TOI, ABRUTI... ÉPROUVE MA PUISSANCE !
SPURRT
NON, LA MIENNE ! PAR LE POUVOIR DU WAKANDA... DORS !
GAAK!

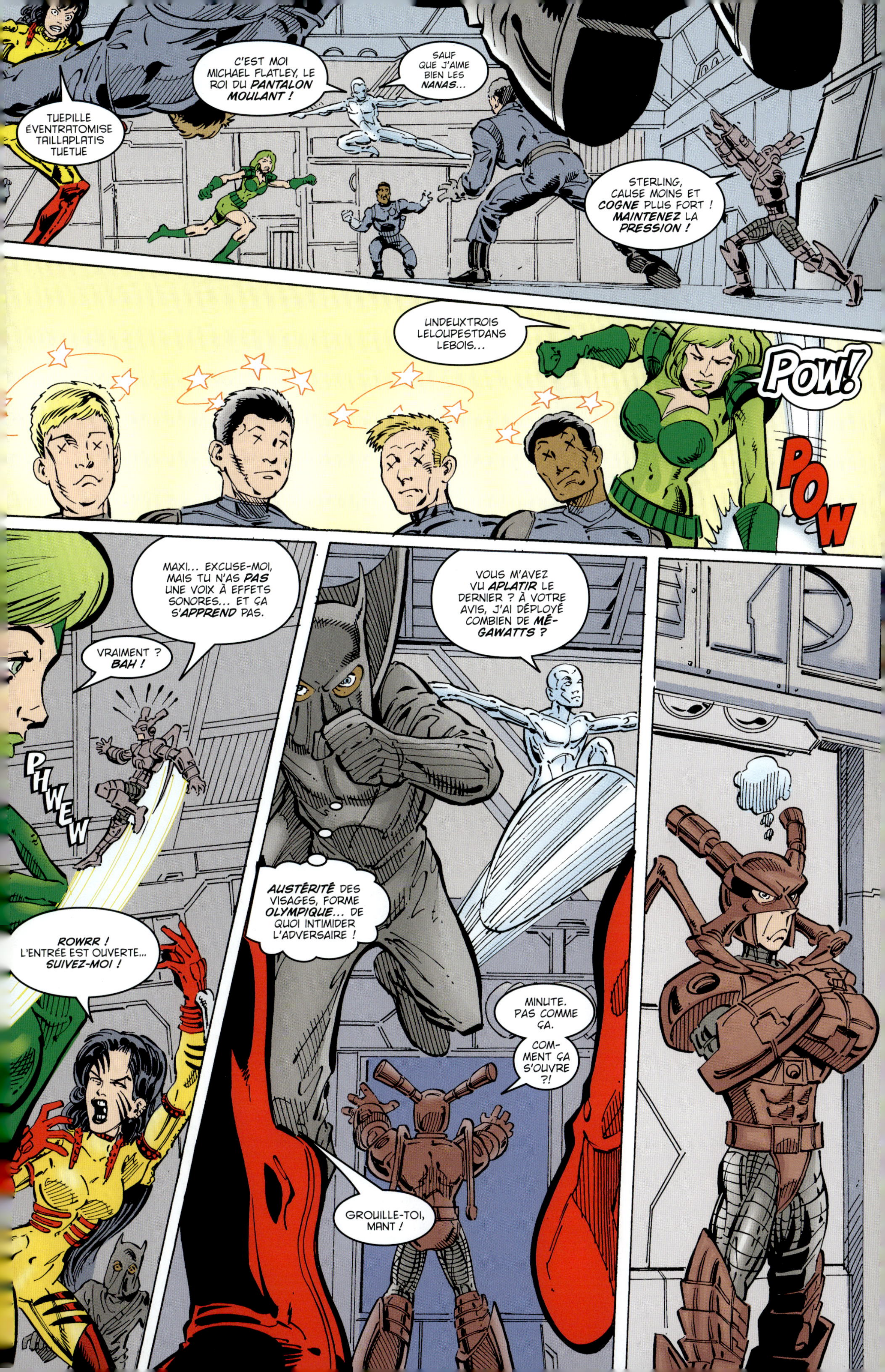

TUEPILLE ÉVENTRATOMISE TAILLAPLATIS TUETUE
C'EST MOI MICHAEL FLATLEY, LE ROI DU PANTALON MOULANT !
SAUF QUE J'AIME BIEN LES NANAS...
STERLING, CAUSE MOINS ET COGNE PLUS FORT ! MAINTENEZ LA PRESSION !
UNDEUXTROIS LELOUPESTDANS LEBOIS...
POW!
POW
MAXI... EXCUSE-MOI, MAIS TU N'AS PAS UNE VOIX À EFFETS SONORES... ET ÇA S'APPREND PAS.
VRAIMENT ? BAH !
PHWEW
ROWRR ! L'ENTRÉE EST OUVERTE... SUIVEZ-MOI !
VOUS M'AVEZ VU APLATIR LE DERNIER ? À VOTRE AVIS, J'AI DÉPLOYÉ COMBIEN DE MÉ-GAWATTS ?
AUSTÉRITÉ DES VISAGES, FORME OLYMPIQUE... DE QUOI INTIMIDER L'ADVERSAIRE !
MINUTE. PAS COMME ÇA.
COM-MENT ÇA S'OUVRE ?!
GROUILLE-TOI, MANT !

JE...
VOUS...
ILS...
AU RETOUR, JE FERAI UN RAPPORT PAS *PIQUÉ* DES HANNETONS !
ON N'ATTEND PAS MANT ?
PAS LA PEINE... IL VA *DÉBLOQUER* SUR LES RÈGLEMENTS, LES DROITS ET TUTTI QUANTI.
ALLONS, IL SE FAIT TARD...
TUEZ-LES TOUS, ON TRIERA APRÈS !
SI DIEU Y TROUVE À REDIRE, REFROIDISSEZ-LE AUSSI ! EN *SALLE* DES *COMMANDES* !
D'ACCORD... MAIS *OÙ* C'EST ?
JE ME FICHE DE CES *DÉTAILS*, MAXI, ROMPEZ !
SHWRONNKK
HA ! VOUS VOUS ÊTIEZ *PERDUS* ? !
SANS MOI, C'ÉTAIT À PRÉVOIR...
N-NON...

DITES-MOI... QUE J'IMAGINE DES CHOSES...
SAINT APOPLEXIS !!
DES ENGINS *NUCLÉAIRES*.
SI QUELQU'UN A UNE *IDÉE*...
OUI, MOI.
OH...!
FERMEZ VOS CENTRES CÉRÉBRAUX DU *RAISONNEMENT*, *ÉCLATEZ*-VOUS, BOUFFEZ TOUS LES *HYDROCARBURES* QUI TRAÎNENT.
POUR MOI C'EST DÉJÀ FAIT, PARDON.
J'AI TENDANCE À *OUBLIER*.
LES *BALLONS BLEUS* FONT CET EFFET.

VISEZ LA BRIOCHE !! J'ADORE LA GELÉE J'ADO-RE...
DIRE... QUE JE FANTAS-MAIS SUR CE CORPS, AU-TREFOIS !
DEADPOOL... C'EST VRAIMENT TOI ?
UN GROS COUSSIN, ET T'ES PARÉ QUES-TION CHOCS, POUPÉE !
MAMAN ?
MANT, MANT, BOO-BANT... SUR LA MAUVAISE PENT'... FAIS-TOI VOIR UN PEU.
T'AS GRANDI, DIS DONC ! T'AS TON ÉQUIPE À TOI, MAIN-TENANT !
TU PORTES MÊME DES FALZARS LONGS !
DEADPOOL, NOM DE DIEU ! TOI, UN ASSASSIN ? ET CES MISSILES, C'EST QUOI ?
RIEN, JE FAIS...
... UNE EXPOSITION.
C'EST LE SEUL MOYEN CIVILISÉ DE RACON-TER UNE HISTOIRE, T'ES D'ACCORD ?
Y A DEUX-TROIS SEMAINES, J'ÉTAIS LÀ, JE MÉDITAIS... JE ME CREUSAIS LE CIBOULOT...
... POUR TROUVER UN NOM À MA BELLE, MA SUPER ÉQUIPE.
SOUDAIN... MIRACLE ! UNE PEAU DE BANANE COSMIQUE M'A FAIT CHOIR DANS LE NIRVANA. LA BÉATITUDE. L'INTÉGRATION À L'UNIVERS.
ÇA, VOIR ROBIN QUIVERS À POIL, ET ARRIVER À RÉSOUDRE LES MOTS CROISÉS DU TIMES, C'ÉTAIENT MES TROIS RÊVES.
J'AURAIS DÛ VISER PLUS HAUT.
AU LIEU DE FAIRE QU'UN AVEC LE GRAND TOUT, J'AI DÉCOUVERT QUE NOTRE UNIVERS ÉTAIT NÉ DE L'IMAGINATION PERVERSE D'UN GAMIN.
ON EST SES JOUETS. SON CAUCHEMAR CONDENSÉ. L'IDÉE LOUFOQUE D'UN CERVEAU EN GESTATION.

HORREUR ! BLASPHÈME ! L'ORGUEIL DU WAKANDA, LE JOUET D'UN ENFANT ? C'EST UNE BLAGUE, HEIN ?
DU CALME, HÉ, REGARDE DE QUI ÇA VIENT... GRAS-DU-BIDE A PÉTÉ UN JOINT, ÇA EXPLIQUE TOUT !!
ENTRE NOUS, INVENTER UNE ÉQUIPE DE PAUMÉS COMME NOUS, FAUDRAIT LE FAIRE !
J'AI LUTTÉ TOUTE MA VIE POUR ÇA... POUR UN CANULAR. PLUTÔT DÉBILE, EN PLUS.
ÇA M'A BOUSILLÉ MA JOURNÉE, EN QUELQUE SORTE. DU COUP...
J'AI CHANGÉ D'ORIENTATION.
AU LIEU DE SURVEILLER MON CHOLESTÉROL ET DE ME RASER À DEUX SOUS DE L'HEURE, J'AI DÉCIDÉ DE CÉDER À L'INSTINCT...
... D'EXPRIMER CES TENDANCES ASOCIALES QUE J'AVAIS TOUJOURS RÉPRIMÉES !
DE FIL EN AIGUILLE, ON EN ARRIVE À DES TRUCS FUMANTS, VOUS SAVIEZ PAS ?
AU DÉBUT, JE SUIS ALLÉ MOLLO... DES CAPRICES, TOUT AU PLUS... P'IS À LA FIN, ÇA M'A FRAPPÉ. LE COMBLE DE L'ABSURDITÉ...
LE NEC PLUS ULTRA DE CETTE FARCE COSMIQUE... C'EST MOI. LE PLUS BEAU, LE PLUS PLUS.
VOUS ÊTES MIGNONS, AVEC CES COSTUMES BRICOLÉS PAR VOUS-MÊMES... MAIS VOUS POUVEZ PAS ME BATTRE.
C'EST MOI QUI VOUS AI TOUT APPRIS.
FACE À MA GÉNIALE CORPULENCE, VOUS N'ÊTES RIEN... VOUS N'AVEZ PAS LA MOINDRE CHANCE.
AU SECOURS !
À MON AVIS, LES GARS, ON EST MAL BARRÉS...
EUH... J'AI LAISSÉ QUELQUE CHOSE... SUR LE FEU, JE CROIS...
IL CONNAÎT TOUTES NOS TACTIQUES... C'EST FICHU !
NON.
ON N'EST PAS RIEN !
C'EST TOUT LE CONTRAIRE, ON EST... QUELQUE CHOSE !
ON EST DES HÉROS, NA ! ET ON TE FERA TA
FÊTE !

LES GARS, J'AI RIEN D'UN TRIBUN PUBLIC... MÊME QUAND JE CHANTE SOUS LA DOUCHE, C'EST À PORTE FERMÉE !
MAIS LÀ... ON TIENT LE DÉFI DU SIÈCLE, CELUI QU'ON ATTENDAIT QUAND ON S'EST FAITS HÉROS !
ON EST LES BONS...! ET CECI EST LE CHICOT QU'IL FAUT EXTIRPER DU SOL DE LA CRÉATION !
SÛR, ON MANQUE DE COORDINATION... ON EST PAS FORCÉMENT DES LUMIÈRES...
BABY PANTHER EST MÊME INFICHU DE SE BOUTONNER !
C'EST ÇA, ERNEST, CONTINUE, PARLE FERME ! JE MONTRERAI CE QUE JE SAIS FAIRE... ROWRR...
...
AHEM ! HEU... BON...
MAIS ON... ON...
ON EST LES ÉPAVES D'UNE CIVILISATION HÉROÏQUE RÉVOLUE ! C'EST À NOUS DE LUTTER POUR PROTÉGER DEMAIN !
"ÉPAVES" ? MOI J'AVAIS PENSÉ À "STERLING ET SES VALEURS SÛRES"...
"ÉPAVES" ? C'EST COOL... ÇA MANQUE PAS D'ALLURE...
ALLONS BON ! SI ON SE PREND TOUS POUR LE CHEF...
Y A DES ÉPINGLES...
ÉPAVES... REGROUPEMENT !
CE PSYCHOPATHE OBÈSE QUI FUT NOTRE MENTOR VA VOIR CE QUE C'EST QU'UN HÉROS !
TINK TINK
HÉ, BEN HUR... JE VEUX PAS TE DÉCOURAGER, MAIS REGARDE.

>SNIF< SUPERBE PRESTATION, ERNEST.
JE ME SENS FIER COMME UN PÈRE D'AVORTON LE JOUR DE LA REMISE DES DIPLÔMES... HÉLAS...
FLING
UN SPEECH IMPROMPTU, ÇA SE PRÉPARE... ET LES SUPER-VILAINS SONT IMPRÉVISIBLES, C'EST MALADROIT DE LES FAIRE POIREAUTER !
J'AI INITIALISÉ LE LANCEMENT QUAND TU AS DIT "NON".
SURPRISE !
FMMMMM
M-MAIS... ET LA BATAILLE FINALE ?! J'AI INVENTÉ EXPRÈS UN CRI DE GUERRE...
... ET VOUS RESTEZ UNE BANDE DE NAZES ! ENFIN, MÊME SI CET UNIVERS EST BIDON, SA RÉALITÉ COMPORTE UNE PART DE... RÉALITÉ !
TENEZ, V'LÀ LA TRANSCRIPTION INTÉGRALE DE MON EXPÉRIENCE DE HÉROS. MÉMORISEZ, MÉDITEZ, PRATIQUEZ !
RÈGLE DE DEADPOOL N°14
quand tu es le héros de l'histoire, tu survivras forcément pour revenir te battre un autre jour... même si tu t'es complètement planté !
ÇA TIENT PAS DEBOUT...
ET QUOI QU'IL ARRIVE... VOUS SÉPAREZ PAS. LAISSEZ PERSONNE VOUS DÉGUISER EN MACCHABÉES !
TENEZ-VOUS-EN À VOS FORMULES SECRÈTES ! ET SI LES VENTES BAISSENT, FAITES ENTRER EN SCÈNE UN COUSIN BIEN BALANCÉ !
TOUT N'EST PEUT-ÊTRE QU'UN CONTE PLEIN DE BRUIT ET DE FUREUR, DIT PAR UN IDIOT ET SANS SIGNIFICATION AUCUNE... MAIS EN RESTANT ENSEMBLE, VOUS VOUS EN TIREREZ !
FOOOSHH

IL A L'AIR... HEUREUX.
WHOOO-HOO-HOO-HOOO!
YEEEE-HAAA!
WHOOOOO-HAAAAAA!
GET HAPPY
TOI, LE GÉNIE, ÉCRASE ! JE ME TAPERAIS BIEN UN GALLON DE GIN, MOI... QUI M'AIME ME SUIVE !
J'AURAIS MIEUX FAIT DE RALLIER LES JEUNES AL-LIÉS...
VOUS ÊTES COMME MOI ? CE QUE JE VOIS LÀ ME DIT RIEN QUI VAILLE...
&$#%@ !!

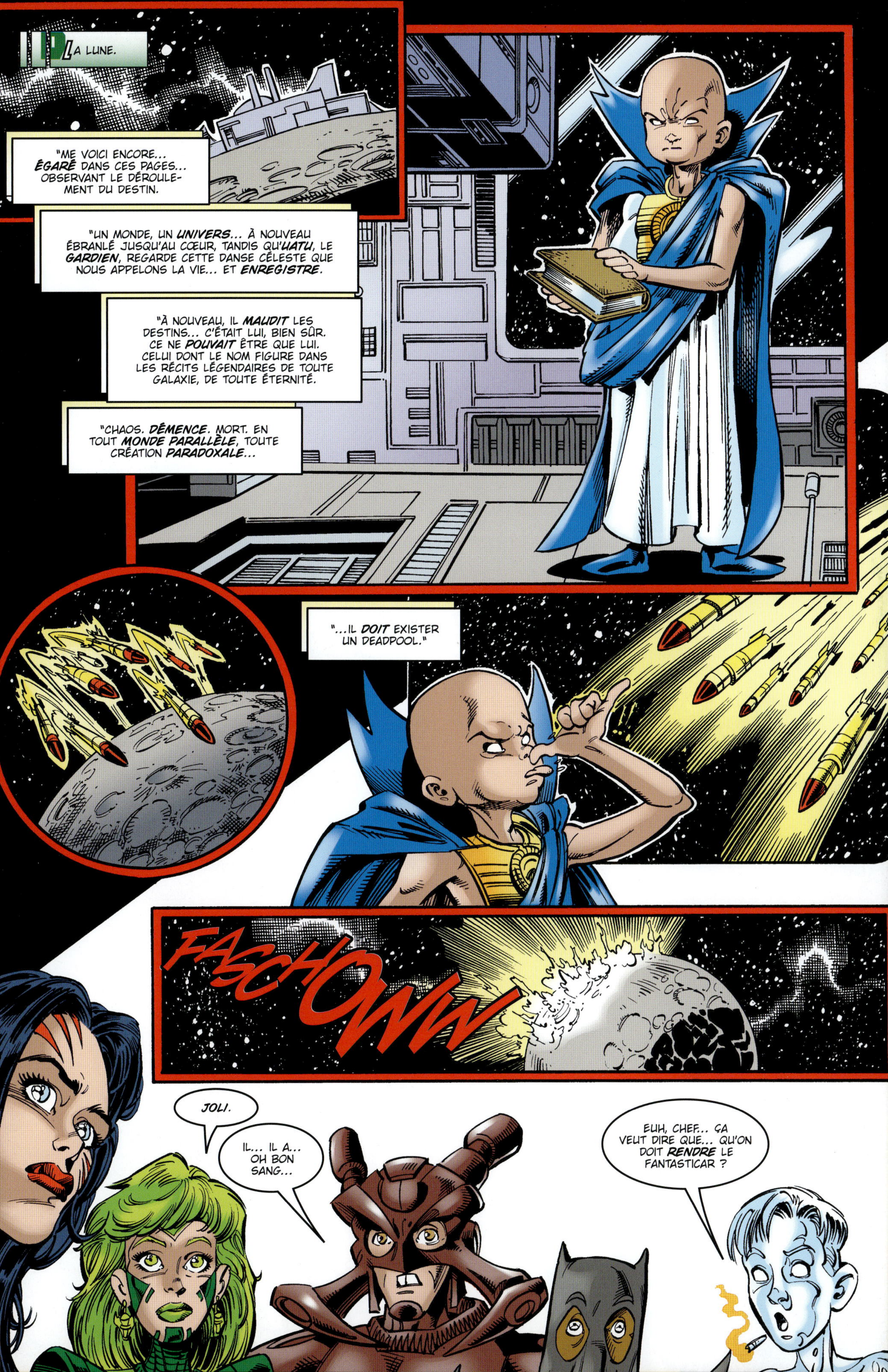
LA LUNE.
"ME VOICI ENCORE... ÉGARÉ DANS CES PAGES... OBSERVANT LE DÉROULEMENT DU DESTIN.
"UN MONDE, UN UNIVERS... À NOUVEAU ÉBRANLÉ JUSQU'AU CŒUR, TANDIS QU'UATU, LE GARDIEN, REGARDE CETTE DANSE CÉLESTE QUE NOUS APPELONS LA VIE... ET ENREGISTRE.
"À NOUVEAU, IL MAUDIT LES DESTINS... C'ÉTAIT LUI, BIEN SÛR. CE NE POUVAIT ÊTRE QUE LUI. CELUI DONT LE NOM FIGURE DANS LES RÉCITS LÉGENDAIRES DE TOUTE GALAXIE, DE TOUTE ÉTERNITÉ.
"CHAOS. DÉMENCE. MORT. EN TOUT MONDE PARALLÈLE, TOUTE CRÉATION PARADOXALE...
"...IL DOIT EXISTER UN DEADPOOL."
FASCHOWW
JOLI.
IL... IL A... OH BON SANG...
EUH, CHEF... ÇA VEUT DIRE QUE... QU'ON DOIT RENDRE LE FANTASTICAR ?

OUAIS... ENFIN JE SUPPOSE... CROTTE !
FAUDRAIT VOIR À RAFISTOLER CET UNIVERS...
FIN

HEROES REBORN: YOUNG ALLIES (2000) 1
Couverture : **MARK BAGLEY**

STAN LEE PRÉSENTE :
Les Jeunes Alliés
RENAISSANCE DES HÉROS
QUE FERAIT CAP ?
ELLE SE POSE LA QUESTION TOUS LES JOURS.
QUE FERAIT CAPTAIN AMERICA EN PAREILLE SITUATION ?
VOYEZ ICI, PAR EXEMPLE.
UN JEUNE RENÉGAT JOUANT À ROBIN DES BOIS DANS CETTE PROVINCE SUD SATURÉE DE RADIATIONS GAMMA...
... VA ÊTRE ARRÊTÉ.
RECHERCHÉ
KID COLT
MORT OU VIF
JUSQU'OÙ PEUVENT-ILS... ET DOIVENT-ILS ALLER POUR RÉGÉNÉRER CE MONDE EN FOLIE ?
BUCKY ! (RIKKI BARNES) TORO ! (BENITO SERRANO)
I.Q ! (ISHMAËL QUESTOR) KID COLT ! (ELRIC WHITEMANE)
UNE EXPLOSION MYSTÉRIEUSE !
DES CHOIX DIFFICILES DANS UN MONDE IMPITOYABLE, DE JEUNES HÉROS QUI TENTENT DE SAUVER UNE TERRE RAVAGÉE ! IL FAUT À TOUT PRIX RESTAURER LA PAIX !
MERCI À ROB LIEFIELD ET JEPH LOEB, CRÉATEURS DE L'INDOMPTABLE ROUQUINE QUI MÈNE LE BON COMBAT !
PAR FABIAN NICIEZA ET MARK BAGLEY
AL VEY ENCRAGE JASON WRIGHT COULEURS
STUDIO VIANNEY JALIN ADAPTATION GRAPHIQUE
GENEVIÈVE COULOMB TRADUCTION
TOM BREVOORT MAÎTRE DE L'ÉVOLUTION BOB HARRAS GALACTUS

RAPIDE, LE SALAUD ! PAS ÉTONNANT QU'IL NOUS AIT SI LONGTEMPS ÉCHAPPÉ !
À VOUS, ÉQUIPE C-4 ! CONTOURNEZ L'OBJECTIF, ET...
...FEU !
ENCORE MAN-QUÉ ?!?
EN FAIT, IL COURT PAS VRAIMENT... IL PASSE SON TEMPS À DISPA-RAÎTRE ET RÉAPPA-RAÎTRE !!
CE REBELLE NOUS EN A TROP FAIT VOIR, SEULE SA CAPTURE PEUT RESTAURER NOTRE PRESTIGE !
DÈS QUE CE COLT S'ARRÊTE, ON LUI TOMBE DESSUS, OK ?
MON SCANNER SIGNALE UNE POCHE DE MATIÈRE ANIMÉE...
... IL APPORTE LE RAVITAILLEMENT VOLÉ À NOTRE DÉPÔT À UN GROUPE DE REBELLES !
QUE FERAIT CAP ? QUI A TORT, QUI A RAISON ? CES MOTS SIGNIFIENT-ILS ENCORE QUELQUE CHOSE ?

ORDRE DU PRÉSIDENT DES ÉTATS-UNIS... VOUS ÊTES PLACÉS SOUS LA SAUVEGARDE DU
S.H.I.E.L.D. !
NON ! LAISSEZ-LES !
RENDS-TOI SANS PLUS DE BRUIT, KID COLT, ET LES REBELLES OCCUPANTS DE LA ZONE MORTE SERONT RELOGÉS CONFORTABLEMENT !
ARRÊTEZ DE DÉCONNER ! VOS "REBELLES" SONT DE PAUVRES TYPES DÉVORÉS PAR LES RADIATIONS ET ESSAYANT DE SURVIVRE !
RELOGÉS, VOUS DITES ? ON CONNAÎT ! DANS DES LABOS OÙ VOUS ÉTUDIEZ L'EFFET DES RADIATIONS GAMMA...
... POUR CRÉER DES ARMÉES DE MONSTRES !
CESSEZ LA RÉSISTANCE, ET LA ZONE SERA DÉCONTAMINÉE !
QU'ILS NOUS SUIVENT ET ILS AURONT ABRI, NOURRITURE ET SOINS MÉDICAUX !
SÛR.. EN ÉCHANGE DE LEUR ÂME !
VOUS LES LIVRER, MOI ? LE S.H.I.E.L.D., AUTREFOIS, C'ÉTAIT L'ÉLITE... COMMENT AVEZ-VOUS PU TOMBER SI BAS ?
VOS LABOS, ON SAIT CE QUE C'EST !
VOUS PRÉTENDEZ FAIRE ÇA POUR VENIR EN AIDE AUX VICTIMES DES RADIATIONS...
... MAIS JE SAIS, JE VOUS DIS !
QUE DIA...?
THWROOM
ON NOUS A BALANCÉ... UN TOIT ?
DE QUEL CÔTÉ ÇA VENAIT ?
CAP... QUE FERAIT-IL ?

LA RÉPONSE N'EST PAS ÉVIDENTE...
ON NE PEUT QUE CHOISIR SON CAMP ET...
... FAIRE POUR LE MIEUX.
LE CIEL SE COUVRE...?
OH-OH.
LÀ, VOUS ÊTES CUITS !
BONJOUR L'INTRO !!
LA TIENNE EST MIEUX, TU TROUVES ?
JE LA SORS DANS LES GRANDES OC-CASES !
ÇA, C'EN EST PAS UNE ?
BUCKY !
ET ?
ET TORO !
ILS OUBLIENT RÉGULIÈREMENT LEUR RÉPLIQUE !!
MINCE ! ILS ME FONT GALOPER DEPUIS DES HEURES... ET VOUS LES TORPILLEZ EN DEUX SECONDES !
MFF... À CHEVAL DONNÉ ON REGARDE PAS LES DENTS...
SANS JEU DE MOTS ?
QUE DIABLE FONT LES JEUNES ALLIÉS DANS LA ZONE MORTE ?

ON DIT QUE LA ZONE EST UN POINT CHAUD... MAIS ON Y BRONZE MAL !
ON SE TROUVE PAS ASSEZ NOMBREUX, ON CHERCHE À S'AGRANDIR !
DEPUIS QUELQUES MOIS, TU FAIS PAS MAL PARLER DE TOI...
... ON A PENSÉ À TE CONTACTER... ET COUP DE BOL, ON EST ARRIVÉS JUSTE À TEMPS !
ME CONTACTER ? POURQUOI ?
BENITO... ET TOI. DÉCIDÉMENT, Y A QUE MOI QUI SUIS PAS MÉTAMORPHE !
TANT MIEUX. TU ES SUPER COMME ÇA.
MERCI, BENNY. COLT, ON A BESOIN D'UN TÉLÉPORTEUR POUR UN JOB EN EUROPE.
JE ME TÉLÉPORTE PAS...
... JE CRÉE DES TRUCS EX NIHILO, MEUBLES, FRINGUES, ETC... JE COURS VITE ET J'UTILISE LES PORTES COMME RACCOURCIS SPATIAUX...
VOILÀ LA BOUFFE, HANK.
MERCI, ELRIC.
UN DE NOS POTES CONNAÎT TES POUVOIRS MIEUX QUE TOI, COLT.
OU ELRIC, SI TU PRÉFÈRES ?
VOUS SAVEZ TOUT... J'AI PLUS RIEN À DIRE. ÉCOUTEZ...
... VOUS AVEZ UN TRANSPORT AÉRIEN... AIDEZ-MOI À EMMENER CES GENS À L'ABRI ET JE SUIS DES VÔTRES.
GRATTE-MOI LE DOS, JE TE GRATTE LA CRINIÈRE. OK !
"LE ZINC QU'ON A PIQUÉ AU S.H.I.E.L.D. EST JUSTE À CÔTÉ...
"... AVEC UN PEU DE POT, ON DEVRAIT ARRIVER À FAIRE DÉCOLLER CET ENGIN !"
SPUT
SPUT
SPUT
TU SAIS, BUCKY... POUR TOI, JE VEUX BIEN GALOPER JUSQU'EN EUROPE.

CENTRE CRISPY INTERNET DE VOYAGES... BERLIN.
"ÉPARGNÉE PAR LES CATACLYSMES QUI SECOUENT LA TERRE, L'ALLEMAGNE RESTE PROSPÈRE.
"OFFICIELLEMENT ÉLU ARBITRE DE LA PAIX MONDIALE, LE PAYS S'EST TROUVÉ CONFORTÉ DANS SA CONFIANCE.
"MALGRÉ CE QUI SE PASSE HORS DE LEURS FRONTIÈRES, LES ALLEMANDS SE SENTENT RASSURÉS.
"SÉCURITÉ, CONFORT, RIEN N'EST GRATUIT, HÉLAS..."
RAPPORT, NUMÉRO TROIS.
...
MERCI, N° 3. TOUT CELA CONFIRME L'ANALYSE DES N° 1 ET 5.
NUMÉROS 1 À 6... MES YEUX, MES OREILLES. MES ESPIONS TÉLÉPATHIQUES. MA PENSÉE.
GRÂCE À EUX, JE SUIS HOMME PARMI LES HOMMES... J'EXISTE...
GRÂCE À MOI, ILS SONT MORTS ET ILS SONT VIVANTS.
LA PHASE 2 DE L'OPÉRATION PURGATOIRE S'EST BIEN PASSÉE.
RIKKI ET BENITO SONT PARVENUS À RECRUTER ELRIC WHITEMANE.
D'APRÈS LE BULLETIN DE LA COMPAGNIE PHARMACEUTIQUE HEIZENGRAU, NORTEL A PRATIQUEMENT TERMINÉ L'EXPÉRIENCE.
NOUS ATTAQUONS LA PHASE 3. IL S'AGIT DE CAPTER LES POUVOIRS D'ELRIC.
RIKKI DORT. EN BUS ?!? MAIS BENITO EST RÉVEILLÉ, ON POURRAIT PARLER.
NON... JE N'AI PAS BESOIN DE SOMMEIL, EUX SI.
LE CORPS HUMAIN A CERTAINS IMPÉRATIFS.
EUX FONT... PARTIE DU MONDE...
ATTENDONS...

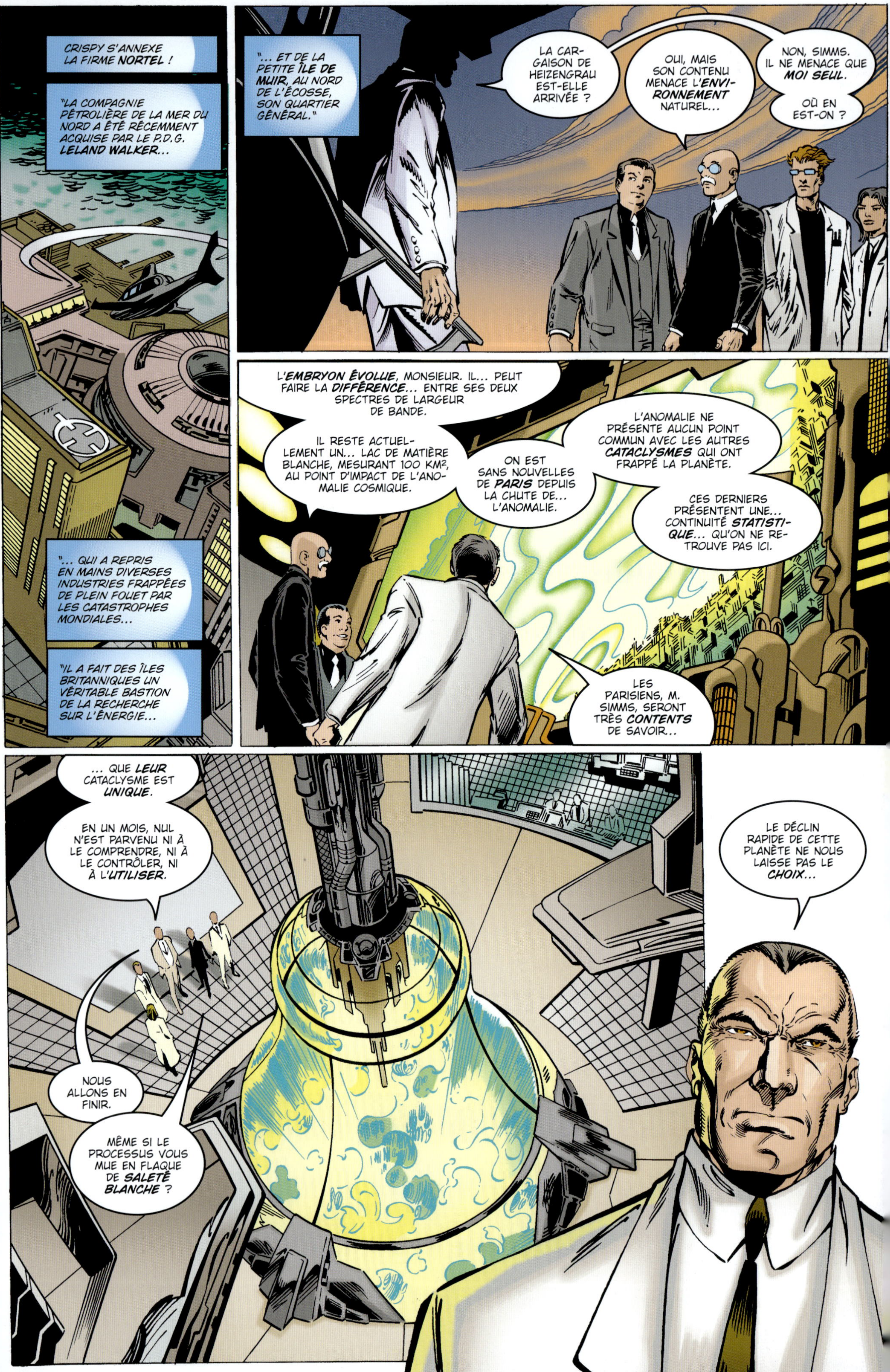
CRISPY S'ANNEXE LA FIRME NORTEL !
"LA COMPAGNIE PÉTROLIÈRE DE LA MER DU NORD A ÉTÉ RÉCEMMENT ACQUISE PAR LE P.D.G. LELAND WALKER...
"... QUI A REPRIS EN MAINS DIVERSES INDUSTRIES FRAPPÉES DE PLEIN FOUET PAR LES CATASTROPHES MONDIALES...
"IL A FAIT DES ÎLES BRITANNIQUES UN VÉRITABLE BASTION DE LA RECHERCHE SUR L'ÉNERGIE...
"... ET DE LA PETITE ÎLE DE MUIR, AU NORD DE L'ÉCOSSE, SON QUARTIER GÉNÉRAL."
LA CARGAISON DE HEIZENGRAU EST-ELLE ARRIVÉE ?
OUI, MAIS SON CONTENU MENACE L'ENVIRONNEMENT NATUREL...
NON, SIMMS. IL NE MENACE QUE MOI SEUL.
OÙ EN EST-ON ?
L'EMBRYON ÉVOLUE, MONSIEUR. IL... PEUT FAIRE LA DIFFÉRENCE... ENTRE SES DEUX SPECTRES DE LARGEUR DE BANDE.
IL RESTE ACTUELLEMENT UN... LAC DE MATIÈRE BLANCHE, MESURANT 100 KM², AU POINT D'IMPACT DE L'ANOMALIE COSMIQUE.
ON EST SANS NOUVELLES DE PARIS DEPUIS LA CHUTE DE... L'ANOMALIE.
L'ANOMALIE NE PRÉSENTE AUCUN POINT COMMUN AVEC LES AUTRES CATACLYSMES QUI ONT FRAPPÉ LA PLANÈTE.
CES DERNIERS PRÉSENTENT UNE... CONTINUITÉ STATISTIQUE... QU'ON NE RETROUVE PAS ICI.
LES PARISIENS, M. SIMMS, SERONT TRÈS CONTENTS DE SAVOIR...
... QUE LEUR CATACLYSME EST UNIQUE.
EN UN MOIS, NUL N'EST PARVENU NI À LE COMPRENDRE, NI À LE CONTRÔLER, NI À L'UTILISER.
LE DÉCLIN RAPIDE DE CETTE PLANÈTE NE NOUS LAISSE PAS LE CHOIX...
NOUS ALLONS EN FINIR.
MÊME SI LE PROCESSUS VOUS MUE EN FLAQUE DE SALETÉ BLANCHE ?

DEVINETTE : QU'EST-CE QUE PHILADELPHIE ?
UN FRONT DE MER.
TOUTES LES CÔTES DU CONTINENT ONT ÉTÉ INONDÉES. UNE GRANDE PARTIE DU NEW JERSEY REPOSE SOUS 2 M. D'EAU.
SEULEMENT DE L'EAU.
LA "CITÉ DE L'AMOUR FRATERNEL"... A CESSÉ DE L'ÊTRE.
SAUF DANS LE PAVILLON DE RICHARD ET PEGGY BARNES, QUE LEUR PETITE-FILLE RIKKI APPELLE SON...
... FOYER.
VOUS AVEZ PRIS LE BUS, BEN ?
SALUT, MA'.
CONTENTE DE TE REVOIR, RIKKI.
C'EST UN NOUVEL AMI ?
LE ZINC DU S.H.I.E.L.D. NOUS A LÂCHÉS PRÈS DE CHICAGO, M. BARNES. HEUREUSEMENT POUR NOUS, ELRIC EST L'AS DES PILOTES.
ENSUITE, IL A FALLU TRAITER AVEC LE CHEVALIER NOIR POUR TRAVERSER CHICAGO.
ELRIC WHITEMANE, MADAME.
UN NOM INTÉRESSANT.
ET UN TYPE INTÉRESSANT.
PLUS TARD...
DÉLICIEUX, MME BARNES ! UNE PAIE QUE JE N'AVAIS FAIT UN PAREIL REPAS !
TU N'AS POURTANT MANGÉ QUE LES LÉGUMES...
ELRIC A UN APPÉTIT... DE CHEVAL, MADAME !
PLAINS-TOI, BENITO, IL TE LAISSE LE STEAK.
AVEC PLAISIR ! LA VIANDE FRAÎCHE EST DEVENUE SI RARE !
CE QUI ARRIVE EST HORRIBLE... RIKKI ARRIVE VRAIMENT À TENIR LE COUP, BENITO ?
FRANCHEMENT OUI, MADAME... ON ARRIVE À TENIR TOUS. ISHMAËL AUSSI... ET ELRIC, S'IL RESTE AVEC NOUS.
MAIS VENIR ICI LUI FAIT DU BIEN.
"C'EST POUR ELLE UN TEMPS DE REPOS DE L'ESPRIT ET DU CORPS."
IL FAUDRAIT TE REPOSER.
PAS LE TEMPS, PA'.
J'EN AI MARRE DE CONSULTER LES E-MAILS ET LES SITES WEB QUE TU ME DEMANDES.
TU ES VRAIMENT DEVENU UN CRACK DANS LA PARTIE.
JE VOUDRAIS SURFER UN PEU TOUTE SEULE... ÇA M'AIDE À RÉFLÉCHIR...

ELLE... ELLE VA REDESCENDRE...
VOUS EN FAITES PAS, M. BARNES, ELLE A UNE SACRÉE RÉSISTANCE.
EN DEUX JOURS, JE L'AI JUGÉE. CETTE FILLE-LÀ, C'EST DE L'ACIER.
MÊME L'ACIER FINIT PAR PLIER.
POUR PLIER, ON PLIE TOUS... MAIS ON CASSE PAS. SURTOUT BUCKY.
AVEC CAP AMERICA, ELLE A ÉTÉ À BONNE ÉCOLE.
ON S'INQUIÈTE QUAND MÊME, FILS.
MAIS MERCI D'ÊTRE UN SI BON AMI POUR ELLE.
ELLE M'A SAUVÉ LA VIE, MADAME. C'EST BIEN NORMAL QUE JE L'AIDE À SAUVER LE MONDE.
ON PEUX PAS GAGNER L'ESTOMAC VIDE...
TU AS MANGÉ !
Y A DE LA PLACE POUR LE DESSERT...
HÉ, ME REGARDE PAS COMME ÇA, SERRANO...
... TU SAIS À QUELLE ÉPOQUE REMONTE MA DERNIÈRE GLACE ?
ET À L'ÉTAGE...
Forum discussion Spirit 1776
TJ1: Ish, tu es là?
IQ: J'y suis toujours, Rikki.
TJ1: On bascule sur le psi-mail?
IQ: Si tu veux.
J'AI DÉJÀ CONTACTÉ LE MARCHÉ NOIR POUR VOIR SI ON POUVAIT SE PROCURER UN NOUVEL AVION.
ON EN AURA PAS BESOIN SI TU AS RAISON POUR ELRIC.
SI J'AI TORT, MIEUX VAUT ÊTRE PRÊTS.
ÇA SE PRODUIT SOUVENT ?
LE POURCENTAGE STATISTIQUE EXACT ? IL SERAIT HASARDEUX DE...
ISH...
0,00032%
AH ? MOI J'AURAIS DIT 0,00082. BON... OÙ ON EN EST ?

J'AI ÉTABLI LA RELATION ENTRE L'INDUSTRIE PHARMACEUTIQUE ALLEMANDE ET NORTEL.
LA LIVRAISON CONSISTE EN UN AGENT PSYCHOACTIF INTERDIT QUI AFFECTE L'ACTIVÉ DU CORTEX CÉRÉBRAL...
ET EN DIVERS PRODUITS BIOLOGIQUES EXPÉRIMENTAUX... DONT DES NANOSONDES FATALES.
EN ANGLAIS COURANT, ÇA VEUT DIRE...?
JE TÉLÉCHARGE LE FICHIER. NANOSONDES FŒTALES = ROBOTS MICROSCOPIQUES VIERGES... NON PROGRAMMÉS.
UNE FOIS ACTIVÉS, ILS PEUVENT REMPLIR DIVERSES FONCTIONS BIOLOGIQUES.
LA STIMULATION CORTICALE PAR L'AGENT CHIMIQUE, PLUS LES NANOSONDES, ME CONDUIT À PENSER QUE QUELQU'UN CHEZ NORTEL...
... TENTE DE FAIRE D'UN HÔTE HUMAIN UN RÉCEPTACLE POUR L'ÉNERGIE DE L'ANOMALIE !
ET LE RÉSULTAT, ISH ?
SI L'HÔTE SURVIT... IL SERA INVESTI D'UN POUVOIR ABSOLU.
ET NOUS SAVONS TOUS OÙ CELA MÈNE...
J'AI TENTÉ DE SCANNER L'ESPRIT DES AGENTS DE SÉCURITÉ DU COMPLEXE DE MUIR.
POUR INFILTRER LA BASE, J'AI PENSÉ QUE LE MIEUX ÉTAIT DE ME CONNECTER AUX POUVOIRS SPATIAUX DE KID COLT.
MAIS RIEN NE GARANTIT QUE ÇA VA MARCHER.
AI-JE DIT LE "PLUS SÛR" ?
"SÛR" EST PEUT-ÊTRE BEAUCOUP S'AVANCER...
J'AI LE TEMPS DE PRENDRE UN DESSERT ?
TOUT DÉPEND DE CE QU'ON SERVIRA.
VU. RAPPELLE-MOI DANS...
PEU APRÈS...
CONCENTREZ-VOUS SUR SES ORDRES TÉLÉPATHIQUES.
Q.I. VOUS TIENDRA LA MAIN ET VOUS DIRA COMMENT RÉALISER VOTRE PLEIN POTENTIEL, C'EST TOUT !
TU ES SÛRE, BUCKY ?
OUAIS... C'EST EN ME LAISSANT TRIFOUILLER LA TÊTE QUE JE ME SUIS MIS DANS LE PÉTRIN.
JE COMPRENDS TON INQUIÉTUDE, ELRIC.
HÉ, QUI A PARLÉ ? !

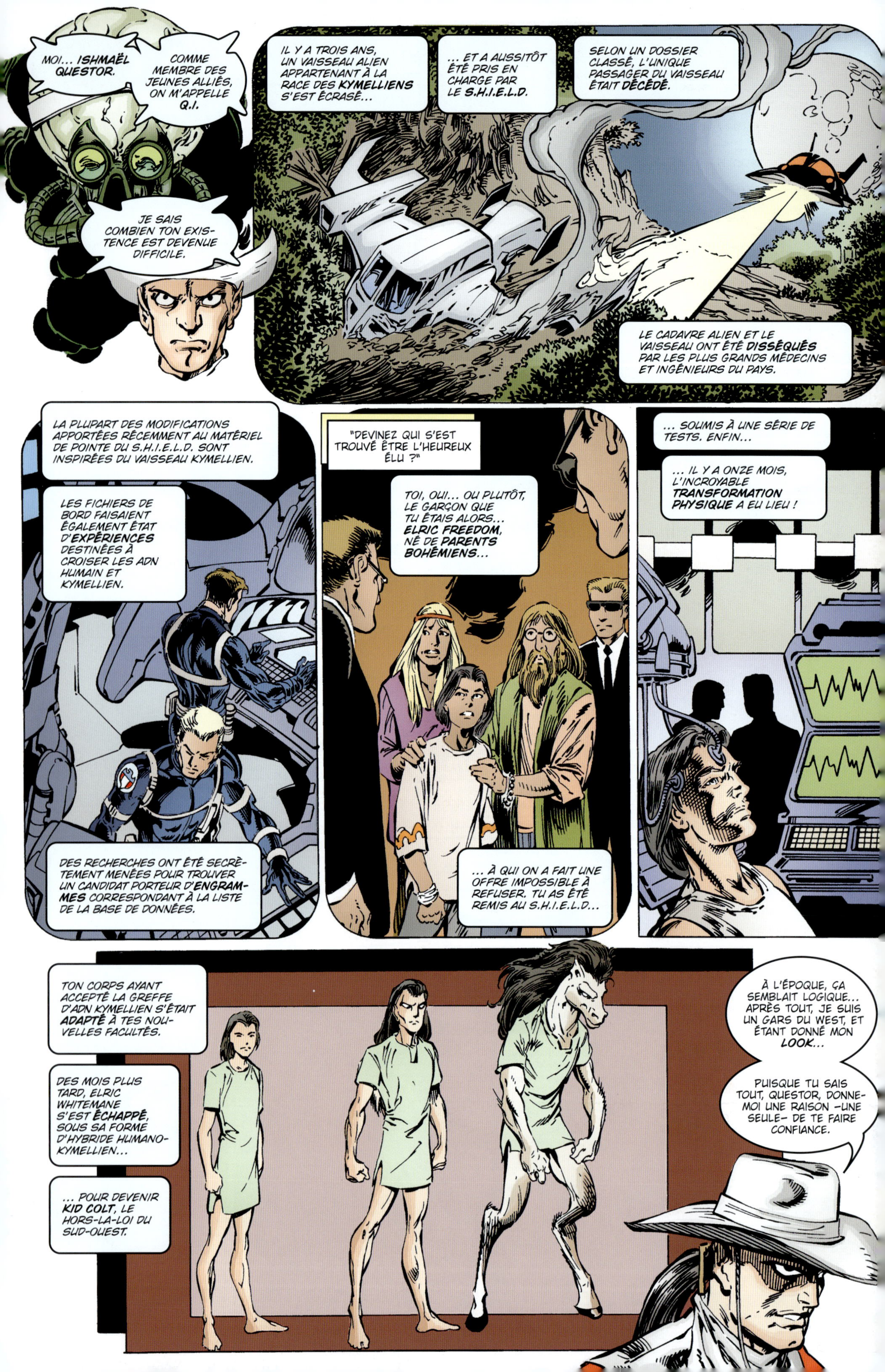
MOI... ISHMAËL QUESTOR.
COMME MEMBRE DES JEUNES ALLIÉS, ON M'APPELLE Q.I.
JE SAIS COMBIEN TON EXISTENCE EST DEVENUE DIFFICILE.
IL Y A TROIS ANS, UN VAISSEAU ALIEN APPARTENANT À LA RACE DES KYMELLIENS S'EST ÉCRASÉ...
... ET A AUSSITÔT ÉTÉ PRIS EN CHARGE PAR LE S.H.I.E.L.D.
SELON UN DOSSIER CLASSÉ, L'UNIQUE PASSAGER DU VAISSEAU ÉTAIT DÉCÉDÉ.
LE CADAVRE ALIEN ET LE VAISSEAU ONT ÉTÉ DISSÉQUÉS PAR LES PLUS GRANDS MÉDECINS ET INGÉNIEURS DU PAYS.
LA PLUPART DES MODIFICATIONS APPORTÉES RÉCEMMENT AU MATÉRIEL DE POINTE DU S.H.I.E.L.D. SONT INSPIRÉES DU VAISSEAU KYMELLIEN.
LES FICHIERS DE BORD FAISAIENT ÉGALEMENT ÉTAT D'EXPÉRIENCES DESTINÉES À CROISER LES ADN HUMAIN ET KYMELLIEN.
DES RECHERCHES ONT ÉTÉ SECRÈTEMENT MENÉES POUR TROUVER UN CANDIDAT PORTEUR D'ENGRAMMES CORRESPONDANT À LA LISTE DE LA BASE DE DONNÉES.
"DEVINEZ QUI S'EST TROUVÉ ÊTRE L'HEUREUX ÉLU ?"
TOI, OUI... OU PLUTÔT, LE GARÇON QUE TU ÉTAIS ALORS... ELRIC FREEDOM, NÉ DE PARENTS BOHÉMIENS...
... À QUI ON A FAIT UNE OFFRE IMPOSSIBLE À REFUSER. TU AS ÉTÉ REMIS AU S.H.I.E.L.D...
... SOUMIS À UNE SÉRIE DE TESTS. ENFIN...
... IL Y A ONZE MOIS, L'INCROYABLE TRANSFORMATION PHYSIQUE A EU LIEU !
TON CORPS AYANT ACCEPTÉ LA GREFFE D'ADN KYMELLIEN S'ÉTAIT ADAPTÉ À TES NOUVELLES FACULTÉS.
DES MOIS PLUS TARD, ELRIC WHITEMANE S'EST ÉCHAPPÉ, SOUS SA FORME D'HYBRIDE HUMANO-KYMELLIEN...
... POUR DEVENIR KID COLT, LE HORS-LA-LOI DU SUD-OUEST.
À L'ÉPOQUE, ÇA SEMBLAIT LOGIQUE... APRÈS TOUT, JE SUIS UN GARS DU WEST, ET ÉTANT DONNÉ MON LOOK...
PUISQUE TU SAIS TOUT, QUESTOR, DONNE-MOI UNE RAISON –UNE SEULE– DE TE FAIRE CONFIANCE.

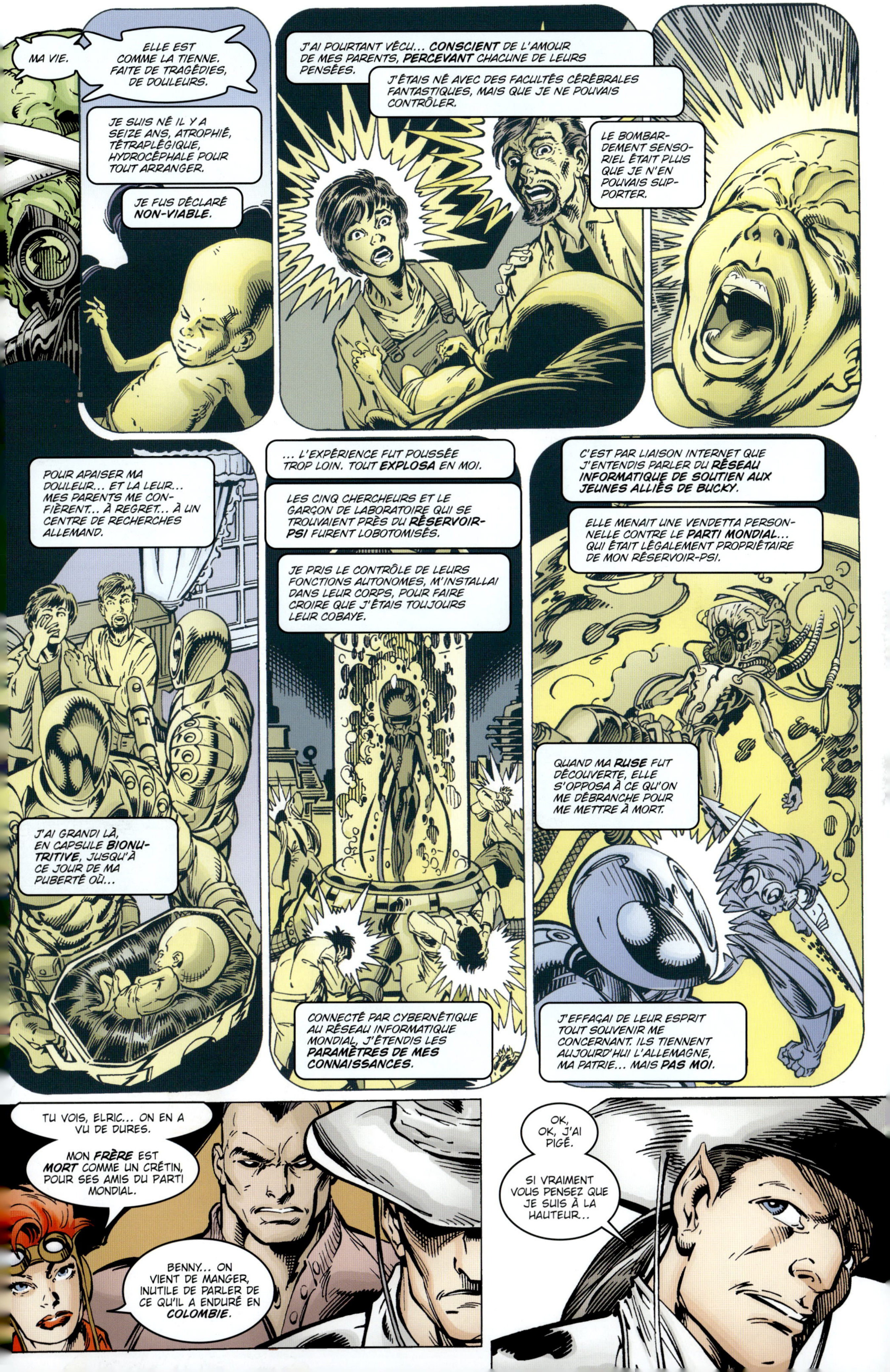
MA VIE.
ELLE EST COMME LA TIENNE. FAITE DE TRAGÉDIES, DE DOULEURS.
JE SUIS NÉ IL Y A SEIZE ANS, ATROPHIÉ, TÉTRAPLÉGIQUE, HYDROCÉPHALE POUR TOUT ARRANGER.
JE FUS DÉCLARÉ NON-VIABLE.
J'AI POURTANT VÉCU... CONSCIENT DE L'AMOUR DE MES PARENTS, PERCEVANT CHACUNE DE LEURS PENSÉES.
J'ÉTAIS NÉ AVEC DES FACULTÉS CÉRÉBRALES FANTASTIQUES, MAIS QUE JE NE POUVAIS CONTRÔLER.
LE BOMBARDEMENT SENSORIEL ÉTAIT PLUS QUE JE N'EN POUVAIS SUPPORTER.
POUR APAISER MA DOULEUR... ET LA LEUR... MES PARENTS ME CONFIÈRENT... À REGRET... À UN CENTRE DE RECHERCHES ALLEMAND.
J'AI GRANDI LÀ, EN CAPSULE BIONUTRITIVE, JUSQU'À CE JOUR DE MA PUBERTÉ OÙ...
... L'EXPÉRIENCE FUT POUSSÉE TROP LOIN. TOUT EXPLOSA EN MOI.
LES CINQ CHERCHEURS ET LE GARÇON DE LABORATOIRE QUI SE TROUVAIENT PRÈS DU RÉSERVOIR-PSI FURENT LOBOTOMISÉS.
JE PRIS LE CONTRÔLE DE LEURS FONCTIONS AUTONOMES, M'INSTALLAI DANS LEUR CORPS, POUR FAIRE CROIRE QUE J'ÉTAIS TOUJOURS LEUR COBAYE.
CONNECTÉ PAR CYBERNÉTIQUE AU RÉSEAU INFORMATIQUE MONDIAL, J'ÉTENDIS LES PARAMÈTRES DE MES CONNAISSANCES.
C'EST PAR LIAISON INTERNET QUE J'ENTENDIS PARLER DU RÉSEAU INFORMATIQUE DE SOUTIEN AUX JEUNES ALLIÉS DE BUCKY.
ELLE MENAIT UNE VENDETTA PERSONNELLE CONTRE LE PARTI MONDIAL... QUI ÉTAIT LÉGALEMENT PROPRIÉTAIRE DE MON RÉSERVOIR-PSI.
QUAND MA RUSE FUT DÉCOUVERTE, ELLE S'OPPOSA À CE QU'ON ME DÉBRANCHE POUR ME METTRE À MORT.
J'EFFAÇAI DE LEUR ESPRIT TOUT SOUVENIR ME CONCERNANT. ILS TIENNENT AUJOURD'HUI L'ALLEMAGNE, MA PATRIE... MAIS PAS MOI.
TU VOIS, ELRIC... ON EN A VU DE DURES.
MON FRÈRE EST MORT COMME UN CRÉTIN, POUR SES AMIS DU PARTI MONDIAL.
BENNY... ON VIENT DE MANGER, INUTILE DE PARLER DE CE QU'IL A ENDURÉ EN COLOMBIE.
OK, OK, J'AI PIGÉ.
SI VRAIMENT VOUS PENSEZ QUE JE SUIS À LA HAUTEUR...

"... ALLONS-Y !"
UNE SONDE TÉLÉPATHIQUE, UN PLAN ET UNE POUSSÉE D'ADRÉNALINE PLUS LOIN...
AAAAAAAAAAAA
SCHLOORP
QU'EST-CE QUI FAIT PLUS MAL ?
MON TRAIN D'ATTERRISSAGE, OU L'EFFET SONORE QUI A CONCLU UN PAREIL VOYAGE ?!
JE TE MASSE LE DERRIÈRE ET TU ME PASSES LE BRUITAGE... URRRRRGH !
HÉ, CANASSON, C'EST PAS LE MOMENT DE RUMINER !
LE VÉGÉTARISME, VOILÀ OÙ ÇA VOUS MÈNE, JE T'AI PRÉVENU...
DÈS QU'EL AURA FINI DE DÉGOBILLER, ON POURRA Y ALLER.
ON EST SUR L'ÎLE DE MUIR... ISH M'A TÉLÉCHARGÉ DES DOCUMENTS LA CONCERNANT.
JE VAIS EXPLORER UN PEU PAR INFRAROUGES...
... STOP ! ISH ENVOIE UN E-MAIL VIA L'ÉMETTEUR DE MON CASQUE...
JE LE TÉLÉCHARGE SUR MES LUNETTES... C'EST LE PLAN DES DÉFENSES DE L'ÎLE...
IL VA NOUS LOCALISER EXACTEMENT LEURS BIDULES DE SÉCURITÉ...

BAROOOGA
EN V'LÀ DÉJÀ UN, JE CROIS.
OUI, MERCI POUR LE FLASH D'INFO !
HURM ?
DES GORILLES ! PROCÉDURE HABITUELLE ?!
OUAIS ! ET LA PROCÉDURE HABITUELLE QUAND ON CROISE CE GENRE DE MACAQUES...
... C'EST DE LEUR FILER UNE TREMPE !
CETTE FILLE-LÀ, J'EN TOMBERAIS AMOUREUX !
TOI AUSSI ?
SI LES GARDES POUVAIENT, ILS DIRAIENT...
"SES BOTTES ONT DES SEMELLES DE VIBRANIUM ! WHOA !
"ELLE A UN BOUCLIER EN VIBRANIUM ! OOOMPH !
"COUP-DE-POING AMÉRICAIN EN VIBRANIUM. OUCH !
"QUAND VOUS ENTREZ OU SORTEZ DU WAKANDA, VISITEZ LEUR BOUTIQUE HORS TAXE !"
J'AI MIS TOUT CE QUE J'AVAIS !
SI ON RENCONTRE MAINTENANT UN VILAIN MONSTRE AU POUVOIR COSMIQUE...
... J'AURAI QU'À REGARDER PENDANT QUE VOUS VOUS DÉFOULEREZ !

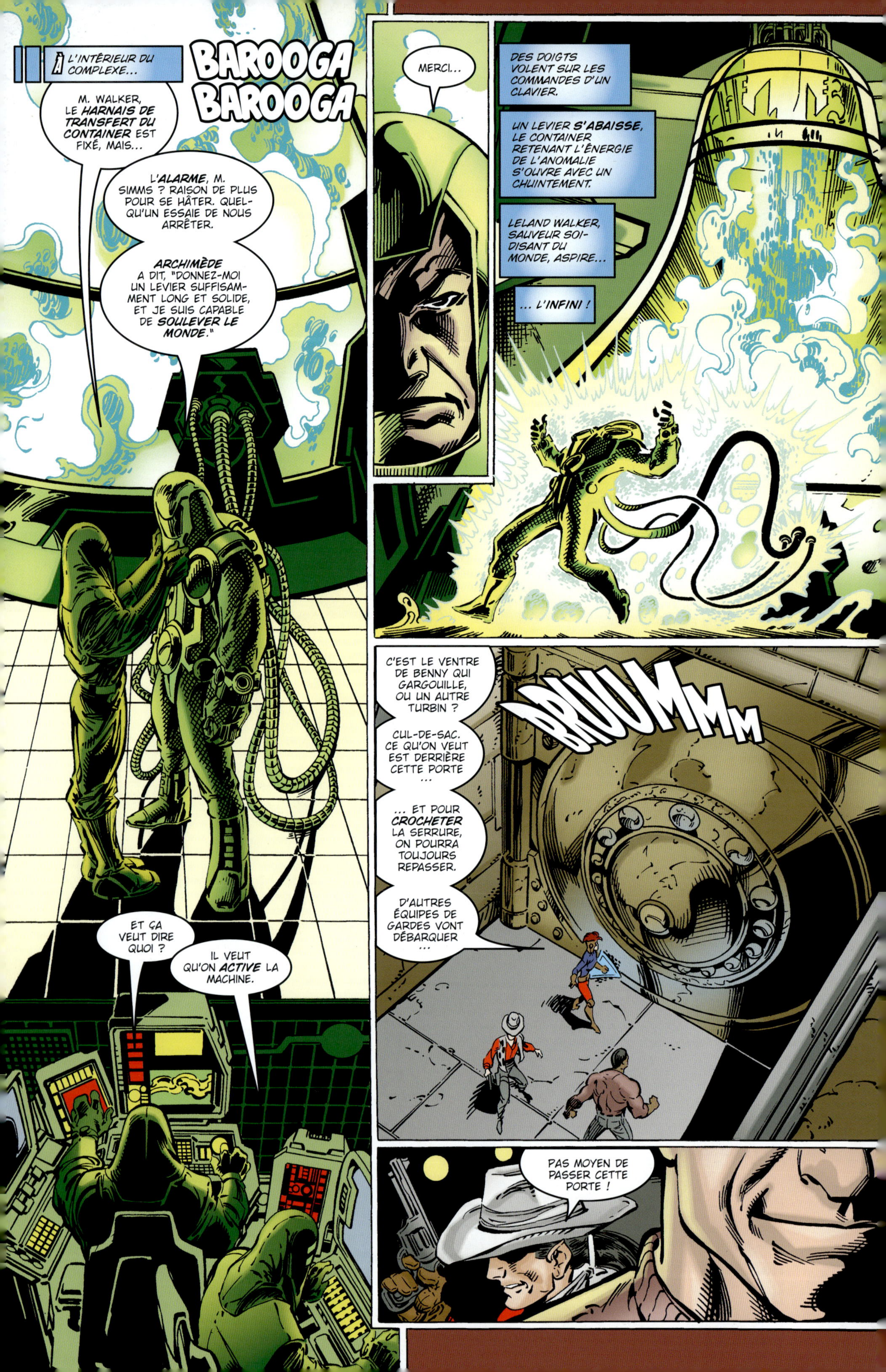
À L'INTÉRIEUR DU COMPLEXE...
BAROOGA BAROOGA
M. WALKER, LE HARNAIS DE TRANSFERT DU CONTAINER EST FIXÉ, MAIS...
L'ALARME, M. SIMMS ? RAISON DE PLUS POUR SE HÂTER. QUELQU'UN ESSAIE DE NOUS ARRÊTER.
ARCHIMÈDE A DIT, "DONNEZ-MOI UN LEVIER SUFFISAMMENT LONG ET SOLIDE, ET JE SUIS CAPABLE DE SOULEVER LE MONDE."
ET ÇA VEUT DIRE QUOI ?
IL VEUT QU'ON ACTIVE LA MACHINE.
MERCI...
DES DOIGTS VOLENT SUR LES COMMANDES D'UN CLAVIER.
UN LEVIER S'ABAISSE, LE CONTAINER RETENANT L'ÉNERGIE DE L'ANOMALIE S'OUVRE AVEC UN CHUINTEMENT.
LELAND WALKER, SAUVEUR SOI-DISANT DU MONDE, ASPIRE...
... L'INFINI !
C'EST LE VENTRE DE BENNY QUI GARGOUILLE, OU UN AUTRE TURBIN ?
BRUUMMMM
CUL-DE-SAC. CE QU'ON VEUT EST DERRIÈRE CETTE PORTE ...
... ET POUR CROCHETER LA SERRURE, ON POURRA TOUJOURS REPASSER.
D'AUTRES ÉQUIPES DE GARDES VONT DÉBARQUER ...
PAS MOYEN DE PASSER CETTE PORTE !

LA PEAU...
... SE DÉTEND.
DES CRINS NOIRS HÉRISSENT SOUDAIN LA CHAIR SOMBRE.
LES MUSCLES SE TENDENT ET DÉCUPLENT BRUTALEMENT DE VOLUME !
QUATRE ANS D'UN TRAITEMENT À BASE DE STÉROÏDE SURRÉNAL MENÉ PAR LES CARTELS DE LA DROGUE COLOMBIENS EXPLOSENT EN TORO.
PAMPELUNE, ME VOILÀ !
WOW.
OUAIS, IL EN JETTE... MAIS SON CRI DE GUERRE EST À TRAVAILLER !
IL FAIT RÉFÉRENCE AUX COURSES DE TAUREAUX DE PAMPELUNE, ESPAGNE...
L'EXPLICATION N'ARRANGE RIEN, ISH !
MINUTE, RIKKI ! LES SYSTÈMES SONT EN SURCHARGE DANS L'ENSEMBLE DU COMPLEXE...
... DES ÉNERGIES FANTASTIQUES ÉMANENT DE LA SALLE OÙ VOUS VENEZ D'ENTRER...
THWAKKAROOMMM
EXPLIQUE À L'AUTRE CERVEAU QU'UN SIMPLE "DÉGAGEZ" AURAIT SUFFI.
ÇA VA, TORO ? TU AS MORFLÉ EN PLEIN CETTE...
TU CROIS ? M'EST AVIS QUE JE SENS VENIR LA SUIVANTE...

IL Y A LÀ UN HOMME EN COSTUME ISOLANT, HURLANT DE DOULEUR... OU D'EXTASE ?
UN CONDUIT LE RELIE À UN RÉSERVOIR, OÙ GRONDE UNE FUREUR SANS NOM... L'ÉNERGIE DE L'ANOMALIE EST PASSÉE À L'HOMME !
ET LEURS SENSATIONS... VONT AU-DELÀ DE CETTE VISION.
ILS SE SENTENT DÉRIVER EN PLEIN OCÉAN.
ILS SONT UNE SECONDE DANS L'ÉTERNITÉ.
UN SOUFFLE EXHALÉ AU VENT DU LARGE.
UN PAS SUR LE CHEMIN DE L'INFINI.
ILS NE SONT RIEN... ET FONT PARTIE DE TOUT.
ILS SONT LA VIE, LA MORT, L'ESPACE, LE NÉANT, L'ORDRE, LE CHAOS.
L'UNIVERS ENTIER SE REFLÈTE DANS LEUR EXISTENCE PERSONNELLE.
ET TOUT CELA EST ABSORBÉ PAR L'ESPRIT NOBLE, MAIS PERVERS, DE LELAND WALKER !
LEUR RÉACTION... EST UNANIME.
COOL !

ISH, TUYAUTE-MOI SUR WALKER... BRAVE TYPE OU VILAIN ?
JE... NE SUIS PAS SÛR...
00032, JE VOIS...
ENFIN !... J'AI LES MOYENS D'AFFRONTER FATALIS...
ET LE POUVOIR DE SAUVER LE MONDE !
C'EST... PAS UN DISCOURS DE VILAIN...
SÛR. COMME RÉPLIQUE D'ENTRÉE, ÇA FAIT BIEN...
MAIS ON SAIT DE QUOI EST PAVÉ LE CHEMIN QUI MÈNE CHEZ BELZÉBUTH !
NON ?
FERMEZ-LA ET ÉCOUTEZ-MOI.
JE CRAINS QUE LA SITUATION NE SOIT ENCORE PLUS COMPLIQUÉE QU'ELLE NE LE PARAÎT.
J'AI FINI DE TRAITER TOUTE LA TÉLÉMÉTRIE APPROPRIÉE DES ANALYSES SUR L'ÉNERGIE DE L'ANOMALIE.
UN DÉBAT PHILOSOPHIQUE A OPPOSÉ LES SAVANTS DE L'ÉQUIPE CHARGÉE PAR NORTEL D'EFFECTUER CETTE TÂCHE.
L'OPINION MINORITAIRE -À LAQUELLE JE SOUSCRIS- ÉTAIT QUE LA MASSE D'ÉNERGIE QUI S'EST ABATTUE SUR PARIS...
... EST UNE CRÉATURE VIVANTE ET QUI ÉVOLUE !
VIVANTE ?!

VIVANTE... DONC LE PIRE EST ARRIVÉ, SONGE BUCKY.
ET DU FAIT QUE WALKER A ABSORBÉ SON SPECTRE D'ÉNERGIE, ELLE VA MOURIR.
CORRECTION IMMÉDIATE.
LE SACRIFICE D'UNE VIE ALIEN EN SAUVE DES MILLIARDS !
LA DESTRUCTION DE CE MONDE N'EST PAS UN HASARD, MAIS LE RÉSULTAT D'UNE LUTTE ENTRE DIEUX POUR LE POUVOIR !
L'HUMANITÉ A BESOIN D'UN CHAMPION AYANT POUVOIR DE RÉTABLIR SES DROITS !
NOUS SOMMES EN GUERRE... LES PERTES QUE NOUS POURRONS SUBIR SONT INÉVITABLES !
D'UNE CERTAINE MANIÈRE, VOUS ÊTES DES SOLDATS, ACCEPTANT LE SACRIFICE DE VOS VIES POUR LE BIEN GÉNÉRAL !
ENCORE ET TOUJOURS LA MÊME QUESTION... QUE FERAIT CAP ?
DEPUIS DES MOIS, ELLE CHERCHE À LE DEVINER... ET PRIE POUR NE PAS SE TROMPER.
POUR QUE SON ESPRIT GUIDE SES DÉCISIONS.
MAIS AUJOURD'HUI...
LES AUTRES ATTENDENT SON VERDICT.
ET BUCKY SAIT QU'ELLE EST SEULE.
NON... ÇA VA PAS.
LES SOLDATS ET NOUS... ON PREND DES RISQUES... PARCE QU'ON L'A CHOISI !
MÊME SI CETTE ÉNERGIE-VIVANTE OU PAS-TE DONNAIT LE POUVOIR DE SAUVER LE MONDE...
... TU T'EN SERS SANS LUI DEMANDER SON AVIS ! ET ÇA, RIEN NE T'EN DONNE LE DROIT !
UNE TELLE OPINION EST RESPECTABLE, ENFANT. MAIS JE NE PUIS LA PARTAGER.
ARRIÈRE... OU VOUS ME FORCERIEZ À VOUS SUPPRIMER.

BON, OK...
COMMENT ARRÊTER LE PROCESSUS ?
TÂCHEZ DE TROUVER LE BOUTON, COUPEZ LE JUS !
THWOCK
INUTILE. IL S'EST MUÉ EN VIDE SYNERGIQUE.
TRANCHER LE CONDUIT NE FERAIT QUE HÂTER L'ABSORPTION D'ÉNERGIE...
J'AIMERAIS MIEUX QUE TU NOUS DISES DE L'APLATIR POUR LE COMPTE, ISH.
SI VOUS CESSIEZ TOUS DE "CHERCHER L'INTERRUPTEUR", BENITO, JE VEILLERAIS À ÊTRE MOINS... DOGMATIQUE.
L'ÉNERGIE DOIT ÊTRE RECANALISÉE... ET ÉCARTÉE DE L'EXUTOIRE QUE REPRÉSENTE DÉSORMAIS WALKER.
LÀ, JE COMMENCE À PIGER...
C'EST COMME POSER UN BARRAGE POUR DÉTOURNER LE FLEUVE ?
L'ANALOGIE MANQUE CERTES DE PRÉCISION SCIENTIFIQUE...
... ET LA MÉTAPHORE EST SANS AUCUNE ORIGINALITÉ...
... MAIS ELLE EST ASSEZ JUSTE.
HALTE ! JE NE DÉSIRE PAS VOUS FAIRE DE MAL !
ON A VU.
THWAKKAROOMMM

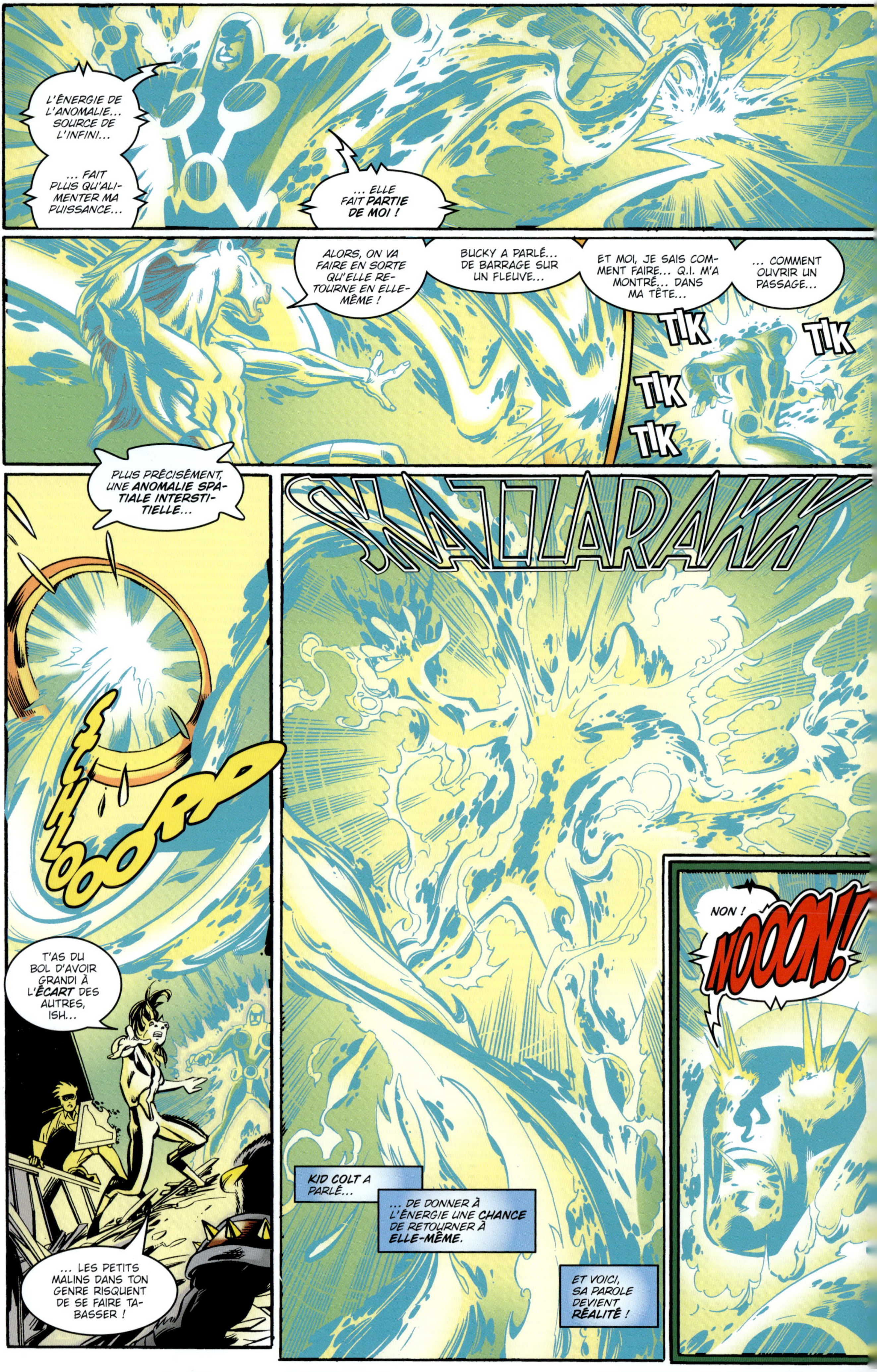
L'ÉNERGIE DE L'ANOMALIE... SOURCE DE L'INFINI...
... FAIT PLUS QU'ALIMENTER MA PUISSANCE...
... ELLE FAIT PARTIE DE MOI !
ALORS, ON VA FAIRE EN SORTE QU'ELLE RETOURNE EN ELLE-MÊME !
BUCKY A PARLÉ... DE BARRAGE SUR UN FLEUVE...
ET MOI, JE SAIS COMMENT FAIRE... Q.I. M'A MONTRÉ... DANS MA TÊTE...
... COMMENT OUVRIR UN PASSAGE...
TIK
TIK
TIK
TIK
PLUS PRÉCISÉMENT, UNE ANOMALIE SPATIALE INTERSTITIELLE...
SCHHLOOORP
T'AS DU BOL D'AVOIR GRANDI À L'ÉCART DES AUTRES, ISH...
... LES PETITS MALINS DANS TON GENRE RISQUENT DE SE FAIRE TABASSER !
SHAZZARAKK
KID COLT A PARLÉ...
... DE DONNER À L'ÉNERGIE UNE CHANCE DE RETOURNER À ELLE-MÊME.
ET VOICI, SA PAROLE DEVIENT RÉALITÉ !
NON !
NOOON !

LELAND WALKER FIXE LA FORME À PRÉSENT HUMANOÏDE DE L'INFINI...
... ET HURLE DE DOULEUR LORSQUE L'ÉTERNITÉ REPREND CE QUI LUI APPARTIENT.
L'ÉNERGIE RETOURNE AU VIDE D'OÙ ELLE FUT ARRACHÉE...
... ET SOUDAIN, AU CONTACT DE L'ENTITÉ, COMPRENANT ENFIN CE QU'ELLE EST ET POURQUOI ELLE EST ICI, WALKER SONGE AVEC TRISTESSE...
... "BONNE CHANCE POUR SAUVER LE MONDE, JEUNES ALLIÉS... VOUS EN AUREZ BESOIN."
DE CHARYBDE...?!
ON A PAS SAUVÉ LES POULES DU LOUP POUR QUE L'OURS VIENNE LES BOUFFER...?!
PETITS PESSIMISTES...
MOLLO ! C'EST NOUS QUI T'AVONS SAUVÉ...
NOUS SAVONS.
NOUS... NE VOUS FERONS... AUCUN MAL.
L'HUMAIN EST RESPONSABLE... DE CE QUI LUI EST ARRIVÉ.
VOUS ÊTES DÉSEMPARÉS... TERRORISÉS... CELA... SE COMPREND.
LA VIE, LA MORT NE SONT QUE DES ABSTRACTIONS.
NOUS ?
LAISSE.
VOUS DITES... WALKER N'EST PAS MORT ?
LELAND WALKER NE SERA PLUS...
... JUSQU'À L'HEURE OÙ CE QU'IL A VOLÉ AU TOUT POURRA ÊTRE RENDU À L'INTERMÉDIAIRE.

TOUT JUSTE CE QUE JE ME DISAIS ! ÊTES-VOUS DEUX PERSONNES DIFFÉRENTES DANS LE MÊME... HEU...
CORPS... ET QUEL CORPS, MES AÏEUX !!
NOUS N'AVONS PAS D'IDENTITÉS, CHEZ NOUS FORME ET CONCEPTS SONT UN.
NOUS SOMMES ENTRE ÊTRE ET NON-ÊTRE.
JE SUIS INCARNATION DE LA LUMIÈRE, DE LA VIE, DE L'ORDRE...
JE SUIS LA MANIFESTATION DE L'ENTROPIE, DE LA MORT, DU CHAOS.
ON PARLE... À L'ORDRE ET AU CHAOS ?
OK, ILS ONT UN NOM, ÇA DEVIENT DÉJÀ PLUS NORMAL.
APPELONS-LES O ET K !
K...?
COMME CHAOS, IDIOT !
HM-HMM.
LES ÉCOUTEZ PAS.
QUE VENEZ-VOUS FAIRE ICI... SUR TERRE ?
EXAMINER SI CETTE SPHÈRE MÉRITE DE SURVIVRE.
LE CONCEPT QUE VOUS APPELEZ K A TENDANCE À TOUT DRAMATISER.
NOUS EXAMINONS SI L'ON PEUT SAUVER CETTE RÉALITÉ CONCEPTUELLE.
TELLE EST NOTRE MISSION... ET NOTRE FIERTÉ.
BEN... NOUS ON FAIT UN PEU LE MÊME TRUC...
MAIS SI VOUS DÉCIDEZ... QUE ÇA VAUT PAS LA PEINE ?
CE SUJET, JE PENSE, A TOUT INTÉRÊT...
... À NE PAS ÊTRE TRAITÉ ENTRE...
... NOUS.

OK. COMME VOUS VOUDREZ.
AUTANT LE PRENDRE COMME ÇA.
LE TEMPS QUE VOUS VOUS DÉCIDIEZ AU SUJET DE CE MONDE, RESTEZ DONC AVEC NOUS.
ÇA NOUS PERMETTRA DE VOUS SURVEILLER UN PEU.
L'IDÉE D'INTERAGIR AVEC L'HUMANITÉ TOUT EN EFFECTUANT L'ANALYSE...
... EST PARFAITEMENT JUDICIEUSE...
DIS DONC, BENNY, LES JEUNES ALLIÉS DEVIENNENT DRÔLEMENT INTÉRESSANTS !
MA FOI... ON VIT DES TEMPS INTÉRESSANTS.
OUAIS, TOUT EST POUR LE MIEUX DANS LE MEILLEUR DES MONDES, SAUF QUE...
... QUELQU'UN A UNE IDÉE POUR DÉCANILLER D'ICI ?
POURQUOI VOUS ME REGARDEZ TOUS ?
JE VAIS QUAND MÊME PAS M'ÉTABLIR AGENT DE VOYAGE POUR VOUS TRIMBALLER PARTOUT !
LE COMMENCEMENT...
TOUT DE SUITE
FATALIS

HEROES REBORN: DOOM (2000) 1
Couverture : **MIKE McKONE**

LES VOLTIGEURS D'AL-KHALAD –QU'ON APPELLE AUSSI CHEVALIERS D'ARABIE– SAVAIENT QUE NOUS ARRIVIONS, ET SANS DOUTE SE CROYAIENT-ILS PRÊTS.
LEUR CHEF SE TAILLAIT UN EMPIRE PARMI LES ÉTATS AU NORD DU SAHARA, ET PRÊTENDAIT RESTAURER LES "NOBLES ET ANTIQUES COUTUMES" D'ESCLAVAGE ET DE RANÇONNEMENT.
JUSQUE-LÀ, FATALIS N'Y TROUVAIT RIEN À REDIRE... ET PUIS, AL-KHALAD, DÉSIREUX D'AGRANDIR AU SUD, AVAIT ENTREPRIS DE CONQUÉRIR LA PRINCIPAUTÉ DE WAKANDA.
OR, FATALIS VENAIT DE SIGNER UN TRAITÉ D'ALLIANCE AVEC LES DIRIGEANTS DE CETTE NATION, ET QUAND LES VOLTIGEURS FRAPPÈRENT, TRANSFORMANT L'UN DES RARES ÉTATS PROSPÈRES DE LA RÉGION EN CHAMP DE CARNAGE...
... FATALIS SE TROUVA CONTRAINT D'INTERVENIR.
PEUT-ÊTRE AL-KHALAD AVAIT-IL VOULU TESTER LES FORCES DE DEUX MONARQUES RIVAUX.
IL SE CROYAIT SINCÈREMENT L'ÉGAL DE FATALIS. LOURDE...
... ERREUR !

STAN LEE PRÉSENTE :
DIVINITY GLISSE DE VICTIME EN VICTIME... SA SUBSTANCE HUILEUSE LES RECOUVRE, TELLE LA COUCHE DE LAQUE ÉTINCELANTE RECOUVRANT UNE STATUETTE CHINOISE...
... ET DU COUP, LES VOILÀ COMME DES PANTINS... IL LES RETOURNE CONTRE LEURS CAMARADES... PUIS LES DÉPOUILLE DE LEUR ESSENCE VITALE.
LE SORT DU COMBAT EST VITE RÉGLÉ... ET À EN JUGER PAR L'EXPRESSION DE CES PAUVRES TYPES, ILS NE SONT PAS À LA NOCE.
SHAKTI EST UNE SORCIÈRE, ORIGINAIRE DE L'ENCLAVE QUI REVENDIQUE LA BAIE DE SAN FRANCISCO.
VOYEZ-LA EN ACTION, REGARDEZ-LA PILONNER L'ADVERSAIRE DE SES SORTILÈGES ET MALÉFICES...
... C'EST COMME SI VOTRE PIRE CAUCHEMAR PRENAIT CORPS.
ET LE PLUS AFFREUX... C'EST QU'ELLE TUE AVEC LE SOURIRE.
UN SOURIRE MERVEILLEUX À CONTEMPLER.
PAR CHRIS CLAREMONT ET MIKE MCKONE
MARK MCKENNA ENCRAGE

TECHNARX N'A PAS DE BOUCHE ET NE PEUT PAS SOURIRE... DIEU EN SOIT REMERCIÉ !
IL TUE PAR SIMPLE CONTACT...
...EN INOCULANT À SA VICTIME LE VIRUS TRANSMODE TECHNARX, QUI MUE LES TISSUS EN MATIÈRE TECHNO-ORGANIQUE DONT IL ABSORBE L'AURA VITALE.
ENFIN, DERNIÈRE RECRUE DE FATALIS –BIEN QU'EN TOUT ET PARTOUT ELLE ESTIME ÊTRE LA PREMIÈRE– LA REINE-GUERRIÈRE D'ATLANTIS.
DORMA.
LA GUERRE EST SA VOCATION ET SON BONHEUR.
JE PRÉFÈRE RENCONTRER UN REQUIN AFFAMÉ.
MARK BERNARDO COULEURS
STUDIO VIANNEY JALIN LETTRAGE
GENEVIÈVE COULOMB TRADUCTION
TOM BREVOORT ET BOB HARRAS RÉDACTION USA

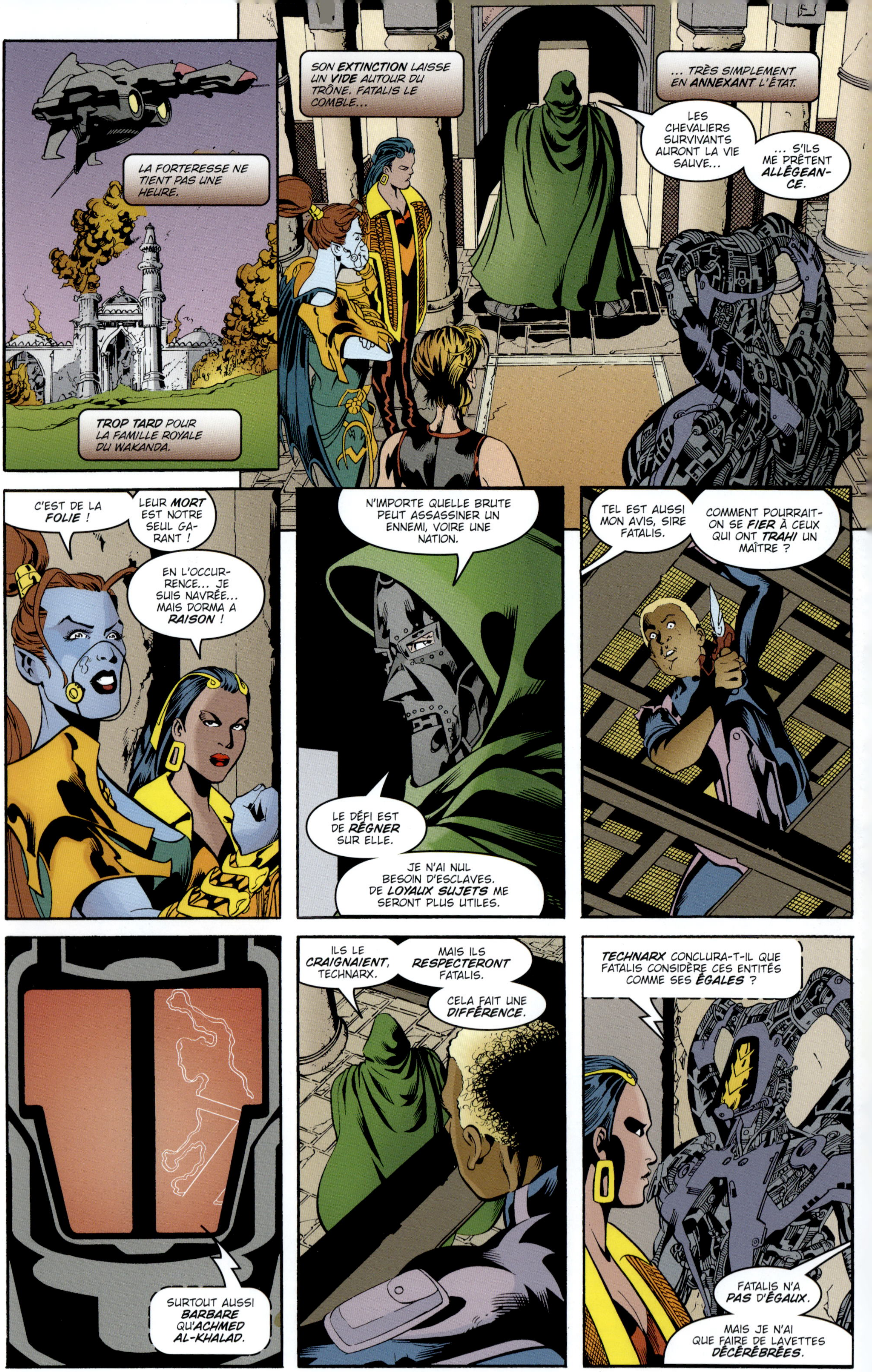
LA FORTERESSE NE TIENT PAS UNE HEURE.
TROP TARD POUR LA FAMILLE ROYALE DU WAKANDA.
SON EXTINCTION LAISSE UN VIDE AUTOUR DU TRÔNE. FATALIS LE COMBLE...
... TRÈS SIMPLEMENT EN ANNEXANT L'ÉTAT.
LES CHEVALIERS SURVIVANTS AURONT LA VIE SAUVE...
... S'ILS ME PRÊTENT ALLÉGEANCE.
C'EST DE LA FOLIE !
LEUR MORT EST NOTRE SEUL GARANT !
EN L'OCCURRENCE... JE SUIS NAVRÉE... MAIS DORMA A RAISON !
N'IMPORTE QUELLE BRUTE PEUT ASSASSINER UN ENNEMI, VOIRE UNE NATION.
LE DÉFI EST DE RÉGNER SUR ELLE.
JE N'AI NUL BESOIN D'ESCLAVES. DE LOYAUX SUJETS ME SERONT PLUS UTILES.
TEL EST AUSSI MON AVIS, SIRE FATALIS.
COMMENT POURRAIT-ON SE FIER À CEUX QUI ONT TRAHI UN MAÎTRE ?
SURTOUT AUSSI BARBARE QU'ACHMED AL-KHALAD.
ILS LE CRAIGNAIENT, TECHNARX.
MAIS ILS RESPECTERONT FATALIS.
CELA FAIT UNE DIFFÉRENCE.
TECHNARX CONCLURA-T-IL QUE FATALIS CONSIDÈRE CES ENTITÉS COMME SES ÉGALES ?
FATALIS N'A PAS D'ÉGAUX.
MAIS JE N'AI QUE FAIRE DE LAVETTES DÉCÉRÉBRÉES.

LE VISAGE DE SHAKTI SE FERME.
À MOI DE FAIRE, DONC.
STOP, PETIT...
ARMES PROHIBÉES !!
TECHNARX ET ELLE ONT REPÉRÉ LE JEUNE EN MÊME TEMPS QUE MOI.
MOI, LANCER...
... JE VEILLE SUR LUI.
JE DEVINE CE QU'ELLE A EN TÊTE.
"POURQUOI LES AVERTIR ?
"UN ÊTRE SANS ÉGAL PEUT SE DÉFENDRE SEUL."
TU PARLES DE LOYAUTÉ, BOUCHER...
... ET TU IGNORES JUSQU'AU SENS DE CE MOT !
TU AS MANIGANCÉ TOUT ÇA, J'EN SUIS SÛR...
... MANIPULÉ LES CHEVALIERS POUR QU'ILS TUENT MES PARENTS ET TE LIVRENT LE PAYS !
MAIS MOI VIVANT, L'ESPRIT DE MON PEUPLE RESTE LIBRE !
JAMAIS WAKANDA NE SERA À TOI !
NOBLE DISCOURS, ENFANT...
... MAIS D'UNE GRANDE MALADRESSE EN PAREILLE CONJONCTURE !
TES PARENTS N'ONT PAS SU ASSURER L'ÉDUCATION DE LEUR DAUPHIN.
TUE-MOI SI TU L'OSES !!
RIEN NE PRESSE.
CONDUIS SON ALTESSE À BORD DE MON VÉHICULE, LANCER. MES LIEUTENANTS ET MOI EN AURONS BIENTÔT TERMINÉ.
QUE TOUS LES HONNEURS LUI SOIENT RENDUS... S'IL SE CONDUIT BIEN.

NOTRE MISSION EST ACCOMPLIE, ASHEMA.
QUE DIS-TU LÀ ?! DEUX DE TES PLUS VALEUREUX ALLIÉS SONT MORTS...
NOUS AVONS TOUS SOUS-ESTIMÉ ACHMED AL-KHALAD... SES POINTS DE FORCE, SA CRUAUTÉ.
SOIS TRANQUILLE, JE LUI REVAUDRAI CELA. IL APPRENDRA À ME CONNAÎTRE... IL RECEVRA UN CHÂTIMENT APPROPRIÉ À SES CRIMES.
CELA CONSOLERA SES VICTIMES...
PUIS-JE CONNAÎTRE LA RAISON D'UN TEL RESSENTIMENT ?!
LA COLÈRE.
JE SUIS GARDIENNE DE CE MONDE, FATALIS.
POUR ASSUMER CE RÔLE, J'AI DÛ RENONCER À MES PRIVILÈGES DE CÉLESTE.
POURQUOI ME CONTESTES-TU LE DROIT DE JOUER UN RÔLE ACTIF DANS SA DÉFENSE ?
SIMPLEMENT... PARCE QUE TU ES INCOMPÉTENTE.
HOLÀ, QUE FAIS-TU LÀ ?!
ARRÊTE, JE TE L'ORDONNE !
NON.
QUOI, TU OSES...?!
JE SUIS ASHEMA, DE LA 4ÈME COHORTE !!
TU ÉTAIS ASHEMA DE LA 4ÈME COHORTE.
TU N'ES PLUS QUE FEMME.
LA FAIBLESSE HUMAINE EST TON LOT.
ET TOUT D'ABORD, TU ES MORTELLE.
ES-TU PRÊTE À MOURIR, DIS-MOI ?

CES MENOTTES SONT RUDIMENTAIRES...
... MAIS ELLES SUFFIRONT.
J'AI HANTÉ LE CŒUR DES ÉTOILES...
... TENU ENTRE MES MAINS LE SORT DE MILLE ET MILLE CIVILISATIONS !
CROIS-TU QUE DE VULGAIRES MENOTTES PUISSENT...
... RETENIR...
... RETENIR...
... UNE CÉLESTE...
QUI SAIT ?
TU ES HUMAINE, DÉSORMAIS, SACHE RECONNAÎTRE TES LIMITES.
PITIÉ ! JE... JE ME SENS SI FAIBLE...
UNE PLACE AUX CÔTÉS DE FATALIS, CELA SE GAGNE.
IL SERA PLUS COURT DE T'ABATTRE !
QUOI...?!
LA FEINTE ÉTAIT HABILE !
OW!
PAS DE BLESSURES ?
J'AI MAL...
TON ASSAUT M'A SURPRIS, J'AI RÉAGI D'INSTINCT... UN PAREIL COUP AURAIT DÛ TE TUER.
"SURPRIS", TOI ?
ALORS... JE PUIS CONSERVER ESPOIR.
TU AS... DE L'ÉTOFFE.
VA VOIR LANCER. ELLE SAURA TE FORMER.

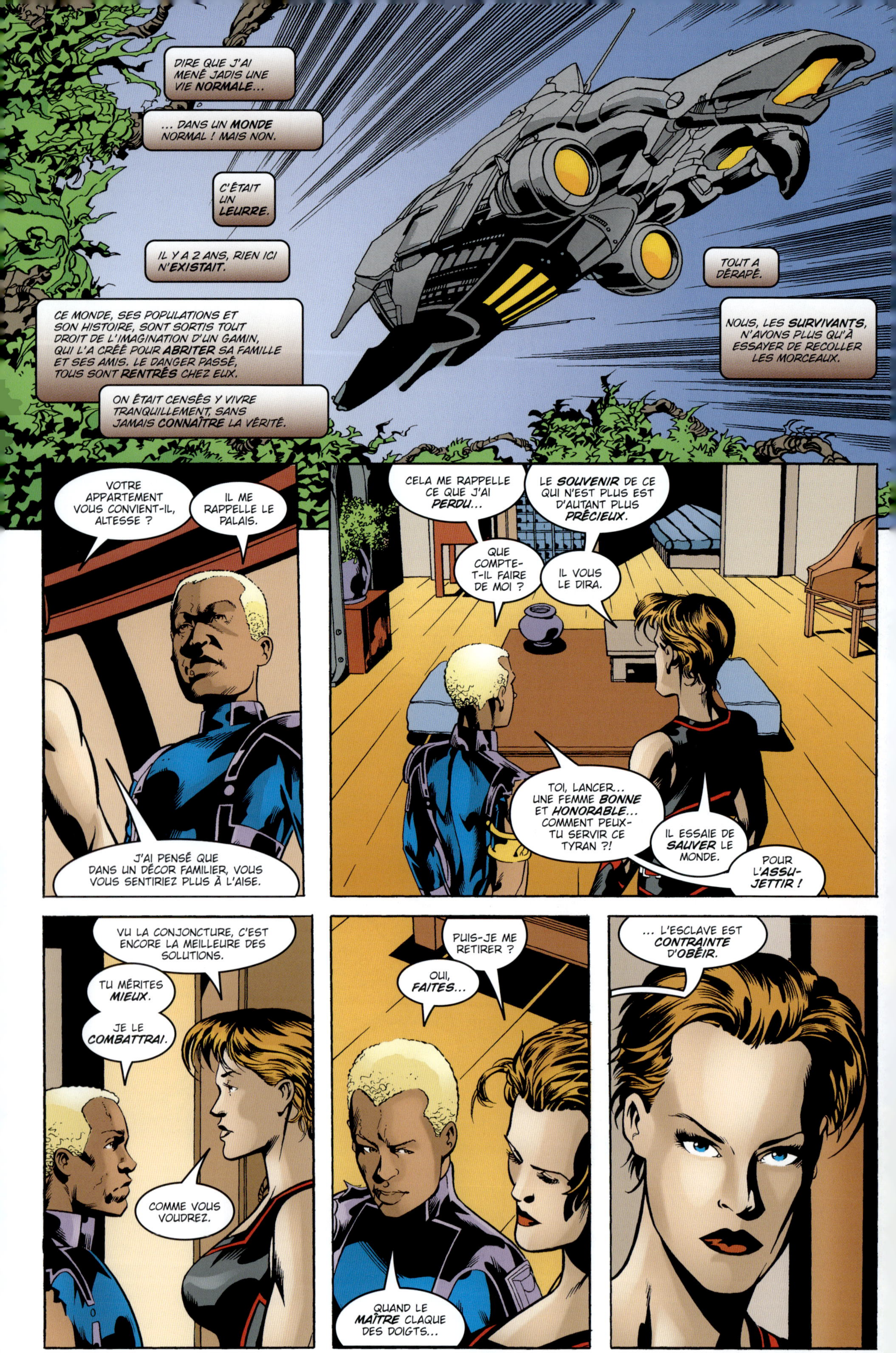

DIRE QUE J'AI MENÉ JADIS UNE VIE NORMALE...
... DANS UN MONDE NORMAL ! MAIS NON.
C'ÉTAIT UN LEURRE.
IL Y A 2 ANS, RIEN ICI N'EXISTAIT.
CE MONDE, SES POPULATIONS ET SON HISTOIRE, SONT SORTIS TOUT DROIT DE L'IMAGINATION D'UN GAMIN, QUI L'A CRÉÉ POUR ABRITER SA FAMILLE ET SES AMIS. LE DANGER PASSÉ, TOUS SONT RENTRÉS CHEZ EUX.
ON ÉTAIT CENSÉS Y VIVRE TRANQUILLEMENT, SANS JAMAIS CONNAÎTRE LA VÉRITÉ.
TOUT A DÉRAPÉ.
NOUS, LES SURVIVANTS, N'AVONS PLUS QU'À ESSAYER DE RECOLLER LES MORCEAUX.
VOTRE APPARTEMENT VOUS CONVIENT-IL, ALTESSE ?
IL ME RAPPELLE LE PALAIS.
J'AI PENSÉ QUE DANS UN DÉCOR FAMILIER, VOUS VOUS SENTIRIEZ PLUS À L'AISE.
CELA ME RAPPELLE CE QUE J'AI PERDU...
LE SOUVENIR DE CE QUI N'EST PLUS EST D'AUTANT PLUS PRÉCIEUX.
QUE COMPTE-T-IL FAIRE DE MOI ?
IL VOUS LE DIRA.
TOI, LANCER... UNE FEMME BONNE ET HONORABLE... COMMENT PEUX-TU SERVIR CE TYRAN ?!
IL ESSAIE DE SAUVER LE MONDE.
POUR L'ASSUJETTIR !
VU LA CONJONCTURE, C'EST ENCORE LA MEILLEURE DES SOLUTIONS.
TU MÉRITES MIEUX.
JE LE COMBATTRAI.
COMME VOUS VOUDREZ.
PUIS-JE ME RETIRER ?
OUI, FAITES...
QUAND LE MAÎTRE CLAQUE DES DOIGTS...
... L'ESCLAVE EST CONTRAINTE D'OBÉIR.

OÙ ÉTAIS-TU ?
J'INSTALLAIS LE PRINCE, COMME TU ME L'AS ORDONNÉ.
TON PREMIER DEVOIR EST D'ASSISTER FATALIS, LANCER. AU DIABLE LE RESTE.
JE TE SERS PARCE QUE JE LE VEUX BIEN !!
QUAND JE DÉCIDERAI DE TE LARGUER, JE LE FERAI. À MOINS, BIEN SÛR QUE... FATALIS, SI LES NANOTECHS QUI M'ONT MUÉE EN LANCER AGISSENT SUR MA VOLONTÉ... S'ILS ME CONTRAIGNENT À T'OBÉIR...
... MIEUX VAUDRAIT ME TUER ICI ET MAINTENANT. CAR TU N'AURAIS PAS PIRE ENNEMIE QUE MOI.
QU'AURAIS-JE À FAIRE DE SYCOPHANTES ?!
MAIS LE LIBRE ARBITRE SUPPOSE LA RESPONSABILITÉ DE RECONNAÎTRE TES OBLIGATIONS, ET LES RESPECTER.
JE T'AI ACCORDÉ LE PREMIER, J'EXIGE LE SECOND.
CERTAINS JOURS, ON EST TENTÉS DE LE HAÏR.
NON MAIS, QUELLE ARROGANCE !
BON, ÇA SE COMPREND.
QUEL CERVEAU, MES AÏEUX ! ET QUELLE AUDACE !
TOUT EST PRÊT.
TOUS SYSTÈMES, SOUS TENSION... VISEUR, INITIALISÉ... ARSENAL, PRÊT À MISE À
FEU !
FATALIS EST À LA FOIS UN SORCIER ET UN SCIENTIFIQUE. CETTE DUALITÉ LUI A PERMIS DE SYNTHÉTISER LA TECHNOLOGIE TRANSMODE DE TECHNARX ET LA MAGIE DE SHAKTI...
... POUR CONCOCTER UN SORTILÈGE HYPER-PUISSANT, MAIS AUX EFFETS LIMITÉS.
EN DESSOUS DE NOUS, LA JUNGLE AFRICAINE SE MÉTAMORPHOSE À VUE D'ŒIL... POUR FORMER LES FONDATIONS ET DONNER NAISSANCE À UN PYLÔNE QUI, JAILLISSANT DANS L'ESPACE, ATTEINT BIENTÔT LES CIEUX.
DEPUIS DEUX SEMAINES, ON EN PLANTE DE SEMBLABLES À LA FACE DU MONDE ENTIER, C'EST POUR ÇA QU'ON A TANT TARDÉ À RÉPONDRE À L'APPEL DU WAKANDA. C'ÉTAIT NOTRE JOB PRIORITAIRE.
CE PYLÔNE EST LE DERNIER.

SAN FRANCISCO.
MON MARI EST NÉ DANS CETTE BAIE.
ON A PASSÉ NOTRE PREMIER RENDEZ-VOUS À SE DISPUTER EN COMPARANT LA VUE DE BERKELEY AU COUCHANT ET LES HAUTS DE BROOKLYN LA NUIT, EN REGARDANT MANHATTAN.
AUJOURD'HUI, TOUT A CHANGÉ... COMME TOUT LE RESTE.
LA BAIE A ÉTÉ PROPULSÉE AU SOMMET D'UNE MESA DE PLUS D'UN MILE DE HAUT, SURGIE COMME UNE FORTERESSE DU PAYSAGE ENVIRONNANT...
... ET TRANSFORMANT LE GOLDEN GATE EN CHUTE D'EAU VÉRITABLEMENT IMPRESSIONNANTE.
LES MAGES AIMENT LE CALME.
QUICONQUE VEUT TRAVERSER DOIT DEMANDER L'AUTORISATION...
... ET ATTENDRE LE BAC.
(QU'IL VIENNE DE LA MER, DE LA TERRE OU DES AIRS.)
DORMA D'ATLANTIS SE MOQUE DE CELA.
ELLE VOYAGE À SA GUISE...
... ET NUL N'A RIEN À LUI REFUSER.
POUR LE PROUVER, ELLE ESCALADE LA FALAISE TEL UN SAUMON...
... PROGRESSANT SANS EFFORT VERS LE SOMMET MALGRÉ LA VIOLENCE DE LA CATARACTE.
L'EXERCICE LUI A PLU, SANS DOUTE...
... CAR ELLE SE HISSE AU SOMMET EN RIANT.

SES ARMÉES AURAIENT NETTEMENT PRÉFÉRÉ UNE APPROCHE PLUS SUBTILE...
... ÉTANT DONNÉ LES CIRCONSTANCES SURTOUT.
DORMA A VOULU L'ENTREVUE...
... MAIS SHAKTI A TENU ABSOLUMENT À CE QU'ELLE AIT LIEU SUR SON TERRAIN, LOIN DES LANCES ET DES SORTILÈGES ATLANTES... CE QUI EN DIT LONG SUR LES SENTIMENTS MUTUELS DES DEUX DAMES !
NOUS SOMMES SOUVERAINS DE DROIT, ET NOUS ACCEPTONS DE DONNER LA PRÉSÉANCE À FATALIS. IL FAUT CORRIGER CELA.
EN TA FAVEUR ?
JE NE LUI VEUX AUCUN MAL. JE DÉSIRE SEULEMENT LE REMETTRE À SA PLACE. APRÈS QUOI NOUS NOUS TAILLERONS DES EMPIRES SELON NOS BESOINS ET NOS AMBITIONS.
MAIS POUR ATTEINDRE FATALIS, IL FAUT SUPPRIMER SON OMBRE.
COMPTEZ PAS SUR MOI POUR ÇA !
JE LES AI COMBATTUS TOUS DEUX. DEMANDER MA REVANCHE, CERTES NON !
LA POINTE DE SES LANCES EST AIGUË. LA PREUVE, ON L'APPELLE LANCER...
... ET LUI FATALIS.
ABATTRE L'UN, C'EST DÉSARMER L'AUTRE.
TECHNARX OBSERVE. DIVINITY OPTE POUR LA PRUDENCE.
IL EST LÂCHE.
IL SERAIT INSTRUCTIF DE CONNAÎTRE EXACTEMENT L'ÉTENDUE DES POUVOIRS DU CHEF...
POUR LA FEMME, JE M'EN CHARGE. JE SAIS QUEL CHARME UTILISER CONTRE ELLE.

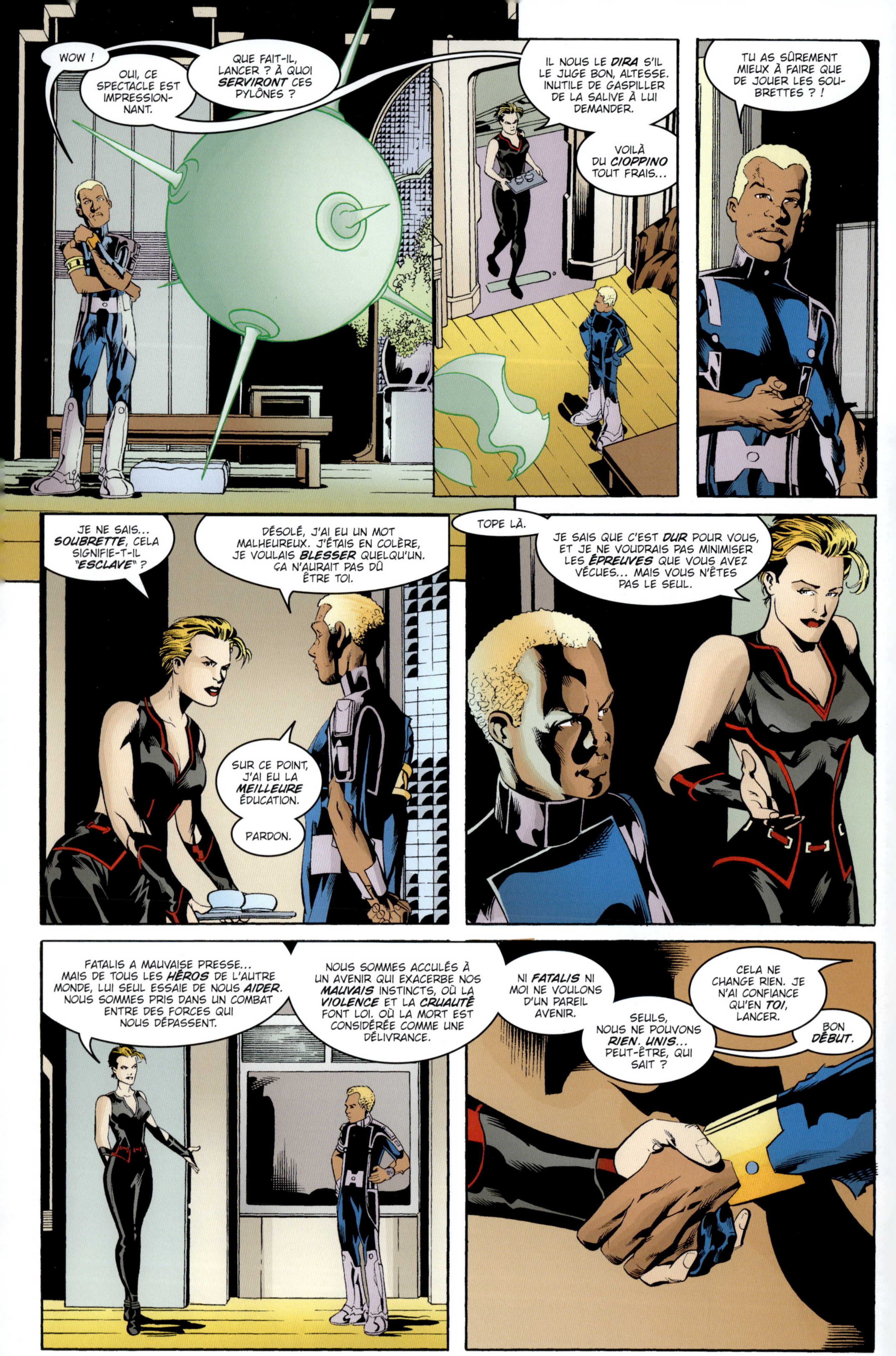
WOW !
OUI, CE SPECTACLE EST IMPRESSION-NANT.
QUE FAIT-IL, LANCER ? À QUOI SERVIRONT CES PYLÔNES ?
IL NOUS LE DIRA S'IL LE JUGE BON, ALTESSE. INUTILE DE GASPILLER DE LA SALIVE À LUI DEMANDER.
VOILÀ DU CIOPPINO TOUT FRAIS...
TU AS SÛREMENT MIEUX À FAIRE QUE DE JOUER LES SOU-BRETTES ? !
JE NE SAIS... SOUBRETTE, CELA SIGNIFIE-T-IL "ESCLAVE" ?
DÉSOLÉ, J'AI EU UN MOT MALHEUREUX. J'ÉTAIS EN COLÈRE, JE VOULAIS BLESSER QUELQU'UN. ÇA N'AURAIT PAS DÛ ÊTRE TOI.
SUR CE POINT, J'AI EU LA MEILLEURE ÉDUCATION.
PARDON.
TOPE LÀ.
JE SAIS QUE C'EST DUR POUR VOUS, ET JE NE VOUDRAIS PAS MINIMISER LES ÉPREUVES QUE VOUS AVEZ VÉCUES... MAIS VOUS N'ÊTES PAS LE SEUL.
FATALIS A MAUVAISE PRESSE... MAIS DE TOUS LES HÉROS DE L'AUTRE MONDE, LUI SEUL ESSAIE DE NOUS AIDER. NOUS SOMMES PRIS DANS UN COMBAT ENTRE DES FORCES QUI NOUS DÉPASSENT.
NOUS SOMMES ACCULÉS À UN AVENIR QUI EXACERBE NOS MAUVAIS INSTINCTS, OÙ LA VIOLENCE ET LA CRUAUTÉ FONT LOI. OÙ LA MORT EST CONSIDÉRÉE COMME UNE DÉLIVRANCE.
NI FATALIS NI MOI NE VOULONS D'UN PAREIL AVENIR.
SEULS, NOUS NE POUVONS RIEN. UNIS... PEUT-ÊTRE, QUI SAIT ?
CELA NE CHANGE RIEN. JE N'AI CONFIANCE QU'EN TOI, LANCER.
BON DÉBUT.

RADIEUSE DÉESSE !
TES CHEVEUX... QUE SE PASSE-T-IL ?
LE FEU ATTISE
FOYER DÉPLACE
TOUTE CHOSE LISSE ET ADAMANTINE
SE GONFLE DE SÈVE
CHÊNE DEVIENNE ORCHIDÉE
SABRE DE VELOURS
ARMURE DE SOIE
LÈVRES NE DONNENT PLUS ORDRES...
... MAIS BAISERS
ÂME FORGÉE POUR LA GUERRE...
... NE SONGE QU'À PLAIRE.
SOIES DE LA CHAIR, LAINES DU DESTIN...
... TISSENT TAPISSERIE DE L'ÊTRE.
RÊVES ENFOUIS...
... DÉSIRS INEXPRIMÉS...
... PASSIONS, CRAINTES...
... CE QUI FUT, CE QUI AURAIT PU ÊTRE...
... REMODÈLENT QUI SERA !

DANS UNE AUTRE SALLE DU GRAND ASTRONEF.
CROISSANCE CONFORME, PYLÔNES CONFORMES AU PLAN.
SIX CONSTRUCTIONS, PLACÉES AUX DEUX PÔLES, PUIS ÉQUIDISTANTES DE PART ET D'AUTRE DE L'ÉQUATEUR...
... CHACUNE S'ÉLEVANT JUSQU'À L'ALTITUDE GÉOSTATIONNAIRE DE 35.800 KILOMÈTRES.
LE MATÉRIAU DE BASE DES PYLÔNES EST TIRÉ DE LA SUBSTANCE PHYSIQUE ET MAGIQUE DE LA PLANÈTE.
C'EST LE PREMIER EXEMPLE DE RÉALISATION GÉOMAGIQUE DE TOUTE L'HISTOIRE.
LE PRINCIPE EST LOGIQUE, LES FORMULES PRÉCISÉMENT ÉTABLIES. LES COMPOSANTES ET LES VARIABLES REPOSENT SUR LA PUISSANCE À L'ÉTAT PUR.
ET CE SEUL MOT REPRÉSENTE LA CLÉ ESSENTIELLE DE TON ÊTRE, REINE... COMME L'EAU DE TON PÈRE L'OCÉAN.
JE PENSAIS TE SURPRENDRE DAVANTAGE...
CHERCHES-TU DONC À M'ÉBLOUIR ? JE NE T'AVAIS JAMAIS VUE DÉPOUILLÉE DE TON ARMURE.
NE T'Y TROMPE PAS, FATALIS. JE PORTE ICI UNE ARMURE...
... APPROPRIÉE AUX CIRCONSTANCES.
QUI SONT ?
TU DÉSIRES ÊTRE ROI. JE SUIS REINE.
NOUS NOUS COMPLÉTONS.
L'ORGUEIL EST UNE VERTU ADMIRABLE... SI L'ON SAIT CE QU'IL ENGENDRE INVARIABLEMENT.
TANT PIS, FATALIS, J'EN PRENDS LE RISQUE.
ET TOI ?

J'AVAIS UN NOM. MAIS PEU IMPORTE.
J'AVAIS UN BUT...
... MAIS IL A CHANGÉ.
JE SUIS...
LA BEAUTÉ.
JE SUIS LANCER.
QUE SE PASSE-T-IL ?!
SHAKTI A UN FRISSON DE PANIQUE QUAND MA MAIN TRAVERSE SON MIROIR... HÉ HÉ !
J'ACHÈVE DE LA TER-RORISER...
... EN LE FRANCHISSANT TOUT ENTIÈRE !
QUAND J'USE DE MON POUVOIR, TOUT MON SANG S'EMBRASE SOUDAIN, ET INONDE MON CORPS TELLE UNE CATARACTE.
DES LANCES D'ÉNERGIE NAISSENT DE CE FEU.
JE RETOURNE CE POUVOIR EN MOI...
... POUR PURGER DU MALÉFICE DE SHAKTI MON ESPRIT...

... ET FINALEMENT MA CHAIR !
JE NE ME SUIS JAMAIS TROUVÉE JOLIE, AVEC CE QUE CE MOT IMPLIQUE POUR UNE FILLE. LA VOILE M'OCCUPAIT TROP.
... CELLES QUE M'A DONNÉES FATALIS.
MAIS SHAKTI A MIS À JOUR CETTE PART DE MOI-MÊME QUI RÊVAIT DE PRINCESSES DE CONTES DE FÉES... MON SECRET QUAND J'ÉTAIS TOUTE GAMINE.
JE REDEVIENS MOI-MÊME...
... ET LES ÉNERGIES DÉCHAÎNÉES ENVELOPPENT SHAKTI.
UN BOUT DE CONVERSATION REVIENT -AVEC UNE AMIE, NOYÉE DEPUIS DANS LE CATACLYSME QUI ENGLOUTIT NEW YORK.
SON SORTILÈGE M'A DONNÉ LE VISAGE ET LE CORPS DONT JE RÊVAIS JADIS. ET COMME LA TRANSFORMATION QU'IL A ENGENDRÉE RENDAIT LE SON DE LA VÉRITÉ, J'ÉTAIS PERDUE DÈS LE DÉPART... JE N'AVAIS AUCUNE DÉFENSE CONTRE LUI... SAUF...
LES SORTILÈGES REVIENNENT DÉCUPLÉS EN FORCE À CELUI QUI LES A LANCÉS.
JE ME CROYAIS FORTICHE... MAIS J'AI BEAUCOUP À APPRENDRE.
JE ME CONCENTRAIS SUR SHAKTI. JE CROYAIS QU'ELLE AVAIT AGI SEULE.
(FATALIS VA ME CHANTER MANON ! POUR LUI, LA PREMIÈRE RÈGLE DU COMBATTANT EST, "CONNAIS TON ENNEMI AUSSI BIEN QUE LE TERRAIN SUR LEQUEL TU COMBATS.")
J'ÉTAIS PERSUADÉE QU'ON ÉTAIT ENTRE NOUS... ET VOILÀ...
... QUE TECHNARX SE MANIFESTE !

TU N'AS GOÛTÉ QU'UN ÉCHANTILLON DE CE QU'ATLANTIS A À T'OFFRIR.
MAIS TON MONDE AUSSI A SES CHARMES, JE L'AVOUE.
NOS GRANDS FONDS N'ONT RIEN QUI SE PUISSE COMPARER À CE DIVIN BREUVAGE QUE VOUS APPELEZ CHAMPAGNE.
NOS DEUX MONDES... ET LEURS ROIS... ONT BEAUCOUP À PARTAGER.
T'ENNUYÉ-JE, FATALIS ?
UN DIALOGUE SUPPOSE LA PARTICIPATION DE DEUX PERSONNES... ET MA VOIX SEULE SE FAIT ENTENDRE !.
ES-TU DEVENU MUET ?
QUELQUE DYSFONCTION-NEMENT DE TON ARMURE...
... TE PRIVE-T-IL DE COMMUNICATIONS EXTERNES ?
TOUJOURS RIEN ?
N'AI-JE OUVERT MON CŒUR ET MON ÂME QUE POUR ÉTREINDRE UN HOMME DE MÉTAL GLACÉ ?
DE QUOI AS-TU PEUR ?
JE N'AI PEUR DE RIEN.
AH ! ENFIN UN MOT ! JE FINISSAIS PAR DÉSESPÉRER.
J'AI RETIRÉ MON ARMURE, FATALIS. SI TU EN FAISAIS AUTANT ?
ME CROIS-TU SI SOT ?
QUE DE ROMANTISME !
QUI DONC T'INCITERA À QUITTER TA COQUILLE ?
RIEN QUE J'AIE À T'OFFRIR, JE VOIS.
HÉ-LAS !!
JE T'ABAN-DONNE DONC, SEIGNEUR...
... À TA PRISON.
GRAND BIEN TE FASSE !
CAR JAMAIS TU NE SAURAS CE QUE TU AS PERDU.
KLATCH
DORMA... VIENS !
TON ARMURE S'OUVRE !
ENFIN, TE VOICI VULNÉRABLE.
IL EST TEMPS DE FRAPPER !

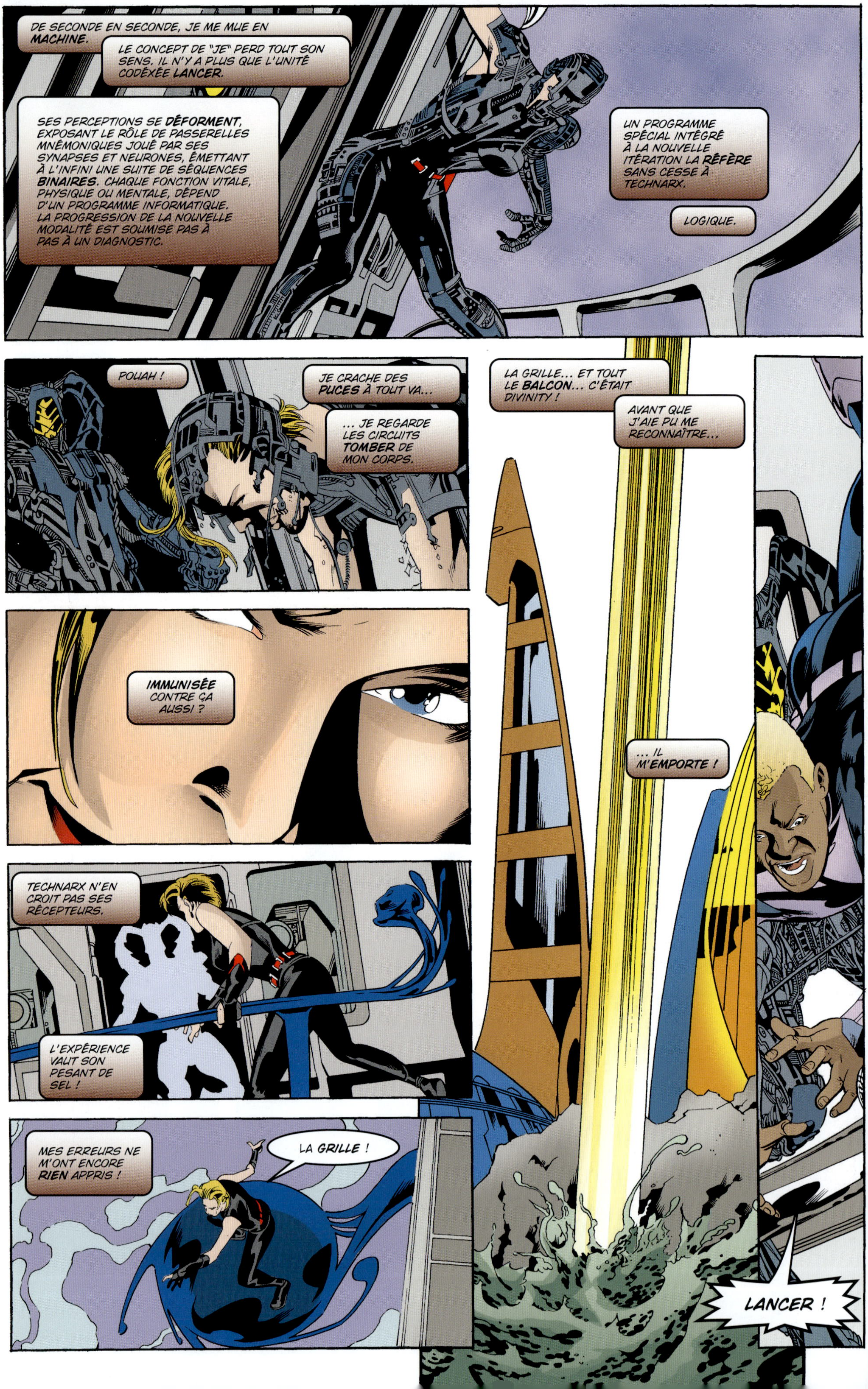
DE SECONDE EN SECONDE, JE ME MUE EN MACHINE.
LE CONCEPT DE "JE" PERD TOUT SON SENS. IL N'Y A PLUS QUE L'UNITÉ CODÉXÉE LANCER.
SES PERCEPTIONS SE DÉFORMENT, EXPOSANT LE RÔLE DE PASSERELLES MNÉMONIQUES JOUÉ PAR SES SYNAPSES ET NEURONES, ÉMETTANT À L'INFINI UNE SUITE DE SÉQUENCES BINAIRES. CHAQUE FONCTION VITALE, PHYSIQUE OU MENTALE, DÉPEND D'UN PROGRAMME INFORMATIQUE. LA PROGRESSION DE LA NOUVELLE MODALITÉ EST SOUMISE PAS À PAS À UN DIAGNOSTIC.
UN PROGRAMME SPÉCIAL INTÉGRÉ À LA NOUVELLE ITÉRATION LA RÉFÈRE SANS CESSE À TECHNARX.
LOGIQUE.
POUAH !
JE CRACHE DES PUCES À TOUT VA...
... JE REGARDE LES CIRCUITS TOMBER DE MON CORPS.
IMMUNISÉE CONTRE ÇA AUSSI ?
TECHNARX N'EN CROIT PAS SES RÉCEPTEURS.
L'EXPÉRIENCE VAUT SON PESANT DE SEL !
MES ERREURS NE M'ONT ENCORE RIEN APPRIS !
LA GRILLE !
LA GRILLE... ET TOUT LE BALCON... C'ÉTAIT DIVINITY !
AVANT QUE J'AIE PU ME RECONNAÎTRE...
... IL M'EMPORTE !
LANCER !

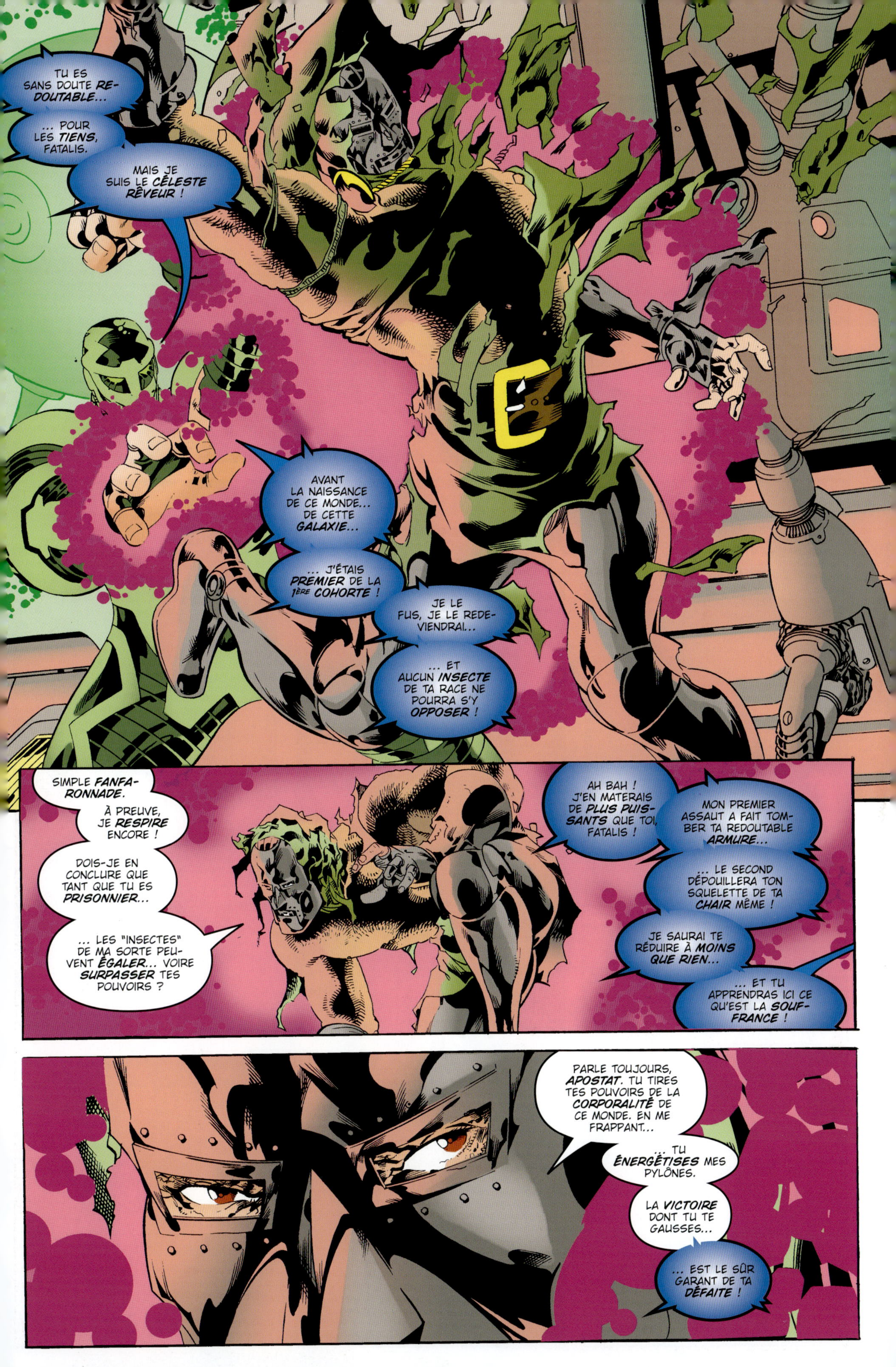

TU ES SANS DOUTE REDOUTABLE...
... POUR LES TIENS, FATALIS.
MAIS JE SUIS LE CÉLESTE RÊVEUR !
AVANT LA NAISSANCE DE CE MONDE... DE CETTE GALAXIE...
... J'ÉTAIS PREMIER DE LA 1ÈRE COHORTE !
JE LE FUS, JE LE REDEVIENDRAI...
... ET AUCUN INSECTE DE TA RACE NE POURRA S'Y OPPOSER !
SIMPLE FANFARONNADE.
À PREUVE, JE RESPIRE ENCORE !
DOIS-JE EN CONCLURE QUE TANT QUE TU ES PRISONNIER...
... LES "INSECTES" DE MA SORTE PEUVENT ÉGALER... VOIRE SURPASSER TES POUVOIRS ?
AH BAH ! J'EN MATERAIS DE PLUS PUISSANTS QUE TOI, FATALIS !
MON PREMIER ASSAUT A FAIT TOMBER TA REDOUTABLE ARMURE...
... LE SECOND DÉPOUILLERA TON SQUELETTE DE TA CHAIR MÊME !
JE SAURAI TE RÉDUIRE À MOINS QUE RIEN...
... ET TU APPRENDRAS ICI CE QU'EST LA SOUFFRANCE !
PARLE TOUJOURS, APOSTAT. TU TIRES TES POUVOIRS DE LA CORPORALITÉ DE CE MONDE. EN ME FRAPPANT...
... TU ÉNERGÉTISES MES PYLÔNES.
LA VICTOIRE DONT TU TE GAUSSES...
... EST LE SÛR GARANT DE TA DÉFAITE !

CRÉTINE IDIOTE ABRUTIE !
ALTESSE... QUE DIABLE ÊTES-VOUS VENU FAIRE ICI ?
TE SAUVER ?
SUPER IDÉE... MAIS VOUS, QUI VOUS SAUVERA ?!
DU CALME... JE N'AVAIS PAS L'INTENTION DE M'ÉTERNISER PAR ICI !
JE VOIS.
LE PROBLÈME...
TIENS-TOI !
JE VAIS TÂCHER DE NOUS ARRIMER À LA BASE DE LA TOUR !
BONNE IDÉE... S'IL N'Y AVAIT PAS CE COURANT...
... QUI DÉPASSE LA VIOLENCE DES RAPIDES.
JUSQU'ICI, OK.
TU SAIS GRIMPER ?
CES CAILLOUX SONT GLISSANTS... JE NE SAIS PAS !
IL FAIT DE SON MIEUX...
MAIS L'EAU L'ENTRAÎNE.
MOI, JE M'EN TIRE.
MAIS MON POUVOIR A SES LIMITES.
JE SUPPOSE...
... QUE FATALIS M'A PROGRAMMÉE POUR RÉSISTER AUX ATLANTES, AUX SORCIÈRES, À TECHNARX ET AU RESTE.
MAIS À UNE CHUTE PAREILLE...?
2 KM, C'EST RIEN POUR MOI !!

CES ESCAPADES NE DEVIENDRONT PAS **HABITUELLES**, J'ESPÈRE.
EN ME RECRÉANT, LES NANITES DE FATALIS ONT RECONFIGURÉ MON SYSTÈME NERVEUX EN **RÉSEAU DE DATA** DIRECTEMENT RELIÉ À SON ARMURE.
IL ACCÈDE À TOUT CE QUE JE SAIS.
LE **PRINCIPE** MÊME EST INTOLÉRABLE.
MAIS CE LIEN, JE L'AVOUE, EST PARFOIS **UTILE**.
LA TECHNIQUE DE LA FEINTE N'EST PAS TON **MONOPOLE**.
TU ES ICI SUR **MON** TERRAIN...
... ET CELA ME **PERMET** DE DRAINER LES ÉNERGIES D'OÙ TU TIRES TON **POUVOIR**.
ASHEMA ?!
QUOIQUE LES **OMBRES** DE CE QUE NOUS FÛMES...
... DU MOINS LUTTONS-NOUS ICI À **ÉGALITÉ** !
CE MONDE A ÉTÉ CONFIÉ À **MA** GARDE, D'UNE PART PAR **ARISHEM** DES COHORTES, D'AUTRE PART PAR LE PETIT GARÇON QUI A **CRÉÉ** CET UNIVERS !
TU NE T'EN **EMPARE-RAS** PAS, NI NE LE **CORROMPRAS** COMME TANT D'AUTRES !
QUI M'EN EM-PÊCHERA ?
PAUVRE PETITE SOTTE ! NI TOI NI LE TERRIEN N'ÊTES **DE TAILLE** !

QUE SE PASSE-T-IL ?
ASHEMA TENAIT À ASSUMER UN RÔLE ACTIF DANS LE SALUT DE CE MONDE. JE LUI EN AI FOURNI LA POSSIBILITÉ.
ELLE EST DE TAILLE, FATALIS ?
NON, BIEN SÛR. MAIS CELA IMPORTE PEU.
MAUDIT SOIT LE JOUR OÙ J'ACCEPTAI L'ALLIANCE DE CE DÉMON EN ARMURE !
J'AI PRIS LÀ LE MAUVAIS PARTI !
MAÎTRE ! MAÎTRE !
PARDONNE-MOI MA DÉFECTION !
CELA N'ARRIVERA PLUS !
N.B. : CETTE SCÈNE IMPLIQUE BIEN PLUS QU'IL N'APPARAÎT À L'OBSERVATION EMPIRIQUE.
CE SERAIT POSSIBLE, APOSTAT... SI J'ÉTAIS SEUL.
NOTRE UNION FAIT NOTRE FORCE ! LA FORCE DE NOTRE COMBAT ÉNERGÉTISE TOUR À TOUR LES PYLÔNES FIXÉS AUX POINTS STRATÉGIQUES DE LA PLANÈTE !
TON INFLUENCE SUR CE GLOBE VIENT DE CE QU'IL EXISTE À L'INTÉRIEUR D'UNE ENCLAVE DIMENSIONNELLE ARTIFICIELLEMENT CRÉÉE. DE PAR LA NATURE DE SES ORIGINES, LA DIMENSION ET LE MONDE SONT MALLÉABLES.
CES PYLÔNES GÉNÈRENT UN CHAMP SIDÉRAL...
... CONÇU POUR TRANSFÉRER CETTE PLANÈTE DANS LA DIMENSION DE SON CRÉATEUR...
... OÙ LA RÉALITÉ EST PLUS STABLE.
LES JEUX SONT FAITS... ET TU AS PERDU !

ALORS ?
LES ÉTOILES SONT LES MÊMES... MAIS JE SENS QUE TOUT EST DIFFÉRENT.
LE RÉALIGNEMENT DIMENSIONNEL S'ACHÈVE. CE MONDE EST STABLE...
IL SEMBLE HÉLAS QUE NOUS COMMUNIQUIONS AVEC UNE ONDE COSMIQUE D'ÉNERGIE PANTEMPORELLE.
NOTRE TRANSIT AGIT COMME UN BRISE-LAMES, EN DÉVIANT CES FORCES TOUT AUTOUR DU SYSTÈME SOLAIRE.
NOUS SOMMES EN SÉCURITÉ, À UNE DISTANCE D'UNE UNITÉ ASTRONOMIQUE DE L'ÉTOILE... EN UN POINT DIRECTEMENT OPPOSÉ À LA POSITION DE LA PLANÈTE DONT NOUS PARTAGEONS L'ORBITE.
MA PATRIE, LA TERRE.
LE PÈRE OCÉAN PARAÎT... BIZARRE. COMME SI LES FLUX PARCOURANT LE MONDE ET LA CHAIR AVAIENT ÉTÉ MODIFIÉS...
JE FAIS DES RÊVES TROUBLANTS... S'EST-IL PASSÉ QUELQUE CHOSE ?
RIEN D'IMPORTANT. PENDANT QUE TU DORMAIS, LE CÉLESTE RÊVEUR A ESSAYÉ DE COMPROMETTRE TA RÉPUTATION, ET, J'ALLAIS OUBLIER...
... FATALIS A SAUVÉ LE MONDE !
LA TERRE A CESSÉ D'ÊTRE LE JOUJOU D'ENFANTS PRÉCOCES ET DE DIEUX EN COURROUX.
ELLE APPARTIENT ENFIN À CEUX QUI LA PEUPLENT. SON AVENIR EST DÉSORMAIS ENTRE NOS MAINS.
JE NE VOIS NULLE PART ASHEMA, FATALIS, ELLE EST RESTÉE EN RADE ?!
ELLE ET SON ADVERSAIRE ONT TRANSITÉ AVEC NOUS. LA SIGNATURE RÉSIDUELLE INDIQUE QUE LEURS AVATARS À TOUS DEUX SE SONT DÉMATÉRIALISÉS. L'IMPOSSIBILITÉ OÙ ELLE EST DE NOUS REJOINDRE POURRAIT INDIQUER QU'ELLE EST RETENUE PRISONNIÈRE PAR LE CÉLESTE RÊVEUR.
JE LE LUI FERAI PAYER CHER.
ASHEMA A SERVI FATALIS AVEC CONSCIENCE ET COURAGE. ELLE A RISQUÉ SA VIE POUR SA NOUVELLE PATRIE. SON SOUVERAIN LUI DOIT PROTECTION.
L'APOSTAT AURAIT DÛ SE CONTENTER DE JOUER AVEC SES RÊVES. IL A PRIS UN RISQUE EN PÉNÉTRANT DANS LE DOMAINE DE LA RÉALITÉ... CE N'EST PAS LA VICTOIRE QUI L'Y ATTEND...
... MAIS FATALIS!

FANTASTIC FOUR (1998) 25
Couverture : **SALVADOR LARROCA**

C'EST AINSI QUE FINIT LE MONDE.
REED RICHARDS. MR FANTASTIC.
EXTRAORDINAIRE !
CETTE VAGUE QUI SUBMERGE LA VILLE DEVRAIT ÊTRE PRÉCÉDÉE PAR UNE ONDE DE CHOC ATMOSPHÉRIQUE !
SUSAN STORM RICHARDS. L'INVISIBLE.
ADIEU, FRANKLIN !
QUE DIEU TE PROTÈGE ! TA MAMAN T'AIME !
BEN GRIMM. LA CHOSE.
ALICIA !
TU ES LA SEULE FEMME DE MA VIE !
JOHNNY STORM. LA TORCHE.
C'EST PAS JUSTE !
ÇA PEUT PAS FINIR COMME ÇA !
IL Y A SÛREMENT UNE SOLUTION !
VALERIA VON FATALIS. MARVEL GIRL.
C'EST VRAIMENT COOL !

REED RICHARDS. SUSAN RICHARDS. BENJAMIN GRIMM. JOHNNY STORM. TOUS QUATRE SONT PARTIS À BORD D'UN VAISSEAU SPATIAL EXPÉRIMENTAL INVENTÉ PAR REED. LEUR OBJECTIF : ÊTRE LES PREMIERS HUMAINS À EFFECTUER UN VOYAGE INTERSTELLAIRE. MAIS APRÈS AVOIR ÉTÉ IRRADIÉS PAR DES RAYONS COSMIQUES, ILS SE SONT TRANSFORMÉS... CHACUN S'EST RETROUVÉ DOTÉ DE POUVOIRS UNIQUES ET, DÉSORMAIS, ILS CONTINUENT À AFFRONTER L'INCONNU AU SEIN DE L'ÉQUIPE QU'ILS ONT FORMÉE...
STAN PRÉSENTE
LES QUATRE FANTASTIQUES
LE CHOC

DE DEUX MONDES
par CHRIS CLAREMONT & SALVADOR LARROCA
IL Y A QUELQUE CHOSE DANS LA VAGUE !
UN VAISSEAU !!
Thibert & Pennington ENCRAGE Liquid ! COULEURS
Sophie Viévard TRADUCTION
Studio Vianney Jalin LETTRAGE & ADAPTATION GRAPHIQUE
Bobbie Chase & Bob Harras RÉDACTION USA

ET PAS N'IMPORTE LEQUEL !
CELUI DE PAPA !
TU LE RECONNAIS, REED ?!
MÊME SANS LA PROUE, OUI.
C'EST CELUI QUE FATALIS A CONSTRUIT POUR S'ENFUIR DU MONDE CRÉÉ PAR FRANKLIN.
ALORS, TOUT ÇA, C'EST LUI !
IL A RENONCÉ À CONQUÉRIR LE MONDE...
... IL VEUT JUSTE LE DÉTRUIRE !
POUR VOUS, LE DR FATALIS, C'EST L'ENNEMI. ET C'EST NORMAL.
JE SAIS QUE VOUS ET LUI VOUS VOUS BATTEZ DEPUIS TOUJOURS !
MAIS LÀ, IL VIENT POUR AIDER... VOUS ALLEZ VOIR...
... DÈS QUE J'AURAI ENTRÉ LE CODE DU TÉLÉPORTEUR...
FTASZSPK
... ET QU'ON AURA FILÉ D'ICI !
HÉ !
QUI A MODIFIÉ LA SÉQUENCE ? !
IL N'Y A QUE MOI QUI PARS !
VALERIA !
EH, VOUS TOUS... LA VAGUE !

PAS DE TEMPS À PERDRE À DONNER DES INSTRUCTIONS !
PARIONS SEULEMENT SUR NOTRE EXPÉRIENCE POUR NOUS FAIRE RÉAGIR CORRECTEMENT !
REED A RATTRAPÉ LES AUTRES.
ET J'AI FORMÉ UNE BULLE D'AIR AVEC MON CHAMP DE FORCE INVISIBLE.
JE VAIS EN FORMER UNE SECONDE...
... ET LES FAIRE FUSIONNER.
DÉSOLÉE POUR LE BAIN, MESSIEURS.
JE N'AI PAS ASSEZ D'AIR POUR NOUS METTRE AU SEC.
NON. C'EST GÉNIAL, SUE.
REMONTE-NOUS À LA SURFACE, MAINTENANT...
... NON MAIS JE DEVIENS DINGUE !
REED, POURQUOI CES OISEAUX NE SE NOIENT PAS ?!
JE ME POSAIS LA MÊME QUESTION...
... ET ILS NE SONT PAS LES SEULS.
HONDA

ENFIN !
ÉTANT DONNÉ LA PRESSION ET LE PEU D'AIR DONT NOUS DISPOSIONS...
... J'AI CRU QU'ON N'Y ARRIVERAIT PAS !
PEUX-TU TRANSFORMER TA BULLE EN ENGIN FLOTTANT ?
ET UN CANOT PNEUMATIQUE, UN !
JE VAIS FAIRE LE POINT...
... DE LA SITUATION !
DITES-MOI QUE JE RÊVE ! L'EAU A TOUT RECOUVERT !
TOUT MANHATTAN À PART LES GRATTE-CIEL ! LES QUARTIERS PÉRIPHÉRIQUES, LONG ISLAND...
... LES COLLINES DU JERSEY ONT ÉTÉ TRANSFORMÉES EN ÎLES MAIS TOUTE LA CÔTE EST DOIT ÊTRE SUBMERGÉE !
ET TOUS CES GENS...
... ILS NE SONT PAS MORTS !
ÇA N'EST PAS POSSIBLE ! JE NE PEUX PAS Y CROIRE !
METLIFE

APPAREMMENT, ÇA N'A AUCUN SENS...
... SAUF SI...
QUEL MONSTRE ES-TU DONC, FATALIS ?
POURQUOI HAIS-TU LES FANTASTIQUES PLUS QUE TOUT ?
LA DERNIÈRE FOIS, TU AS TENTÉ D'ENLEVER MON FILS POUR QU'IL SERVE TES AMBITIONS DÉLIRANTES.
ET MAINTENANT, TU PRENDS VALERIA.
ELLE PORTE TON **NOM**, VICTOR, MAIS ELLE N'EST PAS ***TOI***... ELLE REPRÉSENTE SEULEMENT L'HOMME D'HONNEUR QUE TU AURAIS PU ÊTRE.
ELLE EST MERVEILLEUSE ET JE FERAI TOUT POUR TE L'ENLEVER.
SI TU TOUCHES À UN DE SES CHEVEUX, JE TE LE FERAI REGRETTER !
SUE ?
EST-CE QUE ÇA VA ?
QUELLE QUESTION IDIOTE !
ES-TU AVEUGLE, REED ?
NOTRE MONDE A ÉTÉ DÉTRUIT...
... ET NOTRE PIRE ENNEMI M'A ENLEVÉ ***MA*** VALERIA !
SUE, DU CALME !
ON LA RETROUVERA, C'EST PROMIS !
ON NE RETROUVERA QUE SON CADAVRE.
PERSONNE N'EST MORT.

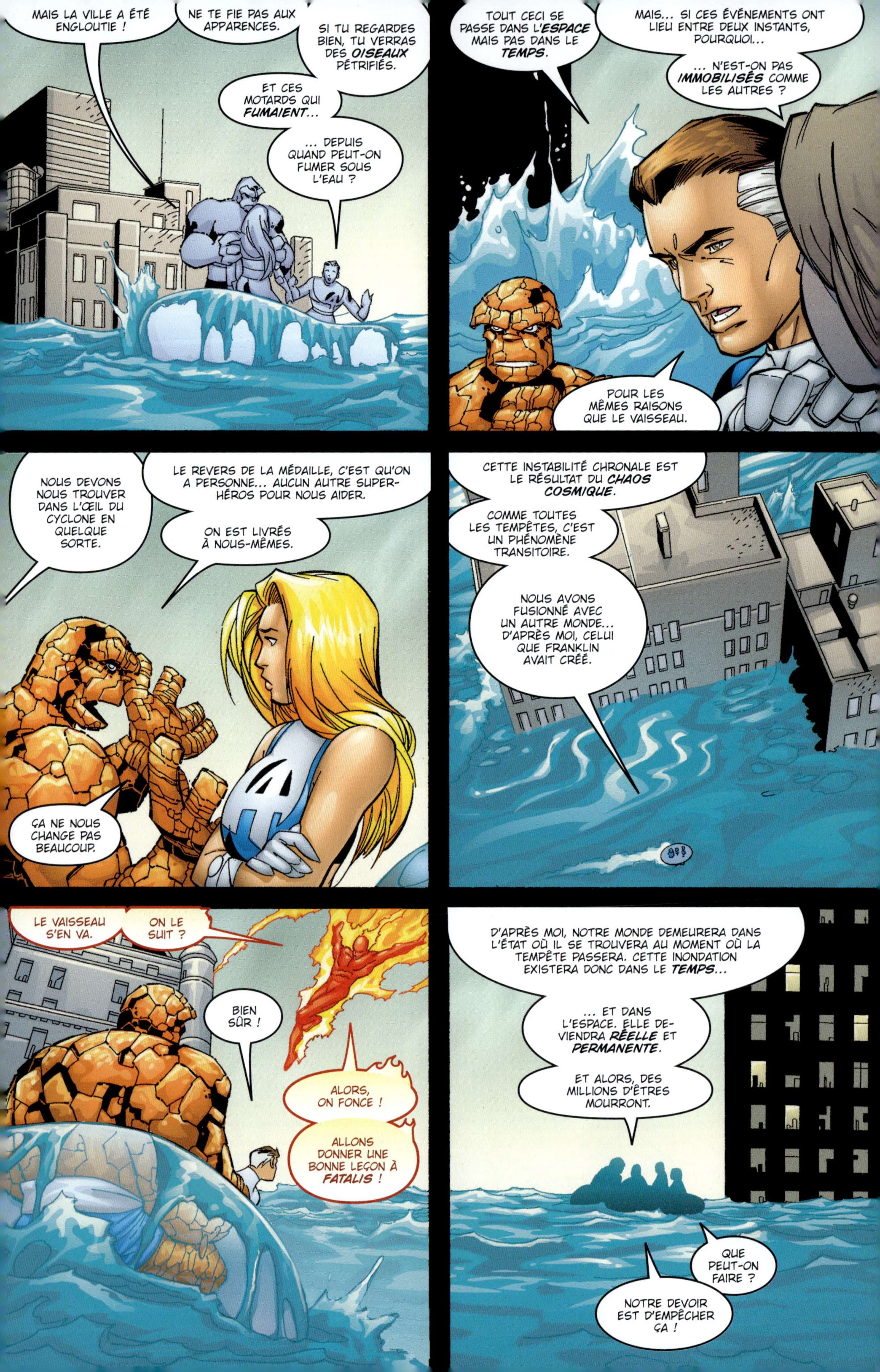
MAIS LA VILLE A ÉTÉ ENGLOUTIE !
NE TE FIE PAS AUX APPARENCES.
SI TU REGARDES BIEN, TU VERRAS DES OISEAUX PÉTRIFIÉS.
ET CES MOTARDS QUI FUMAIENT...
... DEPUIS QUAND PEUT-ON FUMER SOUS L'EAU ?
TOUT CECI SE PASSE DANS L'ESPACE MAIS PAS DANS LE TEMPS.
MAIS... SI CES ÉVÉNEMENTS ONT LIEU ENTRE DEUX INSTANTS, POURQUOI...
... N'EST-ON PAS IMMOBILISÉS COMME LES AUTRES ?
POUR LES MÊMES RAISONS QUE LE VAISSEAU.
NOUS DEVONS NOUS TROUVER DANS L'ŒIL DU CYCLONE EN QUELQUE SORTE.
LE REVERS DE LA MÉDAILLE, C'EST QU'ON A PERSONNE... AUCUN AUTRE SUPER-HÉROS POUR NOUS AIDER.
ON EST LIVRÉS À NOUS-MÊMES.
ÇA NE NOUS CHANGE PAS BEAUCOUP.
CETTE INSTABILITÉ CHRONALE EST LE RÉSULTAT DU CHAOS COSMIQUE.
COMME TOUTES LES TEMPÊTES, C'EST UN PHÉNOMÈNE TRANSITOIRE.
NOUS AVONS FUSIONNÉ AVEC UN AUTRE MONDE... D'APRÈS MOI, CELUI QUE FRANKLIN AVAIT CRÉÉ.
LE VAISSEAU S'EN VA.
ON LE SUIT ?
BIEN SÛR !
ALORS, ON FONCE !
ALLONS DONNER UNE BONNE LEÇON À FATALIS !
D'APRÈS MOI, NOTRE MONDE DEMEURERA DANS L'ÉTAT OÙ IL SE TROUVERA AU MOMENT OÙ LA TEMPÊTE PASSERA. CETTE INONDATION EXISTERA DONC DANS LE TEMPS...
... ET DANS L'ESPACE. ELLE DEVIENDRA RÉELLE ET PERMANENTE.
ET ALORS, DES MILLIONS D'ÊTRES MOURRONT.
QUE PEUT-ON FAIRE ?
NOTRE DEVOIR EST D'EMPÊCHER ÇA !

POURQUOI EST-CE QUE TU AS TRAFIQUÉ MON SIGNAL ?!
LES QF VONT ÊTRE ENGLOUTIS ! IL FAUT LES SORTIR DE LÀ EN VITESSE !
OH... SALUT, LANCER !
M-MAIS QUI ES-TU ?!
TU CONNAIS MON NOM ?!
ET COMMENT SAIS-TU LES CODES D'ACCÈS AU VAISSEAU ? !
C'EST MOI, MARVEL GIRL !
JE T'AI TOUJOURS CONNUE !
ET MON PÈRE ME LES A DONNÉS QUAND IL M'A INTRONISÉE !
MAIS ÇA SUFFIT AVEC LES QUESTIONS ! ON A DES VIES À SAUVER... ET LE MONDE ENTIER, QUI PLUS EST !

CALME-TOI, PETITE !
SUR CE VAISSEAU, UNE SEULE VOIX ORDONNE...
... ET C'EST CELLE DE
FATALIS

PAPA !
THOOM
TU OSES M'ATTAQUER ?!
SON CHAMP DE FORCE M'A REPOUSSÉE...
LE CHOC M'A PRESQUE ASSOMMÉE.
MAIS PAS QUESTION DE PLEURER.
CE SERAIT UN AVEU DE FAIBLESSE !
DE QUEL DROIT PORTES-TU CETTE ARMURE ET CES COULEURS...
... ET COMMENT OSES-TU LES SOUILLER AVEC LE SYMBOLE DE MES PIRES ENNEMIS...
... LES FANTASTIQUES ?
JE PORTE L'EMBLÈME DE MA FAMILLE !
POUR LE RESTE... C'EST LE DROIT DU SANG.
QUI ES-TU DONC ?
JE
SUIS
TA FILLE !

VRAIMENT ?
HAHAHAHA HAHAHAHA
FATALIS !
UNE FLAMME QUI TRAVERSE LA COQUE ET LES PONTS INFÉRIEURS...
ET SANS SIGNE AVANT-COUREUR.
IMPRES-SIONNANT.
ET QUAND LA TORCHE EST LÀ, SES COMPAGNONS NE TARDENT PAS À SUIVRE.
BIENVENUE SUR MON VAISSEAU.
ÉTANT DONNÉ LES CIRCONSTANCES, VOTRE ARRIVÉE NE ME SUR-PREND GUÈRE.
ÇA DEVIENT UNE HABITUDE D'ENLEVER NOS ENFANTS ?
TA SOIF DE POUVOIR EST TELLE...
... QUE TU N'HÉSITES PAS À MENACER DES *INNOCENTS* !
LE MONDE, VOIRE LE COS-MOS, SONT EN DANGER..
... ET JE NE SUIS PAS VRAIMENT SURPRIS...
... DE TE RETROUVER AU MILIEU DE CE MAELS-TRÖM !
SI TU EN ES RESPONSABLE...
... OU SI TU CHERCHES À EN TIRER PROFIT...
... LES FANTASTIQUES SONT PRÊTS À TE COMBAT-TRE !

BIEN ENTENDU.
JE N'EN ATTENDAIS PAS MOINS DE VOUS.
ADVERSAIRES NOUS SOMMES ET RESTERONS À JAMAIS.
C'EST L'ORDRE NATUREL DES CHOSES.
TZANG
DIS DONC, REED...
... CETTE HISTOIRE COMMENCE À M'INQUIÉTER.
ÉTANT DONNÉ CE QU'ON CONNAÎT DE FATALIS...
... JE TROUVE ÇA ABSOLUMENT NATUREL.
CETTE FOIS, VOUS ME FAITES UN PROCÈS...
... D'INTENTION.
C'EST CETTE JEUNE FILLE QUI A ATTAQUÉ MON ASSOCIÉE, LANCER.
TZANG
MAIS... C'ÉTAIT PARCE QUE J'ÉTAIS COMPLÈTEMENT PERDUE !
ET JE SUIS DÉSOLÉE ! MAIS POURQUOI VOUS DISPUTER ?
VOUS NE VOYEZ PAS QUE LA SITUATION EST GRAVE ?
C'EST LA RAISON DE MA VENUE, RICHARDS.
TZANG
PRUDENCE, FATALIS !
LES FANTASTIQUES NE SONT PAS DANGEREUX MAIS LA FILLE, OUI.
SI J'AI BESOIN D'UN CONSEIL...
... JE TE LE DEMANDERAI.
ET JE NE TOLÉRERAI AUCUNE INTERVENTION.
TZANG
C'EST CE QUE L'ON VA VOIR, FATALIS.

QUELLE ASSURANCE...
... UNE ASSURANCE TELLEMENT TRANQUILLE QU'ELLE FRISE L'ARROGANCE.
IL SERAIT TENTANT D'EN FINIR UNE FOIS POUR TOUTES MAIS LES CIRCONSTANCES NE S'Y PRÊTENT PAS.
JE SUIS RESPONSABLE DU SORT DE DEUX MONDES.
ET JE FERAI MON DEVOIR.
C'EST POURQUOI J'AI RÉUNI DES FORCES.
MON VAISSEAU ABRITE DE GRANDES ARMÉES MENÉES PAR...
TECHNARX,
NŒUD PRINCIPAL DU NEXUS WESTCHESTERIEN D'UNE RACE ÉMERGENTE DE MUTANTS TECHNO-ORGANIQUES, LES HOSTS.
SHAKTI,
MAGICIENNE GUERRIÈRE DE LA GUILDE DES ENCHANTEURS.

DIVINITY,
UN AGENT INDÉPENDANT, QUI FUT JADIS MON ADVERSAIRE...
... MAIS QUI A FAIT ALLÉGEANCE À FATALIS.
ET ENFIN...
DORMA,
REINE-GUERRIÈRE DU ROYAUME SOUS-MARIN D'ATLANTIS ET CONQUÉRANTE DES SEPT MERS !
ÉTANT DONNÉ NOTRE SUPÉRIORITÉ, IL SERAIT DANGEREUX DE VOUS OPPOSER À NOUS.

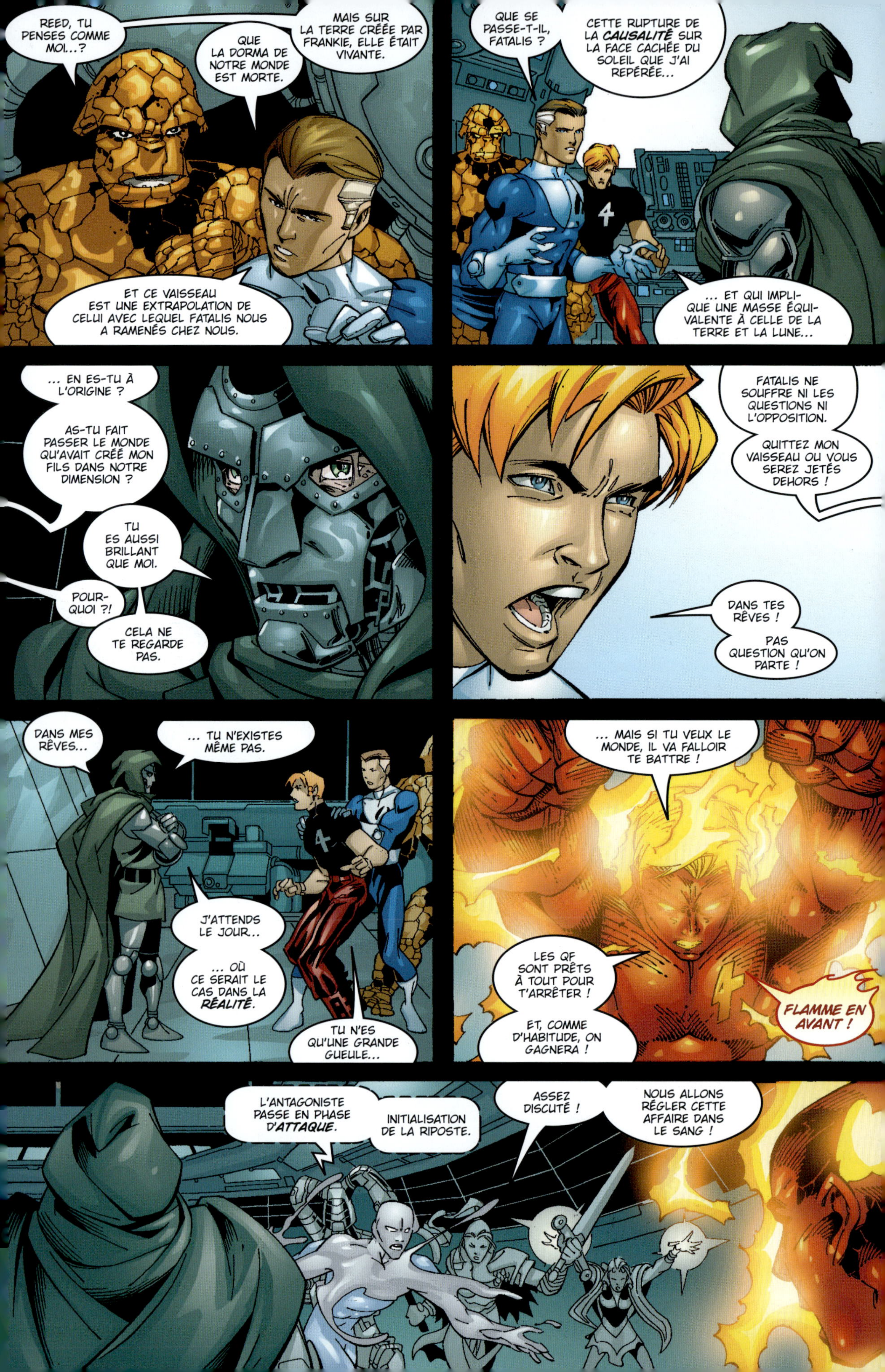
REED, TU PENSES COMME MOI...?
QUE LA DORMA DE NOTRE MONDE EST MORTE.
MAIS SUR LA TERRE CRÉÉE PAR FRANKIE, ELLE ÉTAIT VIVANTE.
ET CE VAISSEAU EST UNE EXTRAPOLATION DE CELUI AVEC LEQUEL FATALIS NOUS A RAMENÉS CHEZ NOUS.
QUE SE PASSE-T-IL, FATALIS ?
CETTE RUPTURE DE LA CAUSALITÉ SUR LA FACE CACHÉE DU SOLEIL QUE J'AI REPÉRÉE...
... ET QUI IMPLIQUE UNE MASSE ÉQUIVALENTE À CELLE DE LA TERRE ET LA LUNE...
... EN ES-TU À L'ORIGINE ?
AS-TU FAIT PASSER LE MONDE QU'AVAIT CRÉÉ MON FILS DANS NOTRE DIMENSION ?
TU ES AUSSI BRILLANT QUE MOI.
POURQUOI ?!
CELA NE TE REGARDE PAS.
FATALIS NE SOUFFRE NI LES QUESTIONS NI L'OPPOSITION.
QUITTEZ MON VAISSEAU OU VOUS SEREZ JETÉS DEHORS !
DANS TES RÊVES !
PAS QUESTION QU'ON PARTE !
DANS MES RÊVES...
... TU N'EXISTES MÊME PAS.
J'ATTENDS LE JOUR...
... OÙ CE SERAIT LE CAS DANS LA RÉALITÉ.
TU N'ES QU'UNE GRANDE GUEULE...
... MAIS SI TU VEUX LE MONDE, IL VA FALLOIR TE BATTRE !
LES QF SONT PRÊTS À TOUT POUR T'ARRÊTER !
ET, COMME D'HABITUDE, ON GAGNERA !
FLAMME EN AVANT !
L'ANTAGONISTE PASSE EN PHASE D'ATTAQUE.
INITIALISATION DE LA RIPOSTE.
ASSEZ DISCUTÉ !
NOUS ALLONS RÉGLER CETTE AFFAIRE DANS LE SANG !

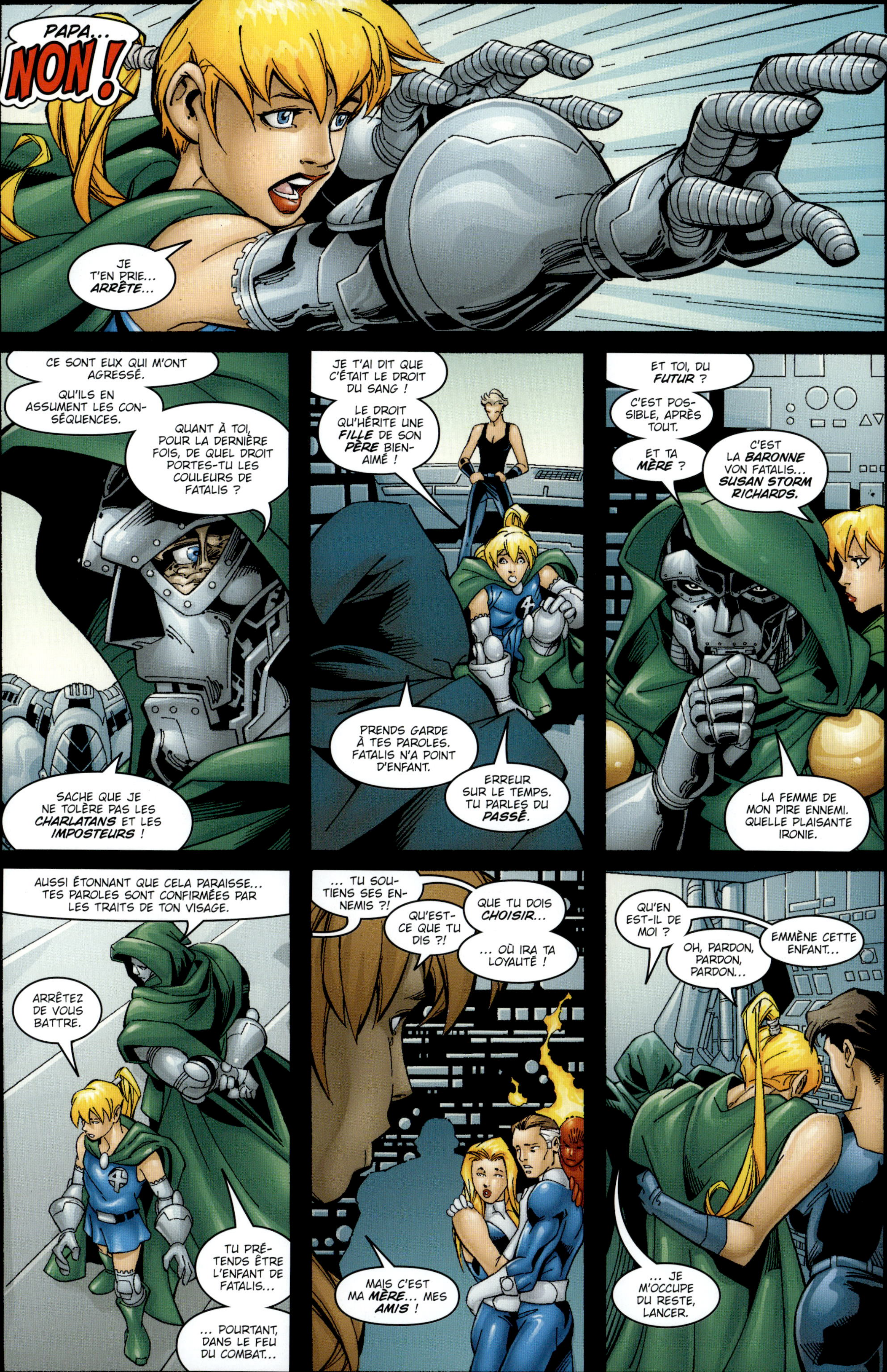

PAPA... NON !
JE T'EN PRIE... ARRÊTE...
CE SONT EUX QUI M'ONT AGRESSÉ.
QU'ILS EN ASSUMENT LES CONSÉQUENCES.
QUANT À TOI, POUR LA DERNIÈRE FOIS, DE QUEL DROIT PORTES-TU LES COULEURS DE FATALIS ?
SACHE QUE JE NE TOLÈRE PAS LES CHARLATANS ET LES IMPOSTEURS !
JE T'AI DIT QUE C'ÉTAIT LE DROIT DU SANG !
LE DROIT QU'HÉRITE UNE FILLE DE SON PÈRE BIEN-AIMÉ !
PRENDS GARDE À TES PAROLES. FATALIS N'A POINT D'ENFANT.
ERREUR SUR LE TEMPS. TU PARLES DU PASSÉ.
ET TOI, DU FUTUR ?
C'EST POSSIBLE, APRÈS TOUT.
ET TA MÈRE ?
C'EST LA BARONNE VON FATALIS... SUSAN STORM RICHARDS.
LA FEMME DE MON PIRE ENNEMI. QUELLE PLAISANTE IRONIE.
AUSSI ÉTONNANT QUE CELA PARAISSE... TES PAROLES SONT CONFIRMÉES PAR LES TRAITS DE TON VISAGE.
ARRÊTEZ DE VOUS BATTRE.
TU PRÉTENDS ÊTRE L'ENFANT DE FATALIS...
... POURTANT, DANS LE FEU DU COMBAT...
... TU SOUTIENS SES ENNEMIS ?!
QU'EST-CE QUE TU DIS ?!
QUE TU DOIS CHOISIR...
... OÙ IRA TA LOYAUTÉ !
MAIS C'EST MA MÈRE... MES AMIS !
QU'EN EST-IL DE MOI ?
EMMÈNE CETTE ENFANT...
OH, PARDON, PARDON, PARDON...
... JE M'OCCUPE DU RESTE, LANCER.

NOUS AVONS DES AFFAIRES URGENTES À RÉGLER.
ALORS, FINISSONS-EN VITE !
TECHNARX TRANSFORME UN DE SES BRAS EN ARME.
VOYONS SI SES CIRCUITS SONT SENSIBLES AU FEU !
SHAKTI A DONNÉ VIE À CES RUBANS.
ILS M'ONT L'AIR PARTICULIÈREMENT DANGEREUX.
VOUS AVEZ REMARQUÉ ? ILS SE BATTENT INDIVIDUELLEMENT.
AUCUN ESPRIT D'ÉQUIPE.
TYPIQUE DE FATALIS.
ON DIRAIT QUE MON CHAMP DE FORCE EST EFFICACE CONTRE DIVINITY !

JE ME DEMANDE CE QUI SE PASSERA SI JE L'EXPÉDIE...
... DANS LES RUBANS DE SHAKTI !
BIEN ! ILS LE TRANSFORMENT EN MOMIE !
JE N'AIME PAS FRAPPER LES FEMMES !
TANT PIS POUR TOI !
MA LAME NE T'EN TRANCHERA PAS MOINS LA TÊTE...
... PAR LE TRIDENT DE NEPTUNE !
C'ÉTAIT PAS LA PEINE D'INTERVENIR, SUE...
... J'AURAIS PU ME DÉBROUILLER !
MAIS MESSAGE REÇU !
ON EST UNE ÉQUIPE !
ON EST PLUS EFFICACES TOUS ENSEMBLE !
POOOM
ON EN EST VENUS À BOUT...
... TROP FACILEMENT.
IL SE DOUTE DE QUELQUE CHOSE MAIS ÇA NE LE SAUVERA PAS.
ILS PRENNENT LA MESURE DES QF...
... POUR MIEUX LES ANÉANTIR.
REGARDE.
J'AI GRANDI DANS LES PROFONDEURS ABYSSALES...
... OÙ LA PRESSION EST DE PLUSIEURS TONNES PAR CM² !
COMMENT PEUX-TU ESPÉRER M'ENTRAVER ?
DIVINITY A RÉUSSI À SE LIBÉRER !
IL ME TIENT !

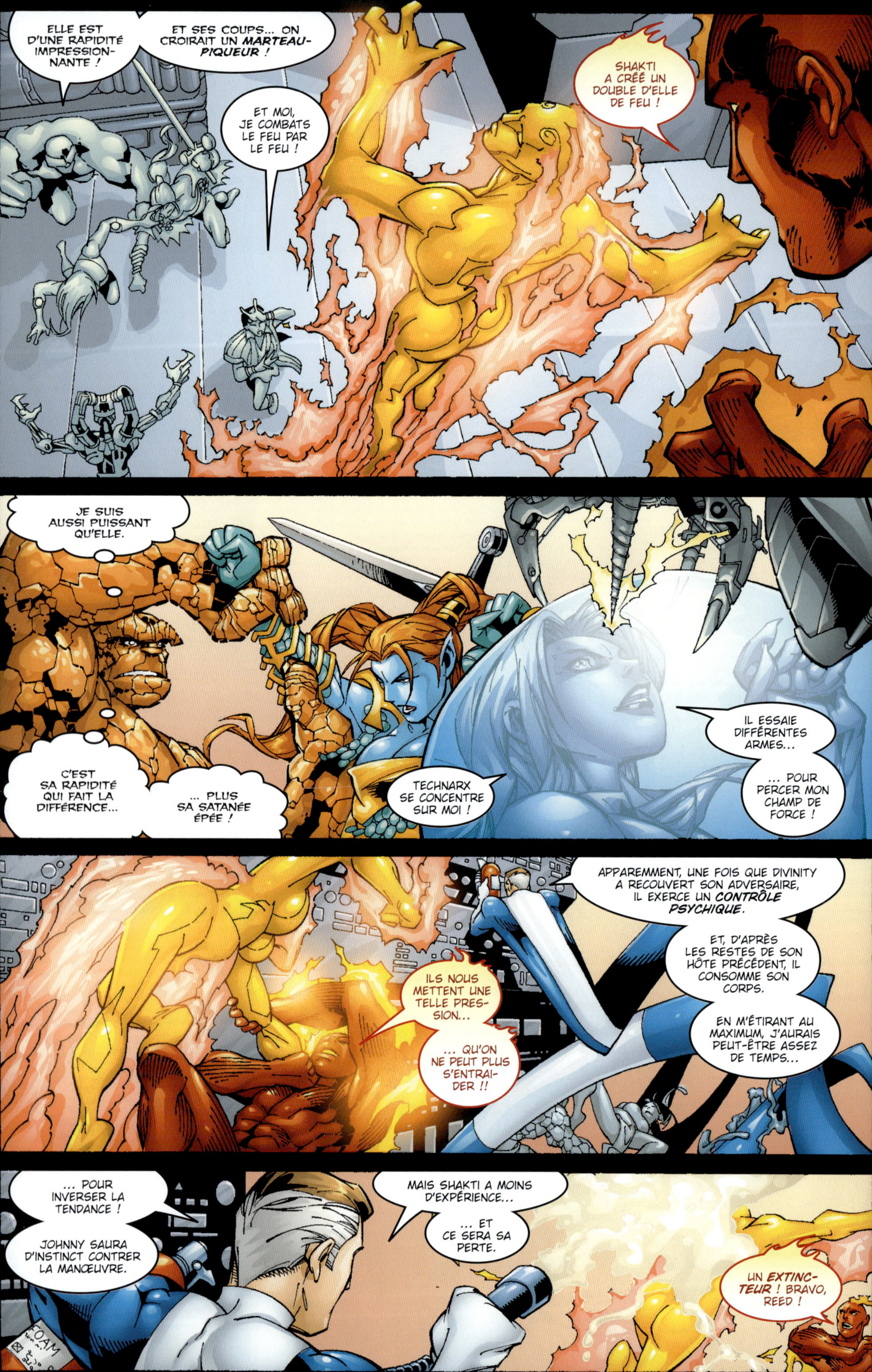
ELLE EST D'UNE RAPIDITÉ IMPRESSION-NANTE !
ET SES COUPS... ON CROIRAIT UN *MARTEAU-PIQUEUR* !
ET MOI, JE COMBATS LE FEU PAR LE FEU !
SHAKTI A CRÉÉ UN DOUBLE D'ELLE DE FEU !
JE SUIS AUSSI PUISSANT QU'ELLE.
C'EST SA RAPIDITÉ QUI FAIT LA DIFFÉRENCE...
... PLUS SA SATANÉE ÉPÉE !
TECHNARX SE CONCENTRE SUR MOI !
IL ESSAIE DIFFÉRENTES ARMES...
... POUR PERCER MON CHAMP DE FORCE !
APPAREMMENT, UNE FOIS QUE DIVINITY A RECOUVERT SON ADVERSAIRE, IL EXERCE UN *CONTRÔLE PSYCHIQUE*.
ET, D'APRÈS LES RESTES DE SON HÔTE PRÉCÉDENT, IL CONSOMME SON CORPS.
EN M'ÉTIRANT AU MAXIMUM, J'AURAIS PEUT-ÊTRE ASSEZ DE TEMPS...
ILS NOUS METTENT UNE TELLE PRES-SION...
... QU'ON NE PEUT PLUS S'ENTRAI-DER !!
... POUR INVERSER LA TENDANCE !
JOHNNY SAURA D'INSTINCT CONTRER LA MANŒUVRE.
MAIS SHAKTI A MOINS D'EXPÉRIENCE...
... ET CE SERA SA PERTE.
UN *EXTINC-TEUR* ! BRAVO, REED !
FOAM

JE VAIS TÂCHER DE TE RENVOYER L'ASCENSEUR...
... EN OBLIGEANT CE PARASITE À TE LIBÉRER !
IL RÉSISTE POUR ME CONTRAINDRE À CHAUFFER AU MAXIMUM !
IL ESPÈRE QUE J'ARRÊTERAI DE PEUR DE BRÛLER REED.
DOMMAGE POUR TOI...
... PARCE QUE REED A DÉJÀ RETIRÉ SA JAMBE ET JE NE BRÛLE QUE SA COMBINAISON.
YAAAGGH!
J'AI RAREMENT EU AFFAIRE À UN ADVERSAIRE AUSSI CORIACE, DORMA.
TON PROBLÈME C'EST QUE TU ES SI FORTE QUE TU N'AS JAMAIS APPRIS À JOUER EN FINESSE.
AVANT, JE FAISAIS PAREIL.
QUAND ON SE BAT CONTRE UN TYPE COMME MOI, ON LE JUGE À SON ASPECT ET ON SE DIT QUE JE NE SUIS PAS BIEN MALIN.
... QUE JE ME CONTENTE DE TAPER COMME UN SOURD !
PARFOIS, C'EST LE CAS.
MAIS IL M'ARRIVE...
... D'UTILISER UN PEU MON JUDO...
... POUR RETOURNER LA FORCE DE L'ADVERSAIRE CONTRE LUI-MÊME...
VA DONC RETROUVER TON COPAIN TECHNARX !
ELLE N'A PAS L'AIR CONTENTE.
ET ELLE SE DÉBAT TELLEMENT QU'ELLE VA LE METTRE EN PIÈCES.
VU LES ANTÉCÉDENTS DE TECHNARX, ELLE A SANS DOUTE PEUR D'ÊTRE INFECTÉE PAR SON VIRUS TRANSMODE.
EN TOUT CAS, REED, ILS SONT DÉJÀ SUR PIED...
... ET ILS ONT L'AIR D'ÊTRE PRÊTS À REMETTRE ÇA !
ILS N'ONT QU'À ESSAYER !
ON LES AURA !

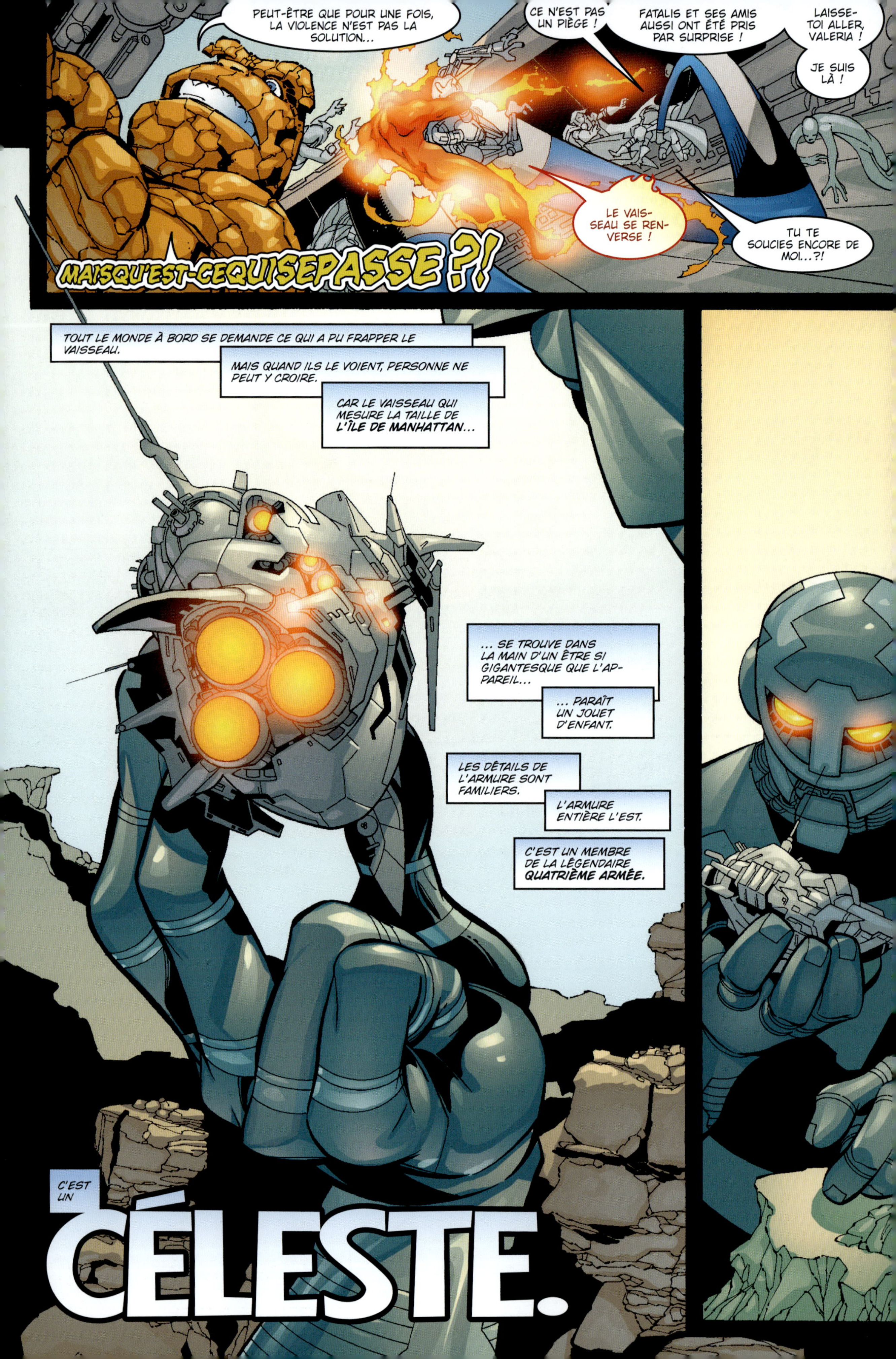
PEUT-ÊTRE QUE POUR UNE FOIS, LA VIOLENCE N'EST PAS LA SOLUTION...
MAISQU'EST-CEQUISEPASSE ?!
CE N'EST PAS UN PIÈGE !
FATALIS ET SES AMIS AUSSI ONT ÉTÉ PRIS PAR SURPRISE !
LAISSE-TOI ALLER, VALERIA !
JE SUIS LÀ !
LE VAISSEAU SE RENVERSE !
TU TE SOUCIES ENCORE DE MOI...?!
TOUT LE MONDE À BORD SE DEMANDE CE QUI A PU FRAPPER LE VAISSEAU.
MAIS QUAND ILS LE VOIENT, PERSONNE NE PEUT Y CROIRE.
CAR LE VAISSEAU QUI MESURE LA TAILLE DE L'ÎLE DE MANHATTAN...
... SE TROUVE DANS LA MAIN D'UN ÊTRE SI GIGANTESQUE QUE L'APPAREIL...
... PARAÎT UN JOUET D'ENFANT.
LES DÉTAILS DE L'ARMURE SONT FAMILIERS.
L'ARMURE ENTIÈRE L'EST.
C'EST UN MEMBRE DE LA LÉGENDAIRE QUATRIÈME ARMÉE.
C'EST UN CÉLESTE.

MAIS L'INTÉRÊT QU'ÉPROUVE LE CÉLESTE POUR LE VAISSEAU...
... NE FAIT PAS LONG FEU...
... ET LA BRUTALITÉ DONT IL FAIT PREUVE MONTRE QUE LES ÊTRES QUI S'Y TROUVENT L'INDIFFÈRENT.
POURQUOI CE CÉLESTE NOUS ATTAQUE-T-IL ?
SERAIT-CE POUR SE VENGER DE FATALIS ?
ET PEUT-ON FAIRE QUELQUE CHOSE POUR L'ARRÊTER ? !
JE NE PARLERAIS PAS D'ATTAQUE. IL NE PEUT NOUS CONSIDÉRER COMME UNE MENACE.
ÉTENDS TON CHAMP DE FORCE LE PLUS POSSIBLE, SUE.
ESSAIE DE PROTÉGER TOUT LE MONDE SUR LE VAISSEAU !
ON N'EST PAS VENUS DANS LE DÉSERT DU SUD-OUEST DE L'AMÉRIQUE PAR HASARD, VICTOR ?
PAS PLUS QUE LE CÉLESTE, N'EST-CE PAS ?
POURTANT, LA QUATRIÈME ARMÉE AVAIT PROMIS D'ÉPARGNER LE MONDE DE FRANKLIN...
... ET DE LE CONFIER À LA GARDE DE ASHEMA.
CE CÉLESTE-LÀ N'AVAIT RIEN PROMIS...
... ET IL NE VIENT PAS D'ARRIVER...
... IL A TOUJOURS ÉTÉ LÀ.
AVANT LA NAISSANCE DE L'HUMANITÉ.
LE CÉLESTE EST MÉTHODIQUE ET APPLIQUÉ.
IL PRESSE SA PROIE À PLUSIEURS REPRISES JUSQU'À CE QU'IL ENTENDE LES RÉSERVES DE CARBURANT ET LES ARMES EXPLOSER.
ET QUAND ENFIN IL LÂCHE LA CARCASSE DÉFORMÉE...
... IL EST CERTAIN QUE RIEN DE CE QUI S'Y TROUVAIT N'A PU SURVIVRE.

HEUREUSEMENT POUR NOS PERSONNAGES...
... ILS SONT PARTIS DEPUIS LONGTEMPS.
MAIS QUI ÉTAIT CE TYPE ?
C'EST LE MONSTRE QUI A DÉTRUIT MON MONDE ET QUI VEUT FAIRE PAREIL AVEC LE VÔTRE !
DÉSOLÉ, LANCER...
... JE CROYAIS QUE C'ÉTAIT LA SPÉCIALITÉ DE TON BOSS !
TOUT CE QUE JE SAIS, C'EST QUE SANS TON NEVEU MON MONDE N'EXISTERAIT MÊME PAS !
ET RIEN DE TOUT CECI NE SE PASSERAIT !
MAIS VOUS AVEZ ABANDONNÉ MON MONDE ALORS QUE FATALIS EST RESTÉ !
FATALIS SE BAT POUR VOUS ?!
FRANCHE-MENT, C'EST À PERDRE...
... SON LATIN !
APPAREMMENT, TU EN SAIS PLUS LONG QUE NOUS. METS-NOUS DONC AU PARFUM.
ON A QUITTÉ VOTRE MONDE POUR LE PROTÉGER ET ON A CRU LE LAISSER ENTRE DE BONNES MAINS.
QU'EST-CE QUI A BIEN PU SE PASSER ?
ON PEUT APPELER ÇA UN CHOC DES TITANS.
OU PLUTÔT DE CÉLESTES.
EN PARTANT, VOUS PENSIEZ QUE LA CÉLESTE ASHEMA REMPLACERAIT FRANKLIN RICHARDS ET PROTÉGERAIT LE MONDE QU'IL AVAIT CRÉÉ.
NOUS IGNORIONS L'EXISTENCE SUR TERRE D'UN AUTRE CÉLESTE...
... SANS DOUTE LE PLUS PUISSANT DE TOUS...
... QUE SA COMMUNAUTÉ AVAIT EXILÉ ET QUI ÉTAIT EMPRISONNÉ DANS CET ÉDIFICE.
ON L'APPELLE LE
CÉLESTE RÊVEUR.
COMME LA CRÉATION DE FRANKLIN S'APPARENTAIT À UN RÊVE, IL A PROFITÉ DE SON DÉPART POUR RECONFIGURER SON MONDE.
MAIS À L'INVERSE DE FRANKLIN QUI DÉSIRAIT CRÉER UN HAVRE DE PAIX...
... LE BUT DU CÉLESTE EST LE CHAOS ET LE DÉSORDRE OÙ NE POURRONT SURVIVRE QUE LES ÊTRES LES PLUS IMPITOYABLES.

EXACTEMENT LE GENRE DE TYPES QUE TU AIMES, VICTOR.
VOILÀ QUI CONFIRME QUE TU NE COMPRENDS RIEN.
ET TU VIENS LE COMBATTRE, VICTOR ?
J'EN AI FAIT LE VŒU.
TRÈS NOBLE, VICTOR. MAIS CE SERAIT PLUS CONVAINCANT...
... SI TU ÉTAIS VENU SEUL.
IGNORANT CE QUE J'ALLAIS TROUVER EN CE MONDE, JE PENSAIS NE DEVOIR COMPTER QUE SUR MOI. AUSSI AI-JE AMENÉ DES ALLIÉS POUR M'AIDER DANS MA TÂCHE.
QUI EST ?
SAUVER MON MONDE.
COMMENT ÇA, TON MONDE ?!
JE LE DÉFENDS ET SUIS PRÊT À SACRIFIER MA VIE POUR CE FAIRE.
CELA ME DONNE LE DROIT DE LE CONSIDÉRER COMME TEL.
TU NE PEUX PAS FAIRE ÇA JUSTE PARCE QUE C'EST BIEN ? SANS RIEN ATTENDRE EN RETOUR ?
JE N'AI NI LE TEMPS NI L'ENVIE DE ME LANCER DANS DES DISCUSSIONS AUSSI PUÉRILES.
CETTE INSTABILITÉ CHRONALE EST DUE À UNE TEMPÊTE COSMIQUE. C'EST L'OCCASION RÊVÉE POUR AGIR... MAIS LE CÉLESTE RÊVEUR PEUT ÉGALEMENT EN PROFITER POUR FRAPPER... COMME IL VIENT DE LE FAIRE !
SONGE AU FUTUR, RICHARDS ! SI LA RÉALITÉ DEVIENT AUSSI FACILE À MANIPULER POUR TOI QU'ELLE L'EST POUR FRANKLIN. IMAGINE CELA À L'ÉCHELLE COSMIQUE ! IL NE S'AGIT PAS SEULEMENT D'UN COMBAT MAIS D'UNE VICTOIRE À REMPORTER !
TU SAIS COMMENT IL COMPTE S'Y PRENDRE ?
NON. PAS ENCORE.
C'EST POURQUOI TU AS BESOIN DE REED. TU CONNAIS TES LIMITES.
JE SUIS FATALIS !
JE NE ME CONNAIS AUCUNE LIMITE ET NUL NE M'ÉGALE !
RELÂCHE MON FRÈRE, VICTOR...
... OU JE TE LE FERAI REGRETTER !
POUR ÇA, IL FAUDRA ME PASSER SUR LE CORPS !
EXCUSEZ-MOI, MAIS JE PENSE QUE CHACUN DEVRAIT MODÉRER SES ARDEURS...
... NOUS AVONS DES MONDES À SAUVER !

ASSEZ BAVARDÉ.
MIEUX VAUT QUE DIVINITY LES ASSIMILE ET CONFÈRE LEURS POUVOIRS À FATALIS...
... SANS NOUS ENCOMBRER D'EUX.
JE JURERAIS AVOIR VU QUELQUE CHOSE BOUGER...!
SORS DE LÀ, QUI QUE TU SOIS !
OH, NON... C'EST L'OMBRE ELLE-MÊME...
... QUI M'ATTAQUE...
AAGH !
QU'EST-CE QUE C'EST ? !
IL Y A QUELQUE CHOSE QUI BOUGE DANS LE NOIR !
REED... VICTOR... ATTENTION !!
N'OBÉISSANT QU'À SON INSTINCT, L'INVISIBLE ÉCARTE SON MARI ET SON ENNEMI...
... TOUT EN ÉLEVANT UN CHAMP DE FORCE.
IL L'A PROTÉGÉE CONTRE DIVINITY TOUT À L'HEURE.
MAIS MAINTENANT, SON ARME LA PLUS PUISSANTE NE SEMBLE PAS FAIRE LE POIDS CONTRE DIVINITY QUI LA RECOUVRE DE SA SUBSTANCE BRILLANTE.
TU N'AS PAS RÉUSSI À T'ASSURER LA LOYAUTÉ DE DIVINITY, VICTOR. EXISTE-T-IL UN MOYEN DE LUI FAIRE LÂCHER PRISE ?
EN EFFET ! IL Y A AUTRE CHOSE...
... COMME SI LES TÉNÈBRES ÉTAIENT VIVANTES !
CE N'EST PAS À DIVINITY QU'IL FAUT NOUS EN PRENDRE !
ES-TU RÉELLEMENT SURPRIS DE DÉCOUVRIR QUE NOTRE ADVERSAIRE DISPOSE DE CHIENS DE GARDE POUR LE PROTÉGER ?
DES GARDIENS QUI CONNAISSENT LES PRIORITÉS.

QUELLE MODESTIE, FATALIS !
JE NE SUIS PEUT-ÊTRE PAS UNE PRIORITÉ...
... MAIS JE BOSSE, MOI !
ET JE VAIS APPUYER TON ATTAQUE !
C'EST DINGUE !
CE QUI M'A ATTAQUÉ...
... C'EST LE CHAMP DE FORCE DE SUE !
ELLE LES A ASSOMMÉS ET LES VOICI ENGLOUTIS PAR L'OMBRE !
JE VAIS LES LIBÉRER AVANT QUE...!
NON!
CE SERAIT FAIRE CADEAU DE LA VICTOIRE À NOTRE ADVERSAIRE !
SI TU OBÉIS À TON CŒUR ET NON À TA TÊTE, TU FAIS SON JEU !
TU ME DÉÇOIS, RICHARDS !
TU L'AS FRAPPÉ !
UN FAIBLE RAYON !
IL S'EN REMETTRA TRÈS VITE !
AHRRGH!
ZAGGA ZAGGA ZAGGA
IL FAUT AFFRONTER DIRECTEMENT L'ENNEMI, PAS GÂCHER NOS FORCES CONTRE SES SBIRES.
SURTOUT S'ILS RISQUENT DE L'EMPORTER.
J'AI BESOIN DE TEMPS, LANCER.
JE FERAI MON POSSIBLE, FATALIS !
VIENS AVEC MOI, VALERIA.
JE PEUX AIDER ICI !
TU TE DOIS D'OBÉIR AUX ORDRES DE FATALIS !
JE T'ORDONNE DE ME SUIVRE !

"J'OUBLIE TOUJOURS QUE C'EST UNE GOSSE", DIT BEN...
TECHNARX EST VITE SUBMERGÉ...
... PUIS DORMA.
ELLE A CRU QU'ON POUVAIT Y ARRIVER !
IL FAUT CROIRE AUX MIRACLES.
RAPPELLE-TOI LA CHANSON DE ROLAND.
ATTENTION, LA TÊTE !
TOUT VA S'ÉCROULER !!
CETTE GALERIE CREUSÉE DANS LA ROCHE...
... EXISTE DEPUIS DES MILLÉNAIRES...
... MAIS IL SUFFIT D'UN GESTE DE BEN GRIMM POUR REMPLIR LE TUNNEL DE ROCHERS.
TOUT EST CALME ET SILENCIEUX...
... ET ILS SE PRENNENT À ESPÉRER... ET MÊME À CROIRE QUE LE COMBAT EST TERMINÉ.
MALHEUREUSEMENT, ILS ONT PERDU.
CETTE SALETÉ D'OMBRE SE GLISSE À TRAVERS LES ROCHERS !
J'AI BEAU FRAPPER, ÇA NE SERT À RIEN !
ILS RÉSISTENT MAIS LA SITUATION EST DÉSESPÉRÉE...
MES GRIFFES D'ÉNERGIE NON PLUS !
POURTANT, ILS REDOUBLENT D'EFFORTS.
ILS ONT JURÉ DE RETENIR L'ENNEMI.
ET ILS SE BATTRONT JUSQU'AU BOUT DE LEURS FORCES.
CAR ILS SONT AVANT TOUT DES HÉROS.

TANDIS QUE...
... AU BOUT DE LA GALERIE.
C'EST INCROYABLE !
IL EST NORMAL QUE LES CÉLESTES AIENT ÉTÉ VÉNÉRÉS COMME DES DIEUX.
ET LE SOIENT ENCORE.
QUEL GÉNIE ! NOUS SOMMES LOIN SOUS TERRE MAIS LA PIÈCE EST PARFAITEMENT ÉCLAIRÉE.
ET CES STATUES MESURENT BIEN 30 MÈTRES DE HAUT. IL Y EN A DOUZE QUI ENTOURENT UN SARCOPHAGE.
ELLES ONT TOUTES UN VISAGE... SAUF LE SARCOPHAGE.
C'EST NORMAL. IL ÉTAIT DESTINÉ À ÊTRE UNE PRISON.
L'ABSENCE DE VISAGE DÉNIE L'IDENTITÉ DU PRISONNIER ET SYMBOLISE SON EMPRISONNEMENT EN EMPÊCHANT MÊME SES SENS D'ACCÉDER À L'EXTÉRIEUR.
CE QUI SIGNIFIE QUE LES CÉLESTES REDOUTAIENT CET ÊTRE.
ET IL NOUS FAUT LE VAINCRE ?

"ASHEMA EST DÉJÀ SA CAPTIVE", NOTE FATALIS.
"REGARDE COMMENT CETTE STATUE A ÉTÉ REMPLACÉE PAR UNE REPRÉSENTATION DE SON INCARNATION HUMAINE."
TANDIS QUE FATALIS PARLE...
... UNE OMBRE PASSE SUR LA RANGÉE DE STATUES...
À CHAQUE FOIS QU'ELLE EN TOUCHE UNE...
... LE VISAGE DU CÉLESTE S'EFFACE...
... ET LAISSE PLACE À CELUI D'UN MORTEL.
"TU COMPRENDS, DIT FATALIS AUSSI CALMEMENT QUE S'IL PARLAIT DU TEMPS, CE QUI SE PASSERA QUAND NOUS AURONS TOUS ÉTÉ TRANSFORMÉS."
ET, À CE MOMENT-LÀ...
LANCER A ÉCHOUÉ !
ILS ONT FAIT DE LEUR MIEUX.
TRISTE EXCUSE ET ÉPITAPHE.
VOUS VOUS CROYEZ TRÈS MALINS, HEIN ?
ALORS, PROUVEZ-LE ! LAISSEZ-MOI !
J'AI MON CHAMP DE FORCE ! JE VAIS RETENIR CE TRUC LE TEMPS QU'IL VOUS FAUDRA.
MAIS TÂCHEZ DE FAIRE VITE.
ELLE EST PEUT-ÊTRE DIGNE DE PORTER MON NOM, APRÈS TOUT.
TÂCHE DE TE MONTRER DIGNE D'ÊTRE SON PÈRE, VICTOR.

L'OMBRE SE LANCE À L'ASSAUT DE VALERIA...
... MAIS COMME ELLE RÉSISTE, L'OMBRE...
... CHANGE DE TACTIQUE...
... ET REDONNE VIE AUX STATUES.
TU ENTENDS CE RIRE ?
NOTRE ENNEMI SE GAUSSE DE NOS EFFORTS.
JE LUI FERAI RAVALER SON ORGUEIL.
J'AI DÉJÀ VU CES GLYPHES. ILS M'ÉVOQUENT L'ÉCRITURE D'UNE RACE QUE NOUS AVONS COMBATTUE, LES RUINES.
AURAIENT-ILS AFFRONTÉ LES CÉLESTES ? AURAIENT-ILS ÉTÉ SOUMIS À L'ÉPREUVE ET AURAIENT-ILS ÉCHOUÉ ?
SERAIT-CE LÀ L'ORIGINE DE LEUR NOM ?
QUELLE IMPORTANCE ?
LA CONNAISSANCE POUR ELLE-MÊME EST UNE PERTE DE TEMPS, ELLE NOUS DÉTOURNE DU BUT. ELLE N'A D'INTÉRÊT QUE DANS LA MESURE OÙ ELLE DONNE LA CLÉ DE LA VICTOIRE.
TOUT LE RESTE EST SUPERFLU ET DÉPLACÉ.
PAPA !
OUI ?
REGARDEZ LA STATUE D'ASHEMA !
LES ÉNERGIES SE CONDENSENT ! QUELQUE CHOSE PREND FORME !

AU COMMEN-CEMENT ÉTAIT LA **PENSÉE**...
... AVEC LA PENSÉE, VINT LE **RÊVE**...
... ET AVEC LA PENSÉE, **JE** FUS !
J'AI PARTICIPÉ DE TOUT CE QUI EST...
... JUSQU'À CE QUE DES JALOUX ME BANNISSENT.
MAIS JE VAIS RETROUVER LA GLOIRE.
COMME JE REMODÈLE VOS EXISTEN-CES...
... JE REFAÇONNERAI LE **COSMOS** ENTIER !
À CHAQUE FRACTION DE SECONDE, ILS SE TRANSFORMENT...
... ILS **CHANGENT** !
LES HOMMES REDEVIENNENT ENFANTS ET VALERIA EST ADULTE.
REED SE TRANSFORME EN CRISTAL ET EXPLOSE...
... ET UN FATALIS DE CHÊNE EST DÉVORÉ PAR LA VERMINE.
PUIS REED DEVIENT UNE MÉDUSE...
... ET FATALIS, UN JEU DE LÉGO.
REED, UN **DRAGON**...
... FATALIS, UN **DÉMON**.
CHAQUE MÉTAMORPHOSE EST PLUS OUTRÉE QUE LA PRÉCÉDENTE ET LEUR CERVEAU ET LEUR ESPRIT VACILLENT SOUS L'ASSAUT.
LE PIRE, C'EST QU'ILS SAVENT QUE CE N'EST PAS UNE **ILLUSION**...
... QUE CHACUNE DE CES TRANSFORMATIONS POURRAIT DEVENIR RÉALITÉ...
... JUSQU'À LEUR MORT.

POURTANT, AUCUN DES DEUX NE RENONCE.
AUCUN HUMAIN N'EST JAMAIS VENU ICI...
... ET VOUS AVEZ RÉSISTÉ À UNE ÉPREUVE QUE PEU DES MIENS AURAIENT ENDURÉE.
POUR RÉCOMPENSER VOTRE COURAGE, JE VOUS OFFRE UN MARCHÉ. LE PLUS GRAND DES RÊVES.
VOUS POUVEZ DEMEURER À MES CÔTÉS POUR L'ÉTERNITÉ, NON COMME ESCLAVES MAIS COMME MES ÉGAUX.
VOUS MÈNEREZ L'EXISTENCE DES CÉLESTES.
POURQUOI CETTE OFFRE ?
IL A PRESQUE GAGNÉ. POURQUOI MARCHANDERAIT-IL...
... S'IL NE PENSAIT PAS QUE NOUS AVONS UNE CHANCE ?
VICTOR... DANS CHACUNE DES NICHES ABRITANT UNE STATUE, IL Y A UN IDÉOGRAMME UNIQUE.
J'AVAIS REMARQUÉ, OUI.
CE SONT DOUZE CLÉS DESTINÉES À DOUZE PERSONNES.
ET NOUS NE SOMMES QUE DEUX !
ET MOI, ALORS ? JE COMPTE POUR DU BEURRE ?
VALERIA EST TRÈS FAIBLE !
ALORS, IL FAUT AGIR !
ZAMM
AARGH!
FATALIS JUGE TON OFFRE ACCEPTABLE...
JE M'EN DOUTAIS.
JE T'OBSERVE DEPUIS LONGTEMPS. TA HAINE DE L'ENNEMI SURPASSE TOUT LE RESTE. NOUS NOUS ENTENDRONS BIEN.
TU ES PERDUE, PETITE. ANNULE TON CHAMP DE FORCE QU'ON EN FINISSE.
JAMAIS !
PRÉPARE-TOI À SOUFFRIR !
LE SEUL QUI SOUFFRIRA...
... CE SERA TOI !

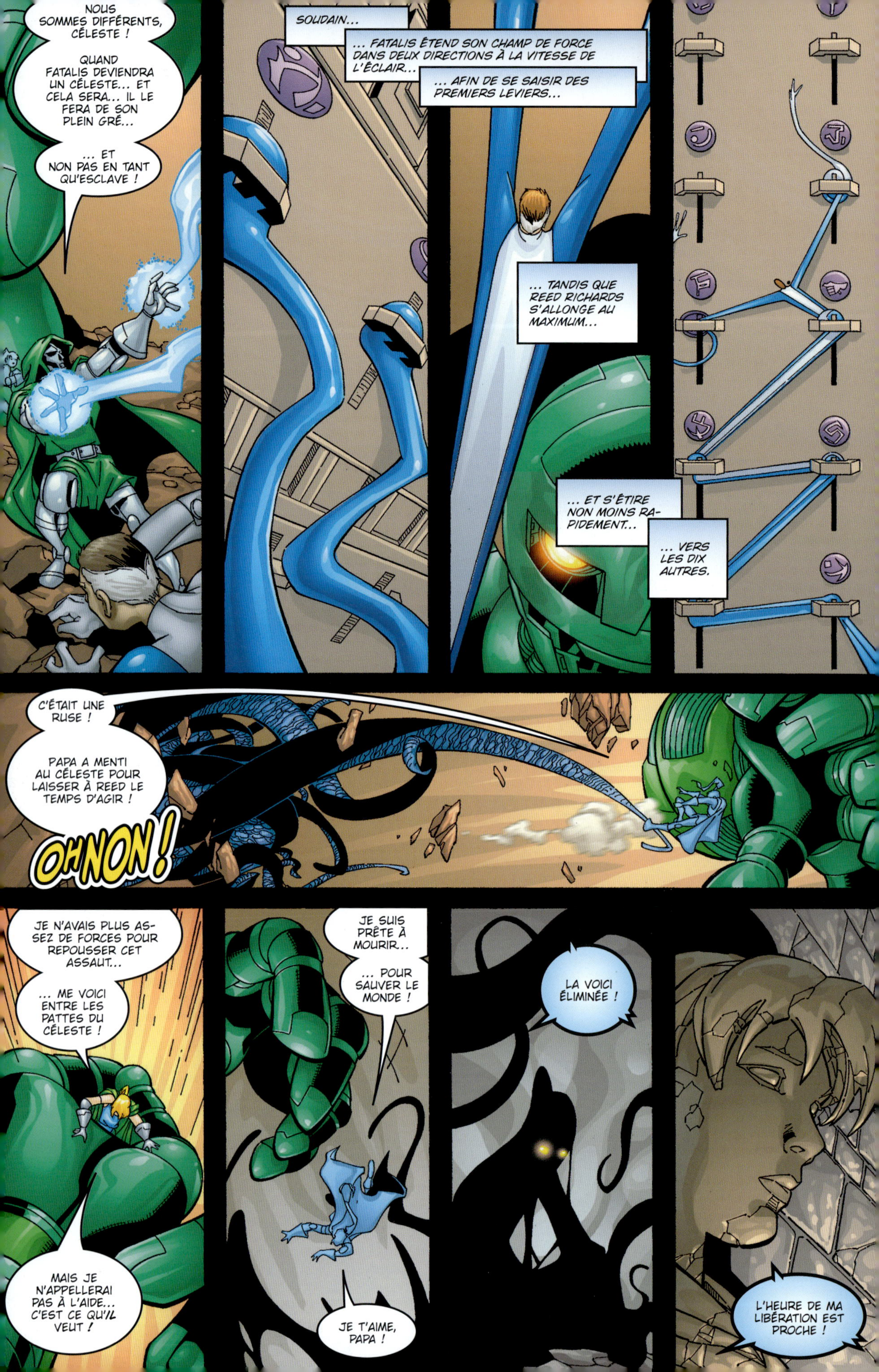
NOUS SOMMES DIFFÉRENTS, CÉLESTE !
QUAND FATALIS DEVIENDRA UN CÉLESTE... ET CELA SERA... IL LE FERA DE SON PLEIN GRÉ...
... ET NON PAS EN TANT QU'ESCLAVE !
SOUDAIN...
... FATALIS ÉTEND SON CHAMP DE FORCE DANS DEUX DIRECTIONS À LA VITESSE DE L'ÉCLAIR...
... AFIN DE SE SAISIR DES PREMIERS LEVIERS...
... TANDIS QUE REED RICHARDS S'ALLONGE AU MAXIMUM...
... ET S'ÉTIRE NON MOINS RAPIDEMENT...
... VERS LES DIX AUTRES.
C'ÉTAIT UNE RUSE !
PAPA A MENTI AU CÉLESTE POUR LAISSER À REED LE TEMPS D'AGIR !
OH NON !
JE N'AVAIS PLUS ASSEZ DE FORCES POUR REPOUSSER CET ASSAUT...
... ME VOICI ENTRE LES PATTES DU CÉLESTE !
MAIS JE N'APPELLERAI PAS À L'AIDE... C'EST CE QU'IL VEUT !
JE SUIS PRÊTE À MOURIR...
... POUR SAUVER LE MONDE !
JE T'AIME, PAPA !
LA VOICI ÉLIMINÉE !
L'HEURE DE MA LIBÉRATION EST PROCHE !

ELLE EST PROCHE, PEUT-ÊTRE... MAIS ELLE VA T'ÉCHAPPER !
ERREUR, RICHARDS...
... REGARDE L'OMBRE QUI COMMENCE DÉJÀ À TE CONSUMER !!
TU AS TUÉ MES AMIS **BEN** ET **JOHNNY**, MA FEMME ADORÉE **SUSAN** ET UNE ENFANT DONT J'AURAIS ÉTÉ FIER.
MÊME **VICTOR** A COMPRIS QUELLE MENACE TU REPRÉSENTES POUR L'UNIVERS ET A SACRIFIÉ SES INTÉRÊTS PERSONNELS.
LEURS EFFORTS N'AURONT PAS ÉTÉ VAINS !
J'AI MAL. IL SERAIT SI FACILE DE CÉDER...
... MAIS ILS SE SONT BATTUS POUR MOI !
C'EST MON TOUR !
SI TU RENONCES, RICHARDS...
... TU SAURAS QUE FATALIS S'EST RÉVÉLÉ PLUS FORT QUE TOI !
VOUS ÊTES TOUS LES DEUX PERDUS.
QUEL VANTARD ! C'EST MOI QUI FAIS TOUT LE TRAVAIL...
... FATALIS N'A QU'À MAINTENIR SA POSITION...
... CONTRE LE CÉLESTE ET SA CRÉATURE DE L'OMBRE.
ESPÉRONS QU'IL EST PRÊT...
... PARCE QUE D'APRÈS LES GLYPHES, CES LEVIERS DOIVENT ÊTRE TIRÉS ***SIMULTANÉMENT*** !!
TEK

TON EMPRISON-NEMENT NE T'A DONC RIEN APPRIS ?
DIX PAIRES D'YEUX ENVOIENT DIX RAYONS D'ÉNERGIE...
... D'UNE INTENSITÉ ET D'UNE PURETÉ TELLES QUE L'ESPRIT HUMAIN NE PEUT EN DÉTECTER QU'UNE FRACTION...
... DIX RAYONS QUI FUSIONNENT AU CENTRE DE LA CHAMBRE MORTUAIRE OÙ SE DRESSE LEUR TRAÎTRE DE FRÈRE.
SON ARMURE NE LEUR OFFRE AUCUNE RÉSISTANCE...
... LE VOICI TOUT ENTIER IRRADIÉ.
FACE À CET ASSAUT, LE CÉLESTE RÊVEUR NE PEUT QUE CÉDER...
... NON À LA SOUFFRANCE, CAR CES ÉNERGIES NE SONT PAS DESTINÉES À CELA, MAIS À LA FRUSTRATION ET LA COLÈRE.
IL ÉTAIT SI PRÈS DU BUT ET VOICI QU'IL SE DÉROBE.
NOUS AVIONS BIEN DEVINÉ.
MON ANALYSE ET MA STRATÉGIE ÉTAIENT COR-RECTES.
FATALIS NE DEVINE PAS.
QUOI QU'IL EN SOIT, LES STATUES S'ÉCROULENT !
ET L'OMBRE NOUS A LIBÉRÉS ! PEUT-ÊTRE...
... EN EST-IL DE MÊME POUR LES AUTRES ?
VOUS MOUR-REZ AVANT DE CONNAÎTRE LA RÉPONSE !

C'ÉTAIT... ATROCE !
J'ÉTAIS CONSCIENTE DE TOUT MAIS... JE NE POUVAIS M'EMPÊCHER D'AGIR !
SI CES OMBRES REPRÉSENTENT LE MONDE IDÉAL DE CE TYPE...
... QU'IL SE LE GARDE !
ON FERAIT BIEN DE VÉRIFIER SI PERSONNE A BESOIN DE NOTRE AIDE, SUE.
JE VOUS AI OFFERT UN RÊVE...
... MAIS VOUS N'HÉRITEREZ QUE DU PLUS TERRIBLE DES CAUCHEMARS...
... D'UNE SOUFFRANCE QUI VOUS HANTERA JUSQU'À VOTRE MORT !
REED EST PRISONNIER DU CÉLESTE !
ET FATALIS AUSSI !
N'AVANCEZ PAS, MORTELS !
NOUS SOMMES RESPONSABLES DE CE CONFLIT ET AVONS LE POUVOIR DE LE RÉGLER !
MAIS... ET MON MARI ?! REED !
REED !
REED!
C'ÉTAIT SON DESTIN !
TU ES UNE CÉLESTE, ASHEMA... TU NE PEUX RIEN FAIRE ? !
REED!
SI J'EN SAUVE UN DES DEUX, JE ROMPRAI L'ÉQUILIBRE.
LE TRAÎTRE LE SAVAIT ET PENSAIT QUE NOUS ESSAYERIONS. D'UN CÔTÉ, LA LIBERTÉ... DE L'AUTRE, LA VENGEANCE.
NOUS AVONS GAGNÉ. VOS MONDES... ET TOUT L'UNIVERS... SONT SAUVÉS.
C'ÉTAIT LE PRIX À PAYER.
JE VOIS QUELQUE CHOSE BOUGER LÀ-BAS...
IL Y A UN SURVIVANT !

DOOM (2000) 1
Couverture : **LEONARDO MANCO**

JE N'AI PAS CRÉÉ CE MONDE.
MAIS JE L'AI MODELÉ.
IL M'EST À LA FOIS ÉTRANGER ET FAMILIER.
SI ÉLOIGNÉ QU'IL SOIT DANS LE TEMPS ET L'ESPACE...
... UNE CONSTANTE DEMEURE.
JE SUIS FATALIS.

C'EST L'AFRIQUE. LE SERENGETI.
NON PAS CELUI DE MA PLANÈTE NATALE.
SON SOSIE, SUR UNE RÉPLIQUE DE LA TERRE.
JE SUIS EXILÉ SUR CE DOUBLE DU MONDE.

UN MÂLE AGRESSIF. COMME MOI.
JE VIOLE SON TERRITOIRE.
JE LE RESPECTE. IL TUE...
POUR MANGER.
POUR PUNIR.
POUR PROTÉGER.
Stan Lee PRÉSENTE
L'HOMME SANS ARMURE
CHUCK DIXON SCÉNARIO
LEONARDO MANCO DESSIN
MARIANA SANZONE COULEURS
ASTARTE DESIGN – ROMA LETTRAGE
BOBBIE CHASE, BOB HARRAS RÉDACTION USA

SI ON NE M'AVAIT DÉPOUILLÉ DE MON ARSENAL, J'AURAIS DÉJÀ ABATTU CET ANIMAL.
CECI EST BIEN PLUS ALÉATOIRE.
LA FORCE IMPORTE MOINS ICI QUE...
L'AGILITÉ.
LA PRÉCISION.
UN COUP UNIQUE, PORTÉ À LA BASE DE L'ÉPINE DORSALE.

LA MORT... CADEAU D'UN MONARQUE À UN AUTRE.
INSTANTANÉE, INDOLORE.
MORT NOBLE.
IL N'EST PLUS QUE VIANDE ET PEAU.
POUR NOURRIR FATALIS.
LUI PROCURER DES ARMES.
POUR VÊTIR FATALIS.
MASQUER SA FACE.

UN ÊTRE NOMMÉ LE CÉLESTE RÊVEUR* NOUS A JOUÉ CETTE FARCE SINISTRE, À MON ENNEMI REED RICHARDS ET À MOI.
REED ET MOI AVIONS VAINCU CE DEMI-DIEU.
MAIS C'EST LE CÉLESTE QUI A RI LE DERNIER.
ME VOICI CAPTIF SUR LA PLANÈTE DE FATALIS.**
* VOIR FANTASTIC FOUR 25 (VO)
** REED RICHARDS, LEADER DES FANTASTIQUES, EST RESTÉ SUR TERRE, SOUS L'ARMURE DE FATALIS.

ET ME VOICI REPARTI À LA CONQUÊTE DE MA PLANÈTE.
LE SOLEIL MÊME ME RAILLE.
MA TERRE NATALE GRAVITE SUR LA MÊME ORBITE... AU POINT OPPOSÉ.
JE VEUX Y RETOURNER.
JE NE PUIS M'ÉTERNISER ICI.

LES ÉTOILES SONT EN POSITION HIVERNALE.
À L'INVERSE DE LEUR SITUATION SUR TERRE.
GRÂCE À ELLES, JE DÉTERMINE MES COORDON-NÉES.
JE SUIS À DES MILLIERS DE KILOMÈTRES DE LA CIVILISATION.
JE SUIS HOMME PRIMITIF...
... ET MON PIRE ENNEMI USURPE MON ROYAUME.
MAIS CECI DEVRA ATTENDRE.
MA PRIORITÉ ACTUELLE EST DE SURVIVRE.
LE DÉFI EST MA FOI À LA MESURE DE FATALIS.

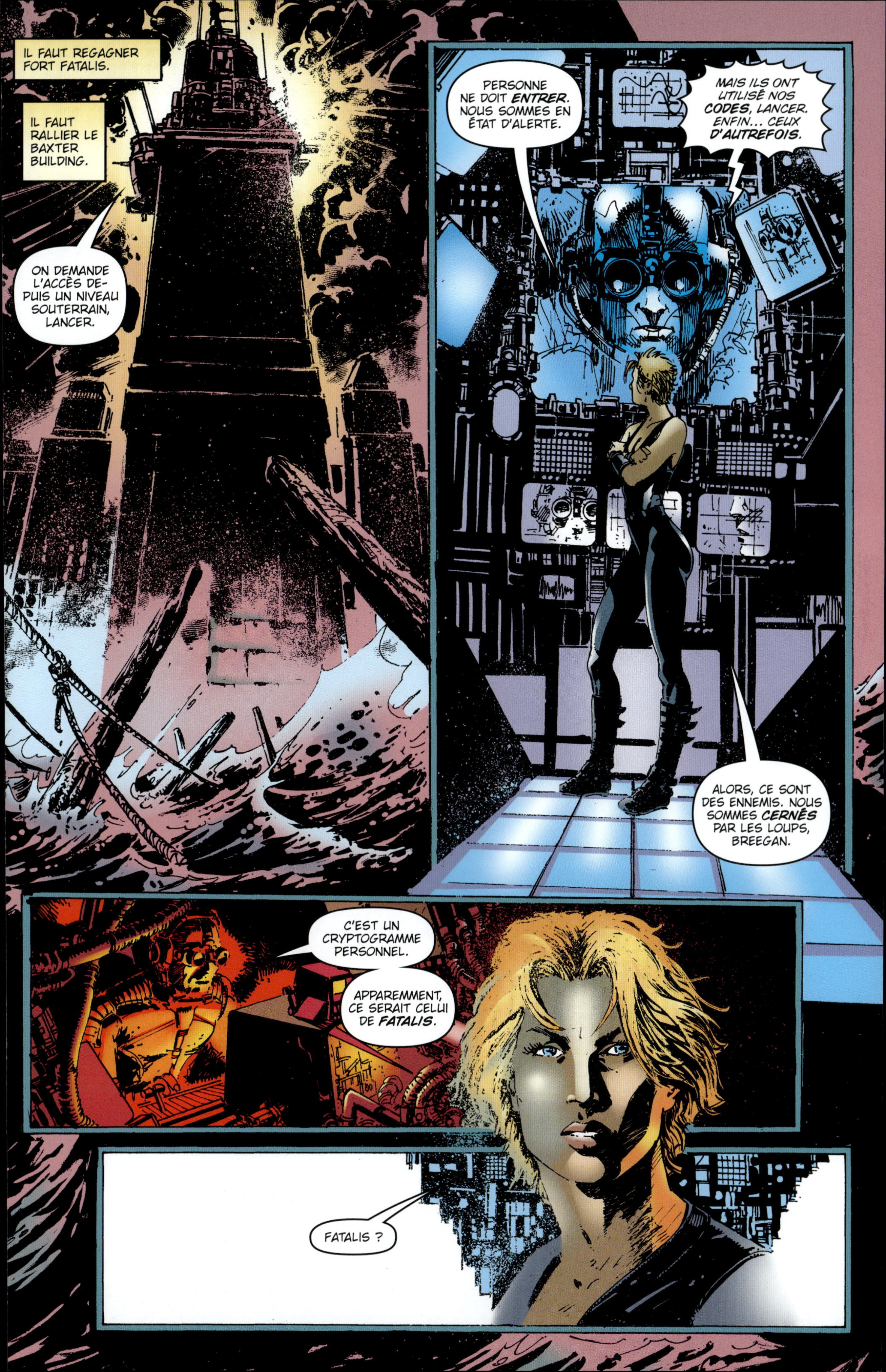
IL FAUT REGAGNER FORT FATALIS.
IL FAUT RALLIER LE BAXTER BUILDING.
ON DEMANDE L'ACCÈS DEPUIS UN NIVEAU SOUTERRAIN, LANCER.
PERSONNE NE DOIT ENTRER. NOUS SOMMES EN ÉTAT D'ALERTE.
MAIS ILS ONT UTILISÉ NOS CODES, LANCER. ENFIN... CEUX D'AUTREFOIS.
ALORS, CE SONT DES ENNEMIS. NOUS SOMMES CERNÉS PAR LES LOUPS, BREEGAN.
C'EST UN CRYPTOGRAMME PERSONNEL.
APPAREMMENT, CE SERAIT CELUI DE FATALIS.
FATALIS ?

OUVREZ-MOI, IMBÉCILES, OU CRAIGNEZ MA COLÈRE !
NON !
REFUSÉ !
VOUS OSEZ PROVOQUER FATALIS LUI-MÊME ?
CRÉTINS.
FZASK !
PAS MAL, LE DÉGUISEMENT, BRAVO !
MH ?
LA VOIX AUSSI EST PLUTÔT BIEN IMITÉE.

UNGH !
ZORCH !
MAIS L'HABIT NE FAIT PAS LE MOINE.
QUI T'EN-VOIE ?
ATLANTES ? DEZERKERS ? THRAXIS ?
DES LÉGIONS... ME SUIVENT...
MA MORT... NE CHANGERA RIEN...
ALORS...

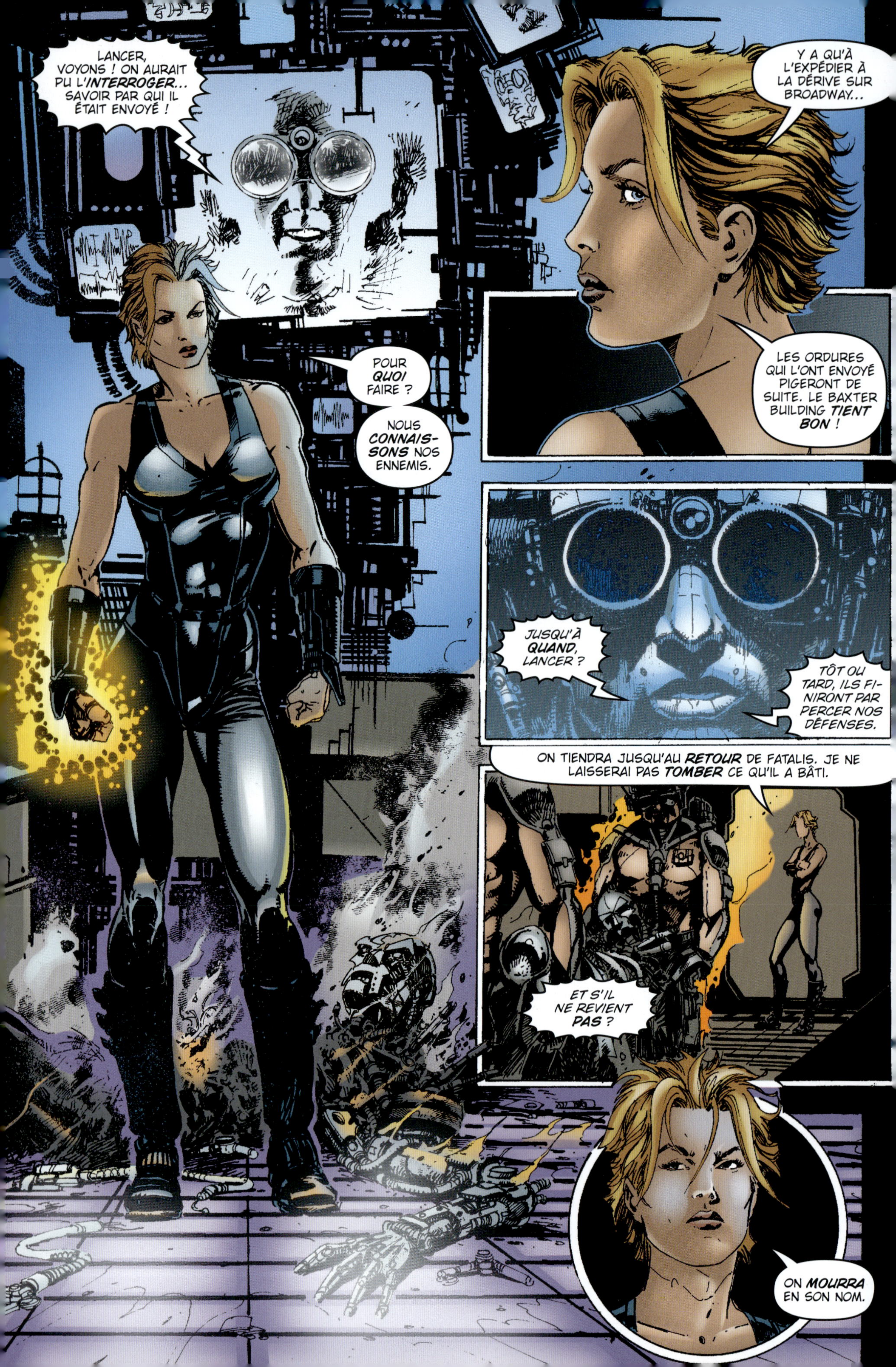
LANCER, VOYONS ! ON AURAIT PU L'INTERROGER... SAVOIR PAR QUI IL ÉTAIT ENVOYÉ !
POUR QUOI FAIRE ?
NOUS CONNAISSONS NOS ENNEMIS.
Y A QU'À L'EXPÉDIER À LA DÉRIVE SUR BROADWAY...
LES ORDURES QUI L'ONT ENVOYÉ PIGERONT DE SUITE. LE BAXTER BUILDING TIENT BON !
JUSQU'À QUAND, LANCER ?
TÔT OU TARD, ILS FINIRONT PAR PERCER NOS DÉFENSES.
ON TIENDRA JUSQU'AU RETOUR DE FATALIS. JE NE LAISSERAI PAS TOMBER CE QU'IL A BÂTI.
ET S'IL NE REVIENT PAS ?
ON MOURRA EN SON NOM.

D'ICI À NEW YORK, UN MONDE À TRAVERSER.
DE LÀ-BAS, JE SONGERAI À RENTRER CHEZ MOI.
IL ME FAUT DES ARMES, UN TRANSPORT.
CES LUMIÈRES... SI LOIN DE TOUT LIEU HABITÉ.
"TERRE"... *VRAIMENT*.
IL FAUT ME PRÉPARER À TOUTE ÉVENTUALITÉ.
ET AUSSI À SAISIR AU VOL LES MOINDRES OPPORTUNITÉS.

MINE.
CES OBJETS SERAIENT FORT UTILES À FATALIS.
ILS SERONT MIENS.
TÔT OU TARD.
STOP ! N'AVANCE PAS !

TU ES SUR LE TERRITOIRE D'AL-KHALAD !
IL EST CLÉMENT, MAIS JUSTE. CHOISIS.
L'ESCLA-VAGE OU LA MORT.
FATALIS... *ESCLAVE* ?
JAMAIS.
HÉ ?!
SHUH-SHRANG!

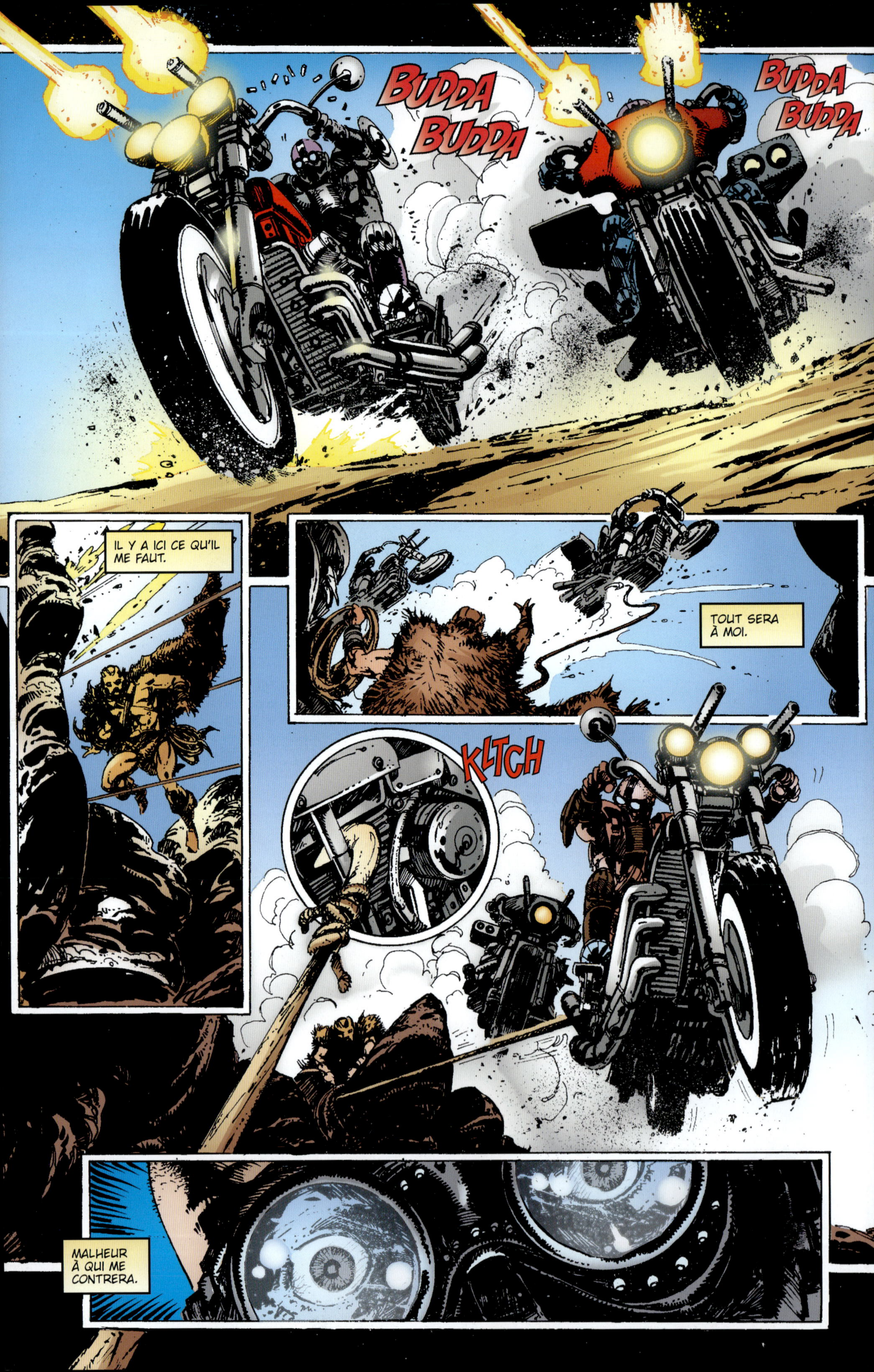
BUDDA BUDDA
BUDDA BUDDA
IL Y A ICI CE QU'IL ME FAUT.
TOUT SERA À MOI.
KLTCH
MALHEUR À QUI ME CONTRERA.

DUSSÉ-JE COUVRIR LA SAVANE DE CADAVRES...
YAAA !
... MA VOLONTÉ VAINCRA !
BUH-KROOM !
JE MODIFIERAI LES COMPOSANTES DE CE PISTOLET...
... POUR EN FAIRE UNE ARME DE GRANDE PUISSANCE.
MAIS ICI, IL DOIT ME SERVIR TEL QUEL.
SON VÊTE-MENT ME CONVIENT MIEUX QUE CES PEAUX.
LÀ, VOICI... IL VAUT...

AARRGH!
BZZZZZZZZZZPPPPPP
IL EST REPOUSSANT, TUVO.
MAIS IL EST FORT, MAGNIFI-CENCE. LA PREUVE... IL A SURVÉCU À SON VOYAGE PÉDESTRE.
EXACT.
MAIS SON DESTIN S'ACHÈVERA ICI. IL M'APPAR-TIENT... À MOI, AL-KHALAD.
AU QUARTIER DES ESCLAVES !

JE SOUFFRE... DONC JE VIS.
... IL EST LAID...
... RÉPUGNANT...
ON M'ENTRAÎNE À L'INTÉRIEUR DE LA MINE.
MON **DÉSIR** EST EXAUCÉ.
JE SUIS TUVO.
BIENVENUE AU SERVICE D'**AL-KHALAD** LE MAGNIFIQUE.
TU TRAVAILLERAS ICI JUSQU'À LA MORT.
J'AURAIS DÛ T'ABATTRE. MAIS TES VICTIMES ÉTAIENT DES **SOTS**.
ET TON ÉCHINE ME SEMBLE AUSSI **PUISSANTE** QUE TON VISAGE EST REPOUSSANT.
VOILÀ TA CELLULE.
LEUR CLÉMENCE CAUSERA LEUR **PERTE**.

ON ABOIE DES ORDRES DE TOUTE PART.
LA MEUTE HURLE CONTRE MOI.
FATALIS OBTEMPÈRE, PARCE QUE LUI-MÊME EN A DÉCIDÉ AINSI.
CENTRE DE COMMUNICATIONS PAR SATELLITES.
PRODUITS EXPLOSIFS.
AVIONS ANCIEN MODÈLE...
TOUT VA BIEN.
TE VOILÀ CHEZ TOI !
HA HA !

QUI ACCEPTE L'ESCLAVAGE CESSE D'ÊTRE UN HOMME.
PLUS D'ESPOIR. PLUS DE HONTE.
ILS SONT PRÊTS À TOUT POUR S'ATTIRER LA BIEN-VEILLANCE DU MAÎTRE.
IL Y A ICI UNE HIÉRARCHIE, POURTANT.
ÉCOUTE DONC, PORC.
MÊME LES MEUTES ONT LEUR CHEF.
TU ES À MOI.
À TOI LA CORVÉE D'EAU. TU ME DONNERAS LA MOITIÉ DE TES RATIONS, TU FERAS LA MOITIÉ DE MON TRAVAIL.
ET SI TU REFUSES...
GUK!

CE N'EST PAS LA MORT DU LION.
IL NE LA MÉRITAIT PAS.
LA PAROLE...
... DE FATALIS FAIT LOI.
QUI ME SUIVRA SERA LIBÉRÉ.
QUI ME DÉFIERA MOURRA AUSSI.
JE NE COMPTE PAS RESTER EN CE LIEU.
JE VOUS EMMÈNERAI AVEC MOI.
TOUT TRAÎTRE SERA MIS À MORT.
CE N'EST PAS LÀ UNE MENACE EN L'AIR.
VOUS CROYEZ CONNAÎTRE LA PEUR. VOUS CROYEZ CONNAÎTRE L'OPPRESSION.
VOUS NE CONNAISSEZ PAS FATALIS.

DOOM (2000) 2
Couverture : **LEONARDO MANCO**

TROIS JOURS DANS CETTE MINE.
AYANT OSÉ S'ATTAQUER À UN CÉLESTE, FATALIS A ÉTÉ BANNI SUR UNE TERRE ALTERNATIVE GRAVITANT SUR L'ORBITE SOLAIRE, À L'OPPOSÉ DE NOTRE TERRE. IL A ÉTÉ CAPTURÉ PAR AL-KHALAD ET ENRÔLÉ PARMI SES ESCLAVES.
ILS M'ONT CONFIÉ UN MARTEAU-PIQUEUR.
IDIOTS.
PRÉSENTE
ESCLAVES
CHUCK DIXON SCÉNARIO
LEONARDO MANCO DESSIN
MARIANA SANZONE COULEURS
ASTARTE DESIGN – ROMA LETTRAGE
BOBBIE CHASE, BOB HARRAS RÉDACTION USA

CELUI-CI. L'HOMME MASQUÉ. N'EST-CE PAS LUI QUI A TRAVERSÉ LE DÉ-SERT À PIED ?
SAIS-TU SON NOM ? SON HISTOIRE ?
EN EFFET, MAGNIFICENCE.
NON, IL NE PARLE PAS. IL DOIT ÊTRE IDIOT.

SURVEILLE-LE BIEN, TUVO.
QUE CRAINS-TU DONC, GRAND AL-KHALAD ?
JE NE CRAINS RIEN. MAIS CET HOMME EST DIFFÉRENT.
JE LE TIENDRAI À L'ŒIL..
POUAH... QUELLE PUANTEUR, ICI !

SI TU ME SOUPÇONNES JAMAIS DE CONNAÎTRE LA PEUR...
... IL T'EN COÛTERA LA VIE.
PARDON, MAÎTRE MISÉRICORDIEUX.
TROIS JOURS SOUS TERRE.
UN TRAVAIL DANGEREUX.
LE TEMPS S'ARRÊTE.
LES ÉTOILES, LÀ-HAUT, SONT LES MÊMES QUE CELLES DE MA PLANÈTE NATALE.
LE MONDE RÉEL POUR MOI. GRAVITANT AUSSI AUTOUR DU SOLEIL, MAIS À SON OPPOSÉ.
CE LIEU EST UNE COPIE CRUELLE DE LA TERRE.
CRÉÉ PAR L'ESPRIT D'UN ENFANT... FRANKLIN RICHARDS.
AH BAH ! CE MONDE AUSSI VAUT D'ÊTRE CONQUIS.

C'EST MON DERNIER JOUR DANS LA MINE.
LA LIBERTÉ APPROCHE.
LE TEMPS DES *TRIBULATIONS* EST PRESQUE FINI.
TOI, LÀ. AU TRAVAIL !
AHEM ! RANIME CET IMBÉCILE, YURI !
ET TOI, *JULDI* !
QUE FAIS-TU APPUYÉ SUR TON PIC ?
T-SAP !
QUOI, YURI ?
IL A *BESOIN* D'UNE VIRÉE SUR LA ROUE, JE CROIS.
IL A L'AIR *MALADE*...
ÉCARTEZ-VOUS, JE VAIS LE *GUÉRIR*.
AH AH AH !!

UHNHH !
CETTE LONGUE CAPTIVITÉ A OBSCURCI LEUR ESPRIT.
ILS SE LAISSENT LEURRER COMME DES *ENFANTS* !
C'EST LE PREMIER PAS VERS LA LIBERTÉ.
UNNHH !
PREMIER PAS VERS LA RECONQUÊTE DE CE MONDE.
MONDE QUI LÉGITIMEMENT *M'APPARTIENT*.
PRENEZ LEURS *ARMES*.
TENEZ-VOUS AU *PLAN*.

DIRECTION LA SURFACE. TUEZ LES GARDES, LIBÉREZ VOS FRÈRES ESCLAVES.
JE SABOTE LES RADIOS, ILS NE POURRONT PAS APPELER DE RENFORTS.
C'EST LE POINT DE NON-RETOUR.
ILS SAVENT QUE LA VICTOIRE LES ARRACHERA À LA SERVITUDE, ET QUE...
S'ILS ÉCHOUENT, ILS MOURRONT.
DEUX FAÇONS DE SE LIBÉRER.

IDIOTS.
MAIS UTILES.
ILS NE SAVENT PAS QUE CE N'EST QU'UNE DIVERSION.
JE RÉPÈTE, LES ESCLAVES ARMÉS SE DIRIGENT VERS LE NIVEAU 30 !
VOUS TIEN-DREZ ?
JE N'AI EN VUE QUE MA PROPRE LIBERTÉ.
HEIN ?
SURFACE À CONTRÔLE... TIENDREZ-VOUS ?
POUVEZ-V... SKKK !
FATALIS À FORT FATALIS.
JE RÉPÈTE. FATALIS À FORT FATALIS.

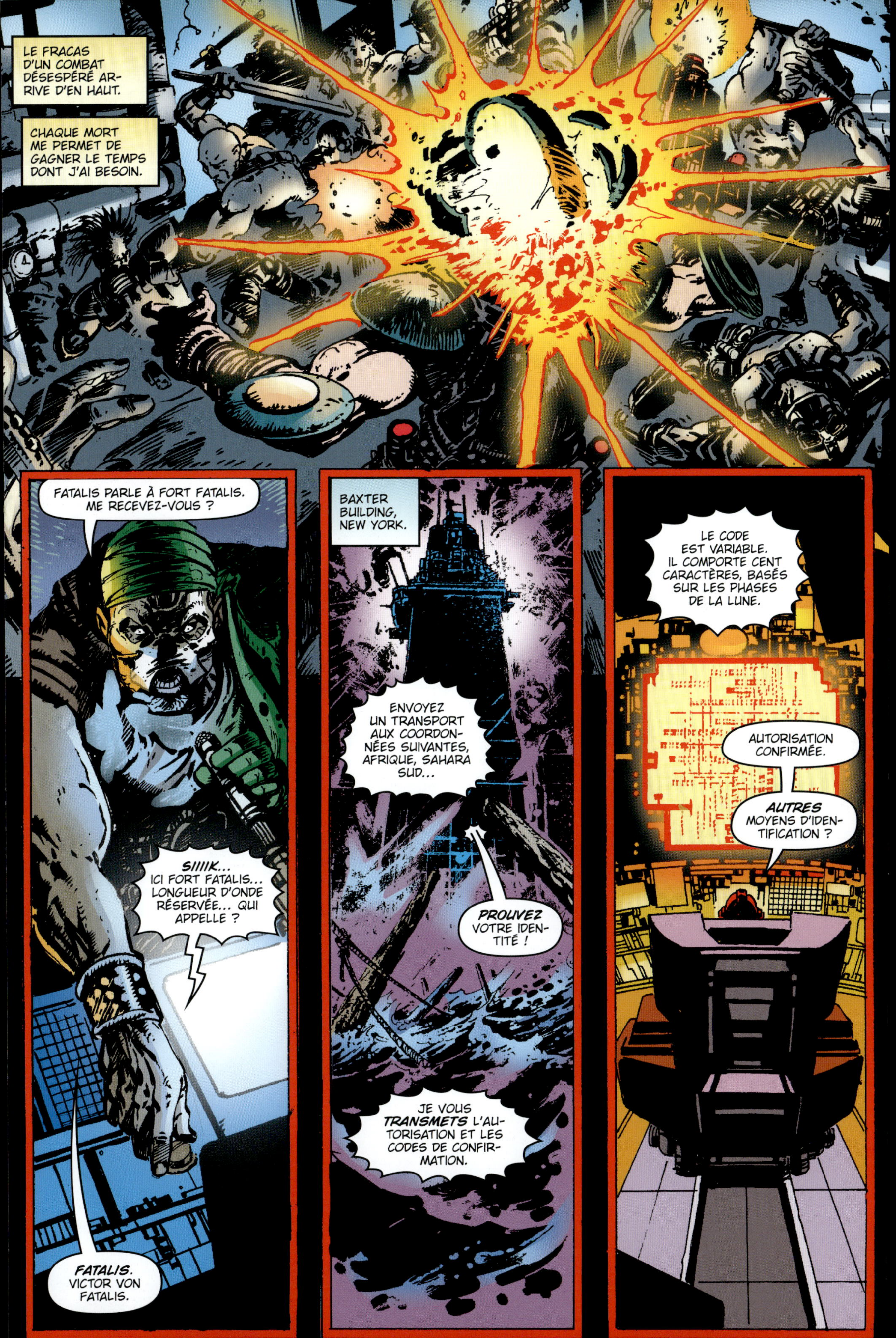

LE FRACAS D'UN COMBAT DÉSESPÉRÉ ARRIVE D'EN HAUT.
CHAQUE MORT ME PERMET DE GAGNER LE TEMPS DONT J'AI BESOIN.
FATALIS PARLE À FORT FATALIS. ME RECEVEZ-VOUS ?
SIIIIK... ICI FORT FATALIS... LONGUEUR D'ONDE RÉSERVÉE... QUI APPELLE ?
FATALIS. VICTOR VON FATALIS.
BAXTER BUILDING, NEW YORK.
ENVOYEZ UN TRANSPORT AUX COORDONNÉES SUIVANTES, AFRIQUE, SAHARA SUD...
PROUVEZ VOTRE IDENTITÉ !
JE VOUS TRANSMETS L'AUTORISATION ET LES CODES DE CONFIRMATION.
LE CODE EST VARIABLE. IL COMPORTE CENT CARACTÈRES, BASÉS SUR LES PHASES DE LA LUNE.
AUTORISATION CONFIRMÉE.
AUTRES MOYENS D'IDENTIFICATION ?

TRANSMETS MON APPEL...
... OU SACHE QU'À MON RETOUR, MON VISAGE SERA LE DERNIER SPECTACLE QUE TU CONTEMPLERAS.
QUEL FAUSSAIRE POURRAIT REPRODUIRE CE CODE ? JE SUIS...
... FATALIS.
EST-CE COMPR...
KLIK
IL Y A EU UN MESSAGE, BREEGAN ?
NON, LANCER. RIEN QUE DES INTERFÉRENCES.
TU EN ES SÛR ?
TOUT À FAIT.
J'AI POURTANT CRU...
TANT PIS.

AUCUN APPUI DE L'EXTÉRIEUR.
IDIOT !
TU ÉPROUVERAS MA COLÈRE !
FATALIS NE PEUT COMPTER QUE SUR LUI-MÊME.
ICI ENCORE.
JE M'ÉVADERAI SANS L'AIDE DE PERSONNE.
J'EN FERAI D'ABORD UN DÉSERT DE SCORIES.
UN CRATÈRE FUMANT DANS LE SOL.
UN *MÉMORIAL* À QUI CONTRE-CARRERAIT FATALIS.

RIEN DE VIVANT NE SUBSISTE.
PAR LE PROPHÈTE !
LA MINE EST EN FLAMMES !
AMENEZ-MOI TUVO !
JE VEUX SAVOIR CE QUI S'EST PASSÉ, ET QUI EN EST...
... RESPONSABLE.
ILS VOULAIENT ASSERVIR FATALIS.
ILS VOULAIENT L'ENCHAÎNER.
ILS ONT CHERCHÉ À L'HUMILIER.

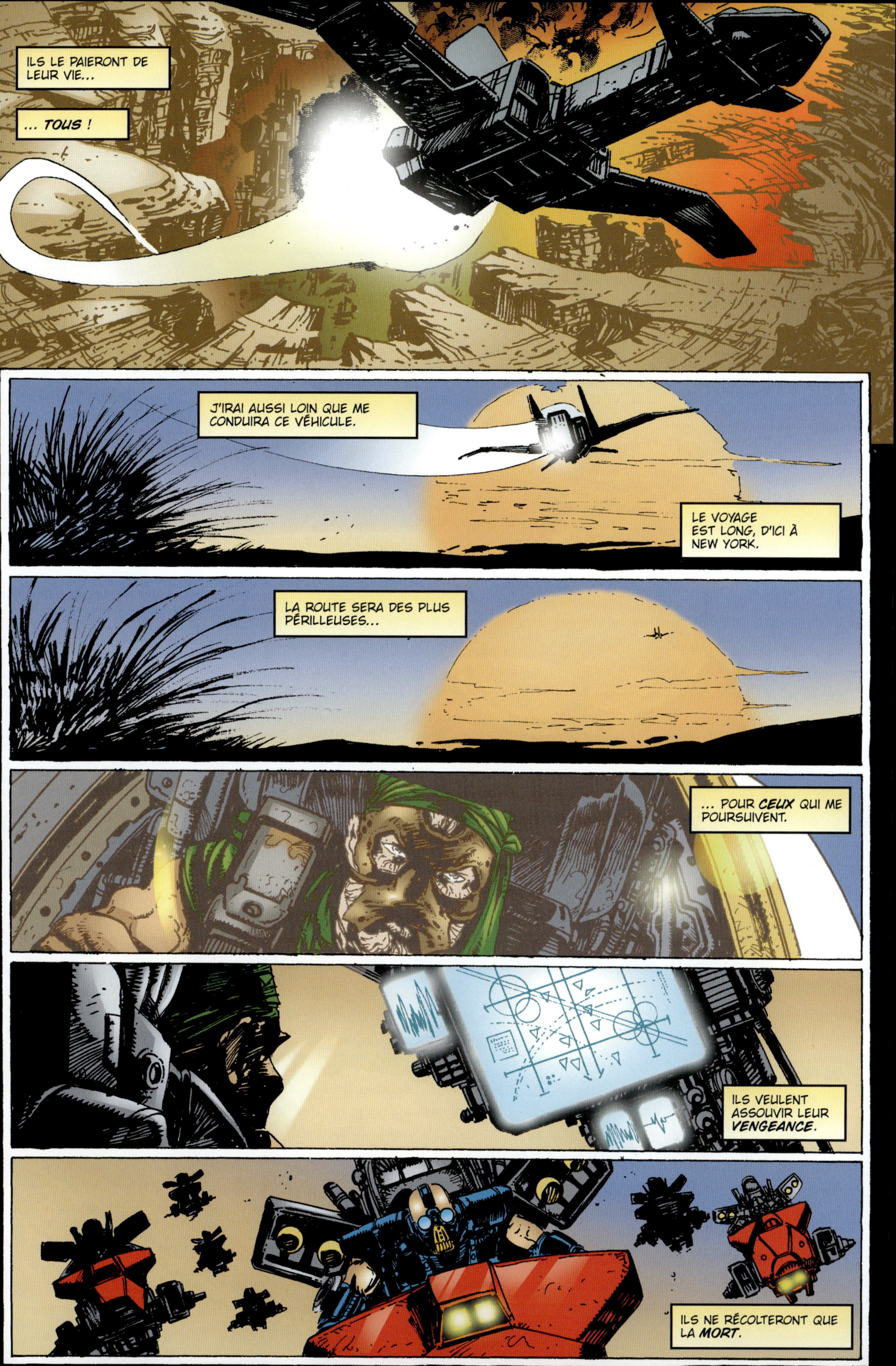
ILS LE PAIERONT DE LEUR VIE...
... *TOUS* !
J'IRAI AUSSI LOIN QUE ME CONDUIRA CE VÉHICULE.
LE VOYAGE EST LONG, D'ICI À NEW YORK.
LA ROUTE SERA DES PLUS PÉRILLEUSES...
... POUR *CEUX* QUI ME POURSUIVENT.
ILS VEULENT ASSOUVIR LEUR *VENGEANCE*.
ILS NE RÉCOLTERONT QUE LA *MORT*.

JE ME RUE VERS LA LIBERTÉ, ET...
LA NUIT A L'AIR CALME, LANCER.
OUI, MARCUS... EN SURFACE.
JE TE PARIE QU'EN CE MOMENT, ILS ORGANISENT UNE ATTAQUE.
J'AI HÂTE QUE FATALIS REVIENNE. JE SUIS À BOUT DE RÉSISTANCE.
À FORCE, NOS ENNEMIS FINIRONT PAR PERCER NOS DÉFENSES.
"SOUS CES EAUX CALMES, ON CONSPIRE..."
TU M'AS PROMIS L'ARME QUI VIENDRAIT À BOUT DU BAXTER BUILDING.
OUI, EN EFFET...
... SIRE BYRRAH.
GARDE-TOI DE ME DÉCEVOIR, ENCHANTERESSE !
J'ESPÈRE QUE NON, SIRE.
RIEN NE TE SAUVERA SI L'ENTREPRISE ÉCHOUE.
MALGRÉ ALLIÉS, ARMES ET MENACES, NOUS N'AVONS PU NOUS INTRODUIRE DANS LA FORTERESSE DE FATALIS.
SES VALETS Y MONTENT LA GARDE !
LES SOTS ATTENDENT SON RETOUR !

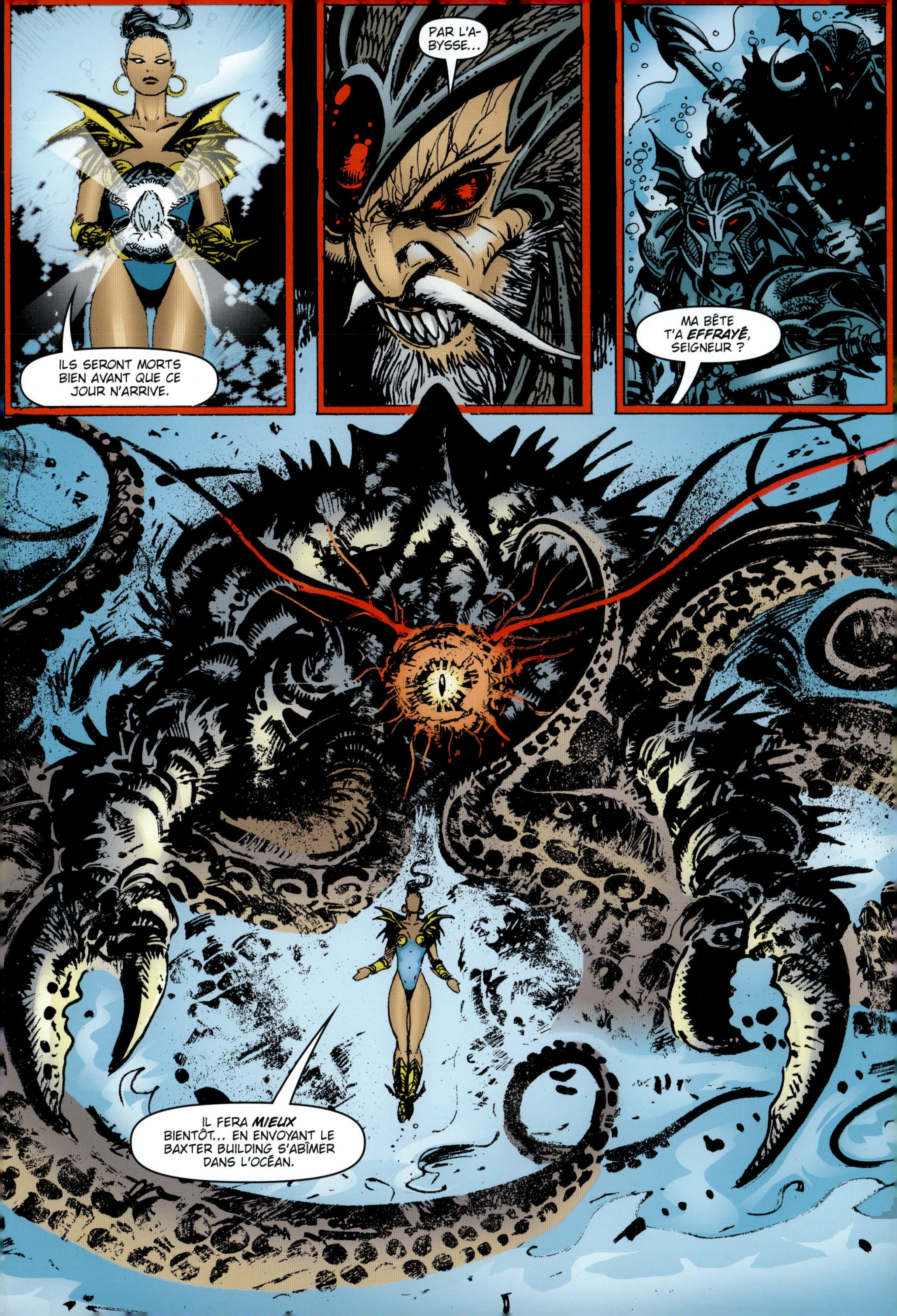
ILS SERONT MORTS BIEN AVANT QUE CE JOUR N'ARRIVE.
PAR L'A-BYSSE...
MA BÊTE T'A ***EFFRAYÉ***, SEIGNEUR ?
IL FERA ***MIEUX*** BIENTÔT... EN ENVOYANT LE BAXTER BUILDING S'ABÎMER DANS L'OCÉAN.

LES SYSTÈMES DE POSITIONNEMENT SONT PRIMITIFS.
J'IGNORE *PRÉCISÉMENT* OÙ JE ME TROUVE...
À DES MILLIERS DE KILOMÈTRES DE MON BUT, EN TOUT CAS.
IL FAUT DISTANCER LES *CHASSEURS*.
ILS SONT RAPIDES ET PRESTIGIEUSEMENT ARMÉS.
MAIS JE PUIS UTILISER LE TERRAIN CONTRE EUX.

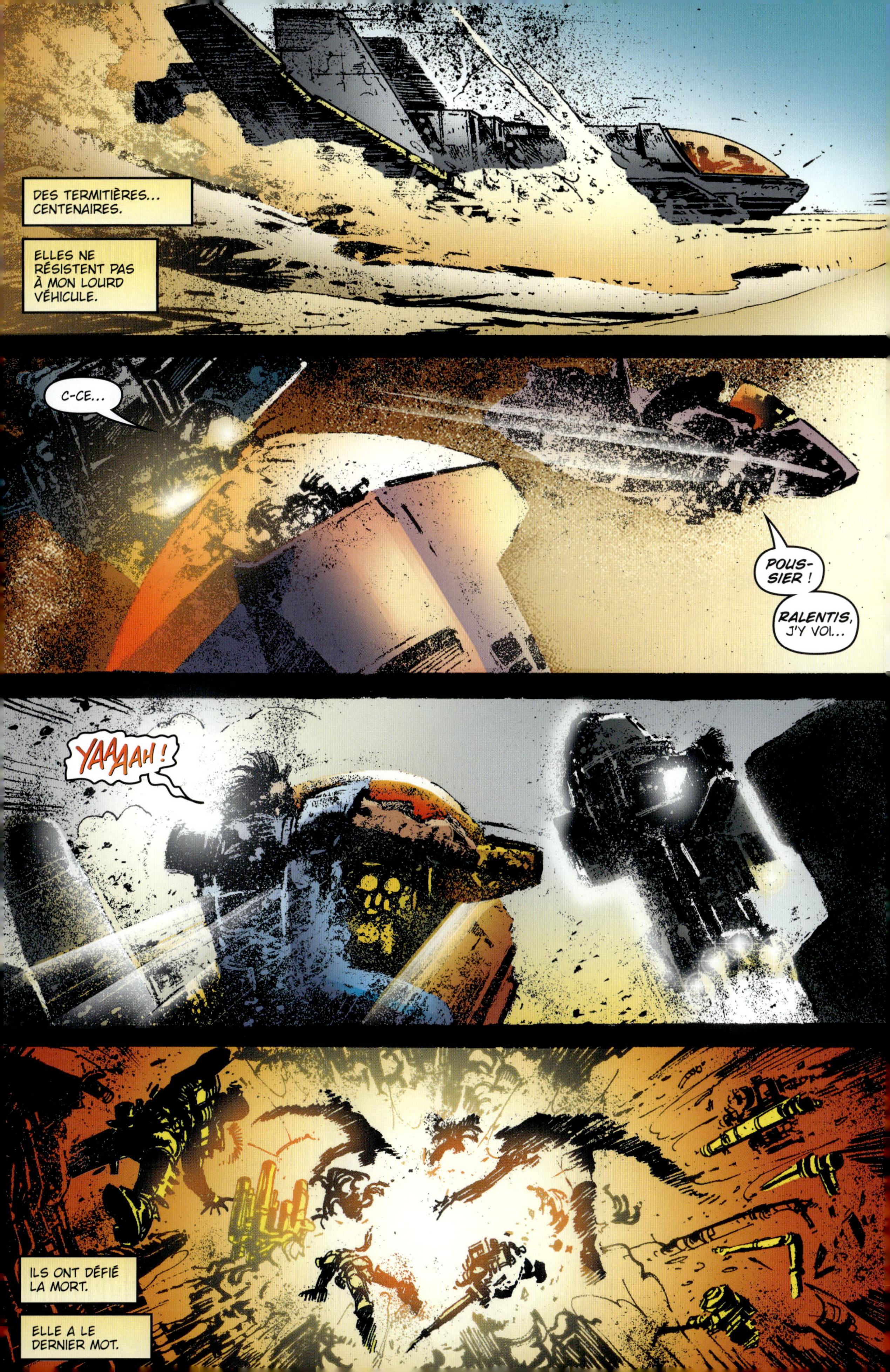

DES TERMITIÈRES... CENTENAIRES.
ELLES NE RÉSISTENT PAS À MON LOURD VÉHICULE.
C-CE...
POUS-SIER !
RALENTIS, J'Y VOI...
YAAAAH !
ILS ONT DÉFIÉ LA MORT.
ELLE A LE DERNIER MOT.

ELLE A TOUJOURS LE DERNIER MOT.
RRRRRR
RRRRRR
OH !
QUOI, QU'Y A-T-IL ?
LE BAXTER BUILDING EST ATTAQUÉ !
PAR QUI ?
JE N'EN SAIS RIEN, LANCER.
LÀ !
LES ATLANTES ! TOUJOURS EUX !

LE MOTEUR DONNE DES SIGNES DE FATIGUE.
IL ME LÂCHE À CENT KILO-MÈTRES DE MON OBJECTIF.
JE MARCHE DEUX JOURS, SANS ARRI-VER NULLE PART.
PEUT-ÊTRE N'EST-CE PAS L'EXACTE RÉPLIQUE DE LA TERRE.
EN CE CAS, LE VOYAGE DE MA VIE S'ARRÊTE ICI.
TOUT EN BAS, DES MACHINES RÉPONDENT À MA TÉLÉCOMMANDE.

EN UN AUTRE LIEU...
UN AUTRE TEMPS...
J'AI DIRIGÉ LA CONSTRUCTION DE SANCTUAIRES...
ÉRIGÉS PARTOUT, ÇÀ ET LÀ PAR LE MONDE...
... POUR LA COMMODITÉ DE FATALIS.

AINSI, MA THÉORIE ÉTAIT EXACTE.
FRANKLIN RICHARDS A RECRÉÉ LA TERRE EN SES MOINDRES DÉTAILS, À L'EXCEPTION DE SES OCCUPANTS...
... PUIS IL A LIVRÉ CETTE PLANÈTE À LA SCÉLÉRATESSE HUMAINE ET AUX LUBIES DU DESTIN.
J'AI CRÉÉ CETTE BASE DANS CETTE ÉVENTUALITÉ.
J'IGNORAIS QUELLE POSSIBILITÉ ME SERAIT DONNÉE.

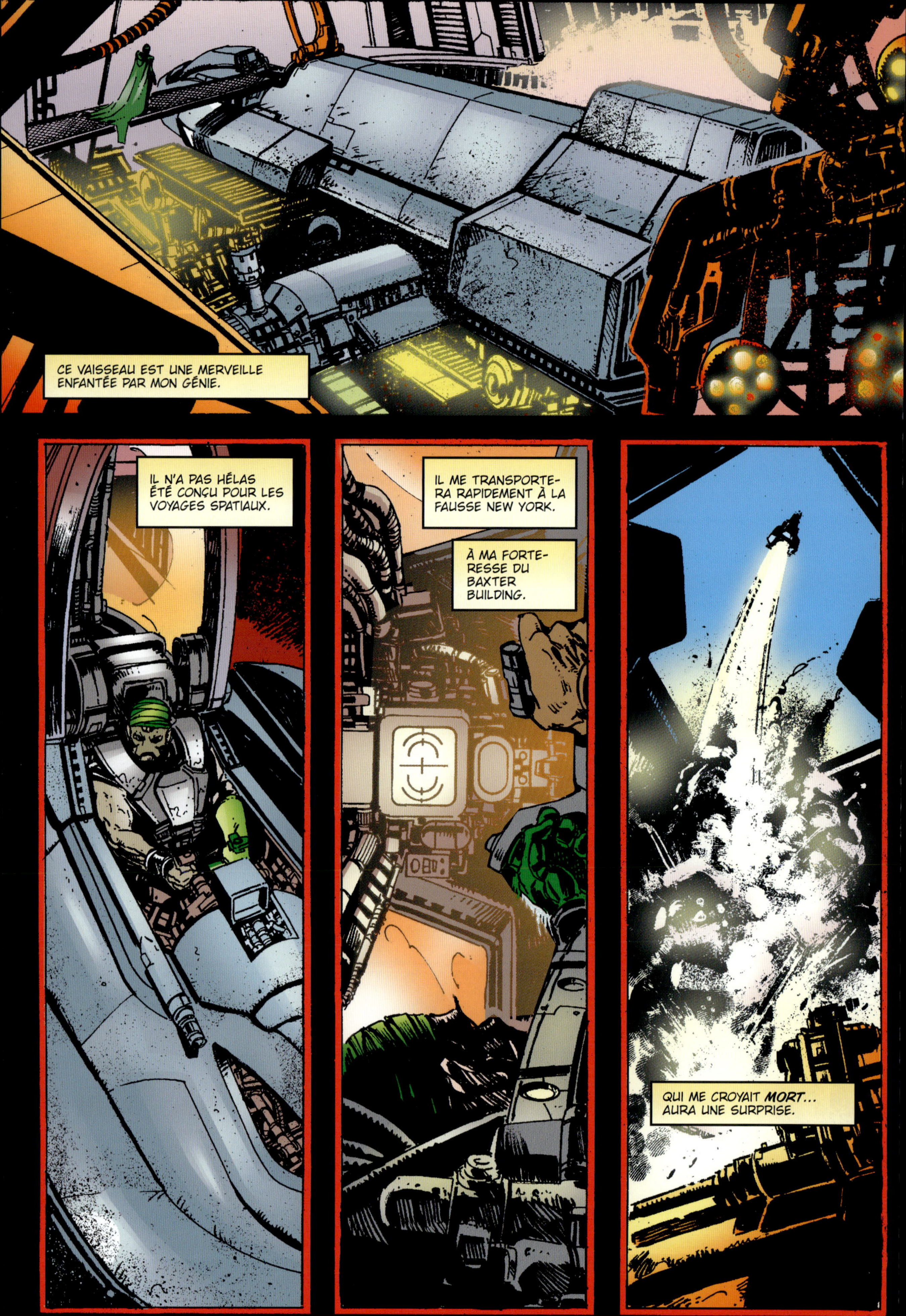
CE VAISSEAU EST UNE MERVEILLE ENFANTÉE PAR MON GÉNIE.
IL N'A PAS HÉLAS ÉTÉ CONÇU POUR LES VOYAGES SPATIAUX.
IL ME TRANSPORTERA RAPIDEMENT À LA FAUSSE NEW YORK.
À MA FORTERESSE DU BAXTER BUILDING.
QUI ME CROYAIT *MORT*... AURA UNE SURPRISE.

DOOM (2000) 3

Couverture : LEONARDO MANCO

SALVADOR
LIQUID!

Stan Lee PRÉSENTE
BATAILLE DU BAXTER BUILDING
MON HEURE APPROCHE.
JE M'ARRACHE À LA SURFACE DE CETTE PLANÈTE - CE MONDE ORBITANT À L'OPPOSÉ DE MA TERRE NATALE, PAR-DELÀ LE SOLEIL.
UN MONDE OÙ J'AI ÉTÉ BANNI PAR LA COLÈRE D'UN CÉLESTE.
CHUCK DIXON SCÉNARIO
LEONARDO MANCO DESSIN
MARIANA SANZONE COULEURS
G. COULOMB TRADUCTION
ASTARTE DESIGN - ROMA LETTRAGE
BRIAN SMITH, BOBBIE CHASE, JOE QUESADA RÉDACTION USA

JE DOIS RETOURNER À NEW YORK.
AU BAXTER BUILDING, SIÈGE DE MA PUISSANCE EN CE MONDE.
DE LÀ-BAS, J'AURAI LES MOYENS DE REGAGNER MA PLANÈTE NATALE.

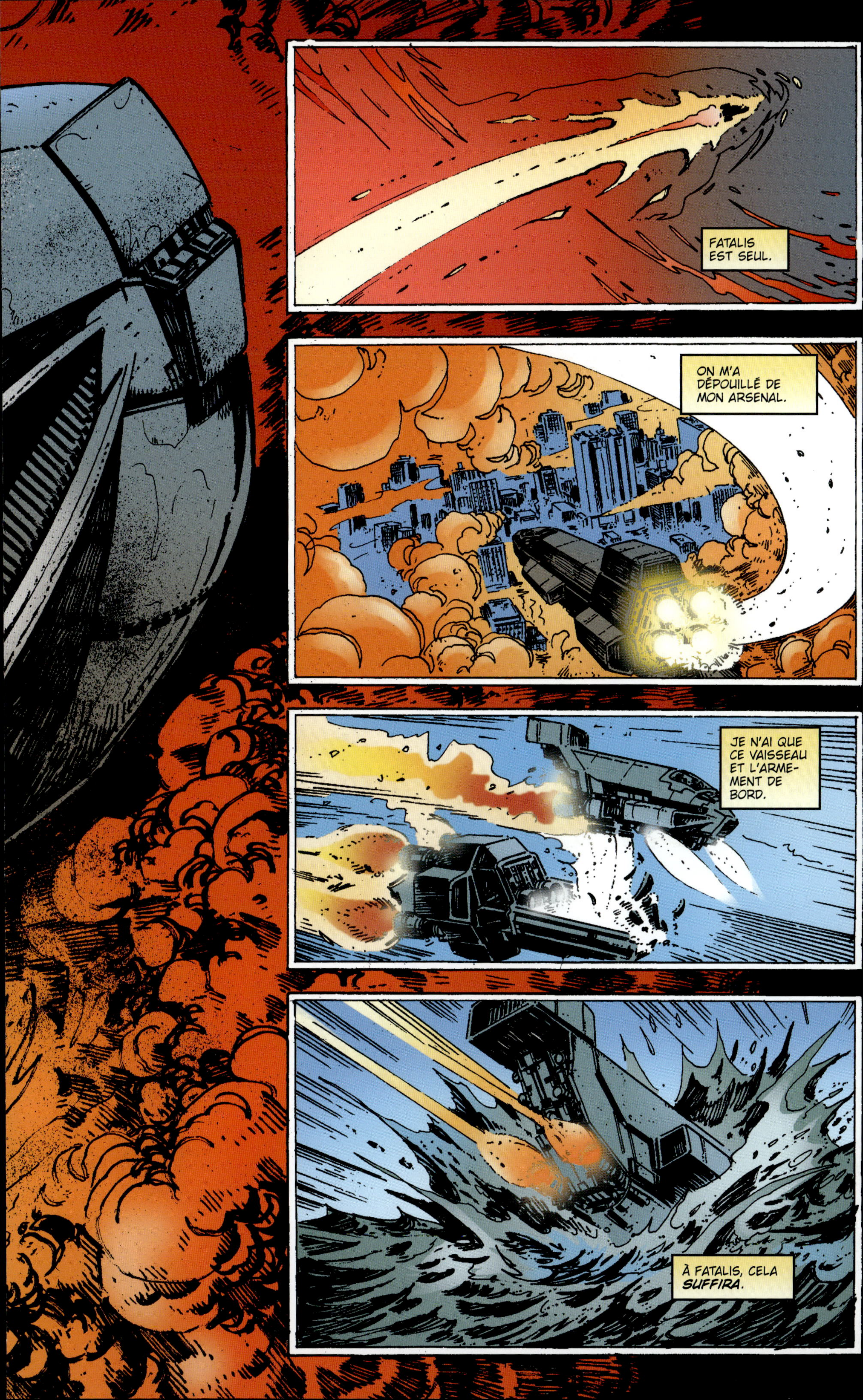
FATALIS EST SEUL.
ON M'A DÉPOUILLÉ DE MON ARSENAL.
JE N'AI QUE CE VAISSEAU ET L'ARMEMENT DE BORD.
À FATALIS, CELA *SUFFIRA*.

JE SUIS ARRIVÉ À PORTÉ DE TIR DU BAXTER BUILDING.
L'HORLOGE S'EMBALLE.
PAS QUESTION DE DÉPASSER L'HORAIRE PRÉVU.
SI JE PRENDS DU RETARD, JE SERAI PIÉGÉ ICI.
MALHEUR À QUI VOUDRAIT M'ARRÊTER.

FÛT-IL SUPÉRIEUR EN FORCE...
... ET EN NOMBRE.
TOUT EST INUTILE, LANCER !
ON A BALANCÉ À CE MONSTRE TOUT LE CONTENU DE L'ARSENAL...
ET IL ENCAISSE !
ON N'A PAS LE CHOIX, LES GARS.

SI ON CESSE LE FEU, LE BAXTER BUILDING TOMBERA.
DE TOUTE FAÇON, ON MOURRA. LES ATLANTES NE PARDONNENT PAS.
ON A UNE CHANCE MINUSCULE QUE FATALIS REVIENNE !
IL M'A NOMMÉE SON LIEUTENANT, JE CONNAIS MON DEVOIR. VOUS, SES SOLDATS, FAITES LE VÔTRE !
LA SEULE SOLUTION, C'EST DE TENIR.
FATALIS EST MORT. POURQUOI CONTINUER À RÉSISTER ?
ET QUI OSE ME DÉFIER ?

SEIGNEUR BYRRAH... UN VAISSEAU APPROCHE CÔTÉ TERRE.
QUELS SONT TES ORDRES ?
PAR LA NOIRE ABYSSE... FATALIS !
IL NE FAUT PAS QU'IL ARRIVE JUSQU'ICI !
TENEZ-LE SUR LA BRÈCHE. EMPÊCHEZ-LE DE S'APPROCHER DE MA POSITION.
LES ATLANTES.
ILS POSSÈDENT 80 % DE LA PLANÈTE... ET CELA NE LEUR SUFFIT PAS.
NI NE ME SUFFIRAIT, D'AILLEURS.
ENVOYEZ LES TORPILLES... FEU !

TU AS EU VRAIMENT TORT DE REVENIR ICI, FATALIS.
NEW YORK EST MIENNE !
D'UNE MANŒUVRE TRÈS SIMPLE, J'ESQUIVE LES MISSILES.
MAIS CE VAISSEAU DEVIENT LEUR CIBLE.
IL PEUT AUSSI ME SERVIR D'ARME.
J'ARRIVE À QUELQUES BLOCS DU BUT DE MON VOYAGE.
ICI, S'AMORCE MON PÉRIPLE DE RETOUR.

STUPIDE *PULMONÉ* !
IL VIENT *DROIT SUR* NOUS !
PAR L'ABYSSE...
IL VIENT DROIT SUR NOUS.
J'ARRIVE À POINT NOMMÉ, DIRAIT-ON.
LES ATLANTES DONNENT L'*ASSAUT* À LA CITÉ !

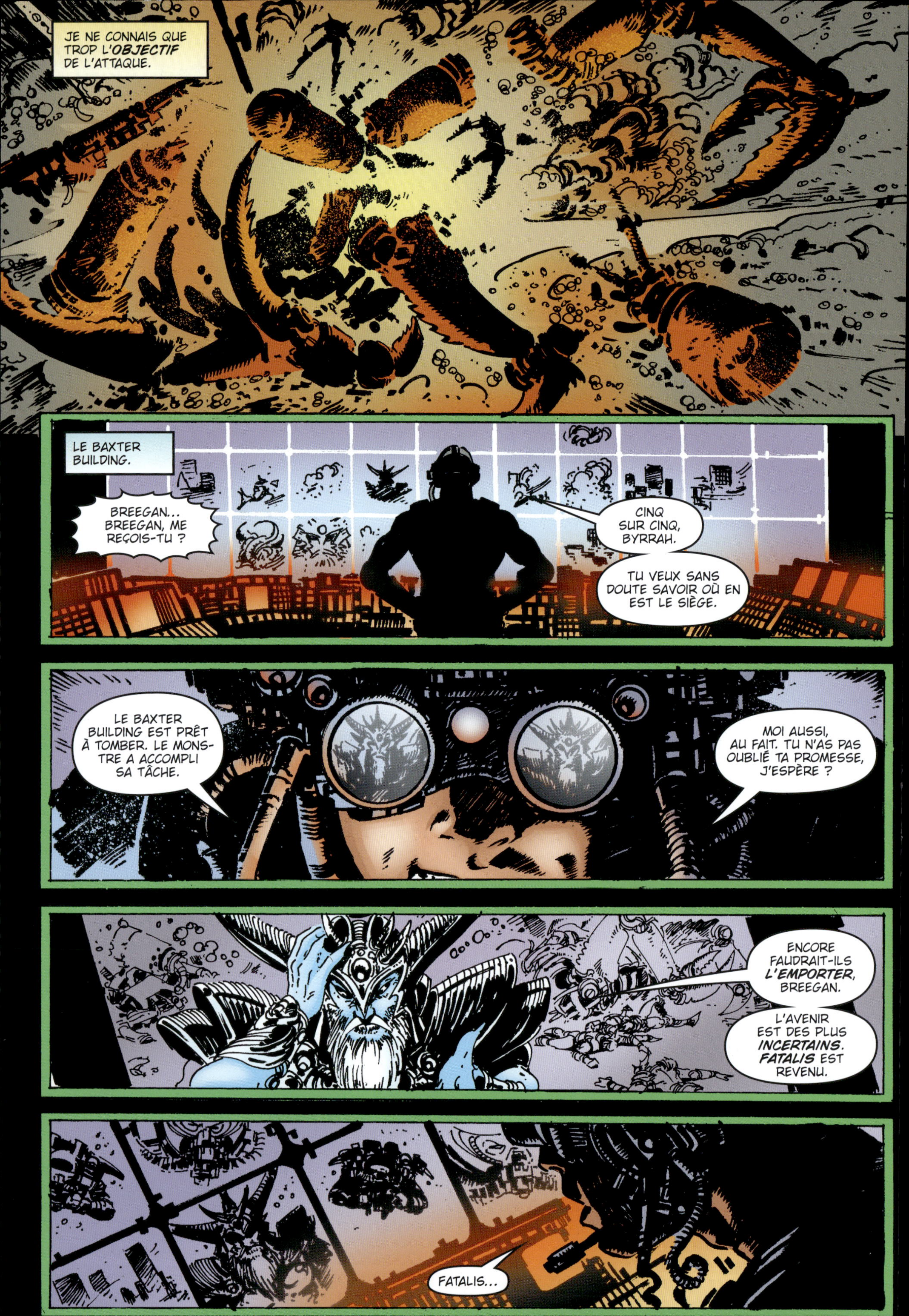
JE NE CONNAIS QUE TROP L'OBJECTIF DE L'ATTAQUE.
LE BAXTER BUILDING.
BREEGAN... BREEGAN, ME REÇOIS-TU ?
CINQ SUR CINQ, BYRRAH.
TU VEUX SANS DOUTE SAVOIR OÙ EN EST LE SIÈGE.
LE BAXTER BUILDING EST PRÊT À TOMBER. LE MONSTRE A ACCOMPLI SA TÂCHE.
MOI AUSSI, AU FAIT. TU N'AS PAS OUBLIÉ TA PROMESSE, J'ESPÈRE ?
ENCORE FAUDRAIT-ILS L'EMPORTER, BREEGAN.
L'AVENIR EST DES PLUS INCERTAINS. FATALIS EST REVENU.
FATALIS...

LE LANCE-PARTICULES A BLESSÉ LE KRAKEN.
OU IL L'A MIS EN ROGNE.
CHARGE MAXIMUM !
N-NON...
-UNNF !-

J'AI FAIT DE MON MIEUX, VICTOR.
MAIS TU DIS QUE ÇA NE SUFFIT PAS, HEIN ?
SUCCÈS OU ÉCHEC. BLANC OU NOIR.
VICTOIRE OU DÉFAITE.
QUELLES QU'AIENT ÉTÉ LES DIFFICULTÉS.

SI TU REVIENS, TU NE TROUVERAS QUE RUINES ET DEUIL.
JE ME SUIS PLANTÉE, FATALIS.
LE SOL LUI-MÊME SEMBLE *FRÉMIR*.
C'EST LE FRACAS DE LA *BATAILLE*.
LES ATLANTES LIVRENT L'AS-SAUT *FINAL*.
ME *SACHANT* DE RETOUR...
... ILS *REDOUBLENT* D'EFFORTS.

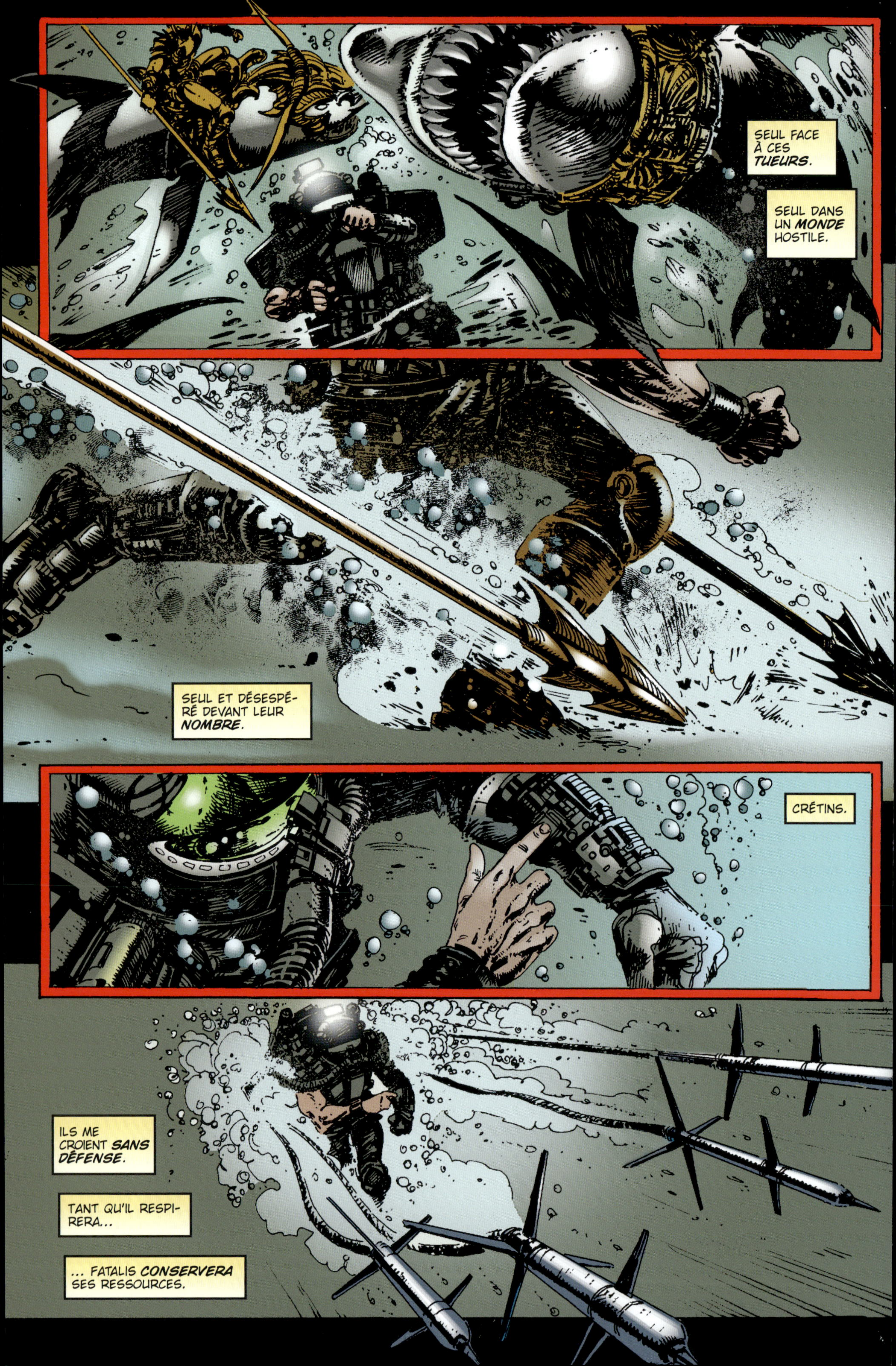
SEUL FACE À CES TUEURS.
SEUL DANS UN MONDE HOSTILE.
SEUL ET DÉSESPÉRÉ DEVANT LEUR NOMBRE.
CRÉTINS.
ILS ME CROIENT SANS DÉFENSE.
TANT QU'IL RESPIRERA...
... FATALIS CONSERVERA SES RESSOURCES.

JE MUE L'OCÉAN EN BOUILLOIRE ÉLECTRIQUE.
ILS CUISENT DANS LEUR ARMURE.
MAIS CELA ÉPUISE L'ÉNERGIE DE MES DIFFÉRENTES BATTERIES.
C'EST TROP DE GASPILLAGE.
LE TEMPS PRESSE.
MA SURVIE EST DÉSORMAIS LIÉE À MA VICTOIRE.

C'EST FINI, LE BUILDING VA S'ÉCROULER.
IL N'Y A PLUS RIEN POUR ARRÊTER CE MONSTRE.
UNE CRÉATURE DE CAUCHEMAR.
AUCUNE ARME NE L'ABATTRA.
JE N'AI QUE LA FORCE DE MON CORPS...
DE MON ESPRIT.
CELA ME SUFFIT.

LA VICTOIRE SERA À NOUS !
SORCIÈRE, ORDONNE À TA BÊTE D'ABATTRE CE FLÉAU HUMAIN !
HÉLAS, SEIGNEUR BYRRAH, LE MONSTRE L'A DÉJÀ TROUVÉE.
QU'EST-CE ?
CHASSE CETTE CRÉATURE !
IMPOSSIBLE, JE...
... N'EN SUIS PLUS MAÎTRE
CE MASTODONTE...
... A POUR CERVEAU UNE NOIX.
IL EST INCROYABLEMENT FACILE À CONTRÔLER.

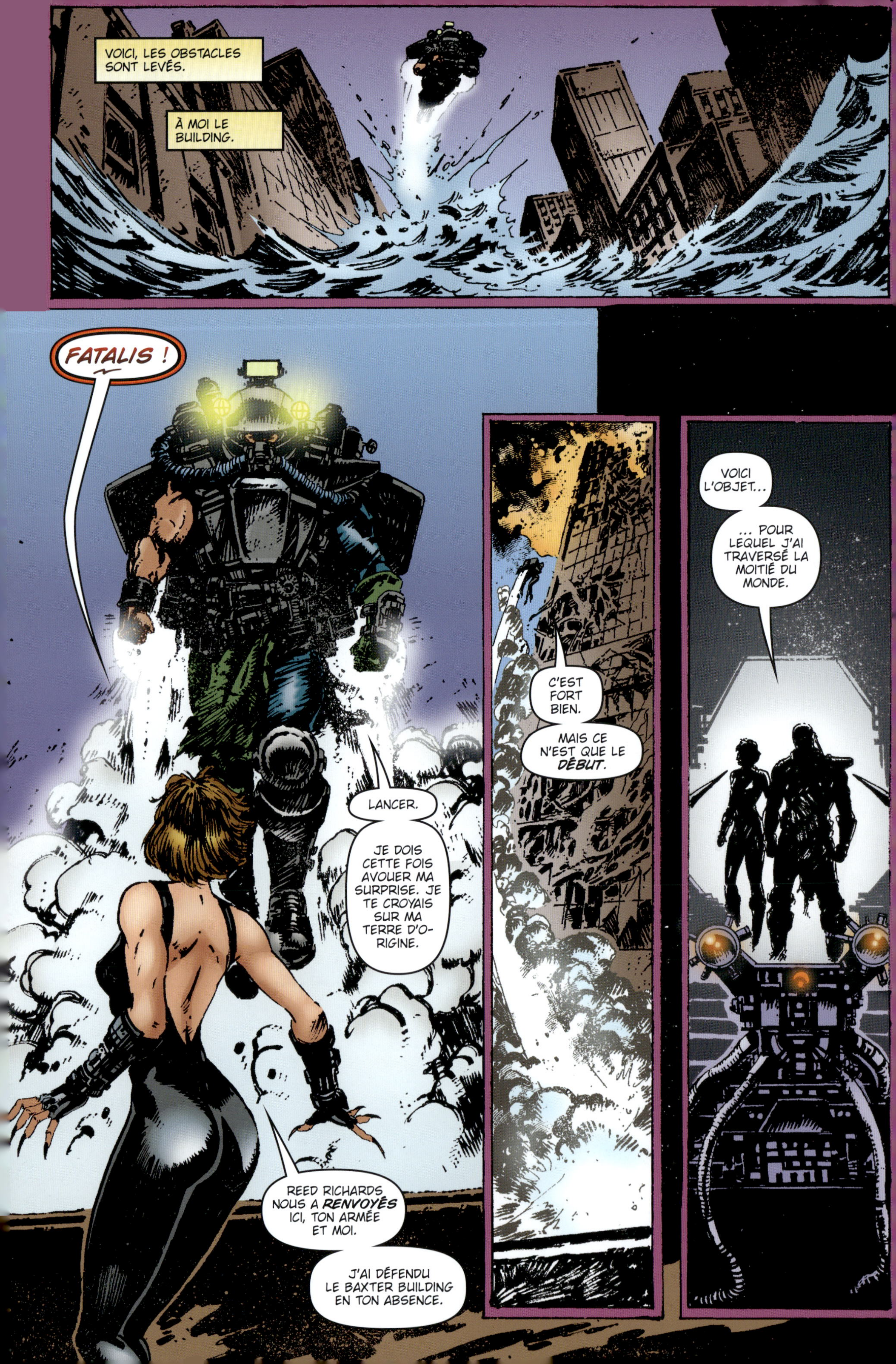

VOICI, LES OBSTACLES SONT LEVÉS.
À MOI LE BUILDING.
FATALIS !
LANCER.
JE DOIS CETTE FOIS AVOUER MA SURPRISE. JE TE CROYAIS SUR MA TERRE D'O-RIGINE.
REED RICHARDS NOUS A RENVOYÉS ICI, TON ARMÉE ET MOI.
J'AI DÉFENDU LE BAXTER BUILDING EN TON ABSENCE.
C'EST FORT BIEN.
MAIS CE N'EST QUE LE DÉBUT.
VOICI L'OBJET...
... POUR LEQUEL J'AI TRAVERSÉ LA MOITIÉ DU MONDE.

CET APPAREIL, ET SA RÉPLIQUE SITUÉE EN MON CHÂTEAU DE LATVÉRIE, ME RAMÈNERONT CHEZ MOI.
TU AS DE LA CHANCE QUE LE LABO SOIT INTACT !
CHANCE, NON.
CETTE SALLE A UN BLINDAGE SPÉCIAL.
MÊME SI LE BUILDING ENTIER ÉTAIT ATOMISÉ, ELLE RESTERAIT INDEMNE.
MAIS QUI TE FAIT CROIRE QUE TON ENNEMI VA T'AIDER ?
IL EST UNE MATIÈRE QUE JE COMPRENDS MIEUX ENCORE QUE SCIENCE ET MAGIE.
LA TRAHISON.
SIRE FATALIS, TON RETOUR NOUS COMBLE TOUS DE JOIE !
BREEGAN, TON HUMBLE SERVITEUR, EST ICI À TES ORDRES.
JE CONNAIS LA VOIX...
OUI, BREEGAN, J'AI UN ORDRE À TE DONNER.

MEURS.
M-MAIS...
TRÊVE D'EXPLICATIONS.
VA, LANCER, JE DOIS...
... CONTACTER LA TERRE.
DE CETTE SALLE ? IL N'Y A AUCUN APPAREIL DE COMMUNICATION !
J'AI D'AUTRES MOYENS.

ME VOICI.
TEMPS DE RÊVE.
J'AI DÉCOUVERT CE LIEU GRÂCE À LA MAGIE ABORIGÈNE.
CELLE QUE JE CHERCHE EST ICI.
JE SERAI APPELÉ À LA VOIR TRÈS SOUVENT.
SUSAN RICHARDS, L'ÉPOUSE DE MON RIVAL.
ELLE SEULE PEUT M'AIDER À ATTEINDRE MON OBJECTIF.
IL LUI FAUDRA POUR CELA TRAHIR CELUI QU'ELLE AIME...
... ET S'ALLIER À SON PLUS MORTEL ENNEMI.

ALORS, TU VAS T'EN ALLER ?
ET MOI, JE VAIS FAIRE QUOI ?
RÉGNER ICI EN MON NOM.
MES ENNEMIS SONT MORTS. CE MONDE EST À TOI. POUR...
L'INS-TANT.
TU AS LOYALEMENT SERVI FATALIS.
JE NE T'OUBLIERAI PAS.
JE RENTRE.
JE DOIS COMBATTRE POUR RECOUVRER MON BIEN.
ET ABATTRE LES QUATRE FANTASTIQUES.

FANTASTIC FOUR (1998) 31
Couverture : SALVADOR LARROCA

REED RICHARDS. SUSAN RICHARDS. BENJAMIN GRIMM. JOHNNY STORM. TOUS QUATRE SONT PARTIS À BORD D'UN VAISSEAU SPATIAL EXPÉRIMENTAL INVENTÉ PAR REED. LEUR OBJECTIF : ÊTRE LES PREMIERS HUMAINS À EFFECTUER UN VOYAGE INTERSTELLAIRE. MAIS APRÈS AVOIR ÉTÉ IRRADIÉS ÉAR DES RAYONS COSMIQUES, ILS SE SONT TRANSFORMÉS... CHACUN S'EST RETROUVÉ DOTÉ DE PUOVOIRS UNIQUES ET, DÉSORMAIS, ILS CONTINUENT À AFFRONTER L'INCONNU AU SEIN DE L'ÉQUIPE QU'ILS ONT FORMÉE... STAN LEE PRÉSENTE :
LA VICTOIRE
LES QUATRE FANTASTIQUES !
CHRIS CLAREMONT & SALVADOR LARROCA
CHÂTEAU DE FATALIS... DANS LA CAPITALE DE LA PRINCIPAUTÉ DE LATVÉRIE, EN EUROPE CENTRALE...
REED RICHARDS...
... TU AS USURPÉ LA PLACE, LA FONCTION ET LE NOM DE FATALIS !
MAIS JE VIENS RÉCLAMER CE QUI ME REVIENT !
COURS TOUJOURS !
TU PEUX NOUS MENACER...
... LES FANTASTIQUES SONT... COMME TOUJOURS... PRÊTS À T'ARRÊTER !
J'IGNORE COMMENT TU AS POUSSÉ MA FEMME À ME TRAHIR, VICTOR...
ART THIBERT ENCRAGE
LIQUID! COULEURS
BOBBIE CHASE & BOB HARRAS RÉDACTION USA
SOPHIE VIÉVARD TRADUCTION
STUDIO VIANNEY JALIN LETTRAGE
VOIR FF (1998) 30 (V.O.)

... MAIS TU VAS ME LE PAYER !
REED RICHARDS, ALIAS MR FANTASTIC ET LEADER DES FANTASTIQUES, A LE POUVOIR D'ALLONGER DÉMESURÉMENT SON CORPS.
DEPUIS DES SEMAINES, ON LE CROIT PRISONNIER DE L'ARMURE DE FATALIS...
... ET IL A MIS CE TEMPS À PROFIT POUR RENDRE SA PRISON AUSSI ÉLASTIQUE QUE LUI.
LE NOM DE CODE DE SUSAN STORM RICHARDS... L'INVISIBLE... DÉCRIT PARFAITEMENT UN DE SES POUVOIRS.
ELLE EST EN OUTRE CAPABLE DE PROJETER UN CHAMP DE FORCE VIRTUELLEMENT INDESTRUCTIBLE.
MALHEUREUSEMENT, QUAND VOTRE MARI EST L'UN DES HOMMES LES PLUS BRILLANTS QUI SOIT...
TU AVAIS DÉJÀ ESSAYÉ ÇA, SUE.
N'AS-TU PAS RETENU LA LEÇON ?
CETTE ATTITUDE NE FAIT PAS HONNEUR AU NOM QUE TU AS USURPÉ. MAIS...
... JE NE TE LAISSERAI PAS RÉGNER SUR CE ROYAUME !
POURQUOI TU RESTES PLANTÉ LÀ, BEN ?
C'EST UN COMBAT À LA RÉGULIÈRE.
AVEC FATALIS, C'EST IMPOSSIBLE !
SUE S'EST FAIT AVOIR !
TOI AUSSI, TU LE CROIS ?

CES DEUX HOMMES SE RESSEMBLENT TANT (INTELLECTUELLEMENT) QU'ILS POURRAIENT ÊTRE FRÈRES.
POURTANT, POUR CE QUI EST VRAIMENT IMPORTANT...
... ILS SONT AUSSI DIFFÉRENTS L'UN DE L'AUTRE QUE LE JOUR ET LA NUIT.
L'UN D'EUX EST UN RÊVEUR, ANIMÉ PAR LE SENTIMENT QUE LA VIE EST UN MIRACLE.
POUR REED RICHARDS, LA CONNAISSANCE EST UNE QUÊTE ET UN BUT EN SOI.
POUR VICTOR VON FATALIS, IL NE S'AGIT QUE D'UN MOYEN D'OBTENIR LE POUVOIR.
IL A TOUJOURS ESTIMÉ QUE LE MONDE DEVAIT LUI APPARTENIR...
... PARCE QU'IL EST CONVAINCU QUE S'IL RÉGNAIT, LE MONDE SERAIT UN PARADIS.
POUR FATALIS, REED INCARNE L'INTELLECT SANS BUT, LE SYMBOLE DU CHAOS.
POUR REED, FATALIS EST L'ENNEMI DE LA LIBERTÉ HUMAINE.
IL EST DONC NATUREL QU'ILS SOIENT ENNEMIS DE TOUJOURS.
MAIS HABITUELLEMENT, FATALIS EST L'AGRESSEUR...
... ET LES FANTASTIQUES SONT OBLIGÉS DE L'AFFRONTER EN DÉPIT DE CONDITIONS SOUVENT DÉFAVORABLES.
LÀ, C'EST L'INVERSE, ET BEN GRIMM QUI ASSISTE AU COMBAT...
... SE SURPRENDRAIT PRESQUE À LE DÉPLORER !

CE N'EST ÉVIDEMMENT PAS LE SENTIMENT DE JOHNNY STORM, ALIAS LA TORCHE.
QU'EST-CE QUE TU ATTENDS, BEN ?
QUE REED SOIT MIS K.-O. ?!
POUR UNE FOIS, LES CHANCES SONT DE NOTRE CÔTÉ.
SI TU NE VEUX PAS M'AIDER, JE ME DÉBROUILLE-RAI...
FLAMME EN AVANT !
T'ÉNERVE PAS COMME ÇA, J'AI COMPRIS LE MESSAGE !
MAIS FRANCHEMENT, SI J'ÉTAIS PAS AU COURANT...
... J'AURAIS DU MAL À DEVINER LEQUEL DES DEUX EST FATALIS !
DÉSOLÉE, MAIS VOUS NE VOUS EN MÊLEREZ PAS !
SUE ?! TU ES FOLLE !
JE ME FICHE DES APPARENCES, BEN !
C'EST TROP GRAVE.
ELLE SE BAT POUR FATALIS...
... IL A DÛ LUI FAIRE UN LAVAGE DE CERVEAU !

EH BIEN, NOUS ALLONS RÉTABLIR LA SITUATION !
MES NÉGA-PROJECTEURS ! SUPERBE STRATAGÈME...
... EXACTEMENT CE QUE J'AURAIS FAIT !
ET LA CHARGE EST MORTELLE !
MAIS CE SONT MON ARMURE ET MES ARMES...
... AUTREMENT DIT, JE SUIS PARFAITEMENT PRÊT À ME DÉFENDRE !
TOUS AUX ABRIS !
FATALIS RENVOIE LE RAYON DROIT SUR NOUS !
DOOM
CE BRUIT ! CES LUMIÈRES !!
IL SE PASSE QUELQUE CHOSE AU CHÂTEAU !
MON DIEU ! C'EST UNE BATAILLE ?!
ÇA VA RECOMMENCER, MAMAN ?
JE CROYAIS QU'AVEC LE RETOUR DU BARON...
... ON SERAIT EN PAIX.

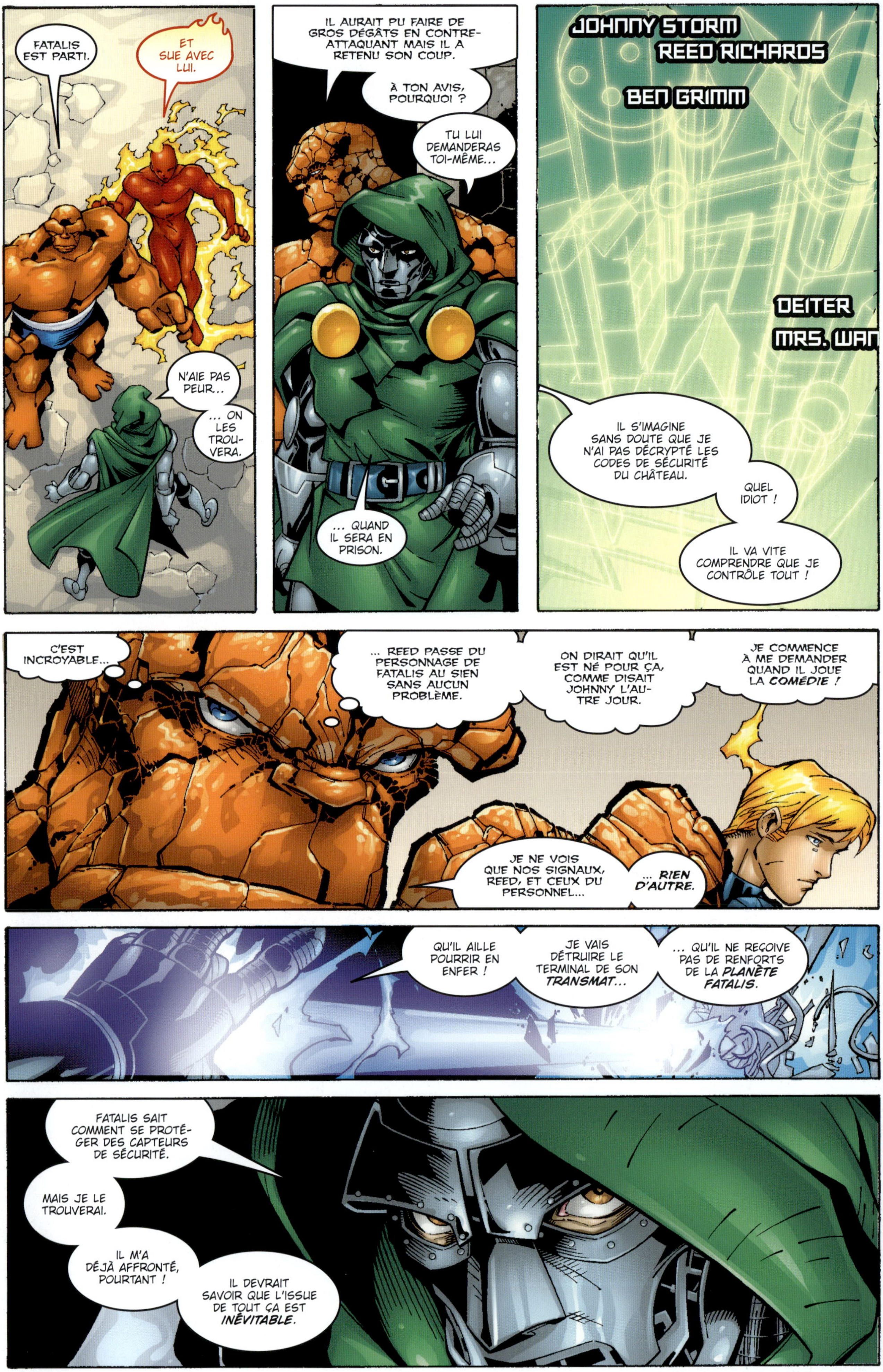
FATALIS EST PARTI.
ET SUE AVEC LUI.
N'AIE PAS PEUR...
... ON LES TROUVERA.
IL AURAIT PU FAIRE DE GROS DÉGÂTS EN CONTRE-ATTAQUANT MAIS IL A RETENU SON COUP.
À TON AVIS, POURQUOI ?
TU LUI DEMANDERAS TOI-MÊME...
... QUAND IL SERA EN PRISON.
JOHNNY STORM
REED RICHARDS
BEN GRIMM
DEITER
MRS. WAN
IL S'IMAGINE SANS DOUTE QUE JE N'AI PAS DÉCRYPTÉ LES CODES DE SÉCURITÉ DU CHÂTEAU.
QUEL IDIOT !
IL VA VITE COMPRENDRE QUE JE CONTRÔLE TOUT !
C'EST INCROYABLE...
... REED PASSE DU PERSONNAGE DE FATALIS AU SIEN SANS AUCUN PROBLÈME.
ON DIRAIT QU'IL EST NÉ POUR ÇA, COMME DISAIT JOHNNY L'AUTRE JOUR.
JE COMMENCE À ME DEMANDER QUAND IL JOUE LA *COMÉDIE* !
JE NE VOIS QUE NOS SIGNAUX, REED, ET CEUX DU PERSONNEL...
... *RIEN D'AUTRE.*
QU'IL AILLE POURRIR EN ENFER !
JE VAIS DÉTRUIRE LE TERMINAL DE SON *TRANSMAT*...
... QU'IL NE REÇOIVE PAS DE RENFORTS DE LA *PLANÈTE FATALIS*.
FATALIS SAIT COMMENT SE PROTÉGER DES CAPTEURS DE SÉCURITÉ.
MAIS JE LE TROUVERAI.
IL M'A DÉJÀ AFFRONTÉ, POURTANT !
IL DEVRAIT SAVOIR QUE L'ISSUE DE TOUT ÇA EST *INÉVITABLE*.

IL Y A UN LABYRINTHE DE PASSAGES SECRETS DANS LES MURS DU CHÂTEAU ?
COMME DANS TOUT CHÂTEAU QUI SE RESPECTE.
ÇA N'APPARAÎT PAS DANS LES DONNÉES DU CHÂTEAU NI DANS LES MÉMOIRES DES ROBOTS CONSTRUCTEURS.
LES SECRETS NE SONT PAS FAITS POUR ÊTRE DÉCOUVERTS.
J'AI BÂTI CE CHÂTEAU.
J'Y SUIS CHEZ MOI.
SKRIK
MON PIED... ?!
MOI SEUL Y SUIS EN SÉCURITÉ.
AAAH!
DÉSOLÉ POUR CETTE BRUTALITÉ, SUSAN...
... MAIS CETTE FOSSE DONNE DROIT SUR LES CATACOMBES.
TU SERAIS MORTE DANS TA CHUTE.
ET MON CHAMP DE FORCE ?
LES SCANNERS DE TON MARI L'AURAIENT REPÉRÉ... ET LE RÉSULTAT AURAIT ÉTÉ LE MÊME.
REED NE ME TUERAIT JAMAIS !
MAIS TU SAIS BIEN QUE CELUI QUI PORTE CETTE ARMURE EST AUTANT FATALIS QUE RICHARDS.
ET TU M'AIDES POUR SAUVER L'HOMME QUE TU AIMES DE LUI-MÊME.
À MOINS QUE CE NE SOIT ENCORE UN DE MES PIÈGES !
ÇA SUFFIT !
JE NE FAIS QU'EXPRIMER TES DOUTES.
JE N'EN AI AUCUN !
PLUS LE TEMPS PASSE, PLUS JE SAIS QUE J'AI RAISON !
JE MOURRAIS PLUTÔT QUE DE VOIR REED DEVENIR COMME TOI !
TU ES AUSSI INDOMPTABLE QUE MOI...

SI VOUS PORTIEZ TOUS VOS COMBINAISONS, AVEC LEURS CAPTEURS INTÉGRÉS...
... JE POURRAIS VOUS REPÉRER N'IMPORTE OÙ ET SAVOIR À TOUT INSTANT OÙ VOUS VOUS TROUVEZ EXACTEMENT.
BONJOUR L'INTIMITÉ !
ÉTANT DONNÉ NOTRE STYLE DE VIE...
... L'INTIMITÉ EST UN LUXE QUE NOUS NE POUVONS NOUS PERMETTRE.
QUOI QU'IL EN SOIT, JE LES TROUVERAI.
OUI... ET JE SAIS PEUT-ÊTRE COMMENT FAIRE...
MOI AUSSI.
C'EST TOUT À FAIT IMPROBABLE. SURTOUT FACE À FATALIS.
LAISSEZ-MOI LE TRAVAIL DE RÉFLEXION !
NON MAIS...
J'IMAGINE QUE POUR TOI, NOTRE ÉQUIPE, C'EST...
... REED VON FATALIS ET SES TROIS DÉBILES !
MOI, JE M'EN VAIS !
SI LA SITUATION EMPIRE, NE COMPTEZ PAS SUR MOI !
CE GOSSE EST VRAIMENT COMPLÈTEMENT IMMATURE.
POSSIBLE.
SI TU VEUX. MAIS VENEZ DÈS QUE JE L'ORDONNERAI.
JE VAIS ALLER ESSAYER DE LE CALMER.
TRÈS DÉLICAT.
ET IL NE PERD PAS DE TEMPS. IL EST DÉJÀ EN TRAIN DE CONSTRUIRE TOUTE UNE BATTERIE DE ROBOTS.
IL RETOURNE LES ARMES DE FATALIS CONTRE LEUR PROPRE MAÎTRE.
C'EST BIZARRE, MAIS J'AI L'IMPRESSION D'ÊTRE MANŒUVRÉ.
ESSAYONS DE VOIR SI JE PEUX METTRE MON GRAIN DE SABLE ET TRAFIQUER UN PEU CES MACHINES.

BIENTÔT, UN NOUVEL ESCADRON DE ROBOTS EST EN POSITION...
... DISPERSÉS TOUT AUTOUR DU CHÂTEAU, AU NIVEAU DES PLUS HAUTES TOURS.
ILS GÉNÈRENT UNE GRILLE DONT LA RÉSOLUTION EST SI FINE QUE RIEN DE CE QUI TRAVERSE LE CHAMP NE PEUT LUI ÉCHAPPER.
SUR LES ORDRES DE REED RICHARDS, ILS ENTAMENT UNE LENTE DESCENTE.
LE CHAMP EST CONFIGURÉ POUR DÉTECTER LA FRÉQUENCE DU **CHAMP DE FORCE** DE L'INVISIBLE.
MÊME INACTIF, IL ÉMET UN SIGNAL PARTICULIER.
S'IL TROUVE SUE, IL TROUVERA AUSSI FATALIS.
ET ALORS, IL METTRA UN TERME À TOUTES CES IDIOTIES.
CETTE PENSÉE LE FAIT SOURIRE. SON POULS S'ACCÉLÈRE D'IMPATIENCE.
IL APPRÉCIE LA TRAQUE.
ET IL SAIT QU'IL APPRÉCIERA ENCORE PLUS, LA MISE...
... À **MORT**.

IL SE PASSE QUELQUE CHOSE, VICTOR.
COMME SI L'AIR ET TOUS LES MURS DU CHÂTEAU ÉTAIENT SOUDAIN SATURÉS D'ÉLECTRICITÉ.
CERTAINS MEMBRES DE MA FAMILLE SENTAIENT ARRIVER L'ORAGE COMME ÇA.
JE SUIS SÛRE QUE C'EST MAUVAIS SIGNE.
TON MARI CONFIRME QU'IL EST AUSSI INTELLIGENT QUE TENACE.
IL S'AGIT D'UNE SORTE DE DÉTECTEUR...
... SANS DOUTE RÉGLÉ SUR TA SIGNATURE ÉNERGÉTIQUE PUISQU'IL CONNAÎT MIEUX TA PHYSIOLOGIE QUE LA MIENNE.
IL M'UTILISE POUR TE RETROUVER.
IL FAUT NOUS SÉPARER.
HORS DE QUESTION.
IL SUFFIT D'ÊTRE RETROUVÉS AU MOMENT ET À L'ENDROIT QUE ***NOUS*** CHOISIRONS.
COMME ALEXANDRE LE GRAND LE FIT QUAND IL AFFRONTA LE ROI DARIUS III DE PERSE, NOUS DICTERONS...
... LES TERMES ET LES CONDITIONS DE LA BATAILLE.
AINSI QUE SA CONCLUSION.
RICHARDS VEUT UTILISER MES ARMES CONTRE MOI.
IL PORTE LES ARMES ET LE NOM DE FATALIS MAIS IL VA SAVOIR...
... QUI EST LE ***MAÎTRE !***

TANDIS QUE DEHORS...
"CE GOSSE EST VRAIMENT COMPLÈTEMENT IMMATURE !" NON MAIS...
ET DE QUEL DROIT IL ME TRAITE DE GOSSE ? ET CE TON !
POUR QUI IL SE PREND ?
ET MOI, POUR QUI IL ME PREND ?!
JE FAIS PARTIE DE L'ÉQUIPE DEPUIS TOUJOURS ET J'AI PLUS RIEN À PROUVER.
JE NE L'AVAIS JAMAIS ENTENDU PARLER DE QUELQU'UN AVEC AUTANT... DE MÉPRIS.
C'EST PLUTÔT LE STYLE DE FATALIS.
JUSTE AU MOMENT OÙ JE LUI FAISAIS CONFIANCE...
ON VERRA POUR REED APRÈS.
D'ABORD, IL FAUT TIRER SUE DES PATTES DE FATALIS !
SI JE VEUX, JE SUIS CAPABLE DE PERCEVOIR LE MONDE EN INFRA-ROUGES.
REED POUSSE TELLEMENT LES LABOS QU'ILS IRRADIENT PLUS QUE LE SOLEIL.
MAIS OUBLIONS ÇA...
MOI, JE CHERCHE DES EMPREINTES HUMAINES.
ET VOILÀ !
DEUX PAIRES D'EMPREINTES QUI MÈNENT JUSQU'À UN MUR PLEIN OÙ ELLES S'ARRÊTENT.
CHAQUE PERSONNE A SA SIGNATURE...
MAINTENANT QUE J'AI REPÉRÉ CELLE DE SUE ET FATALIS, IL ME SUFFIT DE ME CONCENTRER...
... ET JE POURRAI SUIVRE LEURS TRACES QUELLE QUE SOIT L'ÉPAISSEUR DE CE MUR.

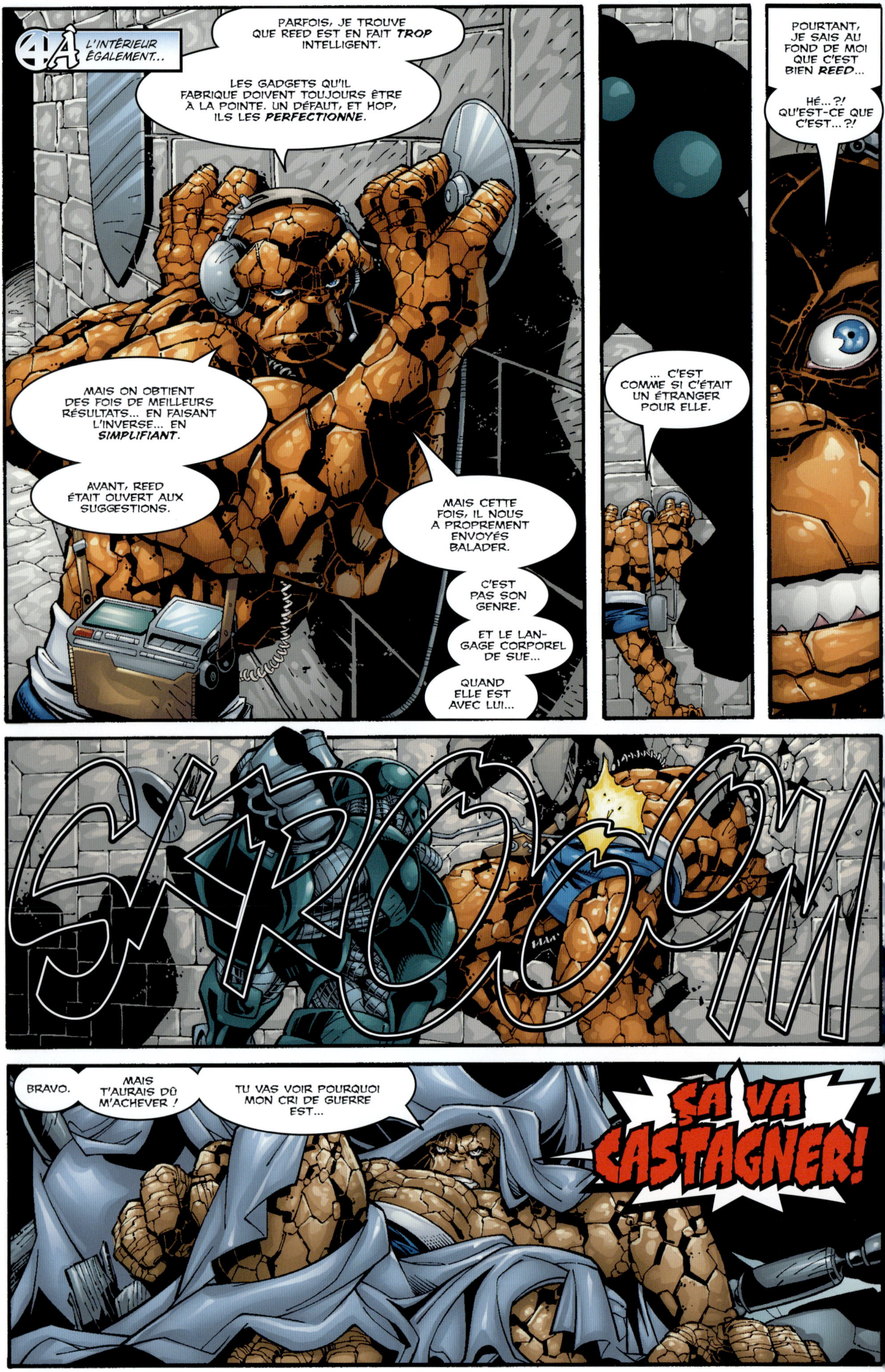
À L'INTÉRIEUR ÉGALEMENT...
PARFOIS, JE TROUVE QUE REED EST EN FAIT *TROP* INTELLIGENT.
LES GADGETS QU'IL FABRIQUE DOIVENT TOUJOURS ÊTRE À LA POINTE. UN DÉFAUT, ET HOP, ILS LES *PERFECTIONNE*.
MAIS ON OBTIENT DES FOIS DE MEILLEURS RÉSULTATS... EN FAISANT L'INVERSE... EN *SIMPLIFIANT*.
AVANT, REED ÉTAIT OUVERT AUX SUGGESTIONS.
MAIS CETTE FOIS, IL NOUS A PROPREMENT ENVOYÉS BALADER.
C'EST PAS SON GENRE.
ET LE LANGAGE CORPOREL DE SUE...
QUAND ELLE EST AVEC LUI...
... C'EST COMME SI C'ÉTAIT UN ÉTRANGER POUR ELLE.
POURTANT, JE SAIS AU FOND DE MOI QUE C'EST BIEN *REED*...
HÉ... ?! QU'EST-CE QUE C'EST... ?!
SKROOOOM
BRAVO.
MAIS T'AURAIS DÛ M'ACHEVER !
TU VAS VOIR POURQUOI MON CRI DE GUERRE EST...
ÇA VA CASTAGNER!

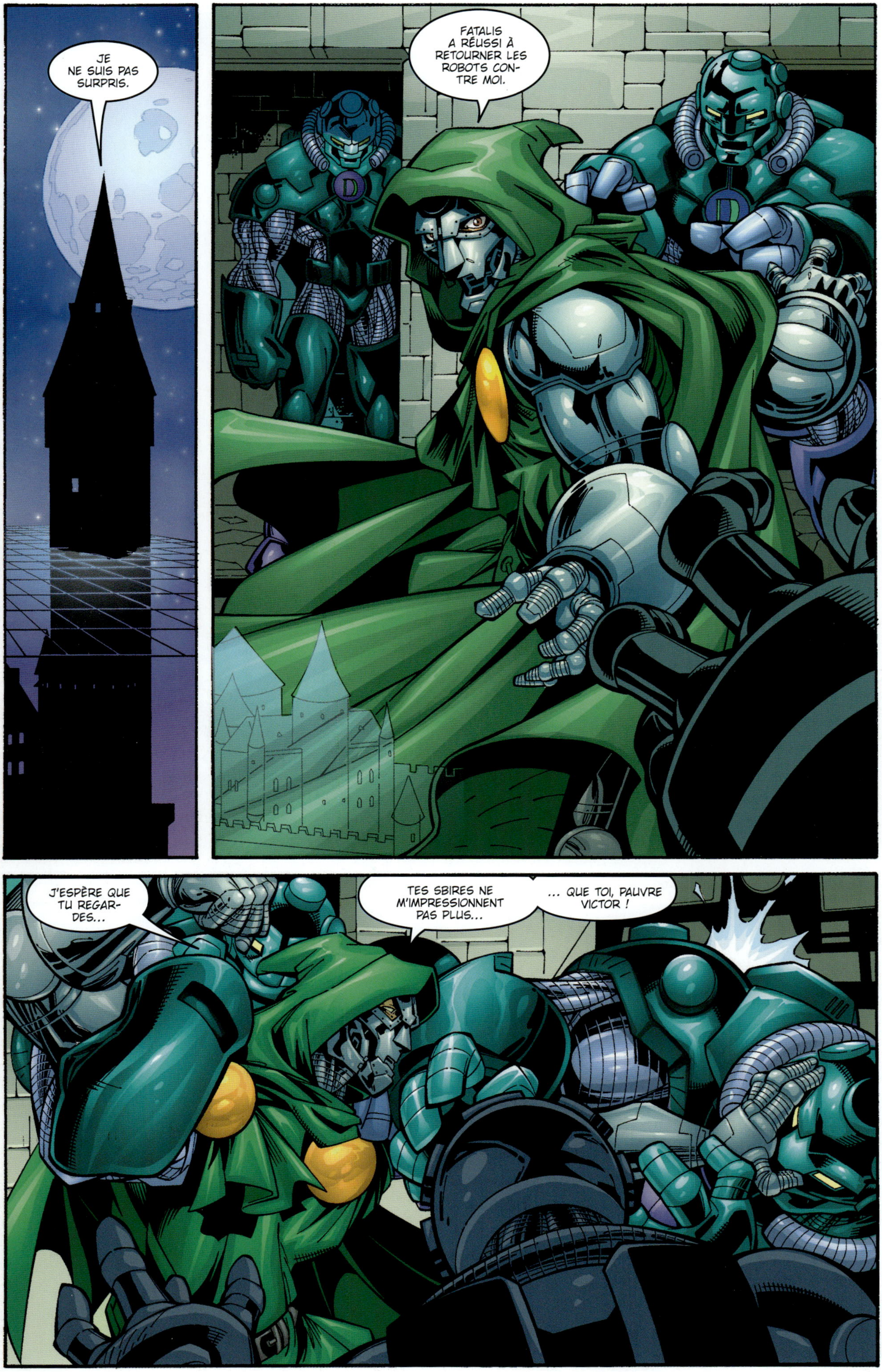
JE NE SUIS PAS SURPRIS.
FATALIS A RÉUSSI À RETOURNER LES ROBOTS CONTRE MOI.
J'ESPÈRE QUE TU REGARDES...
TES SBIRES NE M'IMPRESSIONNENT PAS PLUS...
... QUE TOI, PAUVRE VICTOR !

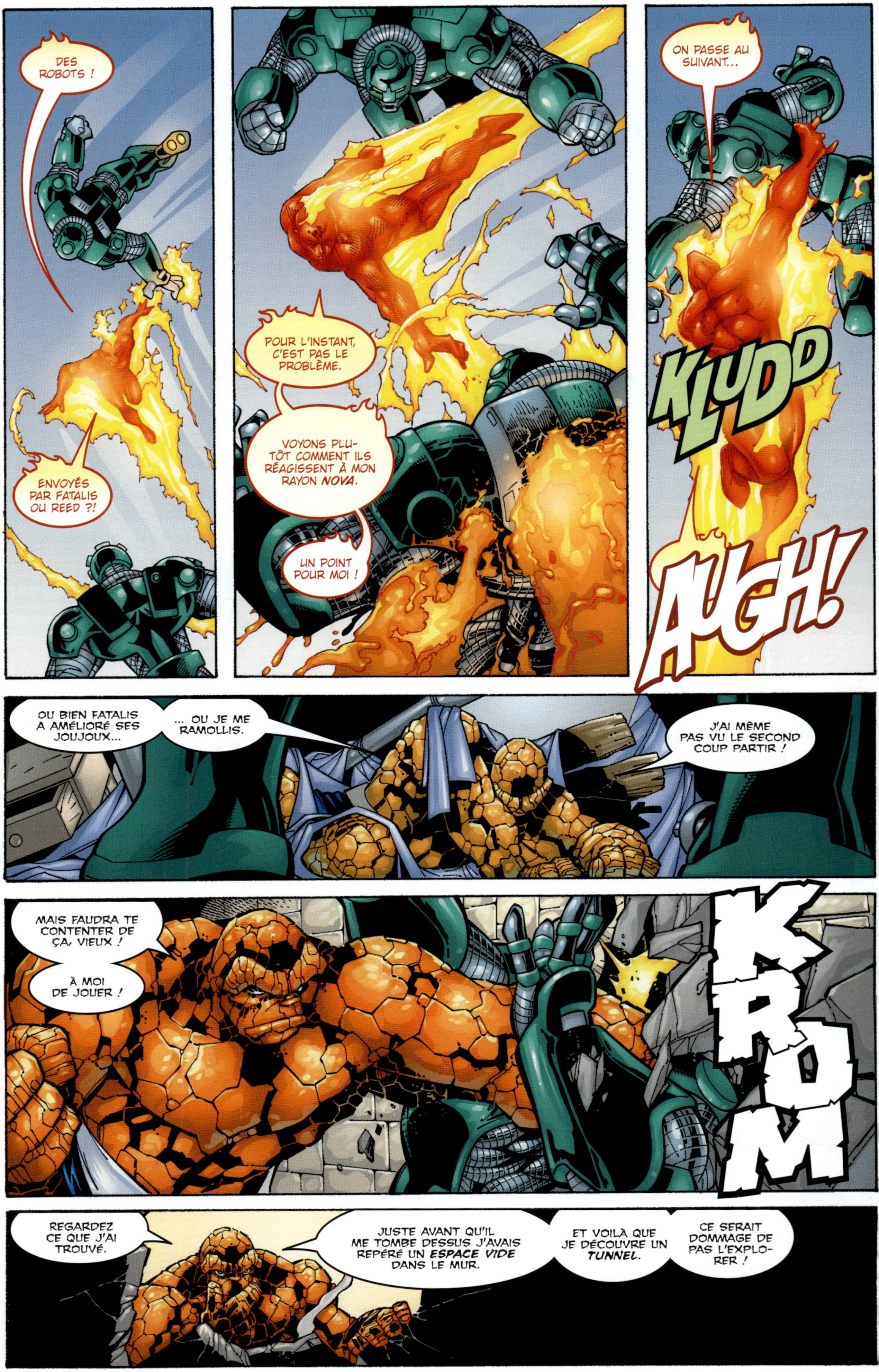
DES ROBOTS !
ENVOYÉS PAR FATALIS OU REED ?!
POUR L'INSTANT, C'EST PAS LE PROBLÈME.
VOYONS PLUTÔT COMMENT ILS RÉAGISSENT À MON RAYON NOVA.
UN POINT POUR MOI !
ON PASSE AU SUIVANT...
KLUDD
AUGH!
OU BIEN FATALIS A AMÉLIORÉ SES JOUJOUX...
... OU JE ME RAMOLLIS.
J'AI MÊME PAS VU LE SECOND COUP PARTIR !
MAIS FAUDRA TE CONTENTER DE ÇA, VIEUX !
À MOI DE JOUER !
KROM
REGARDEZ CE QUE J'AI TROUVÉ.
JUSTE AVANT QU'IL ME TOMBE DESSUS J'AVAIS REPÉRÉ UN ESPACE VIDE DANS LE MUR.
ET VOILÀ QUE JE DÉCOUVRE UN TUNNEL.
CE SERAIT DOMMAGE DE PAS L'EXPLORER !

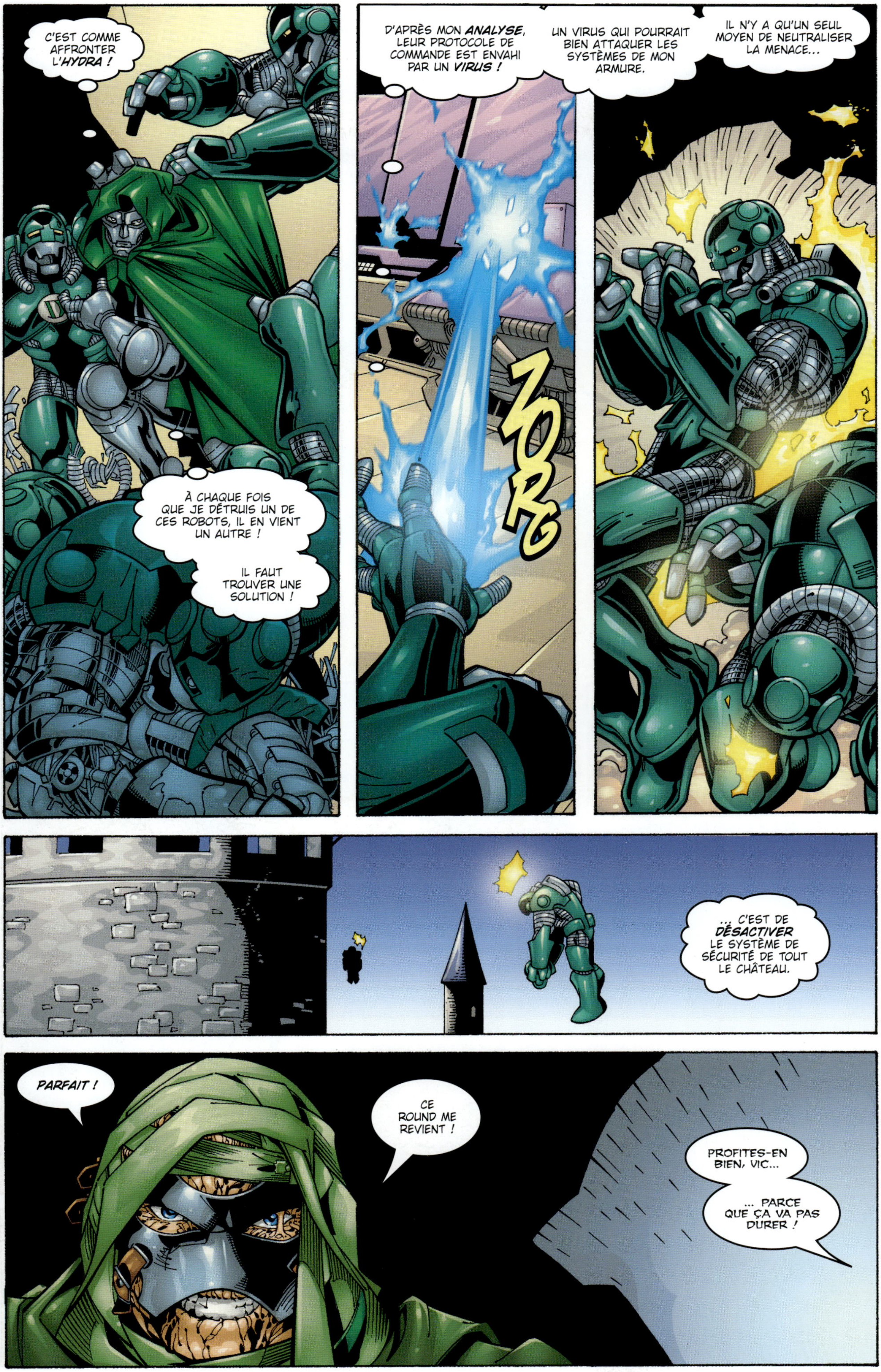
C'EST COMME AFFRONTER L'*HYDRA !*
À CHAQUE FOIS QUE JE DÉTRUIS UN DE CES ROBOTS, IL EN VIENT UN AUTRE !
IL FAUT TROUVER UNE SOLUTION !
D'APRÈS MON *ANALYSE*, LEUR PROTOCOLE DE COMMANDE EST ENVAHI PAR UN *VIRUS !*
UN VIRUS QUI POURRAIT BIEN ATTAQUER LES SYSTÈMES DE MON ARMURE.
ZORG
IL N'Y A QU'UN SEUL MOYEN DE NEUTRALISER LA MENACE...
... C'EST DE *DÉSACTIVER* LE SYSTÈME DE SÉCURITÉ DE TOUT LE CHÂTEAU.
PARFAIT !
CE ROUND ME REVIENT !
PROFITES-EN BIEN, VIC...
... PARCE QUE ÇA VA PAS DURER !

LA CHOSE !
NE ME DIS PAS QUE TU ES SURPRIS.
C'EST PAS LA PREMIÈRE FOIS QU'ON SE BAT, NON ?
BATTRE REED... OU N'IMPORTE LEQUEL D'ENTRE NOUS... POUR UN TYPE COMME TOI, C'EST FACILE.
L'ENNUI, C'EST QUE NOUS FORMONS UNE ÉQUIPE !
LA TORCHE !
LÀ OÙ UN SEUL SERAIT BATTU, L'ENSEMBLE TRIOMPHE.
SI L'UN DE NOUS FAIBLIT, LES AUTRES COMPENSENT.
LE TOUT EST TOUJOURS SUPÉRIEUR À LA SOMME DES PARTIES.
COMME LE DISAIT BEN, C'EST PAS LA PREMIÈRE FOIS. ON EST LES BONS ET TU ES NOTRE ENNEMI.
ON CONNAÎT LA CHANSON.
MAIS CE QUE JE NE COMPRENDS PAS C'EST COMMENT TU AS PU FORCER MA SŒUR À TRAHIR SA FAMILLE... SON MARI.
TU ES MON FRÈRE, JOHNNY.
D'UNE CERTAINE FAÇON, PERSONNE NE ME CONNAÎT MIEUX QUE TOI.
JE N'AGIS PAS SOUS LA CONTRAINTE. JE SUIS ICI DE MON PLEIN GRÉ.
ET JE PARIE QUE TOI ET BEN AVEZ COMPRIS POURQUOI.
C'EST POUR ÇA QU'ON DISCUTE AU LIEU DE CASTAGNER.
MAIS C'EST PAS TA VIE QUI EST EN JEU.
ON T'ÉCOUTE, VIC...
QU'EST-CE QUE TU AS...
... À NOUS DIRE ?

ET, UN PEU PLUS TARD...
FÉLICITATIONS, MESSIEURS. BEAU TRAVAIL.
J'AI PERDU UNE BATAILLE...
... MAIS FATALIS REMPORTERA LA GUERRE !
J'EN AI VRAIMENT MARRE D'ENTENDRE CE GENRE DE SORTIES, VIC !
À CHAQUE FOIS, ON GAGNE... MAIS TU T'OBSTINES !
FINISSONS-EN UNE FOIS POUR TOUTES !
TOUT À FAIT D'ACCORD.
POUR LE BIEN DE L'HUMANITÉ, JOHNNY...
... VAS-Y !
AVEC PLAISIR, REED.
YARGH!
PAS UNE SECONDE D'HÉSITATION.
COMMENT AS-TU PU DONNER L'ORDRE DE TUER UN HOMME ?!
IL LE MÉRITAIT AMPLEMENT.
OH, REED... REED... REED...
... TU NE M'AS PAS DIT LA PREMIÈRE FOIS QU'ON S'EST PARLÉ...
... QU'AVOIR LE POUVOIR DE TUER, ET PARFOIS MÊME LE DROIT...
... N'EMPÊCHE PAS QUE LES HOMMES DE BIEN ET CIVILISÉS CHERCHENT UNE MEILLEURE SOLUTION ?
LA DÉFENSE LÉGITIME, JE POURRAIS COMPRENDRE...
MAIS LÀ, C'EST UN MEURTRE !

EN TANT QUE MONARQUE, JE SUIS RESPONSABLE DE LA VIE DE MES SUJETS...
... ET JE SUIS PRÊT À EN SACRIFIER CERTAINS POUR LE BIEN DE TOUS.
REGARDEZ, MES AMIS, L'AVENIR RADIEUX DE NOTRE BELLE PLANÈTE ET DE SES HABITANTS !
L'ÊTRE HUMAIN ÉTAIT JUSQU'À PRÉSENT CONTRAINT DE TIRER SA SUBSISTANCE DE LA NATURE ET POUR CE FAIRE LA PILLAIT...
... MAIS JE RASSEMBLERAI TOUTE LA POPULATION DANS DES SUPER-CITÉS OÙ CHAQUE CITOYEN VIVRA HEUREUX ET CONFORTABLEMENT.
LE RESTE DE LA PLANÈTE RETROUVERA ALORS SA BEAUTÉ D'ORIGINE.
CE SERA LA FIN DE LA POLLUTION, DE LA FAIM... DE LA GUERRE !
IL N'Y AURA PLUS NI TRIBUS, NI NATIONS... NI QUERELLES DE CLOCHERS.
NOTRE ESPÈCE FORMERA UNE UNITÉ TOTALEMENT LIBRE !
L'ÉLITE FORMERA LES CORPS CONQUÉRANTS...
GRÂCE À LEUR INTELLIGENCE, NOUS NOUS ÉTENDRONS DANS LE COSMOS. NOUS PORTERONS LES BIENFAITS DE NOTRE TERRE À TOUTES LES ÉTOILES !
CEUX QUI RESTERONT AURONT DROIT À UNE EXISTENCE CONFORTABLE ET SERONT DISTRAITS GRÂCE À UNE RÉALITÉ VIRTUELLE !
CEUX QUI PARTIRONT MAIS LES AUTRES AUSSI CONTRIBUERONT TOUS À LEUR MANIÈRE À CETTE BELLE AVENTURE !

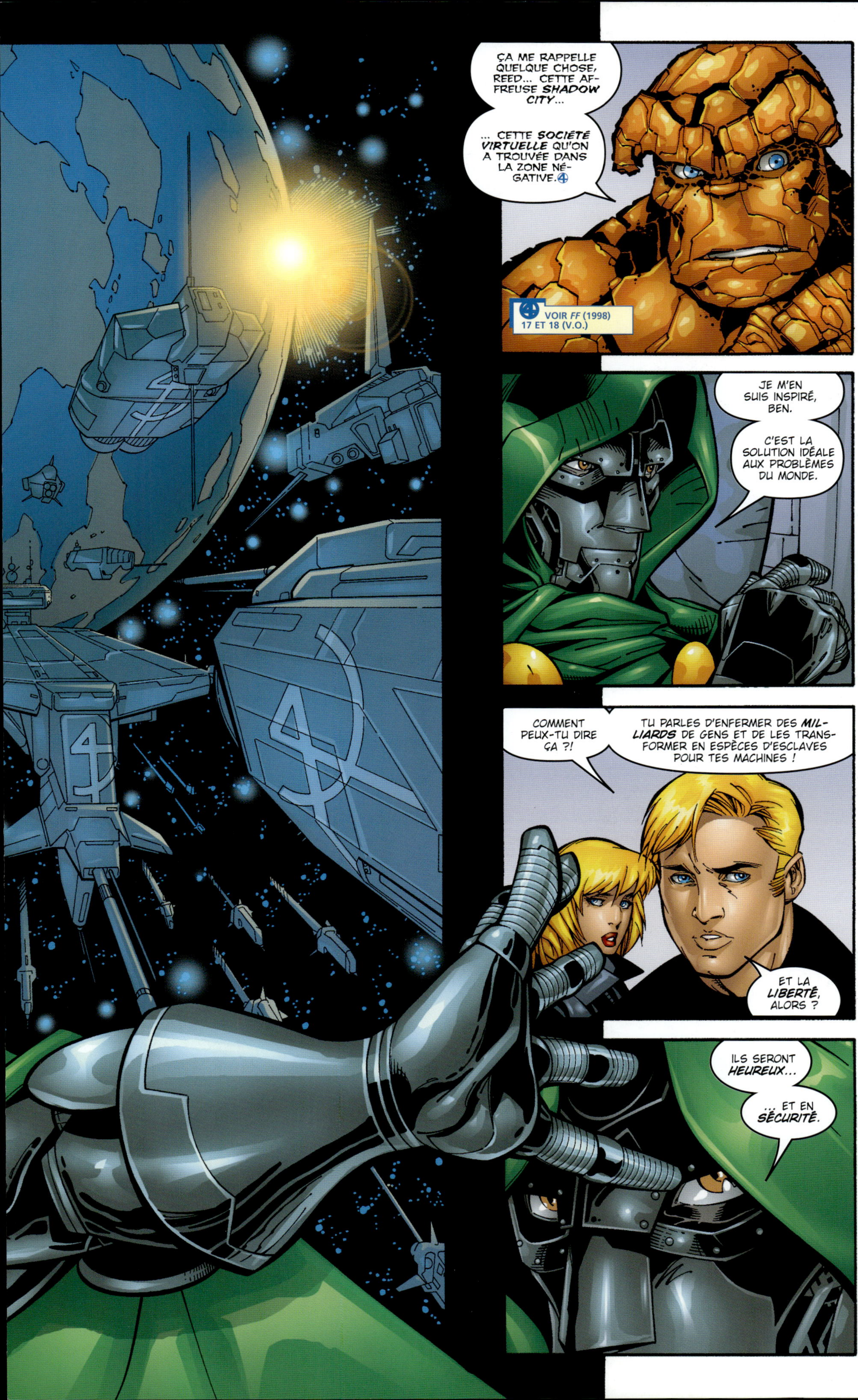
ÇA ME RAPPELLE QUELQUE CHOSE, REED... CETTE AFFREUSE SHADOW CITY...
... CETTE SOCIÉTÉ VIRTUELLE QU'ON A TROUVÉE DANS LA ZONE NÉGATIVE.
VOIR FF (1998) 17 ET 18 (V.O.)
JE M'EN SUIS INSPIRÉ, BEN.
C'EST LA SOLUTION IDÉALE AUX PROBLÈMES DU MONDE.
COMMENT PEUX-TU DIRE ÇA ?!
TU PARLES D'ENFERMER DES MILLIARDS DE GENS ET DE LES TRANSFORMER EN ESPÈCES D'ESCLAVES POUR TES MACHINES !
ET LA LIBERTÉ, ALORS ?
ILS SERONT HEUREUX...
... ET EN SÉCURITÉ.

ET TU OSES TRAITER FATALIS DE MONSTRE ?!
MAIS QUI...?!
ON M'A FRAPPÉ... MAIS JE NE VOIS PERSONNE !
MÊME MOI, JE N'OSERAIS SONGER À UNE TELLE ATROCITÉ !
SOI-DISANT POUR LEUR "BIEN", TU PRIVERAIS TA PROPRE ESPÈCE DE L'ESSENCE MÊME QUI EN FAIT DES HOMMES !
TU ÉCRASERAIS À JAMAIS TOUT CE QUI RESTE DE L'ESPRIT DE HUMANITÉ !
ET TES BUTS TE SEMBLENT SI "NOBLES" QUE TU ES INCAPABLE DE VOIR COMBIEN C'EST IGNOBLE !
HEUREUSEMENT QUE FATALIS EST LÀ POUR TE MONTRER À QUEL POINT TU TE TROMPES.
QUE N'ES-TU DÉJÀ MORT, VICTOR...
MAIS J'AURAIS DÛ SAVOIR QU'ON N'EST JAMAIS SI BIEN SERVI...
... QUE PAR SOI-MÊME !
ON NE TE LAISSERA PAS FAIRE !
TIENS-LE, BEN !
CHUMF
TON BEAU-FRÈRE CONTRÔLE MERVEILLEUSEMENT BIEN SON POUVOIR.
SA FLAMME S'EST APPROCHÉE À UN MILLIMÈTRE MAIS NE M'A JAMAIS TOUCHÉ.
JE N'AI MÊME PAS RESSENTI LA CHALEUR.
QUAND JE ME SUIS ÉCROULÉ... TA FEMME M'A RENDU INVISIBLE.
SEULS MES VÊTEMENTS ONT BRÛLÉ.
JOHNNY ! SUSAN ! VOUS FAITES UNE TERRIBLE ERREUR !
BEN... TU ES MON MEILLEUR AMI !
EMPÊCHE-LES !
JE SUIS DÉSOLÉ, L'ÉLASTOC. DÉSOLÉ.

INUTILE D'INSISTER, RICHARDS.
NOUS AVONS VOULU SAVOIR QUI L'EMPORTAIT DANS TON **ÂME**...
... LE **RÊVEUR** OU LE **DESPOTE**...
... ET NOUS AVONS VU !
DANS TOUTE LA CRÉATION, IL N'EXISTE QU'UN SEUL
FATALIS !

ET C'EST MOI !
FÉLICITATIONS, VICTOR.
TU AS AFFRONTÉ REED À LA LOYALE ET TU AS GAGNÉ.
PEUT-ON ESPÉRER QUE ÇA TE SUFFIRA ? QUE CETTE FOLLE RIVALITÉ VA S'ARRÊTER ?
CHACUN A SON RÔLE À JOUER, SUSAN.
POUR L'HEURE, JE DOIS RAMENER L'ORDRE DANS UN MONDE DE CHAOS.
APRÈS, QUI SAIT...
MAIS MÊME EN MON ABSENCE, JE SUIS LE MAÎTRE ICI. N'ABUSEZ PAS DE MON HOSPITALITÉ.
COMMENT VAS-TU RENTRER ?
REED A DÉTRUIT TON TRANSMAT, JE TE RAPPELLE.
IL A ÉCHOUÉ.
EN TANT QUE FATALIS, IL ÉTAIT LOIN...
... D'ÉGALER REED RICHARDS !
MERCI. JE SUIS TA DÉBITRICE.
NOUS SOMMES QUITTES.
JE N'AI FAIT CELA NI POUR TOI NI POUR MOI...
... MAIS POUR LA LATVÉRIE ET LA PLANÈTE FATALIS.
ADIEU, TRÈS REDOUTABLES ADVERSAIRES.
NOUS NOUS REVERRONS !
MAIS SACHEZ QU'EN SUBISSANT AUJOURD'HUI CETTE DÉFAITE, VOUS AVEZ PEUT-ÊTRE...
... REMPORTÉ VOTRE PLUS BELLE VICTOIRE.

THUNDERBOLTS (1997) 51
Couverture : **PATRICK ZIRCHER**

D'ABORD FAUX HÉROS ET VRAIS MAÎTRES DU MAL, ILS ONT ENSUITE RÉELLEMENT VOULU SE REMETTRE SUR LE DROIT CHEMIN ! OH, LA ROUTE VERS L'AMNISTIE DE LEURS CRIMES A ÉTÉ SEMÉE DE NOMBREUX OBSTACLES... MAIS, ÇA Y EST... ILS SONT ENFIN LAVÉS DE LEUR PASSÉ DE CRIMINELS. L'AVENIR DIRA SI LA LIBERTÉ RETROUVÉE SIGNIFIE LA FIN DE LEURS AVENTURES... OU UN NOUVEAU DÉPART ! STAN LEE PRÉSENTE :
LES THUNDERBOLTS !
DALLAS...
ERIK...
MM...?
VOUS AVEZ GÉMI...
OH.
HABILLEZ-VOUS.
QUOI ?
MME RIORDAN ?
EST-CE QUE ÇA VA ?
"LE MAÎTRE A APPRIS VOTRE PRÉSENCE ICI."
DALLAS RIORDAN SE TEND.
"LE MAÎTRE."
EN LATVÉRIE, CE PETIT PAYS DES BALKANS, ÇA NE PEUT QUE DÉSIGNER...

SAIT-IL QUE JE SUIS ICI PAR HASARD ?
QUE JE ME SUIS RETROUVÉE PARALYSÉE ET...
NGGFF.
DOUCEMENT... IL FAUT VOUS HABITUER À VOTRE FAUTEUIL.
J'AI CONTACTÉ PROJECT EARTH.
ILS SONT D'ACCORD POUR VOUS FAIRE REPASSER EN SYMKARIE...
CLIK
PAS MOI.
ET VOUS AVEZ DE LA CHANCE QUE JE VOUS DÉNONCE PAS AU GRAND HOMME.
S'IL Y A BIEN QUELQU'UN POUR RECONNAÎTRE QUE VOUS AVEZ DU BON SENS, C'EST...
REBEL
DALLAS A ÉTÉ FLIC. ELLE NOTE LES DÉTAILS.
ACCENT : TRAÎNANT DU SUD-EST DES ÉTATS-UNIS. CARICATURAL.
NI LAVÉ NI RASÉ. POUR FORCER LE TRAIT.
PEAU ET VÊTEMENTS TANNÉS PAR LE SOLEIL. VIE AU GRAND AIR.
ARMURE ÉVOQUANT CELLE DE L'AVENGER IRON MAN.
IL TRAVAILLE POUR LE DIRIGEANT D'UN PAYS EUROPÉEN. DE SON PLEIN GRÉ OU SOUS LA CONTRAINTE ? À VOIR.
DALLAS A AUSSI BOSSÉ DANS LA POLITIQUE. ELLE SAIT TIRER PARTIE DE TOUTE SITUATION...
J'ENFILE UNE VESTE ET ON Y VA.
LOS ANGELES.
MERCI DE VOUS ÊTRE DÉPLACÉE...

"... DR SOFEN, MAIS DÉSOLÉS..."
"VOUS NE CONVENEZ PAS POUR CE POSTE.
"VOUS ÊTES SURQUALIFIÉE.
"VOUS NE TARDERIEZ PAS À PRENDRE NOTRE PLACE."
JE DÉTESTE...
... ÊTRE NORMALE.
DIRE QU'IL Y A UNE SEMAINE J'ÉTAIS ENCORE OPALE !
EST-CE UNE ERREUR D'AVOIR ACCEPTÉ LE MARCHÉ DE LA COMMISSION ?
HAWKEYE A-T-IL BIEN FAIT DE SE LIVRER EN ÉCHANGE DE NOTRE AMNISTIE ?
EST-CE QUE ÇA VAUT LA PEINE D'ÊTRE LIBRES POUR S'ENNUYER...
... À CE POINT ? C'EST DRÔLE... JE SUIS NOSTALGIQUE DE MON RÔLE CHEZ LES THUNDERBOLTS.
OPALE ÉTAIT CRAINTE ET RESPECTÉE...
... MAIS DANS CETTE VILLE, QUI A BESOIN DE CE QUE LA PSYCHIATRE KARLA SOFEN A À OFFRIR ?
ESPRE
TU SENS, MEL ?
MÊME L'AIR EST PLUS PUR !
PITIÉ, ABE... SON ODEUR N'A PAS CHANGÉ JUSTE PARCE QU'ON A ÉTÉ AMNISTIÉS !

CE QUE TU AS DIT.
QUOI ?
CE MOT.
AMNISTIÉS ?
REDIS-LE !
OH, J'EN PEUX PLUS !
AMNISTIÉS, AMNISTIÉS, AMNI...
AU CHÔMAGE, AU CHÔMAGE, AU...
LE VERRE EST À MOITIÉ PLEIN...
QUESTION DE POINT DE VUE !
ILS PLAISANTENT EN MARCHANT DANS LES RUES DE BURTON CANYON ET PAS UNE FOIS...
... ILS N'ÉPROUVENT LE BESOIN DE JETER UN COUP D'ŒIL DERRIÈRE EUX.
PLUS PERSONNE NE POURCHASSE LES CRIMINELS MACH-2 ET SONGBIRD.
BANK
TU TE RAPPELLES, ON S'EST BATTUS DEVANT CETTE BANQUE !
ET LÀ, ON PEUT MÊME PAS OUVRIR UN COMPTE !
ÇA TE MANQUE ?
ET À TOI ?
JE... HEU, OUI, MAIS...
AÏE...

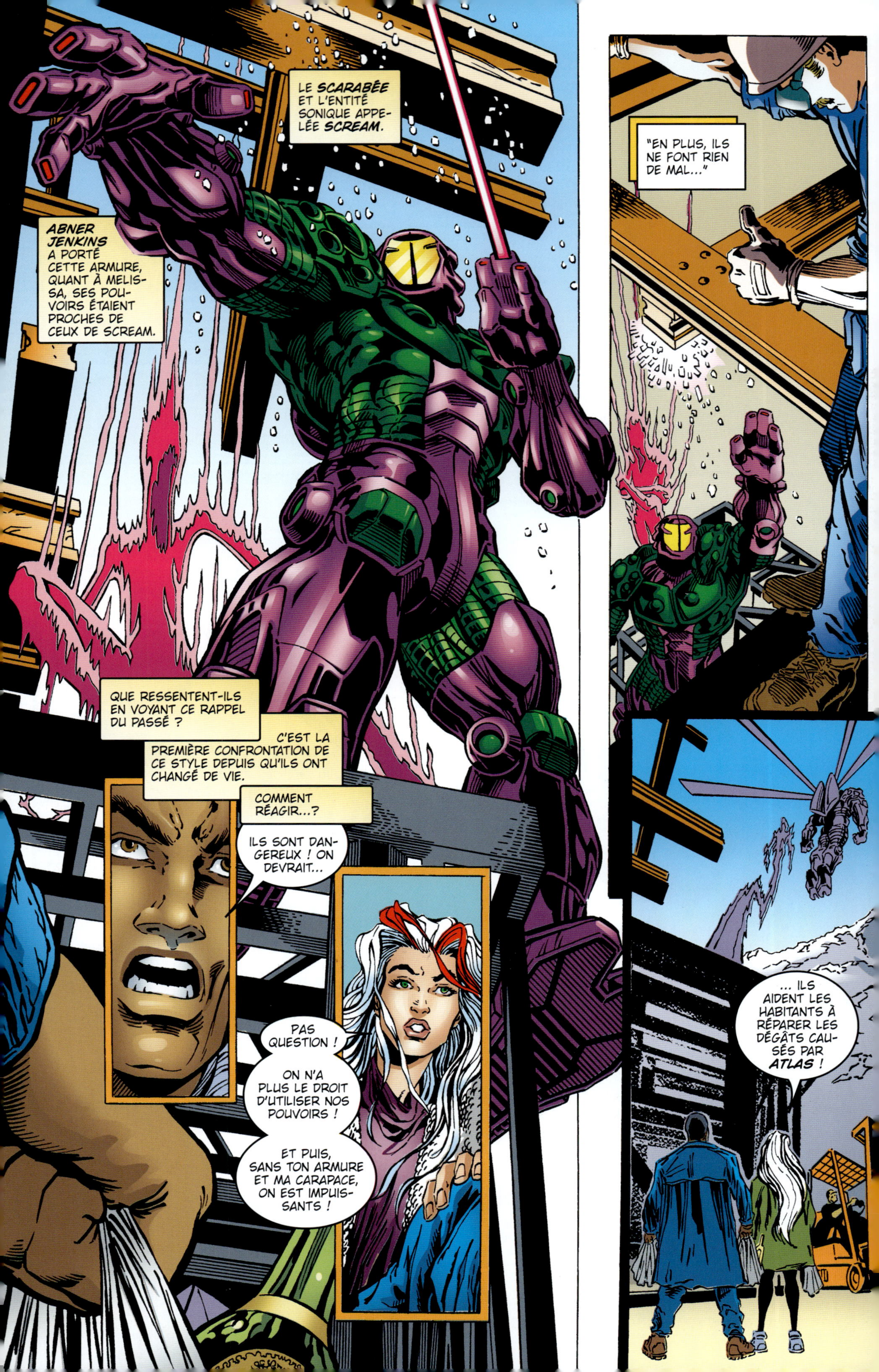
LE **SCARABÉE** ET L'ENTITÉ SONIQUE APPELÉE **SCREAM**.
ABNER JENKINS A PORTÉ CETTE ARMURE, QUANT À MELISSA, SES POUVOIRS ÉTAIENT PROCHES DE CEUX DE SCREAM.
"EN PLUS, ILS NE FONT RIEN DE MAL..."
QUE RESSENTENT-ILS EN VOYANT CE RAPPEL DU PASSÉ ?
C'EST LA PREMIÈRE CONFRONTATION DE CE STYLE DEPUIS QU'ILS ONT CHANGÉ DE VIE.
COMMENT RÉAGIR...?
ILS SONT DANGEREUX ! ON DEVRAIT...
PAS QUESTION !
ON N'A PLUS LE DROIT D'UTILISER NOS POUVOIRS !
ET PUIS, SANS TON ARMURE ET MA CARAPACE, ON EST IMPUISSANTS !
... ILS AIDENT LES HABITANTS À RÉPARER LES DÉGÂTS CAUSÉS PAR **ATLAS** !

OH.
OK... LAISSE TOMBER.
ELLE LES REGARDE PARTIR...
... SURTOUT LA FAMEUSE ENTITÉ...
ILS REJOIGNENT...
... LE MT CHARTERIS.
L'ANCIEN Q.G. DES THUNDERBOLTS ABRITE DÉSORMAIS UNE ÉQUIPE...
... CONSTITUÉE DE TECHNICIENS DU S.H.I.E.L.D. ET DE LA COMMISSION AUX AFFAIRES SURHUMAINES.
DÉGAGEZ ZONE D'ATTERRISSAGE PORTE 2.
RASSEMBLEMENT SALLE D'ENTRAÎNEMENT D.
ENCORE UN ENTRAÎNEMENT ?
COMME SI ÇA SUFFISAIT PAS DE "NETTOYER LES DÉGÂTS DES T-BOLTS" ! C'EST PIRE QUE FAIRE LA GUERRE...
... HÉÉÉÉÉ !
KLANG

LA LÉGENDE VIVANTE QUI A LANCÉ CE BOUCLIER NE DIT RIEN...
... LES ACTES VALENT MIEUX QUE LES GRANDS DISCOURS, SELON LUI.
LES RÉDEMPTEURS ONT VITE COMPRIS QU'AVEC LUI, ON NE RIGOLE PAS.
CAPTAIN AMERICA NE SE MONTRE PAS PARTICULIÈREMENT AMICAL...
... PEUT-ÊTRE À CAUSE DE LEUR PASSÉ UN PEU CHARGÉ QUI LEUR A VALU LEUR PLACE DANS CETTE ÉQUIPE !
SA MISSION, MÊME SI ELLE EST TEMPORAIRE, NE LUI PLAÎT GUÈRE.
FABIAN NICIEZA scénario
PATRICK ZIRCHER & AL VEY dessin & encrage
ULM couleurs
SOPHIE VIEVARD traduction
ASTARTE DESIGN lettrage
MARK SUMERAK, TOM BREVOORT & JOE QUESADA rédaction USA
IL Y A TANT À FAIRE AVEC LES AVENGERS, MAIS...
... SON PAYS A BESOIN DE SES SERVICES...
... ET IL SE SENT LE DEVOIR DE TERMINER LA TÂCHE DE SON AMI HAWKEYE.
UN NOUVEAU DÉPART

CAP LES TESTE. MÉTÉORITE PROJETTE UN CHAMP DE FORCE D'AIR SOLIDIFIÉ...
... INDESTRUCTIBLE MAIS QU'IL DÉVIE AISÉMENT...
... SUR LE SCARABÉE. CE DERNIER EST PUISSANT MAIS LENT...
QUANT À LA RAPIDITÉ DE JOLT, ELLE NE PEUT...
... RIVALISER AVEC CELLE DE SES RÉFLEXES.
HAWKEYE NE VOUS A DONC PAS APPRIS À ANTICIPER ?!
EN FAIT, CAP...

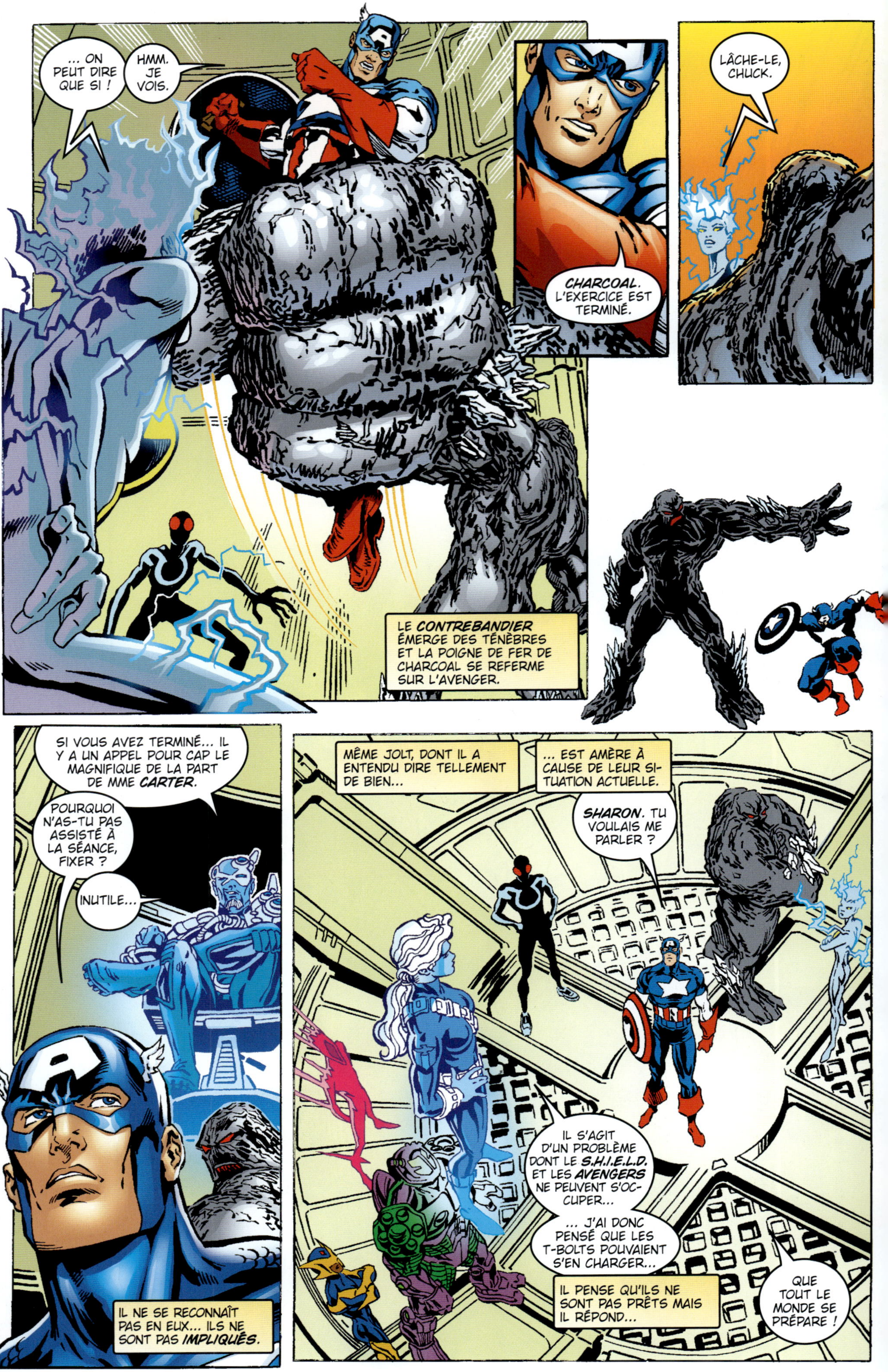

... ON PEUT DIRE QUE SI !
HMM. JE VOIS.
CHARCOAL. L'EXERCICE EST TERMINÉ.
LÂCHE-LE, CHUCK.
LE CONTREBANDIER ÉMERGE DES TÉNÈBRES ET LA POIGNE DE FER DE CHARCOAL SE REFERME SUR L'AVENGER.
SI VOUS AVEZ TERMINÉ... IL Y A UN APPEL POUR CAP LE MAGNIFIQUE DE LA PART DE MME CARTER.
POURQUOI N'AS-TU PAS ASSISTÉ À LA SÉANCE, FIXER ?
INUTILE...
IL NE SE RECONNAÎT PAS EN EUX... ILS NE SONT PAS IMPLIQUÉS.
MÊME JOLT, DONT IL A ENTENDU DIRE TELLEMENT DE BIEN...
... EST AMÈRE À CAUSE DE LEUR SITUATION ACTUELLE.
SHARON. TU VOULAIS ME PARLER ?
IL S'AGIT D'UN PROBLÈME DONT LE S.H.I.E.L.D. ET LES AVENGERS NE PEUVENT S'OCCUPER...
... J'AI DONC PENSÉ QUE LES T-BOLTS POUVAIENT S'EN CHARGER...
IL PENSE QU'ILS NE SONT PAS PRÊTS MAIS IL RÉPOND...
QUE TOUT LE MONDE SE PRÉPARE !

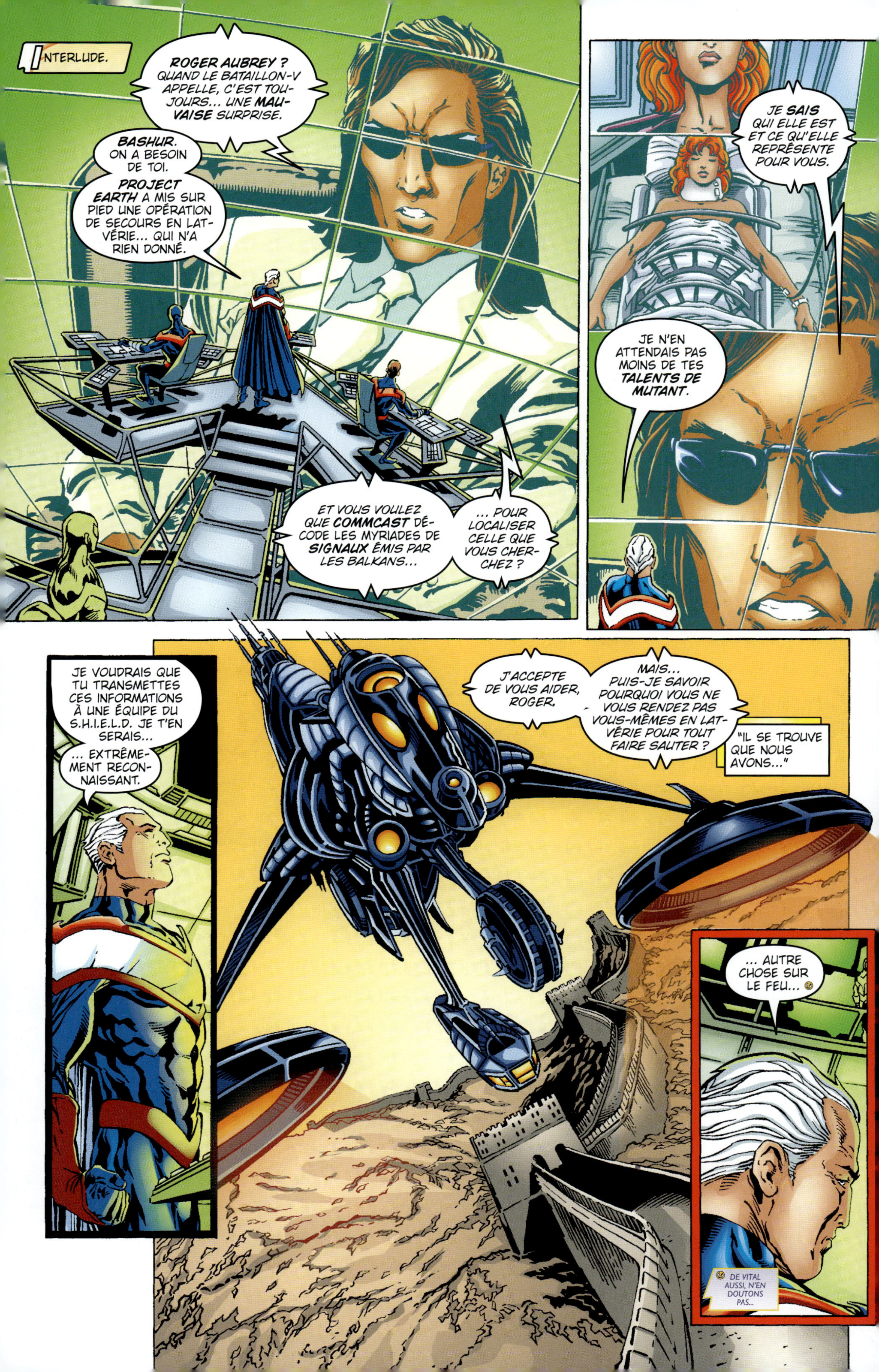
INTERLUDE.
ROGER AUBREY ? QUAND LE BATAILLON-V APPELLE, C'EST TOUJOURS... UNE MAUVAISE SURPRISE.
BASHUR. ON A BESOIN DE TOI.
PROJECT EARTH A MIS SUR PIED UNE OPÉRATION DE SECOURS EN LATVÉRIE... QUI N'A RIEN DONNÉ.
JE SAIS QUI ELLE EST ET CE QU'ELLE REPRÉSENTE POUR VOUS.
JE N'EN ATTENDAIS PAS MOINS DE TES TALENTS DE MUTANT.
ET VOUS VOULEZ QUE COMMCAST DÉCODE LES MYRIADES DE SIGNAUX ÉMIS PAR LES BALKANS...
... POUR LOCALISER CELLE QUE VOUS CHERCHEZ ?
JE VOUDRAIS QUE TU TRANSMETTES CES INFORMATIONS À UNE ÉQUIPE DU S.H.I.E.L.D. JE T'EN SERAIS...
... EXTRÊMEMENT RECONNAISSANT.
J'ACCEPTE DE VOUS AIDER, ROGER.
MAIS... PUIS-JE SAVOIR POURQUOI VOUS NE VOUS RENDEZ PAS VOUS-MÊMES EN LATVÉRIE POUR TOUT FAIRE SAUTER ?
"IL SE TROUVE QUE NOUS AVONS..."
... AUTRE CHOSE SUR LE FEU...
DE VITAL AUSSI, N'EN DOUTONS PAS...

EUROPE DE L'EST...
CAP... ON A UN APPEL... NON IDENTIFIÉ... CONCERNANT L'ENDROIT OÙ SE TROUVE NOTRE CIBLE...
... ELLE EST EN PLEIN CŒUR DE FATALISTADT, LA CAPITALE LATVÉRIENNE.
JE NE COMPRENDS PAS LE RÔLE DE RIORDAN DANS TOUT ÇA...
MOI NON PLUS... MAIS ÇA N'A AUCUNE IMPORTANCE.
HALLIE TAKAHAMA ET CHARLIE BURLINGAME ÉCHANGENT UN REGARD.
LES T-BOLTS SAVENT QUE DALLAS RIORDAN S'EST AVÉRÉE ÊTRE CITIZEN V...
... APRÈS QUOI, ELLE A DISPARUE... ENLEVÉE PAR CRIMSON COWL !
ILS ONT CRU UN TEMPS QUE DALLAS ÉTAIT CRIMSON COWL, MAIS...

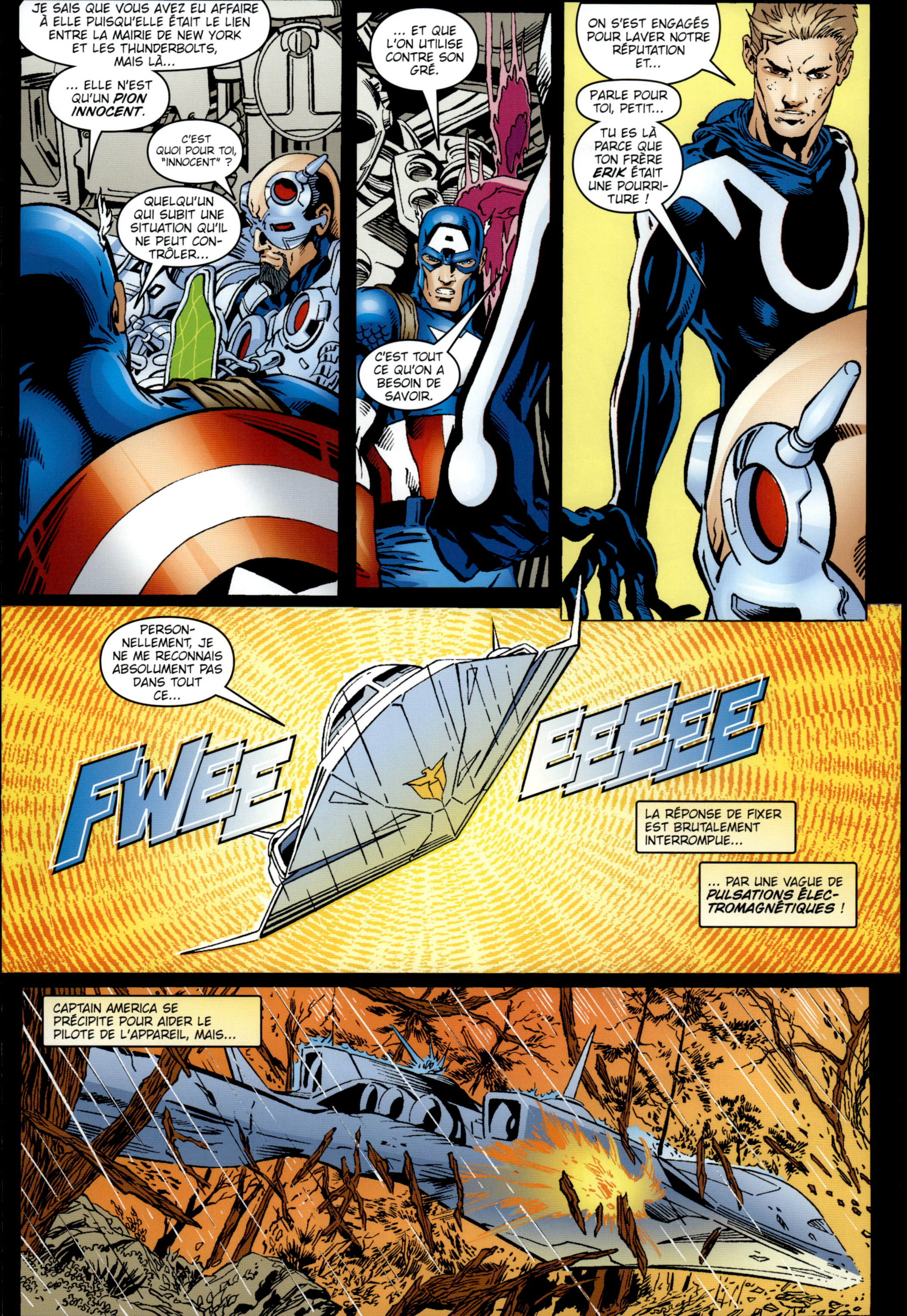
JE SAIS QUE VOUS AVEZ EU AFFAIRE À ELLE PUISQU'ELLE ÉTAIT LE LIEN ENTRE LA MAIRIE DE NEW YORK ET LES THUNDERBOLTS, MAIS LÀ...
... ELLE N'EST QU'UN *PION INNOCENT*.
C'EST QUOI POUR TOI, "INNOCENT" ?
QUELQU'UN QUI SUBIT UNE SITUATION QU'IL NE PEUT CONTRÔLER...
... ET QUE L'ON UTILISE CONTRE SON GRÉ.
C'EST TOUT CE QU'ON A BESOIN DE SAVOIR.
ON S'EST ENGAGÉS POUR LAVER NOTRE RÉPUTATION ET...
PARLE POUR TOI, PETIT...
TU ES LÀ PARCE QUE TON FRÈRE *ERIK* ÉTAIT UNE POURRITURE !
PERSONNELLEMENT, JE NE ME RECONNAIS ABSOLUMENT PAS DANS TOUT CE...
FWEEEEEEE
LA RÉPONSE DE FIXER EST BRUTALEMENT INTERROMPUE...
... PAR UNE VAGUE DE *PULSATIONS ÉLECTROMAGNÉTIQUES* !
CAPTAIN AMERICA SE PRÉCIPITE POUR AIDER LE PILOTE DE L'APPAREIL, MAIS...

JE SUIS LÀ, HALLIE.
MERCI, CHARLIE.
JOLT... REPASSE SOUS TA FORME ÉLECTRIQUE ! TU ES TROP VULNÉRABLE !
IL FAUT SORTIR EN RECONNAISSANCE. MÉTÉORITE, RESTE DERRIÈRE...
"... AU CAS OÙ IL Y AURAIT UNE DEUXIÈME ATTAQUE."
JE SORS EN PREMIER...
TIENS, TIENS... QU'EST-CE QUE C'EST...
... QUE ÇA ?
OH, PITIÉ... PAS CE MAGASIN D'ÉLECTRONIQUE !
PEUT-ÊTRE QU'ILS APPRÉCIERONT MES TALENTS ICI.
HELP WANTED
LE TYPE S'EST FICHU DE TOI LA DERNIÈRE FOIS !
FAUT PAS ÊTRE RANCUNIER...
TU PARLES...
399.99 SALE
PALM PILOT PROFESSIONAL EDITION
DATA ORGANIZER
VOUS DÉSIREZ ?
IL PARAÎT QUE VOUS EMBAUCHEZ...
JE VOUS CONNAIS, NON... ?

TC2-38X
PROCESSOR CHIP
VOUS AVEZ REFUSÉ DE ME VENDRE UN TCZ.
D'AILLEURS, VOUS AVEZ BIEN FAIT...
... AU NIVEAU CAPACITÉ DE MÉMOIRE, CE TRUC EST DÉJÀ COMPLÈTEMENT DÉPASSÉ.
J'AI BESOIN D'UN TECHNICIEN AU MAGASIN.
EN PLUS, J'AI UN SERVICE DE RÉPARATION...
... ET AVEC TOUS LES DÉGÂTS QUE CET ATLAS A CAUSÉS, ON EST DÉBORDÉS.
VERBATIM MINI DATA CARTRIDGES
J'AI VRAIMENT ÉTÉ EXTRÊMEMENT GROSSIER AVEC VOUS, LA DERNIÈRE FOIS.
JE M'EN SUIS VOULU À PEINE ÉTIEZ-VOUS RESSORTI DE LA BOUTIQUE.
JE M'APPELLE ***BILL KINGMAN*** ET JE M'EXCUSE.
C'EST 25 DOLLARS PAR SEMAINE, PLUS LES HEURES SUP ET LES CLIENTS PERSONNELS.
SALE
49.99
VERBATIM
DATA CART
SI ÇA VOUS VA, C'EST PARTI !
JE SUIS VOTRE HOMME !

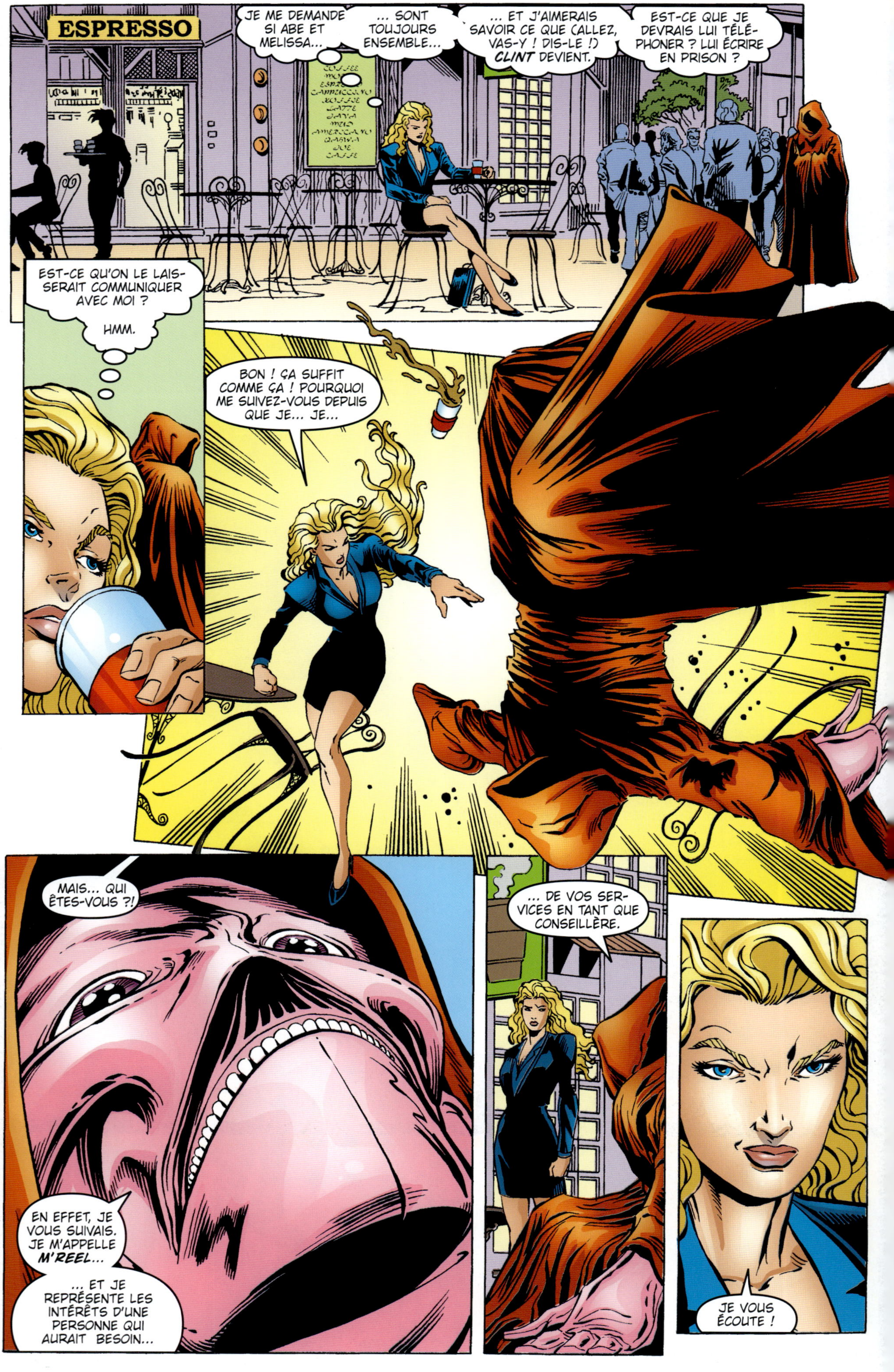
ESPRESSO
JE ME DEMANDE SI ABE ET MELISSA...
... SONT TOUJOURS ENSEMBLE...
... ET J'AIMERAIS SAVOIR CE QUE (ALLEZ, VAS-Y ! DIS-LE !) CLINT DEVIENT.
EST-CE QUE JE DEVRAIS LUI TÉLÉPHONER ? LUI ÉCRIRE EN PRISON ?
EST-CE QU'ON LE LAISSERAIT COMMUNIQUER AVEC MOI ?
HMM.
BON ! ÇA SUFFIT COMME ÇA ! POURQUOI ME SUIVEZ-VOUS DEPUIS QUE JE... JE...
MAIS... QUI ÊTES-VOUS ?!
EN EFFET, JE VOUS SUIVAIS. JE M'APPELLE M'REEL...
... ET JE REPRÉSENTE LES INTÉRÊTS D'UNE PERSONNE QUI AURAIT BESOIN...
... DE VOS SERVICES EN TANT QUE CONSEILLÈRE.
JE VOUS ÉCOUTE !

FWACHOOM
CHARCOAL !
C'EST BIEN FAIT POUR TOI, SALE $£@# !
ÇA VENAIT DE LA FORÊT !
CAPTAIN AMERICA ?!
BIEN TENTÉ !
FWASH
AAH...!

T'ES PAS OBLIGÉ D'INCENDIER TOUTE LA FORÊT, CHARLIE !
AUCUNE IDÉE.
QUI C'EST, CE TYPE ?
PAS CROYABLE ! TOI, LA VRAIE GAZETTE MONDAINE...
SÛREMENT QUE CE TYPE DÉBARQUE D'UNE AUTRE PLANÈTE !
ZASH
ET EN PLUS, IL VOLE !
WOOOOOOOOOOOOO
NGHH... JE CROIS QUE JE VAIS VOMIR !
ÇA, C'EST LE BOULOT DE SCREAM SUR TON OREILLE INTERNE.
MAIS ÇA VA PAS DURER...
KLUD
... JE VAIS TE RÉGLER TON COMPTE !
TU PARLES D'UNE GALÈRE !
QU'EST-CE QUE JE FICHE À ME BATTRE CONTRE CAPTAIN AMERICA ET SA BANDE DE GAMINS, MOI ?!

AAAH !
TIENS, TIENS... IL FONCTIONNE SUR UNE FRÉQUENCE TRÈS SIMILAIRE À CELLE DE L'ARMURE D'IRON MAN...
... SYSTÈME DE PROTECTION EN MOINS, CELA DIT...
QUI ES-TU ? COMMENT T'ES-TU PROCURÉ L'ÉQUIPEMENT D'IRON MAN ?!
MMMFFF...
REBEL NE FAIT QU'OBÉIR À MES ORDRES...
OH, &%#$...!
... POUR POUVOIR RETROUVER SON AMOUR PERDU, IL A ACCEPTÉ D'AIDER À SAUVER LA LATVÉRIE ET DE SERVIR...

...FATALIS !
LE DOCTEUR VON FATALIS, MONARQUE DE LA LATVÉRIE.
CAP AURAIT AIMÉ ÉVITER ÇA.
SON ÉQUIPE N'EST PAS SUFFISAMMENT PRÉPARÉE...
CHOUETTE ! DE QUOI S'AMUSER UN PEU !
POUR L'AMOUR DU CIEL...!
CE... C'EST UN HOLOGRAMME !
L'IMAGE EST TRANSMISE PAR-DELÀ L'ATMOSPHÈRE TERRESTRE !
À QUOI JOUES-TU, FATALIS ?
MOI, JOUER ?!
OH, QUE NON !

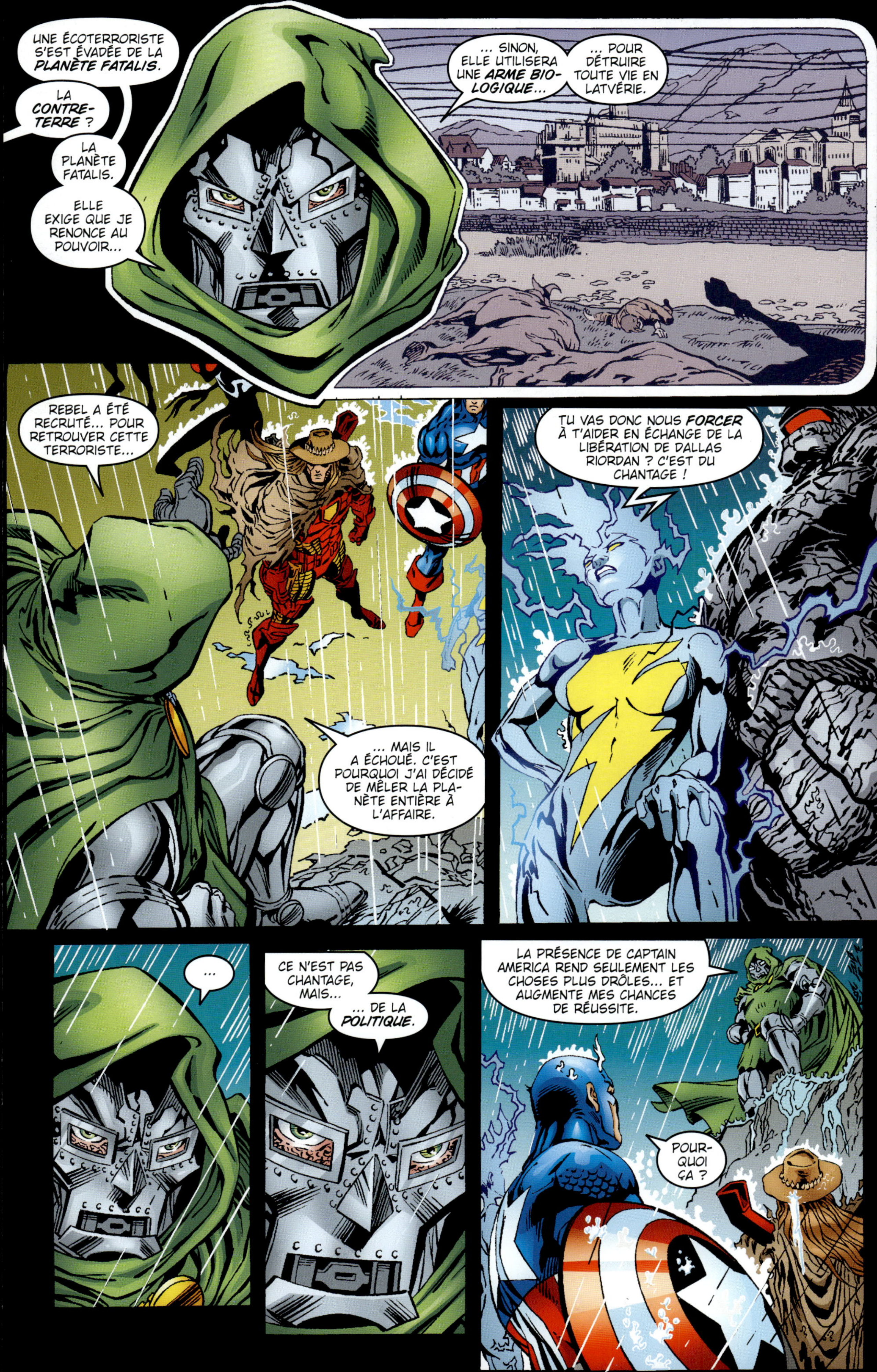
UNE ÉCOTERRORISTE S'EST ÉVADÉE DE LA PLANÈTE FATALIS.
LA CONTRE-TERRE ?
LA PLANÈTE FATALIS.
ELLE EXIGE QUE JE RENONCE AU POUVOIR...
... SINON, ELLE UTILISERA UNE ARME BIOLOGIQUE...
... POUR DÉTRUIRE TOUTE VIE EN LATVÉRIE.
REBEL A ÉTÉ RECRUTÉ... POUR RETROUVER CETTE TERRORISTE...
... MAIS IL A ÉCHOUÉ. C'EST POURQUOI J'AI DÉCIDÉ DE MÊLER LA PLANÈTE ENTIÈRE À L'AFFAIRE.
TU VAS DONC NOUS FORCER À T'AIDER EN ÉCHANGE DE LA LIBÉRATION DE DALLAS RIORDAN ? C'EST DU CHANTAGE !
...
CE N'EST PAS CHANTAGE, MAIS...
... DE LA POLITIQUE.
LA PRÉSENCE DE CAPTAIN AMERICA REND SEULEMENT LES CHOSES PLUS DRÔLES... ET AUGMENTE MES CHANCES DE RÉUSSITE.
POURQUOI ÇA ?

PARCE QUE CETTE TERRORISTE NE T'EST PAS IN-CONNUE...
KLIK
... JE VAIS TE RAFRAÎCHIR LA MÉMOIRE.
LA BANDE DE TERRORISTES QUI NOUS MENACE SE FAIT APPELER LES
Jeunes Alliés...
... ET EST DIRIGÉE PAR TON ANCIENNE PARTENAIRE, UNE CER-TAINE...
... BUCKY !
À UNE CINQUANTAINE DE KM DE LOS ANGELES...
... VOUS CONDUIREZ QUAND VOUS AUREZ VOTRE PERMIS.
EN TANT QU'ALIEN, JE N'AI PAS LE DROIT DE LE PASSER !
DOMMAGE POUR VOUS. JOLIE MAI-SON.
LE PREMIER TIENT À SON CONFORT.
"LE PREMIER" ? LUI AUSSI, C'EST UN E.T. ?
UN EXTRA-TERRESTRE ? NON. PAS PLUS QUE MOI.
PLUTÔT UN E.D.
UN QUOI...?
UN EXTRA-DIMENSIONNEL. CECI DIT, VOUS CONNAISSEZ DÉJÀ LE PRE-MIER...
DR SOFEN, QUEL PLAISIR DE VOUS RE-VOIR...

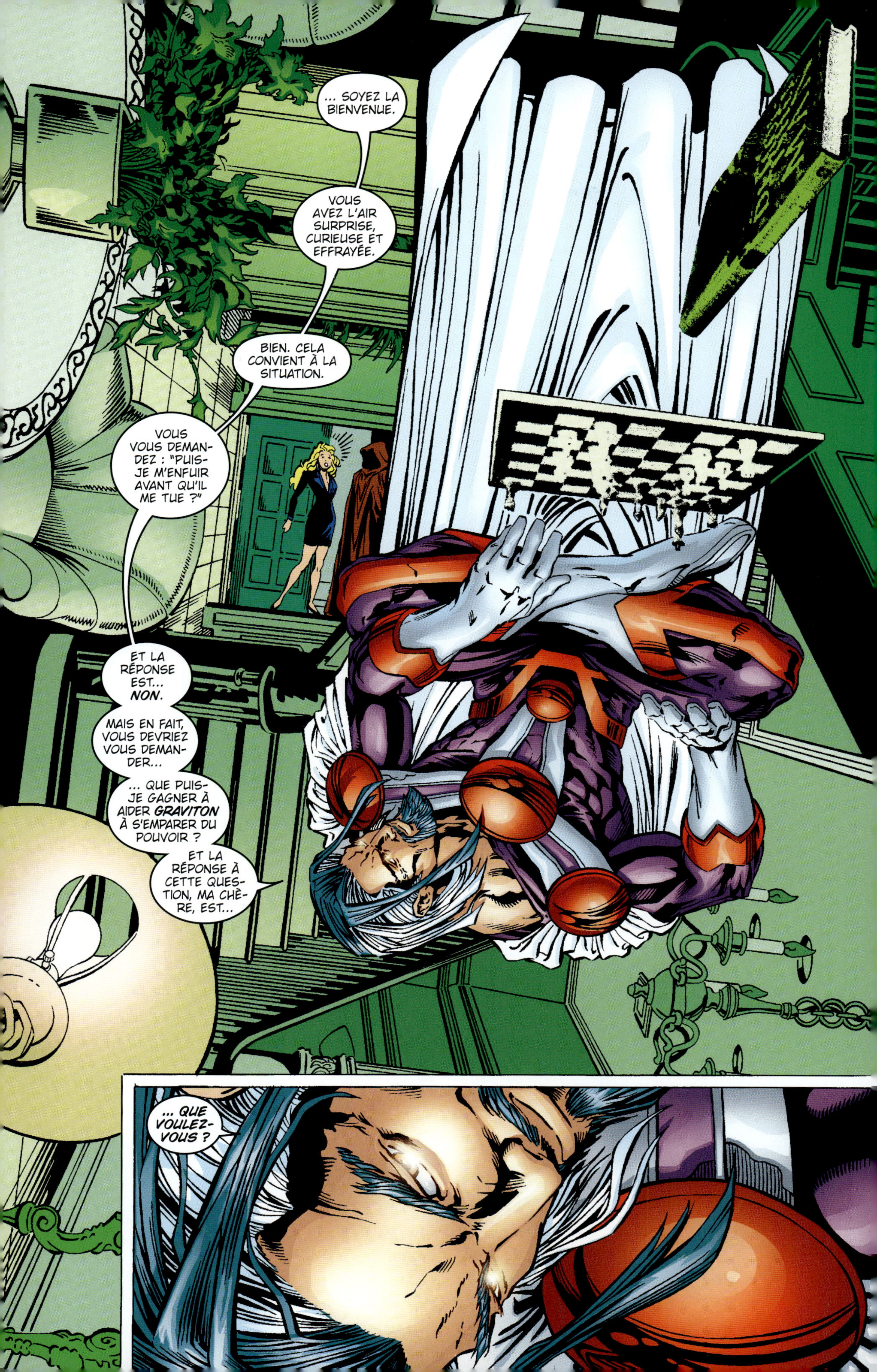
... SOYEZ LA BIENVENUE.
VOUS AVEZ L'AIR SURPRISE, CURIEUSE ET EFFRAYÉE.
BIEN. CELA CONVIENT À LA SITUATION.
VOUS VOUS DEMANDEZ : "PUIS-JE M'ENFUIR AVANT QU'IL ME TUE ?"
ET LA RÉPONSE EST... **NON**.
MAIS EN FAIT, VOUS DEVRIEZ VOUS DEMANDER...
... QUE PUIS-JE GAGNER À AIDER **GRAVITON** À S'EMPARER DU POUVOIR ?
ET LA RÉPONSE À CETTE QUESTION, MA CHÈRE, EST...
... QUE VOULEZ-VOUS ?

QUI VEUT LA FIN VEUT LES MOYENS

THUNDERBOLTS (1997) 52
Couverture : **PATRICK ZIRCHER**

D'ABORD FAUX HÉROS ET VRAIS MAÎTRES DU MAL, ILS ONT ENSUITE RÉELLEMENT VOULU SE REMETTRE SUR LE DROIT CHEMIN ! OH, LA ROUTE VERS L'AMNISTIE DE LEURS CRIMES A ÉTÉ SEMÉE DE NOMBREUX OBSTACLES... MAIS, ÇA Y EST... ILS SONT ENFIN LAVÉS DE LEUR PASSÉ DE CRIMINELS. L'AVENIR DIRA SI LA LIBERTÉ RETROUVÉE SIGNIFIE LA FIN DE LEURS AVENTURES... OU UN NOUVEAU DÉPART ! STAN LEE PRÉSENTE :
Qui VEUT la FIN VEUT les MOYENS
LES THUNDERBOLTS !
FABIAN NICIEZA SCÉNARIO
PATRICK ZIRCHER DESSIN
AL VEY ENCRAGE
CAPTAIN AMERICA, SA NOUVELLE ÉQUIPE ET REBEL VIENNENT D'ÊTRE PRIS PAR SURPRISE PAR DES ROBOTS.
ON COMPREND QUE LE SOUVERAIN DE LA LATVÉRIE PROTÈGE SON PAYS...
... SAUF QUE NOS HÉROS SONT SES ALLIÉS !
VLM COULEURS
SOPHIE VIEVARD TRADUCTION
ASTARTE DESIGN - ROMA LETTRAGE
TOM BREVOORT RÉDACTION USA
JOE QUESADA RÉDACTION USA
BILL JEMAS RÉDACTION USA

POURQUOI NOUS ATTA-QUENT-ILS ?
JE DOUTE QUE FATALIS NOUS AIT TRAHIS...
... CES MACHINES ONT ÉTÉ *REPROGRAMMÉES* !
C'EST LA GOSSE QUI AURAIT FAIT ÇA ?
ATTENTION, VAL !
MERCI, VIEUX !
LA "GOSSE"...
... EST LE PIRE ENNEMI DE FATALIS !
SUR CETTE FAMEUSE *CONTRE-TERRE* ?
J'ARRIVE PAS À M'Y FAIRE.
POUR MOI, C'EST *VOTRE* TERRE LE PHÉNOMÈNE BIZARRE !
DANS CE MÉTIER, IL FAUT S'ATTENDRE À TOUT, MÉTÉORITE !
LA *LÉGENDE VIVANTE* TÂCHE DE MAINTENIR LE CALME.
LES *RÉDEMPTEURS* ÉTAIENT EN MISSION DE SAUVETAGE...

... ILS DEVAIENT DANS UN PREMIER TEMPS LOCALISER DALLAS RIORDAN.
L'ANCIENNE LIAISON DU MAIRE DE NEW YORK AVAIT ATTERRI EN LATVÉRIE...
... DANS LE COSTUME DE CITIZEN V ! ELLE TRAVAILLAIT AU SEIN DU BATAILLON-V, QUI COMBATTAIT LES THUNDERBOLTS...
... ET AVAIT DISPARU !
ON L'A RETROUVÉE, PARALYSÉE, EN LATVÉRIE...
... OÙ ELLE EST L'OTAGE DE FATALIS !
À LEUR ARRIVÉE, LES RÉDEMPTEURS ONT ÉTÉ ATTAQUÉS PAR LE COWBOY EN ARMURE REBEL...
... QUI EST CONTRAINT DE TRAVAILLER POUR FATALIS.
VOILÀ...
TOUS DES MANIPULATEURS, CES POLITICIENS...
... ET ON EST LEURS PIONS !
ET ÇA NE CONCERNE PAS DEUX PAYS...

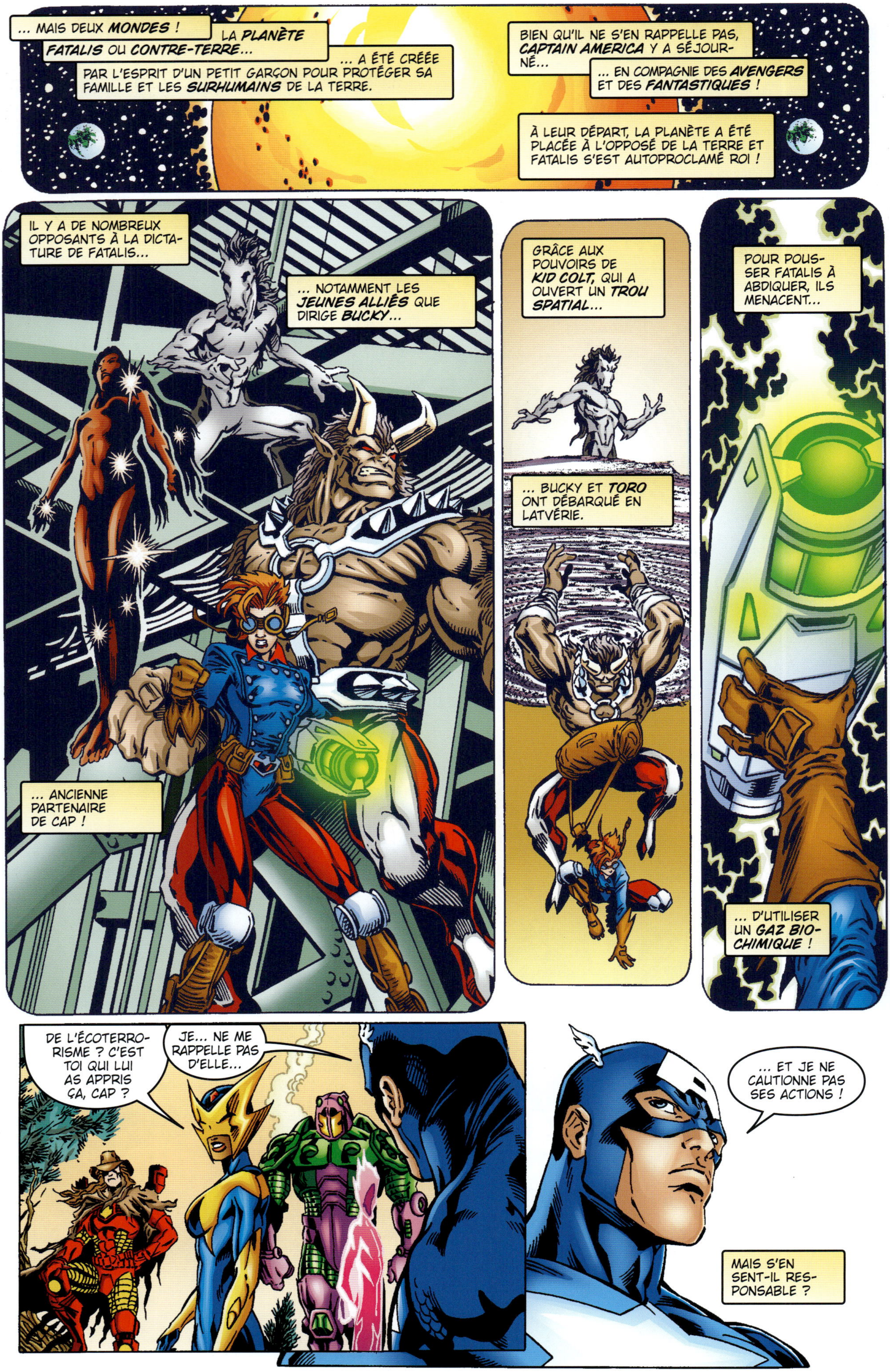

... MAIS DEUX MONDES !
LA PLANÈTE FATALIS OU CONTRE-TERRE...
... A ÉTÉ CRÉÉE PAR L'ESPRIT D'UN PETIT GARÇON POUR PROTÉGER SA FAMILLE ET LES SURHUMAINS DE LA TERRE.
BIEN QU'IL NE S'EN RAPPELLE PAS, CAPTAIN AMERICA Y A SÉJOURNÉ...
... EN COMPAGNIE DES AVENGERS ET DES FANTASTIQUES !
À LEUR DÉPART, LA PLANÈTE A ÉTÉ PLACÉE À L'OPPOSÉ DE LA TERRE ET FATALIS S'EST AUTOPROCLAMÉ ROI !
IL Y A DE NOMBREUX OPPOSANTS À LA DICTATURE DE FATALIS...
... NOTAMMENT LES JEUNES ALLIÉS QUE DIRIGE BUCKY...
... ANCIENNE PARTENAIRE DE CAP !
GRÂCE AUX POUVOIRS DE KID COLT, QUI A OUVERT UN TROU SPATIAL...
... BUCKY ET TORO ONT DÉBARQUÉ EN LATVÉRIE.
POUR POUSSER FATALIS À ABDIQUER, ILS MENACENT...
... D'UTILISER UN GAZ BIOCHIMIQUE !
DE L'ÉCOTERRORISME ? C'EST TOI QUI LUI AS APPRIS ÇA, CAP ?
JE... NE ME RAPPELLE PAS D'ELLE...
... ET JE NE CAUTIONNE PAS SES ACTIONS !
MAIS S'EN SENT-IL RESPONSABLE ?

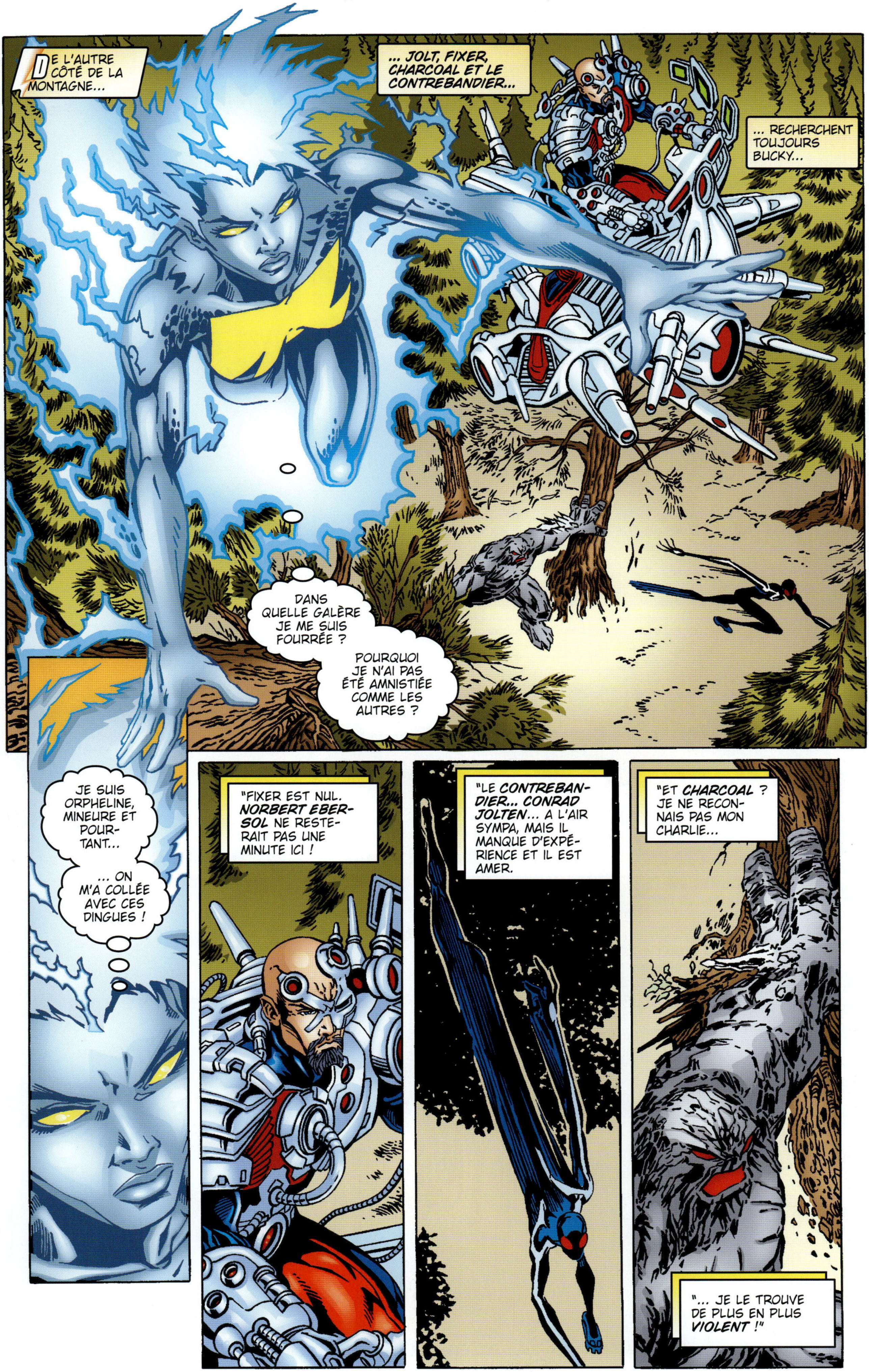

DE L'AUTRE CÔTÉ DE LA MONTAGNE...
... JOLT, FIXER, CHARCOAL ET LE CONTREBANDIER...
... RECHERCHENT TOUJOURS BUCKY...
DANS QUELLE GALÈRE JE ME SUIS FOURRÉE ?
POURQUOI JE N'AI PAS ÉTÉ AMNISTIÉE COMME LES AUTRES ?
JE SUIS ORPHELINE, MINEURE ET POURTANT...
... ON M'A COLLÉE AVEC CES DINGUES !
"FIXER EST NUL. NORBERT EBERSOL NE RESTERAIT PAS UNE MINUTE ICI !
"LE CONTREBANDIER... CONRAD JOLTEN... A L'AIR SYMPA, MAIS IL MANQUE D'EXPÉRIENCE ET IL EST AMER.
"ET CHARCOAL ? JE NE RECONNAIS PAS MON CHARLIE...
"... JE LE TROUVE DE PLUS EN PLUS VIOLENT !"

CETTE ÉQUIPE N'A RIEN À VOIR AVEC LES T-BOLTS ! ON FORMAIT...
... UNE FAMILLE...
FIXER, CONNIE, DESCENDEZ LA COLLINE...
... NOUS, ON PART VERS LE HAUT.
TU AIMES COMMANDER, HEIN ?
C'EST UN BON CHEF !
PEUT-ÊTRE... MAIS MOI AUSSI, JE SUIS UN PRO !
PING
ET VOILÀ... DES SCANNERS D'ÉNERGIE KYMILIENNE RÉSIDUELLE...
FIXER OUBLIE DE DIRE QUE C'EST GRÂCE AUX APPAREILS DE FATALIS QU'IL A PU REPÉRER L'EMPREINTE ÉNERGÉTIQUE ALIEN.
SON ARROGANCE N'EST QU'UNE FAÇADE. IL LE SAIT.
MAIS LES AUTRES ?
PEUT-ON RESTER CONFIANT APRÈS AVOIR ÉTÉ TUÉ ?
IL S'EST RÉVEILLÉ DANS UN RÉSERVOIR BIONUTRITIF.
GRÂCE À SON PROGRAMME DE SURVIE ET À L'AIDE DU BARON ZÉMO...
... SON CORPS NE S'ÉTAIT PAS DÉGRADÉ. IL S'EST RÉGÉNÉRÉ...
... JUSQU'À CE QUE SES FONCTIONS CÉRÉBRALES SOIENT RÉINTÉGRÉES DANS UN CIRCUIT CYBERNÉTIQUE.

ET VOILÀ...
... QU'IL DOIT ÊTRE UN HÉROS...
... SINON SON CIRCUIT NEURONAL SERA COURT-CIRCUITÉ !
PEUT-ÊTRE EN ARRIVERA-T-IL À AIMER CE RÔLE.
C'EST SA CONSCIENCE QUI ANIMAIT TECHNO QUAND IL A SAUVÉ JOLT.
DONC, QUELQUE PART EN LUI...
... IL POSSÈDE LA CAPACITÉ DE GUÉRIR SON ÂME.
CETTE MAISON SUR LA RIVE SYMKARIENNE DE LA RIVIÈRE...
... C'EST PEUT-ÊTRE UNE DES BASES DE SILVER SABLE.
HALLIE... ON NOUS FAIT SIGNE.
ILS L'ONT TROUVÉE ?
BIZARRE... JE RELÈVE UNE DEUXIÈME SIGNATURE HUMAINE DÉFORMÉE.
ELLE N'EST PAS VENUE SEULE.
IL FAUT S'EN ASSURER.
JE VAIS ME CAMOUFLER...
... ET ALLER VOIR !
ALORS ?

GAFFE !
T'AS UNE SOLUTION, FIXER ?
HEU... NON !
TRÈS LOIN, À BURTON CANYON, DANS LE COLORADO...
... AU PIED DU MT CHARTERIS, Q.G. DES RÉDEMPTEURS...
... VIVENT DÉSORMAIS DEUX ANCIENS THUNDERBOLTS... ABE JENKINS ET MELISSA GOLD...
EGGSCALIBER
AU BOULOT.
JE SAIS.
NERVEUX ?
LA DERNIÈRE FOIS QUE J'AI ESSAYÉ DE VIVRE NORMALEMENT, ÇA N'A PAS MARCHÉ.
ON N'A PAS LE CHOIX. ON N'EST PLUS DES SUPER-HÉROS...
... NI DES SUPER-VILAINS. ON EST... RIEN.
KINGMAN ELEKTRONIKS
ON EST LIBRES... ET TANT PIS SI ON GALÈRE. TU FINIRAS...
... PAR TROUVER QUELQUE CHOSE.

OUAIS... C'EST ÇA.
BONNE CHANCE.
MERCI. ON SE RETROUVE À L'APPART VERS SIX HEURES.
OUAIS.
ET JE FAIS QUOI DE CES **NEUF HEURES** ?
JE POURRAIS FAIRE UN PEU DE MÉNAGE...
KINGMAN ELEKTRONIKS
... OU REGARDER LA TÉLÉ EN MANGEANT DES COCHONNERIES.
LE GRAND MAGASIN RECRUTE ?
MAIS JE NE SAIS RIEN FAIRE.
bluem
JE SUIS JUSTE BONNE À...

LATVÉRIE...
DIS DONC, BENNY, VAS-Y MOLLO !
JE NE LES AI PAS TUÉS, J'ESPÈRE !
JE NE CROIS PAS QU'ILS SOIENT MORTS...
... C'ÉTAIT RIEN QU'UNE PETITE AVALANCHE DE RIEN DU TOUT !
TU N'AVAIS PAS LE CHOIX... IL FALLAIT QU'ON GAGNE DU TEMPS.
JE SAIS, MAIS JE N'AIME PAS ÇA.
BENITO CERANDO, TU AS VRAIMENT UN CŒUR EN OR !
JE SUIS UN DUR, MAIS JE DOIS DIRE...
CETTE MISSION NE TE PLAÎT PAS VRAIMENT, HEIN ?
ET À TOI, ELLE TE PLAÎT ?

IL FAUT RECONNAÎTRE QUE CE N'EST PAS FACILE, BENITO...
... MAIS CHACUN SAIT QUE LA FIN JUSTIFIE LES MOYENS !
JE SAIS, ISH...
... MAIS JE DÉTESTE DEVOIR FAIRE ÇA !
ISHMAËL QUESTOR, TÉLÉPATHE QUE L'ON SURNOMME Q.I. FLOTTE...
... QUELQUE PART DANS L'ALLEMAGNE DE LA PLANÈTE FATALIS...
... ET NE RÉPOND RIEN.
C'EST UN TACTICIEN RATIONNEL ET IL N'AIME PAS VRAIMENT QU'ON FASSE ÉTALAGE DE SES ÉMOTIONS.
TOUT CE QU'IL SAIT, C'EST QUE LE PLAN... HORS LES DILEMMES MORAUX QU'IL POSE... EST EXCELLENT.
IL ESPÈRE QUE RIKKY BARNES SAURA TROUVER LES MOTS QUI CONVIENNENT...
JE TE RÉPÈTE QU'ON A PAS LE CHOIX.
HÉ... TORO...
FACHOW
ATTENTION !

ÉLOIGNEZ-LES DE CES APPAREILS !
JE PRENDS LE GROS !
ON EST CENSÉS BOSSER EN ÉQUIPE...
OUAIS... C'EST ÇA... MERCI POUR LE COUP DE MAIN !
GRRMMMMMMMM
VOUS TRAVAILLEZ POUR FATALIS ?
NON... ON ESSAIE DE VOUS EMPÊCHER DE FAIRE UNE GROSSE BÊTISE...
HÉ ! C'EST QUOI ? DES SEMELLES DE VIBRANIUM ?
VOUS ÊTES TOUS SUPER JEUNES...
NON ! ON TRAÎNE AUSSI UN VIEUX DÉBRIS !
SYMPA ! MERCI !
AH, OUI ! JE VOIS !
SPOING
#@&% !

JE NE TE TROUVE PAS VIEUX, NORBIE.
MERCI !
C'EST PIRE QUE PHILLY, ICI !
HEIN ?
ARGOT DE CHEZ NOUS.
DEPUIS QUE LA CÔTE EST EST SUBMERGÉE, PHILA-DELPHIE EST SUR-PEUPLÉE !
DU NERF ! C'EST JUSTE UNE GAMINE !
MMFFF !
DÉPÊCHE, BUCK !
OK ! MERCI DE M'AVOIR COUVERTE !
LES ONDES SONORES QUE CE TRUC BALANCE, ÇA FAIT UN MAL DE CHIEN !

ÇA PREN-DRA QU'UNE MINUTE...
STOP !
TU ES SÛREMENT UNE FILLE BIEN...
J'EN AI RIEN À FAIRE DE TES COMMENTAIRES !
SPANG
STOP...
... JE VEUX QUE TU M'ÉCOU-TES !
SA RESPI-RATION SE BLOQUE.
LE MASQUE EST DIFFÉ-RENT ET IL PARAÎT PLUS AUTORITAIRE ENCORE...
... MAIS C'EST LUI !
ELLE VOUDRAIT L'EM-BRASSER.
MAIS IL BOSSE POUR FATALIS...
LUI FAIRE UN GROS BAISER.
ET CETTE JEUNE FILLE SUR LES ÉPAULES DE QUI REPOSE LE SORT DE DEUX MONDES SE DEMANDE...

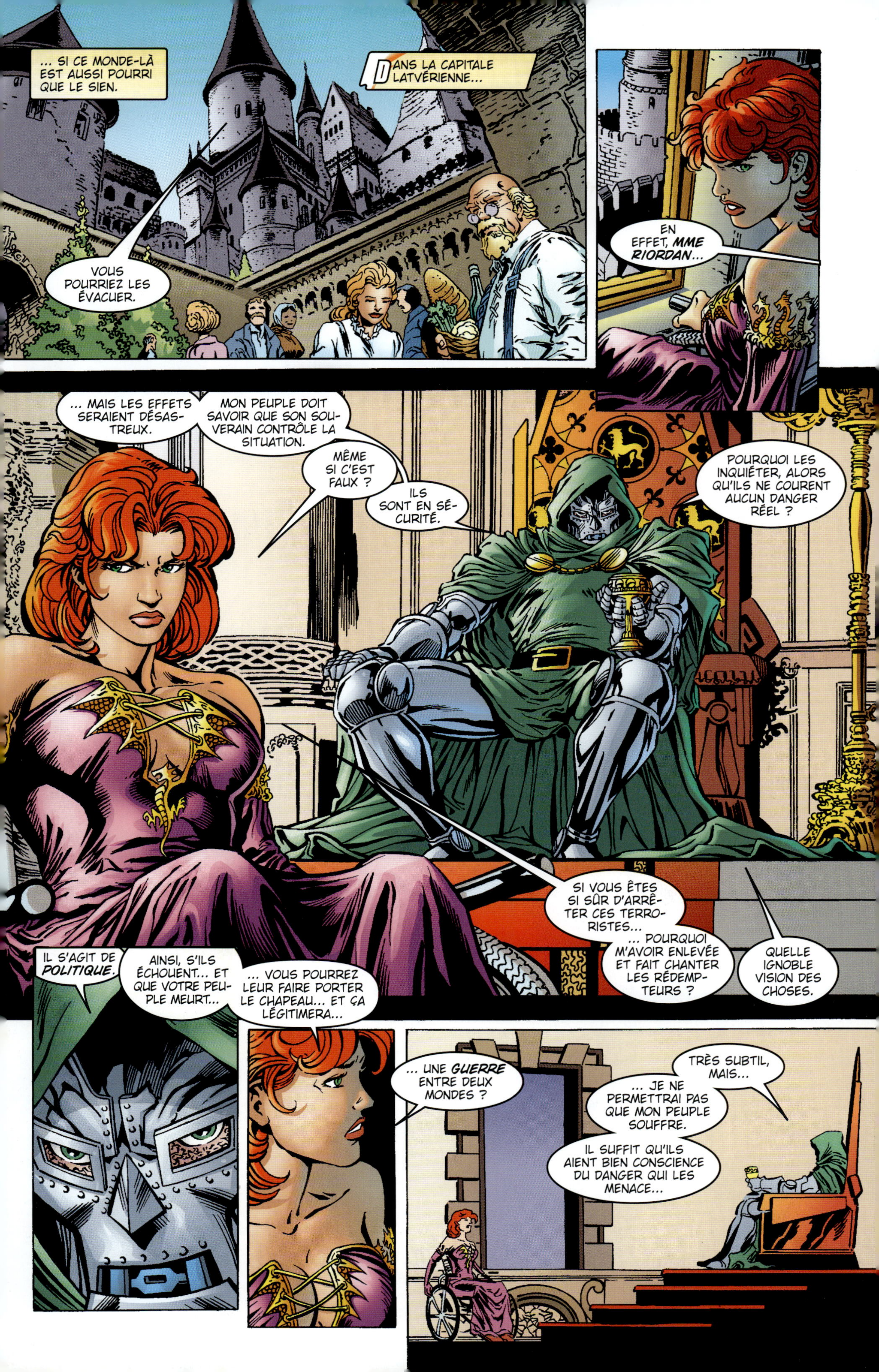
... SI CE MONDE-LÀ EST AUSSI POURRI QUE LE SIEN.
DANS LA CAPITALE LATVÉRIENNE...
VOUS POURRIEZ LES ÉVACUER.
EN EFFET, **MME RIORDAN**...
... MAIS LES EFFETS SERAIENT DÉSASTREUX.
MON PEUPLE DOIT SAVOIR QUE SON SOUVERAIN CONTRÔLE LA SITUATION.
MÊME SI C'EST FAUX ?
ILS SONT EN SÉCURITÉ.
POURQUOI LES INQUIÉTER, ALORS QU'ILS NE COURENT AUCUN DANGER RÉEL ?
SI VOUS ÊTES SI SÛR D'ARRÊTER CES TERRORISTES...
... POURQUOI M'AVOIR ENLEVÉE ET FAIT CHANTER LES RÉDEMPTEURS ?
QUELLE IGNOBLE VISION DES CHOSES.
IL S'AGIT DE **POLITIQUE**.
AINSI, S'ILS ÉCHOUENT... ET QUE VOTRE PEUPLE MEURT...
... VOUS POURREZ LEUR FAIRE PORTER LE CHAPEAU... ET ÇA LÉGITIMERA...
... UNE **GUERRE** ENTRE DEUX MONDES ?
TRÈS SUBTIL, MAIS...
... JE NE PERMETTRAI PAS QUE MON PEUPLE SOUFFRE.
IL SUFFIT QU'ILS AIENT BIEN CONSCIENCE DU DANGER QUI LES MENACE...

PÉNITENCIER DE SEAGATE, AU LARGE DE LA GÉORGIE.
LES SURHUMAINS SONT LOGÉS DANS UNE CELLULE SPÉCIALE.
C'EST LE CAS D'UN NOUVEAU PRISONNIER...
CLINT BARTON ! UNE VISITE !
EH, HAWKEYE, CE SONT TES POTES LES AVENGERS QUI VIENNENT TE CHERCHER ?
NON ! IL LEUR FICHE TROP LA HONTE !
MON ARRESTATION EST RESTÉE CONFIDENTIELLE...
QUAND TU R'VIENDRAS, ON S'RA LÀ POUR T'ATTENDRE, BARTON !
... JE ME DEMANDE...
DUM DUM DUGAN...?
AGENT DU S.H.I.E.L.D.
MAIS MA VISITE N'EST PAS DU TOUT OFFICIELLE, L'ARCHER...
LATVÉRIE...
ALORS, C'EST LUI ?
OUAIS.
WHOA.
OUAIS.
BON... ON FAIT QUOI ?
COMMENCEZ PAR NOUS DONNER CETTE ARME CHIMIQUE !

ON S'EN VA, BENNY.
OUI.
BIEN TENTÉ, CAP...
... MAIS J'AI UN PEU AMÉLIORÉ MON ÉQUIPEMENT...
... ET MON BOUCLIER DE VIBRANIUM PHOTONIQUE PEUT DÉVIER TON BOUCLIER.
MAIS COMME LE MIEN N'EST PAS COUPANT...
... JE VAIS DEVOIR ME SERVIR DU TIEN...
... POUR OUVRIR LA CAPSULE DE GAZ !
CHUNK

REFERME ÇA !
FATALIS TE TIENT COMMENT, REBEL ?
JE CROYAIS QUE TU BOSSAIS EN SOLO !
DISONS QUE TOUT S'ACHÈTE.
ET IL T'A PAYÉ COMBIEN ? UN DOLLAR ?
REFERME CE TRUC OU JE LE BUTE.
HAAHH HAH HAAH!
NON !
KAPOW

HMM.
ÇA CHA-TOUILLE.
J'ADORE CES GENS !
ON CHANGE DE CAMP ?
MOI AUSSI !
CE SONT DES TERRO-RISTES !
JE SAIS... ALORS, ON LE FAIT ?
EST-CE QU'ON POUR-RAIT SE CAL-MER ?
BUCKY... EN FAIT, JE NE ME SOUVIENS PAS DE TOI, MAIS...
... CE QUE JE SAIS...
... C'EST QUE SI ON A ÉTÉ AMIS...
... JE N'AI PAS PU T'ENSEI-GNER ÇA !
JE T'INTERDIS DE ME FAIRE LA MORALE !

TOUS LES SOI-DISANT HÉROS ONT ABANDONNÉ MON MONDE...
... SANS UN MOT D'EXPLICATION...!
EN PLUS, NOTRE PLANÈTE SUBIT TOUTES SORTES DE CATASTROPHES...
... TREMBLEMENTS DE TERRE, PLUIES DE COMÈTES, VILLES DÉTRUITES ET J'EN PASSE...
... ON DIRAIT QUE LE CIEL NOUS TOMBE LITTÉRALEMENT SUR LA TÊTE...
"... ET LES JEUNES ALLIÉS SONT LES SEULS À TENTER QUELQUE CHOSE...
"... TANDIS QUE FATALIS EST TROP CONTENT...
"... PARCE QU'IL NE PEUT GARDER LE CONTRÔLE QUE SI TOUT LE MONDE EST DÉSESPÉRÉ !
"ON A ESSAYÉ DE FAIRE LES CHOSES À TA FAÇON..."
... MAIS LES MOTS, ÇA NE NOURRIT PAS UN ENFANT AFFAMÉ...
... IL FAUT DE L'ACTION !

THSSSSSSSSSSSS
NON !
OH...
... HUM...
MOI, ÇA VA.
LE GAZ EST INERTE ?
AU-TREMENT DIT...
COMME SI J'ALLAIS TUER DES INNO-CENTS !
JE VOULAIS JUSTE QUE FATALIS LE CROIE !
EN ME FORÇANT À DÉVOILER MON JEU, VOUS AVEZ FAIT GAGNER FATALIS !
C'EST RÉUSSI !
LA PROCHAINE FOIS QUE TU VOU-DRAS FAIRE LA MORALE, DEMAN-DE-TOI...
... QUAND TU AS DÛ FAIRE UN CHOIX DIFFICILE POUR LA DERNIÈRE FOIS !
LE TEMPS QUE TU TROUVES, NOUS, ON EN AURA FAIT DIX AUTRES !

SI ON LES SUIVAIT ? ÇA ME PLAÎT CE QU'ILS FONT !
PAS MAINTENANT... MAIS UN JOUR, PEUT-ÊTRE...
ON S'EST BIEN DÉBROUILLÉS, PAS VRAI ?
ON RÉCUPÈRE RIORDAN, REBEL OBTIENDRA CE QUE FATALIS LUI A PROMIS...
... LA SEULE PERDANTE, C'EST TON AMIE BUCKY.
QUI SAIT...?
LA CAPITALE, UNE HEURE PLUS TARD...
BEAU TRAVAIL, CAPTAIN.
NOUS N'AVONS RETROUVÉ QU'UNE SEULE DES CAPSULES, FATALIS.
AVANT DE REGAGNER LA CONTRE-TERRE...
LA PLANÈTE *FATALIS*.
... BUCKY A DIT QU'ILS EN AVAIENT CACHÉ D'AUTRES...
... ET QUE S'IL N'Y AVAIT PAS DE *CHANGEMENTS*, ILS DÉCLENCHERAIENT CES CAPSULES.
DES CHANGEMENTS ?
COMME NE PLUS UTILISER LA NOURRITURE OU LES SOINS MÉDICAUX POUR CONTRAINDRE...
... TON PEUPLE À L'OBÉISSANCE.

ELLE BLUFFAIT !
PEUT-ÊTRE.
JE N'EN SAIS RIEN.
MAIS COMME TU NE POURRAS T'EN PRENDRE QU'À TOI-MÊME SI ÇA SAUTE, JE TE DÉCONSEILLE...
... DE JOUER AVEC LE FEU !
ELLE BLUFFE...
C'EST PAS MON PAYS NI MES AFFAIRES...
... MAIS C'EST CHOUETTE ICI. ÇA PROUVE QUE T'ES CAPABLE DE PRENDRE SOIN DE TON PEUPLE...
... RESTE À SAVOIR S'IL COMPTE PLUS POUR TOI QUE LE ***POUVOIR***.
C'EST DU JOLI, CAPTAIN !
COMMENT ÇA ?
TU AS ***MENTI***.
PIRE QUE ÇA. J'AI DÛ FAIRE DE LA ***POLITIQUE***...
"... ET UN *CHOIX DIFFICILE*..."

LE RETOUR DE L'EMPEREUR (1)

DOOM: THE EMPEROR RETURNS (2002) 1
Couverture : **LEONARDO MANCO**

"CE MONDE SE RETOURNE CONTRE MOI.
"ENCORE."
MORT À FATALIS !

"EST-CE LÀ MON SALAIRE, POUR AVOIR RESTAURÉ LA PAIX SUR LA PLANÈTE FATALIS ?
"UNE PAIX QU'ILS NE DOIVENT QU'À MA MANSUÉTUDE.
"MA PROPRE ARMÉE SE REBELLE CONTRE MOI.
"POURQUOI ME DONNER TANT DE MAL ?

Stan Lee PRÉSENTE
FATALIS
LE RETOUR DE L'EMPEREUR (1)
CHUCK DIXON – SCÉNARIO
LEONARDO MANCO – DESSIN
MARIANA MANCO – COULEURS
GENEVIÈVE COULOMB – TRADUCTION
ASTARTE DESIGN – ROMA – LETTRAGE
TOM BREVOORT
& JOE QUESADA – RÉDACTION USA

TOI, FATALIS, TU DOUTES ? ÇA M'ÉTONNE !
NON. LE REGRET EST LE LUXE DES FAIBLES, LANCER. J'EXAMINE SEULEMENT...
... LES EXPLICATIONS POSSIBLES. CE MONDE AUQUEL J'IMPOSE MA VOLONTÉ ME REJETTE.
ÉVIDEMMENT... CE N'EST PAS LE MONDE DE MA NAISSANCE.
CE N'EST QU'UNE CONSTRUCTION MENTALE... ÉLABORÉE PAR FRANKLIN RICHARDS, LE FILS DE MON ENNEMI.
AMÈRE IRONIE !
JE VOUDRAIS LE RECRÉER À MON IMAGE... ET J'EN SUIS EMPÊCHÉ PAR DE PETITS ESPRITS !
DOMMAGE QUE LES "PETITS ESPRITS" SOIENT LES PLUS NOMBREUX !
LES BRIGADES DU S.H.I.E.L.D. SE SONT ALLIÉES À LA MAGGIA ET AUX IRON MEN.
DIRE QUE JE ME PLAIGNAIS DES ATLANTES !
CES GARS SONT TES ÉLÈVES, EN PLUS !

CES SARCASMES SONT HORS DE PROPOS.
NE TE SENS-TU PAS TROUBLÉE À LA PENSÉE QUE CE MONDE OÙ TU AS GRANDI...
... N'EST QU'UN PÂLE REFLET D'UNE TERRE SITUÉE À SON OPPOSÉ, SUR LA MÊME ORBITE SOLAIRE ?
NON. JE PLANE PAS SI HAUT QUE ÇA, FATALIS.
ON A DES PROBLÈMES UN PEU PLUS CONCRETS.
CE DÉSACCORD UNIVERSEL... FINIT PAR ME LASSER.
J'AI CRÉÉ UNE ARMÉE POUR CONQUÉRIR LA PLANÈTE FATALIS... ET VOILÀ MA VICTOIRE REMISE EN QUESTION !
CE PEUPLE ME REFUSE...
SA GRATITUDE.
C'EST VEXANT.

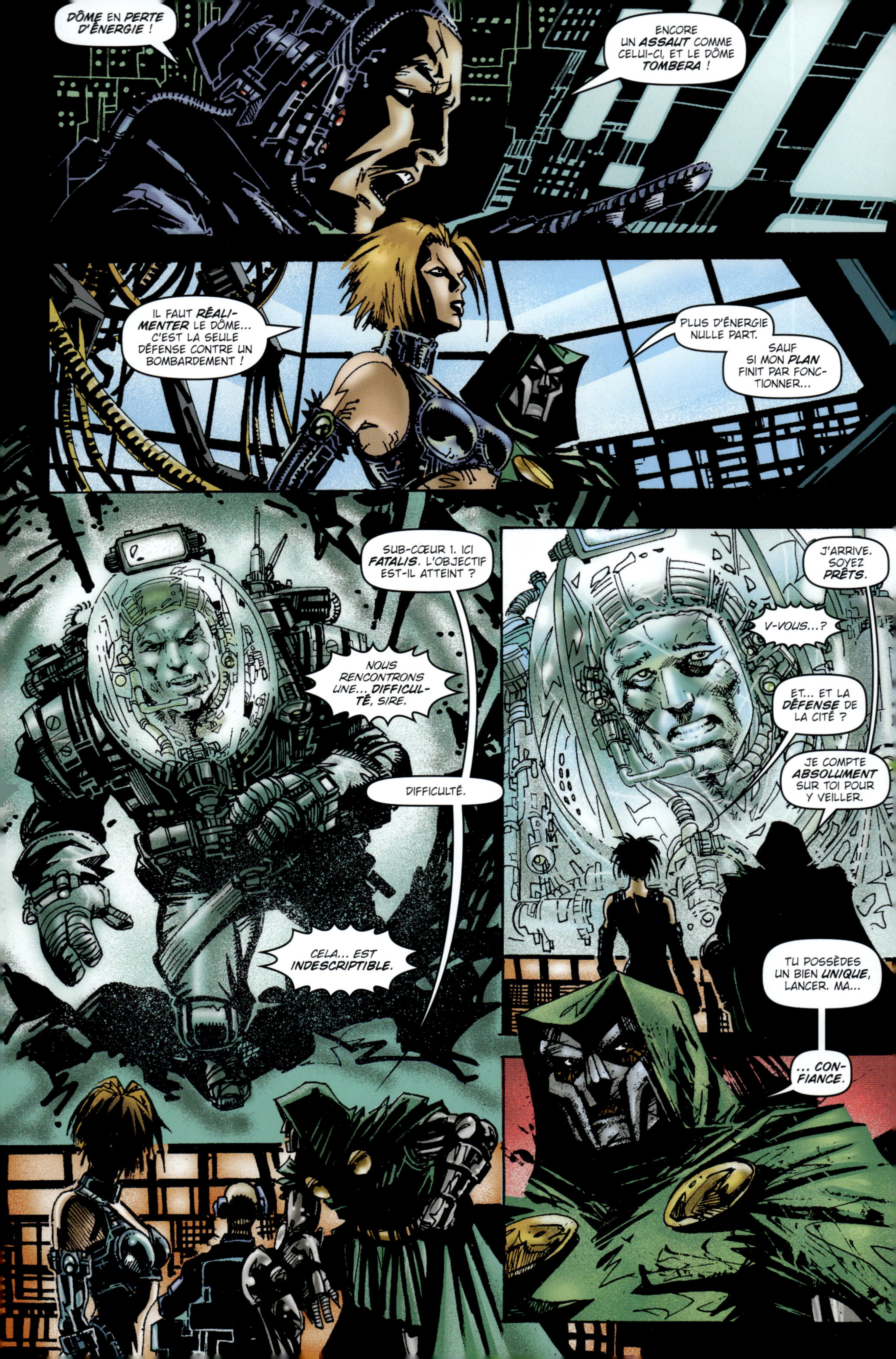
DÔME EN PERTE D'ÉNERGIE !
ENCORE UN ASSAUT COMME CELUI-CI, ET LE DÔME TOMBERA !
IL FAUT RÉALIMENTER LE DÔME... C'EST LA SEULE DÉFENSE CONTRE UN BOMBARDEMENT !
PLUS D'ÉNERGIE NULLE PART.
SAUF SI MON PLAN FINIT PAR FONCTIONNER...
SUB-CŒUR 1. ICI FATALIS. L'OBJECTIF EST-IL ATTEINT ?
NOUS RENCONTRONS UNE... DIFFICULTÉ, SIRE.
DIFFICULTÉ.
CELA... EST INDESCRIPTIBLE.
J'ARRIVE. SOYEZ PRÊTS.
V-VOUS...?
ET... ET LA DÉFENSE DE LA CITÉ ?
JE COMPTE ABSOLUMENT SUR TOI POUR Y VEILLER.
TU POSSÈDES UN BIEN UNIQUE, LANCER. MA...
... CONFIANCE.

ON A FORÉ LA CROÛTE PLANÉTAIRE...
... JUSQU'À MOINS SEIZE MILLE MÈTRES, D'APRÈS LES SONDES.
TOUT ÉTAIT CONFORME À VOS PLANS, JUSQU'À...
ASSEZ ! PEUT-ON EXPLOITER L'ÉNERGIE GÉOTHERMIQUE...
... ET LES RADIATIONS ÉMANANT DU NOYAU PLANÉTAIRE ?
THÉORIQUEMENT... OUI.
VOUS ÉLUDEZ... FAUTE PASSIBLE DE MORT.
ON A TROUVÉ... UNE ANOMALIE, SIRE. UN IMPONDÉRABLE...
VOYEZ...

... CECI !
L'INTÉRIEUR DE LA PLANÈTE CONSISTE EN UNE... CONSTRUCTION ARTIFICIELLE.
NOUS CONCLUIONS...
FATALIS N'A QUE FAIRE DE VOS SPÉCULATIONS INTELLECTUELLES !

LE CUIRASSÉ DU S.H.I.E.L.D. A FAIT **VOLER** NOS DÉFENSES EN ÉCLATS !
IL BOMBARDE DES **BROUILLEURS** DE **CHAMP**.
NOUS SOMMES **DÉBORDÉS**, LANCER.
ILS S'ALIGNENT SUR LA **FRÉQUENCE** DU DÔME !
IL NOUS **RESTE** COMBIEN DE TEMPS ?
QUELQUES MINUTES... OU SECONDES !
FATALIS !!
OÙ ES-TU ?

IL FALLAIT S'Y ATTENDRE... CETTE IDÉE M'AVAIT EFFLEURÉ.
LA PLANÈTE FATALIS EST ARTIFICIELLE... ET SON CERVEAU EST ICI, EN SON CENTRE !
UN ESPRIT ÉLECTRONIQUE, RELEVANT D'UNE TECHNOLOGIE QUI STUPÉFIE FATALIS LUI-MÊME.
CETTE "MACHINE À RÉALITÉ" CONTRÔLE TOUTES LES FONCTIONS DE LA PLANÈTE.
ALORS, SIRE FATALIS, CE SERAIT...
DIEU...?
TU ES ENCORE LÀ ?
DISPARAIS, LAQUAIS ! J'AI FORT À FAIRE, ET TES COMMÉRAGES M'IMPORTUNENT !
CERVEAU PROGRAMMÉ POUR MAINTENIR EN VIE CE MONDE ILLUSOIRE... CERVEAU SANS MAÎTRE...
... JUSQU'À CET INSTANT.

IL FAUT ME CONNECTER À CET ESPRIT MONDIAL.
ALORS, CETTE PLANÈTE APPARTIENDRA VRAIMENT À FATALIS.
JE SAURAI TOUT D'ELLE.
RRRRRGGHH!
UNE SIMPLE MACHINE...
...STUPIDE... INERTE...
NE PEUT VAINCRE...
IL S'AUTO-PROTÈGE ! J'AI ÉVEILLÉ SES...
... DÉFENSES INNÉES !
... FATALIS...

LE DÔME EST **TOMBÉ** !
IL FAUT **QUITTER** LA PLACE !
REPLIEZ-VOUS !
SI FATALIS ÉTAIT LÀ, IL DIRAIT QUE C'EST UN SUICIDE !
À QUOI **JOUE-T**-IL LÀ, QUAND LA SURVIE DE SON **MONDE** EST MENACÉE ?
LANCER ! ILS ONT **CESSÉ** LE BOMBARDEMENT ! ILS ENVOIENT...

... LES IRON MEN

RIEN NE SAURAIT RÉSIS-TER...
... À FATALIS !
QUE T'ES BÊTE !
CE LIEU N'EST PAS RÉEL. C'EST UNE SORTE DE RÊVE NUMÉ-RIQUE.
C'EST MON MONDE À MOI !
JE TE RECONNAIS.
TU ES L'ENFANT... LE FILS DE RICHARDS.

FRANKLIN RICHARDS.
POURQUOI T'ES LÀ ?
JE T'AI PAS DEMANDÉ DE VENIR.
VA-T'EN... PCHHHHT !
L'ESPRIT DE CETTE PLANÈTE... C'EST LE TIEN. OU UNE RE-CRÉATION DE TON ESPRIT.
M-MM. JE CROIS.
FAUT QUE J'AILLE DORMIR.
NON !

BONJOUR À M'SIEUR CÉLESTE !
FRANKLIN !
SI TU ME DÉTRUIS... CE MONDE EST PERDU !
PERDU ? ÇA SE PEUT PAS !
IL EST À MOI !
ICI C'EST MOI QUI COMMANDE TOUT !
C'EST UN JEU, IL EST RÉEL PARCE QUE TU Y CROIS.
COMME QUAND M. CÉLESTE T'A AVALÉ.
FRANKLIN.
ÉCOUTE-MOI.

FRANKLIN RICHARDS.
POURQUOI T'ES LÀ ?
JE T'AI PAS DEMANDÉ DE VENIR.
VA-T'EN... PCHHHHT !
L'ESPRIT DE CETTE PLANÈTE... C'EST LE TIEN. OU UNE RE-CRÉATION DE TON ESPRIT.
M-MM. JE CROIS.
FAUT QUE J'AILLE DORMIR.
NON !

BONJOUR À M'SIEUR CÉLESTE !
FRANKLIN !
SI TU ME DÉTRUIS... CE MONDE EST PERDU !
PERDU ? ÇA SE PEUT PAS !
IL EST À MOI !
ICI C'EST MOI QUI COMMANDE TOUT !
C'EST UN JEU, IL EST RÉEL PARCE QUE TU Y CROIS.
COMME QUAND M. CÉLESTE T'A AVALÉ.
FRANKLIN.
ÉCOUTE-MOI.

UNITÉ ACIER À BRIGADE, ARRIVONS EN VUE DU CENTRAL.
QUELLE RÉSISTANCE RENCONTREZ-VOUS ?
AUCUNE ! LA RÉVOLTE EST FINIE !
POUR VOUS, QUINCAILLE !
ENCORE LA CITÉ DE FATALIS !
SUPER BEAU À VISITER... MAIS J'AI PAS ENVIE D'Y MOURIR.
ÇA SECOUE ? Z'AVEZ EU DU POT DE PAS TOMBER SUR DOC !

REGROUPEZ-VOUS ! FATALIS HAIT LES LÂCHES !
ON PEUT LES ARRÊTER ET TENIR LA POSITION ! VOTRE LOYAUTÉ SERA RÉCOMPENSÉE !
UNNH !
TU ES LANCER ?
J'AI ENTENDU PARLER DE LA SUPER-HÉROÏNE AMIE DE FATALIS.
OH...! OÙ AI-JE LA TÊTE, J'OUBLIE DE ME PRÉSENTER !
JE SUIS LE GÉNÉRAL OTTO OCTAVIUS.
UNNH ! UNNH !

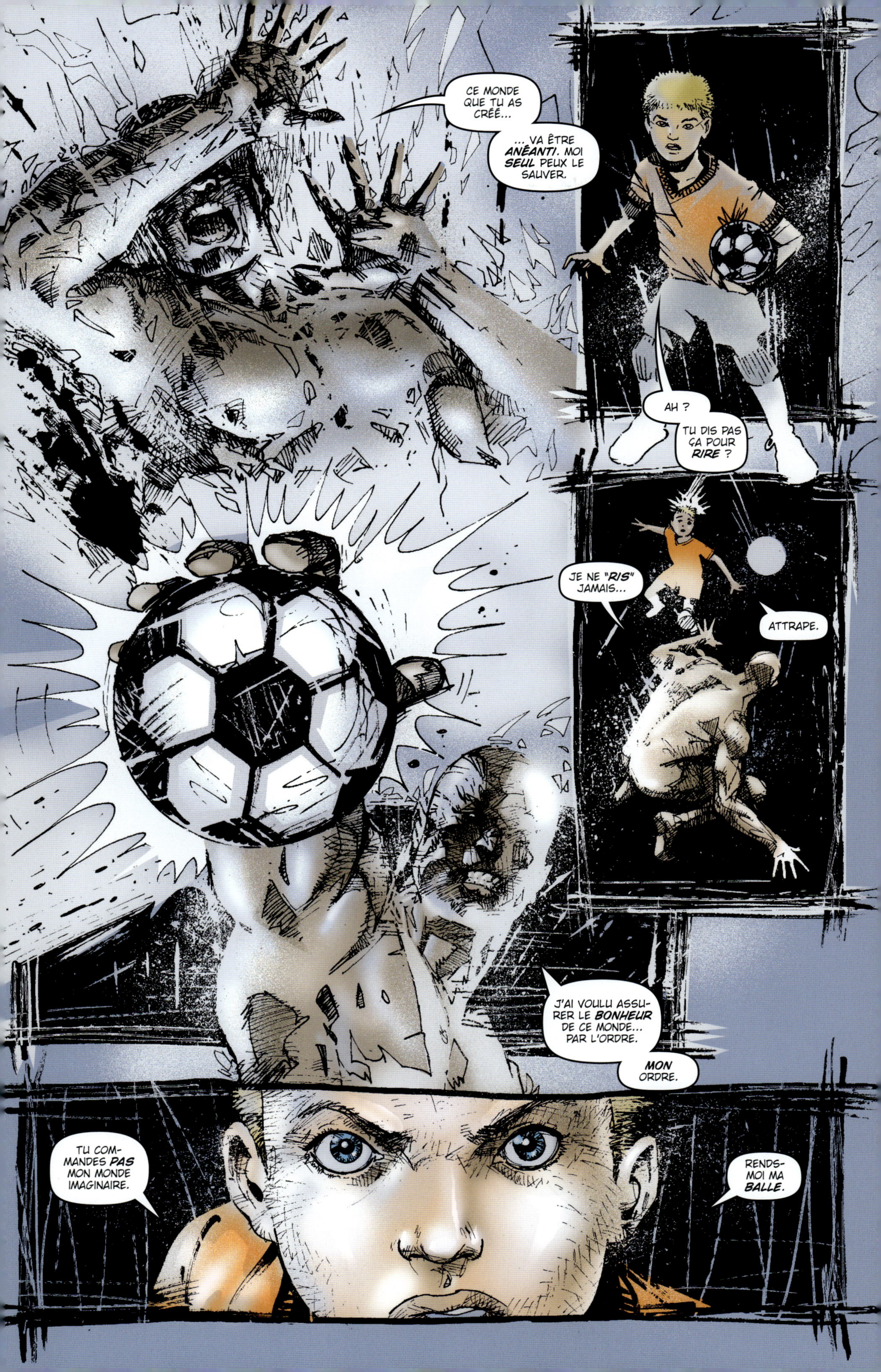
CE MONDE QUE TU AS CRÉÉ...
... VA ÊTRE ANÉANTI. MOI SEUL PEUX LE SAUVER.
AH ?
TU DIS PAS ÇA POUR RIRE ?
JE NE "RIS" JAMAIS...
ATTRAPE.
J'AI VOULU ASSURER LE BONHEUR DE CE MONDE... PAR L'ORDRE.
MON ORDRE.
TU COMMANDES PAS MON MONDE IMAGINAIRE.
RENDS-MOI MA BALLE.

DONNE !
TON IMAGINAIRE EST UN LIEU CRUEL, SANS ÂME.
SA CRÉATION FUT HÂTIVE, MAL PENSÉE.
UN MONDE D'ENFANT. D'ENFANT POSSÉDANT LES POUVOIR D'UN DIEU... IMMATURE.
DONNE, DONNE, DONNE !
JE PEUX ACHEVER TA CRÉATION.
EN L'ARRANGEANT ?
OUI.
EXACT.
DONNE-MOI LE CONTRÔLE ABSOLU DE CE MONDE...
... SI TU VEUX QUE JE TE RENDE TA BALLE.
MAIS T'ES MÉCHANT... MON PAPA L'A DIT !
TONTON BEN AUSSI DIT QUE TU ES LE PLUS PIRE.
N'AS-TU JAMAIS COMMIS DE MAUVAISE ACTION ?

QUELQUE CHOSE... DE LAID ?
QUELQUE CHOSE... QUE TU REGRETTES ?
SÛR.
TU SOUHAITAIS ÊTRE PARDONNÉ.
TU ÉTAIS PRÊT À TOUT POUR FAIRE OUBLIER CETTE TRANSGRESSION ?
M-M.
REGARDE BIEN MON VISAGE, FRANKLIN.
MES PÉCHÉS ONT ÉTÉ ASSEZ PUNIS. LAISSE-MOI ME RACHETER.
LAISSE-MOI FAIRE DE TA PLANÈTE UN PARADIS.
HEU...
Y AURA DES PONEYS ?
SI TU VEUX.
DES PONEYS... SOIT.
OK... ALORS JE TE LAISSE FAIRE.
TU T'EN FÉLICITERAS.
OUI...
T'ES GENTIL... PAPA ET MAMAN ONT DÛ SE TROMPER.

VOICI !
À NOUS LA PLANÈTE !
BAH ! QU'IL SE TERRE ! ÇA LUI VA BIEN.
FATALIS EST INTROUVABLE !
ON LE RETROUVERA TÔT OU TARD. ET...
GÉNÉRAL OCTAVIUS ! LÀ-BAS ! À L'HORIZON !
UN... CHAMP D'ÉNERGIE !
IL NOUS FONCE DESSUS...
EST-CE L'OUVRAGE DE FATALIS ?
LA FIN ?

C'EST FACILE, HEIN ?!
TOUT LE SAVOIR... TOUT LE POUVOIR D'UN MONDE.
SEUL MON INTELLECT POUVAIT SOUTENIR UN TEL ASSAUT.
T'AS FABRIQUÉ UN MONDE HEUREUX ?
HEUREUX ? OUI. TOUT À FAIT.
OK. T'AVAIS PROMIS.
CERTES.
ALLONS ! ALLONS VITE VOIR ÇA, M'SIEUR FATALIS !
NOUS ARRIVONS EN SURFACE.
APPELLE-MOI DOCTEUR FATALIS.
PRODIGIEUX.

COOL !
LA PLANÈTE FATALIS...
... A TROUVÉ SON VRAI VISAGE.
UN MONDE RÉGI PAR VICTOR VON FATALIS NE PEUT PRÉTENDRE QU'À LA...
PERFECTION.

LE RETOUR DE L'EMPEREUR (2)

DOOM: THE EMPEROR RETURNS (2002) 2
Couverture : **LEONARDO MANCO**

SALVADOR
LIQUID!

AFFLUX DE DONNÉES.
TOUT LE SAVOIR D'UN MONDE...
... DÉFERLE DANS MON ESPRIT.
DOULEUR...
EXQUISE !

L'AVATAR NUMÉRIQUE DE FRANKLIN RICHARDS M'A AUTORISÉ À TÉLÉCHARGER CETTE RÉALITÉ NOMMÉE PLANÈTE FATALIS.
ELLE A INVESTI MON MOI CONSCIENT ET INCONSCIENT VIA LES INTERFACES DE MON ARMURE.

CONNAISSANCE QUI ME PERMETTRA DE *REMODELER* CE MONDE.
M'SIEUR FATALIS... ÇA *VA* ?
SEUL *MON* INTELLECT POUVAIT SOUTENIR UN TEL ASSAUT.
T'AS L'AIR *MALADE*...
NE T'INQUIÈTE PAS. CELA *PASSE*.

SALVADOR

TU TE SENS INTELLI-GENT, M'SIEUR FATALIS ?
OUI... MES FACULTÉS ONT CENTUPLÉ EN UN INSTANT.
CE MONDE...
JE LE FAÇON-NERAI À MA GUISE. IL DEVIENDRA DIGNE DE FATALIS.
MES PONEYS ?
N'AIE CRAINTE, J'Y SONGE.
MONDE DE FATALIS.
INCROYABLE.
LE SOLEIL VA SE LEVER.
CE MÊME SOLEIL QUI M'ÉCLAIRE DEPUIS TOUJOURS...
... BRILLE AUJOUR-D'HUI SUR UN MONDE NOUVEAU, SI LOIN DE MA TERRE.

Stan Lee PRÉSENTE
FATALIS
LE RETOUR DE L'EMPEREUR (2)
CHUCK DIXON – SCÉNARIO
LEONARDO MANCO – DESSIN
MARIANA SANZONE
& HIFI DESIGN – COULEURS
GENEVIÈVE COULOMB – TRADUCTION
ASTARTE DESIGN – ROMA – LETTRAGE
CHASE, BREVOORT
& QUESADA – RÉDACTION USA

WOW.
ÇA... ÇA FAIT PEUR !
C'EST LA LATVÉRIE. TELLE QUE J'AI RÊVÉ QU'ELLE SOIT.
UN SENTIMENT ÉTRANGE, OUBLIÉ... ENFLE DANS MA POITRINE.
DIEU MERCI, MES CANAUX LACRYMAUX ONT ÉTÉ CAUTÉRISÉS.
FATALIS N'A PLUS DE LARMES.

VON FATALIS ! JE T'AI CHERCHÉ PARTOUT !
LANCER.
MA LOYALE ALLIÉE ET MANDATAIRE.
LE PEUPLE SE TOURMENTE DE L'ABSENCE DE SON ROI.
J'AI EU AFFAIRE AILLEURS, LANCER. ME VOICI DE RETOUR, PRÊT À SERVIR MON PAYS.
HÉ, LÀ, M'SIEUR FATALIS !
TU OUBLIES TA PROMESSE !
NON... CERTES NON.
OOOOH !

JE L'AVAIS PROMIS À L'ENFANT.
FATALIS *TIENT* SES PROMESSES.
CERTAINS *PROBLÈMES* ADMINISTRATIFS REQUIÈRENT TON ATTENTION... DÈS QU'IL TE PLAIRA.
TRÈS BIEN... JE VOIS CELA TOUT DE SUITE.
NOUS AVONS *PLAISIR* À TE REVOIR, SEIGNEUR.
AH ! MA *CHÈRE* PATRIE...
ENFIN !

TON PEUPLE ÉTAIT IMPATIENT DE TE REVOIR !
C'EST GRATIFIANT.
CEUX-LÀ, AU MOINS, APPRÉCIENT CE QUE JE FAIS POUR EUX.
FATALIS !
FATALIS !
FATALIS !
FATALIS !
DE L'ENTHOUSIASME. DE L'ALLÉGRESSE.
MA CITADELLE...
TU DIS CELA COMME SI TU NE L'AVAIS JAMAIS VUE.
SANS DOUTE EST-CE LE CAS.

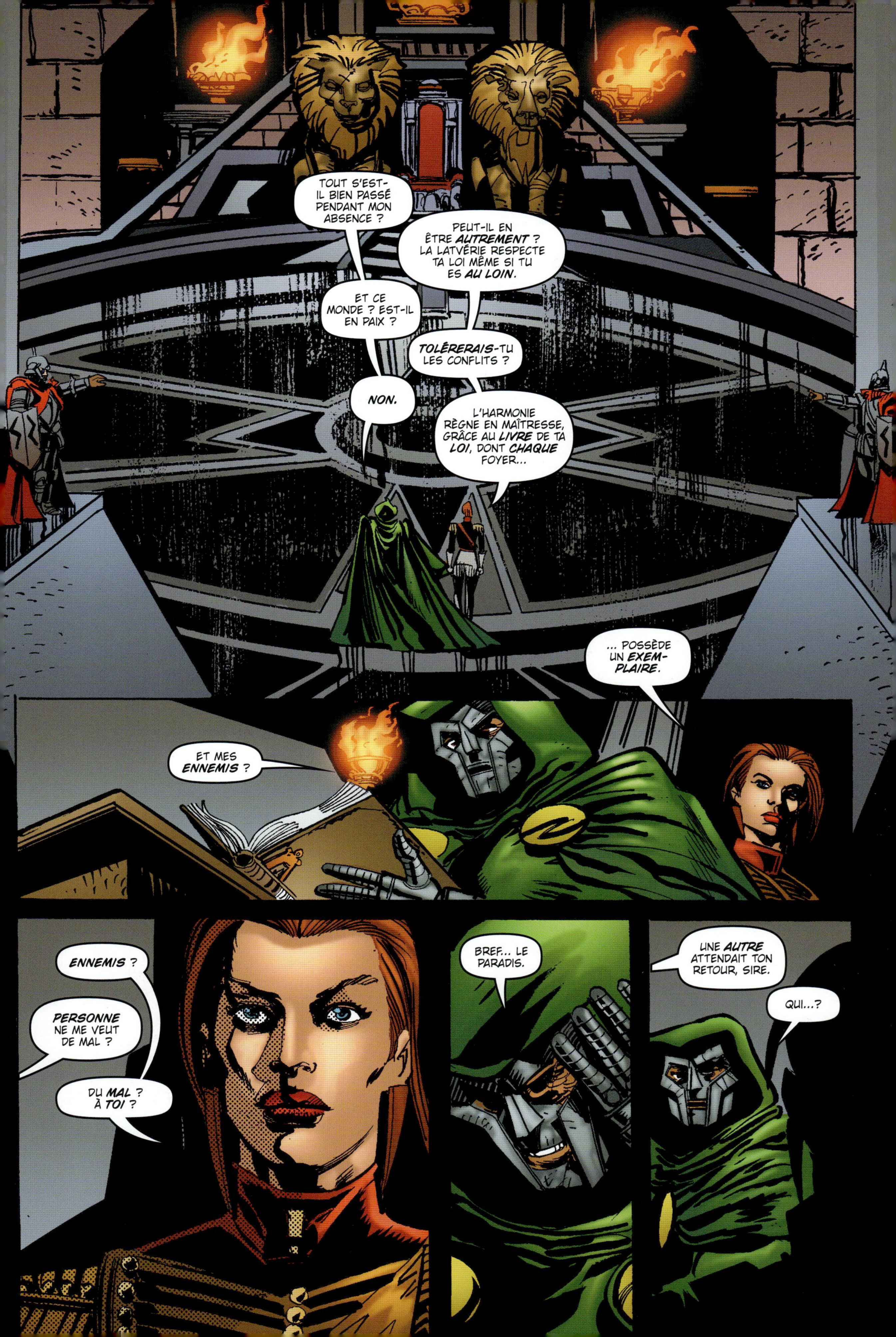

TOUT S'EST-IL BIEN PASSÉ PENDANT MON ABSENCE ?
PEUT-IL EN ÊTRE AUTREMENT ? LA LATVÉRIE RESPECTE TA LOI MÊME SI TU ES AU LOIN.
ET CE MONDE ? EST-IL EN PAIX ?
TOLÉRERAIS-TU LES CONFLITS ?
NON.
L'HARMONIE RÈGNE EN MAÎTRESSE, GRÂCE AU LIVRE DE TA LOI, DONT CHAQUE FOYER...
... POSSÈDE UN EXEMPLAIRE.
ET MES ENNEMIS ?
ENNEMIS ?
PERSONNE NE ME VEUT DE MAL ?
DU MAL ? À TOI ?
BREF... LE PARADIS.
UNE AUTRE ATTENDAIT TON RETOUR, SIRE.
QUI...?

MÈRE !
JE NE L'OSAIS CROIRE... SI GRAND QUE SOIT MON POUVOIR...
... JE DOUTAIS DE POUVOIR TE RAMENER.
MÈRE ? ME RECONNAIS-TU ?
CELA RESSEMBLE À UN CORPS D'OÙ L'ÂME...
... EST ABSENTE.
JE VOIS... L'ÂME EST RESTÉE EN...
ENFER !

QUELLES NOUVELLES ?
NOS PLUS HUMBLES EXCUSES, SEIGNEUR.
LES EXPÉRIENCES QUE TU NOUS AS CONFIÉES N'ONT PAS ABOUTI.
OUBLI DE NOTRE PART, SANS DOUTE...
NON !
VOUS ÊTES LES PLUS GRANDS ESPRITS DE CE MONDE, APRÈS LE MIEN.
SI VOUS AVEZ SUIVI MES ORDRES...
NOUS AVONS ENREGISTRÉ CHAQUE ÉTAPE DU PROCESSUS...
QUI INTERROMPT FATALIS ?
REED RICHARDS, SEIGNEUR. JE DISAIS DONC...
RICHARDS...

TOUJOURS LÀ À ME DÉFIER...
QUE FAIS-TU L...
URRRGH !
LE RESPONSABLE DE CET ÉCHEC... C'EST TOI.
TU NE SOUHAITAIS PAS RENDRE MA MÈRE À LA VIE.
TU T'INGÉNIES TOUJOURS À CONTRARIER MES DÉSIRS.
MORT.
DÉLIVRE DONC CE MESSAGE À MA MÈRE !
DIS-LUI QUE JE LA TIRERAI D'ENTRE LES ÂMES DAMNÉES, JE LE...
... JURE !
LA SCIENCE N'A PAS DE SOLUTION À OFFRIR.

FATALIS MAÎTRISE *BIEN PLUS* QUE LE PLAN PHYSIQUE.
SA LIGNÉE REMONTE AUX ORIGINES CONFUSES DU PEUPLE GITAN.
AUX SOURCES NOYÉES DU MYSTÈRE DE LA MAGIE NOIRE.

GRÂCE À CE SAVOIR, JE PÉNÉTRERAI AU CŒUR DES ENFERS !
ME VOICI, MÈRE.
VICTOR ?
VIENS À MOI, MÈRE !
LÀ... PRENDS MA MAIN !
OU-III...
QUI ES-TU ?
JE T'APPRENDRAI BIENTÔT MON NOM !
TU L'ENTENDRAS MONTER DU FOND DES ENFERS !

TA MÈRE T'APPELLE À L'AIDE !
TU PENSAIS RENDRE SON ÂME À CETTE ENVELOPPE VIDE...
JAMAIS !
TU ES PLAISANT, FATALIS.
MAIS JE PRÉFÈRE T'AMENER À ELLE !
JE REGRETTE, EN VÉRITÉ, DE T'ARRACHER À CE TROMPE-L'ŒIL QUE TU AS CRÉE.
VOICI VENU L'INSTANT... DONT NOUS N'OSIONS RÊVER !
HRATH TUMEN COL'TH T'MOR.
NNGH !
ON SE REVERRA... L'ÉTERNITÉ EST À NOUS !
GNATH AGGAH TUMEN IT'TH ARAGOT ?

MÈRE...

TOUT CECI SE RÉSUME À... FATALIS.
MON PEUPLE N'EUT JAMAIS QUE MA PAROLE POUR LOI.
FATALIS EST VÉRITÉ. FATALIS EST PAIX ET CONNAISSANCE.
LA MOINDRE TRANSGRESSION EST PUNIE PAR LA FORCE, COMME IL SE DOIT.
L'IMMENSE MULTITUDE ŒUVRE À FAIRE RÉGNER MA LOI.
MAIS LE DÉMON DISAIT VRAI.
CE MONDE... N'EST QU'UNE PLAISANTE ILLUSION.

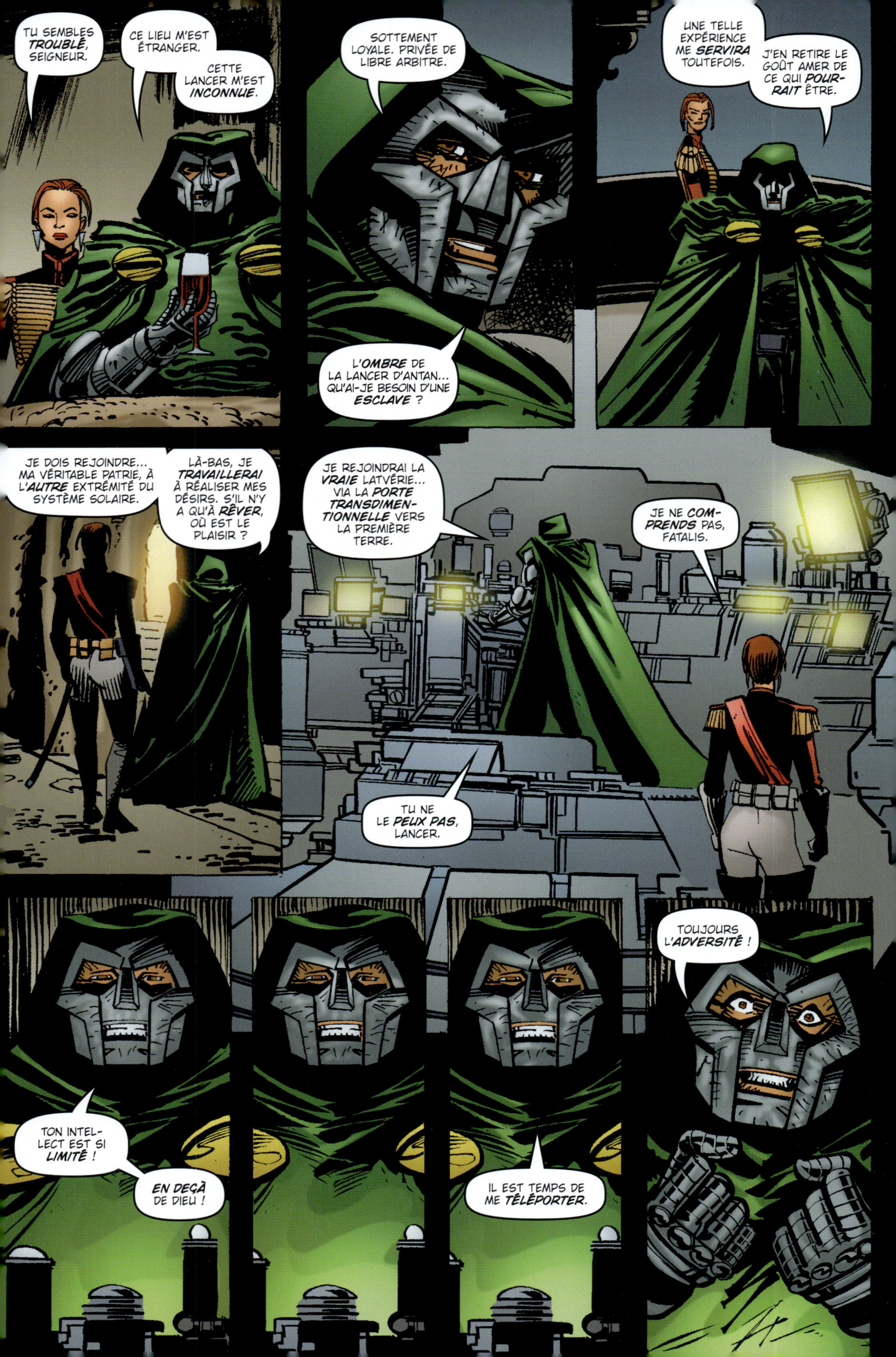

TU SEMBLES TROUBLÉ, SEIGNEUR.
CE LIEU M'EST ÉTRANGER.
CETTE LANCER M'EST INCONNUE.
SOTTEMENT LOYALE. PRIVÉE DE LIBRE ARBITRE.
L'OMBRE DE LA LANCER D'ANTAN... QU'AI-JE BESOIN D'UNE ESCLAVE ?
UNE TELLE EXPÉRIENCE ME SERVIRA TOUTEFOIS.
J'EN RETIRE LE GOÛT AMER DE CE QUI POURRAIT ÊTRE.
JE DOIS REJOINDRE... MA VÉRITABLE PATRIE, À L'AUTRE EXTRÉMITÉ DU SYSTÈME SOLAIRE.
LÀ-BAS, JE TRAVAILLERAI À RÉALISER MES DÉSIRS. S'IL N'Y A QU'À RÊVER, OÙ EST LE PLAISIR ?
JE REJOINDRAI LA VRAIE LATVÉRIE... VIA LA PORTE TRANSDIMENTIONNELLE VERS LA PREMIÈRE TERRE.
JE NE COMPRENDS PAS, FATALIS.
TU NE LE PEUX PAS, LANCER.
TON INTELLECT EST SI LIMITÉ !
EN DEÇÀ DE DIEU !
IL EST TEMPS DE ME TÉLÉPORTER.
TOUJOURS L'ADVERSITÉ !

COMMENT SAVOIR...
ICI, TOUT EST FONCTIONNEL... LE PROBLÈME DOIT SE SITUER DE L'AUTRE CÔTÉ.
"... CE QUI A PU SE PRODUIRE À DEUX CENT TRENTE MILLE KILOMÈTRES D'ICI ?"
LE SÉISMOGRAPHE MONTE À NEUF !
CONTRE DE PAREILLES SECOUSSES... CETTE CONSTRUCTION EST DÉMUNIE !
QUE FAUT-IL FAIRE, MAÎTRE ?
LA CITADELLE TIENDRA ! CE N'EST QU'UN SÉISME.
MÊME EN COMPENSANT LA FAILLE LATVÉRIENNE, JE NE PENSE PAS...
SILENCE ! NE PENSE PAS !
NOOOOOON !
LE MAÎTRE... ÉTAIT... UN ROBOT !
"QUELLE CALAMITÉ FRAPPE MA LATVÉRIE BIEN-AIMÉE ?"
CRÉTINS.

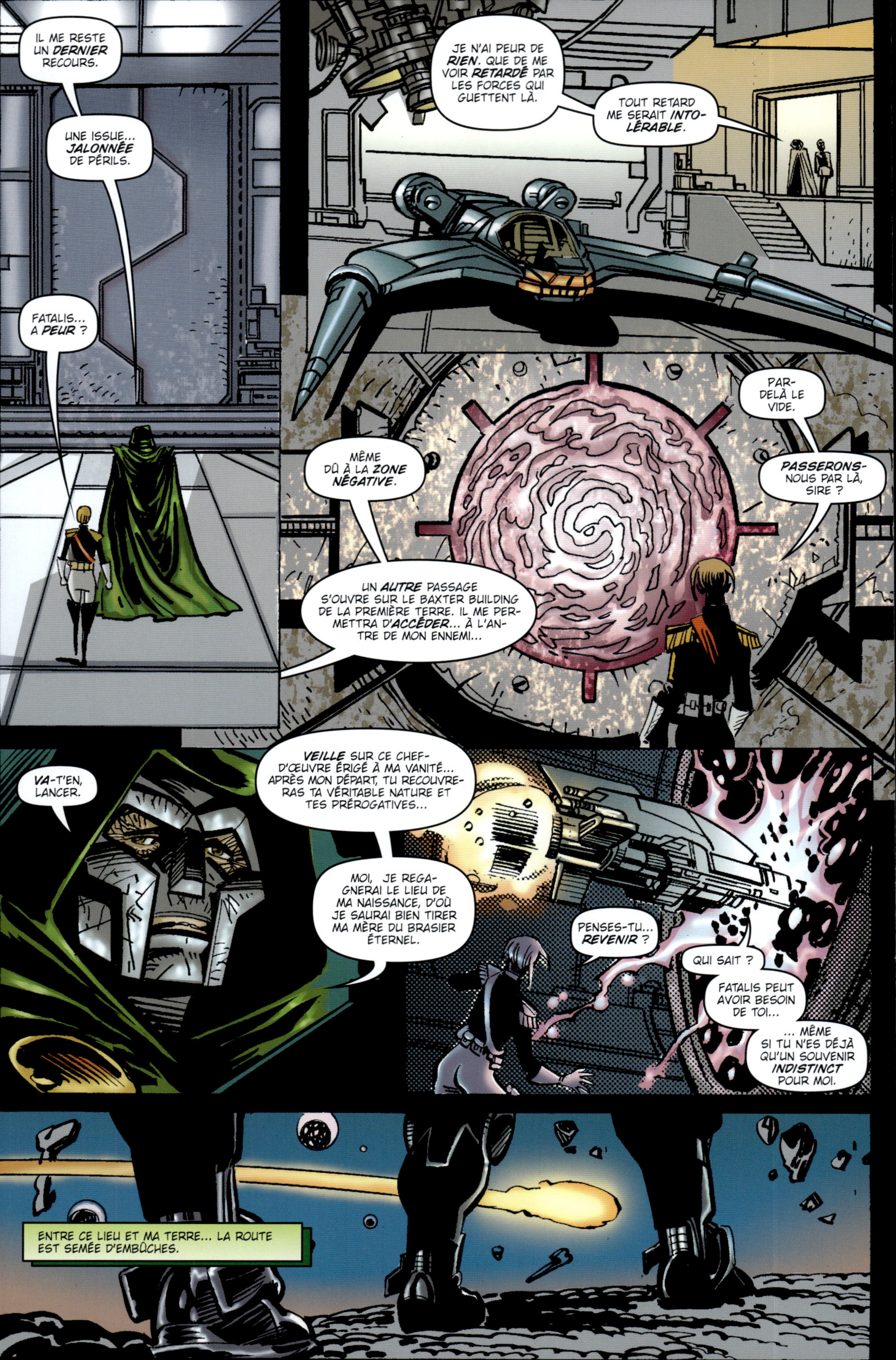

IL ME RESTE UN DERNIER RECOURS.
UNE ISSUE... JALONNÉE DE PÉRILS.
FATALIS... A PEUR ?
JE N'AI PEUR DE RIEN. QUE DE ME VOIR RETARDÉ PAR LES FORCES QUI GUETTENT LÀ.
TOUT RETARD ME SERAIT INTOLÉRABLE.
PAR-DELÀ LE VIDE.
PASSERONS-NOUS PAR LÀ, SIRE ?
MÊME DÛ À LA ZONE NÉGATIVE.
UN AUTRE PASSAGE S'OUVRE SUR LE BAXTER BUILDING DE LA PREMIÈRE TERRE. IL ME PERMETTRA D'ACCÉDER... À L'ANTRE DE MON ENNEMI...
VA-T'EN, LANCER.
VEILLE SUR CE CHEF-D'ŒUVRE ÉRIGÉ À MA VANITÉ... APRÈS MON DÉPART, TU RECOUVRERAS TA VÉRITABLE NATURE ET TES PRÉROGATIVES...
MOI, JE REGAGNERAI LE LIEU DE MA NAISSANCE, D'OÙ JE SAURAI BIEN TIRER MA MÈRE DU BRASIER ÉTERNEL.
PENSES-TU... REVENIR ?
QUI SAIT ?
FATALIS PEUT AVOIR BESOIN DE TOI...
... MÊME SI TU N'ES DÉJÀ QU'UN SOUVENIR INDISTINCT POUR MOI.
ENTRE CE LIEU ET MA TERRE... LA ROUTE EST SEMÉE D'EMBÛCHES.

MALHEUR À QUI S'AVISERAIT D'ARRÊTER... *FATALIS* !

LE RETOUR DE L'EMPEREUR (3)

DOOM: THE EMPEROR RETURNS (2002) 3
Couverture : **LEONARDO MANCO**

LA ZONE NÉGATIVE PRÉSENTE PLUS DE PÉRILS QUE JE NE L'AVAIS ESCOMPTÉ.
MAIS RIEN NE DÉTOURNERA FATALIS DE SON BUT.
RIEN !

UNE CRÉATURE DE DEUX KILOMÈTRES DE HAUT...
... JAILLIT DU CŒUR DE CET ANNEAU DE DÉTRITUS... POUR M'ATTAQUER !
SON OBJECTIF, ME DÉVORER AVEC MON VAISSEAU...
... ET LE CHAMP ABRITANT LE CORPS PHYSIQUE DE MA MÈRE.

Stan Lee PRÉSENTE
FATALIS
LE RETOUR DE L'EMPEREUR (3)
CHUCK DIXON – SCÉNARIO
LEONARDO MANCO – DESSIN
KLAUS JANSON
& JOHN STANISCI – ENCRAGE
MARIANA SANZONE
& HIFI DESIGN – COULEURS
GENEVIÈVE COULOMB – TRADUCTION
ASTARTE DESIGN – LETTRAGE
CHASE, BREVOORT
& QUESADA – RÉDACTION USA
TU ME RETARDES... TU AS TORT.
TU ME TIENS, MAIS...
... MA MÈRE EST LIBRE.

VIL ANIMAL ! FATALIS EST UNE BOUCHÉE QUE TU AURAS...
... PEINE À DIGÉRER !
L'ÉTRANGER A ÉTÉ DÉVORÉ.
OUI. LA RAISON QUI L'A CONDUIT À VIOLER CES LIEUX...
... IMPORTE PEU. IL SERT MAINTENANT DE NOURRITURE AUX VERS.

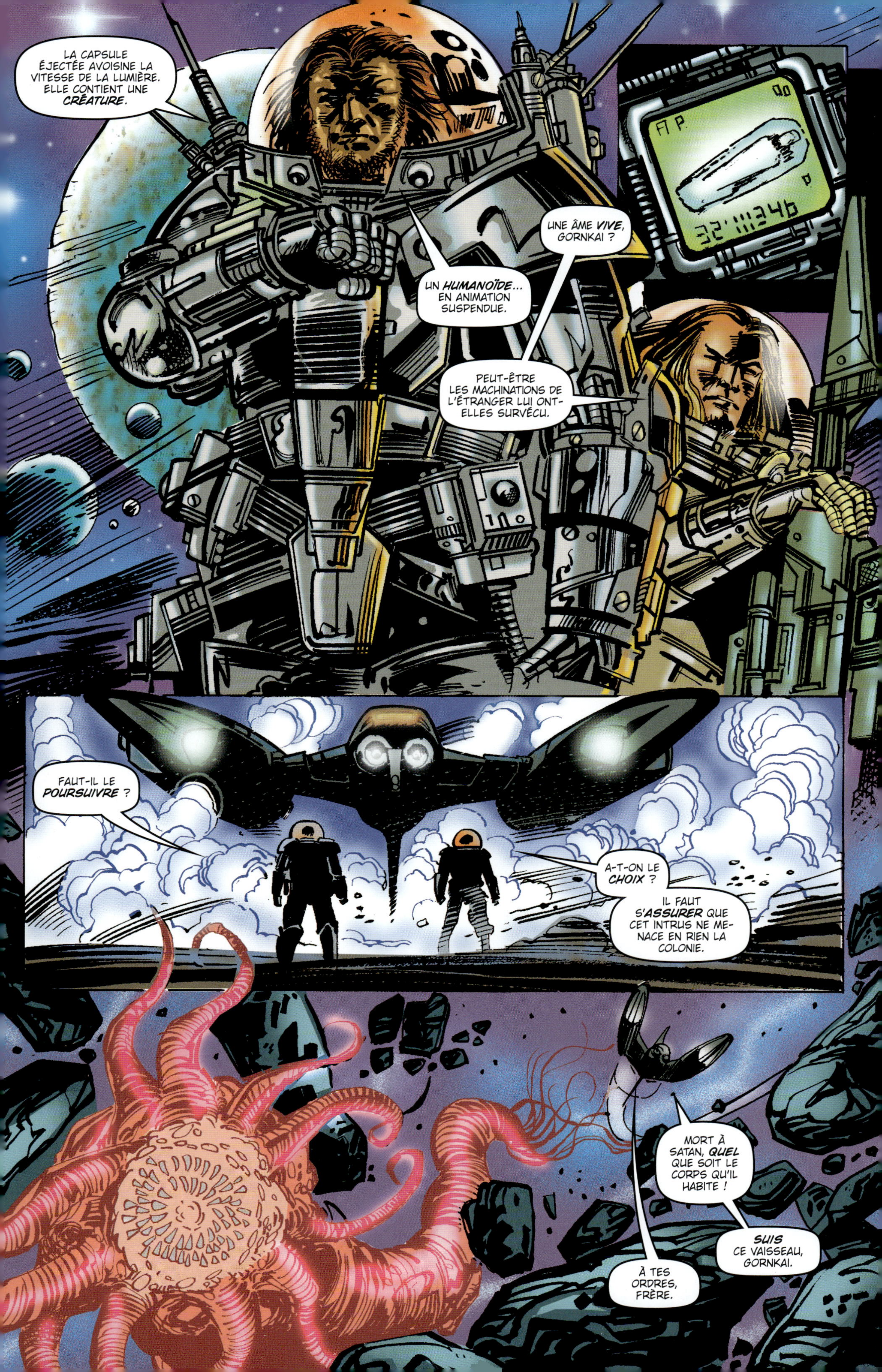
LA CAPSULE ÉJECTÉE AVOISINE LA VITESSE DE LA LUMIÈRE. ELLE CONTIENT UNE CRÉATURE.
UN HUMANOÏDE... EN ANIMATION SUSPENDUE.
UNE ÂME VIVE, GORNKAI ?
PEUT-ÊTRE LES MACHINATIONS DE L'ÉTRANGER LUI ONT-ELLES SURVÉCU.
FAUT-IL LE POURSUIVRE ?
A-T-ON LE CHOIX ?
IL FAUT S'ASSURER QUE CET INTRUS NE MENACE EN RIEN LA COLONIE.
MORT À SATAN, QUEL QUE SOIT LE CORPS QU'IL HABITE !
SUIS CE VAISSEAU, GORNKAI.
À TES ORDRES, FRÈRE.

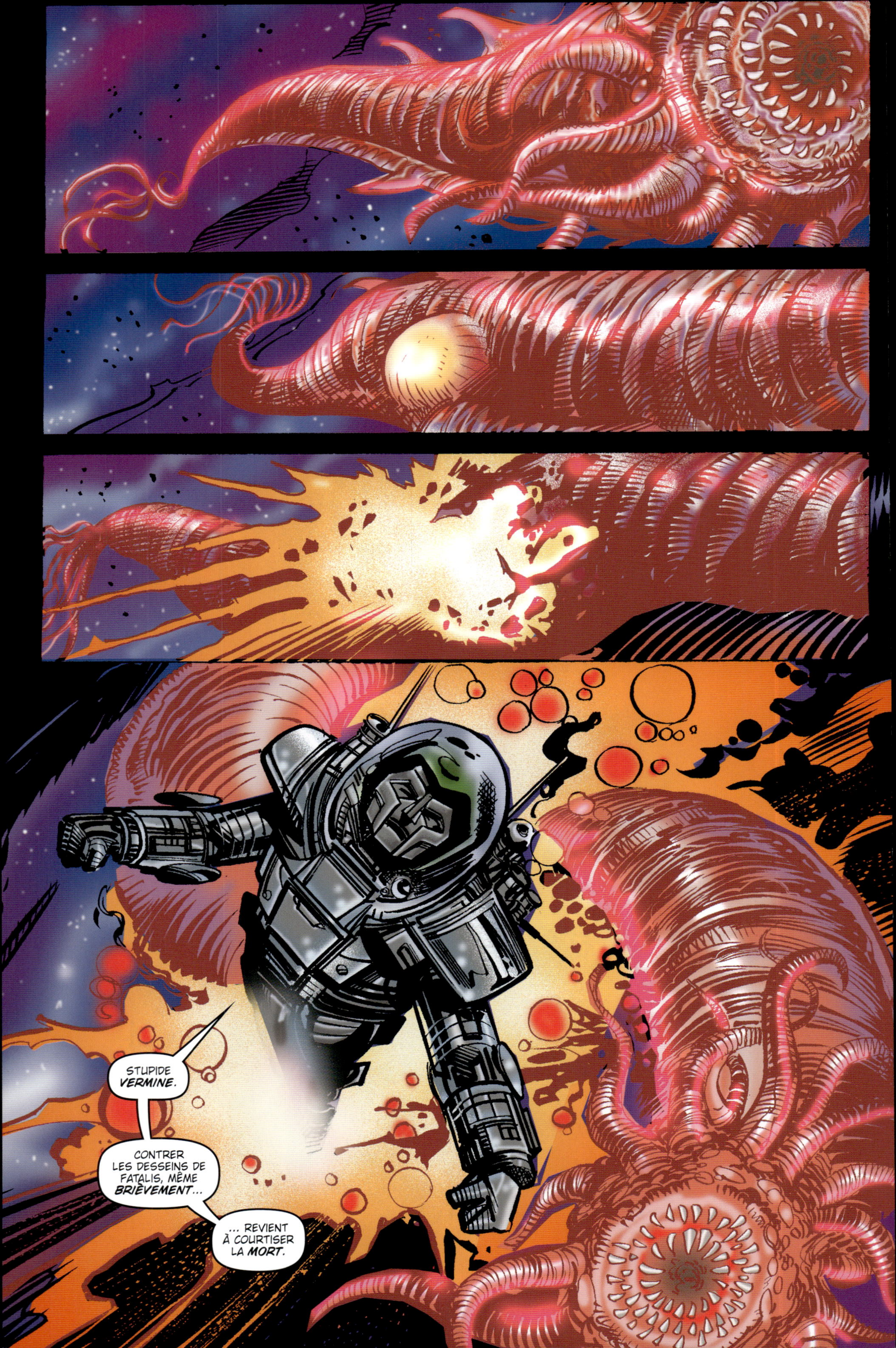
STUPIDE VERMINE.
CONTRER LES DESSEINS DE FATALIS, MÊME BRIÈVEMENT...
... REVIENT À COURTISER LA MORT.

QUOI DONC, KENNETH TENNYSON ? TU INTRODUIS LE MAL CHEZ NOUS ?
CE N'EST QU'UNE ÂME EN PÉRIL, TYNDALE.
CETTE MALHEUREUSE EST PEUT-ÊTRE VIVANTE... MAIS SON ÉTAT N'EST POINT NATUREL.
ON A JETÉ SUR ELLE QUELQUE MALÉFICE.
TU FUS ÉLU PATROUILLEUR DES ENFERS, CHARGÉ DE PROTÉGER NOS PÈLERINS, TENNYSON ! ET TU AMÈNES ICI... LE MYSTÈRE !
NOUS AVONS CRU BIEN FAIRE.
LE DANGER POURRIT DÉSORMAIS DANS LES ENTRAILLES DE LA BÊTE.
HUMANOÏDE... BIEN SÛR.
CETTE FEMME PLANE AU-DESSUS DE LA MORT... ELLE EST INTACTE, SANS ÂGE.

QUE SE PASSE-T-IL *ICI* ? OÙ EST LE PATROUILLEUR ? QUEL EST CET OBJET VENU DU VIDE ?
NI LE BIEN NON PLUS... ELLE N'A *PAS* D'ÂME.
EN VÉRITÉ, PÈRE... À MA PLACE, TU AURAIS AGI DE MÊME.
JE *VEILLE* SUR LE PASSAGE MENANT À L'ENFER, J'ÉCARTE LES DÉMONS DE NOTRE ROYAUME... TELLE EST MA TÂCHE DEPUIS SIX SIÈCLES !
CETTE FEMME N'EST POINT LE MAL.
COMMENT *SAIS*-TU ?
JE LE *SENS*... IL N'Y A LÀ QU'UN GRAND VIDE... L'ABSENCE DE BIEN EST *SŒUR* DU MAL.
ALERTE ! ON ATTAQUE LE PÈLERIN ROCK !
"LE MAL APPELLE LE *MAL*, KENNETH.
MAUDIT SOIT LE DESTIN !
"IL VIENT CHERCHER LA SANS-ÂME ! IL NOUS APPORTE LA *MORT* ET LA *DAMNATION* !"

LA SIGNATURE D'ÉNERGIE DE LA CAPSULE M'A CONDUIT À CETTE COLONIE.
ILS L'ONT AMENÉ CHEZ EUX POUR DES RAISONS QUE J'IGNORE...
... ET QUI M'IMPORTENT PEU.
S'ILS ONT ROMPU LE SCEAU DE LA CAPSULE, ILS MOURRONT.
FAIS-TOI CONNAÎTRE, ÉTRANGER !
JE SUIS FATALIS.
EST-CE LÀ TON NOM... OU TA NATURE ?

LES **DEUX**, PEUT-ÊTRE.
ALORS... TU TÂTERAS DE CET ACIER !
GAMINS IGNARES.
VOUS OSER VOUS **ATTAQUER** À **FATALIS** ?!
CRÉTINS.
ON N'A PAS TOUCHÉ AU SCEAU.
TOUT EST PLACE. MA MÈRE EST SAINE ET SAUVE.
SA MÈRE ?
ARRÊTE, AMI. SACHONS CE QUI SE **PASSE**.

HALTE !
N'APPROCHE PAS !
NOUS NE TE VOULONS AUCUN MAL. TU ES DIS-TU L'ENFANT DE CETTE FEMME ?
OUI. VICTOR VON FATALIS. SON FILS.
JE N'AI PAS SU LA SAUVER, HÉLAS. ELLE EST AINSI PAR MA FAUTE.
COMMENT ES-TU ARRIVÉ ICI, FATALIS ?
JE VOULAIS RAMENER MA MÈRE SUR LA PLANÈTE OÙ JE NAQUIS.
MAIS MON VAISSEAU A ÉTÉ DÉTRUIT PAR UN MONSTRE COSMIQUE.
CHARITÉ, BONTÉ SONT NOTRE APANAGE.
QU'ATTENDS-TU DE NOTRE SECOURS ?

AVEZ-VOUS DES *VAISSEAUX* POUR REMPLACER LE MIEN ?
QUE SOUHAITES-TU *FAIRE* ?
QUITTER CE PLAN MAUDIT ET REGAGNER LA *TERRE*.
C'ÉTAIT AUSSI *NOTRE* PATRIE... AVANT QUE *DIEU* NOUS CHARGE DE GARDER CE PASSAGE.
EN CE CAS... *AIDEZ*-MOI À RAMENER MA MÈRE CHEZ ELLE !
QUI T'A *CONDUIT* ICI ?
J'AI ÉTÉ *EXILÉ* CONTRE MON GRÉ... ET POUR ACCROÎTRE MES TOURMENTS, ON A *RAVI* L'ÂME DE MA MÈRE.
JE VEUX *RÉUNIR* SON CORPS ET SON ESPRIT ! VOUS ÊTES DE *SAINTS* HOMMES... DONC DOUÉS D'EMPATHIE ?
NOUS T'*AIDERONS*.
PRÉPARONS LE VAISSEAU, GORNKAI.
TU EN AS *MENTI* !
J'AI REGARDÉ EN TON ÂME... ET J'AI TROUVÉ *SATAN* !
SUR MA *FOI*...

JE N'AI DIT QUE VÉRITÉ.
UH ?
TU DOIS ME CROIRE.
OHHHH...
L'ANCIEN EST MALADE !
PÈRE !
IL ME SOUHAITAIT BON VOYAGE... ET SOUDAIN IL S'EST EFFONDRÉ.
JACOB EST CLAIRVOYANT, HÉLAS...! EST-CE UNE APOPLEXIE ?
LE CŒUR BAT FAIBLEMENT. IL RESPIRE À PEINE.
RAMENONS-LE CHEZ NOUS, IL SE REPOSERA.
JUSQU'À RÉSORPTION DES TOXINES QUE JE LUI AI INJECTÉES...
PORTEZ À BORD LA MÈRE DE FATALIS.

IMBÉCILES.
ILS ME CROIENT UN PRÊCHEUR VERTUEUX... CONFIT COMME EUX EN DÉVOTION !
EUX-MÊMES ET LEUR VAISSEAU SERVIRONT LES PROJETS DE FATALIS.
JE T'AI VU FAIRE.
PAPA AVAIT RAISON...
EH ?
... TU ES MÉCHANT.
FRANKLIN RICHARDS ?
TU SAIS CE QUI ARRIVE AUX MÉCHANTS ? ILS VONT EN...
C'EST UN GROS MOT, JE DOIS PAS LE DIRE.
JE T'AI CRU, ET PUIS TU M'AS TIRÉ DESSUS ET SUR LES PONEYS.
ET C'EST TOI QUI AS RENDU LE VIEUX MALADE, ET TU AS MENTI À CES PÈLERINS.

JE T'AI ATOMISÉ.
JUSTE UN PEU.
JE T'AI VU MORT...
JE SUIS PAS RÉEL. JE SUIS COMME...
... UN LOGICIEL.
OU UN JEU VIDÉO.
TU M'AS ABSORBÉ EN MÊME TEMPS QUE LES DONNÉES DE LA PLANÈTE FATALIS.
JE SUIS DANS TES SYSTÈMES. POUR M'ENLEVER, FAUDRAIT TOUT REFORMATER.
ÇA TE TUERAIT TOI AUSSI, NON ?
VA-T'EN !

QUE SIGNIFIE CELA ? ALLAIS-TU TUER CET ENFANT ?
C'EST UN DÉMON DÉGUISÉ !
MES YEUX MENTENT DONC ?
MON ENNEMI CHANGE DE FORME À VOLONTÉ.
JE N'ÉCHAPPERAI À SA MALIGNITÉ QU'EN QUITTANT CE PLAN.
C'EST POURTANT UN ENFANT QUE TU AS BLESSÉ.
ET IL VA TE TUER AUSSI, M'SIEUR PÈLERIN !
IL VA TE VOLER TON VAISSEAU !
FRANKLIN...
EST-CE VRAI ? CE VAISSEAU EST INDISPENSABLE À NOTRE SURVIE.
L'ENFANT TE CONDAMNE.
"L'ENFANT" EST UN OBJET ÉLECTRONIQUE.
GORNKAI, EMMÈNE LE VAISSEAU.
SOIT.

HALTE !
UNH !
TU NOUS AS **TRAHIS** !
MEURS DONC !
NON, PATROUILLEUR.
CETTE ARME **ANTIQUE** NE SAURAIT PÉNÉTRER MON CHAMP PROTECTEUR.
SAUF SI JE L'**ABAISSE**, M'SIEUR FATALIS !
MON ARMURE... TOMBE EN **PANNE** !
JE SUIS DANS TES SYSTÈMES, JE TE **DIS** !

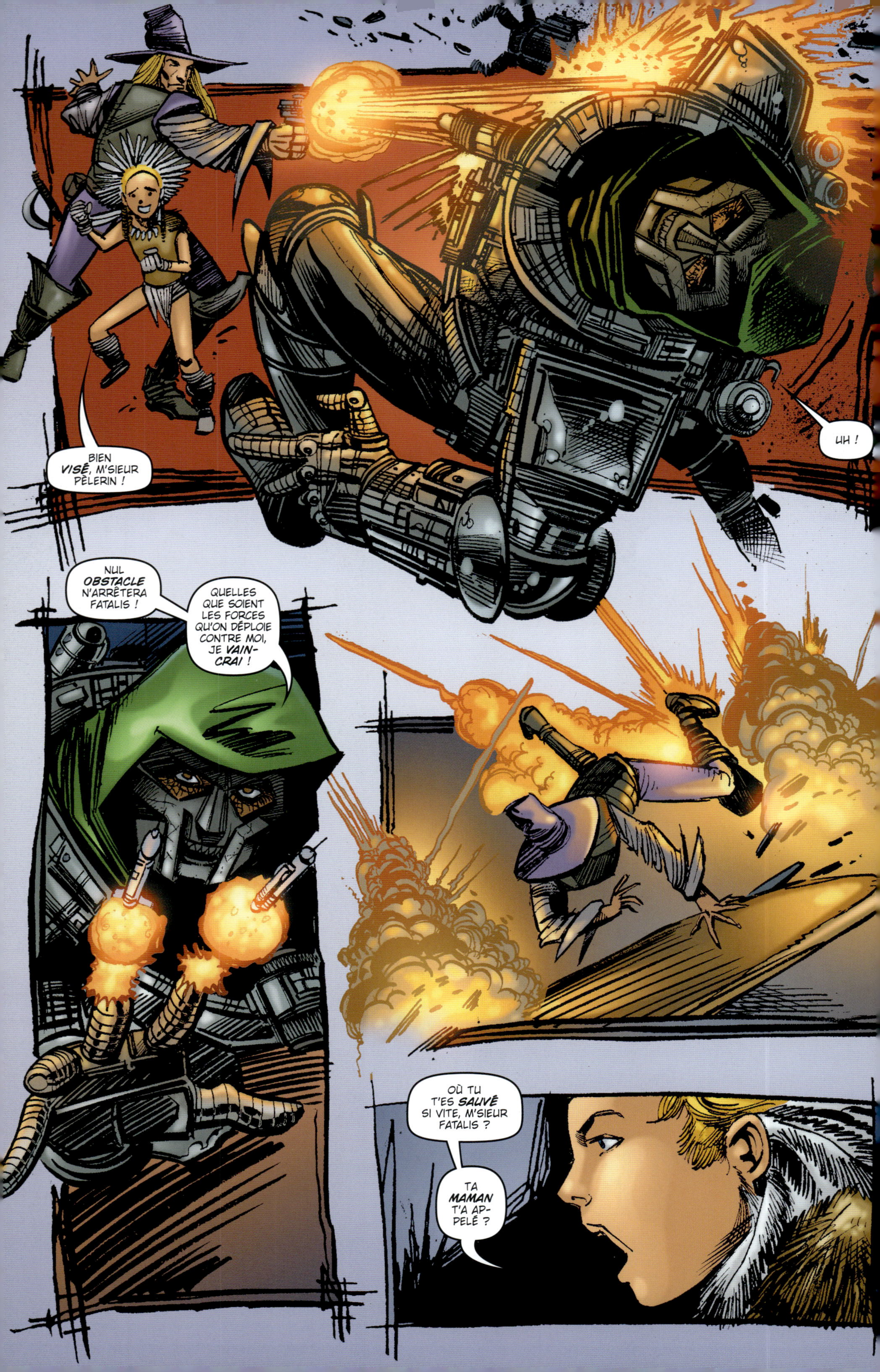
BIEN VISÉ, M'SIEUR PÈLERIN !
UH !
NUL OBSTACLE N'ARRÊTERA FATALIS !
QUELLES QUE SOIENT LES FORCES QU'ON DÉPLOIE CONTRE MOI, JE VAINCRAI !
OÙ TU T'ES SAUVÉ SI VITE, M'SIEUR FATALIS ?
TA MAMAN T'A APPELÉ ?

EN UN INSTANT, MES MYSTIFICATIONS ONT REPRIS EN MAIN CES GENS SIMPLES.
CHARGEZ LA CAPSULE DE MA MÈRE... *VITE* ! JE SUIS PRESSÉ !
OÙ EST KENNETH ? IL TE RAMÈNERA CHEZ TOI !
MERCI, *JE* PILOTERAI.
PLACE !
MALHEUR À QUI ME FERA OBSTACLE !
?
?
QUOI ?!
FATALIS N'A BESOIN DE PERSONNE POUR PILOTER CET ENGIN *ARCHAÏQUE* !
OBJECTIF, LA FAILLE INTERDIMENSIONNELLE.
TROP *TARD* ! LE VAISSEAU A DÉCOLLÉ !
RIEN NE L'EMPÊCHERA PLUS DE GAGNER LA TERRE.
FAUT PAS ABANDONNER SI *VITE*.
À *MOI*, IL M'ÉCHAPPERA PAS.

BANQUE DONNÉES ARMURE, DIAGNOSTIC.
DIAGNOSTIC OUVERT.
REGROUPER À PART TOUS LES FICHIERS COMPORTANT franklinrichards/exe/bat.
1.981.983.654.103 FICHIERS RÉUNIS.
PURGER TOUT.
JE DOIS ME DÉBARRASSER DE CE VIRUS AVANT D'ATTERRIR.
FATALIS ...
QUOI ?
EFFACER TOUT ÇA, ÇA VA ÊTRE RUDEMENT LONG, M'SIEUR FATALIS.
ET JE TE LAISSERAI PAS REVENIR CHEZ NOUS.
T'ES MÉCHANT, PAPA ET TONTON BENJY ONT RAISON.

JE VEUX PAS QUE TU REVIENNES LEUR FAIRE ENCORE DU MAL !
MARMOT IGNORANT !
EN ME DÉTRUISANT, TU DÉTRUIS AUSSI MA MÈRE !
C'EST PAS TA MAMAN ! ELLE EST PAS RÉELLE NON PLUS !
EN EFFAÇANT MES FICHIERS, TU L'EFFACES AUSSI !
NE L'APPROCHE PAS !
MOI SEUL SAIS COMMENT LA PROTÉGER !
QUE TU ES BÊTE !
TU VEUX TOUJOURS CE QUE TU PEUX PAS AVOIR !
ÉCOUTE-MOI !
MAMAN ME DÉFEND D'ÉCOUTER LES ÉTRANGERS.
TA MAMAN À TOI T'A JAMAIS DIT ÇA ?
NON...
NON...
MÈRE...
FICHIERS SUPPRIMÉS

JE T'AI À NOUVEAU PERDUE.
L'ENFANT A VOULU ME LEURRER... JE ME SUIS LEURRÉ MOI-MÊME. MAIS TOUT AU FOND, JE SAVAIS.
ELLE N'ÉTAIT QU'UN OBJET... UN PRODUIT DE LA PLANÈTE FATALIS.
ET... POURTANT...
BAH ! DE TELLES RÊVERIES SONT INDIGNES DE MOI, ET TOTALEMENT HORS DE PROPOS.
FATALIS IGNORE OÙ IL EST.
ANOMALIE DIMENSIONNELLE.
SEUIL ZONE NÉGATIVE FRANCHI.
DES SEMAINES... DES MOIS DANS LE DÉSERT DE LA ZONE NÉGATIVE.
MAIS INÉVITABLEMENT, L'UNIVERS...
LÀ...

... DEVAIT SE SOUMETTRE À FATALIS !
ME VOICI DANS L'ANTRE DE MES ENNEMIS.
CHEZ MOI.
FIN

Quand Graviton décime les Rédempteurs, les Thunderbolts d'origine se réunissent pour le battre… mais au cours du combat, la moitié d'entre eux sont téléportés sur la Contre-Terre. Ils s'y réveillent dans cet extrait de *Thunderbolts* 59…

Scénario : **Fabian Nicieza** • Dessin : **Mark Bagley** • Encrage : **Al Vey** • Couleurs : **Hi-Fi Design**
Lettrage : **Astarte Design - Roma** • Rédaction USA : **Tom Brevoort**

TOUT DE SUITE, LA SUITE !
'NUFF SAID !

THUNDERBOLTS (1997) 60
Couverture : PATRICK ZIRCHER

ES-TU ICI POUR ENTRAVER LA MISSION DU...
... BARON HEINRICH ZÉMO ?
EUH... HEINRICH ?
EUH... MAIS NON !
QUELLE QUESTION ! TU ES TOMBÉ SUR LA TÊTE...?
SHIFF
SHIK
CHUK
... MAIS JE POURRAIS SAVOIR OÙ JE SUIS ?!
TU DOIS BIEN LE SAVOIR, NON ?
TES COMPLICES ET TOI CHERCHIEZ À AFFAIBLIR L'ALLEMAGNE...
... DONNE-MOI UNE SEULE BONNE RAISON DE NE PAS VOUS ABATTRE !

D'ABORD FAUX HÉROS ET VRAIS **MAÎTRES DU MAL**, ILS ONT ENSUITE RÉELLEMENT VOULU SE REMETTRE SUR LE DROIT CHEMIN ! ILS SONT ENFIN LAVÉS DE LEUR PASSÉ DE CRIMINELS. L'AVENIR DIRA SI LA LIBERTÉ RETROUVÉE SIGNIFIE LA FIN DE LEURS AVENTURES... OU UN NOUVEAU DÉPART !
STAN LEE PRÉSENTE :
LES THUNDERBOLTS !
NOUVEAU MONDE
PARCE QUE TU TIENS À LA VIE ?
TU N'OSERAIS PAS !

JE NE PARIERAIS PAS LÀ-DESSUS.
TU SAIS QUE TU MOURRAIS AUSSI.
JE CONNAIS. ÇA NE ME FAIT PAS PEUR.
FIXER... QU'EST-CE QUE TU...
JE VOUS DONNE DU TEMPS, KARLA...
J'UTILISE PAS TON AUTRE NOM PARCE QUE... VISE UN PEU QUI EST LÀ !

PENSEZ-VOUS RÉCLAMER CES RAFFINERIES SOVIÉTIQUES DÉSAFFECTÉES AU NOM DES ÉTATS-UNIS ?
L'ALLEMAGNE EST DÉSORMAIS SEULE CAPABLE DE GUÉRIR LES MAUX DU MONDE !
HEU ? QU'EST-CE QUI...
JOLT... J'ALLAIS INFORMER LE BARON HEINRICH ZÉMO...
... QUE SI NOUS SOMMES EN URSS...
... EN TRAIN DE COMBATTRE LES THUNDERBOLTS...
C'EST POUR VOUS EMPARER DU PROTOTYPE DE L'INJECTEUR, NEIN ?
QUI A OSÉ VOUS RECRUTER ET TRAHIR LE PARTI MONDIAL ?
...
PERSONNE N'A TRAHI LE PARTI...
... MAIS PEUT-ÊTRE CERTAINS ONT-ILS EU DES DOUTES...

DES DOUTES ? LES THUNDER-BOLTS SERVENT L'ALLEMAGNE AVEC LOYAUTÉ !
JE NE DIS PAS LE CONTRAIRE, BARON.
SILENCE, HELMUT !
DISONS SEULEMENT QUE VOTRE SITUATION EST...
... FRAGILE.
ÇA COMMEN-CE À BIEN FAIRE...
EXACT, EAGLE.
COMMENT OSEZ-VOUS REMETTRE NOTRE LOYAUTÉ EN QUESTION ?
J'AI DIT STILLE ! SILENCE !
GLANGG
ELLE CHERCHE À NOUS PROVOQUER !

LES AMÉRICAINS PARLENT BEAUCOUP MAIS AGISSENT PEU !
EH !
NE TE FORMALISE PAS.
LE DÉSIR DU PARTI MONDIAL EST DE CRÉER UNE *COALITION INTERNNATIONALE*.
ET IL FAUDRA BIEN ÇA POUR SAUVER LE MONDE.
SAUVER...?
MAIS OUI !
NOUS SOMMES LES *HÉROS INTERNATIONAUX* DE L'ALLEMAGNE... DE LA TERRE !
"*PHANTOM EAGLE* ET SA MYSTÉRIEUSE GEMME EXTRATERRESTRE !
"LE MUTANT *SOLAAR*.
"MON FIDÈLE BRAS DROIT *IRON CROSS*.
"*CHAIN LIGHTNING*, L'HÉROÏNE FRANÇAISE.
"ET NOTRE GÉNIE SCIENTIFIQUE, L'AMÉRICAINE *MAKESHIFT*."
EUH... VOS EXPLOITS...
... SONT...
... MAL CONNUS EN DEHORS DE L'ALLEMAGNE, C'EST NORMAL...
... ÉTANT DONNÉ L'ÉTAT DES COMMUNICATIONS DANS LE MONDE.

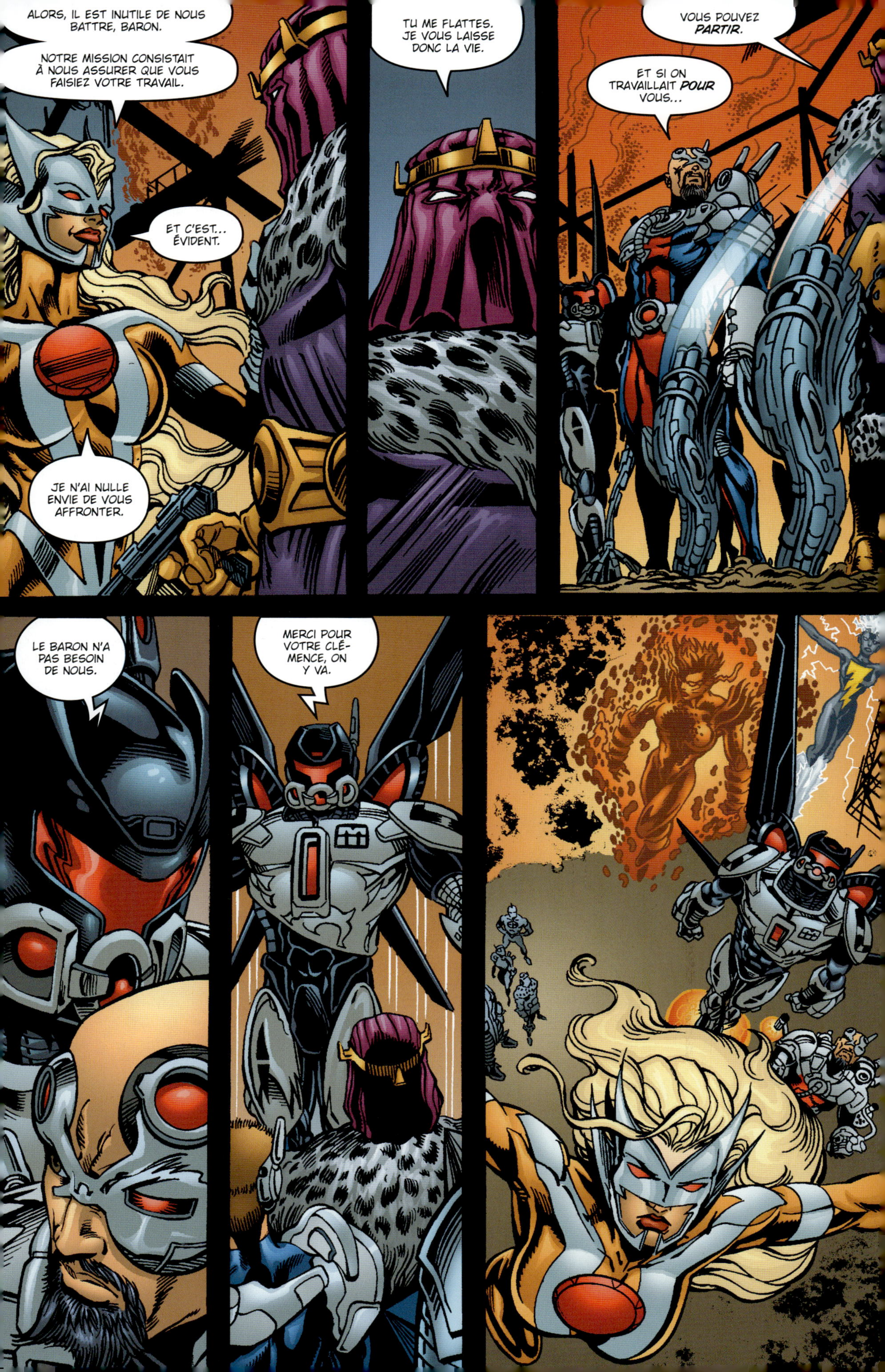

ALORS, IL EST INUTILE DE NOUS BATTRE, BARON.
NOTRE MISSION CONSISTAIT À NOUS ASSURER QUE VOUS FAISIEZ VOTRE TRAVAIL.
ET C'EST... ÉVIDENT.
JE N'AI NULLE ENVIE DE VOUS AFFRONTER.
TU ME FLATTES. JE VOUS LAISSE DONC LA VIE.
VOUS POUVEZ PARTIR.
ET SI ON TRAVAILLAIT POUR VOUS...
LE BARON N'A PAS BESOIN DE NOUS.
MERCI POUR VOTRE CLÉMENCE, ON Y VA.

OUF. C'EST UN MIRACLE DE S'EN SORTIR VIVANTS.
VOUS COMPRENEZ CE QUI SE PASSE, VOUS ?
PEUT-ÊTRE QU'ON A CHANGÉ DE LIGNE TEMPORELLE...
... QUAND GRAVITON A DÉTRUIT LE PUITS DE LA GRAVITÉ. C'EST CLASSIQUE DANS STAR TREK.
ÇA EXPLIQUERAIT POURQUOI CE TYPE PORTE LA MÊME GEMME QUE TOI, OPALE.
SI HALLIE A RAISON...
... NOTRE SITUATION S'EST PAS ARRANGÉE...
... ON EST CARRÉMENT SUR UNE AUTRE PLANÈTE !
IL SUFFIT DE FAIRE COMME D'HABITUDE, ABE.
ON SE MÊLE AUX GENS POUR SAVOIR CE QUI SE PASSE.
ON EST EN RUSSIE, JE TE RAPPELLE, JOSTEN... À MOINS QUE CE SOIT RIORDAN !
LES DEUX, EBERSOL.
DALLAS RIORDAN ET ERIK JOSTEN ONT FUSIONNÉ. JE... ON... FAIT TOUT ENSEMBLE...
... ON PENSE MÊME ENSEMBLE, MÊME SI SOUS CETTE FORME, C'EST ERIK QUI S'EXPRIME.
QUAND NOTRE POUVOIR NE SE MANIFESTE PAS...
... C'EST DALLAS QUI REPREND LE DESSUS !
EN TOUT CAS, JE SUIS HEUREUSE QUE TU SOIS REVENU, ERIK !
ON ESPÈRE TOUS QUE CHARCOAL POURRA S'EN SORTIR, HALLIE.
SI ON RÉUSSIT À RENTRER, CHARLIE AURA PEUT-ÊTRE AUSSI CETTE CHANCE !

EH ! J'AI REPÉRÉ UNE PETITE VILLE.
OÙ ÇA ?
À ENVIRON 10 KM. CETTE ARMURE DE MACH III EST BIEN PLUS PERFORMANTE QUE CELLES QUE TU M'AVAIS CONSTRUITES.
JE N'EN DOUTE PAS.
MES RÉSERVES BAISSENT. ATTERRISSONS ET TÂCHONS DE NOUS REPÉRER...
... ET DE DÉCOUVRIR OÙ EST PASSÉ CITIZEN V !
SYMKARIE, SUR TERRE (LA "VRAIE").
C'EST TERMINÉ, M. AUBREY.
VOUS ÊTES SÛRS ?
TOUT À FAIT.
LE Q.G. DU BATAILLON-V, UNE ORGANISATION MILITAIRE SECRÈTE.
ON A ENFIN PU ISOLER L'ÉLECTROENCÉPHALOGRAMME PARASITE...
... QUI MODIFIAIT LE COMPORTEMENT DE JOHN WATKINS III DEPUIS QU'IL EST SORTI DU COMA.
LA FORCE QUI LE MANIPULAIT...
... A COMPLÈTEMENT DISPARU !

EN D'AUTRES TERMES, MES AMIS...
...CITIZEN V
EST DE RETOUR EN PLEINE FORME !
ET J'AI ENVIE DE CHANGER DE COSTUME !
QUELLE LÉGÈRETÉ, JOHN !
HELMUT, ZÊMO, LE FILS DE TON PIRE ENNEMI CONTRÔLAIT TON CORPS...
QUI SAIT TOUT CE QU'IL A APPRIS SUR NOTRE ORGA-NISATION...
... ET CE QU'IL COMPTE FAIRE DE CES INFORMA-TIONS !

QUAND VOUS M'AVEZ TÉLÉPORTÉ PENDANT LE MAELSTROM ÉLECTROMAGNÉTIQUE DE GRAVITON, LE BIOMODEM...
... DE ZÉMO S'EST DÉCONNECTÉ.
DEPUIS, VOUS AVEZ FOUILLÉ DANS TOUTE LA PLANÈTE SANS TROUVER LA MOINDRE TRACE DU MODEM DE ZÉMO OU DES THUNDERBOLTS...
... À PART SONGBIRD !
QU'IMPORTE CE QU'IL A APPRIS SI AU BOUT DU COMPTE, IL EST MORT ?
ET PUIS... SI ZÉMO N'AVAIT PAS TROUVÉ REFUGE DANS MON CORPS APRÈS AVOIR ÉTÉ TUÉ PAR SCOURGE, JE SERAIS...
... TOUJOURS DANS LE COMA !
ALORS QUE ME VOICI... PRÊT À L'ACTION !
QUE DIRAIS-TU ALORS DE RETROUVER UN MORT ?
UNE MISSION QU'IL REMPLIRA DANS D'AUTRES PAGES...
BANLIEUE DE PITTSBURGH...
ÇA VOUS FERA 32 DOLLARS ET 44 CENTS.
GO-MART
PAS BESOIN DE SAC.
HMM.
Beef Jerky
TENEZ.
?

OH, ÇA ?
C'EST POUR UNE ÉMISSION DE TÉLÉ.
GRÂCE À L'INTERVENTION DE **MOCASSIN D'EAU**, ON VA ÊTRE REPÉRÉS...
C'EST VRAIMENT LE SOURIRE QUI TUE.
BON... À CAUSE DES **MENOTTES**, ON PEUT PAS S'ÉLOIGNER LES UNS DES AUTRES DE PLUS DE **15 MÈTRES**.
C'EST SUFFISANT POUR ALLER AUX CHIOTTES. QUE FABRIQUE **SMITHERS** ?
JE TESTE DIFFÉRENTES SORTES DE **SPORES** POUR NEUTRALISER CES TRUCS.
J'ESSAIE DE BROUILLER LES PROGRAMMES QUI NOUS EMPÊCHENT DE NOUS SERVIR DE NOS **POUVOIRS**.
CE PETIT GÉNIE D'**HOMME-PLANTE** VEUT CONTOURNER LE SYSTÈME AU NIVEAU MICROSCOPIQUE !
C'EST LA RUSE CONTRE LA FORCE BRUTE !
BEN, QU'IL SE DÉPÊCHE...

Pittsburgh Gaze
GRAVITON NEUTRALISÉ. LES THUNDERBOLTS SONT-ILS MORTS ?
... PARCE QUE CE QUI EMPÊCHAIT LES FEDS DE NOUS COLLER AUX FESSES...
... C'EST TERMINÉ !
T'AS VU ÇA, BARTON ? ÇA AURA PAS SERVI À GRAND-CHOSE...
... D'EN FAIRE DES HÉROS, DE TES POTES !
HÉ HÉ !
LES CAMÉRAS NOUS ONT FILMÉS. ON A INTÉRÊT À SE CASSER.
JUSTIN HAMMER A HUIT USINES, ET IL FAUT QU'ON LES VÉRIFIE TOUTES.
ILS ROULENT EN SILENCE QUELQUES KM.
CLINT BARTON, ALIAS HAWKEYE, L'EX-AVENGER... RUMINE DES IDÉES NOIRES.
IL Y A QUELQUES MOIS ENCORE, IL GUIDAIT LES THUNDERBOLTS VERS LE RACHAT.
ET VOILÀ QUE MAINTENANT...
... IL N'EST PLUS QU'UN FUGITIF. C'EST LA DÉGRINGOLADE, ET...
... IL SE DEMANDE...
... S'IL PEUT TOMBER ENCORE PLUS BAS.
SKREEE

MESSIEURS.
C'EST TERMINÉ.
UN GARDIEN, ENVOYÉ PAR LE PÉNITENCIER DE SEAGATE POUR LES RETROUVER.
CLINT DÉTAILLE RAPIDEMENT LES CARACTÉRISTIQUES DE SON ARMURE...
POURRONT-ILS TROUVER UN MOYEN DE S'ÉCHAPPER...
... SANS FAIRE DE MAL À CET HOMME ?
COMMENT FAIRE ? LES MENOTTES SONT LÀ POUR LES EMPÊCHER D'UTILISER LEURS POUVOIRS.
EUH... VOUS AVEZ DES SUG-GESTIONS ?
JE PEUX L'ARRÊTER.
MAIS IL POURRAIT MORFLER.
GÉNIAL !
JE NE SUIS SÛR DE RIEN.
SACRÉ DILEMME POUR UN ANCIEN "TYPE BIEN".
ALORS, TU DÉCIDES QUOI ?

ÇA POUSSE À SE POSER DES QUESTIONS, PAS VRAI ?
AUCUNE VALEUR ?
IL Y A UN AN, DIEU SAIT CE QU'ON AURAIT FAIT FACE À UNE BANQUE OUVERTE ?
C'EST DU PASSÉ, JENKINS.
CET EN-DROIT... C'EST *HORRIBLE !*
LA DÉVALUATION EST TELLE... QUE LES BILLETS DE BANQUE NE SONT PLUS QUE DES BOUTS DE PAPIER !

TANT QU'EBERSOL A PAS RÉPARÉ SON TRADUCTEUR, IL FAUT RESTER DISCRETS, HALLIE.
C'EST DUR POUR MOI AUSSI EN TANT QU'ANCIEN FLIC...
... DE VOIR TOUS CES GENS SE BATTRE ET SE LIVRER AU PILLAGE.
QU'EST-CE QU'ON POURRAIT FAIRE ?
ON NE PEUT PAS SAUVER TOUTE LA VILLE, SANS PARLER DU MONDE !
ABE A RAISON... C'EST TERRIBLE CE QUI SE PASSE...
"... MAIS ON NE DOIT PAS SE LAISSER ATTENDRIR."
ÇA A L'AIR SIMPLE POUR VOUS, SOFEN !
VOUS N'ENTENDEZ PAS LES ENFANTS PLEURER DE FAIM...
... OU VOUS NE VOULEZ PAS LES ENTENDRE ?
JE ME CONCENTRE...
... SUR LE MOYEN D'ÉCHAPPER À CE MONDE.

HEIN ?! MAIS CES GENS ONT BESOIN DE NOUS !
HAHH! HAAH! HAH!
LA FERME, EBERSOL...
ÉCOUTE, HALLIE... ON POURRAIT...
JE COMPRENDS CE QUE TU RESSENS, MAIS SOIS LUCIDE...
... ON NE SAIT PAS OÙ ON EST, NI MÊME SI TOUT ÇA EST RÉEL !
IL FAUT RENTRER RETROUVER MEL...
JE SAIS QUE TU VEUX LA REVOIR... VOUS POUVEZ TOUS RENTRER... MAIS ON N'A PAS LE DROIT...
<ATTRAPEZ-LE !>
EH ?
SOUDAIN, LA VIOLENCE EXPLOSE AUTOUR D'EUX.
SOUS SA FORME SURHUMAINE, HALLIE TAKAHAMA VIT DANS LE FRACAS DE SES DÉCHARGES D'ÉNERGIE... DES IMMEUBLES QUI S'ÉCROULENT...

... MAIS ÇA... LE CHOC SOURD ET ÉCŒURANT DU BOIS ET DE LA BRIQUE CONTRE LA CHAIR ET LES OS...
STOP!
JE NE PARLE PAS RUSSE... QUELQU'UN CONNAÎT L'ANGLAIS ?
DA... UN PEU...
C'EST UNE AMÉRICAINE ? PEUT-ÊTRE QU'ELLE FAIT PARTIE DES...
Z-SHHT CLICK
EH ! ÇA MARCHE ! ON A ENFIN UNE TRADUCTION...
IL CROIT QU'ELLE FAIT PARTIE DES AVENGERS.
ET CE TYPE, IL A VOLÉ DE LA NOURRITURE.
ILS DEVAIENT TOUT PARTAGER, MAIS IL A TOUT GARDÉ...
... PARCE QUE SES ENFANTS ONT FAIM.
BRAVO, LE COMMUNISME !
DIS-LEUR DE LE LÂCHER ET DIS-LUI DE NE PLUS VOLER DE NOURRITURE.

ÇA RECOMMENCERA DANS UNE HEURE, ABE.
NON... MAIS CE MONDE...
ALORS ON AURAIT DÛ LES LAISSER FAIRE, KARLA ?
JE L'AI **IDENTIFIÉ**.
QUELQU'UN DANS LA FOULE SE DEMANDAIT SI JOLT...
"... N'ÉTAIT PAS UNE DES **JEUNES ALLIÉS** !"
ON LES A RENCONTRÉS EN LATVÉRIE... CE QUI SIGNIFIE QU'ICI...
... **C'EST LA CONTRE-TERRE** !
TOUS RESTENT BOUCHE BÉE. FIXER ET JOLT ÉTAIENT SEULS QUAND ILS ONT AFFRONTÉ LES JEUNES ALLIÉS.
C'EST UN MONDE CRÉÉ PAR **FRANKLIN RICHARDS**, LE FILS DE **REED** ET **SUSAN** RICHARDS DES FANTASTIQUES...
... POUR SAUVER LES HÉROS DE LA TERRE QUAND ILS ONT COMBATTU ONSLAUGHT.
ILS SONT RENTRÉS AU BOUT D'UN AN MAIS CE MONDE EXISTE TOUJOURS.
CEUX QUI SONT RESTÉS, COMME LES JEUNES ALLIÉS ET **REBEL**...
... ONT ENSUITE DÛ AFFRONTER TOUTES SORTES DE CATASTROPHES NATURELLES... ET DE TEMPÊTES COSMIQUES ! UN VRAI DÉSASTRE !
ET CELUI QUI LES A SAUVÉS, C'EST LE **DOCTEUR FATALIS** !

TOUT EST CLAIR, MAINTENANT.
SUR TERRE, ZÉMO AVAIT CRÉÉ LES THUNDERBOLTS POUR REMPLACER LES HÉROS QUI AVAIENT DISPARU...
... ET MAINTENANT, ON EST VENUS LES REMPLACER ICI DANS LE MONDE QU'ILS ONT QUITTÉ...
... ET QUI A BESOIN DE HÉROS !
NON... HALLIE... EXCUSE-MOI, MAIS POUR MOI, C'EST NON !
J'AI TIRÉ UN TRAIT SUR CETTE PARTIE DE MA VIE !
TOUT CE QUE JE DEMANDE, C'EST DE REVOIR MELISSA.
DÉSOLÉ, HALLIE... JE VEUX JUSTE RENTRER CHEZ MOI.
ET JE VIENS DE TROUVER LE MOYEN DE LE FAIRE !
L'ALLEMAGNE S'APPRÊTE À LANCER UN SATELLITE !
VU LA SITUATION, C'EST LE PREMIER LANCER EN PRESQUE DEUX ANS.
ET ÇA RISQUE D'ÊTRE LE DERNIER ! IL NE FAUT PAS LE RATER !
POUR QUOI FAIRE ?
RENTRER SUR NOTRE TERRE ?
JE NE COMPRENDS PAS... C'EST COMPLÈTEMENT SUICIDAIRE !
IL SUFFIRA DE RESTER DANS L'ESPACE EN ATTENDANT...
... QUE LA VRAIE TERRE RETROUVE SON ORBITE.
J'AI TOUTE UNE SÉRIE DE BONS FILMS... POUR S'OCCUPER...

ON VERRA POUR LES DÉTAILS PLUS TARD.
FAITES COMME VOUS VOULEZ...
... MAIS MOI, JE PARS...
... SEUL, S'IL LE FAUT !
TU NE PARTIRAS PAS DANS CETTE FUSÉE, NORBERT.
HEIN ?
QUELQUE CHOSE COURT-CIRCUITE MON LIEN AVEC TECH-PACK !
PAS AVANT DE M'AVOIR AIDÉ À TROUVER UN NOUVEAU CORPS !
PAS QUELQUE CHOSE, QUELQU'UN...
UN VIEIL AMI.

GUERRE INTESTINE CHEZ LES THUNDERBOLTS ? QUE DEVIENT SONGBIRD ?
ET QUI ZÉMO VA-T-IL CHOISIR D'INVESTIR ?

THUNDERBOLTS (1997) 61
Couverture : **PATRICK ZIRCHER**

SALVADOR
LIQUID!

D'ABORD FAUX HÉROS ET VRAIS MAÎTRES DU MAL, ILS ONT ENSUITE RÉELLEMENT VOULU SE REMETTRE SUR LE DROIT CHEMIN ! ILS SONT ENFIN LAVÉS DE LEUR PASSÉ DE CRIMINELS. L'AVENIR DIRA SI LA LIBERTÉ RETROUVÉE SIGNIFIE LA FIN DE LEURS AVENTURES... OU UN NOUVEAU DÉPART !
STAN LEE PRÉSENTE :
LES THUNDERBOLTS !
AVIS DE RECHERCHE
FABIAN NICIEZA scénario
PATRICK ZIRCHER dessin
AL VEY encrage
HI-FI couleurs
SOPHIE VIEVARD traduction
ASTARTE DESIGN - ROMA lettrage
TOM BREVOORT, JOE QUESADA rédaction USA
IL Y A 4 JOURS...
IL S'APPELAIT CHRIS FALLON.
IL TRAVAILLAIT COMME GARDIEN AU PÉNITENCIER FÉDÉRAL POUR SUPER-CRIMINELS DE SEAGATE.
IL AVAIT RETROUVÉ LA TRACE DE QUATRE ÉVADÉS AUX ENVIRONS DE PITTSBURGH.
IL LES A INTERPELÉS.
ET...
... LE VOICI MORT.
ET LE PREMIER À LE REGRETTER... C'EST LE RESPONSABLE DE SA MORT.

TU DISAIS QUE TU Y ARRIVERAIS SANS LE TUER, SMITHERS !
ESPÈCE D'ORDURE...
... TU DISAIS...
NGHH... ARRÊTE, BARTON... J'AI PAS FAIT EXPRÈS...
REGARDEZ-LE !
TU DISAIS...
JE PEUX L'ARRÊTER.
MAIS IL RISQUE DE MORFLER.
GÉNIAL !
J'AI DIT... "IL RISQUE". C'EST POSSIBLE.

MAIS JE NE PENSAIS PAS QU'IL POUVAIT MOURIR !
J'AI FAIT POUSSER LES **SPORES** JUSTE ASSEZ POUR LE **NEU-TRALISER**...
... JE POUVAIS PAS DEVINER QU'IL ÉTAIT **ASTHMATIQUE** !
BON... ÇA VA COMME ÇA ! FAUT DÉGAGER DE LÀ !
TANT QU'ON PORTE CES FICHUES MENOTTES...
... ILS PEU-VENT NOUS RE-TROUVER !
ET SI ON MODIFIAIT LE SYSTÈME QUI LUI A SERVI À NOUS TROUVER POUR **BROUILLER** LES PISTES ?
CLINT BARTON, OU HAWKEYE...
... EX-AVENGER ET LEADER DES THUNDERBOLTS...
... EST EN CAVALE AVEC TROIS CRIMI-NELS...
... HEADLOK, L'HOMME-PLANTE ET MOCASSIN D'EAU.
EN RÉALITÉ, IL FAIT ÇA POUR SAUVER DES **MILLIERS DE VIES**...
CELA JUSTI-FIE-T-IL D'EN SACRIFIER **UNE** ?

PRÉSENT...
... À QUELQUES KILOMÈTRES DE PITTSBURGH, D'APRÈS L'APPEL ANONYME.
NOS SATELLITES ONT SUIVI LES DÉPLACEMENTS DES FUGITIFS EN OHIO ET EN IOWA, MAIS ON A ORDONNÉ...
... AUX GARDIENS DE RESTER À DISTANCE.
TANT QU'ON N'AURA PAS COMPRIS COMMENT L'HOMME-PLANTE A PU UTILISER SES POUVOIRS, ON NE PREND AUCUN RISQUE.
ET SI C'ÉTAIT UN ACCIDENT ? SI SMITHERS N'AVAIT PAS FAIT EXPRÈS ?
C'EST POSSIBLE, M. DUGAN, MAIS QUELLE DIFFÉRENCE ÇA FERAIT ?
POUR FALLON, AUCUNE, SONGE LE COMMANDANT DU S.H.I.E.L.D., DUM DUM DUGAN...
... MAIS POUR CELUI QUI A CONFIÉ SA MISSION À BARTON... ÉNORME !
OUBLIEZ ÇA... CONTINUEZ.
À 9 H 40 CE MATIN, LES MENOTTES ONT CESSÉ D'ÉMETTRE, CE QUI FAIT...
... QU'ON NE PEUT PLUS LES SUIVRE.
ET C'EST LÀ QUE J'ENTRE EN SCÈNE ?
EH BIEN, ON A PENSÉ...
QUE POUR CAPTURER DES VILAINS...
... MIEUX VALAIT UTILISER UNE ANCIENNE VILAINE ?

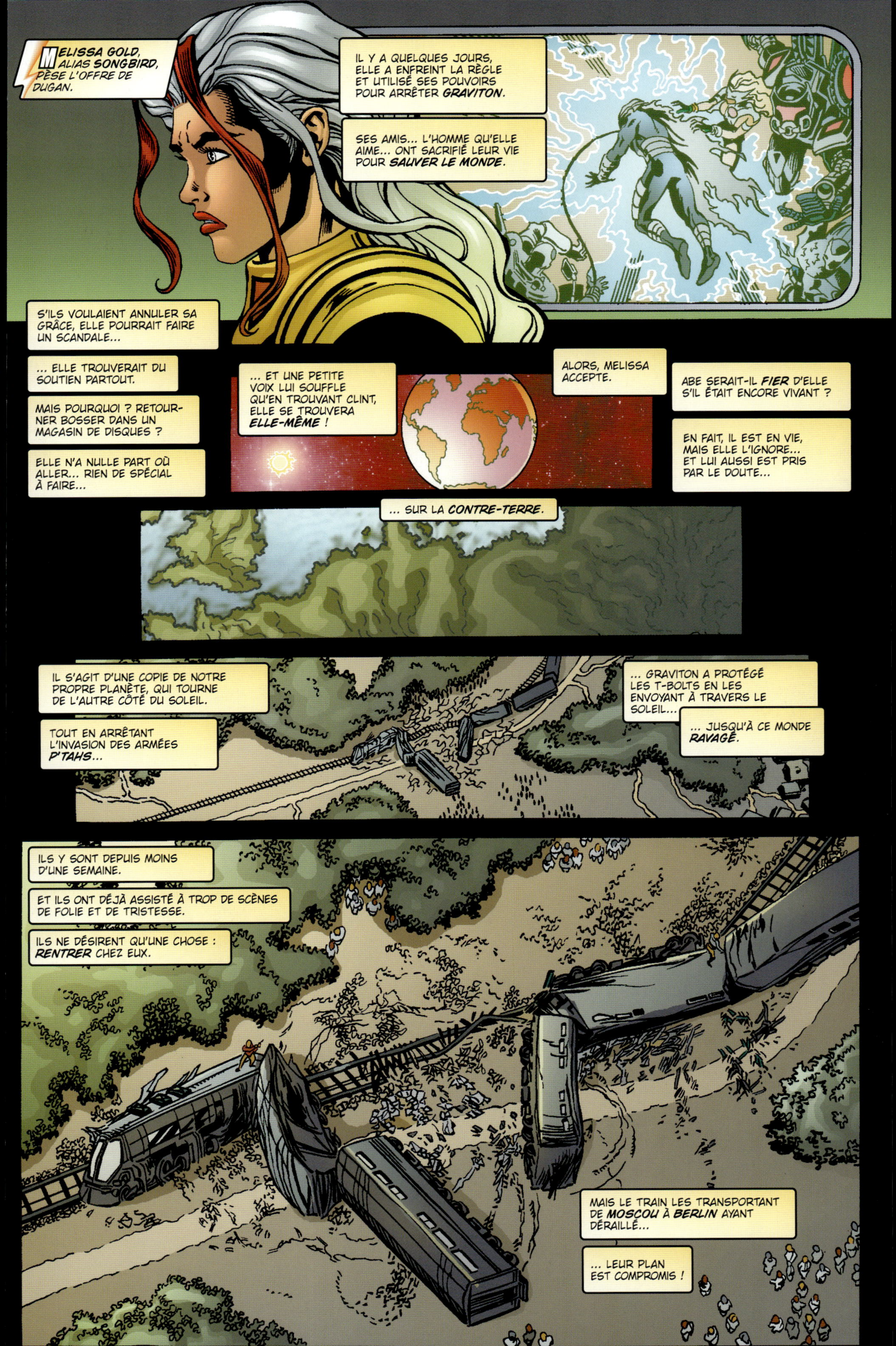
MELISSA GOLD, ALIAS SONGBIRD, PÈSE L'OFFRE DE DUGAN.
IL Y A QUELQUES JOURS, ELLE A ENFREINT LA RÈGLE ET UTILISÉ SES POUVOIRS POUR ARRÊTER GRAVITON.
SES AMIS... L'HOMME QU'ELLE AIME... ONT SACRIFIÉ LEUR VIE POUR SAUVER LE MONDE.
S'ILS VOULAIENT ANNULER SA GRÂCE, ELLE POURRAIT FAIRE UN SCANDALE...
... ELLE TROUVERAIT DU SOUTIEN PARTOUT.
MAIS POURQUOI ? RETOURNER BOSSER DANS UN MAGASIN DE DISQUES ?
ELLE N'A NULLE PART OÙ ALLER... RIEN DE SPÉCIAL À FAIRE...
... ET UNE PETITE VOIX LUI SOUFFLE QU'EN TROUVANT CLINT, ELLE SE TROUVERA ELLE-MÊME !
ALORS, MELISSA ACCEPTE.
ABE SERAIT-IL FIER D'ELLE S'IL ÉTAIT ENCORE VIVANT ?
EN FAIT, IL EST EN VIE, MAIS ELLE L'IGNORE... ET LUI AUSSI EST PRIS PAR LE DOUTE...
... SUR LA CONTRE-TERRE.
IL S'AGIT D'UNE COPIE DE NOTRE PROPRE PLANÈTE, QUI TOURNE DE L'AUTRE CÔTÉ DU SOLEIL.
TOUT EN ARRÊTANT L'INVASION DES ARMÉES P'TAHS...
... GRAVITON A PROTÉGÉ LES T-BOLTS EN LES ENVOYANT À TRAVERS LE SOLEIL...
... JUSQU'À CE MONDE RAVAGÉ.
ILS Y SONT DEPUIS MOINS D'UNE SEMAINE.
ET ILS ONT DÉJÀ ASSISTÉ À TROP DE SCÈNES DE FOLIE ET DE TRISTESSE.
ILS NE DÉSIRENT QU'UNE CHOSE : RENTRER CHEZ EUX.
MAIS LE TRAIN LES TRANSPORTANT DE MOSCOU À BERLIN AYANT DÉRAILLÉ...
... LEUR PLAN EST COMPROMIS !

LES REVOILÀ !
KCHASH
KARLA !
JE TE RAPPELLE QUE JE SUIS INVULNÉRABLE, HALLIE !
"CETTE... RACAILLE... NE PEUT PAS NOUS FAIRE GRAND MAL.
"MAIS LES GARDIENS METTENT TANT DE TEMPS À LES NEUTRALISER..."
... ÇA ME MET HORS DE MOI !
ET C'EST TOUT ?
ILS SE FONT TUER COMME DES CHIENS, MAIS LE PIRE, C'EST QUE KARLA SOFEN DOIT ATTENDRE !
ILS ONT CHOISI D'ATTAQUER CE TRAIN... ILS CONNAISSAIENT LES RISQUES.
IL FAUT SAVOIR ASSUMER LES CONSÉQUENCES DE SES ACTES.
C'EST IGNOBLE...

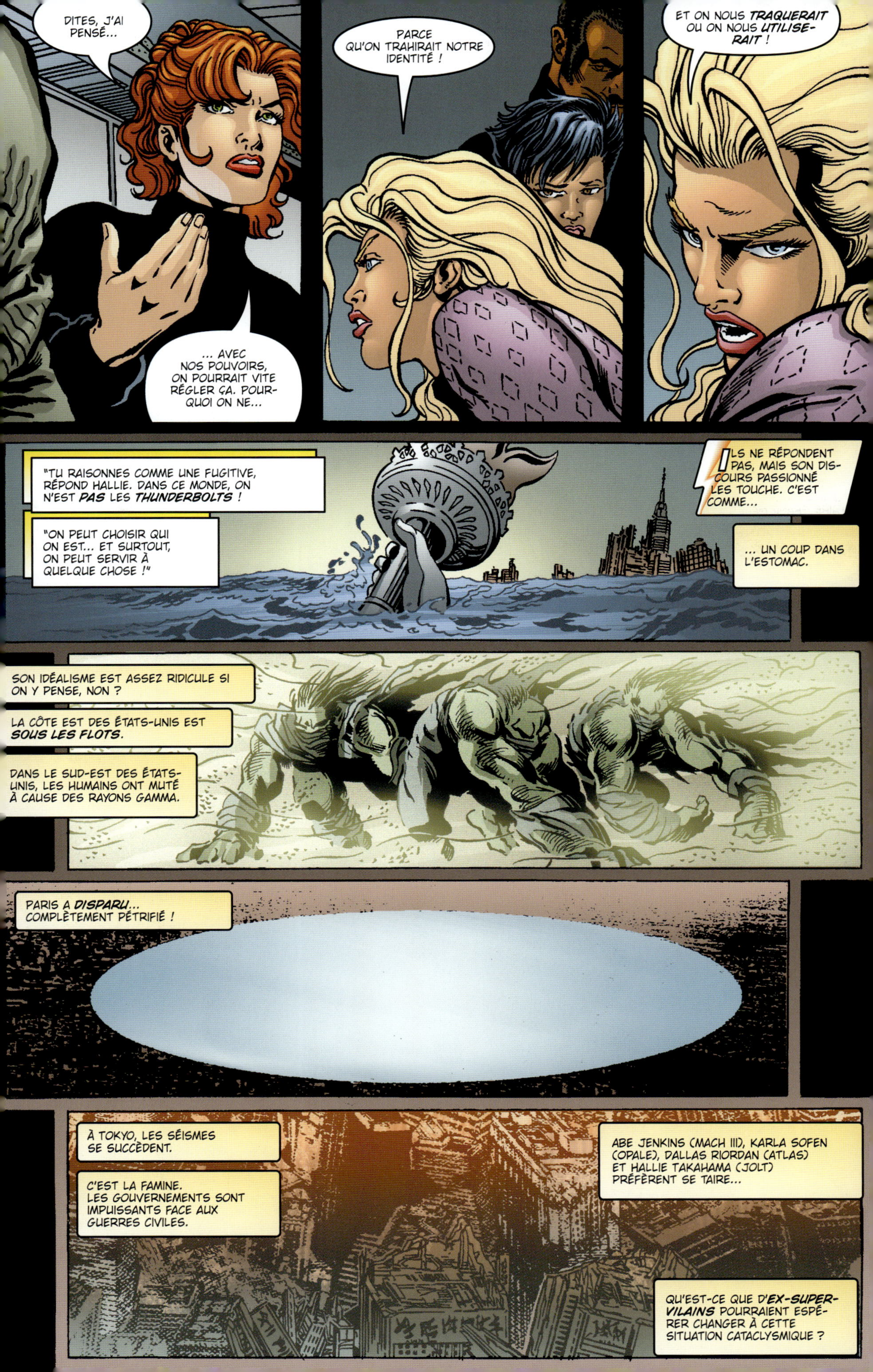
DITES, J'AI PENSÉ...
... AVEC NOS POUVOIRS, ON POURRAIT VITE RÉGLER ÇA. POURQUOI ON NE...
PARCE QU'ON TRAHIRAIT NOTRE IDENTITÉ !
ET ON NOUS TRAQUERAIT OU ON NOUS UTILISERAIT !
"TU RAISONNES COMME UNE FUGITIVE, RÉPOND HALLIE. DANS CE MONDE, ON N'EST PAS LES THUNDERBOLTS !
"ON PEUT CHOISIR QUI ON EST... ET SURTOUT, ON PEUT SERVIR À QUELQUE CHOSE !"
ILS NE RÉPONDENT PAS, MAIS SON DISCOURS PASSIONNÉ LES TOUCHE. C'EST COMME...
... UN COUP DANS L'ESTOMAC.
SON IDÉALISME EST ASSEZ RIDICULE SI ON Y PENSE, NON ?
LA CÔTE EST DES ÉTATS-UNIS EST SOUS LES FLOTS.
DANS LE SUD-EST DES ÉTATS-UNIS, LES HUMAINS ONT MUTÉ À CAUSE DES RAYONS GAMMA.
PARIS A DISPARU... COMPLÈTEMENT PÉTRIFIÉ !
À TOKYO, LES SÉISMES SE SUCCÈDENT.
C'EST LA FAMINE. LES GOUVERNEMENTS SONT IMPUISSANTS FACE AUX GUERRES CIVILES.
ABE JENKINS (MACH III), KARLA SOFEN (OPALE), DALLAS RIORDAN (ATLAS) ET HALLIE TAKAHAMA (JOLT) PRÉFÈRENT SE TAIRE...
QU'EST-CE QUE D'EX-SUPER-VILAINS POURRAIENT ESPÉRER CHANGER À CETTE SITUATION CATACLYSMIQUE ?

ILS ONT FAIT DÉRAILLER LE TRAIN POUR PRENDRE NOTRE NOURRITURE ET NOS VÊTEMENTS...
... EST-CE QU'ILS MÉRITENT DE MOURIR ?
DITES-MOI !
HAL... JE... JE COMPRENDS CE QUE TU RESSENS.
MAIS KARLA A RAISON... CE N'EST PAS NOTRE MONDE...
... ON N'EST PAS RESPONSABLES...
MOI, JE VEUX ATTEINDRE L'ALLEMAGNE...
"... ET PROFITER DU LANCEMENT DE LA FUSÉE POUR ÉCHAPPER À CETTE PLANÈTE !"
JE... ON... NE DOIT PAS LES VOIR COMME DES GENS RÉELS...
MAIS LEUR SOUFFRANCE EST RÉELLE ! PEU IMPORTE COMMENT CETTE PLANÈTE A ÉTÉ CRÉÉE...
"... CE SONT DES GENS RÉELS ET ILS SOUFFRENT !"
ET MÊME SI LE PARDON PRÉSIDENTIEL SUR NOTRE TERRE NOUS A LÉGALEMENT LAVÉS DES CRIMES QUE TU... QU'ON A COMMIS...
... EST-ON LAVÉS MORALEMENT ?

DANS UN AUTRE COMPARTIMENT, NORBERT EBERSOL, ALIAS FIXER... ESSAIE DE RÉGLER UN PROBLÈME...
JE CROIS QUE ÇA Y EST...
TU Y AURAS MIS LE TEMPS.
HÉ ! SUR CETTE PLANÈTE, RIEN NE MARCHE NORMALEMENT !
IL FAUT ÊTRE PATIENT, BARON !
CE N'EST PAS TOI QUI ES PRISONNIER DE TON TECH-PACK SOUS FORME D'ESSENCE NUMÉRISÉE !
EH BIEN, ÇA NE TE LIBÉRERA PAS...
SZZZTTT
... MAIS AU MOINS LE BARON HELMUT ZÉMO DISPOSE-T-IL D'UN CORPS HOLOGRAPHIQUE !
HMPF
TU ES AUSSI MENTEUR QUE CACHOTTIER.
C'EST CE QUI FAIT MON CHARME.
TU ME VOIS ?
NEIN.
CE CORPS, JE LE VOULAIS PLUS POUR TOI QUE POUR MOI.

POUR-QUOI ?
POUR TE RAPPELER QUI PEUT TE RÉDUIRE À L'ÉTAT DE MARION-NETTE DÉMAN-TIBULÉE !
MMFF !
JE PEUX NEUTRALISER TON LIEN SYNAPTIQUE AVEC TON TECH-PACK.
ET LES DOM-MAGES DE TON SYSTÈME NER-VEUX RÉAPPA-RAISSENT.
UN POINT POUR TOI... MAIS POURQUOI ME REBRANCHER ?
TU PRÉPARES UN PLAN POUR QUITTER CETTE PLANÈTE.
MAIS JE NE TE PERMETTRAI PAS DE PARTIR AVANT QUE TU M'AIES TROUVÉ UN NOUVEAU CORPS.
TA FRACTURE À LA NUQUE A GUÉRI, MAIS PAS TON SYSTÈME NERVEUX.
TU MARCHES PARCE QUE JE T'Y AUTORISE.

APRÈS TA "MORT", TA CONSCIENCE A ÉTÉ TRANSFÉRÉE DANS LE ROBOT TECHNO.
IL A "RÉPARÉ" TON ENVELOPPE PHYSIQUE AUTANT QUE POSSIBLE...
... IL A EMPÊCHÉ LA DÉGRADATION DE TON CADAVRE POUR L'UTILISER SI BESOIN ÉTAIT...
... ET APRÈS SON NOBLE SACRIFICE POUR RESSUSCITER JOLT, TECHNO A RETRANSFÉRÉ SON ÂME... OU LA **TIENNE**... DANS TON CORPS.
JE ME RAPPELLE DE RIEN. CE ROBOT, C'ÉTAIT PAS **MOI**.
QUE TU DIS.
POUR L'HEURE, JE VAIS T'ÉPARGNER...
... CAR C'EST TECHNO LE RESPONSABLE DE MON ÉTAT ET C'EST CE ROBOT QUI DEVRA AFFRONTER MA COLÈRE !
JE VOUS CROYAIS SUPER POTES...
UN VÉRITABLE AMI M'AURAIT ACCORDÉ LA PAIX DU **DERNIER REPOS** !
J'AI COMBATTU CONTRE **SCOURGE** AVEC HONNEUR !
C'EST TECHNO QUI, À MON INSU, A DÉCIDÉ DE JOUER À DIEU AVEC MON ÂME !

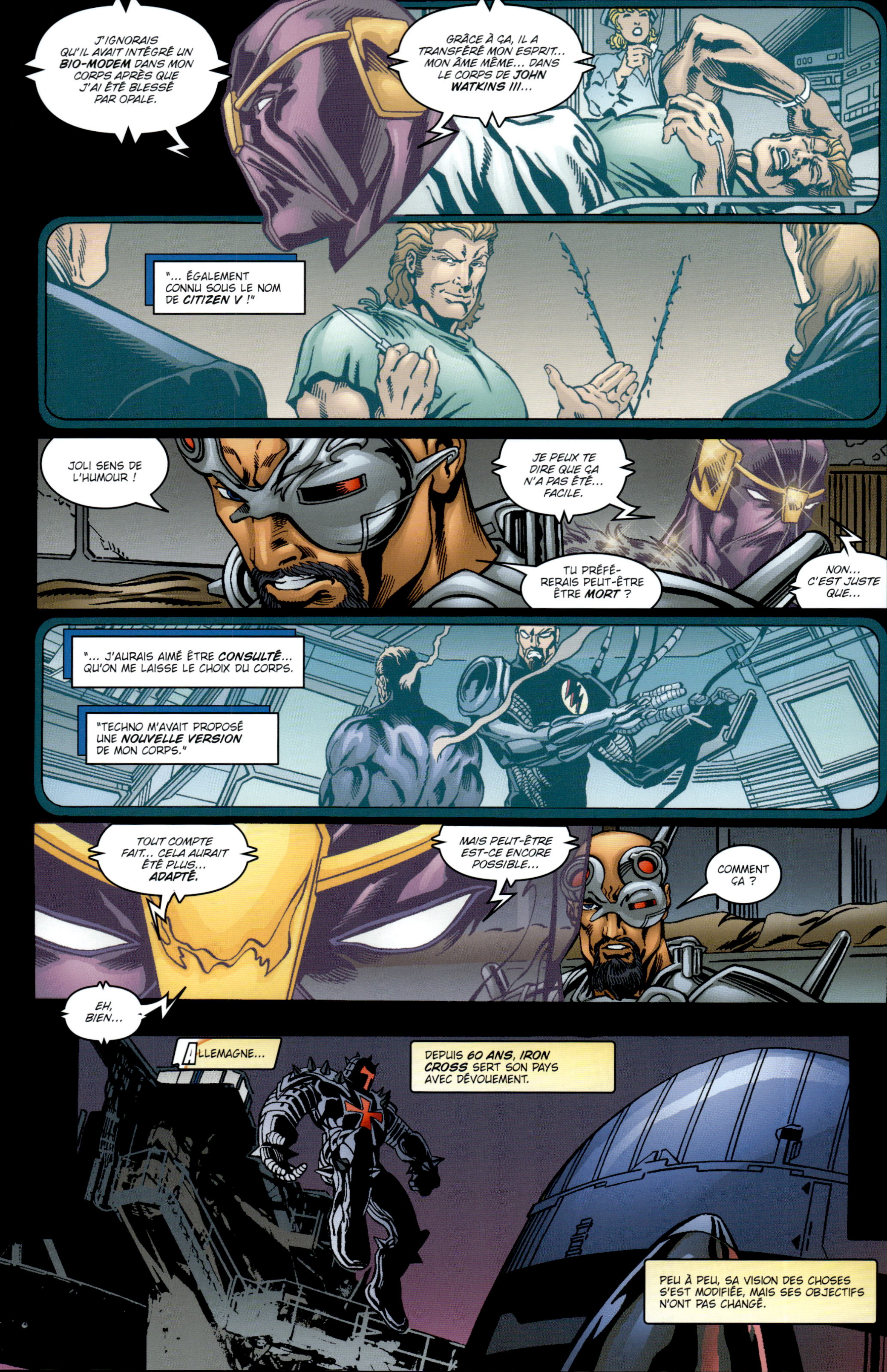
J'IGNORAIS QU'IL AVAIT INTÉGRÉ UN **BIO-MODEM** DANS MON CORPS APRÈS QUE J'AI ÉTÉ BLESSÉ PAR OPALE.
GRÂCE À ÇA, IL A TRANSFÉRÉ MON ESPRIT... MON ÂME MÊME... DANS LE CORPS DE **JOHN WATKINS III**...
"... ÉGALEMENT CONNU SOUS LE NOM DE **CITIZEN V** !"
JOLI SENS DE L'HUMOUR !
JE PEUX TE DIRE QUE ÇA N'A PAS ÉTÉ... FACILE.
TU PRÉFÉ-RERAIS PEUT-ÊTRE ÊTRE **MORT** ?
NON... C'EST JUSTE QUE...
"... J'AURAIS AIMÉ ÊTRE **CONSULTÉ**... QU'ON ME LAISSE LE CHOIX DU CORPS.
"TECHNO M'AVAIT PROPOSÉ UNE **NOUVELLE VERSION** DE MON CORPS."
TOUT COMPTE FAIT... CELA AURAIT ÉTÉ PLUS... **ADAPTÉ.**
MAIS PEUT-ÊTRE EST-CE ENCORE POSSIBLE...
COMMENT ÇA ?
EH, BIEN...
ALLEMAGNE...
DEPUIS **60 ANS**, **IRON CROSS** SERT SON PAYS AVEC DÉVOUEMENT.
PEU À PEU, SA VISION DES CHOSES S'EST MODIFIÉE, MAIS SES OBJECTIFS N'ONT PAS CHANGÉ.

ET IL N'A JAMAIS ÉTÉ AUSSI FIER DE SON PAYS QUE MAINTENANT.
L'ALLEMAGNE VA MONTRER LA VOIE POUR GUÉRIR CE MONDE MAGNIFIQUE.
LES AUTRES THUNDERBOLTS... SOLAAR, PHANTOM EAGLE, CHAIN LIGHTNING ET MAKESHIFT... SE BATTENT À SES CÔTÉS...
... MAIS CE NE SONT QUE DES MERCENAIRES.
SEUL UN AUTRE HOMME PARTAGE SES CONVICTIONS...
... LEUR LEADER, LE BARON HEINRICH ZÉMO !
NOTRE MISSION EN UNION SOVIÉTIQUE A ÉTÉ UN SUCCÈS...
... ET C'EST UN GRAND HONNEUR POUR LES THUNDERBOLTS DE FOURNIR LA CLÉ QUI OUVRIRA LES PORTES DE LA PROSPÉRITÉ MONDIALE !
SANS PARLER DU FAIT QUE TOUTE LA PLANÈTE VA DEVOIR VENIR MENDIER SON ÉLECTRICITÉ AUPRÈS DE L'ALLEMAGNE !
EXACT, SOLAAR. MAIS ÇA, LA PRESSE N'A PAS BESOIN DE LE SAVOIR !

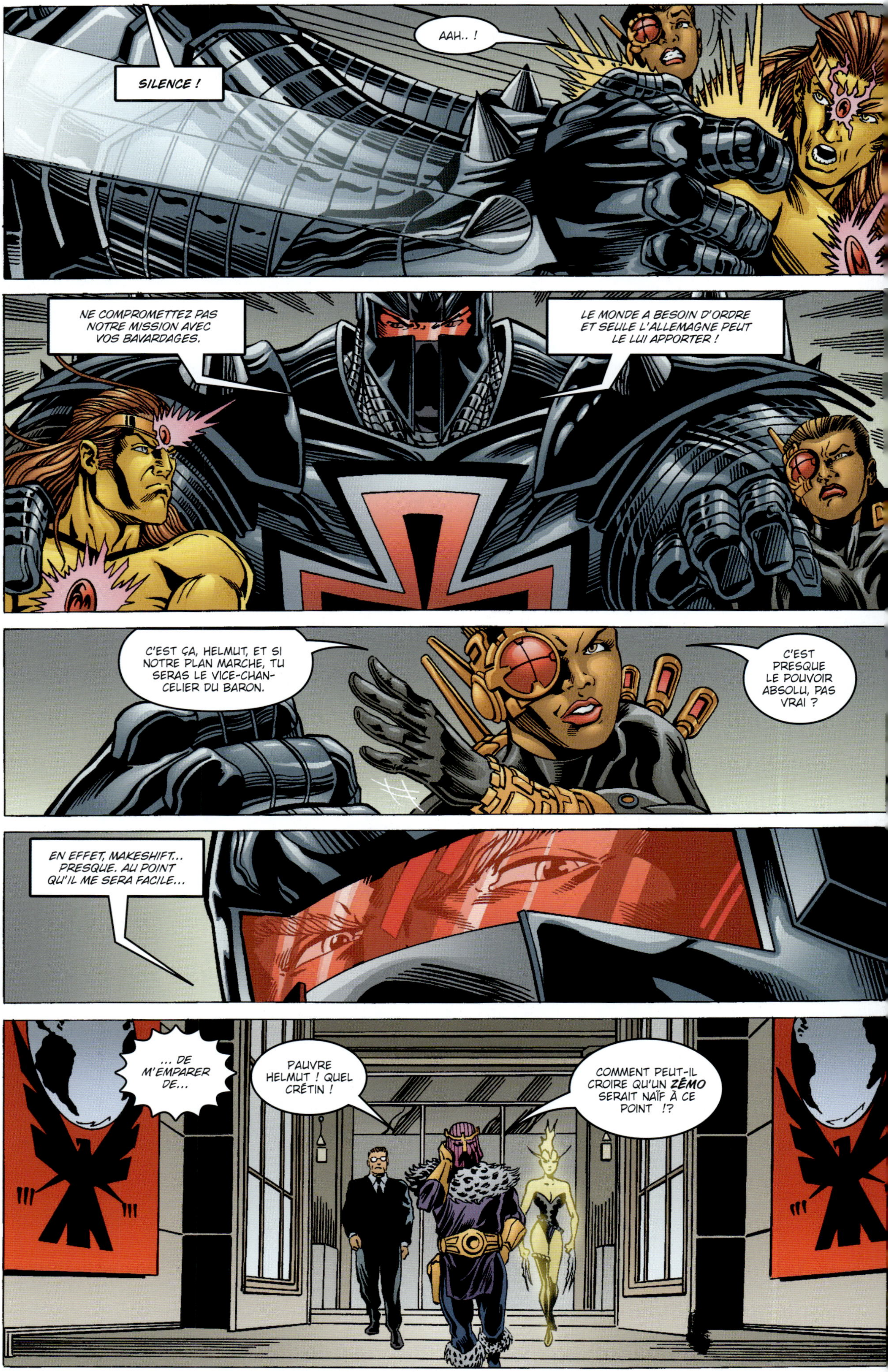
AAH.. !
SILENCE !
NE COMPROMETTEZ PAS NOTRE MISSION AVEC VOS BAVARDAGES.
LE MONDE A BESOIN D'ORDRE ET SEULE L'ALLEMAGNE PEUT LE LUI APPORTER !
C'EST ÇA, HELMUT, ET SI NOTRE PLAN MARCHE, TU SERAS LE VICE-CHANCELIER DU BARON.
C'EST PRESQUE LE POUVOIR ABSOLU, PAS VRAI ?
EN EFFET, MAKESHIFT... PRESQUE. AU POINT QU'IL ME SERA FACILE...
... DE M'EMPARER DE...
PAUVRE HELMUT ! QUEL CRÉTIN !
COMMENT PEUT-IL CROIRE QU'UN **ZÉMO** SERAIT NAÏF À CE POINT !?

BAH, QU'IL RÊVE.
BIENTÔT, PERSONNE...
"... NE SERA PLUS CAPABLE D'ENTRAVER MES PLANS !"
DE L'EAU ?!
C'EST POUR ÇA QU'ILS ONT ATTAQUÉ LE TRAIN ?
LE SYSTÈME D'ÉPURATION DE LA VILLE NE MARCHE PLUS DEPUIS DIX MOIS.
ILS VEULENT VOLER LES FILTRES À EAU DU TRAIN ?
PERSONNE NE DEVRAIT AVOIR À MOURIR OU TUER POUR DE L'EAU !
J'AI PAS RAISON ?
ON PEUT LE RÉPARER ?
HEIN ?
TU CROIS QUE C'EST FACILE, TOI ?
ASSEZ...
... POUR AU MOINS ESSAYER...

<ON EST PRESQUE À COURT DE MUNITIONS !>
<ILS VONT NOUS AVOIR !>
SI ON LEUR DONNAIT CE QU'ILS VEU-LENT ?
SI ON LEUR RENDAIT L'*ESPOIR* ?
POUR L'AMOUR DU CIEL, QU'ON LA FASSE TAIRE !
ELLE EST GÉNIALE.
METS LE TRADUCTEUR EN MARCHE, 'BERT...

<CESSEZ LE COMBAT !>
<NOUS ALLONS VOUS AIDER À RÉSOUDRE VOTRE PROBLÈME D'EAU !>
DOUZE HEURES PLUS TARD...
SANS VOULOIR ME VANTER...
... JE VOUS L'AVAIS BIEN DIT !
NE PRENDS PAS LA GROSSE TÊTE, JOLT...
À TON AVIS, IL Y A COMBIEN DE VILLES DANS CETTE SITUATION SUR CETTE PLANÈTE ?
OH, DISONS DE QUOI...
... NOUS RACHETER...

ET...
Janus Poj
FZKK
Janusz Pojók
FZKK
ZZTT
MERCI... OH, MERCI...
VOUS NOUS SAUVEZ LA VIE...
Janusz Pojók

J'AIDAIS UNE FEMME À ENTERRER LE MARI QUE J'AURAIS DÛ SAUVER...
OÙ ÉTAIS-TU ?
LE TRAIN REPART ET ATTEINT LA FRONTIÈRE ALLEMANDE LE LENDEMAIN...
J'AI FINI !
ÇA DEVRAIT SUFFIRE POUR NOUS PERMETTRE D'ENTRER.
NE DEVRAIS-TU PAS CONSACRER PLUS DE TEMPS À MON CAS ?
OUAIS... J'Y AI RÉFLÉCHI...
Space Administration
McDonnell Douglas
Karla Sofen
Security Level 1
LOCKHEED MARTIN
Priority Class A

POURQUOI VEUX-TU UN NOUVEAU CORPS AVANT DE PARTIR D'ICI ?
RESTE DANS MON PACK LE TEMPS DE RENTRER... ON POURRA TE CLONER UN CORPS ET...
VOUS PENSEZ LANCER LA FUSÉE AU-DELÀ DE L'ATMOSPHÈRE PUIS DÉRIVER SIX MOIS JUSQU'À CE QUE NOTRE TERRE ENTRE EN POSITION ORBITALE, NON ?
À PEU PRÈS.
JE NE VIVRAI PAS SIX MOIS SOUS CETTE FORME.
L'ONDULEUR ÉLECTRONIQUE QUI MAINTIENT MON ÉTAT NUMÉRIQUE SE SERA DÉGRADÉ BIEN AVANT ÇA.
MAIS JE NE T'APPRENDS RIEN... N'EST-CE PAS ?
BON...
... AS-TU FIXÉ TON CHOIX SUR UN CORPS ?
OH, DISONS QUE J'Y AI RÉFLÉCHI...
... ET JE CROIS ÊTRE ARRIVÉ À LA MEILLEURE SOLUTION...

TERRE. NEBRASKA. À L'AUBE.
AAAGHH!
SMITHERS...?
LAISSE-LE !
WHUDD
IL M'A À MOITIÉ BOUFFÉ LE BRAS !

SALETÉ !
NOUS BOUFFER LE BRAS NE CHANGERA RIEN POUR TA MENOTTE !
ÇA VA, SMITHERS ?
SHUFF
SHUFF
SHUFF
SHUFF
OUI.
MÊME PAS MAL.
LE PLAN DE MOCASSIN D'EAU N'ÉTAIT PAS ILLOGIQUE.
EN NOUS COUPANT LE BRAS À TOUS, IL POUVAIT S'ÉCHAPPER...
... EN EMPORTANT TOUS LES AVANT-BRAS AVEC LUI !
C'EST ÉCŒURANT...
IL RÉESSAYERA. ON FAIT QUOI DE LUI ?
JE... JE NE SAIS PAS.

LA I-80, ENTRE DES MOINES ET OMAHA.
REGARDEZ !
VOUS ÊTES SÛR DE NE PAS LES AVOIR VUS ?
NON... HUM-HUM...
COMMENT POURRAIT-ON RAVIVER VOTRE MÉMOIRE...?
IL Y A SÛREMENT UN MOYEN, MADAME ?
APPELEZ-MOI...
... MIMI...

THUNDERBOLTS (1997) 62
Couverture : **PATRICK ZIRCHER**

ILS ONT *SIX HEURES* POUR S'INTRODUIRE DANS LA FUSÉE AVANT LE DÉCOLLAGE.
EN PLEIN PAYS ÉTRANGER.
SUR UNE *PLANÈTE* ÉTRANGÈRE.
EN PLEIN JOUR.
SIX HEURES POUR ÉCHAPPER À UNE TERRE QUI N'EST PAS LA LEUR.
APRÈS, LE PLUS DUR RESTERA À FAIRE...
VID-LINK ALPHA T-10 Remote
Bit Rate 10 7.3 Mbps
T-MINUS: 6HR:13MN:47SC

STAN LEE PRÉSENTE :

MIROIR, MON

FABIAN NICIEZA scénario PATRICK ZIRCHER dessin AL VEY encrage HI-FI DESIGN couleurs
SOPHIE VIÉVARD traduction ERIC MONTÉSINOS adaptation graphique
SUMERAK, YOUNGQUIST, TOM BREVOORT, JOE QUESADA & BILL JEMAS rédaction USA

BEAU MIROIR...

AVEC OPALE QUI SE FAIT PASSER POUR UNE JOURNALISTE ?
MACH III POUR UN DES INGÉNIEURS DU SITE DE DÉCOLLAGE ?
JOLT QUI RECHERCHE LES ERSATZ DE THUNDERBOLTS DE CETTE CONTRE-TERRE ?
ET ATLAS QUI TENTE DE CREUSER UN TUNNEL SOUS LA PISTE ?
VOUS ÊTES ÉPARPILLÉS ! VOUS MANQUEZ DE COORDINATION...
D'abord faux héros et vrais Maîtres du Mal, ils ont ensuite réellement voulu se remettre sur le droit chemin ! Ils sont enfin lavés de leur passé de criminels. L'avenir dira si la liberté retrouvée signifie la fin de leurs aventures... ou un nouveau départ !
STAN LEE PRÉSENTE :
THUNDERBOLTS
... ET TU NE TRAVAILLES PAS VRAIMENT À M'ASSURER UN NOUVEAU CORPS !
JE TE RAPPELLE QUE TON BEAU PLAN TOMBERA À L'EAU...
... SI TU ES MORT AU MOMENT DE MONTER À BORD !
URK-
... TU CONTRÔLES MON TECH-PACK. MERCI DE ME LE RAPPELER. MAIS NE T'INQUIÈTE PAS...

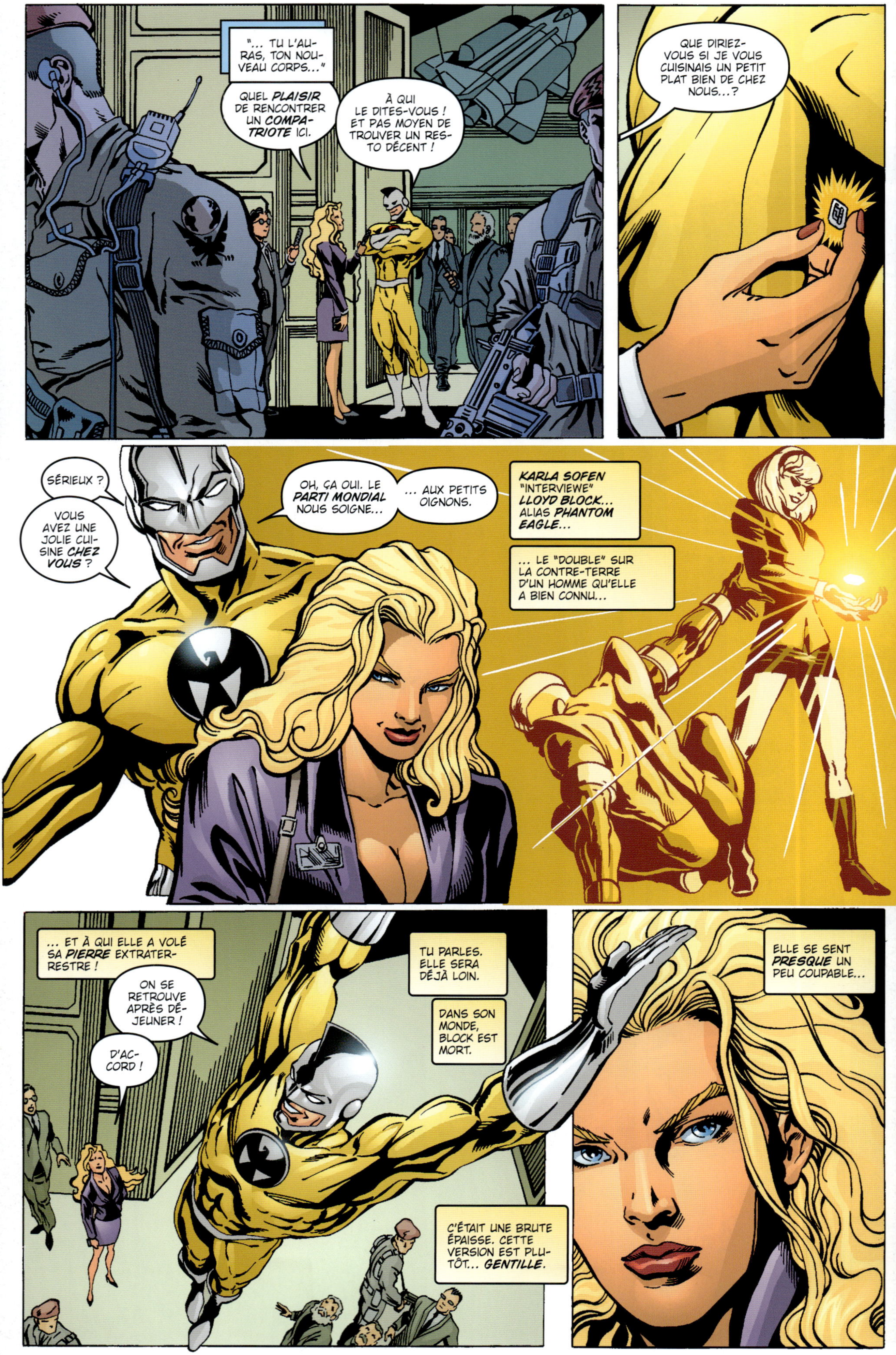
"... TU L'AURAS, TON NOUVEAU CORPS..."
QUEL PLAISIR DE RENCONTRER UN COMPATRIOTE ICI.
À QUI LE DITES-VOUS ! ET PAS MOYEN DE TROUVER UN RESTO DÉCENT !
QUE DIRIEZ-VOUS SI JE VOUS CUISINAIS UN PETIT PLAT BIEN DE CHEZ NOUS...?
SÉRIEUX ?
VOUS AVEZ UNE JOLIE CUISINE CHEZ VOUS ?
OH, ÇA OUI. LE PARTI MONDIAL NOUS SOIGNE...
... AUX PETITS OIGNONS.
KARLA SOFEN "INTERVIEWE" LLOYD BLOCK... ALIAS PHANTOM EAGLE...
... LE "DOUBLE" SUR LA CONTRE-TERRE D'UN HOMME QU'ELLE A BIEN CONNU...
... ET À QUI ELLE A VOLÉ SA PIERRE EXTRATERRESTRE !
ON SE RETROUVE APRÈS DÉJEUNER !
D'ACCORD !
TU PARLES. ELLE SERA DÉJÀ LOIN.
DANS SON MONDE, BLOCK EST MORT.
C'ÉTAIT UNE BRUTE ÉPAISSE. CETTE VERSION EST PLUTÔT... GENTILLE.
ELLE SE SENT PRESQUE UN PEU COUPABLE...

LES AUTRES ONT-ILS EUX AUSSI DES REGRETS...?
H-MOINS 5 HEURES, 2 MINUTES.
SI ÇA MARCHE...
ÇA RÉSOUDRA LA PLUPART DES PROBLÈMES DE COMMUNICATION...
... DUS À L'INSTABILITÉ DU CHAMP ÉLECTROMAGNÉTIQUE DE LA PLANÈTE.
L'ALLEMAGNE SAIT GRÉ AUX MEMBRES DE LA NASA QUI SONT PASSÉS OUTRE LE REFUS DE VOTRE PAYS DE NOUS AIDER.
AH, LA POLITIQUE ! LES INGÉNIEURS VEULENT JUSTE CONSTRUIRE ET FAIRE FONCTIONNER LES CHOSES !
OUI... C'EST VRAI !
ABE JENKINS SENT L'ESPOIR DANS LA VOIX DE CET HOMME.
QUI EST DANS L'ARMURE D'IRON CROSS ?
DANS LE MONDE D'ABE, C'ÉTAIT HELMUT GRULER, UN CENTENAIRE...
... MAIS CHARGERAIT-ON UN HOMME DE CET ÂGE DE SUPERVISER LE DÉCOLLAGE DE LA FUSÉE ?
ET SERAIT-IL CAPABLE DE DISSIMULER AINSI LE VÉRITABLE OBJECTIF DE L'OPÉRATION ?

L'ALLEMAGNE EST LE SEUL PAYS PROSPÈRE DE CETTE PLANÈTE RAVAGÉE.
SON DÉSIR D'AIDER EST-IL SINCÈRE ?
CE LANCEMENT VA RÉTABLIR LE LIEN ENTRE TOUS LES PEUPLES DE NOTRE PAUVRE PLANÈTE...
... ET INAUGURERA UNE NOUVELLE ÈRE ! LE RENOUVEAU DE L'HUMANITÉ !
HALLIE TAKAHAMA NE COMPREND PAS CE QUE DIT LE BARON HELMUT ZÉMO, MAIS SON TON...
... EST DOULOUREUSEMENT FAMILIER.
C'EST INCROYABLE LE POUVOIR QU'ON A !
INUTILE DE PARLER, ERIK. NOUS PARTAGEONS LE MÊME ESPRIT.
EUH... JE SAIS, DALLAS... MAIS C'EST L'HABITUDE.
ÇA ME FAIT ENCORE BIZARRE DE TE SENTIR À L'INTÉRIEUR DE MA TÊTE.
ÇA TE DÉPLAÎT ?

NON... C'EST GÉNIAL.
J'AI L'IMPRESSION DE PENSER, DE PARLER, DE TOUT FAIRE... POUR LA PREMIÈRE FOIS... ET DE TOUJOURS AVOIR RAISON...
... PARCE QUE TU ES À L'INTÉRIEUR DE MOI ET QUE TU M'AIDES À BIEN FAIRE.
C'EST ADORABLE, ERIK...
... SAUF QUE JE NE SUIS PAS INFAILLIBLE...
NOUS VOILÀ SOUS L'AIRE DU LANCEMENT.
OUI. MON PLAN NE MARCHERA PAS. ON NE POURRA PAS...
... TRAVERSER L'ENCEINTE DE SÉCURITÉ SANS TOUT DÉTRUIRE.
H-MOINS 1 HEURE, 32 MINUTES.
VOILÀ... TU L'AVAIS BIEN DIT, EBERSOL.
...
ALORS ? TU NE TRIOMPHES PAS ?
BON, VOUS VOUS ÊTES DISPUTÉS, OU QUOI ?
JE DISAIS QUE LE PARTI MONDIAL ME FAISAIT PEUR.
ET ABE A APPRIS QUELQUE CHOSE AU SUJET DU SATELLITE...
QUOI ?
IL NE VA PAS RÉTABLIR LES COMMUNICATIONS...
... IL VA LES CONTRÔLER !

ET ÇA NE SERA QUE LE DÉBUT...?
ABE...? KARLA...?
ET ALORS ? CE MONDE N'EXISTE PAS !
À PART JOLT LA BOY-SCOUT, VOUS VOUS EN FICHEZ TOUS !
ON S'EN TIENT AU PLAN.
ON A DES UNIFORMES DE L'ÉQUIPE TECHNIQUE...
... KARLA SAIT OÙ SE TROUVERONT LES THUNDERBOLTS DE ZÉMO...
... ET J'AI TROUVÉ LE MOYEN D'ENTRER SUR L'AIRE DE LANCEMENT...
RESTE À DÉCOUVRIR LES CODES D'ACCÈS POUR OUVRIR LES SAS DE LA FUSÉE AVANT LE DÉCOLLAGE.
JE M'EN CHARGE...

H-MOINS 46 MINUTES.
?
SHYZZZ
MAKESHIFT. HMM.
N'Y SONGE MÊME PAS !
D'UNE PIERRE DEUX COUPS... J'OBTIENS LES CODES ET JE T'INTÈGRE À SON CORPS...
PAS QUESTION DE ME RETROUVER AVEC LE CORPS D'UNE FEMME, SURTOUT UNE...
LE SEXE OU LA COULEUR, QUELLE IMPORTANCE ! DEMANDE À ABE !
À NOTRE ARRIVÉE, JE TE FERAI PASSER DANS QUELQU'UN D'AUTRE !
ET PUIS, ELLE EST SACRÉMENT ÉQUIPÉE...

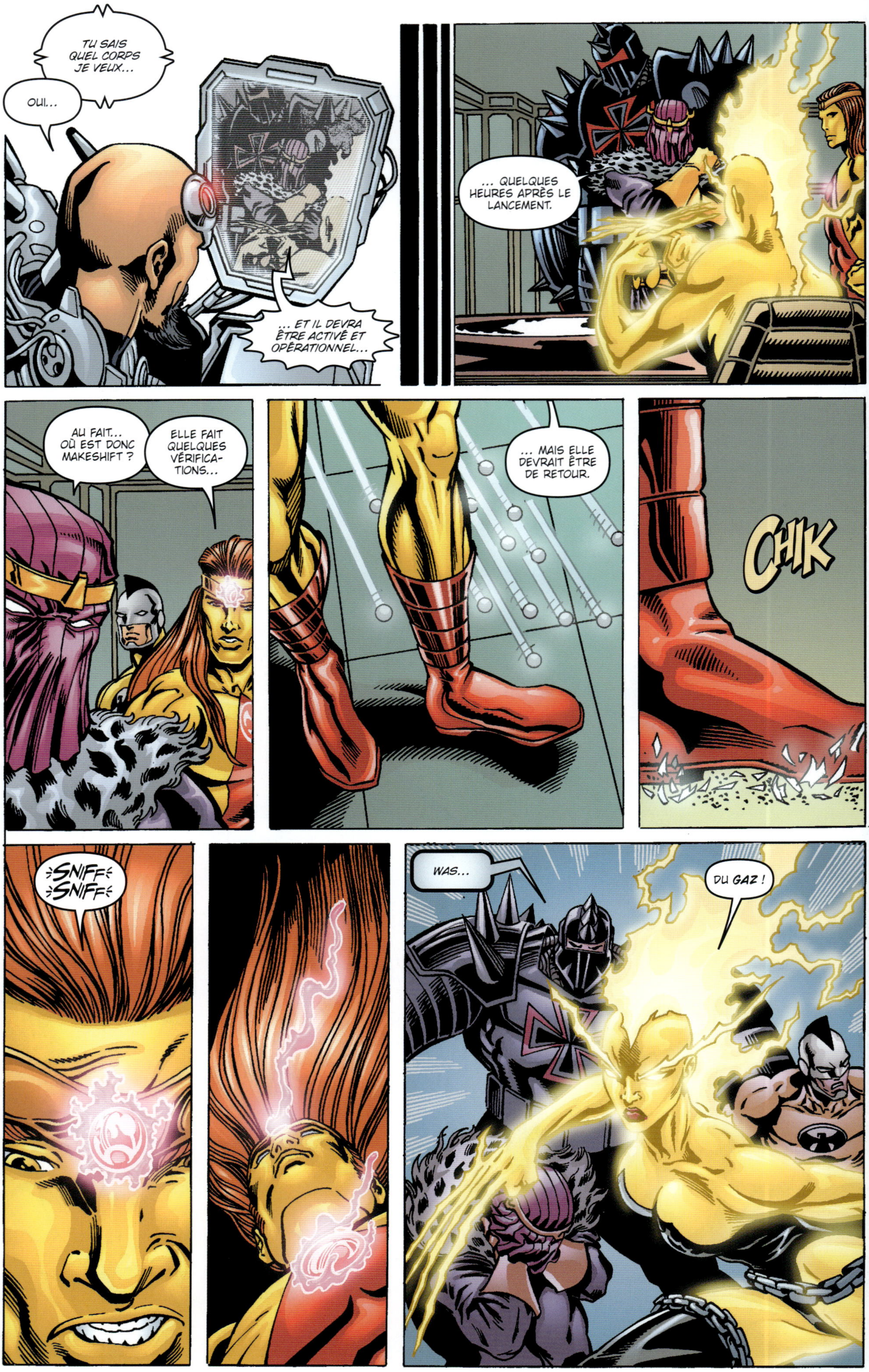
TU SAIS QUEL CORPS JE VEUX...
OUI...
... ET IL DEVRA ÊTRE ACTIVÉ ET OPÉRATIONNEL...
... QUELQUES HEURES APRÈS LE LANCEMENT.
AU FAIT... OÙ EST DONC MAKESHIFT ?
ELLE FAIT QUELQUES VÉRIFICA-TIONS...
... MAIS ELLE DEVRAIT ÊTRE DE RETOUR.
CHIK
SNIFF SNIFF
WAS...
DU GAZ !

JE DÉTESTE DEVOIR FAIRE ÇA !
QUAND JE T'AURAI DONNÉ UN NOUVEAU CORPS... JE TE TUERAI !
POUR QUELQU'UN QUI PRÉTEND DÉTESTER L'ACTION PHYSIQUE, NORBERT...
... TU TE DÉBROUILLES BIEN !
MODEL 176

FZZZSHSHS
SSVVMMMMMM
JE BROUILLE LA SIGNATURE BIOÉLECTRIQUE DE CHAIN LIGHTNING...
... ET JE L'EMPÊCHE DE PHASER SON CORPS ET PUIS...
ASSEZ !
ALLEZ !
ÇA VA, JE SAIS...

JE DÉTESTE DEVOIR FAIRE ÇA !
QUAND JE T'AURAI DONNÉ UN NOUVEAU CORPS... JE TE TUERAI !
POUR QUELQU'UN QUI PRÉTEND DÉTESTER L'ACTION PHYSIQUE, NORBERT...
... TU TE DÉBROUILLES BIEN !
MODEL 176

FZZZSHSHS
SSVVMMMMMM
JE BROUILLE LA SIGNATURE BIOÉLECTRIQUE DE CHAIN LIGHTNING...
... ET JE L'EMPÊCHE DE PHASER SON CORPS ET PUIS...
ASSEZ !
ALLEZ !
ÇA VA, JE SAIS...

GYEEAAHH !
JE COMPRENDS PAS QUE TU VEUILLES LE CORPS DU VIEUX...
... MAIS IL SERA BIENTÔT À TOI...
$#@!
ÇA COMMENCE À FAIRE DU MONDE ICI...
BON... ÇA SUFFIT COMME ÇA...
JE VEUX BIEN TE TROUVER UN CORPS...
... MAIS COMPTE PAS SUR MOI POUR LE **PROTÉGER** !

H-MOINS 34 MINUTES, 12 SECONDES.
EBERSOL VA BIENTÔT ARRIVER.
OUAIS.
ET ALORS ON POURRA ENFIN QUITTER CETTE PLANÈTE.
OUAIS.
AAAAAHH!
MAIS QUE...?!

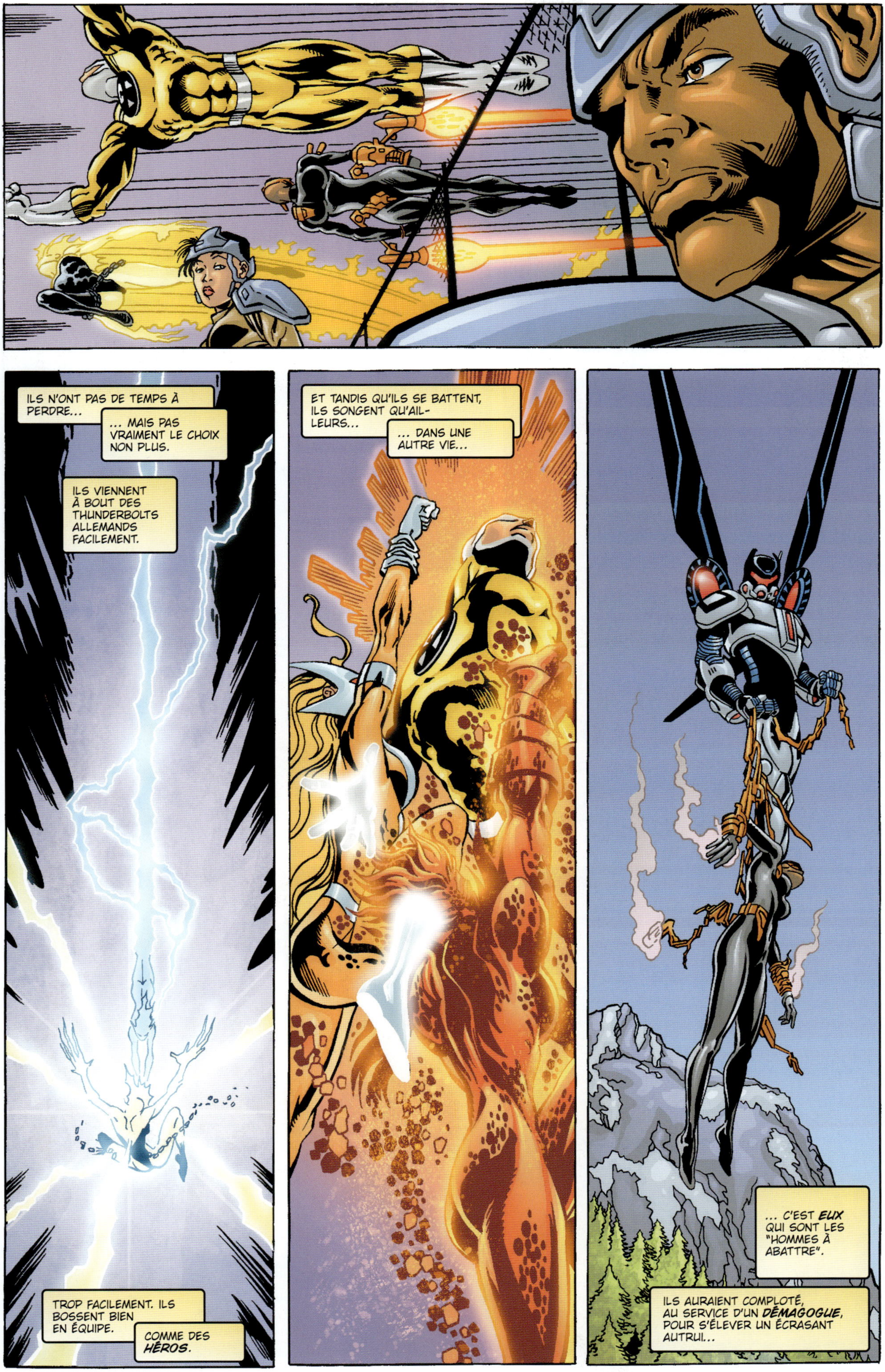
ILS N'ONT PAS DE TEMPS À PERDRE...
... MAIS PAS VRAIMENT LE CHOIX NON PLUS.
ILS VIENNENT À BOUT DES THUNDERBOLTS ALLEMANDS FACILEMENT.
TROP FACILEMENT. ILS BOSSENT BIEN EN ÉQUIPE.
COMME DES *HÉROS*.
ET TANDIS QU'ILS SE BATTENT, ILS SONGENT QU'AIL-LEURS...
... DANS UNE AUTRE VIE...
... C'EST *EUX* QUI SONT LES "HOMMES À ABATTRE".
ILS AURAIENT COMPLOTÉ, AU SERVICE D'UN *DÉMAGOGUE*, POUR S'ÉLEVER UN ÉCRASANT AUTRUI...

ET S'ILS AVAIENT ÉCHOUÉ...
... ILS SE SERAIENT *RELEVÉS*...
... POUR RECOMMEN-CER.
ET S'ILS QUITTENT CE MONDE...
... IL N'Y AURA PER-SONNE POUR ARRÊ-TER LES GENS... COMME *EUX*...
QUOI ?!
H-MOINS 8 MINUTES, 6 SECONDES.
WAS...? C'ÉTAIT CES MERCE-NAIRES QUE J'AI ÉPARGNÉS ?
IL NE FAUT PAS... QU'ILS ARRÊTENT LE LANCEMENT...
... ALORS QUE L'ALLEMAGNE EST SUR LE POINT DE RÉUSSIR À...
... MAIS SI J'ANNULE LE LANCEMENT...
IL EST PARTAGÉ.

SI LES AMÉRICAINS FONT ÉCHOUER LE LANCEMENT, IL PERDRA LA FACE.
SI LUI LE SABORDE, POURRA-T-IL S'EN EXPLIQUER AU PARTI MONDIAL ?
SON DOIGT SE RAPPROCHE DU BOUTON.
VATER.
HELMUT ? MON FILS...?
BUDDA BUDDA BUDDA BUDDA
OUI... ET NON...

H-MOINS 10 SECONDES. 9, 8...
<MISE À FEU>
ZZZKKT
... LANCEMENT CHHTTTZZZ FUSETCCHHHZZZ USSI...
<OUI, PÈRE. JE VOIS ÇA.>
<DÉSOLÉ, MÈRE. LE SON EST MAUVAIS.>

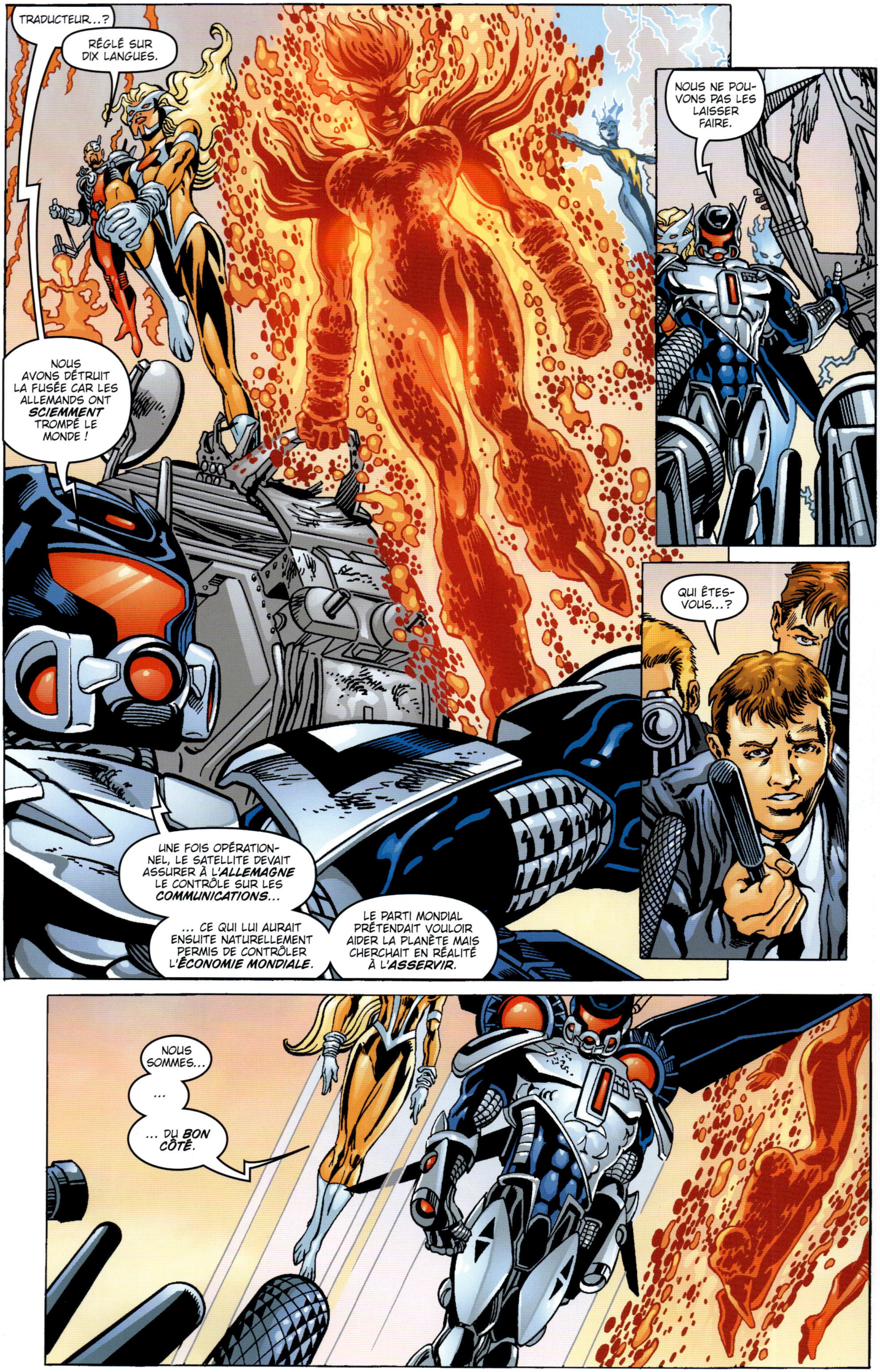
TRADUCTEUR...?
RÉGLÉ SUR DIX LANGUES.
NOUS AVONS DÉTRUIT LA FUSÉE CAR LES ALLEMANDS ONT **SCIEMMENT** TROMPÉ LE MONDE !
NOUS NE POUVONS PAS LES LAISSER FAIRE.
QUI ÊTES-VOUS...?
UNE FOIS OPÉRATIONNEL, LE SATELLITE DEVAIT ASSURER À L'**ALLEMAGNE** LE CONTRÔLE SUR LES **COMMUNICATIONS**...
... CE QUI LUI AURAIT ENSUITE NATURELLEMENT PERMIS DE CONTRÔLER L'**ÉCONOMIE MONDIALE**.
LE PARTI MONDIAL PRÉTENDAIT VOULOIR AIDER LA PLANÈTE MAIS CHERCHAIT EN RÉALITÉ À L'**ASSERVIR**.
NOUS SOMMES...
...
... DU **BON CÔTÉ**.

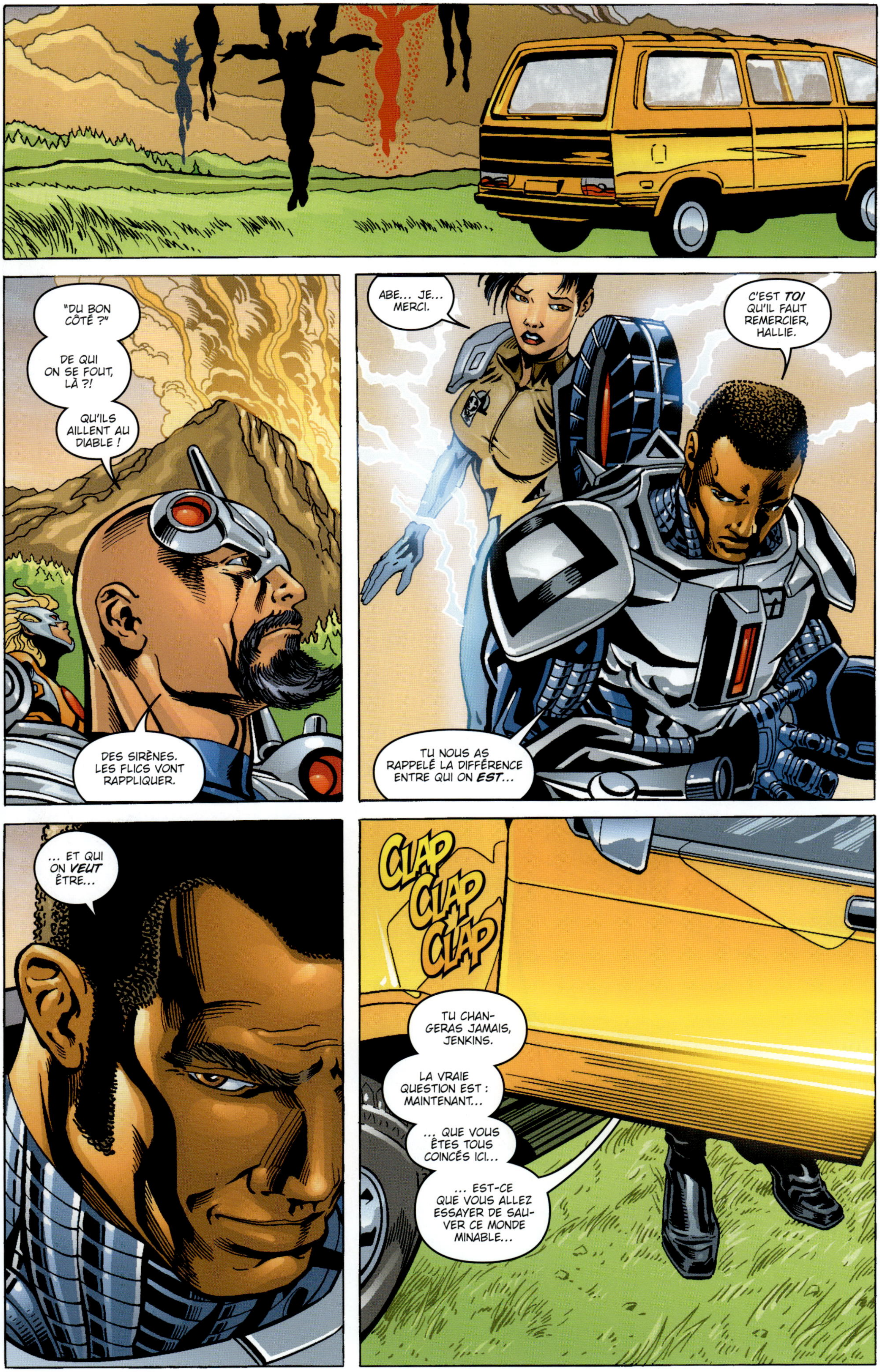
"DU BON CÔTÉ ?"
DE QUI ON SE FOUT, LÀ ?!
QU'ILS AILLENT AU DIABLE !
DES SIRÈNES. LES FLICS VONT RAPPLIQUER.
ABE... JE... MERCI.
C'EST TOI QU'IL FAUT REMERCIER, HALLIE.
TU NOUS AS RAPPELÉ LA DIFFÉRENCE ENTRE QUI ON EST...
... ET QUI ON VEUT ÊTRE...
CLAP CLAP CLAP
TU CHANGERAS JAMAIS, JENKINS.
LA VRAIE QUESTION EST : MAINTENANT...
... QUE VOUS ÊTES TOUS COINCÉS ICI...
... EST-CE QUE VOUS ALLEZ ESSAYER DE SAUVER CE MONDE MINABLE...

... OU M'AIDER À LE DIRIGER ?

Scénario : **Fabian Nicieza** • Dessin : **Patch Zircher** • Encrage : **Al Vey** • Couleurs : **Hi-Fi Design**
Lettrage : **Astarte Design - Roma** • Rédaction USA : **Tom Brevoort**

"... LA NOUVELLE CAPITALE DE LA CONTRE-TERRE !"

LA CITÉ DE L'ESPOIR

THUNDERBOLTS (1997) 64
Couverture : **PATRICK ZIRCHER**

D'ABORD FAUX HÉROS ET VRAIS MAÎTRES DU MAL, ILS ONT ENSUITE RÉELLEMENT VOULU SE REMETTRE SUR LE DROIT CHEMIN ! ILS SONT ENFIN LAVÉS DE LEUR PASSÉ DE CRIMINELS. L'AVENIR DIRA SI LA LIBERTÉ RETROUVÉE SIGNIFIE LA FIN DE LEURS AVENTURES… OU UN NOUVEAU DÉPART !

S T A N L E E P R É S E N T E :

LA CITÉ DE L'ESPOIR

FABIAN NICIEZA scénario PATRICK ZIRCHER dessin AL VEY encrage HI-FI DESIGN couleurs
SOPHIE VIEVARD traduction ERIC MONTÉSINOS lettrage TOM BREVOORT & JOE QUESADA rédaction USA

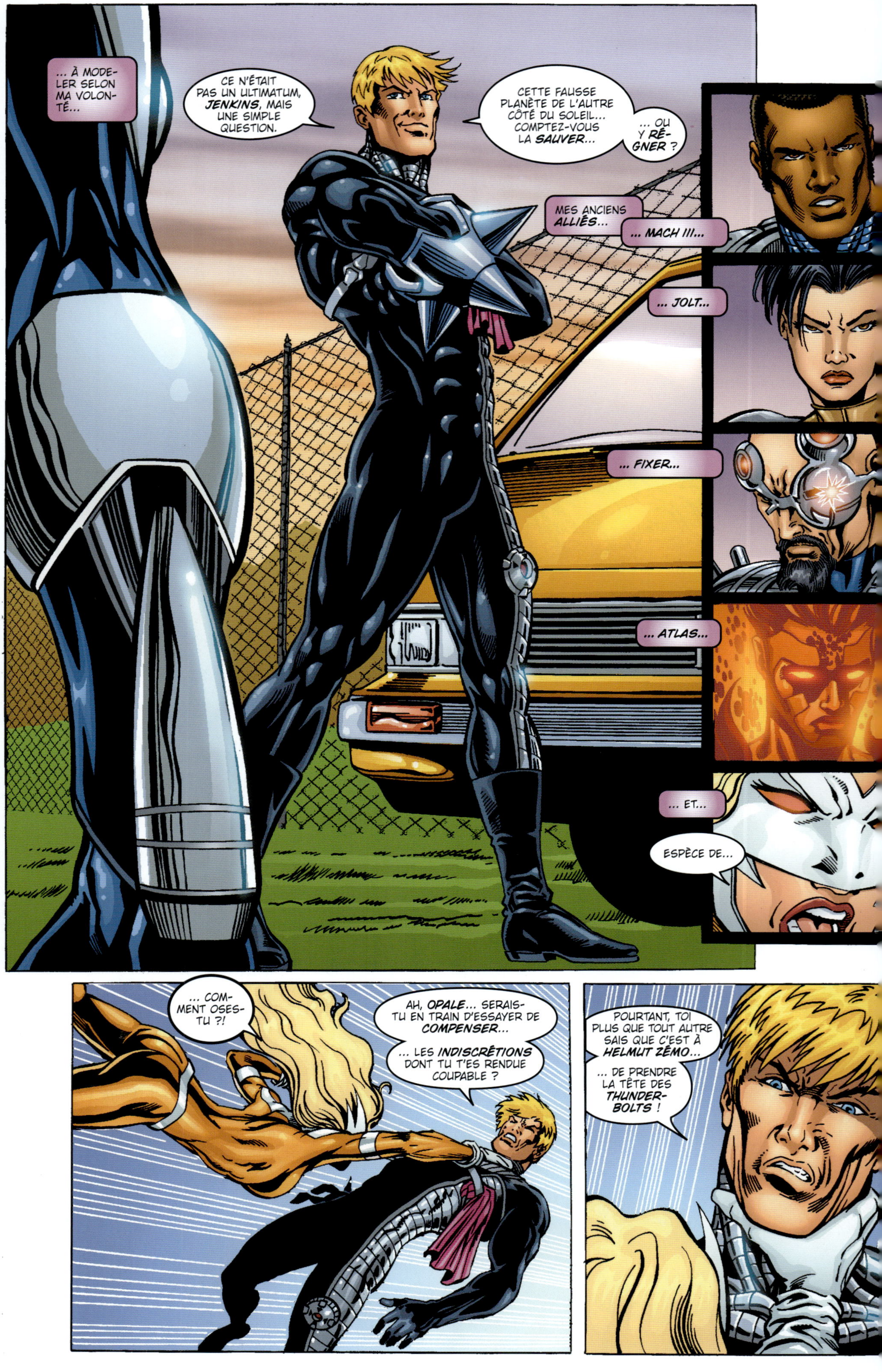

... À MODE-LER SELON MA VOLON-TÉ...
CE N'ÉTAIT PAS UN ULTIMATUM, JENKINS, MAIS UNE SIMPLE QUESTION.
CETTE FAUSSE PLANÈTE DE L'AUTRE CÔTÉ DU SOLEIL... COMPTEZ-VOUS LA SAUVER...
... OU Y RÉ-GNER ?
MES ANCIENS ALLIÉS...
... MACH III...
... JOLT...
... FIXER...
... ATLAS...
... ET...
ESPÈCE DE...
... COM-MENT OSES-TU ?!
AH, OPALE... SERAIS-TU EN TRAIN D'ESSAYER DE COMPENSER...
... LES INDISCRÉTIONS DONT TU T'ES RENDUE COUPABLE ?
POURTANT, TOI PLUS QUE TOUT AUTRE SAIS QUE C'EST À HELMUT ZÉMO...
... DE PRENDRE LA TÊTE DES THUNDER-BOLTS !

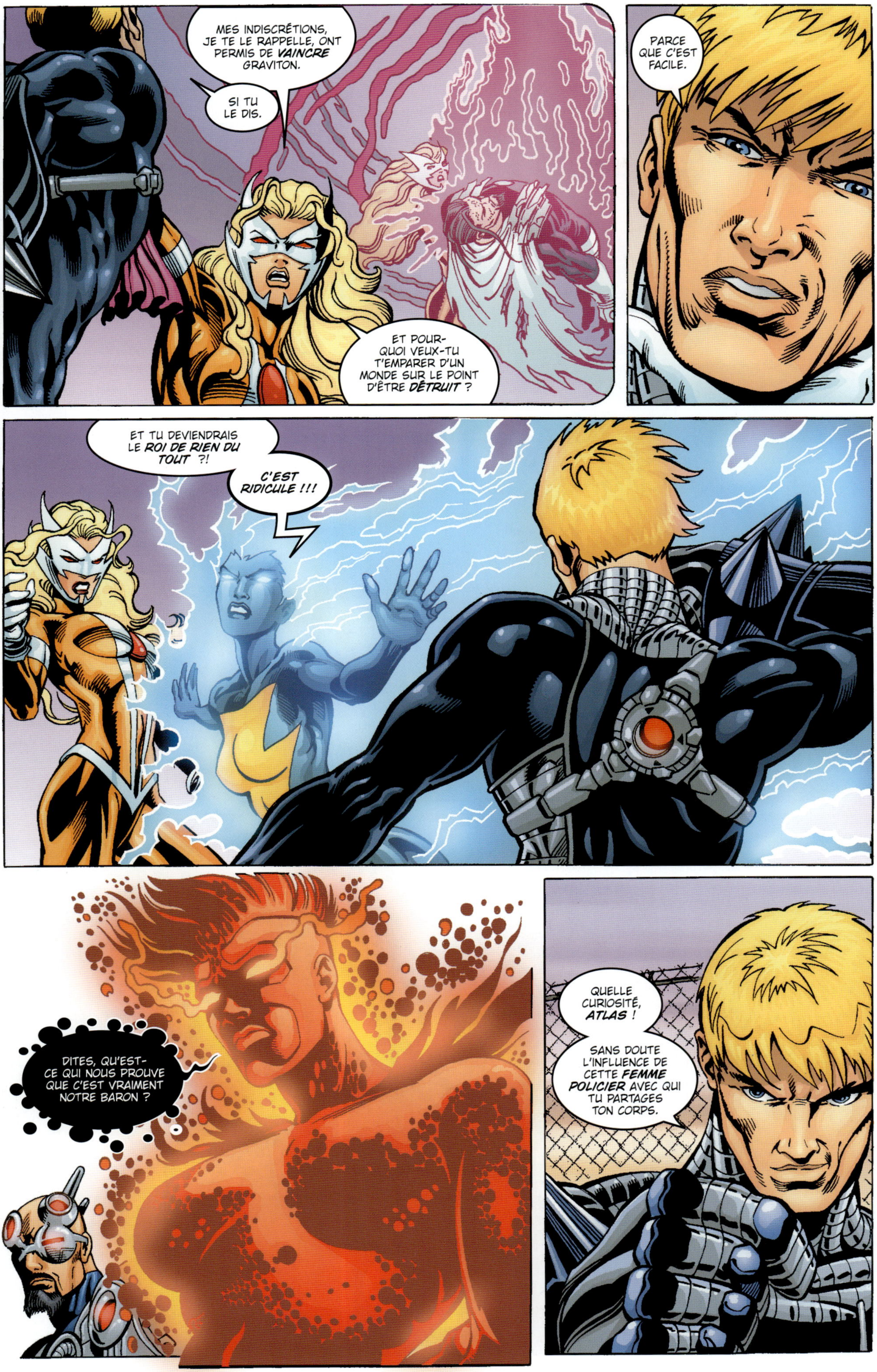
MES INDISCRÉTIONS, JE TE LE RAPPELLE, ONT PERMIS DE VAINCRE GRAVITON.
SI TU LE DIS.
ET POURQUOI VEUX-TU T'EMPARER D'UN MONDE SUR LE POINT D'ÊTRE DÉTRUIT ?
PARCE QUE C'EST FACILE.
ET TU DEVIENDRAIS LE ROI DE RIEN DU TOUT ?!
C'EST RIDICULE !!!
DITES, QU'EST-CE QUI NOUS PROUVE QUE C'EST VRAIMENT NOTRE BARON ?
QUELLE CURIOSITÉ, ATLAS !
SANS DOUTE L'INFLUENCE DE CETTE FEMME POLICIER AVEC QUI TU PARTAGES TON CORPS.

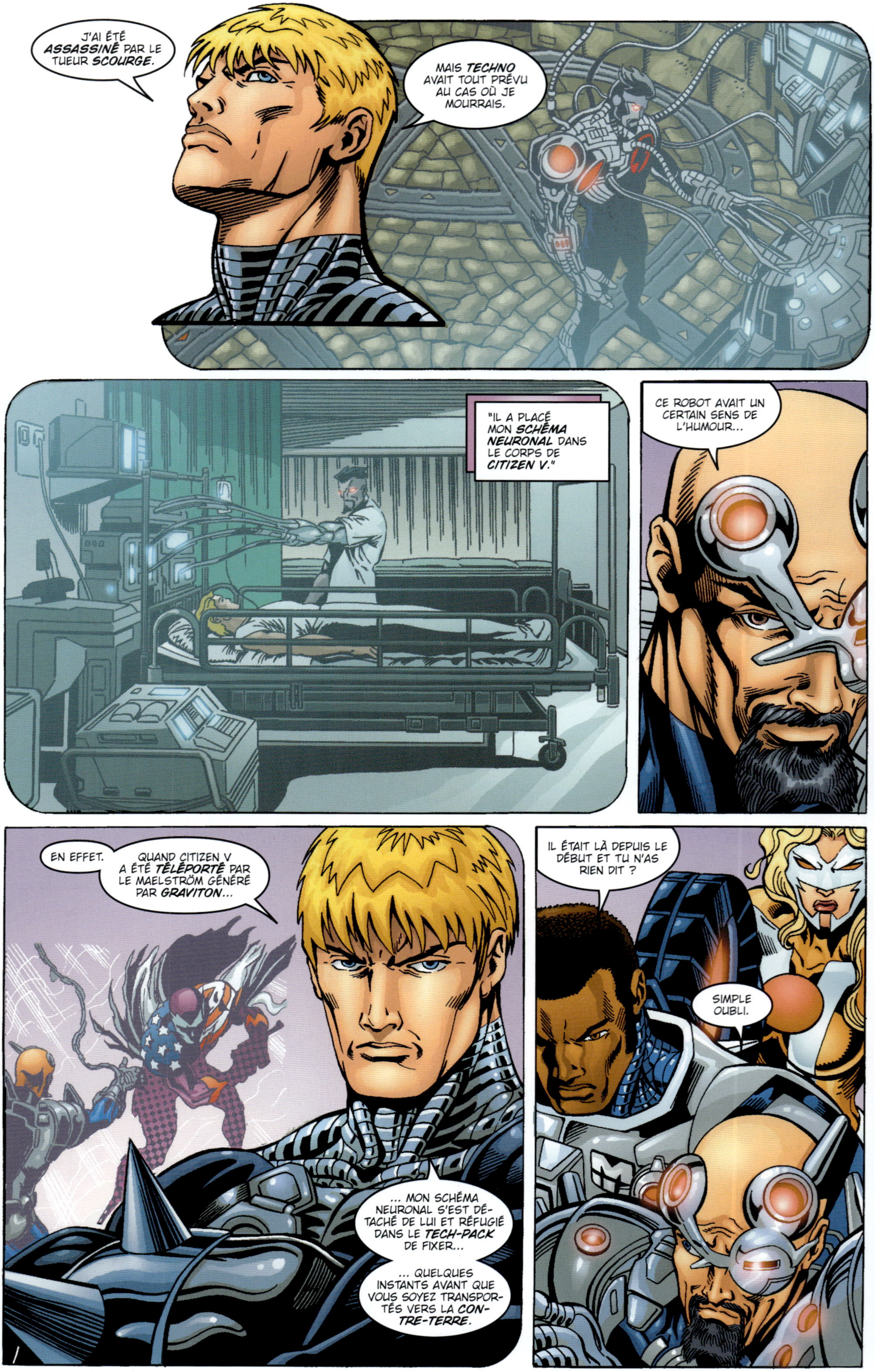
J'AI ÉTÉ ASSASSINÉ PAR LE TUEUR SCOURGE.
MAIS TECHNO AVAIT TOUT PRÉVU AU CAS OÙ JE MOURRAIS.
"IL A PLACÉ MON SCHÉMA NEURONAL DANS LE CORPS DE CITIZEN V."
CE ROBOT AVAIT UN CERTAIN SENS DE L'HUMOUR...
EN EFFET.
QUAND CITIZEN V A ÉTÉ TÉLÉPORTÉ PAR LE MAELSTRÖM GÉNÉRÉ PAR GRAVITON...
... MON SCHÉMA NEURONAL S'EST DÉTACHÉ DE LUI ET RÉFUGIÉ DANS LE TECH-PACK DE FIXER...
... QUELQUES INSTANTS AVANT QUE VOUS SOYEZ TRANSPORTÉS VERS LA CONTRE-TERRE.
IL ÉTAIT LÀ DEPUIS LE DÉBUT ET TU N'AS RIEN DIT ?
SIMPLE OUBLI.

JE N'AI PAS LAISSÉ LE CHOIX À NORBERT.
IL Y A UNE HEURE, IL A CHARGÉ MES EN-GRAMMES...
... DANS LA VERSION IN-TACTE DE MON CORPS...
... DE CETTE PLANÈTE !
VOILÀ...
... OÙ ON EN EST.
RESTE MAINTENANT À SAVOIR...
"... CE QUE NOUS ALLONS FAIRE."
IL Y A UNE SEMAINE...
... NOUS AVONS DÉCOUVERT LA ROUTE MENANT À LA CITÉ CACHÉE D'ATTILAN...
ILS N'AVAIENT TOU-JOURS PAS RÉPONDU À MA QUESTION.
MAIS PEUT-ÊTRE NE CONNAISSAIENT-ILS PAS LA RÉPONSE...

... ALORS.
COMMENT CONNAISSAIS-TU L'EXISTENCE DE CET ENDROIT ?
JE TE RAPPELLE QUE JE SUIS UNE ENCYCLOPÉDIE VIVANTE DES SUPER-HÉROS.
JE N'AIME GUÈRE CETTE ENFANT, MAIS ELLE S'EST MONTRÉE INSPIRÉE.
COMME SOUVENT.
TE SERAIS-TU ATTACHÉE À CETTE GAMINE, KARLA ?
LA FERME, HELMUT.
C'EST VRAI QUE LA VILLE REPOSE SUR DES GÉNÉRATEURS ANTI-GRAVITÉ ?
ON DIRAIT.
TU VAS SAVOIR T'EN SERVIR ?
AUCUNE TECHNOLOGIE NE PEUT ME RÉSISTER !
IMPOSSIBLE DE FAIRE MARCHER CES TRUCS !

ON A FINI DE FIXER TOUT CE QUI POUVAIT BOUGER.
GÉNIAL... MAIS POUR L'INSTANT, ÇA NE DONNE RIEN.
CE #@$£ SYSTÈME D'AMARRAGE NE VEUT PAS SE DÉBLOQUER...
ABE... 'BERT... JE PEUX FAIRE AUTRE CHOSE ?
JE VOIS QUE TU CONTINUES À M'IGNORER...
À QUOI EST-CE DÛ, JOSTEN ?
"À TON SENTIMENT DE CULPABILITÉ...
"... POUR M'AVOIR SAUVÉ LA VIE DANS LA STATION SPATIALE...
"... OU POUR N'EN AVOIR JAMAIS PARLÉ À TES AMIS ?"
JE NE SUIS PAS SEUL À AVOIR MES PETITS SECRETS !
TAIS-TOI ET FAIS-MOI UN FAUTEUIL... QUE JE REDEVIENNE...
... DALLAS RIORDAN.

TU NE RÉUSSIRAS PAS À CULPABILISER ERIK... PARCE QUE NOUS SOMMES DEUX MAINTENANT...
... ET QUE MOI, TU NE ME DÉSTABILISES PAS !
AUTREMENT DIT, POUR T'ASSURER NOTRE ALLÉGEANCE, IL TE FAUDRA LA MÉRITER !
TU T'EN SENS CAPABLE ?
SHUNK
WHOA...!

POURQUOI SE COMPLIQUER L'EXISTENCE...
... QUAND ON PEUT FAIRE SIMPLE ?
MOUAIS... JE RECONNAIS QUE C'EST EF-FICACE.
ON FAIT QUOI, MAINTENANT ?
SI VOUS LE VOULEZ BIEN, JE PROPOSE...
"... QUE NOUS FASSIONS D'UNE PIERRE DEUX COUPS..."
24 HEURES PLUS TARD, NOUS MAÎTRISIONS L'AÉRODYNAMISME DE LA CITÉ...
... ET NOUS L'AVONS FAIT FLOTTER JUSQU'À TOKYO.
LE JAPON A ÉTÉ RAVAGÉ PAR DE MYSTÉRIEUSES TEMPÊTES D'ÉNERGIE COSMIQUE.
C'EST UN GISEMENT DE CITOYENS TRÈS QUALIFIÉS POUR ATTILAN.
ON A BESOIN D'EUX POUR BÂTIR NOTRE REFUGE ET CES GENS ONT UN IMMENSE BESOIN...

... D'ESPOIR.

QU'EST-CE QUE C'EST ?
C'EST CE QUE J'ESSAIE DE SAVOIR.
ON NE DIRAIT PAS DE L'ÉLECTRICITÉ.
ON VA VOIR ÇA, JOLT...
EN TOUT CAS, LES RADIATIONS MICRO-ONDES SONT NÉGLIGEABLES...
... LE TAUX DE NEUTRINOS AU CM^3... EST ANORMALEMENT BAS...
AUTREMENT DIT, IL Y A **MOINS** D'ESPACE DANS CETTE ÉNERGIE QUE DANS L'ESPACE RÉEL ?
C'EST ÇA...
DÉGAGE, FIXER.
NON, ENVOIE UNE **SONDE** DANS...
NON ! DÉGAGE !
ON A ASSEZ D'ÉCHANTILLONS DE CETTE ÉNERGIE...
... DANS LE CORPS DES GENS QU'ON VIENT DE SAUVER !
<OÙ... OÙ M'EMMÈNES-TU...?>

EN LIEU SÛR.

27 HEURES D'ATTENTE.
4 000 RÉFUGIÉS.
DES MOUTONS.
BÊLANTS ET AFFAMÉS.
MAIS SERAS-TU LE **LOUP**... OU LE **BERGER** ?
TU ES **TÉLÉPATHE** MAINTENANT ?
INUTILE. TON ESPRIT EST UN LIVRE OUVERT.
TU CONSIDÈRES LE MONDE COMME TON LABORATOIRE...
... ET LES AUTRES COMME TES COBAYES.
LES ANALOGIES ANIMALES M'ENNUIENT.
QUELLE STRATÉGIE PENSES-TU ADOPTER, HELMUT ?
JE N'AI PAS ENVIE DE RÉPONDRE À CETTE QUESTION.
ON M'A DONNÉ UN CONSEIL... POUR OBTENIR VOTRE CONFIANCE, JE VAIS DEVOIR LA MÉRITER.
ET APRÈS ?
APRÈS... C'EST LA **VRAIE** QUESTION...

TU N'AURAIS PAS PU LE DÉSACTIVER ?
IL CONTRÔLAIT MON TECH-PACK, ET SANS LUI, JE SERAIS TÉTRAPLÉGIQUE.
TU AURAIS PU NOUS AVERTIR.
TU AS RAISON, JE L'AI JOUÉE PERSO.
CERTES...
OH, NE ME FAIS PAS LA MORALE...
C'EST JUSTE QUE JE COMMENÇAIS À TE FAIRE CONFIANCE...
... TIENS.. UNE IMAGE THERMIQUE...
KONICHIWA ?
SALUT.
VOUS PARLEZ ANGLAIS ? ON DOIT VOUS ÉVACUER.
UN DANGEREUX CHAMP D'ÉNERGIE SE DIRIGE PAR ICI.
JE NE PEUX PAS LAISSER MES PARENTS.
ON VA LES EMMENER.

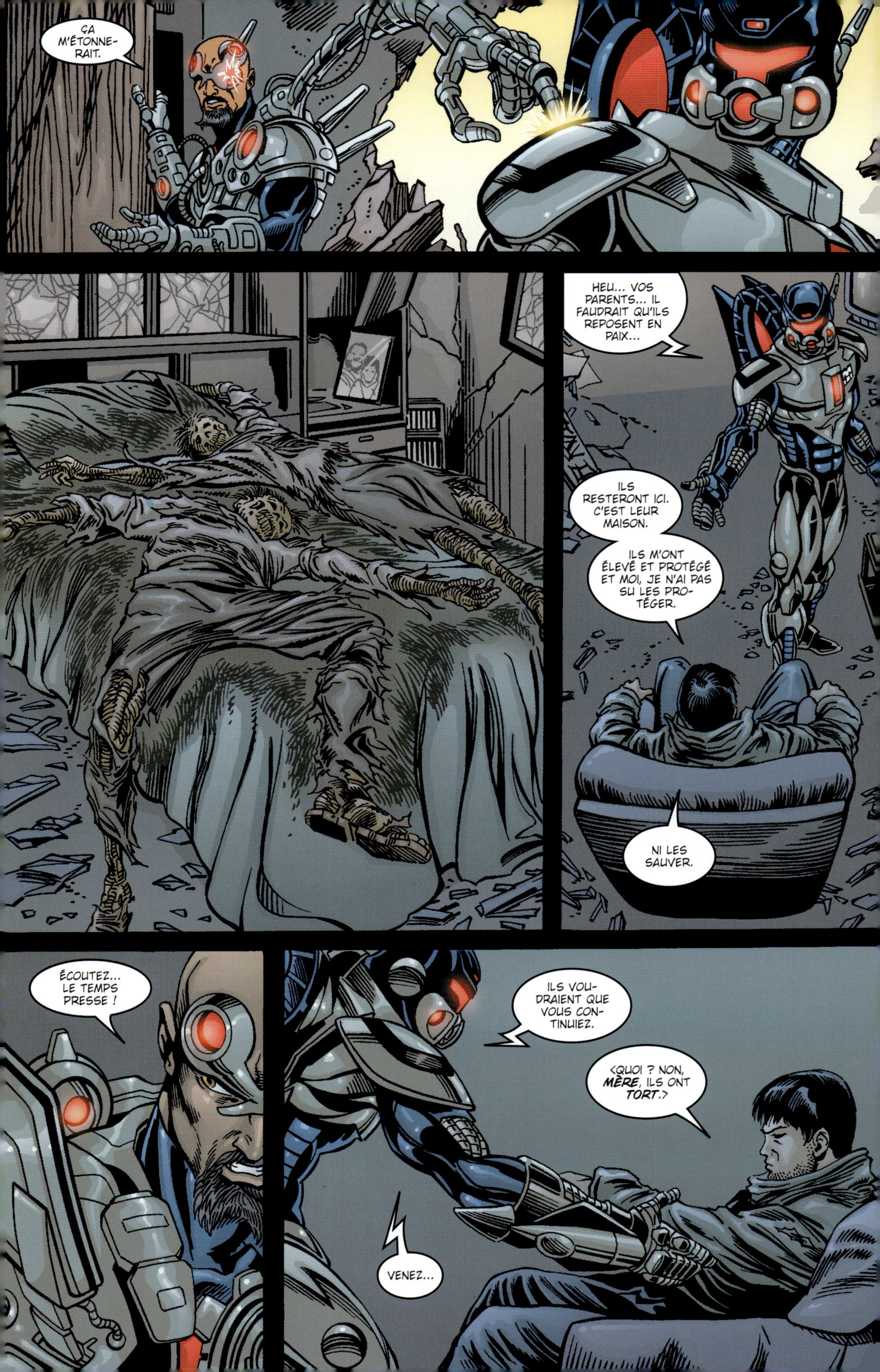
ÇA M'ÉTONNE-RAIT.
HEU... VOS PARENTS... IL FAUDRAIT QU'ILS REPOSENT EN PAIX...
ILS RESTERONT ICI. C'EST LEUR MAISON.
ILS M'ONT ÉLEVÉ ET PROTÉGÉ ET MOI, JE N'AI PAS SU LES PRO-TÉGER.
NI LES SAUVER.
ÉCOUTEZ... LE TEMPS PRESSE !
ILS VOU-DRAIENT QUE VOUS CON-TINUIEZ.
<QUOI ? NON, **MÈRE**, ILS ONT ***TORT***.>
VENEZ...

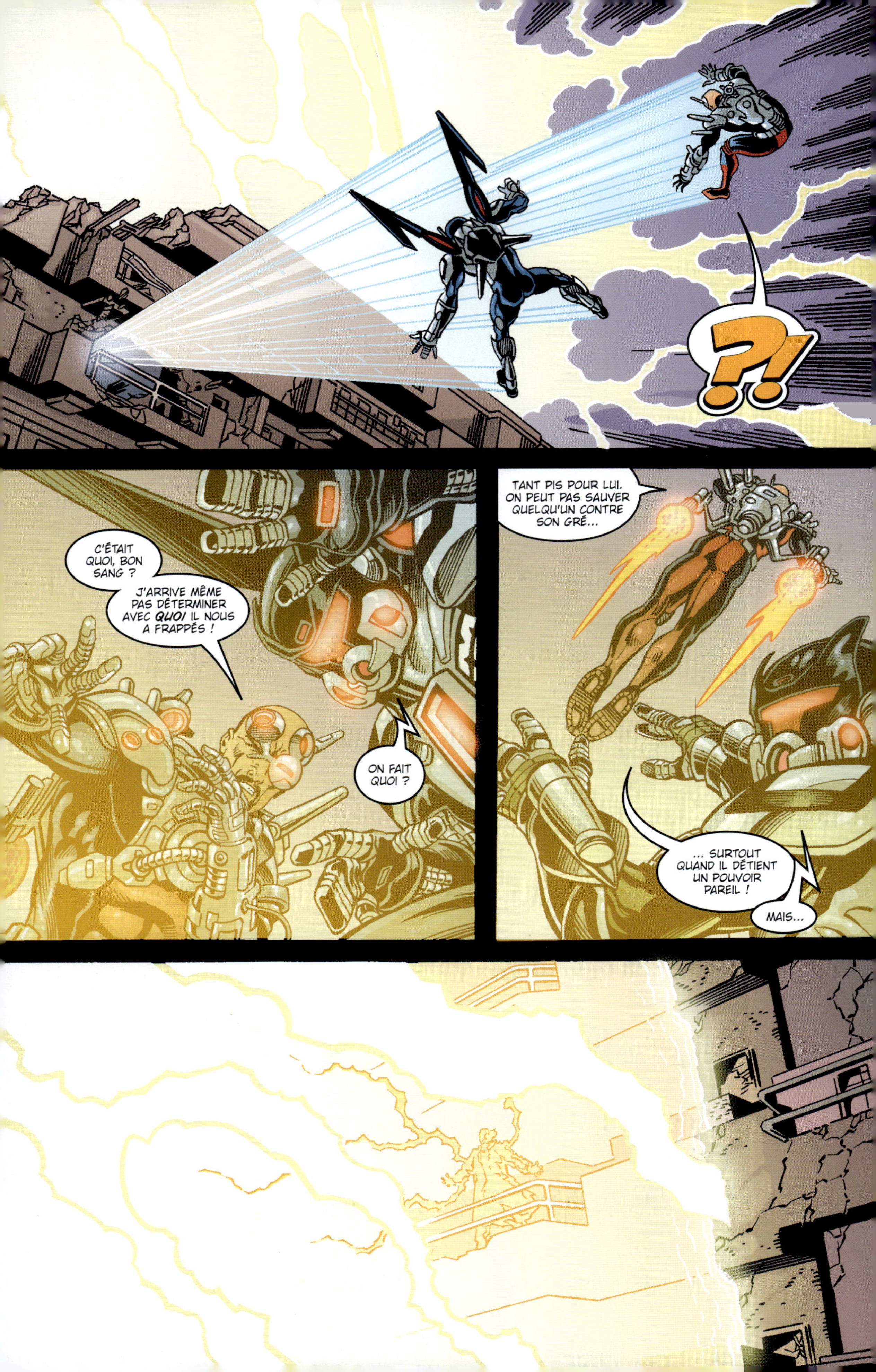
?!
C'ÉTAIT QUOI, BON SANG ?
J'ARRIVE MÊME PAS DÉTERMINER AVEC QUOI IL NOUS A FRAPPÉS !
ON FAIT QUOI ?
TANT PIS POUR LUI. ON PEUT PAS SAUVER QUELQU'UN CONTRE SON GRÉ...
... SURTOUT QUAND IL DÉTIENT UN POUVOIR PAREIL !
MAIS...

J'AI UNE ENVIE DE SUSHI POUR DÎNER.
...
OH, ÇA VA, MÈRE THÉRÉSA ! SOYONS POSITIFS... JE CROIS SAVOIR COMMENT RÉGLER CETTE **ANOMALIE ÉNERGÉTIQUE**.
EN Y INTRODUISANT DES NEUTRI-NOS ?
NORMALEMENT, CHAQUE CENTIMÈTRE CUBE D'AIR CONTIENT 200 PARTICULES DE NEUTRINOS.
CE CHAMP EN CONTIENT À PEINE LA MOITIÉ...
DONC, TU PENSES COMBLER LE VIDE ?
FIXER ET MACH III PEUVENT AIDER JOLT ET ATLAS À CRÉER UN CONTRE-CHAMP COMBINANT DES ÉNER-GIES BIOÉLECTRIQUES ET IONIQUES...
ILS ONT BESOIN D'ÊTRE QUATRE ?
COMME C'EST PRATIQUE.
SI ÇA RATE, ÇA FAIT QUATRE **ENNE-MIS** POTENTIELS DE MOINS.
OU QUATRE **ALLIÉS** POTENTIELS. C'EST JUSTE UNE QUESTION DE...

... CONFIANCE.
J'AI L'IMPRESSION DE JOUER À LA ROULETTE RUSSE.
QU'EST-CE QUI PEUT ARRIVER DE PIRE ? QU'ON MEURE ?
ET ALORS ?
OUAIS... C'EST PRESQUE LA ROUTINE...
... OH, DÉSOLÉ, ***ABE***, PAS POUR TOI... J'OUBLIAIS.
BON, ASSEZ RIGOLÉ...
... VOILÀ LA ***VAGUE D'ÉNERGIE***...

QU'EST-CE QUE TU EN PENSES, HALLIE ?
ÇA VA ALLER.
TROIS, DEUX, UN...
CHARGEZ LA GRILLE !

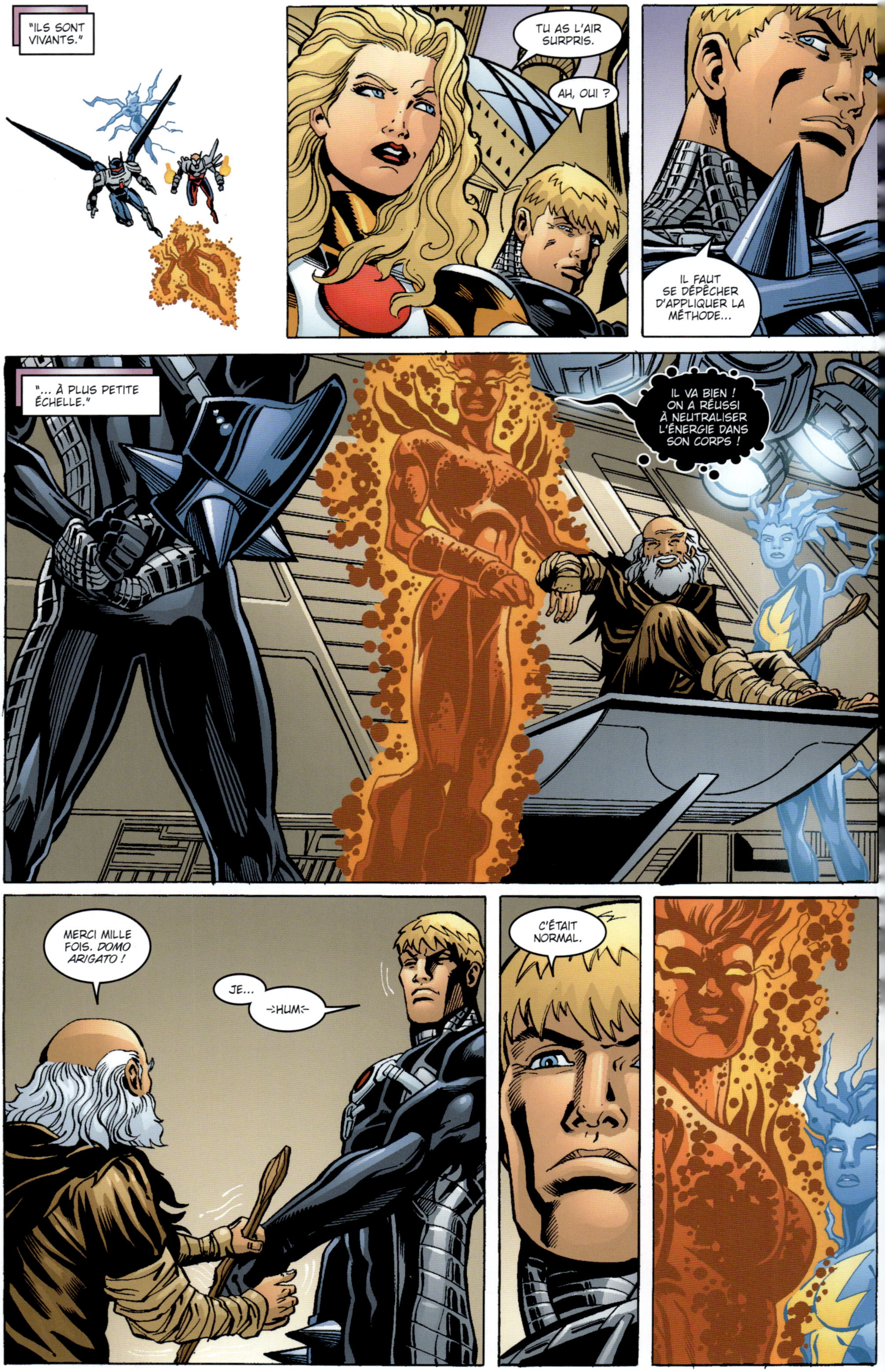
"ILS SONT VIVANTS."
TU AS L'AIR SURPRIS.
AH, OUI ?
IL FAUT SE DÉPÊCHER D'APPLIQUER LA MÉTHODE...
"... À PLUS PETITE ÉCHELLE."
IL VA BIEN ! ON A RÉUSSI À NEUTRALISER L'ÉNERGIE DANS SON CORPS !
MERCI MILLE FOIS. DOMO ARIGATO !
JE...
-HUM-
C'ÉTAIT NORMAL.

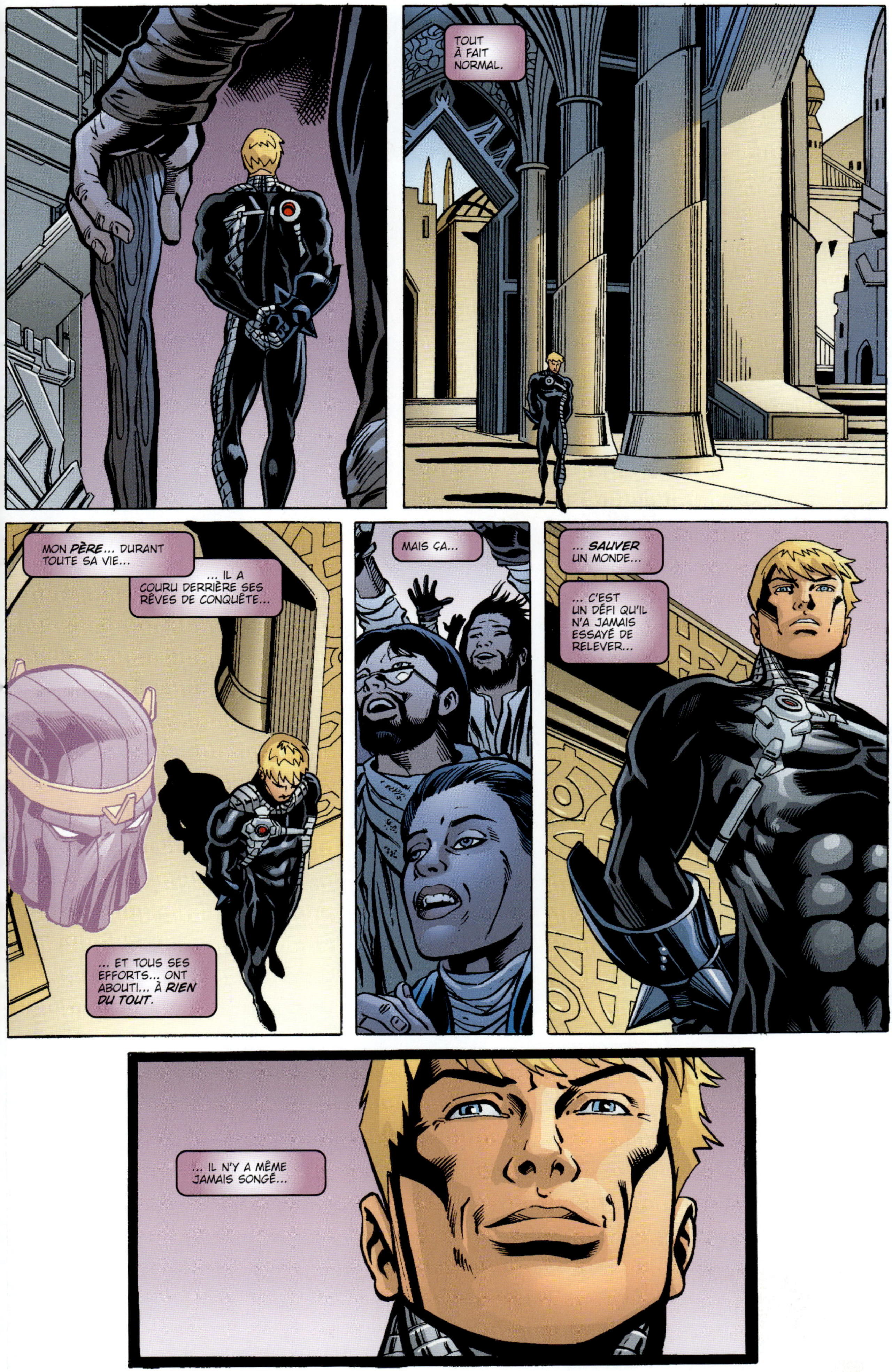
TOUT À FAIT NORMAL.
MON PÈRE... DURANT TOUTE SA VIE...
... IL A COURU DERRIÈRE SES RÊVES DE CONQUÊTE...
... ET TOUS SES EFFORTS... ONT ABOUTI... À RIEN DU TOUT.
MAIS ÇA...
... SAUVER UN MONDE...
... C'EST UN DÉFI QU'IL N'A JAMAIS ESSAYÉ DE RELEVER...
... IL N'Y A MÊME JAMAIS SONGÉ...

PROLOGUE.
PÉNITENCIER DE SEAGATE. VRAIE TERRE.
DON CLENDENON, JE T'OFFRE LA LIBERTÉ...
... EN ÉCHANGE DE TON AIDE !
TRAVAILLER POUR TOI M'A CONDUIT ICI, CRIMSON COWL...
... POURQUOI J'ACCEPTERAIS ?
JE SAIS QUE TU AS ÉTÉ ANÉANTI EN APPRENANT CE QUI ÉTAIT ARRIVÉ À TA FILLE.
AIMERAIS-TU VENGER LA MORT DE MÉTÉORITE ?
QUOI ? GRAVITON EST EN VIE ?
J'EN DOUTE, MAIS IL N'ÉTAIT PAS RESPONSABLE DE LA PRÉSENCE DE TA FILLE DANS LE PROGRAMME RÉDEMPTEUR.
C'ÉTAIT HAWKEYE.
JE NE SAIS PAS... TUER UN AVENGER...

JE ME CHARGERAI D'HAWKEYE...
... ET DE TON CÔTÉ, TU VAS M'AIDER.
D'ACCORD ?
OUI.
TRÈS BIEN, CARDINAL, BIENVENUE PARMI...
... LES MAÎTRES DU MAL !
ET MA MISSION ?
JE VEUX CONTRÔLER LE MONDE... MAIS POUR ÇA...
... IL FAUT CAPTURER L'HOMME-PLANTE !

VILAINS EN PUISSANCE (1) : JOLT A LE BLUES

THUNDERBOLTS (1997) 66
Couverture : **PATRICK ZIRCHER**

EH, BEN.
BARON ZÉMO
OPALE
MACH III
FIXER
ATLAS
JOLT
DES VILAINS QUI ASPIRAIENT À DEVENIR DES HÉROS. MAINTENANT QU'ILS SE RETROUVENT DANS UN MONDE ÉTRANGER APPELÉ TERRE, VONT-ILS TENTER DE SAUVER LA PLANÈTE... OU DE LA SOUMETTRE ?
STAN LEE PRÉSENTE
THUNDERBOLTS
Trois semaines. Ils sont de plus en plus nombreux. Des centaines. Des milliers. Chaque. Jour. Qui. Passe. Et je trouve ça déroutant. Hallie Takahama une anonyme qui ne peut plus s'extraire un point noir sans qu'on pousse des "ooh" et des "aah". Pour les autres, c'est différent. J'ai l'impression que dans l'ensemble, ils aiment la célébrité. Toi, tu l'aurais aimée. Comme si être les sauveurs d'une copie de la Terre située de l'autre côté du soleil n'était pas assez bizarre, il faut aussi qu'on nous...

... adule !
VILAINS EN PUISSANCE 1
JOLT A LE BLUES
Par FABIAN NICIEZA
& CHRIS BATISTA
C'EST JOLT !

C'est sans doute normal qu'ils réagissent comme ça.
On leur a **sauvé** la vie et donné un nouveau foyer incroyable.
On leur a donné de l'espoir.
Alors, oui... c'est compréhensible...
... même si on ne se voit pas comme ils nous voient.
Si tu étais là, tu bondirais. Pourquoi faut-il toujours que je voie...
... le verre **à moitié vide** ?
C'est moi qui ai voulu ça. Qui ai convaincu les autres qu'on pouvait être des **héros**.
RICH PEROTTA encrage
HI-FI DESIGN couleurs
MARC SUMERAK,
TOM BREVOORT,
JOE QUESADA
rédaction USA
BILL JEMAS président
SOPHIE VIÉVARD traduction
BIT adaptation graphique

Quel enchaînement d'événements...
Les Thunderbolts se sont créés...
... quand on a cru que les héros de la Terre s'étaient sacrifiés en combattant **Onslaught**. Il y avait un vide à combler.
Le plan des **Maîtres du Mal** était **parfait** : remplacer les héros et conquérir le monde.
Baron Helmut Zémo = Citizen V.
Opale = Météorite.
Scarabée = Mach-1.
Screaming Mimi = Songbird.
Goliath = Atlas.
Fixer = Techno.
Je me suis jointe à eux peu après.
On a rendu quelques services mais les **héros** sont revenus et on a été démasqués.
Pourtant, surprise, la plupart d'entre nous avaient **vraiment** envie d'être des héros... alors, on a continué...
... avec un nouveau **leader**... l'ancien vilain devenu **Avenger**...
... Hawkeye !

On a eu des hauts et des bas, mais on commençait à avoir bonne réputation...
En Amérique, on aime porter les gens aux nues pour mieux pouvoir les abattre...
... et certaines personnes haut placées ont participé au jeu de massacre.
Ils nous ont envoyé **Scourge**, un tueur de vilains.
Pour finir, Hawkeye a fait un deal : il prenait tout sur lui, et en échange...
... les T-Bolts obtenaient leur pardon, redevenaient des **civils**.
Mais on a dû risquer notre liberté et reformer l'équipe pour...
... combattre **Graviton**, un aspirant dictateur !
On s'est sacrifiés pour sauver la Terre, mais personne ne le sait...
... et on n'est **pas** morts ! On a échoué sur la **Contre-Terre**...
... dont les héros avaient eux aussi été balayés par Onslaught !
On a transformé **Attilan** en refuge et on travaille à sauver la planète...
... pourtant, je me demande si on fait ce qu'il faut faire...

Atlas... Erik Josten... a changé quand son corps a explosé.
Son esprit... ou son âme... flottait sous forme d'énergie ionique.
Et il s'est servi de Dallas Riordan comme point d'ancrage. Désormais...
... ils partagent le même corps.
BONJOUR, LES GARS ! ON BOSSE ENSEMBLE CE MATIN.
BONJOUR, HALLIE. CAFÉ ? JUS DE FRUIT ?
NON MERCI.
HÉ... TU SAIS DESSI-NER...?
QUAND JE SUIS PASSÉE AU DESSIN POUR LA POLICE, ÇA LUI A CLOUÉ LE BEC.
OUI... MAIS MON PÈRE TROU-VAIT ÇA INUTILE.
QUI C'EST ?
PEU IMPORTE. POUR L'INSTANT...
PRÊTS ?

PRÊTS ! DEUX HEURES DE VOL VERS L'AFRIQUE, C'EST ÇA ?
PASSER COMME ÇA DE DALLAS À LA VOIX D'ERIK... J'AI DU MAL À M'Y FAIRE, J'AVOUE.
ON EST LÀ TOUS LES DEUX...
... ON A JUSTE ÉCHANGÉ LES COMMANDES.
VOUS PRENEZ ÇA... SI BIEN.
ON NE S'EST JAMAIS SENTI MIEUX.
DALLAS ME DONNE L'ASSURANCE QUE JE N'AI JAMAIS EUE...
... ET ELLE DIT QUE JE LUI DONNE LE SENTIMENT DE CULPABILITÉ ET LE BESOIN D'AMOUR QU'ELLE N'AVAIT JAMAIS RESSENTIS !
TOUT LE MONDE Y GAGNE !
QU'EST-CE QU'ON EST CENSÉS FAIRE ICI ?
TU DOIS RÉPARER LA STRUCTURE DU BARRAGE...
... ET JE DOIS REMETTRE LES GÉNÉRATEURS EN ROUTE !

ALLONS-Y.
Ça semble **trop** facile.
Au lieu de perdre notre temps à combattre des surhumains...
... on passe nos journées à réparer, à construire... à **aider**.
Pourquoi ça me fait cet effet bizarre, alors ?
C'est ce qu'on faisait **avant** qui aurait dû me paraître **dingue**.
Là, je sens que c'est **bien** et pourtant... ça me semble trop **facile** !

Peut-être pas pour **Fixer**...
De toute façon, pour lui, tout semble **toujours** facile !
Il organise nos **emplois du temps**.
Maintient Attilan en l'air. Irrigue les déserts.
Et il reste...
... décontracté !
LE BARRAGE EST RÉPARÉ. LE GÉNÉRATEUR DEVRAIT MARCHER PLUSIEURS MOIS.
VISEZ-MOI ÇA !
DIS, T'ES QUOI ? BONNETS *B*... OU *A*...?
SMUT MAG INC.

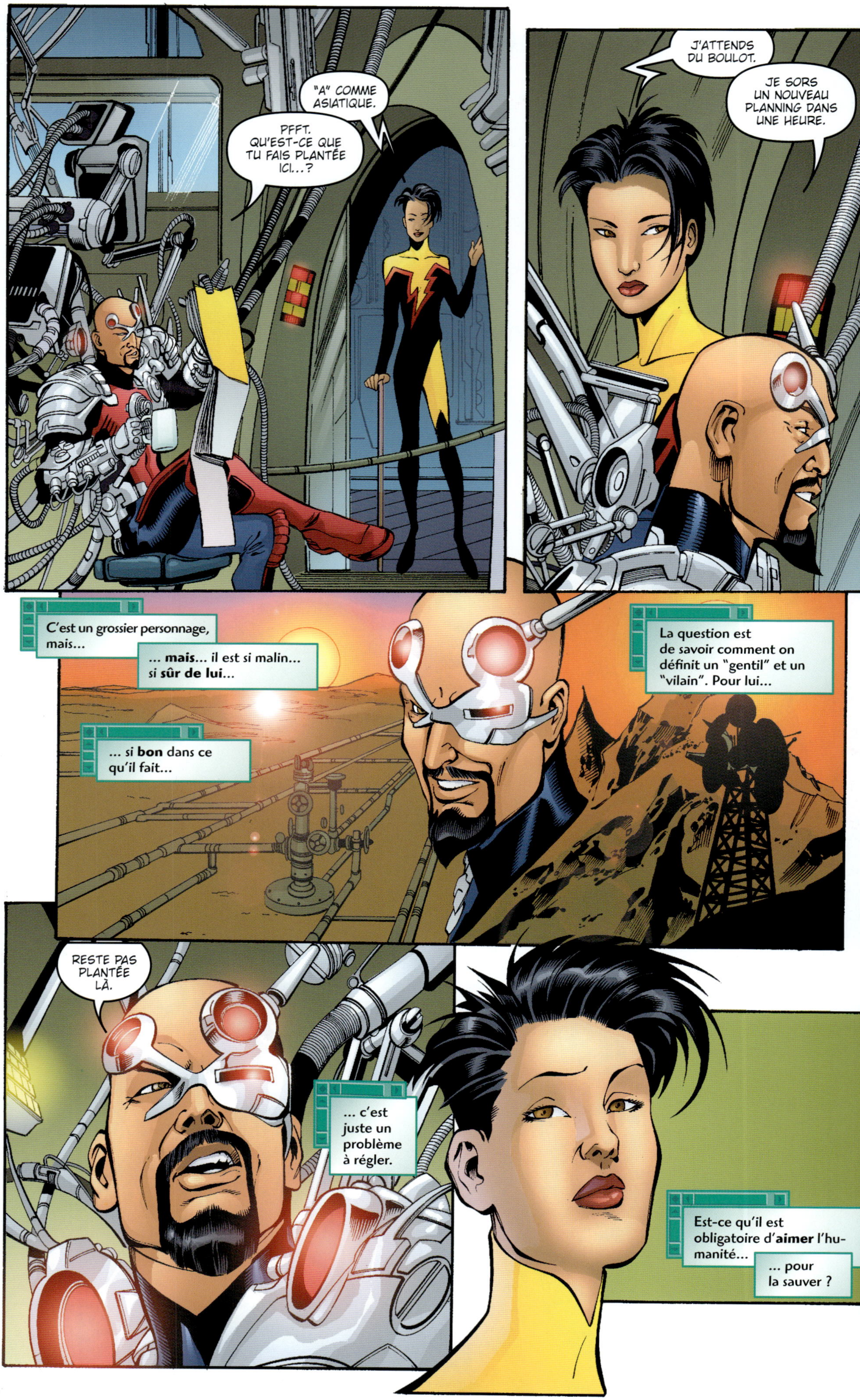
PFFT. QU'EST-CE QUE TU FAIS PLANTÉE ICI...?
"A" COMME ASIATIQUE.
J'ATTENDS DU BOULOT.
JE SORS UN NOUVEAU PLANNING DANS UNE HEURE.
C'est un grossier personnage, mais...
... **mais**... il est si malin... si **sûr de lui**...
... si **bon** dans ce qu'il fait...
La question est de savoir comment on définit un "gentil" et un "vilain". Pour lui...
RESTE PAS PLANTÉE LÀ.
... c'est juste un problème à régler.
Est-ce qu'il est obligatoire d'**aimer** l'humanité...
... pour la sauver ?

Abe Jenkins, au contraire, est trop sensible.
Il était très réticent à l'idée de rester ici...
... mais maintenant, il se donne vraiment à fond.
Il dort avec sa combinaison !
Karla dit que sauver une personne...
... à la fois est le meilleur moyen de tous les rallier à notre cause. **Zémo**, lui, dit que si on gagne...
... leur **confiance**, ils seront à nous corps et âme.
Abe fait plus que sa part, mais je sais que le cœur n'y est pas.
Son cœur, il l'a laissé sur terre avec la femme qu'il aime.

Et c'est à cause de moi…
SALUT, ABE, BESOIN DE COMPAGNIE ?
NON. JE SURVOLE LONDRES, HALLIE.
AH, BON… À PLUS TARD, ALORS…
Ça **devrait** lui plaire. C'est ce qu'il voulait…
… être un héros… faire le bien…
… pourquoi ça ne suffit pas ?
Pourquoi est-ce qu'il se réfugie dans sa coquille ?

Je crois que c'est à cause de **Zémo**. Abe ne veut pas être dans son ombre.
Dès qu'il est revenu, le Baron a pris le contrôle de l'équipe. Paf ! Comme ça.
Il a un ego surdimensionné.
Et le pire… c'est que jusqu'à maintenant, il n'a pris absolument **que** de bonnes décisions…
… c'est d'autant plus écœurant étant donné sa dernière décision…
VOUS NE POUVEZ PAS FAIRE ÇA !
AH, NON ?
ELLE DIT QUE NON.
MAIS SI.
ELLE EST FURAX PARCE QU'ELLE MET DES BONNETS A.
HALLIE… C'EST DUR… MAIS ON N'A PAS LE CHOIX.
PARFAIT, ALORS ! FAITES *SAUTER* TOKYO !

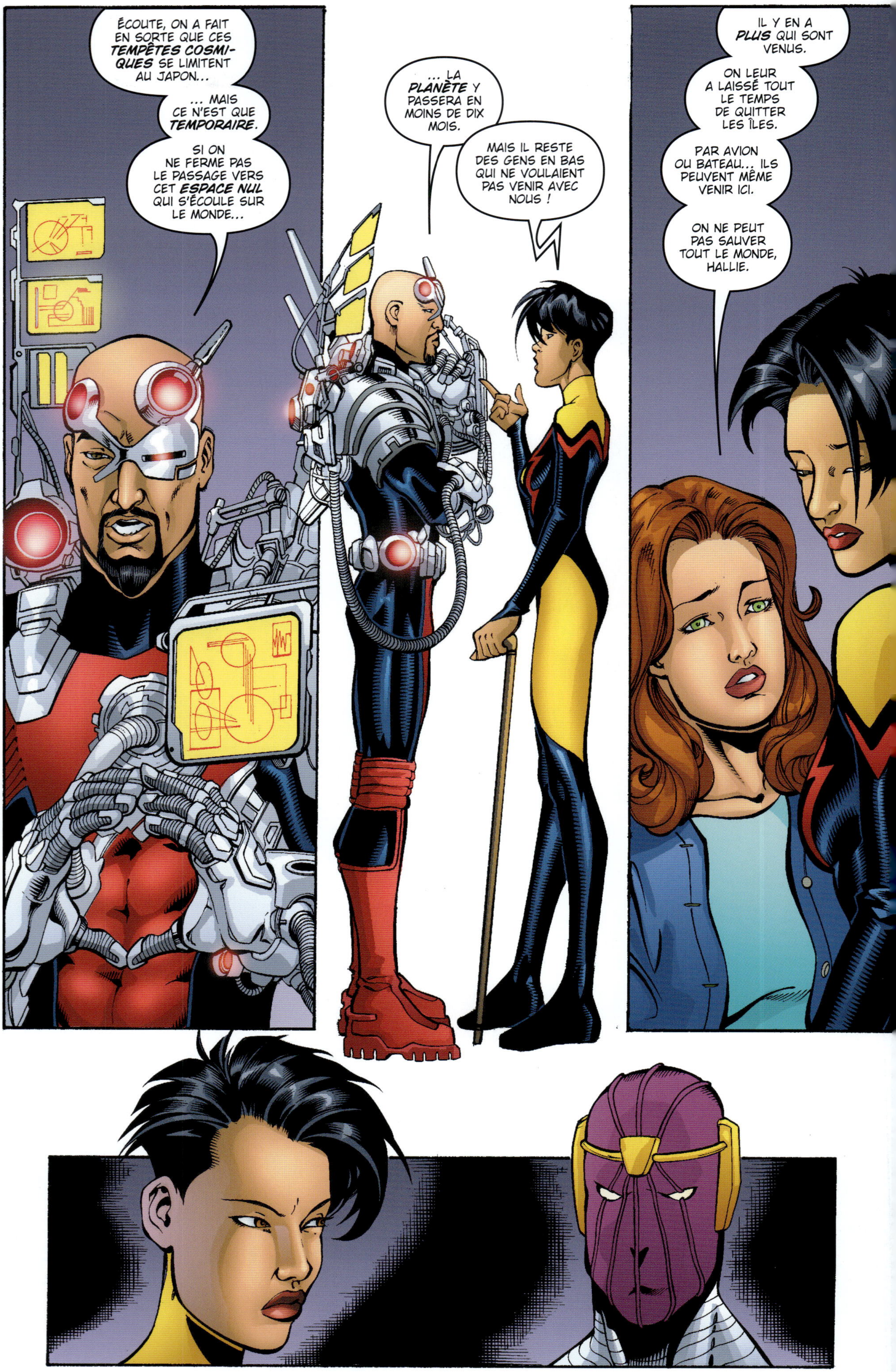
ÉCOUTE, ON A FAIT EN SORTE QUE CES TEMPÊTES COSMIQUES SE LIMITENT AU JAPON...
... MAIS CE N'EST QUE TEMPORAIRE.
SI ON NE FERME PAS LE PASSAGE VERS CET ESPACE NUL QUI S'ÉCOULE SUR LE MONDE...
... LA PLANÈTE Y PASSERA EN MOINS DE DIX MOIS.
MAIS IL RESTE DES GENS EN BAS QUI NE VOULAIENT PAS VENIR AVEC NOUS !
IL Y EN A PLUS QUI SONT VENUS.
ON LEUR A LAISSÉ TOUT LE TEMPS DE QUITTER LES ÎLES.
PAR AVION OU BATEAU... ILS PEUVENT MÊME VENIR ICI.
ON NE PEUT PAS SAUVER TOUT LE MONDE, HALLIE.

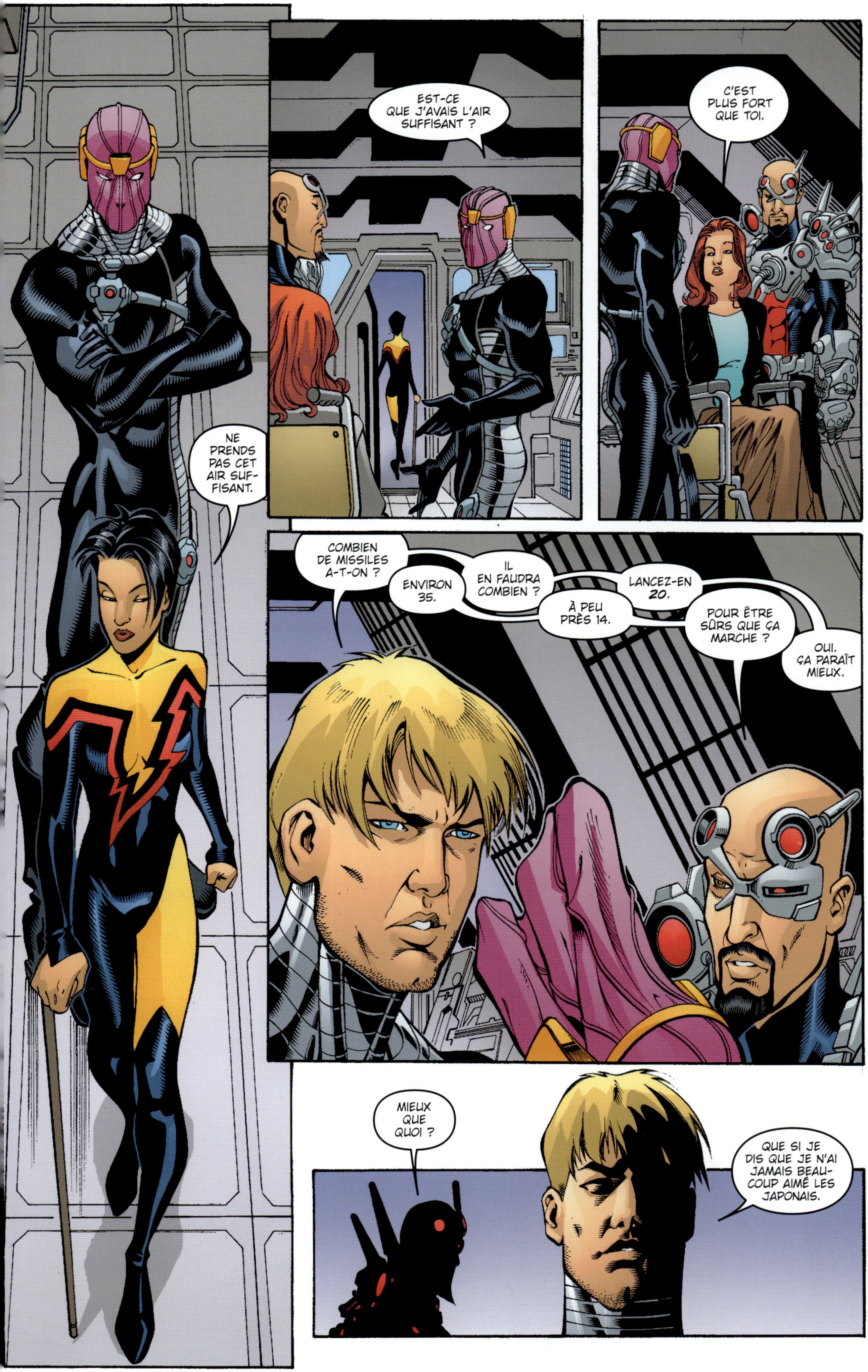
NE PRENDS PAS CET AIR SUFFISANT.
EST-CE QUE J'AVAIS L'AIR SUFFISANT ?
C'EST PLUS FORT QUE TOI.
COMBIEN DE MISSILES A-T-ON ?
ENVIRON 35.
IL EN FAUDRA COMBIEN ?
À PEU PRÈS 14.
LANCEZ-EN 20.
POUR ÊTRE SÛRS QUE ÇA MARCHE ?
OUI. ÇA PARAÎT MIEUX.
MIEUX QUE QUOI ?
QUE SI JE DIS QUE JE N'AI JAMAIS BEAUCOUP AIMÉ LES JAPONAIS.

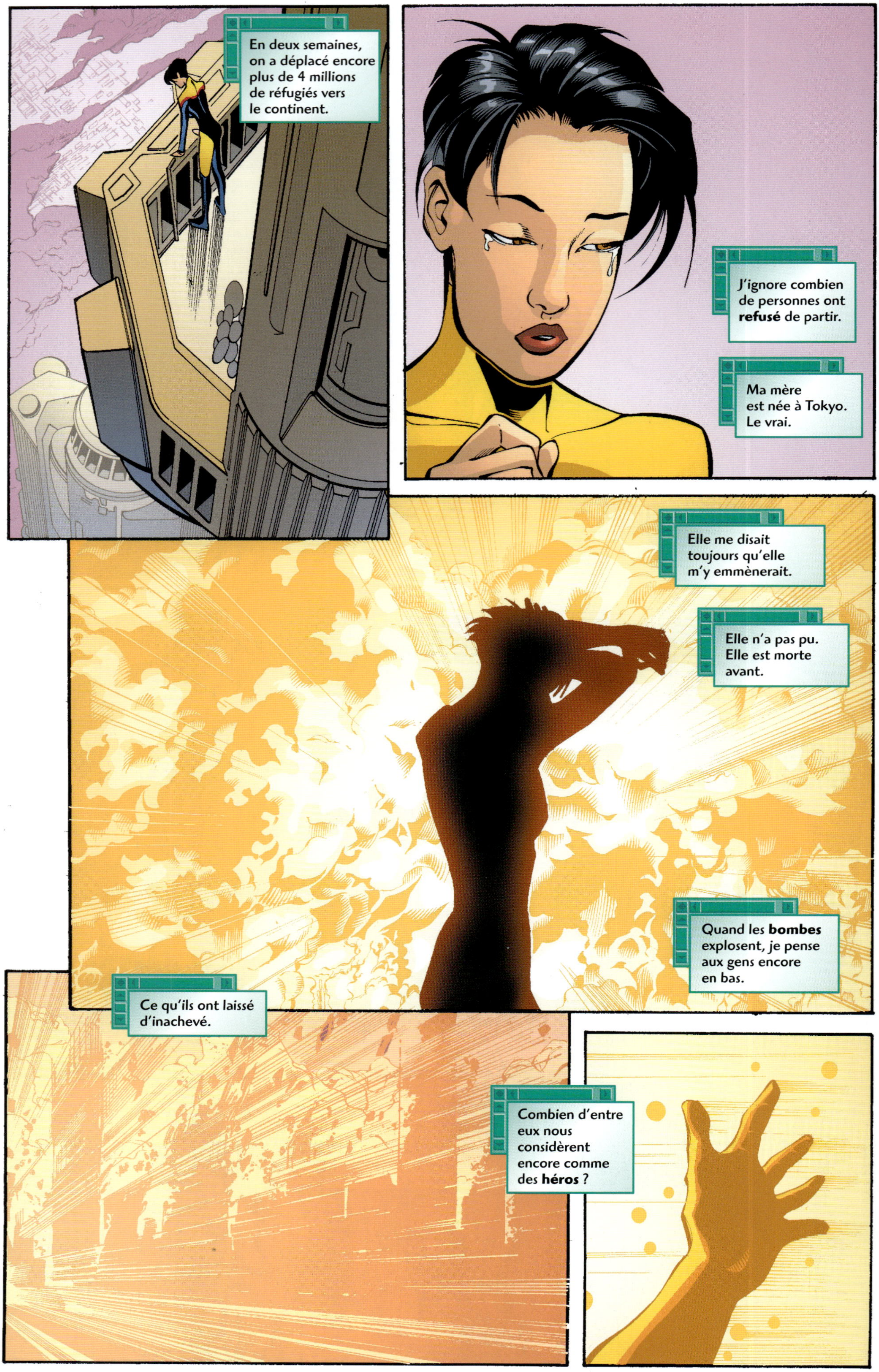

En deux semaines, on a déplacé encore plus de 4 millions de réfugiés vers le continent.
J'ignore combien de personnes ont **refusé** de partir.
Ma mère est née à Tokyo. Le vrai.
Elle me disait toujours qu'elle m'y emmènerait.
Elle n'a pas pu. Elle est morte avant.
Quand les **bombes** explosent, je pense aux gens encore en bas.
Ce qu'ils ont laissé d'inachevé.
Combien d'entre eux nous considèrent encore comme des **héros** ?

Comment un homme qui a si souvent **échoué** peut être...
... si **sûr** de lui ?
Est-ce qu'il n'est que **suffisance** et **mépris**...
... ou est-ce qu'il y a vraiment une étincelle de **grandeur** en lui ?

Et la reine du complexe de supériorité. **Karla Sofen : Opale**.
Elle se croit meilleure que tout le monde...
... et c'est possible. Plus intelligente. Plus puissante. Mais **faible**.
Zémo, c'est son ego qui l'empêche de réussir. Karla, c'est sa **peur**.
Peur de se livrer. Des responsabilités.
Peur qu'on puisse la **blesser**.
Alors, c'est intéressant de la voir s'ouvrir devant des **milliers** de gens.

Elle a réuni les personnalités "leader" parmi les réfugiés. Les éducateurs, les dirigeants... pour leur présenter son **"utopie"**.
Son projet est ambitieux.
Mais c'est sûrement nécessaire pour bâtir une **nouvelle civilisation** de toutes pièces !
Je m'inquiète... Est-ce que c'est juste un jeu pour elle ?
Est-ce qu'elle considère ça comme une expérience psychologique à grande échelle ?
Quel magnifique défi ce serait de remodeler la **façon de penser** de tout un monde !
Mais si elle réussit... peut-être que le monde sera **meilleur**.
J'étais venue la regarder... mais aussi pour lui parler après.
De mes inquiétudes... et de Zémo.

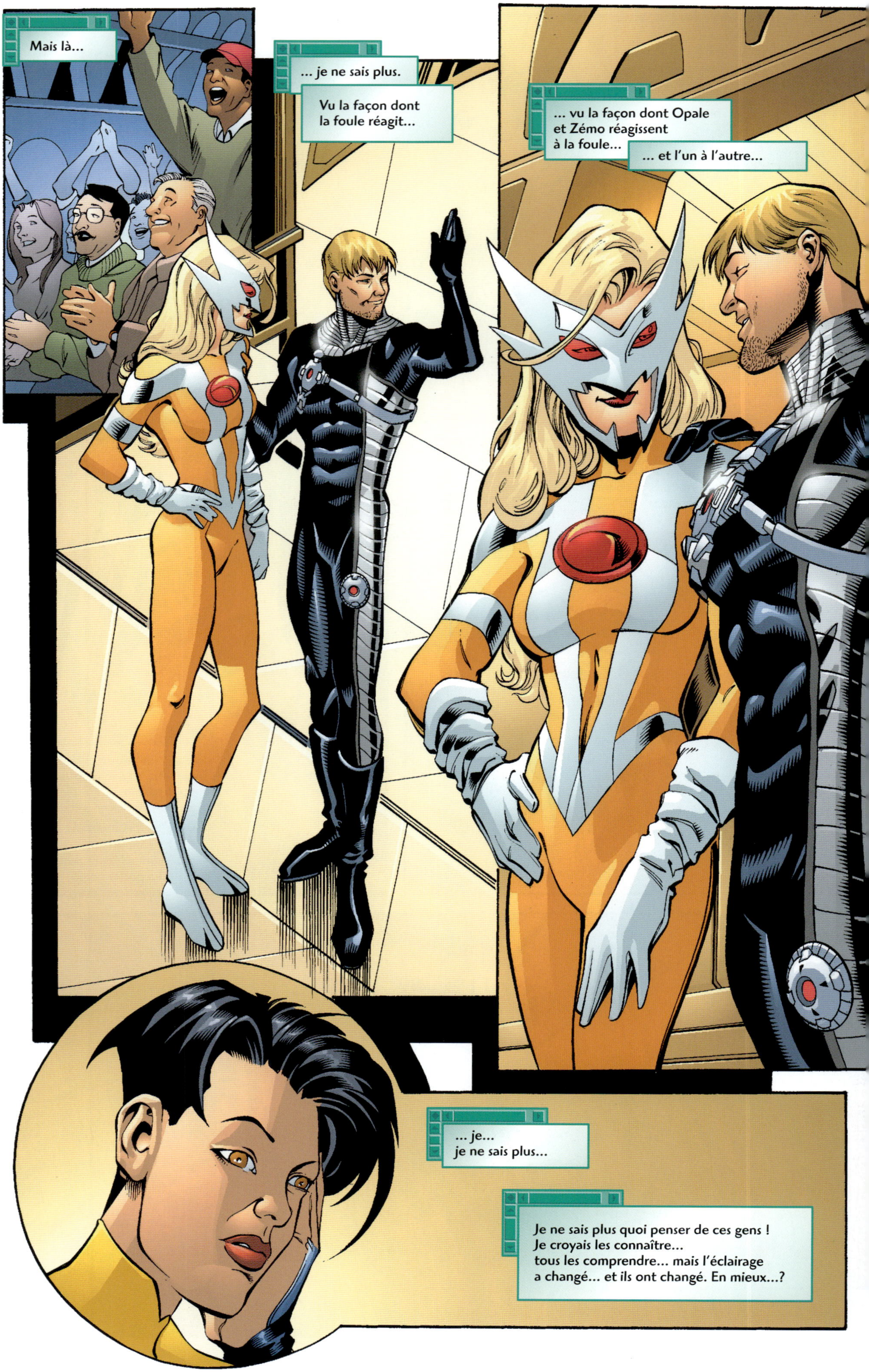
Mais là...
... je ne sais plus.
Vu la façon dont la foule réagit...
... vu la façon dont Opale et Zémo réagissent à la foule...
... et l'un à l'autre...
... je... je ne sais plus...
Je ne sais plus quoi penser de ces gens ! Je croyais les connaître... tous les comprendre... mais l'éclairage a changé... et ils ont changé. En mieux...?

À moins que ce soit **moi** qui aie changé.
À moins que j'aie perdu mon **optimisme**... mon **idéalisme**.
Je suis peut-être moins confiante.
Parce qu'enfin... ils font tout ce que j'ai toujours voulu qu'ils fassent.
Ils **sont** ce que j'espérais qu'ils deviennent.
Pourquoi n'en suis-je pas heureuse ?
Je les ai obligés à faire ça.
Et si c'était au-dessus de leurs forces ?
Ou pire ?
S'ils **réussissaient** ?
delete

Tu me manques, **Charlie Burlingame**.
Je m'attends toujours à voir réapparaître **Charcoal**.
Je croyais que nous revenions tous d'entre les morts.
J'aurais bien besoin de tes conseils... de ton amitié.
Qu'est-ce que tu me dirais ? Qu'est-ce que tu dirais si je te disais...
... je crois que j'ai mis les Thunderbolts sur un chemin pavé de **bonnes intentions...**
Trois semaines
Ils sont de plus
en plus nombreux.
Des centaines.
Des milliers.
PAUSE
... menant droit en **enfer** ?

THUNDERBOLTS (1997) 68
Couverture : **PATRICK ZIRCHER**

SALVADOR
LIQUID!

D'anciens criminels se transforment en apprentis héros. Échoués sur un monde étranger en pleine tourmente, sauveront-ils la planète… ou prendront-ils le pouvoir ?

OPALE

ATLAS

FIXER

JOLT

MACH III

BARON ZÉMO

PRÉCÉDEMMENT…

Anciens criminels, ils étaient prêts à se sacrifier pour sauver leur planète. Ils ont survécu et se sont retrouvés sur une Contre-Terre, située de l'autre côté du soleil.

Des années plus tôt, un jeune garçon aux incroyables pouvoirs avait créé ce monde pour protéger sa famille et ses amis. Aujourd'hui, désertée par ses plus grands héros, la planète est un véritable enfer.

Les Thunderbolts ont décidé de voler au secours de cette Contre-Terre, de ramener l'ordre dans un monde ravagé par les anomalies cosmiques, les tempêtes de radiations, la famine, la maladie et d'autres calamités. Établissant la capitale de ce nouveau monde dans une ville flottante, ils ont commencé à redonner espoir à la population.

Mais, chaque jour, le doute grandit parmi les apprentis héros. Ils ne se demandent pas s'ils vont réussir mais quelles sont leurs véritables motivations… et ce qui se passera une fois qu'ils auront atteint leur objectif.

Les Thunderbolts vivent sur Attilan, une ville flottante idyllique, décrite par certains comme un paradis au bord du gouffre. Les membres du groupe sont face à des choix difficiles : sont-ils des héros ou des criminels ? Leur but est-il de soumettre le peuple ou de le laisser gouverner par lui-même ? Cherchent-ils l'adoration ou l'oppression des masses ?

Un fragile Phantom Eagle, héros déchu sur cette terre alternative, joue son va-tout. Et des nuages noirs s'amoncèlent dans le ciel des…

Stan Lee présente

THUNDERBOLTS

VILAINS EN PUISSANCE 2

UN MEURTRE AU PARADIS

Fabian Nicieza Scénario **Chris Batista** Dessin **Rich Perrotta** Encrage **Hi-Fi Design** Couleurs

Sumerak, Yoshii, Brevoort, Lis, Quesada, Jemas Rédaction USA

IL Y A PEU...

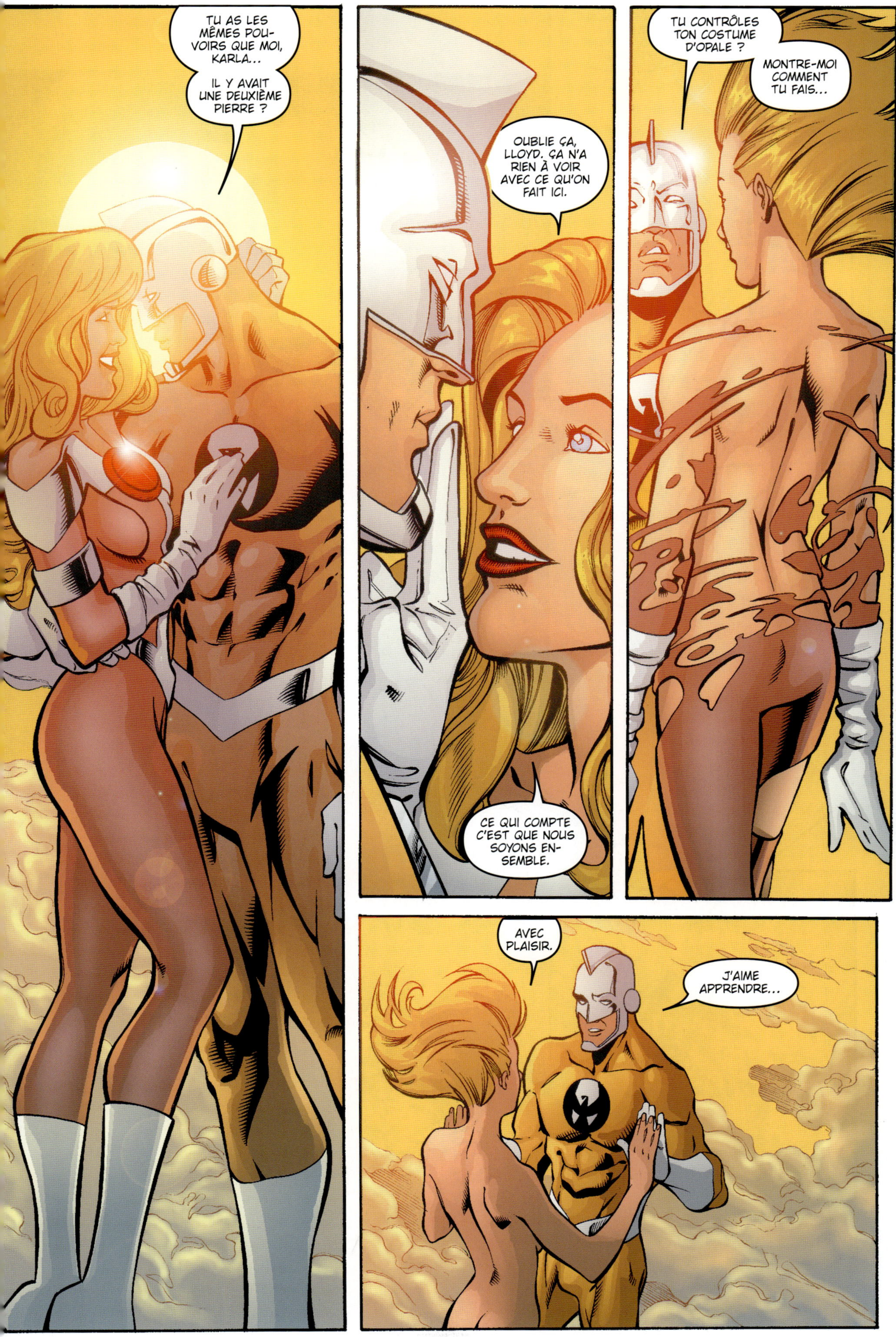
TU AS LES MÊMES POUVOIRS QUE MOI, KARLA...
IL Y AVAIT UNE DEUXIÈME PIERRE ?
OUBLIE ÇA, LLOYD. ÇA N'A RIEN À VOIR AVEC CE QU'ON FAIT ICI.
CE QUI COMPTE C'EST QUE NOUS SOYONS ENSEMBLE.
TU CONTRÔLES TON COSTUME D'OPALE ?
MONTRE-MOI COMMENT TU FAIS...
AVEC PLAISIR.
J'AIME APPRENDRE...

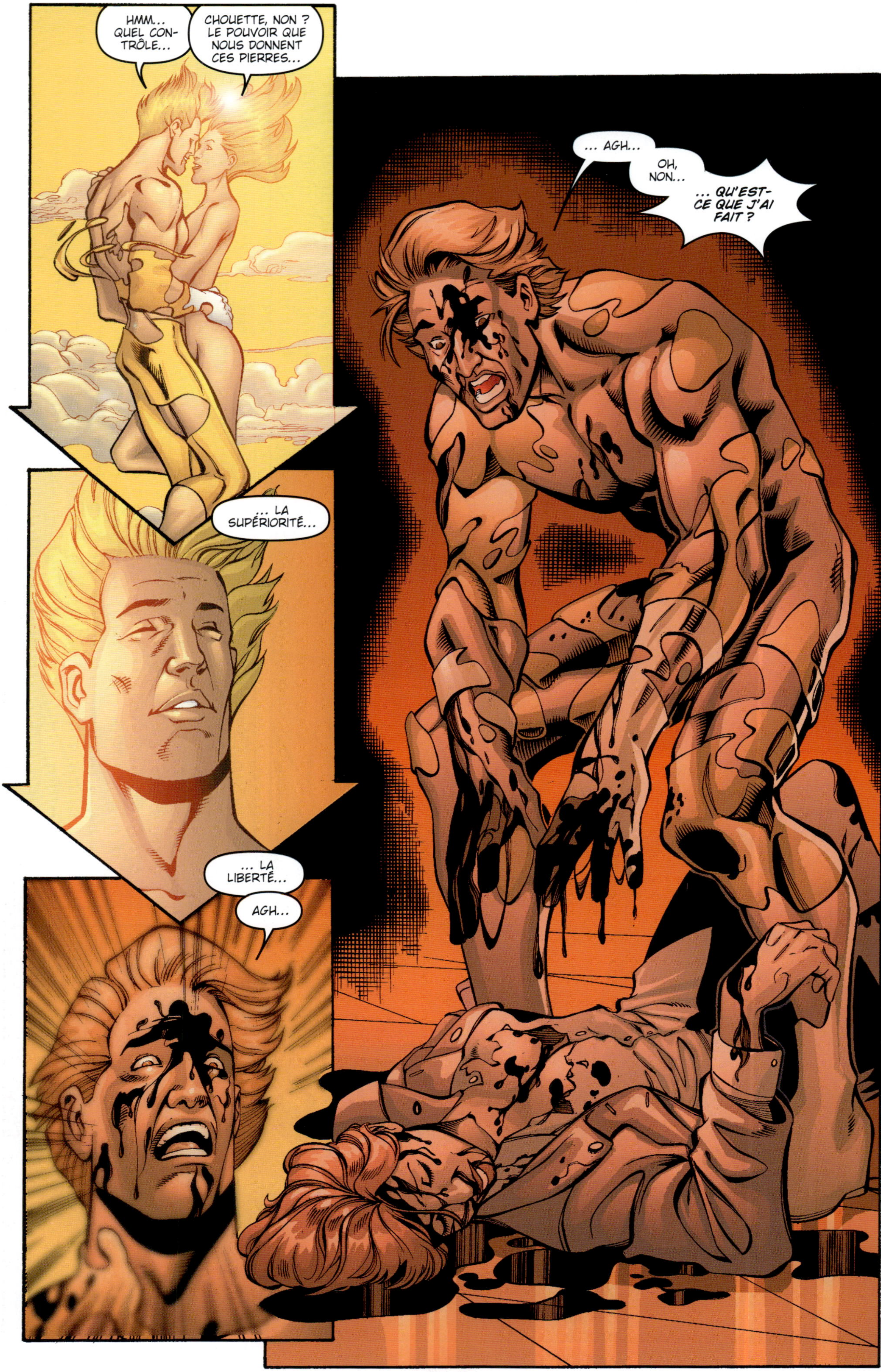
HMM... QUEL CONTRÔLE...
CHOUETTE, NON ? LE POUVOIR QUE NOUS DONNENT CES PIERRES...
... LA SUPÉRIORITÉ...
... LA LIBERTÉ...
AGH...
... AGH...
OH, NON...
... QU'EST-CE QUE J'AI FAIT ?

NOOOON !
JE SUIS DÉSOLÉ !
ON A EU SIX SEMAINES DE PAIX.
PRÉSENT.
CE QUI VEUT DIRE, ZÉMO ?
QUE VIOLS ET MEURTRES SONT INÉVITABLES ?
EH BIEN... OUI, KARLA.
LA NATURE HUMAINE.
ON A BEAU TÂCHER DE SAUVER LE MONDE, MONSIEUR L'OPTIMISTE A RAISON, OPALE.
AVEC 200 000 PERSONNES RÉUNIES DANS UNE VILLE AÉRIENNE, ÇA DEVAIT FINIR PAR ARRIVER.

NOTRE DÉTECTIVE A RAISON. QUOI QU'IL EN SOIT, JE TROUVE...
... CETTE CONDUITE INAD-MISSIBLE.
RIORDAN, KARLA... TROUVEZ LE COUPABLE.
AH, OUI ? CARRÉMENT ?
SI TU VEUX DISCUTER, OPALE...
... JE SUGGÈRE DE CONTINUER CETTE CONVERSATION AILLEURS.
QG DES T-BOLTS.
ON NE DISCUTE PAS DEVANT DES GAR-DIENS DE LA PAIX OU DES CIVILS ! POINT.
JE SAIS. C'ÉTAIT **MON** IDÉE.
MAIS IL FAUT TENIR COMPTE DE CE QUE SIGNIFIE CE MEURTRE !
CETTE VILLE EST SURPEUPLÉE... LA NOURRITURE EST RATIONNÉE... ON NE PEUT PAS DONNER DU TRA-VAIL À TOUS LES RÉFUGIÉS...

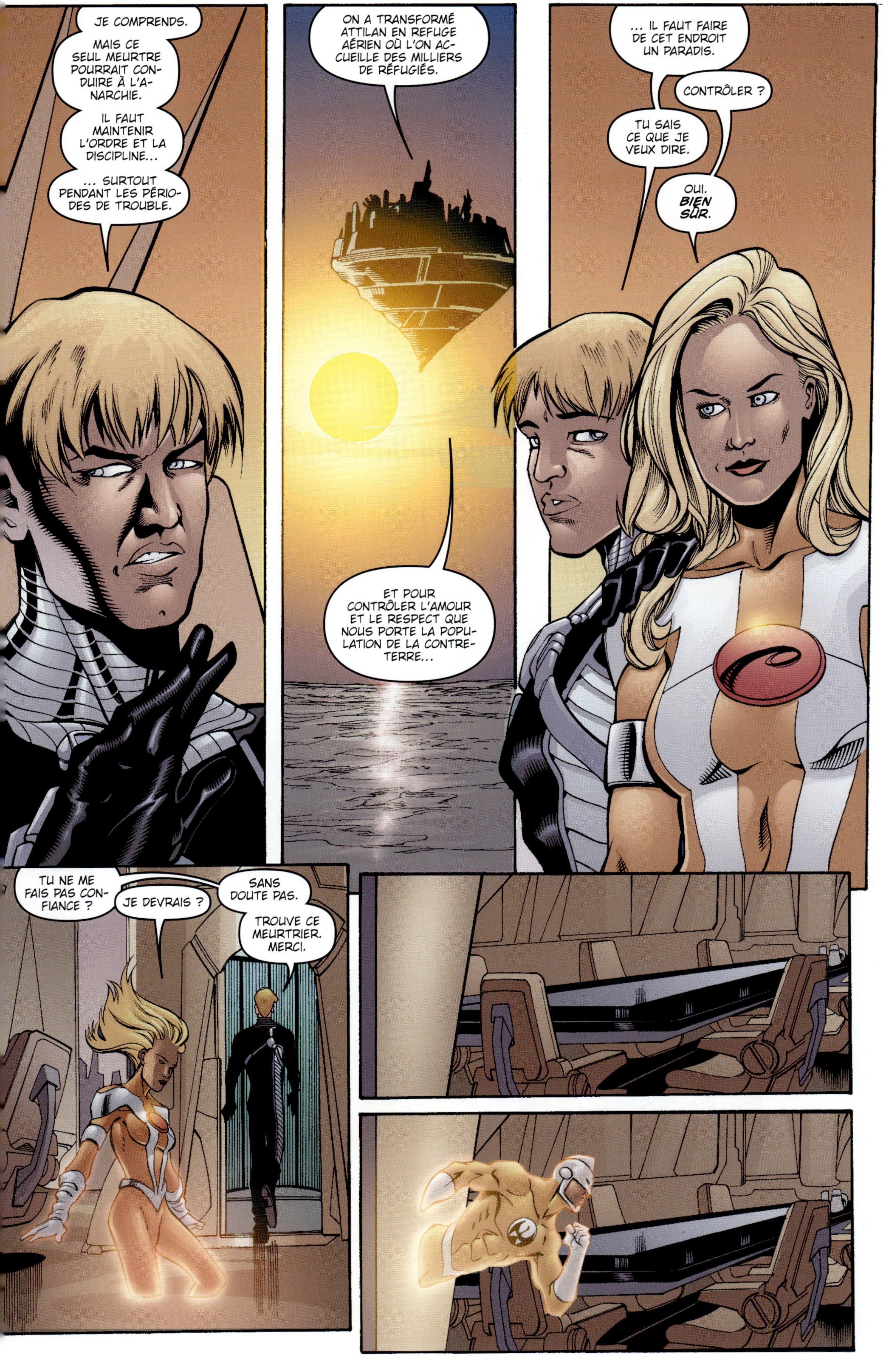
JE COMPRENDS.
MAIS CE SEUL MEURTRE POURRAIT CONDUIRE À L'ANARCHIE.
IL FAUT MAINTENIR L'ORDRE ET LA DISCIPLINE...
... SURTOUT PENDANT LES PÉRIODES DE TROUBLE.
ON A TRANSFORMÉ ATTILAN EN REFUGE AÉRIEN OÙ L'ON ACCUEILLE DES MILLIERS DE RÉFUGIÉS.
ET POUR CONTRÔLER L'AMOUR ET LE RESPECT QUE NOUS PORTE LA POPULATION DE LA CONTRE-TERRE...
... IL FAUT FAIRE DE CET ENDROIT UN PARADIS.
CONTRÔLER ?
TU SAIS CE QUE JE VEUX DIRE.
OUI. BIEN SÛR.
TU NE ME FAIS PAS CONFIANCE ?
JE DEVRAIS ?
SANS DOUTE PAS.
TROUVE CE MEURTRIER. MERCI.

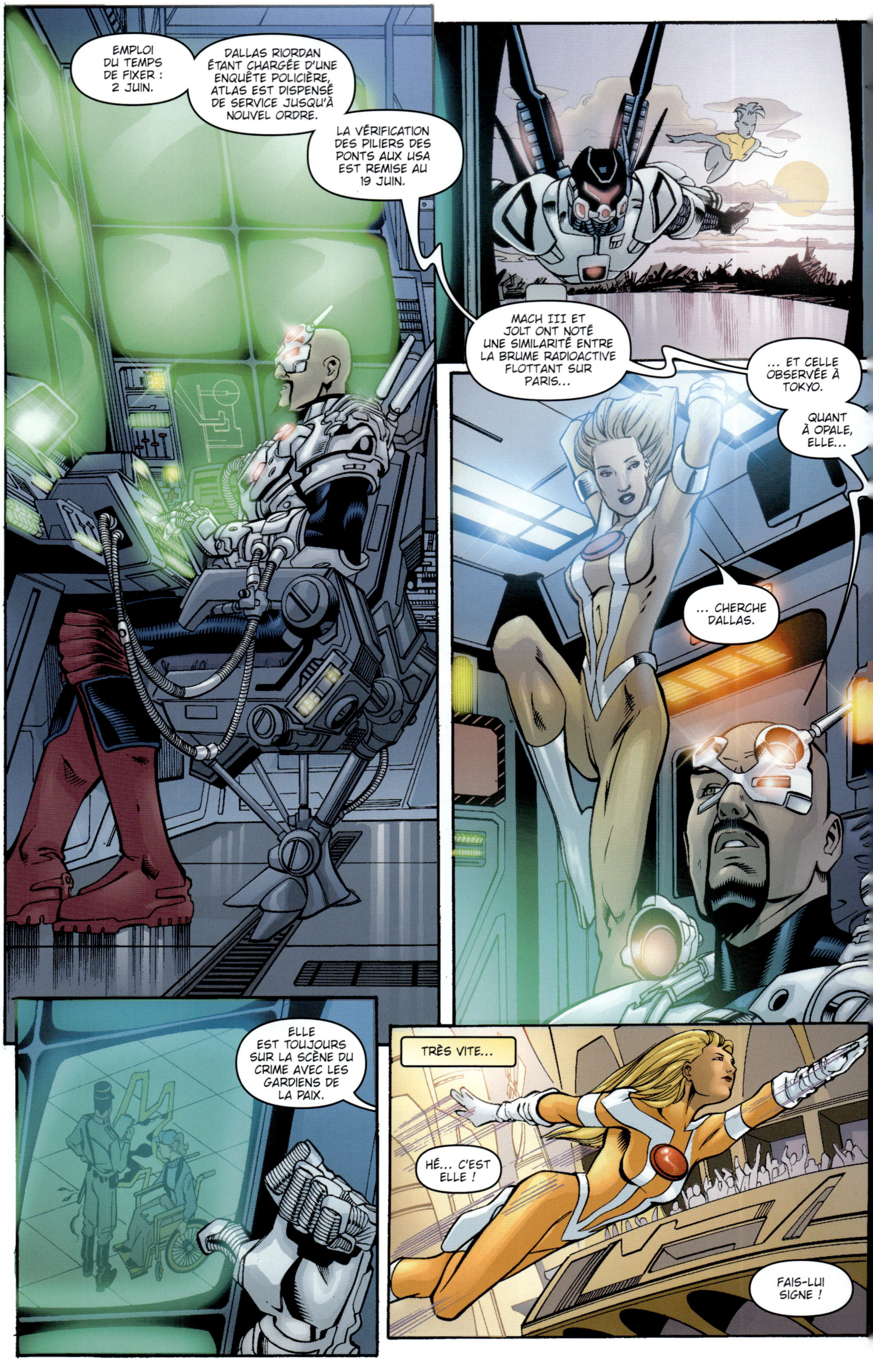
EMPLOI DU TEMPS DE FIXER : 2 JUIN.
DALLAS RIORDAN ÉTANT CHARGÉE D'UNE ENQUÊTE POLICIÈRE, ATLAS EST DISPENSÉ DE SERVICE JUSQU'À NOUVEL ORDRE.
LA VÉRIFICATION DES PILIERS DES PONTS AUX USA EST REMISE AU 19 JUIN.
MACH III ET JOLT ONT NOTÉ UNE SIMILARITÉ ENTRE LA BRUME RADIOACTIVE FLOTTANT SUR PARIS...
... ET CELLE OBSERVÉE À TOKYO.
QUANT À OPALE, ELLE...
... CHERCHE DALLAS.
ELLE EST TOUJOURS SUR LA SCÈNE DU CRIME AVEC LES GARDIENS DE LA PAIX.
TRÈS VITE...
HÉ... C'EST ELLE !
FAIS-LUI SIGNE !

ON NE S'Y FAIT PAS.
QUAND J'ÉTAIS DANS LA POLICE À NEW YORK, ON EN VOYAIT PLUSIEURS PAR JOUR.
JE PARLAIS DE LA VÉNÉRATION DU PEUPLE.
AH. SOUS CETTE FORME, JE PASSE INAPERÇUE...
... MAIS SOUS NOTRE FORME IONIQUE, ERIK ENTEND BEAUCOUP D'ACCLAMATIONS.
HMM. AU FAIT, J'AIMERAIS DISCUTER AVEC ERIK DE LA FAÇON DONT IL VOIT VOTRE "VIE COMMUNE".
JE N'EN DOUTE PAS.
HUMPF.
QUE SAVEZ-VOUS D'ELLE ?
AMANDA KIDMAN. PSYCHIATRE AUSTRALIENNE. TRAVAILLAIT À TOKYO. MMM. RACINE BLONDE.
CONTRAIREMENT À CELLES DE KIDMAN.

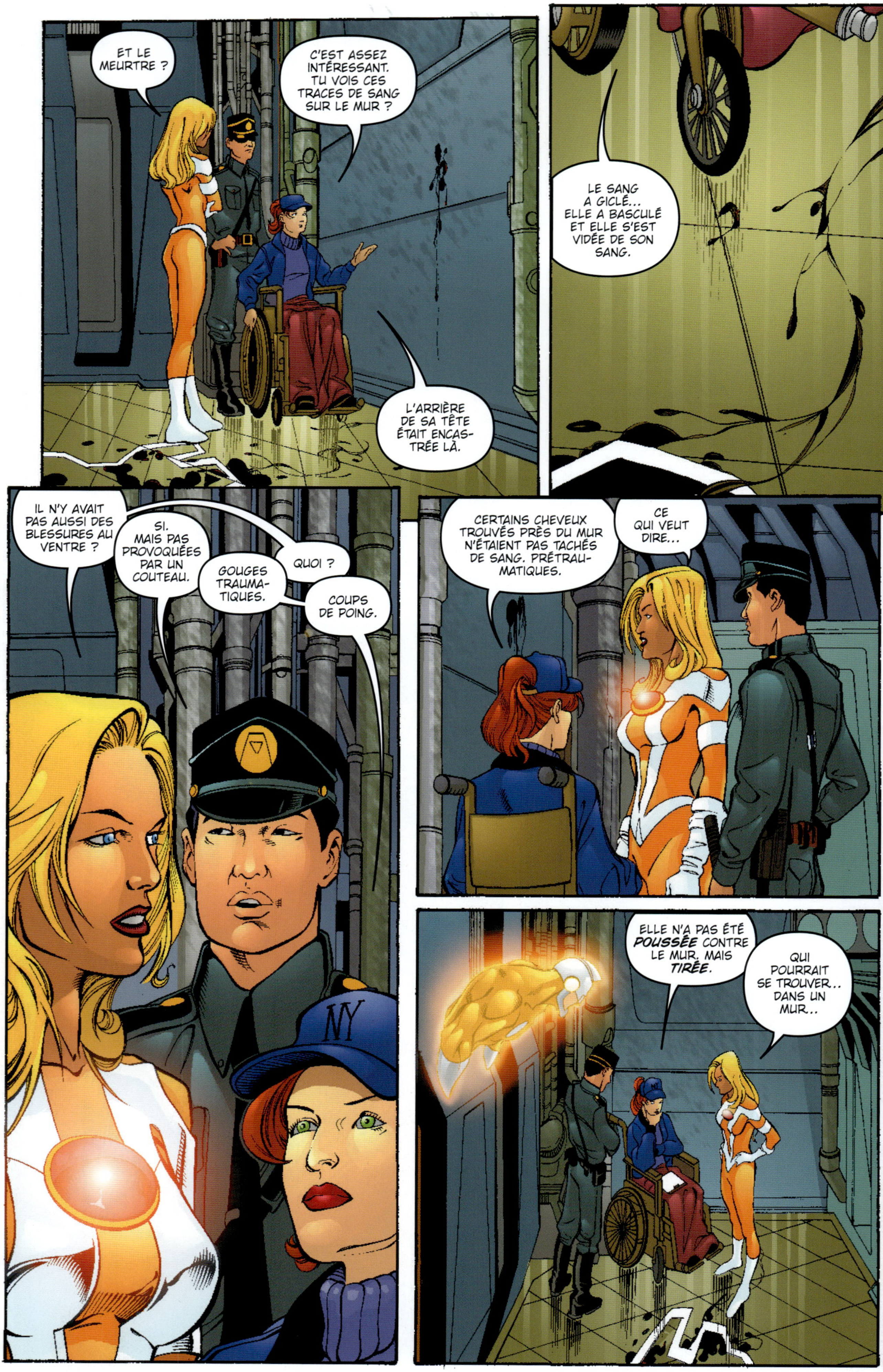
ET LE MEURTRE ?
C'EST ASSEZ INTÉRESSANT. TU VOIS CES TRACES DE SANG SUR LE MUR ?
L'ARRIÈRE DE SA TÊTE ÉTAIT ENCASTRÉE LÀ.
LE SANG A GICLÉ... ELLE A BASCULÉ ET ELLE S'EST VIDÉE DE SON SANG.
IL N'Y AVAIT PAS AUSSI DES BLESSURES AU VENTRE ?
SI. MAIS PAS PROVOQUÉES PAR UN COUTEAU.
QUOI ?
GOUGES TRAUMATIQUES.
COUPS DE POING.
CERTAINS CHEVEUX TROUVÉS PRÈS DU MUR N'ÉTAIENT PAS TACHÉS DE SANG. PRÉTRAUMATIQUES.
CE QUI VEUT DIRE...
ELLE N'A PAS ÉTÉ **POUSSÉE** CONTRE LE MUR, MAIS **TIRÉE**.
QUI POURRAIT SE TROUVER... DANS UN MUR...

CONTINUEZ.
JE DOIS PARLER À FIXER..

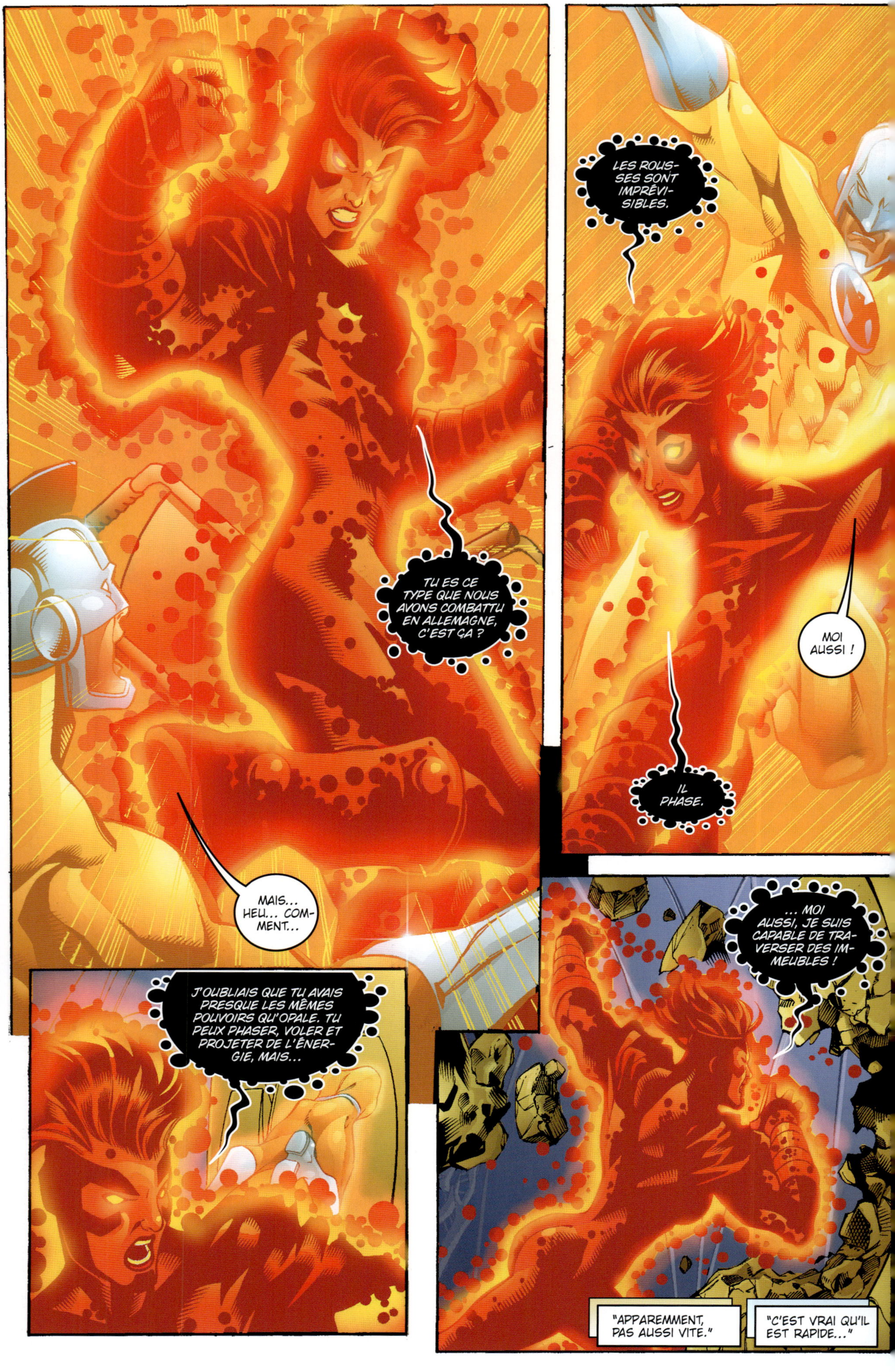
TU ES CE TYPE QUE NOUS AVONS COMBATTU EN ALLEMAGNE, C'EST ÇA ?
MAIS... HEU... COMMENT...
LES ROUSSES SONT IMPRÉVISIBLES.
MOI AUSSI !
IL PHASE.
J'OUBLIAIS QUE TU AVAIS PRESQUE LES MÊMES POUVOIRS QU'OPALE. TU PEUX PHASER, VOLER ET PROJETER DE L'ÉNERGIE, MAIS...
... MOI AUSSI, JE SUIS CAPABLE DE TRAVERSER DES IMMEUBLES !
"C'EST VRAI QU'IL EST RAPIDE..."
"APPAREMMENT, PAS AUSSI VITE."

... MAIS J'AI ÉTÉ BLOQUÉ PAR DES GRAVATS.
AU MOINS, ON SAIT QUI C'EST.
ET LE MOBILE EST ÉVIDENT.
IL ME VEUT.
HA !
TOUJOURS AUSSI MODESTE !
POURQUOI LE SERAIT-ELLE, EBERSOL ?
CE TYPE EST PEUT-ÊTRE FOU MAIS PAS STUPIDE.
HEU... MERCI, HELMUT.
JE SUIS SON "REFLET". SA VICTIME ÉTAIT MON "SUBSTITUT". IL ME VEUT, MAIS IL A PEUR DE M'APPROCHER.
MAIS TU NE DISAIS PAS QUE CE TYPE ÉTAIT SYMPA... HEU... UN PEU COMME MOI.
PEUT-ÊTRE VOULAIT-IL QUE JE LE *PENSE*. PEUT-ÊTRE L'HISTOIRE SE RÉPÈTE-T-ELLE.
TOI, CRÉDULE ? J'Y CROIS PAS UNE MINUTE !

TU TE SENS COUPABLE ?
SUR NOTRE TERRE, TU AS VOLÉ LA PIERRE EXTRATERRESTRE DE LLOYD BLOCH...
... POUR T'APPROPRIER SES POUVOIRS.
PEUT-ÊTRE QUE TU AS CRU POUVOIR TE RACHETER. OU PEUT-ÊTRE...
... QUE NON.
QUI SAIT ?
MAIS BREF.
CECI PEUT BROUILLER SES POUVOIRS PENDANT 20 SECONDES... JE M'EN SUIS SERVI SUR TOI AU COLORADO.
DONNE-LE-MOI.
TU ES FOLLE !
SI TU T'EN SERS, TU PERDRAS TES POUVOIRS TOI AUSSI.
IL FAUT L'APPÂTER, PAS VRAI, HELMUT ?
ET TU NE COMPTES PAS TE DÉGUISER EN FEMME...?

Les rues d'Attilan.
... Vu M. Zémo hier soir...
... que Jolt et Mach III sont à Paris...
... sœur connaît un gardien de la paix qui dit que...
Opale et M. Zémo, tu crois ?
Fixer est très mignon !
Là-bas !
C'est Atlas !

K-KARLA...?
LLOYD.
KLIK
DIX-NEUF...

C'EST PAS OPALE ?
SI !
ET LUI ?
SEIZE...
POURQUOI ?
JE N'AI PAS PU M'EN EMPÊCHER !
DIX...
C'EST CE QUE TU VOULAIS DEPUIS LE DÉBUT...?
SIX...
DEUX...

UN...
AH...
SPLUCHT

JE L'AI NEUTRALISÉ.

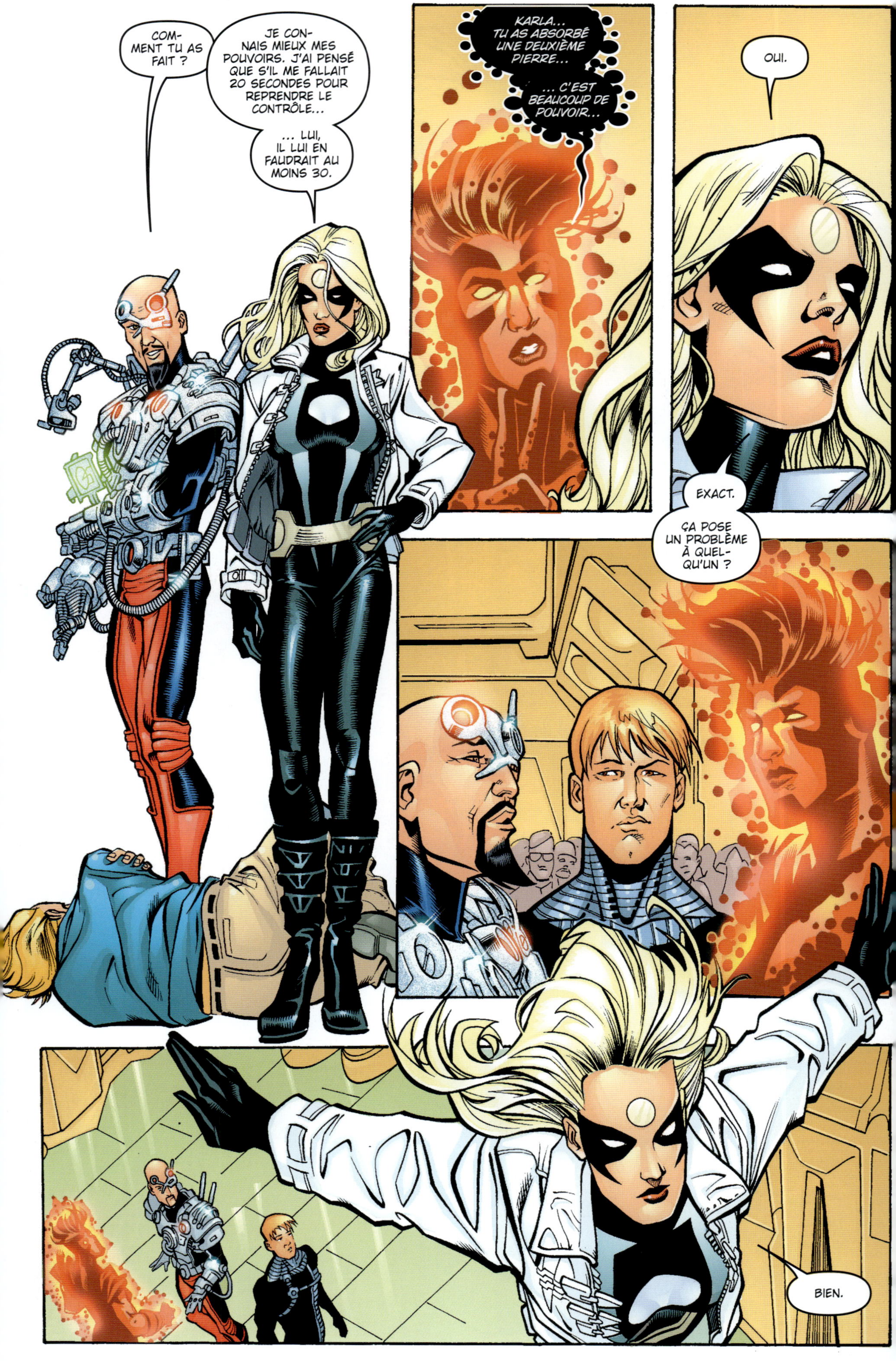
COM-MENT TU AS FAIT ?
JE CON-NAIS MIEUX MES POUVOIRS. J'AI PENSÉ QUE S'IL ME FALLAIT 20 SECONDES POUR REPRENDRE LE CONTRÔLE...
... LUI, IL LUI EN FAUDRAIT AU MOINS 30.
KARLA... TU AS ABSORBÉ UNE DEUXIÈME PIERRE...
... C'EST BEAUCOUP DE POUVOIR...
OUI.
EXACT.
ÇA POSE UN PROBLÈME À QUEL-QU'UN ?
BIEN.

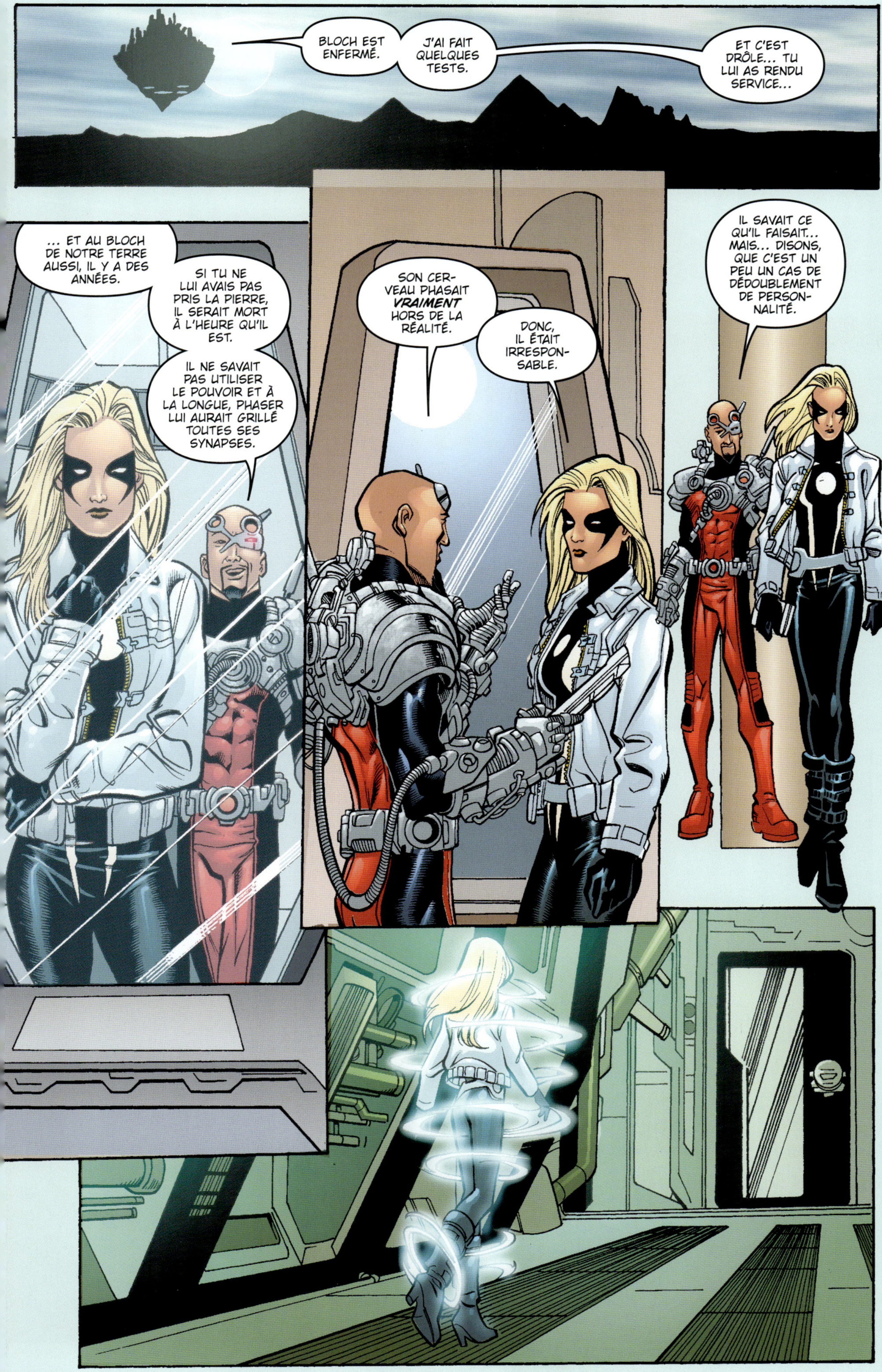
BLOCH EST ENFERMÉ.
J'AI FAIT QUELQUES TESTS.
ET C'EST DRÔLE... TU LUI AS RENDU SERVICE...
... ET AU BLOCH DE NOTRE TERRE AUSSI, IL Y A DES ANNÉES.
SI TU NE LUI AVAIS PAS PRIS LA PIERRE, IL SERAIT MORT À L'HEURE QU'IL EST.
IL NE SAVAIT PAS UTILISER LE POUVOIR ET À LA LONGUE, PHASER LUI AURAIT GRILLÉ TOUTES SES SYNAPSES.
SON CERVEAU PHASAIT ***VRAIMENT*** HORS DE LA RÉALITÉ.
DONC, IL ÉTAIT IRRESPONSABLE.
IL SAVAIT CE QU'IL FAISAIT... MAIS... DISONS, QUE C'EST UN PEU UN CAS DE DÉDOUBLEMENT DE PERSONNALITÉ.

LLOYD...?
MM...?
CE MONDE N'A PAS BESOIN DE PRISONNIERS...
... MAIS DE TRAVAILLEURS...
TU PEUX RESTER ET ÊTRE AIDÉ. DEVENIR UTILE À LA SOCIÉTÉ.
CETTE FOIS...
... C'EST TOI QUI CHOISIS.

TOKYO.
OU CE QU'IL EN RESTE.
ZZSTHSST
VITT
PÈRE ?
VIPP
MÈRE ?
JE SUIS LÀ...

THUNDERBOLTS (1997) 70
Couverture : **PATRICK ZIRCHER**

D'anciens criminels se transforment en apprentis héros. Échoués sur un monde étranger en pleine tourmente, sauveront-ils la planète… ou prendront-ils le pouvoir ?

PRÉCÉDEMMENT…

Depuis sa création, la Contre-Terre a été dévastée par de mystérieux orages cosmiques. L'économie mondiale est en panne. Des pays entiers ont été ravagés. Des millions d'habitants sont morts.

Les Thunderbolts ont décidé de rester sur cette planète pour la sauver, une vie – ou une mort – après l'autre. Installant la capitale de leur nouveau monde dans une ville flottante, ils commencent à redonner espoir à la population.

Mais, chaque jour, le doute qui s'est emparé d'eux grandit. Ils ne se demandent pas ce qu'ils vont pouvoir faire mais ce qui se passera une fois qu'ils auront atteint leur objectif…

Stan Lee présente

THUNDERBOLTS

VILAINS EN PUISSANCE 3

QU'ILS REPOSENT EN PAIX

Fabian Nicieza Scénario · Stefano Caselli Dessin · Rich Perrotta Encrage · Hi-Fi Design Couleurs

Lynne Yoshii, Andrew Lis, Joe Quesada, Bill Jemas Rédaction USA

C'EST *PARIS* ?
IL Y A 16 MOIS, LA VILLE A ÉTÉ DÉTRUITE PAR UNE SORTE DE *MÉTÉORE*.
ET LA BRUME DE RADIATIONS QUI L'ENTOURE, MACH III ?
J'AI DIT "UNE SORTE DE"...
... ON NE SAIT PAS QUEL GENRE DE MÉTÉORE EXACTEMENT.
ET TOUT LE MONDE EST MORT ?
OUAIS. MAIS C'EST PAS POUR CES PAUVRES GENS QU'ON EST LÀ...
... ON EST LÀ À CAUSE DE L'AUGMENTATION DES RADIATIONS.

LA SIGNATURE ÉNERGÉTIQUE CORRESPOND À CELLE OBSERVÉE À **TOKYO** IL Y A QUELQUES SEMAINES.
ET FIXER PENSE QUE LE PHÉNOMÈNE ÉTRANGE QUI AVALAIT TOKYO PROVIENT EN FAIT DE L'INTÉRIEUR DE LA PLANÈTE ?
COMME UN CANCER QUI ENVAHIT UN CORPS.
COMME SI LES PROBLÈMES DE FAMINE, DE CATASTROPHES ÉCOLOGIQUES, DE DÉSASTRES ÉCONOMIQUES, DE SURPOPULATION ET DE CHEVEUX GRAS NE SUFFISAIENT PAS...
PAS FACILE DE SAUVER UNE PLANÈTE !
NON.
T'AS PAS ENVIE D'EN PARLER ?
NON. ON FAIT NOTRE BOULOT. POINT. OK ?
FIXER VEUT UNE VISION DE L'INTÉRIEUR...
... DE CE "VIDE ÉNERGÉTIQUE".
SONDES LARGUÉES.

"JE SUIS LEUR PROGRESSION..."
JE RELÈVE UNE SORTE DE *MOUVEMENT*...
JE CROYAIS QUE TOUT LE MONDE ÉTAIT MORT...
SI ON EN JUGE PAR CES RELEVÉS...
"... IL SEMBLERAIT QU'ON SE SOIT TROMPÉS..."
HOTEL

IL Y A DES **GENS** VIVANTS LÀ-DESSOUS !
MAIS TOUT EST DÉVASTÉ !
JE LES VOIS... JE LES ENTENDS... PEUT-ÊTRE QU'ILS NE SONT PLUS EN PHASE AVEC LA RÉALITÉ... JE NE SAIS PAS...
... MAIS ILS SONT BIEN VI- VANTS...
... ET ON DOIT ESSAYER DE LES AIDER !
ON DEVRAIT APPELER LES AUTRES. ZÉMO ET FIXER PEUVENT...
PAS QUESTION... JE VEUX DIRE... ÇA URGE...
... ON NE PEUT PAS LES LAISSER SOUFFRIR UNE SECON- DE DE PLUS !
NE VIENS PAS ! CETTE ÉNERGIE POUR- RAIT FAIRE VOLER TA **FORME ÉLEC- TRIQUE** EN ÉCLATS...
... MAIS MON ARMURE DE- VRAIT ME PRO- TÉGER...
DEVRAIT ? MACH III ! ATTENDS !
TU N'AS RIEN À PROUVER À...
MERDE.

JOLT... TU M'ENTENDS ?
CHZZZ MACH III... SSSTTT...
TON SIGNAL FAIBLIT. VOYONS CE QU'ON A ICI...
WHOA.
CHKK QU'EST-CE QU'IL Y A ?
LA VILLE... LES GENS... ILS SONT TOUS LÀ !
C'EST PAS POSS... CHKKZZZ... VOIS QUE DES DÉCOMBRES KKZZZZ
<HEU... BONJOUR... JE... HEU... JE SUIS... MACH III...>
EST-CE QU'ILS ME DÉTESTERONT PLUS SI JE PARLE ANGLAIS OU UN MAUVAIS FRANÇAIS ?
JE LES ENTENDS... ILS SOUFFRENT... ILS HURLENT... MAIS ILS NE PARLENT PAS.
JOLT ?
ZZZZZ
BON SANG. OK. JE M'APPELLE MACH III ET JE VIENS VOUS AIDER.
NON... ATTENDEZ... DOUCEMENT...

UN SEUL À LA FOIS...
AIDE-NOUS !
AU SE-COURS !
J'AI MAL !
J'AI FAIM !
PITIÉ...
VOUS ÊTES TROP NOMB...
ÉCOUTEZ-MOI... SORTEZ DE MA TÊTE !
JE NE PEUX PAS TOUS VOUS SAUVER !
... NON... ARRÊTEZ !

NON !
KRAK
NON... ÇA N'EST PAS POSSIBLE...
... VOUS NE POUVEZ PAS ÊTRE ASSEZ FORTS POUR CASSER MON AILE...
... COMMENT...?
THWUMPH
AU SECOURS !
PITIÉ !
EMMÈNE-NOUS !

IL VOUS EN A FALLU DU TEMPS.
J'AI PERDU LE CONTACT AVEC LUI IL Y A 3 HEURES, ZÉMO.
TU NE POUVAIS PAS LE SUIVRE ?
OÙ EST MACH III ?
IL A DIT QUE LES RADIATIONS ME TUERAIENT.
ET LUI... ÇA NE DEVRAIT PAS L'AFFECTER, HEIN ?
L'ARMURE DE MACH III PEUT RÉSISTER À DES RADIATIONS.
IL DEVRAIT S'EN TIRER.
AVANT QUE LE CONTACT SOIT COUPÉ, IL A DIT QU'IL VOYAIT DES GENS, DES BÂTIMENTS...
IMPOSSIBLE.
IL N'Y A RIEN LÀ-BAS... PAS DE MATÉRIAUX SOLIDES... AUCUNE VIE...
ÇA NE POURRAIT PAS ÊTRE UNE SORTE D'ANOMALIE SPATIALE OU QUELQUE CHOSE DANS CE GENRE ?
L'ÉNERGIE DE TOKYO EST LA MÊME QU'ICI, NON ? ELLE VIENT BIEN DE QUELQUE PART...

ÇA VIENT DE L'*INTÉRIEUR* DE LA PLANÈTE, J'EN SUIS CERTAIN...
MAIS ÇA N'EST PAS ÇA QUI IMPORTE POUR L'INSTANT.
J'AI TROUVÉ MACH III GRÂCE À UN SIMPLE DÉTECTEUR DE MOUVEMENTS.
COMME IL EST LE SEUL *ÊTRE* VIVANT LÀ EN-BAS, IL EST LE SEUL À *BOUGER*.
MAIS IL A VU...
CE QU'*ILS* VOULAIENT QU'IL VOIE.
"ILS" ?
LA BRUME EST SATURÉE DE RYTHMES ALPHA... DES *ONDES CÉRÉBRALES.*
IL N'Y A PLUS D'*HABITANTS* À PARIS, MAIS LEURS *ESPRITS* SONT TOUJOURS LÀ.
LE COMMUNICATEUR DE MACH III EST OUT...
... MAIS SI ON A AFFAIRE À UN INCONSCIENT COLLECTIF, IL EN FAIT PARTIE MAINTENANT...
Café
"... ET COMME J'AI SON *EEG* EN MÉMOIRE, JE PEUX LE TROUVER..."
Café BonJour
Café BonJour

BRRINGG
?
BRRINGG
<BON-JOUR, MON AMI. ICI NORBERT EBERSOL !>
FIXER ?
OÙ ES-TU ?
AU-DESSUS DE PARIS. MAIS TOI... OÙ ES-TU ?
DANS PARIS.
SAUF QUE PARIS A ÉTÉ RAYÉ DE LA CARTE. ET SES HABITANTS...
... SONT TOUS MORTS.
DIS ÇA AUX GENS QUI ME POURSUIVENT !
Café BonJour
Café BonJour

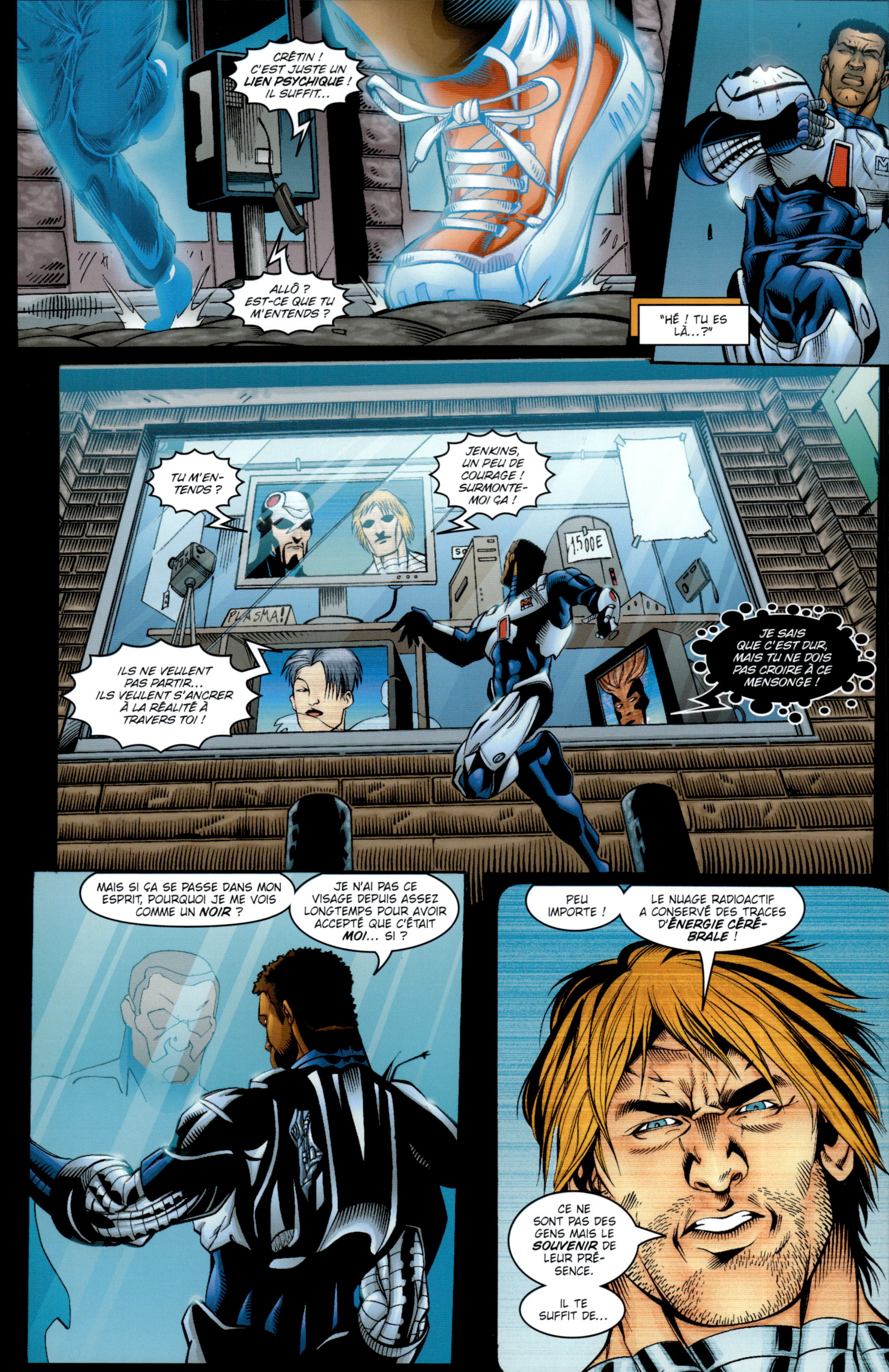
CRÉTIN ! C'EST JUSTE UN LIEN PSYCHIQUE ! IL SUFFIT...
ALLÔ ? EST-CE QUE TU M'ENTENDS ?
"HÉ ! TU ES LÀ...?"
TU M'EN-TENDS ?
JENKINS, UN PEU DE COURAGE ! SURMONTE-MOI ÇA !
ILS NE VEULENT PAS PARTIR... ILS VEULENT S'ANCRER À LA RÉALITÉ À TRAVERS TOI !
JE SAIS QUE C'EST DUR, MAIS TU NE DOIS PAS CROIRE À CE MENSONGE !
MAIS SI ÇA SE PASSE DANS MON ESPRIT, POURQUOI JE ME VOIS COMME UN NOIR ?
JE N'AI PAS CE VISAGE DEPUIS ASSEZ LONGTEMPS POUR AVOIR ACCEPTÉ QUE C'ÉTAIT MOI... SI ?
PEU IMPORTE !
LE NUAGE RADIOACTIF A CONSERVÉ DES TRACES D'ÉNERGIE CÉRÉ-BRALE !
CE NE SONT PAS DES GENS MAIS LE SOUVENIR DE LEUR PRÉ-SENCE.
IL TE SUFFIT DE...

CONVAINCRE CES GENS QU'ILS SONT MORTS ?
HEU... OUI. SI ON VEUT.
NON !
NOUS
NE
LE
PERMETTRONS
PAS !
VOILÀ QUI COMPLIQUE LES CHOSES.

NOUS SOMMES SYMBIO
NOUS SOMMES LA MANIFESTATION VIVANTE...
... DE L'ORDRE ET DU CHAOS.
NOUS AVONS ÉTÉ CRÉÉS POUR VEILLER À L'ÉQUILIBRE ENTRE CE QUI EST BIEN ET MAL DANS LE MONDE.
J'AI ENTENDU PARLER D'EUX... PAR LES JEUNES ALLIÉS... CE SONT LES JUGES DE LA CONTRE-TERRE !
SI VOUS PERSISTEZ À VOULOIR INTERVENIR, NOTRE JUGEMENT DEVRA ÊTRE RENDU PLUS TÔT QUE PRÉVU.

DES MILLIONS DE GENS SOUFFRENT LE MARTYRE LÀ EN-BAS...
... D'ACCORD, CE SONT DES FRANÇAIS, MAIS...
... BREF, ILS MÉRITENT AU MOINS UNE EXPLICATION ?
NOUS SOMMES LA CAUSE DE LEUR MALHEUR.
NOTRE ARRIVÉE DANS CE MONDE A PROVOQUÉ LA DESTRUCTION DE PARIS.
C'EST BIEN DOMMAGE ET ÇA N'ÉTAIT PAS PRÉVU.
NOUS N'ÉTIONS ALORS QU'UNE FORME EMBRYON-NAIRE...
... L'ÉNERGIE QUE NOUS AVONS LIBÉRÉE À NOTRE ARRIVÉE S'EST COM-BINÉE AVEC L'ANGOISSE DE CEUX QUI SONT MORTS ICI...
... CE QUI A GÉNÉRÉ UNE SORTE DE BOUCHON SI L'ON PEUT DIRE...
... QUI MAINTIENT L'ANOMALIE SPATIALE QUI RAVAGE CE MONDE À DISTANCE.
MAIS CES GENS SOUFFRENT ! ILS SAVENT QUE C'EST UN MENSONGE... IL FAUT LES LIBÉRER...
... IL Y A SÛREMENT UN MOYEN !

ILS ONT ÉTÉ SACRIFIÉS POUR LE BIEN COMMUN !
ILS N'ONT PAS EU LE CHOIX ! LAISSEZ-LES MOURIR EN PAIX !
NE LES OBLIGEZ PAS À RÉPARER LES DÉGÂTS QUE VOUS AVEZ CAUSÉS !
PRENDS GARDE À CE QUE TU EXIGES, HUMAIN.
SI TON VŒU SE RÉALISAIT, CELA LIBÉRERAIT UN TORRENT D'ÉNERGIE...
... QUI DÉTRUIRAIT LE CŒUR MÊME DE CETTE PLANÈTE.

HUM... ET SI C'ÉTAIT VRAI ?
IL N'Y A PAS DE RAISON DE NE PAS LES CROIRE.
IL N'Y A PAS DE RAISON DE LES CROIRE NON PLUS.
EN EFFET.
ON SE DÉBROUILLERA AVEC LES CONSÉQUENCES...
... MAIS ON EST RESTÉS ICI POUR SAUVER DES GENS, EST-CE QUE ÇA N'IMPLIQUE PAS...
"... DE SAUVER LEUR ÂME ?"
FIXER, JE TE TRANSMETS DES DONNÉES...

... DIS-MOI SI C'EST FAISABLE...
COMPRIS. OUI... JE N'AVAIS PAS PENSÉ À ÇA...
... J'EN REVIENS PAS D'AVOIR DIT ÇA.
C'EST-À-DIRE ?
JE N'AURAIS PAS CRU QUE TU Y PENSERAIS... MAIS ÇA POURRAIT MARCHER.
ENFIN, SI J'Y AJOUTE MA PETITE TOUCHE PERSONNELLE, BIEN SÛR...
"OH. JUSTE UN MOYEN DE TUER LES FRENCHIES."
ASSEZ.
ON FAIT QUOI, ZÉMO ?
ON OCCUPE LA CRÉATURE POUR DONNER DU TEMPS À MACH III.
OK.
ON FAIT LE BON CHOIX.
OUI... QUE TU DONNES TON AVAL EST PRIMORDIAL...

NON... NE NOUS TUE PAS !
PITIÉ !
ARRÊTE ÇA !
NON... NOUS NE VOULONS PAS ÊTRE RESPONSABLES DE LA DESTRUCTION DU MONDE !
MAIS ON NE PEUT PAS VIVRE COM-ME ÇA !
JE...
... JE SUIS DÉSOLÉ. MAIS VOUS ÊTES DÉJÀ MORTS. VOUS MÉRITEZ DE REPOSER EN PAIX...
UNE PULSATION ÉLECTROMAGNÉTIQUE. IL SEMBLERAIT QUE...
QUOI...?

"... LES HUMAINS AIENT PRIS LEUR DÉCISION."
"POUR SAUVER QUELQUES ÂMES, ILS VONT DÉTRUIRE TOUT UN MONDE."

JE SUIS DÉSOLÉ...
DE QUOI ? TU LES AS LIBÉRÉS.
VIENS. JE VAIS T'AIDER.
LA PULSATION A DÉTRUIT LE LIEN PSYCHIQUE MAIS AUSSI TON ARMURE.
LA BRUME DISPARAÎT.
IL Y A QUOI DESSOUS ?
CE QU'IL Y A TOUJOURS EU...
... RIEN...

IMPUDENTS... CE "RIEN" COMME VOUS DITES...
... C'EST CE QUI MENACE CE MONDE !
LE VIDE NE PEUT ÊTRE ARRÊTÉ OU CONTENU. PAR NATURE, IL SE NOURRIT DE LUI-MÊME...
... ET IL FINIRA INÉVITABLEMENT PAR DÉTRUIRE LA PLANÈTE.
RIEN... NI PERSONNE... NE PEUT L'AR-RÊTER !
?
ARK
MAIS QUE...
CHRYEEEEEETHT

PÈRE... MÈRE...
JE SUIS AVEC VOUS.
ANOMALY VIENT RÉCLAMER CE MONDE...
... ET LE SAUVER !
POUR SAUVER LA TERRE, LEUR FAUDRA-T-IL LA DÉTRUIRE ?

THUNDERBOLTS (1997) 72
Couverture : **JUAN BOBILLO**

D'anciens criminels se transforment en apprentis héros. Échoués sur un monde étranger en pleine tourmente, sauveront-ils la planète… ou prendront-ils le pouvoir ?

OPALE 
ATLAS 
FIXER 
JOLT 
MACH III 
BARON ZÉMO 

PRÉCÉDEMMENT...

Depuis sa création, la Contre-Terre a été dévastée par de mystérieux orages cosmiques. Des phénomènes qui ont conduit au chaos mondial et à un effondrement économique.

Les Thunderbolts ont décidé de rester sur cette planète pour la sauver, une vie – ou une mort – après l'autre. Installant la capitale de leur nouveau monde dans une ville flottante, ils ont réussi à améliorer la situation en quelques semaines.

Mais tous leurs efforts risquent d'être anéantis lorsqu'ils découvrent que les étranges radiations qui rongent la planète de l'intérieur ne peuvent être contenues.

Anomaly, un être engendré par ces mêmes radiations, est déterminé à les empêcher d'essayer !

Stan Lee présente

THUNDERBOLTS

VILAINS EN PUISSANCE 4

TUMEURS MALIGNES

Fabian Nicieza Scénario – **Chris Batista** Dessin – **Rich Perrotta** Encrage – **Hi-Fi Design** Couleurs

Lynne Yoshii, Andrew Lis, Joe Quesada, Bill Jemas Rédaction USA

VOUS ÊTES VENUS SAUVER UN MONDE QUI NE MÉRITE PAS D'EXISTER.
CELA N'A ENGENDRÉ QUE DES MALHEURS.
QUE TOUT CELA FINISSE DANS LE FEU.

NOUS COURONS TELS DES FOURMIS AFFOLÉES ET APEURÉES.
NOUS NOUS CRAMPONNONS À LA FAMILLE, LA FOI...
... MAIS TOUT CELA, CEUX QUI NOUS OBSERVENT, S'AMUSENT DE TEMPS À AUTRES À LE DÉTRUIRE.
C'EST VRAI, PÈRE...
... CE MONDE NE MÉRITE PAS DE CONTINUER À EXISTER.
NON, MÈRE... IL A RAISON...
JE SAIS, C'EST MAL DE TUER...
... MÈRE, JE T'EN PRIE... JE SUIS OC-CUPÉ !
À FAIRE QUOI ?
...
JE SUIS OCCUPÉ. POINT !

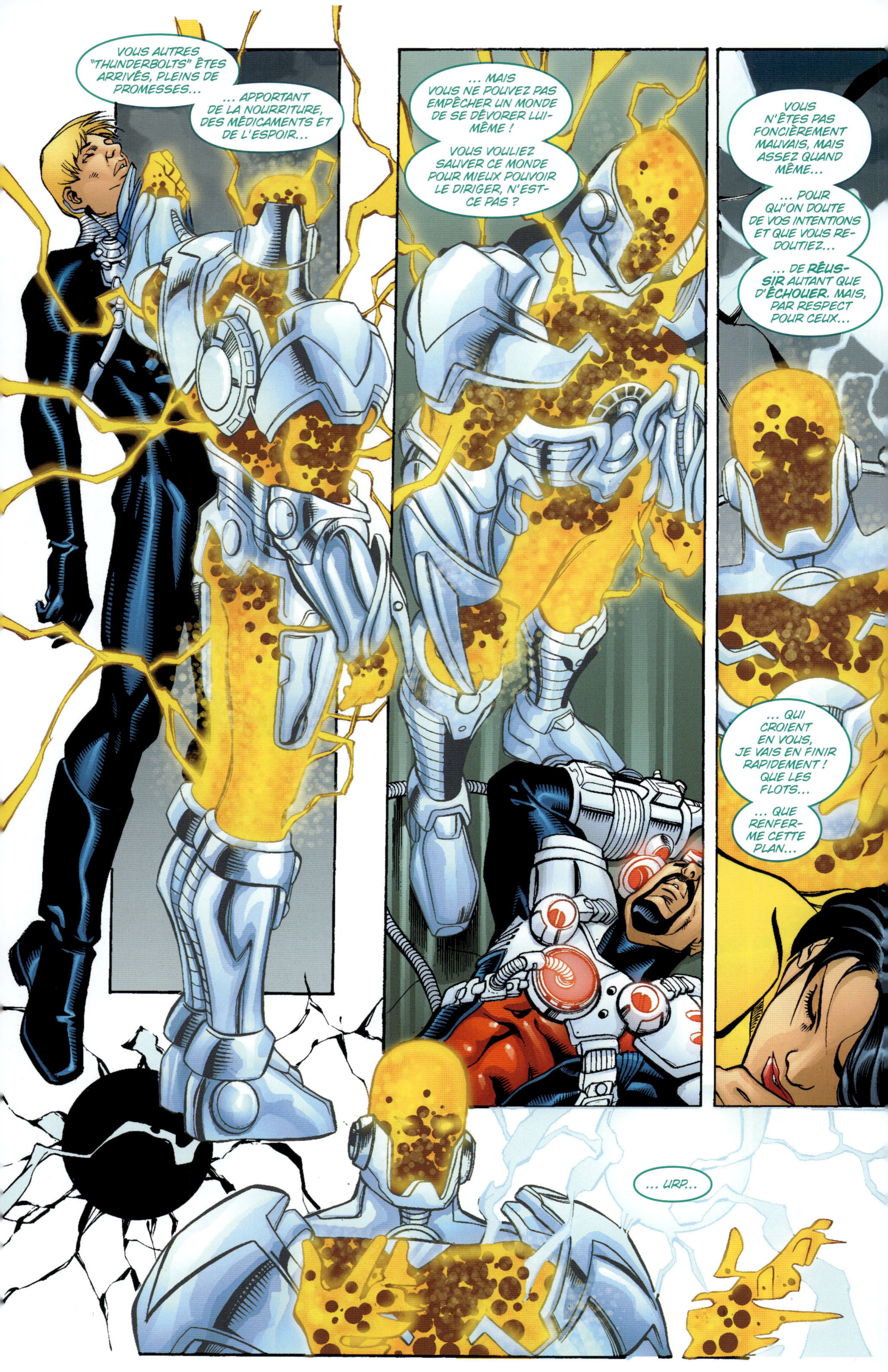
VOUS AUTRES "THUNDERBOLTS" ÊTES ARRIVÉS, PLEINS DE PROMESSES...
... APPORTANT DE LA NOURRITURE, DES MÉDICAMENTS ET DE L'ESPOIR...
... MAIS VOUS NE POUVEZ PAS EMPÊCHER UN MONDE DE SE DÉVORER LUI-MÊME !
VOUS VOULIEZ SAUVER CE MONDE POUR MIEUX POUVOIR LE DIRIGER, N'EST-CE PAS ?
VOUS N'ÊTES PAS FONCIÈREMENT MAUVAIS, MAIS ASSEZ QUAND MÊME...
... POUR QU'ON DOUTE DE VOS INTENTIONS ET QUE VOUS REDOUTIEZ...
... DE **RÉUSSIR** AUTANT QUE D'**ÉCHOUER**. MAIS, PAR RESPECT POUR CEUX...
... QUI CROIENT EN VOUS, JE VAIS EN FINIR RAPIDEMENT ! QUE LES FLOTS...
... QUE RENFERME CETTE PLAN...
... URP...

BLEEURGGHH
CRÉTIN PONTIFIANT.

HMM.
PEUT-ÊTRE EST-CE UN AVANTAGE QUE TU AIES DEUX GEMMES, OPALE.
DNK DNK
TUNK
PEUT-ÊTRE.
QU'EST-CE QUI S'EST PASSÉ ?
OPALE.
TOUTE SEULE ?
SI MON ANALYSE EST CORRECTE, ELLE A PHASÉ CE TYPE...
... APRÈS QUOI, ELLE A SOLIDIFIÉ SON CORPS À L'INTÉRIEUR DE SON ARMURE...
ET IL A EXPLOSÉ ?
KARLA EST MERVEILLEUSE. REVENONS À NOS MOUTONS...
APPAREMMENT, CE TYPE ÉTAIT COMPOSÉ DE PURE ÉNERGIE...
... DE MÊME NATURE QUE LE CHAMP NUL QUI ABSORBAIT TOKYO.
IL S'ADRESSAIT À SES "PARENTS"... TU NE CROIS PAS QUE...
QUE C'EST LE GARÇON QUI A REFUSÉ DE NOUS SUIVRE QUAND ON A ÉVACUÉ LA VILLE IL Y A QUELQUES SEMAINES ?
SI, JE CROIS.

C'EST IMPORTANT *QUI* IL EST ?
NON, MAIS JE PENSAIS QUE ÇA VOUS IMPRES-SIONNERAIT.
CERTES. MAIS J'AIMERAIS PLUTÔT SAVOIR *POURQUOI* IL EXISTE.
CE CHAMP NUL SE RÉPAND DE L'INTÉRIEUR DE LA PLANÈTE COMME UN *CANCER*.
CE TYPE EST DISONS... UNE *TUMEUR AMBULANTE*.
MAIS POURQUOI VOUDRAIT-IL QUE CE MONDE SOIT DÉTRUIT ?
POURQUOI UN CANCER CONSUME-T-IL UN ORGANISME VIVANT ?
PARCE QU'IL *DOIT*.
C'EST RIDICULE... ALORS, ON A GUÉRI UN PATIENT EN STADE TERMINAL SANS SE RENDRE COMPTE QU'UNE DEUXIÈME MALADIE LE GUETTAIT DÉJÀ ?
J'AI ANALYSÉ LES *COMPOSANTS DE L'ARMURE* AVEC MES SCANNERS... ILS SONT SATURÉS DE LA MÊME "ÉNERGIE" QUE LE CHAMP NUL.
ON PEUT LA TRACER ?
C'EST FAIT. MAIS PRENEZ VOS PARKAS, LES AMIS...

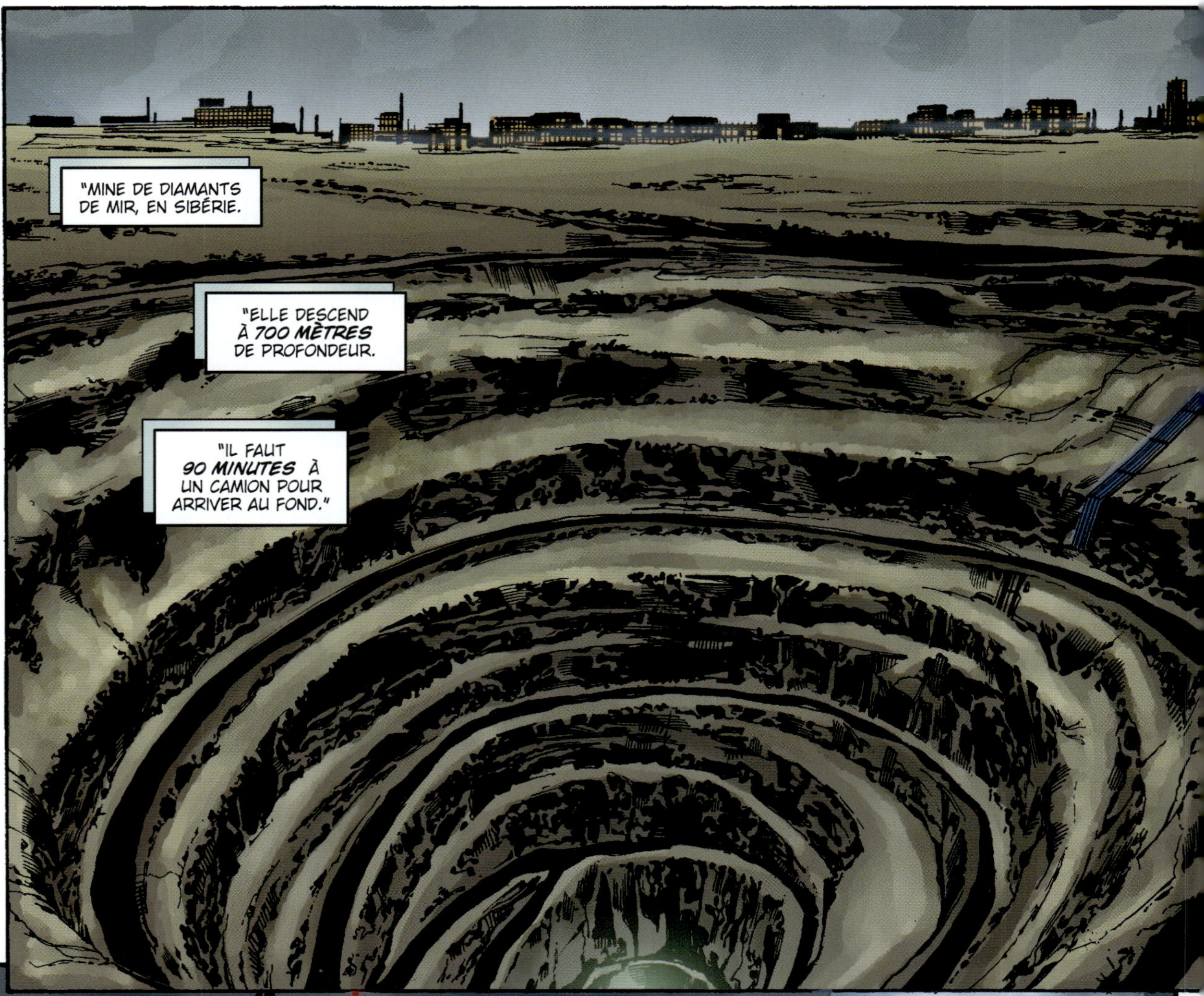
"MINE DE DIAMANTS DE MIR, EN SIBÉRIE.
"ELLE DESCEND À 700 MÈTRES DE PROFONDEUR.
"IL FAUT 90 MINUTES À UN CAMION POUR ARRIVER AU FOND."

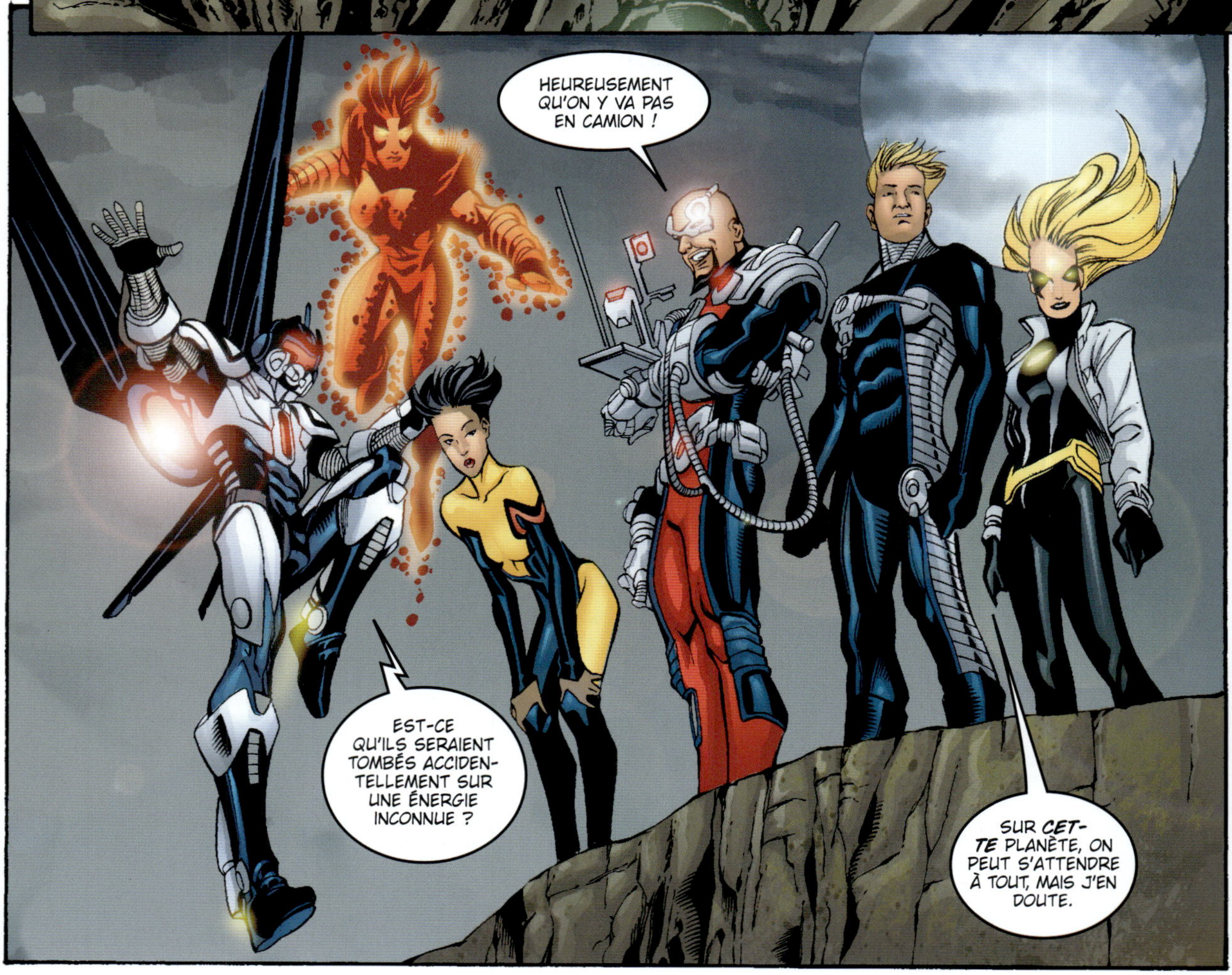
HEUREUSEMENT QU'ON Y VA PAS EN CAMION !
EST-CE QU'ILS SERAIENT TOMBÉS ACCIDEN-TELLEMENT SUR UNE ÉNERGIE INCONNUE ?
SUR CET-TE PLANÈTE, ON PEUT S'ATTENDRE À TOUT, MAIS J'EN DOUTE.

<QUI ÊTES-VOUS ? ET QUE VENEZ...>
<YOURI... TU LES RECONNAIS ?>
<NON... OUI...>
<EH OUI, JE SUIS HELMUT ZÉMO...>
<ET VOICI LES **HÉROS LES PLUS PUISSANTS DU MONDE** !>
<MERCI D'ÊTRE VENUS !>
<MES ENFANTS SONT MALADES !>
<LE DIABLE DE LA MINE NOUS EMPOISONNE TOUS !>
FUITES RADIOACTIVES... CONTAMINATION DU SOL... LA TOTALE...
DEPUIS QUAND ?
PEUT-ÊTRE DES **DÉCENNIES**.

ALLONS VOIR ÇA.
C'EST BIZARRE, NON ?
D'APRÈS MON ENREGISTREMENT, L'ÉNERGIE VA ET VIENT PAR PUISSANTES POUSSÉES...
COMME SI QUELQU'UN S'AMUSAIT AVEC UN INTER-RUPTEUR.
EN TOUT CAS, ÇA NOUS FICHE UNE SACRÉE NAUSÉE.
ÇA SE VOMIT, L'ÉNERGIE IONIQUE ?
JE CROIS... QU'ON NE VA PAS TARDER À LE SAV...
BLEEUARGH !
ATLAS ?! MINCE... JE PLAISANTAIS, TU SAIS !
QU'EST-CE QUI SE PASSE ?
LE CHAMP NUL TRAVERSE LE SPECTRE D'ÉNERGIE IONIQUE.
COMME DES FORCES QUI S'OPPOSENT.

DALLAS A MAL !
IL FAUT LES REMONTER.
NON... C'EST MOINS PÉNIBLE... SOUS MA **FORME HUMAINE**.
OK. ON CONTINUE LA DESCENTE.
OPALE, TU AS PHASÉ ? CES RADIATIONS NE TE DÉRANGENT PAS ?
NON. RIEN NE M'AFFECTE PLUS.
HÉ. MES SCANNERS VISUELS DÉTECTENT QUELQUE CHOSE...
FIXER, ÉCLAIRE-NOUS...
JE DOIS LES ALLUMER QUAND ?
JE DÉTECTE UNE MASSE SOLIDE À ENVIRON 200 MÈTRES...

DE PLUS EN PLUS BIZARRE...

UN VAISSEAU SPATIAL ?
CE TRUC EST PLUS GRAND QUE RHODE ISLAND !
MON TRUC AUSSI.
QU'EST-CE QU'ON PEUT RÉPONDRE À ÇA ?
RIEN. IGNORE-LE. REGARDEZ LA STRUCTURE...
... UNE PARTIE A PHASÉ DANS LA CROÛTE TERRESTRE.
ILS AVAIENT PEUT-ÊTRE UN SYSTÈME QUI LES PROPULSAIT AU CŒUR DE LA PLANÈTE...
... COMME DES MOTEURS SUBSPATIAUX...
TU REGAR-DES TROP LA TÉLÉVISION.
ATTENDEZ...
D'APRÈS MES CAPTEURS, IL Y A BIEN DES RADIA-TIONS "NULLES" QUI S'ÉCHAPPENT DES FISSURES DES MOTEURS.
LA CONTRE-TERRE EST UNE COPIE DE LA NÔTRE, CRÉÉE PAR L'ESPRIT D'UN PETIT GARÇON.
IL A COMBINÉ CE QU'IL SAVAIT ET CE QU'IL VOULAIT...
... LE TOUT RÉSULTANT DES CONNAISSANCES ACCUMULÉES PAR L'IN-CONSCIENT COLLECTIF DE LA VRAIE PLANÈTE.

CE QUI EXPLIQUE POURQUOI LES CHOSES, LES GENS ET LES LIEUX... NE CORRESPONDENT PAS...
ET L'*HISTOIRE* EST UN PEU DIFFÉRENTE. LA VIE DES INDIVIDUS A ÉTÉ MODIFIÉE...
CE QUI SOULÈVE UNE QUESTION INTÉRESSANTE...
"... EST-CE QU'IL EXISTE SUR NOTRE TERRE UNE VERSION DE CE VAISSEAU ?"
TOUTES LES PETITES "ÉRUPTIONS" PROVIENNENT DES MOTEURS...
... MAIS ELLES SEMBLENT AUSSI S'ALIMENTER À UNE AUTRE SOURCE D'ÉNERGIE.
DALLAS, RETIENS TON DÉJEUNER... IL VA Y AVOIR UN AUTRE PIC...
YEEEAR

UN MISSILE ?
CE SONT LES SOLDATS ?
ILS VISENT LE VAISSEAU ALIEN !
MAIS POURQUOI ?
PARCE QUE S'IL RESTE LÀ, CE VAISSEAU VA DÉTRUIRE LA PLANÈTE.

NOUS SOMMES LES Jeunes Alliés !
PITIÉ... DIS-MOI QUE C'EST UNE BLAGUE...
JE CONNAIS BUCKY ET TORO. ON A RENCONTRÉ SYMBIO À PARIS ET LE DERNIER, C'EST KID COLT.
CE SONT DES ENFANTS SOLDATS, DES REBELLES, QUI AIDENT LES PETITES GENS ET BLABLABLA...
C'EST PEUT-ÊTRE MARRANT... MAIS JE TE JURE QUE C'EST PAS UNE BLAGUE...

HEU... LES GARS... ILS SONT COOLS... J'EN SUIS SÛR.
J'AIMERAIS POUVOIR EN DIRE AUTANT DE TON GROUPE, JOLT.
BUCKY.
ZÉMO.
DESCENDEZ-LES.
NON MAIS ÇA VA PAS !
ILS SE BATTENT POUR PROTÉGER CE MONDE !
ILS NE FERONT DE MAL À PERSONNE !
HEU... EN FAIT...

QUOI ?
ÇA VA PAS TE PLAIRE...
CE MONDE EST CONDAMNÉ.
IL EST EMPOISONNÉ DE L'INTÉRIEUR À CAUSE DE CE VAISSEAU...
... ET PARCE QU'IL S'EST RETROUVÉ RELIÉ À SON MODÈLE, LA VRAIE TERRE.
NOUS REPRÉSENTONS LES ENTITÉS QUE SONT L'ORDRE ET LE CHAOS !
ON NOUS A ENVOYÉS POUR JUGER SI CETTE TERRE AVAIT LE DROIT D'EXISTER.
ET NOUS ESTIMONS QU'ELLE EN A LE DROIT. MAIS POUR QUE CE MONDE VIVE...
LE VÔTRE DOIT MOURIR.

QUOI ?!
L'ORDRE QUE VIENT DE NOUS DONNER LE BOSS ÉTAIT PARFAIT...
POOM POOM
POOM
COLT ! DERRIÈRE MOI !
CES TYPES ÉTAIENT PAS CENSÉS ÊTRE DES HÉROS ?
SAUF QU'ON VIENT DE LEUR DIRE QU'ON DEVAIT DÉTRUIRE LEUR MONDE !
MINUTE... IL FAUT QU'ON PARLE !
DIS ÇA AUX AUTRES !

ILS VONT AVOIR DU MAL À PARLER AVEC LA MÂCHOIRE CASSÉE !
ZZZSSTT
BUCKY... ARRÊTE... C'EST VRAIMENT RIDICULE DE NOUS BATTRE !
C'EST TON BOSS QUI VEUT TOUS NOUS TUER !
IL SE LAISSE... ***EMPORTER***... PARFOIS.
ZZTT
ON AVAIT PAS FINI NOTRE CONVERSATION...
ZZTT
C'EST-À-DIRE ?
VOTRE TERRE DOIT MOURIR... ET PATATI ET PATATA...
... MAIS SACRIFIER UNE TERRE POUR UNE AUTRE, C'EST PAS LA SOLUTION...
... ET ON EST LÀ POUR VOUS AIDER À TROUVER UN MOYEN DE PRÉSERVER LES ***DEUX*** MONDES !

OH.
ET ON LEUR DIT COMMENT ?
T'INQUIÈTE, J'AI UN TÉLÉPATHE DANS MA POCHE...
Q.I...?
OUI, RIKKI ?
TU PEUX NOUS LES CALMER ?
JE CROIS QUE QUELQU'UN VA ME DEVAN-CER...
ASSEZ !

LES CHOSES SE COMPLIQUENT, PÈRE.
CHACUN DES MONDES ALIMENTE L'AUTRE.
CONDAMNÉS À LA DESTRUCTION MUTUELLE...
... CHACUN A BESOIN DE L'AUTRE POUR SURVIVRE.
CE MONDE PEUT CONTINUER À VIVRE... SI L'AUTRE MEURT.
MAIS POUR QUE L'AUTRE VIVE, CELUI-CI DOIT MOURIR.
JE... JE NE SAIS QUE FAIRE...
MONTRE-TOI.
FWOOSH
JE PEUX RÉSOUDRE TON DILEMME. JE COMPRENDS QUE LE FAIBLE DOIVE ÊTRE ÉLIMINÉ POUR QUE LE FORT SURVIVE.

JE PEUX T'AIDER À SAUVER CETTE PLANÈTE.
MÊME SI CELA IMPLIQUE LA DESTRUCTION DE TON MONDE ?
NON...
PARCE QUE CELA SIGNIFIE QUE LA VRAIE TERRE VA ÊTRE DÉTRUITE !

VILAINS EN PUISSANCE (5) : SACRIFICE

THUNDERBOLTS (1997) 74
Couverture : **JUAN BOBILLO**

D'anciens criminels se transforment en apprentis héros. Échoués sur un monde étranger en pleine tourmente, sauveront-ils la planète… ou prendront-ils le pouvoir ?

OPALE  ATLAS  FIXER  JOLT  MACH III  BARON ZÉMO 

PRÉCÉDEMMENT...

Depuis sa création, la Contre-Terre a été dévastée par de mystérieux orages cosmiques. Des phénomènes qui ont conduit au chaos mondial et à un effondrement économique.

Les Thunderbolts ont décidé de rester sur cette planète pour la sauver, une vie – ou une mort – après l'autre. En quelques semaines, ils parviennent à améliorer grandement la situation. Mais tous leurs efforts sont anéantis quand ils découvrent que d'étranges radiations rongent la planète de l'intérieur.

Ils repèrent la source des radiations, un vaisseau alien en sommeil, à deux kilomètres sous terre, en Sibérie. Et ils se retrouvent confrontés à Anomaly, un être engendré par ces mêmes radiations.

Des soldats rebelles adolescents, surnommés les Jeunes Alliés, expliquent aux T-Bolts que le vide anormal créé par le vaisseau est lié à la vraie terre et qu'il ne peut rester au final qu'une seule planète.

La colère d'Anomaly ayant eu raison des Alliés et des T-Bolts, le dernier espoir des deux planètes réside dans un homme dont l'une et l'autre se méfient – le leader des Thunderbolts, le baron Helmut Zémo !

Stan Lee présente

THUNDERBOLTS

VILAINS EN PUISSANCE 5

SACRIFICE

Fabian Nicieza Scénario — Chris Batista Dessin — Rich Perrotta Encrage — Hi-Fi Design Couleurs

Lynne Yoshii, Andrew Lis, Joe Quesada, Bill Jemas Rédaction USA

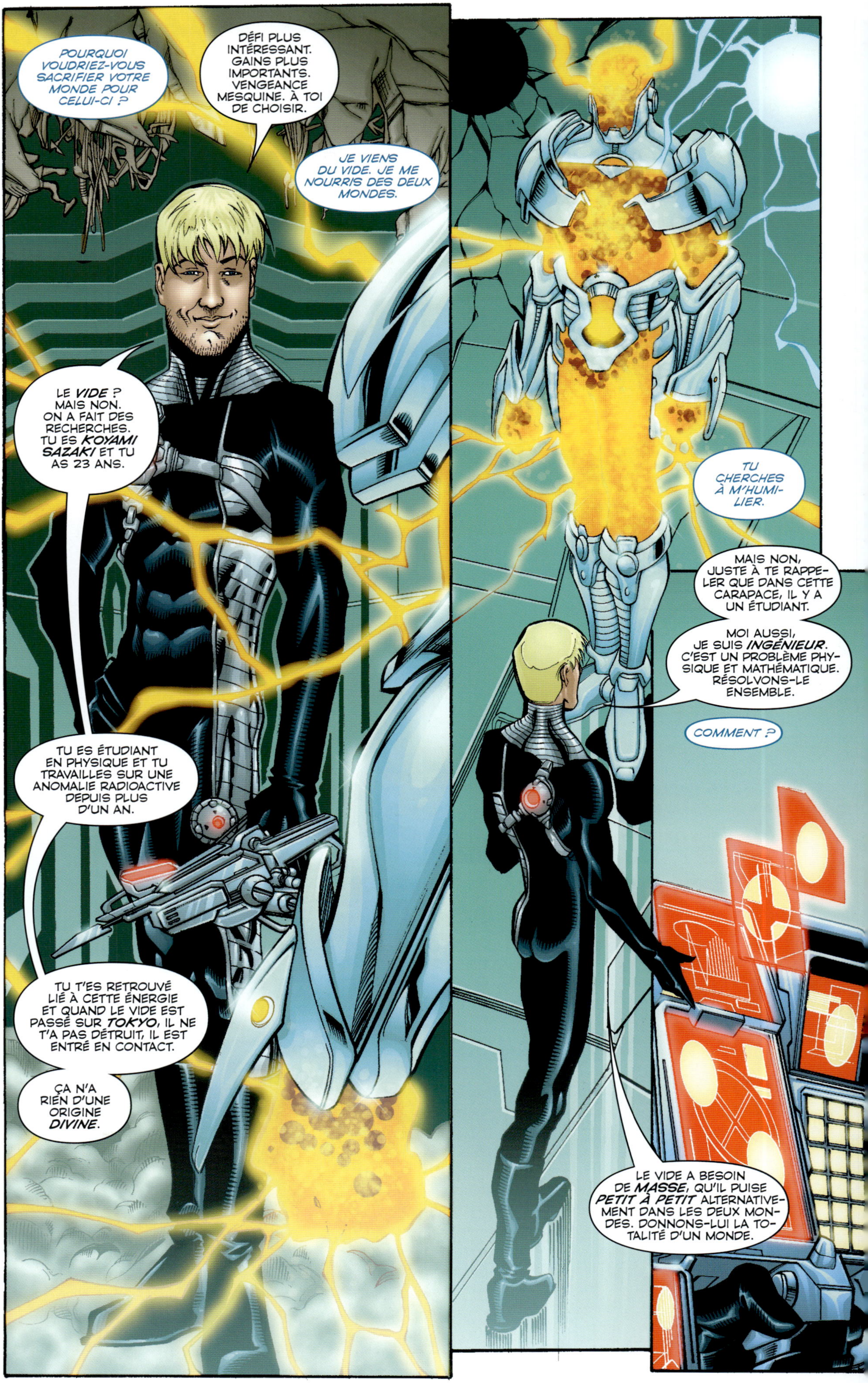
POURQUOI VOUDRIEZ-VOUS SACRIFIER VOTRE MONDE POUR CELUI-CI ?
DÉFI PLUS INTÉRESSANT. GAINS PLUS IMPORTANTS. VENGEANCE MESQUINE. À TOI DE CHOISIR.
JE VIENS DU VIDE. JE ME NOURRIS DES DEUX MONDES.
LE VIDE ? MAIS NON. ON A FAIT DES RECHERCHES. TU ES KOYAMI SAZAKI ET TU AS 23 ANS.
TU ES ÉTUDIANT EN PHYSIQUE ET TU TRAVAILLES SUR UNE ANOMALIE RADIOACTIVE DEPUIS PLUS D'UN AN.
TU T'ES RETROUVÉ LIÉ À CETTE ÉNERGIE ET QUAND LE VIDE EST PASSÉ SUR TOKYO, IL NE T'A PAS DÉTRUIT, IL EST ENTRÉ EN CONTACT.
ÇA N'A RIEN D'UNE ORIGINE DIVINE.
TU CHERCHES À M'HUMILIER.
MAIS NON, JUSTE À TE RAPPELER QUE DANS CETTE CARAPACE, IL Y A UN ÉTUDIANT.
MOI AUSSI, JE SUIS INGÉNIEUR. C'EST UN PROBLÈME PHYSIQUE ET MATHÉMATIQUE. RÉSOLVONS-LE ENSEMBLE.
COMMENT ?
LE VIDE A BESOIN DE MASSE, QU'IL PUISE PETIT À PETIT ALTERNATIVEMENT DANS LES DEUX MONDES. DONNONS-LUI LA TOTALITÉ D'UN MONDE.

ZÉMO ! TU N'ES PAS SÉRIEUX !
AH, OPALE, TU ES RÉVEILLÉE.
ET FÂCHÉE.
POURQUOI L'AUTRE TERRE MÉRITERAIT-ELLE DAVANTAGE DE SURVIVRE QUE CELLE-CI ?
LE VIDE LES VEUT TOUTES LES DEUX.
QUELLE AVIDITÉ. JE VAIS TROUVER UNE SOLUTION QUI ARRANGE TOUT LE MONDE.
TU AS ENTENDU. LE VIDE EST AFFAMÉ. LA FRÉQUENCE DES TREMBLEMENTS AUGMENTE.
LE TEMPS PRESSE. QUELLE EST TA RÉPONSE, KARLA ?
JE... TU...
...
TU RESTES SANS VOIX. UNE PREMIÈRE.
C'EST QUE... QU'EST-CE QUI NOUS DONNE LE DROIT DE PRENDRE CETTE DÉCISION ?

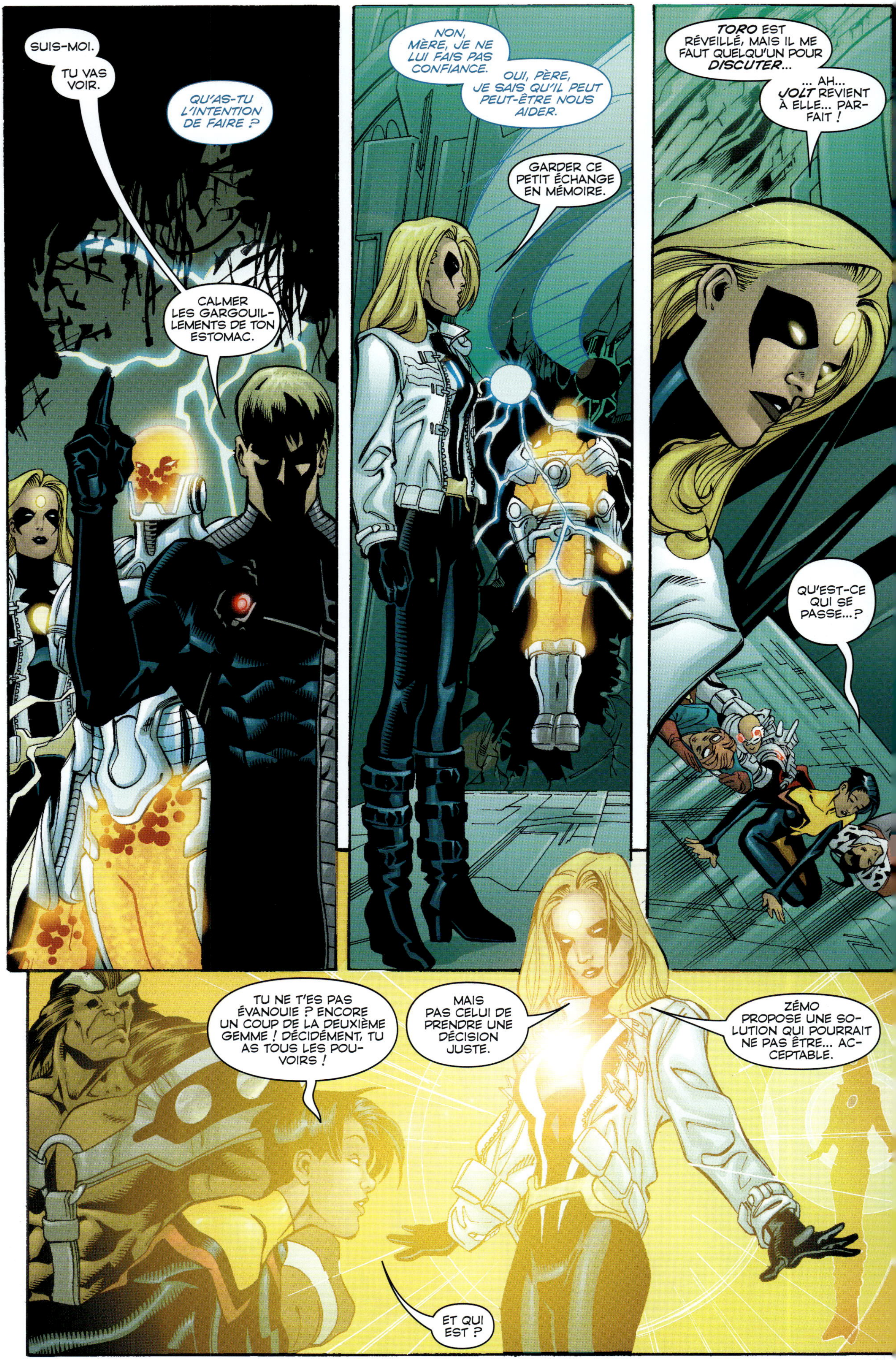
SUIS-MOI.
TU VAS VOIR.
QU'AS-TU L'INTENTION DE FAIRE ?
CALMER LES GARGOUIL-LEMENTS DE TON ESTOMAC.
NON, MÈRE, JE NE LUI FAIS PAS CONFIANCE.
OUI, PÈRE, JE SAIS QU'IL PEUT PEUT-ÊTRE NOUS AIDER.
GARDER CE PETIT ÉCHANGE EN MÉMOIRE.
TORO EST RÉVEILLÉ, MAIS IL ME FAUT QUELQU'UN POUR DISCUTER...
... AH... JOLT REVIENT À ELLE... PAR-FAIT !
QU'EST-CE QUI SE PASSE...?
TU NE T'ES PAS ÉVANOUIE ? ENCORE UN COUP DE LA DEUXIÈME GEMME ! DÉCIDÉMENT, TU AS TOUS LES POU-VOIRS !
MAIS PAS CELUI DE PRENDRE UNE DÉCISION JUSTE.
ZÉMO PROPOSE UNE SO-LUTION QUI POURRAIT NE PAS ÊTRE... AC-CEPTABLE.
ET QUI EST ?

DE SAUVER LA CONTRE-TERRE ET DE DÉTRUIRE LA VRAIE.
LES ALTERNATIVES SONT : SAUVER NOTRE TERRE EN CONDAMNANT CELLE-CI, NE RIEN FAIRE ET LES DEUX MEURENT.
C'EST RÉJOUISSANT.
GRRMMANN
LES GRONDEMENTS S'AMPLIFIENT ?
C'EST POSSIBLE...
ET TOI... QU'EST-CE QUE TU EN PENSES ?
J'EN SAIS RIEN.
TOUT CE QUE JE SAIS, C'EST QU'ON NE DOIT PAS LAISSER ZÉMO DÉCIDER !
J'ÉCOUTE TES ARGUMENTS...
LA VIE HUMAINE N'A PAS DE PRIX. ON NE PEUT PAS "GRADUER" SA VALEUR ! MORALEMENT, C'EST INDÉFENDABLE ! QUI SOMMES-NOUS POUR DÉCIDER QUI A LE DROIT DE VIVRE ET QUI DOIT MOURIR ?
DÉCIDÉMENT, TU AS LE DON DE CONVAINCRE...
N'EMPÊCHE QUE SI ON LES NEUTRALISE... LES DEUX MONDES VONT MOURIR.
J'AI UNE IDÉE, JE CROIS...

DEDANS...
D'APRÈS MES SCANNERS, UNE PARTIE DU PROBLÈME TIENT À CE QUE TU DRAINES L'ÉNERGIE DANS LE VIDE.
LE VIDE ME NOURRIT.
TU LUI SERS DE DÉVERSOIR... PARCE QU'IL EST DRAINÉ PAR L'AUTRE CÔTÉ AUSSI.
IL FAUT QUE TU REMPLISSES LE VIDE DE TOUTE L'ÉNERGIE QUI EST EN TOI.
ÇA REVIENDRA À SURCHARGER NOTRE CÔTÉ DE LA LIGNE, CE QUI CRÉERA UNE ATTRACTION DE L'AUTRE CÔTÉ...
DE SORTE QUE L'AUTRE TERRE SERA ABSORBÉE ?
ET LE TROU SE BOUCHERA D'UN CÔTÉ.
MIEUX VAUT NE SAUVER QUE CE MONDE-CI QU'AUCUN DES DEUX.
OUI, MÈRE, JE SAIS QU'UNE AUTRE PLANÈTE VA MOURIR.
OUI, PÈRE, JE N'AI PAS LE CHOIX.
IL FAUT TOUJOURS ÉCOUTER SON PÈRE.
VAIS-JE SOUFFRIR ?
DEMANDE LE TYPE QUI A ÉTÉ VOMI PAR UNE TEMPÊTE RADIOACTIVE.
FRANCHEMENT ? JE N'EN SAIS RIEN ET JE M'EN FICHE. ALLONS-Y...

"... AVANT QUE CEUX QUI SONT HORS DU VAISSEAU COMPLIQUENT ENCORE LES CHOSES..."
SALUT, BUCKY... ÇA VA ?
FIN DU MONDE, TRAHISONS, RE-TRAHISONS, PLANS SECRETS.
LA ROUTI-NE.
OUAIS. J'AI MANQUÉ QUELQUE CHOSE ?
ÉCOUTEZ, C'EST VRAI QU'ON A PASSÉ DES MOMENTS SYMPAS ICI, MAIS EST-CE QUE ÇA VAUT LA PEINE DE SE DONNER TOUT CE MAL POUR SAUVER CE MONDE ?
ON EN A DÉJÀ PARLÉ... EN DÉPIT DE LA FAÇON DONT CE MONDE A ÉTÉ CRÉÉ... LES GENS ICI SONT RÉELS...
ILS PENSENT... ILS SOUFFRENT... IL FAUT SAUVER LES DEUX MONDES.
QUI PLUS EST... IL VA FALLOIR S'Y METTRE TOUS ENSEM-BLE POUR QUE ÇA MARCHE.
DIS...
VOUS VOUS RAPPELEZ CE QU'ON A FAIT À TOKYO POUR ARRÊTER LA RADIATION ?
ET SI ON UTILISAIT MON POUVOIR BIO-ÉLECTRIQUE ET L'ÉNER-GIE IONIQUE D'ATLAS À PLUS GRANDE ÉCHELLE...
... ET QU'ON LES COMBINAIT AVEC LES POUVOIRS DE PHASER ET DE TÉLÉPORTATION DES UNS ET DES AUTRES ?
ON POUR-RAIT EXTRAIRE LE VAISSEAU ALIEN DE LA TERRE ET BRISER LE LIEN ENTRE LES DEUX MON-DES !
ÇA PEUT MARCHER, FIXER ?

GRRRNNNNNNN
OUI... ATTENDS QUE JE FASSE QUELQUES TESTS... QU'ON VOIE CE QUE ÇA DONNE...
EST-CE QU'ON AURA ASSEZ DE PUISSANCE ?
ÉNERGIE BIOÉLECTRIQUE ET IONIQUE REQUISE : 3.56 GIGAJOULES
ÉNERGIE BIOÉLECTRIQUE ET IONIQUE DISPONIBLE : 2.34 GIGAJOULES
HEU... OUI... PAS DE PROBLÈME.
IL NOUS FAUT DU TEMPS...
... CE QUI SIGNIFIE ÉVITER QU'ILS SE RENDENT COMPTE DE CE QU'ON PRÉPARE.
MÊME AVEC MES NOUVEAUX POUVOIRS, JE NE SUIS PAS SÛRE DE POUVOIR NEUTRALISER ANOMALY.
INUTILE. CONTENTE-TOI DE DISTRAIRE ZÉMO... DISPUTEZ-VOUS.
POUSSE-LE À BOUT... TU ES DOUÉE POUR ÇA !

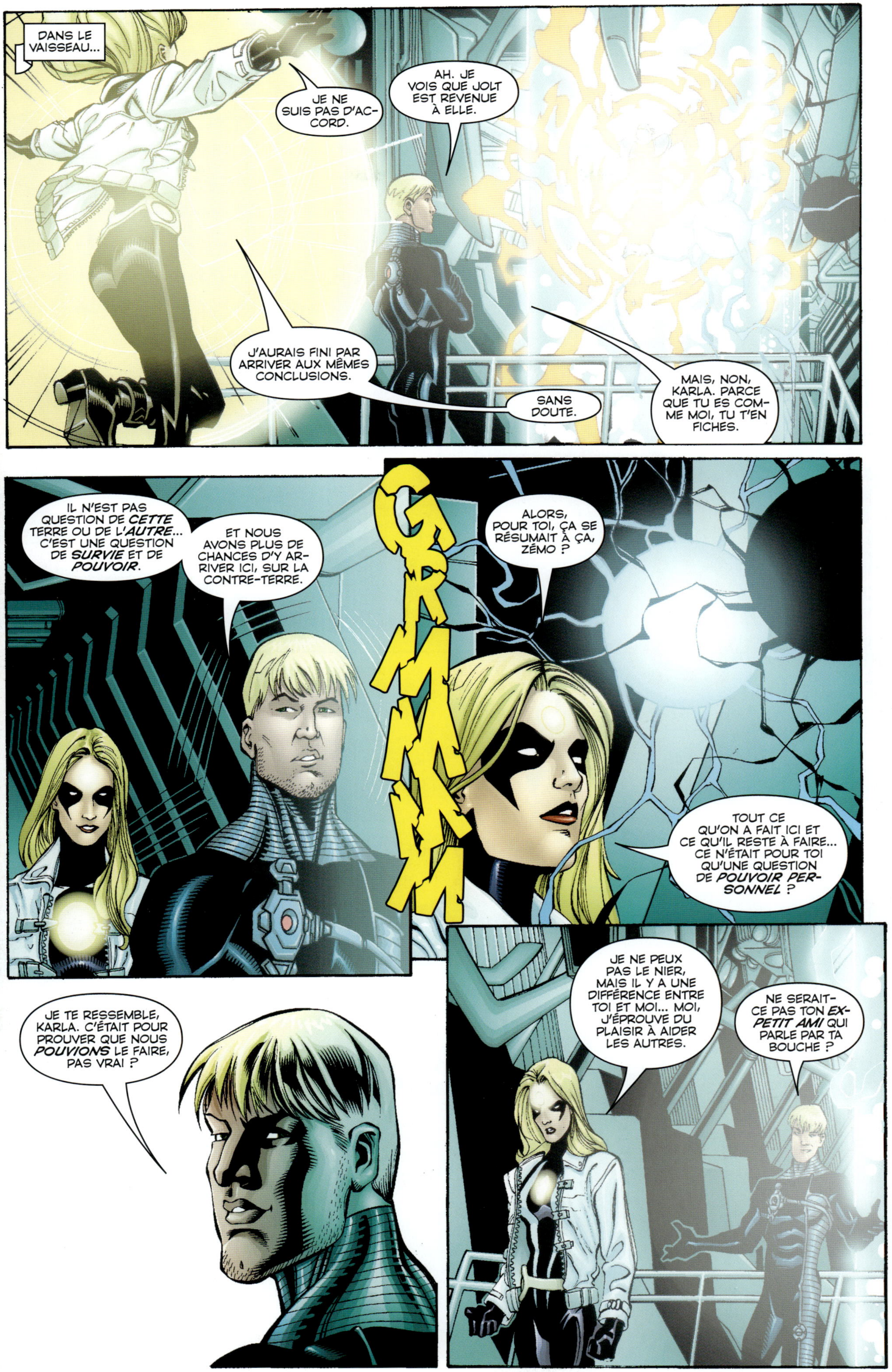
DANS LE VAISSEAU...
JE NE SUIS PAS D'ACCORD.
AH. JE VOIS QUE JOLT EST REVENUE À ELLE.
J'AURAIS FINI PAR ARRIVER AUX MÊMES CONCLUSIONS.
SANS DOUTE.
MAIS, NON, KARLA. PARCE QUE TU ES COMME MOI, TU T'EN FICHES.
IL N'EST PAS QUESTION DE *CETTE* TERRE OU DE L'*AUTRE*... C'EST UNE QUESTION DE *SURVIE* ET DE *POUVOIR*.
ET NOUS AVONS PLUS DE CHANCES D'Y ARRIVER ICI, SUR LA CONTRE-TERRE.
GRMMMM
ALORS, POUR TOI, ÇA SE RÉSUMAIT À ÇA, ZÉMO ?
TOUT CE QU'ON A FAIT ICI ET CE QU'IL RESTE À FAIRE... CE N'ÉTAIT POUR TOI QU'UNE QUESTION DE *POUVOIR PERSONNEL* ?
JE TE RESSEMBLE, KARLA. C'ÉTAIT POUR PROUVER QUE NOUS *POUVIONS* LE FAIRE, PAS VRAI ?
JE NE PEUX PAS LE NIER, MAIS IL Y A UNE DIFFÉRENCE ENTRE TOI ET MOI... MOI, J'ÉPROUVE DU PLAISIR À AIDER LES AUTRES.
NE SERAIT-CE PAS TON *EX-PETIT AMI* QUI PARLE PAR TA BOUCHE ?

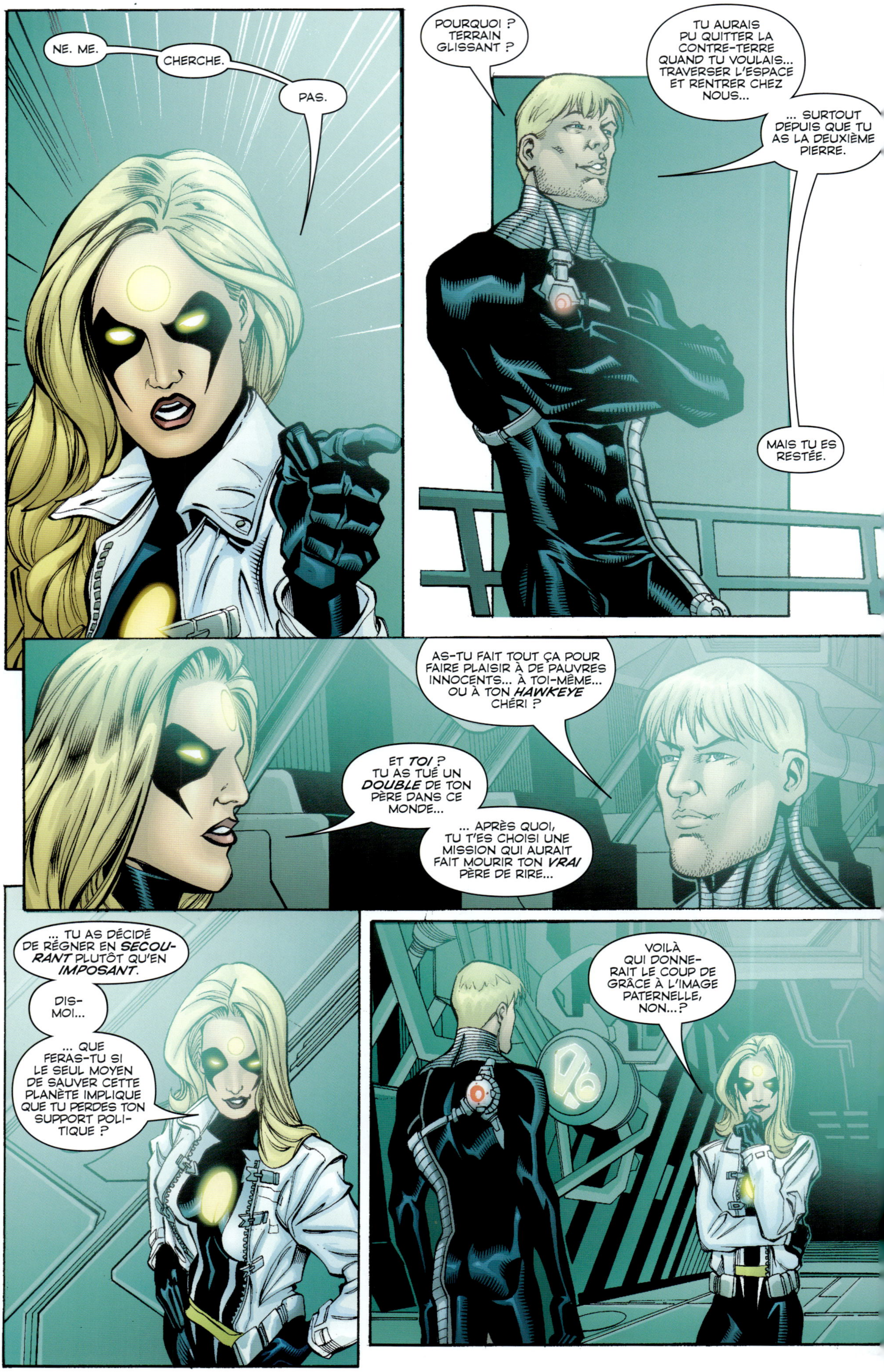

NE. ME.
CHERCHE.
PAS.
POURQUOI ? TERRAIN GLISSANT ?
TU AURAIS PU QUITTER LA CONTRE-TERRE QUAND TU VOULAIS... TRAVERSER L'ESPACE ET RENTRER CHEZ NOUS...
... SURTOUT DEPUIS QUE TU AS LA DEUXIÈME PIERRE.
MAIS TU ES RESTÉE.
AS-TU FAIT TOUT ÇA POUR FAIRE PLAISIR À DE PAUVRES INNOCENTS... À TOI-MÊME... OU À TON *HAWKEYE* CHÉRI ?
ET *TOI* ? TU AS TUÉ UN *DOUBLE* DE TON PÈRE DANS CE MONDE...
... APRÈS QUOI, TU T'ES CHOISI UNE MISSION QUI AURAIT FAIT MOURIR TON *VRAI* PÈRE DE RIRE...
... TU AS DÉCIDÉ DE RÉGNER EN *SECOURANT* PLUTÔT QU'EN *IMPOSANT*.
DIS-MOI...
... QUE FERAS-TU SI LE SEUL MOYEN DE SAUVER CETTE PLANÈTE IMPLIQUE QUE TU PERDES TON SUPPORT POLITIQUE ?
VOILÀ QUI DONNERAIT LE COUP DE GRÂCE À L'IMAGE PATERNELLE, NON...?

DEHORS...
ÇA VA, ATLAS ?
ÇA BAIGNE, ABE. TANT QU'IL N'Y A PAS D'AUTRE RENVOI DE RADIATION...
... CES TRUCS, C'EST L'ENFER QUAND ON EST SUR LA MÊME LONGUEUR D'ONDE IONIQUE.
MERDE.
UN PROBLÈME ?
ACCROCHEZ-VOUS !
BLWERP!
ÇA VA ENCORE EMPIRER ?
PLUS, UNE FOIS QUE LE MONDE AURA EXPLOSÉ.
T'ES DU GENRE RÉCONFORTANT.

J'AIME PAS LES GOSSES QUI ONT DU CRAN.
MOI J'ADORE, LES VIEUX CHAUVES.
Q.I... CE TYPE M'INSPIRE PAS CONFIANCE.
JE SUIS D'ACCORD. MÊME D'ICI, EN ALLEMAGNE, JE VOIS...
... QUE LA MORALITÉ ET LES MOTIVATIONS DE CES THUNDERBOLTS SONT FRAGILES. JE ME DEMANDE S'ILS SERONT VRAIMENT EFFICACES.
PEUT-ÊTRE QU'EN LES MOTIVANT PAR LA TÉLÉPATHIE...
GARDE ÇA POUR PLUS TARD...
"... AU CAS OÙ..."
LE TEMPS PRESSE.
KARLA...
QU'EST-CE QUE ÇA DONNE AVEC HELMUT ?
IL VA NOUS TRAHIR.
IL PRÉFÈRE RÉGNER EN ENFER QUE SERVIR AU PARADIS.

DEDANS...
ALORS ?
TYPIQUE DE ZÉMO, CE PLAN. ÉGOCENTRIQUE ET SE FICHANT DES CONSÉQUENCES.
OUAIS. BON, POUR L'ARRÊTER, IL FAUT NEUTRALISER ANOMALY, C'EST ÇA ?
ET ZÉMO LE SAIT. DONC SI ÇA PREND TROP DE TEMPS AVEC ANOMALY...
BOUM. ON Y ARRIVERA JAMAIS.
JE PROPOSE QU'ON ÉVACUE EN VITESSE VERS MARS.
C'EST DINGUE, ZÉMO A UN DON POUR TOUJOURS PRENDRE LA MAUVAISE DÉCISION...
GRRMMMMMM
C'EST PAS LE MOMENT DE RÉFLÉCHIR À CE GENRE DE PROBLÈME ! IL Y A DES MILLIARDS DE VIES EN JEU !
RECONNAISSONS AU MOINS À VOTRE ZÉMO D'AVOIR PRIS UNE DÉCISION !
ON PEUT PAS RESTER ASSIS À DISCUTER PLUS LONGTEMPS, JOLT, IL FAUT AGIR...
Q.I...?
PRÊT, BUCKY.

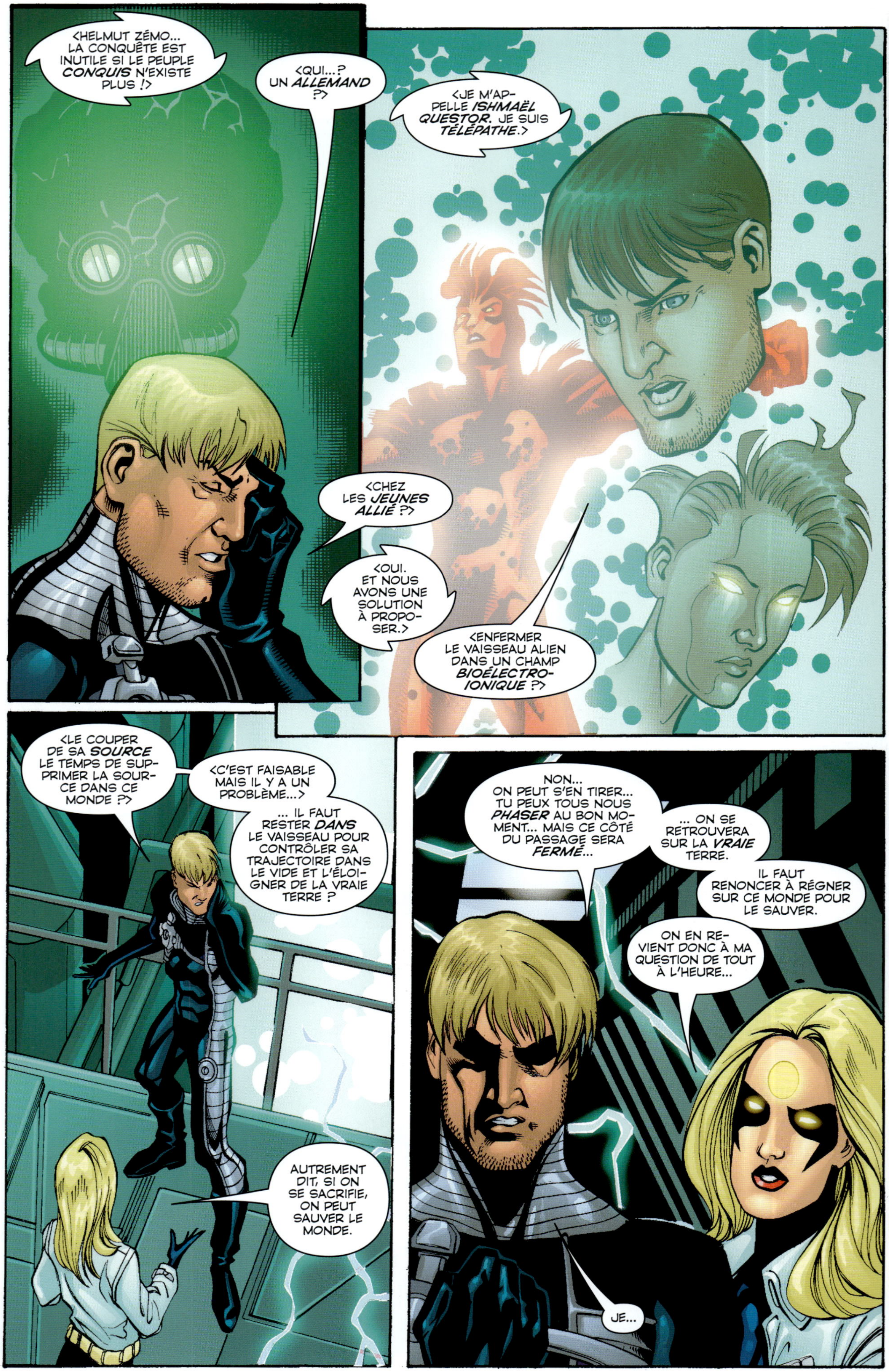
<HELMUT ZÉMO... LA CONQUÊTE EST INUTILE SI LE PEUPLE CONQUIS N'EXISTE PLUS !>
<QUI...? UN ALLEMAND ?>
<JE M'APPELLE ISHMAËL QUESTOR. JE SUIS TÉLÉPATHE.>
<CHEZ LES JEUNES ALLIÉ ?>
<OUI. ET NOUS AVONS UNE SOLUTION À PROPOSER.>
<ENFERMER LE VAISSEAU ALIEN DANS UN CHAMP BIOÉLECTROIONIQUE ?>
<LE COUPER DE SA SOURCE LE TEMPS DE SUPPRIMER LA SOURCE DANS CE MONDE ?>
<C'EST FAISABLE MAIS IL Y A UN PROBLÈME...>
... IL FAUT RESTER DANS LE VAISSEAU POUR CONTRÔLER SA TRAJECTOIRE DANS LE VIDE ET L'ÉLOIGNER DE LA VRAIE TERRE ?
AUTREMENT DIT, SI ON SE SACRIFIE, ON PEUT SAUVER LE MONDE.
NON... ON PEUT S'EN TIRER... TU PEUX TOUS NOUS PHASER AU BON MOMENT... MAIS CE CÔTÉ DU PASSAGE SERA FERMÉ...
... ON SE RETROUVERA SUR LA VRAIE TERRE.
IL FAUT RENONCER À RÉGNER SUR CE MONDE POUR LE SAUVER.
ON EN REVIENT DONC À MA QUESTION DE TOUT À L'HEURE...
JE...

<LES SENTEZ-VOUS, M. ZÉMO ? CEUX QUE VOUS AVEZ SAUVÉS, CEUX QUE VOUS *POUVEZ* SAUVER.>
<ILS ONT TOUS UNE CHOSE EN COMMUN... LA *VIE*... ET L'ESPOIR QUI VA AVEC !>
<VOUS *SAVEZ* CE QUE L'ON ÉPROUVE. INUTILE DE LE PARTAGER AVEC LES AUTRES, MAIS JE LE VOIS EN VOUS.>
<LA FRUSTRATION QUE VOUS ÉPROUVEZ D'AVOIR GÂCHÉ VOS CAPACITÉS *INTELLECTUELLES* ET VOTRE DON POUR *DIRIGER*.>
<VOUS SAVEZ AU FOND QUE CE QUE VOUS AVEZ ACCOMPLI POUR CE MONDE A FAIT DE VOUS UN HOMME MEILLEUR.>
<QUELLE MEILLEURE PREUVE DE VOTRE PUISSANCE... DE VOTRE FORCE ET DE VOTRE SUPÉRIORITÉ...>
<... QUE DE *COMPRENDRE* QUE LA *DIFFÉRENCE* ENTRE *POUVOIR* SAUVER DES GENS ET *VOULOIR* LES SAUVER...>
<... EST LA MÊME QU'ENTRE LE FAIT DE LE FAIRE POUR *VOUS*... ET LE FAIRE POUR *EUX*...?>

ILS CROIENT EN MOI, KARLA...
... TELLEMENT...
ILS AVAIENT TOUTES LES RAISONS... JUSQU'À MAINTENANT.
IL FAUT QUE TU ABANDONNES TES VIEUX SCHÉMAS DE PENSÉE. DIS-TOI QUE TON ASCENSION NE FAIT QUE COMMENCER.
LE PLUS DUR, CE N'EST PAS TANT D'AIDER LES GENS QUI ONT CONFIANCE EN VOUS...
"... QUE D'AIDER AUSSI CEUX QUI N'ONT PAS CONFIANCE."
ET POUR *ANOMALY* ?
IL A ENCORE PLUS DE MAL À COUPER LE CORDON QUE TOI, C'EST DIRE.
JE VOIS...
KOYAMI... STOP !
MÈRE... PÈRE...? MAIS... ZÉMO, GRÂCE À EUX J'AURAIS PU SAUVER CE MONDE !
GRÂCE À LEURS ***MORTS***, TU PEUX SAUVER...
... LES ***DEUX*** !

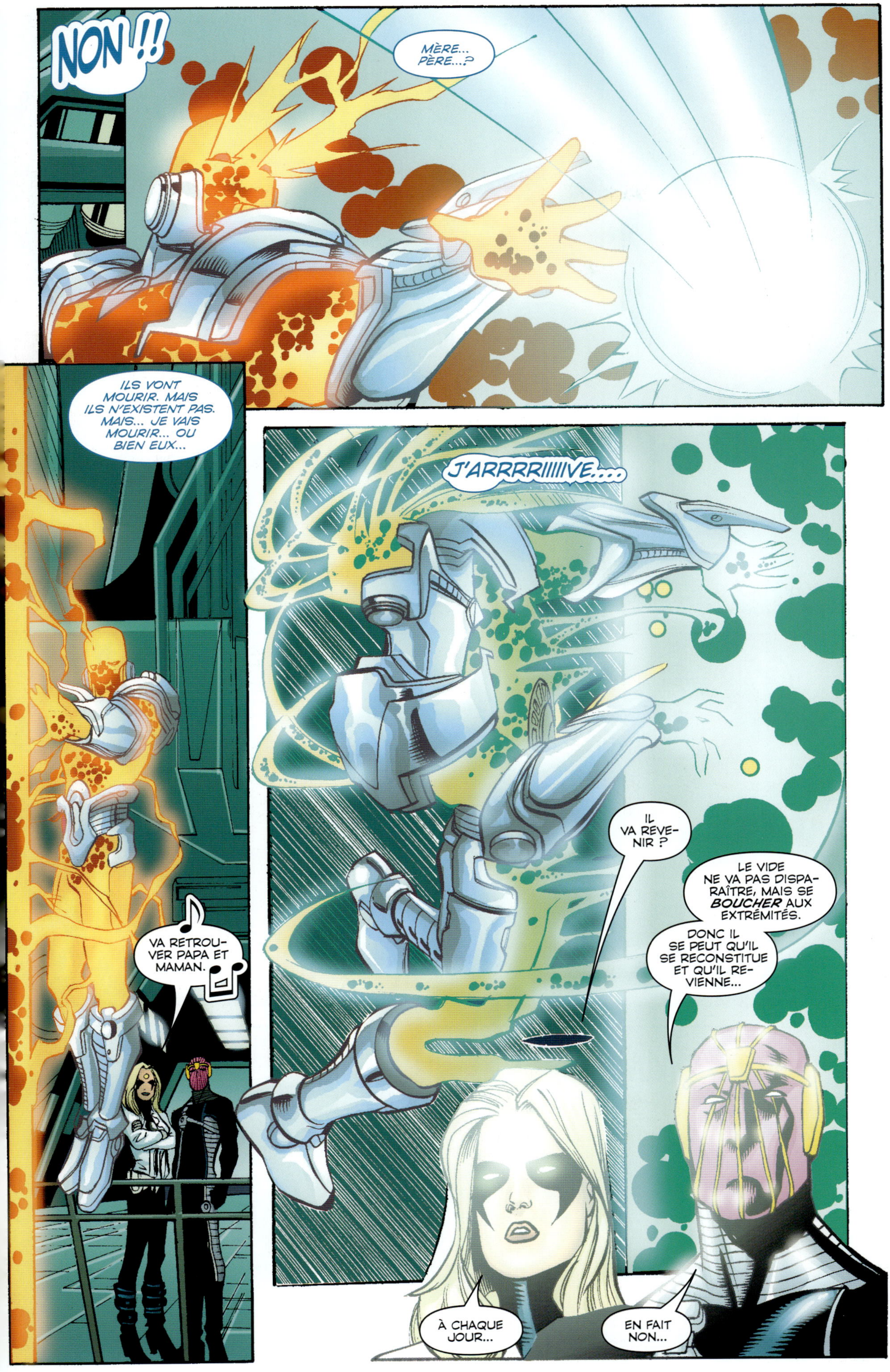
NON !!!
MÈRE... PÈRE...?
ILS VONT MOURIR. MAIS ILS N'EXISTENT PAS. MAIS... JE VAIS MOURIR... OU BIEN EUX...
VA RETROUVER PAPA ET MAMAN.
J'ARRRRIIIIIVE....
IL VA REVENIR ?
LE VIDE NE VA PAS DISPARAÎTRE, MAIS SE **BOUCHER** AUX EXTRÉMITÉS.
DONC IL SE PEUT QU'IL SE RECONSTITUE ET QU'IL REVIENNE...
À CHAQUE JOUR...
EN FAIT NON...

ATTENTION ! GROSSE DÉCHARGE EN VUE ! COMME SI LE VIDE VENAIT DE BOULOTTER 50 KILOS DE CHILI...
... JOLT... À TOI !
JE VAIS SATURER NOTRE GRILLE IONIQUE AVEC MON ÉNERGIE BIOÉLECTRIQUE...
KID COLT, TIENS-TOI PRÊT...
JE NE SAIS PAS SI JE POURRAI TE TÉLÉPORTER DANS CETTE SOUPE...
UN EFFORT, COLT. ATLAS A COMMENCÉ...
NNGGGMM!
JOLT A MAL ?
NON.
ET LÀ ?
STOP.
QUELLE ANGOISSE.

ERIK...?
DALLAS ? ON EST EN TRAIN DE SE SÉPARER...?
TOUT ÇA DRAINE TROP DE NOTRE *ÉNERGIE IONIQUE*...
ILS N'ONT PAS ASSEZ DE PUISSANCE.
NON... EN EFFET.
TU SAVAIS ? TU SAVAIS QU'ILS N'Y ARRIVERAIENT PAS ?
NON... JE SAVAIS QU'ILS Y ARRIVERAIENT... MAIS QUE ÇA LES *TUERAIT*...
... C'ÉTAIT LE SEUL MOYEN POUR QU'ON S'EN TIRE !
J'AI MAL...
TIENS-MOI FORT...
HALLIE... ON Y VA... ATLAS N'EN PEUT PLUS... SOIT, ÇA SUFFIT, SOIT...
JE DOIS RESTER HORS DE LA GRILLE... CONTINUER À CONCENTRER L'ÉNERGIE IONIQUE...
... JE DOIS RESTER, *ABE*...
JE... JE VOUS AIME TOUS...

NON !
J'AI RÉCUPÉRÉ DALLAS ET ERIK !
MONTE DANS LE VAISSEAU, EBERSOL !
J'ARRIVE.
PFTT
THPT
ADIEU, GAMINE.
SSZZTT
BONNE CHANCE...
ON Y EST, KARLA... *PHASE-NOUS !*
M-MA FORME ÉNERGÉTIQUE DISPARAÎT... ?

REGARDEZ-MOI ÇA ! UN NOUVEAU MEMBRE QUI NOUS TOMBE DU CIEL.
ÇA A MARCHÉ ?
ÉTANT DONNÉ QUE LE GROS VAISSEAU QUI ÉTAIT LÀ A DISPARU...
"... JE DIRAIS QUE ÇA A MARCHÉ, OUAIS !"
"ON S'EN VA, COLT."
"À VOS ORDRES, CAPT'AIN BUCK. TU CROIS QU'ILS ONT REGAGNÉ LA TERRE ?"
"TOUT CE QUE JE SAIS...
"... C'EST QU'ON VA DEVOIR PRENDRE LEUR PLACE ICI..."
KARLA, DÉPHASE-NOUS...

... GO !
ÇA A MARCHÉ.
CE QUI NE NOUS TUE PAS...
ON EST RENTRÉS SUR TERRE ?
... IL Y AVAIT QUELQUE CHOSE... QUELQU'UN... DE L'AUTRE CÔTÉ...
... MAIS EST-CE QU'ILS NOUS ONT SUIVIS ?
CETTE VOIX...?
CLIK
OUAIS...

ILS NOUS ONT SUIVIS.
PRENEZ UNE GRANDE RESPIRATION... IL VA FALLOIR SE BATTRE !

THUNDERBOLTS (1997) 75
Couverture : **JUAN BOBILLO**

D'anciens criminels se transforment en apprentis héros. Au départ, c'est une imposture. Puis, le simulacre devient vocation. Aujourd'hui, après avoir été séparés durant des mois, les Thunderbolts se retrouvent… pour mieux s'éloigner à nouveau ?

OPALE
Karla Sofen

ATLAS
Erik Josten/ Dallas Riorden

FIXER
Norbert Ebersol

JOLT

MACH III
Abe Jenkins

BARON HELMUT ZÉMO

HAWKEYE
Clint Barton

SONGBIRD
Melissa Gold

BLACKHEATH
Sam Smithers

SKEIN
Sybil Dvorak

AMAZON
Katrina Luisa Von Horn

HARRIER
Donald Joshua Clendenon

PRÉCÉDEMMENT…

Opérant sur deux mondes différents et chargés de deux missions bien distinctes, les Thunderbolts ont du mal à garder une cohésion.

Une équipe emmenée par Zémo – les Plus Grands Héros – officie sur une planète dévastée, la Contre-Terre. Pour la préserver, ils finiront par renoncer à leur mission et retourner sur un monde qui les hait. Mais supporteront-ils cette image négative qui ne correspond plus à la réalité ?

Une seconde équipe, dirigée par Hawkeye, réunit des criminels désinvoltes qui ont accepté leur mission dans le seul but de sauver leur peau. Mais après avoir endossé le costume de héros, peut-être seront-ils capables de changer de vie…

Face à face, côte à côte, ils vont se battre pour leurs convictions. La vraie question est : en quoi croient-ils ?

Stan Lee présente

THUNDERBOLTS

LE BOUQUET FINAL

Fabian Nicieza Scénario — **Manuel Garcia** Dessin — **Rich Perrotta** Encrage — **Hi-Fi Design** Couleurs

Lynne Yoshii, Andrew Lis, Joe Quesada, Bill Jemas Rédaction USA

SYMKARIE.
DANS CE QU'IL RESTE DU CHÂTEAU DE MASADA, BASE D'OPÉRATIONS DE L'ÉQUIPE SECRÈTE APPELÉE BATAILLON-V.
PARMI LES DÉCOMBRES, LE VAISSEAU VANGUARD. IL FONCTIONNAIT GRÂCE À UN MOTEUR ALIEN QUI A BIEN FAILLI AVALER LA PLANÈTE.
LES ÉNERGIES DE L'ESPACE NUL QU'IL DIFFUSAIT ÉTAIENT RELIÉES À UNE COPIE DU VAISSEAU SUR LA CONTRE-TERRE.
... ET LES THUNDERBOLTS SE RETROUVENT RÉUNIS !
TU PARLES D'UNE BONNE NOUVELLE...
ZÉMO.
HAWKEYE.
ABE...

LES ÉNERGIES DES DEUX SOURCES SE SONT CROISÉES DANS LE *VIDE* SITUÉ ENTRE LES ESPACES...
... MAIS TOUT EST RENTRÉ DANS L'ORDRE.
LES DEUX PLANÈTES SONT SAUVÉES...
MELISSA.
C'EST RIDICULE. IL RESTE TELLEMENT DE CHOSES À FAIRE !
C'EST ÇA. POUR CONQUÉRIR LE MONDE ?
IDIOT.
TU NE VOIS PAS CE VIDE DERRIÈRE TOI ?
IL N'A ÉTÉ BOUCHÉ *QUE* DU CÔTÉ DE LA CONTRE-TERRE !
IL FAUT FAIRE S'EFFONDRER L'ESPACE NUL DE CE CÔTÉ AUSSI !
IL A RAISON, CLINT !

LA CONTRE-TERRE ? C'EST QUOI, CETTE HISTOIRE ? JE SUIS HEUREUX QUE TU SOIS DE RETOUR, MAIS...
PLUS TARD... ÉCOUTE-LE.
KARLA... MAIS... C'EST ZÉMO, QUAND MÊME !
BON... ET À MOI, TU ME FAIS CONFIANCE ?
TOI... JE... IL...
OK, LES GARS... ON VA FAIRE CE QUE LE TYPE À LA CHAUSSETTE ROSE SUR LA TÊTE NOUS DIT...
C'EST MAGENTA.
BEAU COSTUME.
TOI AUSSI.
TU ES BIEN CARDINAL ?
HARRIER. SINON... JE T'APPELLE SCARABÉE.
VU. ET MOI, C'EST MACH V.
DÉCIDÉMENT, À CHAQUE FOIS QU'ON SE VOIT, ON DOIT S'ENFUIR OU ALORS SAUVER LE MONDE !
DE QUOI PARLERAIT-ON AUTREMENT ?
POUR COMMENCER, DE TON BLOUSON ?
TU OSES ME CRITIQUER ALORS QUE TU PORTES DES ÉPAULETTES DORÉES ?

LE MÉTAL VA PERDRE. IL APPELLE À L'AIDE.
PAS DE POT.
QUOI ?
POUR LUI, ÇA VEUT DIRE : DÉGAGEZ !
ERIK... REGARDE... JE MARCHE !
TU FERAIS MIEUX DE COURIR !

LE VANGUARD S'EFFONDRE SUR LUI-MÊME.
SILVER SABLE ET MOI SOMMES REVENUS À NOUS À TEMPS POUR SORTIR, BETTY, MAIS...
QUE SONT DEVENUS LES THUNDERBOLTS ?
REGAR-DEZ... LÀ-BAS...

SONGBIRD... MONTE UN MUR SONIQUE DERRIÈ-RE NOUS !
LA STÉ-RÉO ! ON N'ARRÊTE PAS LE PRO-GRÈS !

C'EST PAS ENCORE FINI... OPALE... COMME SUR LA CONTRE-TERRE...
... *PHASE* LE VANGUARD ET TOUT CE QUI L'ENTOURE AVANT QU'IL IMPLOSE !
ZÉMO ?
PLUS TARD, WATKINS.
TU M'AS VOLÉ MON CORPS ! USURPÉ MON IDENTITÉ DE *CITIZEN V*... ALORS, ON VA S'EXPLIQUER MAINTENANT !
ARRÊTE !
MERCI, HAWKEYE.
LA FERME.
MAINTENANT, OPALE...
HAWKEYE DÉCOUVRE L'ÉTENDUE DES NOUVEAUX POUVOIRS DE KARLA. IL SENT SON CORPS S'ALOURDIR TANDIS QU'ELLE MANIPULE LA *GRAVITÉ*.
IL SE DEMANDE COMMENT ÇA LUI EST ARRIVÉ MAIS SURTOUT CE QUE ÇA VA CHANGER POUR EUX.
ELLE PHASE UN VAISSEAU AUSSI GRAND QU'UN BUILDING ! COMMENT KARLA VA-T-ELLE GÉRER UN POUVOIR AUSSI IMMENSE ?
ATLAS REDEVENU LUI-MÊME, DALLAS QUI MARCHE, ZÉMO QUI EST LEUR CHEF ET JOLT QUI A DISPARU...
QUE DE CHOSES ONT CHANGÉ DEPUIS QU'IL LES A VUS.
PLUS QUE JAMAIS, SONGE-T-IL, ILS VONT AVOIR BESOIN QUE JE LES GUIDE...

TU ES SÛR QU'ON NE PEUT PAS SAUVER LE VAISSEAU ?
DÉSOLÉ, JIM. JE SAIS QU'ON ANÉANTIT **60 ANS** DE RECHERCHE, MAIS...
... C'EST LE SEUL MOYEN. IL FAUT LE FERMER, SINON LE VIDE CONTINUERA À SE REMPLIR.
ET COMME PAR HASARD, LE SEUL MOYEN POUR ARRÊTER CE VIDE ÉTAIT QU'UN ZÉMO NOUS ***DÉTRUISE*** !
C'EST CE QU'ON APPELLE L'IRONIE DU SORT, ELIZABETH.
MAIS VOTRE ENNEMI, C'ÉTAIT MON PÈRE. ***MA*** GUERRE EST AILLEURS.
ET CONTRE QUI TE BATS-TU, ***HELMUT*** ?
ELIZABETH, JE NE DOUTE PAS QU'EN DÉPIT DE L'ÂGE, VOUS N'AYEZ RIEN PERDU DE VOTRE LÉGENDAIRE ***CAPACITÉ DE RAISONNEMENT***...
... ALORS, DITES-LE-MOI !
LE VAISSEAU... CE CHÂTEAU QUI AVAIT TENU BON PENDANT PLUS DE CINQ SIÈCLES...
... VÉRITABLE MONUMENT AUX CENTAINES DE SOLDATS QUI ONT SACRIFIÉ LEUR VIE POUR LA PAIX...
... TOUT DISPARAÎT DANS UN SOUFFLE SILENCIEUX...

... LES *THUNDERBOLTS* ONT SAUVÉ LE MONDE !
ADIEU, MA BELLE RÉSERVE DE *RICHARD HENNESSY*...
MELISSA...
OH, ABE... JE SUIS SI HEUREU-SE.
CETTE RÉUNION ME SEMBLE ÊTRE LA CONCLUSION PARFAITE À CETTE PASSIONNAN-TE AVENTURE.
DANS UN SENS...
HELMUT ZÉMO, VOUS ÊTES EN *ÉTAT D'AR-RESTATION* POUR CRIMES CONTRE L'HUMANITÉ.
SILVER SABLE, FILLE D'UN CHASSEUR DE NAZIS. JOHN WATKINS III, DONT LE GRAND-PÈRE A ÉTÉ TUÉ PAR MON PÈRE.
LA MISE EN SCÈNE EST PARFAITE, MAIS IL Y A UN PRO-BLÈME...
... CE HELMUT ZÉMO EST *LÉGALE-MENT MORT* ET AU-CUNE COUR DE JUSTICE NE ME TIENDRA POUR RESPONSABLE DE *SES* CRIMES.

HUM... SON VISAGE...
IL N'A PAS DE *CICATRICE*.
CHIRURGIE PLASTIQUE ? CLONAGE ?
DISONS PLUTÔT UNE "NOUVELLE VIE".
CE N'EST NI L'HEURE NI L'ENDROIT...
... ET CES GENS N'ONT PAS LE DROIT DE NOUS JUGER !
KARLA...
JE DIRIGE LE BATAILLON-V DEPUIS UN MOIS ET REGARDEZ CE DÉSASTRE... ON A TOUT PERDU !
COMMENT PEUX-TU DIRE ÇA, SABLE ?
CE N'EST RIEN, *JIM*.
DIS-LE-LUI, JOHN...
CHER *JAMES HAMMOND*, NOUS N'AVONS PERDU QUE CE DONT ILS *CONNAISSENT* L'EXISTENCE...

PLUS TARD. UNE VILLA DANS LES ÎLES CANARIES...
BEL ENDROIT, KARLA.
MERCI, NORBERT.
ET C'ÉTAIT DONC LA MAISON DU DOCTEUR FAUSTUS ?
TOUT CE QUI COMPTE, C'EST QU'ON NE MANQUE PAS DE BIKINIS.
PARCE QUE TU COMPTES EN METTRE UN ?
HA-HA.
BIEN... C'EST QUOI, LA SUITE DU PROGRAMME ?
JE VAIS ME BAIGNER.
PAS DE TEMPS À PERDRE À CHERCHER UN MAILLOT !
TU SAIS, ZÉMO, TON ARRIVÉE NE VA PAS FAIRE PLAISIR À TOUT LE MONDE.

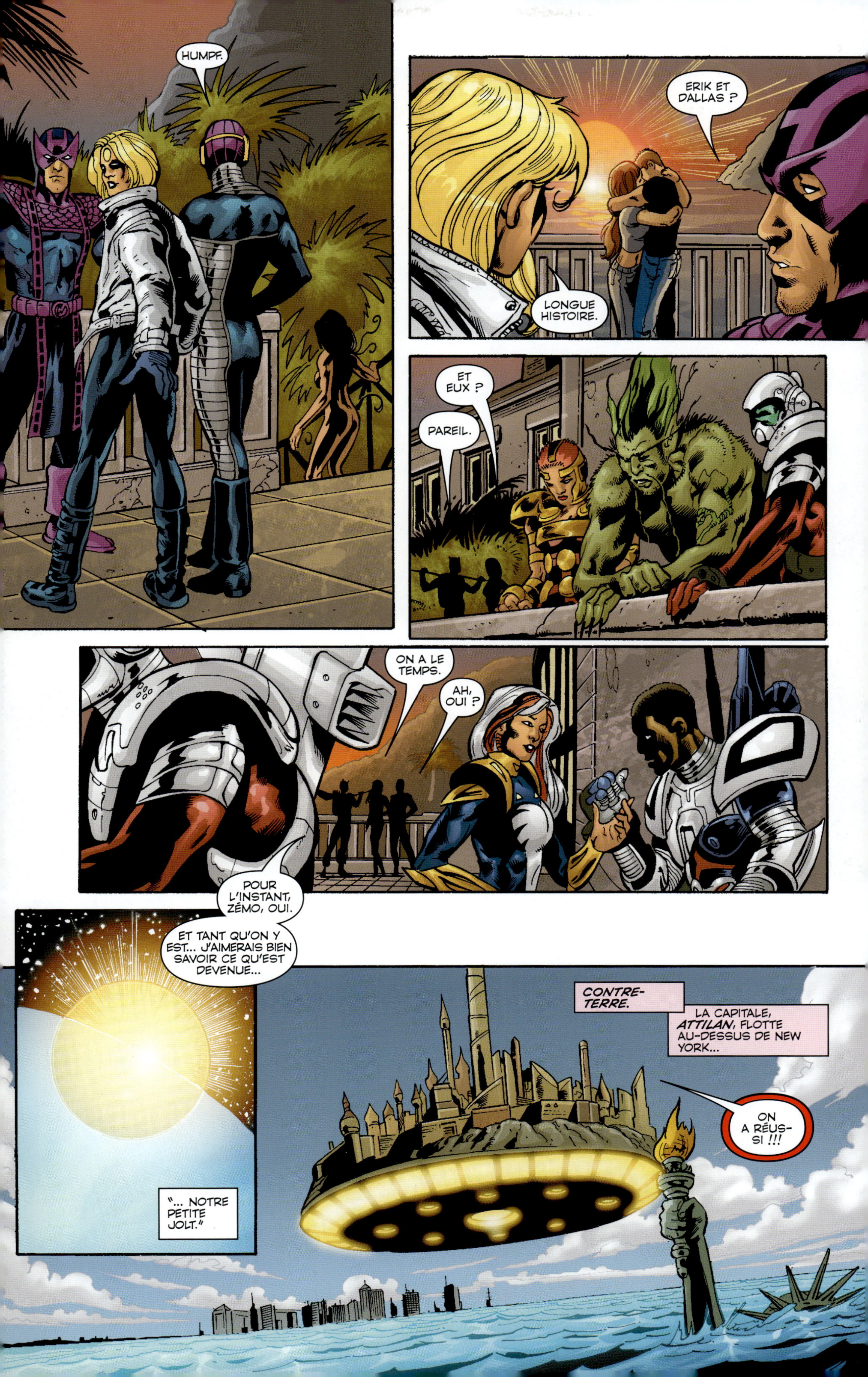
HUMPF.
ERIK ET DALLAS ?
LONGUE HISTOIRE.
ET EUX ?
PAREIL.
ON A LE TEMPS.
AH, OUI ?
POUR L'INSTANT, ZÉMO, OUI.
ET TANT QU'ON Y EST... J'AIMERAIS BIEN SAVOIR CE QU'EST DEVENUE...
"... NOTRE PETITE JOLT."
CONTRE-TERRE.
LA CAPITALE, ATTILAN, FLOTTE AU-DESSUS DE NEW YORK...
ON A RÉUS-SI !!!

LES *JEUNES ALLIÉS* GLISSENT HORS DU TUNNEL DE TÉLÉPORTATION DE *KID COLT* ET SONT ACCUEILLIS PAR LES VIVATS DE LA FOULE.
MAIS LES APPLAUDISSEMENTS FONT VITE PLACE À LA SURPRISE.
LES GENS RECONNAISSENT *JOLT*, MAIS QUI SONT LES AUTRES ?
OÙ SONT LEURS *SAUVEURS*... LES *THUNDERBOLTS* ?
JE CROYAIS QUE TU ALLAIS MOURIR EN REFERMANT LE VIDE...
FIXER M'A TIRÉ DESSUS AVEC QUELQUE CHOSE QUI A TRANSFORMÉ MON *ÉNERGIE BIOÉLECTRIQUE*. JE CROIS QU'IL M'A SAUVÉ LA VIE.
ENSUITE, ILS SONT RENTRÉS SUR *VOTRE* TERRE ET TOI, TU RESTES LÀ, JOLT.
C'EST ICI QUE JE *VOULAIS* ÊTRE, *TORO*.
ET MAINTENANT ?
ON FAIT CE QU'ILS ATTENDENT DE NOUS. ON TRAVAILLE À SAUVER CETTE PLANÈTE.
ENSEMBLE.
ENFIN... SI ÇA VOUS DIT.
PLUTÔT DEUX FOIS QU'UNE...

EXILES (2001) 81
Couverture : **JIM CALAFIORE**

Précédemment dans EXILES :

BLINK, DENTS DE SABRE, LONGSHOT, SPIDER-MAN 2099, POWER PRINCESS et HEATHER HUDSON ont tous été arrachés à leurs réalités, et risquent à présent leurs vies pour sauver différentes versions de la Terre, l'une après l'autre. Depuis leur Q.G. du "Palais de Cristal"… un observatoire situé en marge de l'espace et du temps et qui permet d'observer les innombrables réalités qui composent le Multivers… les Exilés entreprennent de sauver des mondes, payant parfois un prix élevé.

C'est particulièrement vrai avec leur combat épique contre le mutant voleur de corps et façonneur de réalité qu'on appelle PROTEUS. Capable de voyager d'un univers à l'autre grâce à ses pouvoirs, Proteus a possédé les corps de plusieurs victimes très puissantes, absorbant leurs souvenirs et puisant leur énergie vitale, avant de se débarrasser des "coquilles" vides.

Hélas, l'une des victimes de Proteus est MIMIC, le petit ami de Blink. Et voilà que Proteus a également possédé un autre membre fondateur de l'équipe, MORPH.

Cette dernière acquisition change tout pour Proteus. À l'inverse des précédentes enveloppes qu'il a volées, la physiologie de Morph, métamorphe et flexible, ne s'épuisera jamais. Elle permet à Proteus de prendre n'importe quelle forme… très pratique pour un tueur en série mutant. Proteus décide de conserver le corps de Morph et se jette dans l'espace-temps pour revenir à sa réalité d'origine. Mais une surprise l'attend…

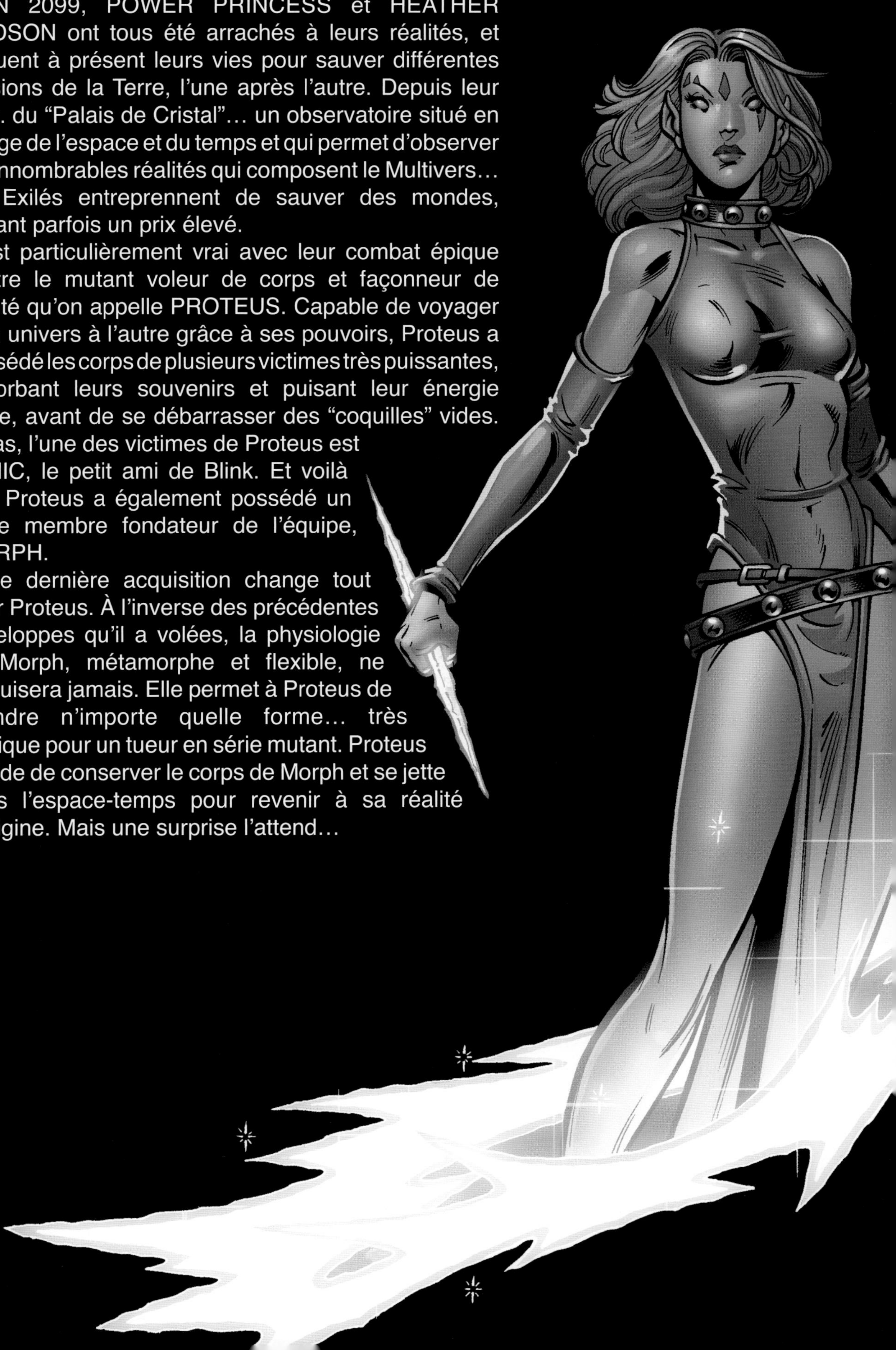

MAGNUS. T-BIRD. SUNFIRE. MAGIE, NAMORA.
DEPUIS LE DÉBUT, LA LISTE DES EXILÉS TOMBÉS AU COMBAT N'A CESSÉ DE S'ALLONGER.
PUIS PROTEUS A ABSORBÉ LA VIE DE L'HOMME QUE J'AIMAIS. J'AI ESSAYÉ DE CONTINUER, MAIS LA MORT DE CAL M'A FAIT PLONGER.
MÊME QUAND NOUS POURCHASSIONS PROTEUS, J'ÉTAIS DISTRAITE, JE M'APITOYAIS SUR MON SORT, ET J'AI FINALEMENT PASSÉ LES COMMANDES À POWER PRINCESS.
CETTE DERNIÈRE ERREUR NOUS A COÛTÉ MORPH.
FAASSHH
ÇA SUFFIT. JE NE PEUX PAS ME PERMETTRE DE PLEURER. PROTEUS EST LÀ DEHORS, ET C'EST NOTRE DERNIÈRE CHANCE DE RÉGLER LA SITUATION.
VENEZ !

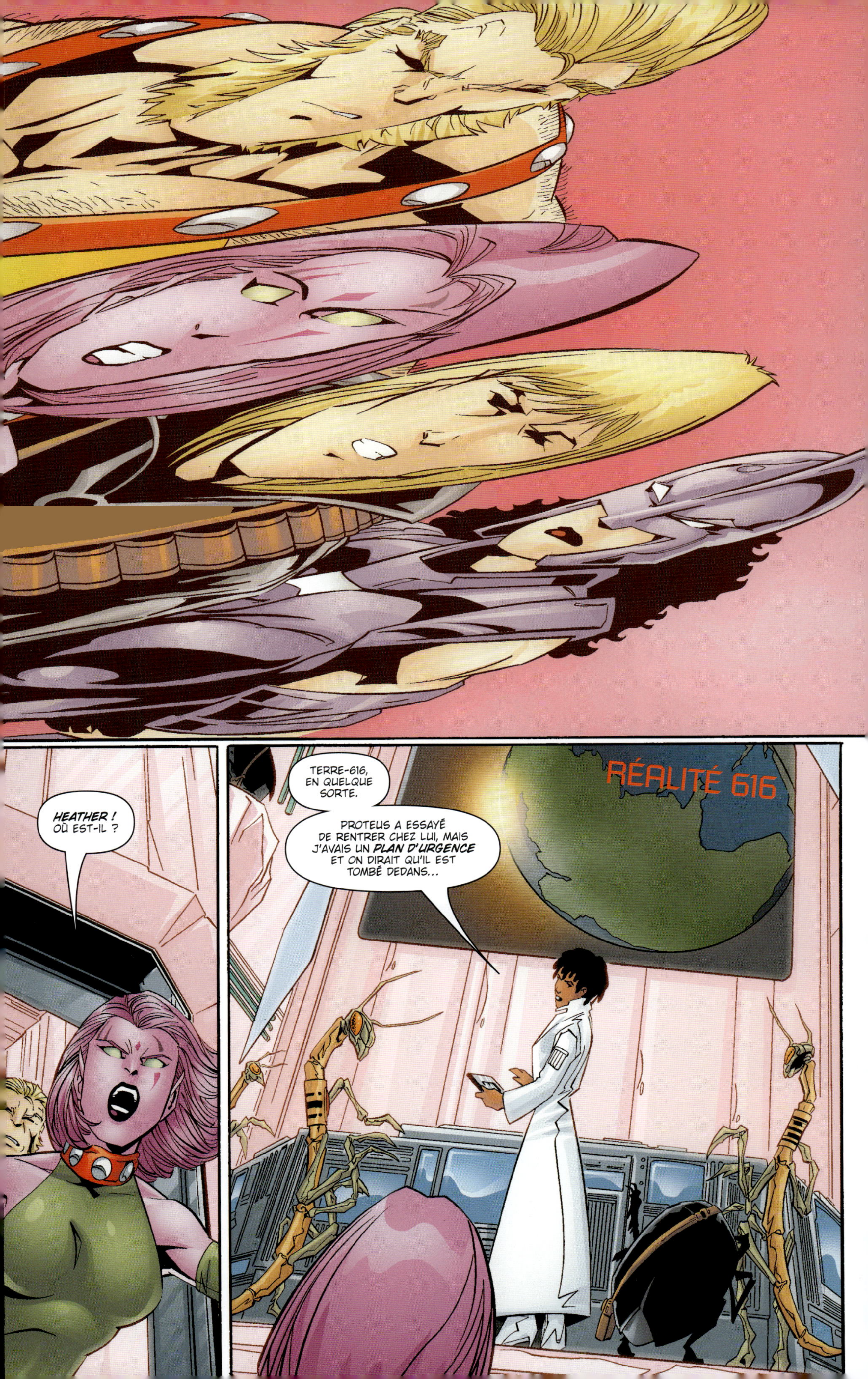
HEATHER ! OÙ EST-IL ?
TERRE-616, EN QUELQUE SORTE.
PROTEUS A ESSAYÉ DE RENTRER CHEZ LUI, MAIS J'AVAIS UN **PLAN D'URGENCE** ET ON DIRAIT QU'IL EST TOMBÉ DEDANS...
RÉALITÉ 616

MON DIEU ! QU'EST-CE QUI S'EST PASSÉ PENDANT MON ABSENCE ?!
WORLD TOUR
HEROES REBORN
CHAPITRE 1
TONY BEDARD
SCÉNARIO
J. CALAFIORE
DESSIN
MARC McKENNA
ENCRAGE
TOM CHU
COULEURS
THOMAS DAVIER
TRADUCTION
ASTARTE DESIGN - ROMA
LETTRAGE
MIKE MARTS - JOE QUESADA
RÉDACTION USA

"DANS LA RÉALITÉ 616, IL Y A UN DOUBLE DE LA TERRE DE L'AUTRE CÔTÉ DU SOLEIL.
"SA CRÉATION EST UNE LONGUE HISTOIRE, JE VAIS ALLER DIRECTEMENT AU FAIT...
PLOOSH
"... QUAND PROTEUS EST RENTRÉ DANS SA DIMENSION, J'AI UTILISÉ CE MATÉRIEL POUR PERTURBER SON SENS DE L'ORIENTATION.
"IL S'EST MATÉRIALISÉ SUR LA CONTRE-TERRE, EN CROYANT ARRIVER CHEZ LUI.
"MAIS J'IGNORE S'IL RESTERA DUPE LONGTEMPS.
"PROTEUS A VOLÉ LES SOUVENIRS DE MORPH AVEC SON CORPS... IL SAIT QUE SON ANCIENNE RÉALITÉ A ÉTÉ TRANSFORMÉE.
"MAIS CE SCÉNARIO 'WATERWORLD' N'EST PAS CE QUI A REMPLACÉ LA MAISON M. IL VA CHERCHER DES RÉPONSES."

TU AVAIS UN PLAN D'URGENCE ET TU NE M'AS RIEN DIT ?
DÉSOLÉE, BLINK. JE NE POUVAIS PAS RISQUER QUE PROTEUS VOLE *TON* CORPS ET LE DÉCOUVRE.
MAIS... LE BALANCER SUR CETTE CONTRE-TERRE N'EST PAS VRAIMENT JUSTE POUR LES GENS QUI Y *VIVENT.*
LEUR MONDE A DÉJÀ BEAUCOUP SOUFFERT.
SI NOUS LANCIONS UNE **BOMBE-H** SUR PROTEUS, ÇA NE L'ABÎMERAIT PAS BIEN PLUS.
ET POURQUOI NE PAS AVOIR ENVOYÉ PROTEUS DANS LE *SOLEIL ?*
JE NE POUVAIS QUE LE *PERTURBER,* PAS LE CONTRÔLER. SI ÇA NE RESSEMBLAIT PAS À LA TERRE, IL N'AURAIT PAS MORDU.
TAISEZ-VOUS, TOUS. FINI DE *DÉBATTRE.*
JE *SAIS* CE QUE NOUS DEVONS FAIRE, MAIS IL FAUT AGIR AVANT QUE PROTEUS NE COMPRENNE OÙ IL EST.
DOIS-JE TE RAPPELER QUE *JE* DIRIGE CETTE ÉQUIPE ?
JE *RATTRAPE* CETTE ERREUR.
CROIS-MOI, POWER PRINCESS, JE *SAIS* COMMENT METTRE FIN À CECI, ET BEAUCOUP REPOSERA SUR *TOI.*

POURQUOI VOUS M'AT-TAQUEZ ?
O-ON CROYAIT QUE TU VOULAIS NOUS EN EMPÊCHER.
VOUS EMPÊ-CHER DE FAIRE QUOI ?
LÀ... DANS LE COIN.
UN MISSILE ? IL NE RESTE POURTANT PAS GRAND-CHOSE À DÉTRUIRE ICI.
LÀ-HAUT. ATTILAN.
VOUS ESSAYEZ DE DÉTRUIRE VO-TRE VILLE ?
PAS ATLANTIS. ATTILAN !
BOOOOON, TU AS DEUX SECONDES POUR ME DIRE QUI EST LÀ-HAUT ET QUI T'A ENVOYÉ LES DESCENDRE...

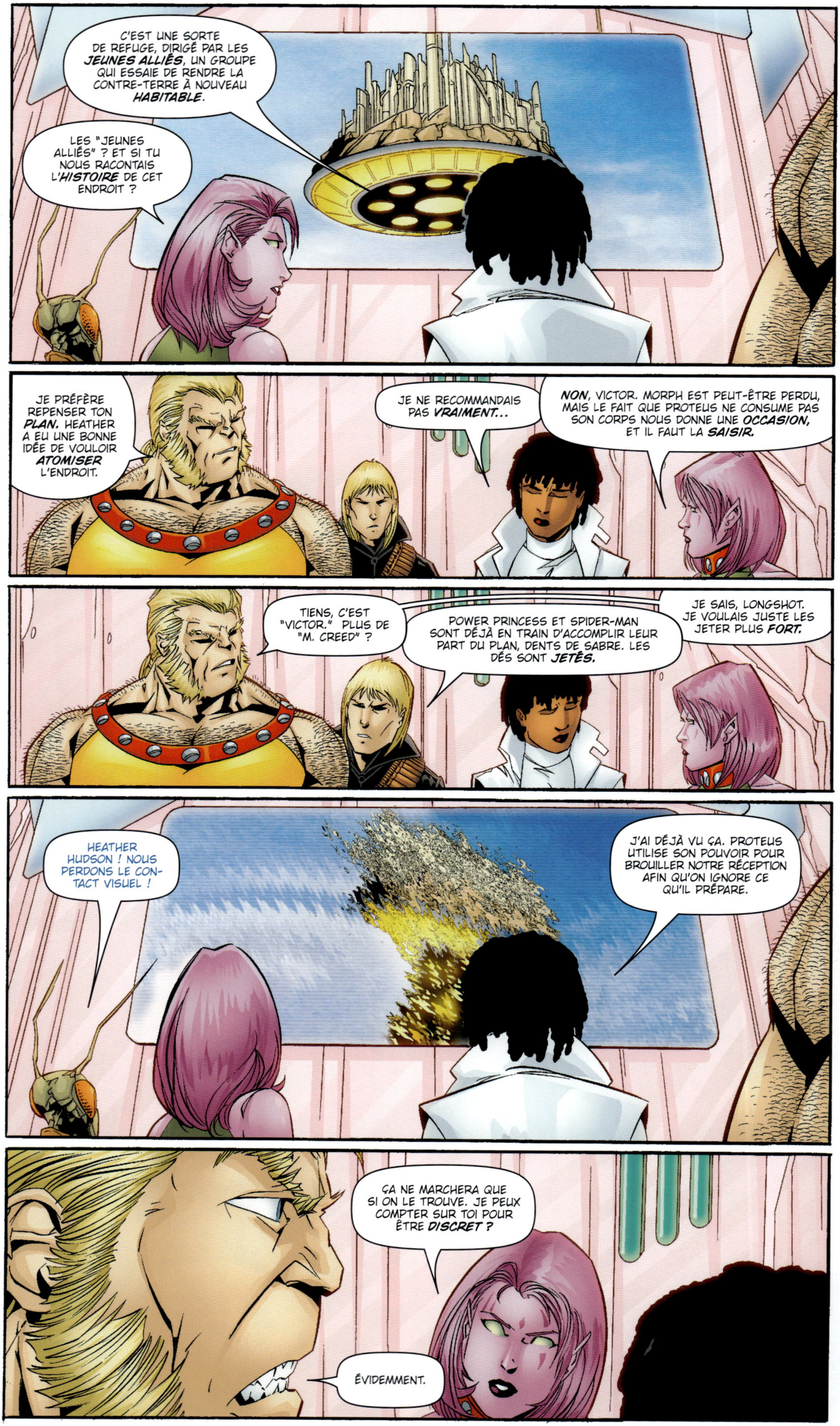
C'EST UNE SORTE DE REFUGE, DIRIGÉ PAR LES JEUNES ALLIÉS, UN GROUPE QUI ESSAIE DE RENDRE LA CONTRE-TERRE À NOUVEAU HABITABLE.
LES "JEUNES ALLIÉS" ? ET SI TU NOUS RACONTAIS L'HISTOIRE DE CET ENDROIT ?
JE PRÉFÈRE REPENSER TON PLAN. HEATHER A EU UNE BONNE IDÉE DE VOULOIR ATOMISER L'ENDROIT.
JE NE RECOMMANDAIS PAS VRAIMENT...
NON, VICTOR. MORPH EST PEUT-ÊTRE PERDU, MAIS LE FAIT QUE PROTEUS NE CONSUME PAS SON CORPS NOUS DONNE UNE OCCASION, ET IL FAUT LA SAISIR.
TIENS, C'EST "VICTOR." PLUS DE "M. CREED" ?
POWER PRINCESS ET SPIDER-MAN SONT DÉJÀ EN TRAIN D'ACCOMPLIR LEUR PART DU PLAN, DENTS DE SABRE. LES DÉS SONT JETÉS.
JE SAIS, LONGSHOT. JE VOULAIS JUSTE LES JETER PLUS FORT.
HEATHER HUDSON ! NOUS PERDONS LE CONTACT VISUEL !
J'AI DÉJÀ VU ÇA. PROTEUS UTILISE SON POUVOIR POUR BROUILLER NOTRE RÉCEPTION AFIN QU'ON IGNORE CE QU'IL PRÉPARE.
ÇA NE MARCHERA QUE SI ON LE TROUVE. JE PEUX COMPTER SUR TOI POUR ÊTRE DISCRET ?
ÉVIDEMMENT.

JE N'AIME PAS ÇA. ON AURAIT DÛ DÉCIDER DU LIEU DE RENDEZ-VOUS À LA PLACE DE DORMA.
OUI. ESSAIE DE DIRE À LA REINE GUERRIÈRE D'ATLANTIS CE QU'ELLE DOIT FAIRE.
JE DIS JUSTE QUE JE DOUTE QU'ELLE VEUILLE FORMER UNE ALLIANCE AVEC NOUS. ENFIN, QU'EST-CE QU'ELLE Y GAGNE ?
ÇA PUE L'EMBUSCADE.
DORMA NOUS A PROMIS DE NOUS RAVITAILLER EN POISSON.
SI TU AS UNE MEILLEURE IDÉE POUR NOURRIR TOUS CEUX QU'ON A PRIS À BORD, JE T'ÉCOUTE.
MAIS... QUE...
IMPOSSIBLE !
KLANG

KLANG
DÉSOLÉ, MAIS JE VOULAIS ÊTRE SÛR DE CAPTER VOTRE ATTENTION.
VOUS VOYEZ, J'AI ATTRAPÉ DES VOYOUS QUI ESSAYAIENT D'EXPÉDIER CETTE BOMBE ATOMIQUE DROIT SUR VOUS.
SHWUMPF
LES ORDURES. CE PÉTARD VIENT D'ATLANTIS, C'EST ÇA ?
OUI. LES SOLDATS À QUI JE L'AI PRIS PARLAIENT D'UNE REINE DORMA, QUI N'A PAS L'AIR DE VOUS APPRÉCIER.
QUI ES-TU ? COMMENT AS-TU BOUGÉ LA STATUE ?
JE M'APPELLE KEVIN MacTAGGERT. JE SUIS UN MUTANT.
ET JE SUIS VENU VOUS AIDER À VAINCRE VOS ENNEMIS, SI VOUS M'AIDEZ À BATTRE LES MIENS.

TERRE-712
MONDE DE L'ESCADRON SUPRÊME
S'IL TE PLAÎT, LAISSE-MOI EN PRENDRE JUSTE UN SEUL. J'AI UN ENDROIT PARFAIT POUR ÇA DANS MON SALON...
NÉGATIF WHIZZER. L'INTÉGRALITÉ DE LA TECHNOLOGIE MODE-B DOIT ÊTRE DÉTRUITE.
"HH" NIGHTHAWK, TU N'ARRIVES PAS À RECONNAÎTRE UNE BLAGUE, MÊME DANS LA BOUCHE DE...
WHIZZER.
EXACTEMENTCE-QUEJ'ALLAISDIRE !
FASSSH
ZARDA ?! JE NE T'ATTENDAIS PAS SI TÔT.
OÙ SONT LES AUTRES ?
ILS CHERCHENT LES TYPES TOUJOURS LOYAUX AU DIRECTORAT GLOBAL.
ALORS VOILÀ CES MAUDITES CHAISES À LAVAGE DE CERVEAU...

RECULE, SPIDER-MAN. CET ÉQUIPEMENT EST STRICTEMENT INTERDIT.
RELAX. NORMAL QU'UN SCIENTIFIQUE SOIT CURIEUX.
ZARDA, QU'EST-IL ARRIVÉ ? POURQUOI ÊTES-VOUS LÀ ?
MISSION ACCOMPLIE, NIGHTHAWK. NOUS AVONS ATTRAPÉ PROTEUS.
TU N'AS JAMAIS ÉTÉ UNE TRÈS BONNE MENTEUSE.
POURQUOI FAUT-IL QUE TU COMPLIQUES TOUJOURS TOUT ?
"UNGH"
C'EST DU SACRÉ MATOS, MAIS JE PENSE POUVOIR LE MODIFIER COMME BLINK L'A DEMANDÉ.
ET VITE, DR O'HARA. SI PROTEUS APPREND LA VÉRITÉ SUR L'ENDROIT OÙ IL EST, NOUS SOMMES FICHUS.

"BON, ÇA VA AVOIR L'AIR BIZARRE, MAIS NOTRE MONDE A ÉTÉ CRÉÉ PAR UN ENFANT DE SIX ANS TRÈS PUISSANT APPELÉ FRANKLIN RICHARDS.
"IL SAVAIT QUE LES HÉROS DE SON MONDE ALLAIENT ÊTRE TUÉS, ALORS IL A CRÉÉ UN UNIVERS DE POCHE ET LES Y A MIS EN SÉCURITÉ.
"ÉVIDEMMENT, NOUS PENSIONS QUE TOUT ÉTAIT NORMAL, ET QUE C'ÉTAIT NOS HÉROS.
"ON A FINI PAR APPRENDRE QUE NOTRE TERRE N'ÉTAIT QU'UNE RÉPLIQUE ET ILS SONT RENTRÉS CHEZ EUX. ENSUITE, LES CHOSES ONT TRÈS VITE MAL TOURNÉ ICI.
"DES TREMBLEMENTS DE TERRE, DES TEMPÊTES COSMIQUES, DES GUERRES NUCLÉAIRES... OUI, ON A BEAUCOUP SOUFFERT. QUAND ON DOIT COMPTER SUR LE DOCTEUR FATALIS POUR SAUVER LE MONDE, ON SAIT QU'ON EST MAL BARRÉS."

LA SOLUTION DE FATALIS ÉTAIT DE FAIRE SORTIR NOTRE TERRE DE CE MINI-UNIVERS INSTABLE ET DE L'ENVOYER DANS LE MONDE RÉEL.
IL NOUS A PLACÉS À L'OPPOSÉ DE SA TERRE ET IL EST RENTRÉ CHEZ LUI. DEPUIS, C'EST CHACUN POUR SOI.
NOUS ESSAYONS D'AIDER LES GENS À RECONSTRUIRE ET NOUS PRENONS AUTANT DE RÉFUGIÉS QUE POSSIBLE.
JE SAIS QUE C'EST COMPLIQUÉ...
OH NON, C'ÉTAIT TRÈS CLAIR. ET J'AI VU DES CHOSES BIEN PLUS ÉTRANGES..
EN FAIT, VOUS SERIEZ ÉPATÉS DE SAVOIR COMBIEN D'AUTRES TERRES J'AI VUES.
ET ON A L'AIR DE QUOI, COMPARÉS AUX AUTRES JEUNES ALLIÉS ?
EN FAIT, VOUS ÊTES LE PREMIER GROUPE QUE JE RENCONTRE QUI PORTE CE NOM. CHAQUE MONDE A SES PARTICULARITÉS...
DANS LA TERRE D'OÙ JE VIENS PAR EXEMPLE, ON N'A JAMAIS EU CE TYPE.
COMMENT DÉJÀ ?
CAPTAIN AMERICA. ET NE FAIS PAS ÇA, ÇA ME FAIT FLIPPER.
TU L'AIMAIS BIEN, C'EST ÇA ?
S'IL TE PLAÎT.
TOUT À L'HEURE... TU AS PARLÉ DE NOS ENNEMIS ET DES TIENS ?
OUI, ILS VONT BIENTÔT ARRIVER, MAIS SI ON EST FUTÉS, ON POURRA PROTÉGER TOUS CES PAUVRES RÉFUGIÉS...

30 MINUTES PLUS TARD...
SPIDER-MAN ET LA PRINCESSE SONT REVENUS ?
NÉGATIF, DENTS DE SABRE. O'HARA A BESOIN DE PLUS DE TEMPS POUR RECONFIGURER LE MATÉRIEL.
VOUS L'AVEZ TROUVÉ ?
NON. CET ENDROIT EST TROP GRAND ET PEUPLÉ.
SOIS PRÊTE À NOUS RAMENER AU CAS OÙ.
ÇA POURRAIT ÊTRE N'IMPORTE QUI, DENTS DE SABRE.
PEU IMPORTE SON APPARENCE, IL NE TROMPERA PAS MON FLAIR.
TU CONNAIS L'ODEUR DE MORPH ?
EN FAIT IL N'A PAS D'ODEUR. C'EST COMME S'IL APPARAISSAIT EN NOIR ET BLANC DANS UN FILM EN COULEURS.
SNFF
SNFF
LÀ.

BON, IL EST ENTRÉ DANS UN BÂTIMENT...
SUIVEZ-LE.
ALORS ?
BINGO !
DÉPÊCHEZ-VOUS, IL POURRAIT TRÈS BIEN Y AVOIR UNE ISSUE...
... SECRÈÈÈÈÈÈTE... !
SHWUMPF
UN PIÈGE !
BIENVENUE À ATTILAN !

HÉ...!
DENTS DE SABRE !
OUI, OUI...
THRUNCH
URK
C'EST TOUT ?
AKH
POURQUOI PROTÉGEZ-VOUS UN MEURTRIER ?
DIT LE TYPE QUI LANCE DES COUTEAUX.
C'EST LUI LE PLUS DANGEREUX.

PLUS MAIN-
TENANT.
KZAKKK
ARHHH !
BLOONK
ON DIRAIT QU'ILS ONT LEUR PROPRE TÉLÉPORTEUR. MAIS ELLE N'A PAS DE SIX-COUPS !
BLAM
HÉ, PROTEUS ! *PRENDS ÇA !*
BLAM
BLAM
THWIIIP
BLAM
RÉFLÉCHIS, SPIDER-MAN... LE SEUL QUI PUISSE ZAPPER MES POUVOIRS VIENT DE SE FAIRE *GRILLER*...

SHREEEENG
... ALORS JE PEUX JOUER À DIEU !
VOUS PENSIEZ M'AVOIR ?
M'ENTERRER SUR CETTE PÂLE COPIE DE LA TERRE ?
MAIS VOUS AVIEZ RAISON SUR UN POINT... C'EST NOTRE DERNIÈRE BATAILLE !
ON AURAIT CHOISI LE MAUVAIS CAMP...?
COMMENT ILS ONT RÉUSSI À LE METTRE EN FUITE ?

TOI ! TU ES CELUI QUE NOUS ATTENDIONS !
QUI... ?
NOUS SOMMES LE VISAGE DE L'ORDRE ET DU CHAOS. NOUS REGARDONS CE MONDE POUR JUGER DE SON DESTIN.
C'EST TRÈS GENTIL ! MAIS JE SUIS UN PEU OCCUPÉ, LÀ !
VIENS, JOUE TON RÔLE DANS LE JUGEMENT DE CE MONDE.

SKZZZ
QU'EST-CE QUE C'EST QUE ÇA ?!
SPAK
TON ARRIVÉE A ENFIN ÉQUILIBRÉ LA BALANCE COS-MIQUE.
DÉGAGEZ !
TU OBÉIRAS.

QU...?
DISPARU !
C'ÉTAIT QUOI DANS LE CIEL ? OÙ SONT-ILS PASSÉS ?
C'ÉTAIT O ET KAY... ILS FONT PARTIE DE NOTRE ÉQUIPE, MAIS...
D'HABITUDE, ILS NE SONT PAS COMME ÇA...
ILS ONT NOTRE TAILLE.
ILS DISENT TOUJOURS AVOIR ÉTÉ ENVOYÉS ICI POUR NOUS JUGER, MAIS ILS NE FONT PAS GRAND-CHOSE.
J'AI FINI PAR LES IGNORER AVEC LE TEMPS, MAIS...
CE TYPE... "KEVIN"... ON PENSAIT QUE C'ÉTAIT JUSTE UN AUTRE SURHUMAIN QUI PASSAIT.
MAIS CE QU'IL VOUS A FAIT... IL AIMAIT ÇA !

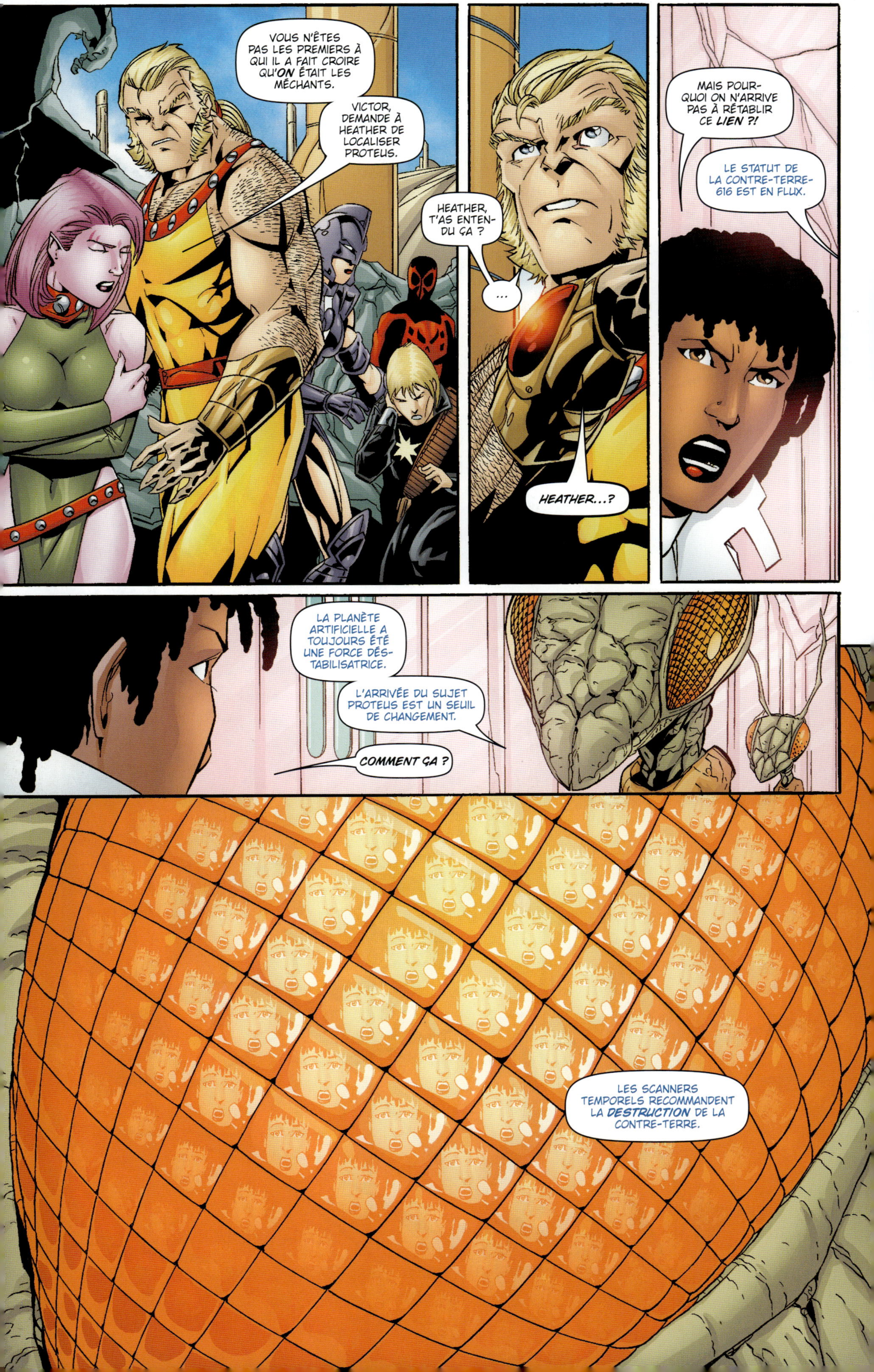

VOUS N'ÊTES PAS LES PREMIERS À QUI IL A FAIT CROIRE QU'ON ÉTAIT LES MÉCHANTS.
VICTOR, DEMANDE À HEATHER DE LOCALISER PROTEUS.
HEATHER, T'AS ENTENDU ÇA ?
...
HEATHER...?
MAIS POURQUOI ON N'ARRIVE PAS À RÉTABLIR CE LIEN ?!
LE STATUT DE LA CONTRE-TERRE-616 EST EN FLUX.
LA PLANÈTE ARTIFICIELLE A TOUJOURS ÉTÉ UNE FORCE DÉSTABILISATRICE.
L'ARRIVÉE DU SUJET PROTEUS EST UN SEUIL DE CHANGEMENT.
COMMENT ÇA ?
LES SCANNERS TEMPORELS RECOMMANDENT LA DESTRUCTION DE LA CONTRE-TERRE.

EXILES (2001) 82
Couverture : **JIM CALAFIORE**

C'EST FICHU POUR TON *PLAN*, BLINK
WORLD
EROES REBORN
TOUR
CONCLUSION
TONY BEDARD
SCÉNARIO
J. CALAFIORE
DESSIN
MARC McKENNA
ENCRAGE
TOM CHU
COULEURS
THOMAS DAVIER ASTARTE DESIGN - ROMA
TRADUCTION LETTRAGE
NICK LOWE
MIKE MARTS - JOE QUESADA
RÉDACTION USA

QUEL PLAN ?
CECI EST UN DISPOSITIF DE MODIFICATION COMPORTEMENTALE. POUR LES LAVAGES DE CERVEAU.
VOUS VOULIEZ TRANSFORMER CE TUEUR DE PROTEUS EN SAINT ?
QUELQUE CHOSE DANS LE GENRE. DENTS DE SABRE, HEATHER A RÉTABLI LE CONTACT ?
DÉSOLÉ, LE TALLUS EST INACTIF.
CET ÊTRE "D'ORDRE ET DE CHAOS" QUI A EMPORTÉ PROTEUS, IL ÉTAIT DANS VOTRE ÉQUIPE ?
SI ON VEUT. C'EST UN PEU DUR À EXPLIQUER...
POUR COMMENCER, ILS PARTAGENT UN CORPS TANTÔT HOMME, TANTÔT FEMME.
PARFOIS, ILS SONT AVEC NOUS, PARFOIS ILS PARTENT DES JOURS.
RÉFLÉCHISSEZ... OÙ PEUVENT-ILS AVOIR EMMENÉ PROTEUS ?

AILLEURS...
NOUS ÉTIONS DEUX ÊTRES ORDINAIRES AVANT QUE LES POUVOIRS TRANSIDÉRAUX DE L'ORDRE ET DU CHAOS NOUS UNISSENT...
... POUR RENDRE NOTRE JUGEMENT DE DEUX POINTS DE VUE.
VOTRE JUGEMENT...?
CE MONDE EST CONTRAIRE À L'ORDRE NATUREL.
LES RAMIFICATIONS DE SON EXISTENCE DOIVENT ÊTRE ÉVALUÉES.
ET VOUS AVEZ DÉCIDÉ QUE TOUT LE MONDE ICI DEVAIT MOURIR ?
OUI.
GÉNIAL.

J'IMAGINE QUE NOUS ALLONS UTILISER CES MISSILES POUR ÇA ?
PAS "NOUS". TOI.
NOUS JUGEONS. NOUS N'EXÉCUTONS PAS LA SENTENCE.
PARFAIT, JE PRÉFÈRE TRAVAILLER SEUL.
CES TRUCS M'ONT L'AIR FAMILIER. J'EN AI VOLÉ UN À DES HOMMES POISSONS QUI VOULAIENT DÉGOMMER VOS COPAINS, LES JEUNES ALLIÉS.
ALORS C'EST TOI QUI M'AS PRIVÉE DE MA PREMIÈRE ATTAQUE !
LES JEUNES ALLIÉS SONT UNE ÉPINE DANS MON PIED. LEUR VILLE ERRANTE NE DEVRAIT PLUS ÊTRE QU'UN TAS DE CENDRES...
... MAIS QUELQU'UN A ÉTÉ ASSEZ STUPIDE POUR SE METTRE EN TRAVERS DE MA ROUTE !

LES HOMMES POISSONS ONT DIT QU'ILS OBÉISSAIENT À LA REINE DORMA D'ATLANTIS.
IMPÉRATRICE DORMA.
D'ICI UNE SEMAINE, TOUS LES HABITANTS DE LA SURFACE ENCORE EN VIE SE PROSTERNERONT DEVANT CETTE COURONNE.
JE CROIS QUE TU AS RAISON, MAIS CE N'EST PAS TOI QUI LA PORTERAS.
ARRÊTE ! QU'EST-CE QUE TU...
YEEEAAGHHH!

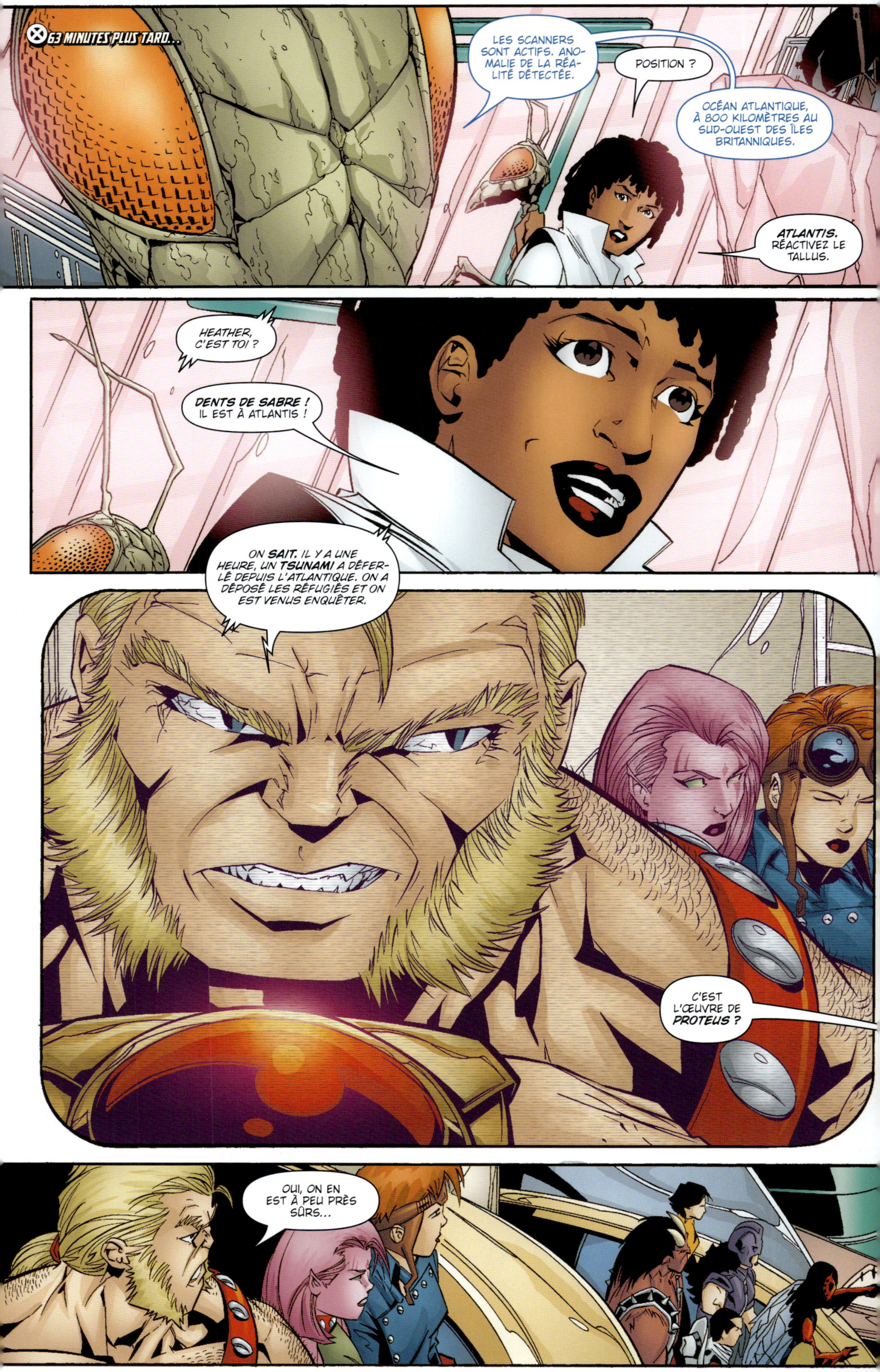
63 MINUTES PLUS TARD...
LES SCANNERS SONT ACTIFS. ANOMALIE DE LA RÉALITÉ DÉTECTÉE.
POSITION ?
OCÉAN ATLANTIQUE, À 800 KILOMÈTRES AU SUD-OUEST DES ÎLES BRITANNIQUES.
ATLANTIS. RÉACTIVEZ LE TALLUS.
HEATHER, C'EST TOI ?
DENTS DE SABRE ! IL EST À ATLANTIS !
ON SAIT. IL Y A UNE HEURE, UN TSUNAMI A DÉFERLÉ DEPUIS L'ATLANTIQUE. ON A DÉPOSÉ LES RÉFUGIÉS ET ON EST VENUS ENQUÊTER.
C'EST L'ŒUVRE DE PROTEUS ?
OUI, ON EN EST À PEU PRÈS SÛRS...

"... ON DIRAIT QU'IL A FAIT SURGIR UNE ***MONTAGNE*** DU FOND DE L'OCÉAN. UNE NOUVELLE ÎLE EST APPARUE, AVEC ATLANTIS AU SOMMET.
"ÉVIDEMMENT, LES ATLANTES NE PEUVENT PAS RESPIRER À L'AIR LIBRE, ET PROTEUS LES A EMPÊCHÉS DE REPLONGER.
"MÊME D'ICI, ON SENT CETTE ***HORRIBLE*** ODEUR DE POISSON MORT... SURTOUT QUE CE NE SONT PAS DES POISSONS..."
HEATHER HUDSON, NOUS RECOMMANDONS L'EXTRACTION ***IMMÉDIATE*** DES EXILÉS.
VOUS AVEZ CHANGÉ D'AVIS ? IL Y A QUELQUES HEURES, VOUS VOULIEZ QU'ILS DÉTRUISENT LA ***PLANÈTE !***
CELA NE NOUS CONCERNE PLUS.
LA DESTRUCTION DE LA CONTRE-TERRE EST ASSURÉE PAR D'***AUTRES*** MOYENS.

BLOOONK
HEATHER VEUT QU'ON SE TIRE. ELLE DIT QUE PROTEUS VA *ATOMISER* LA PLANÈTE ET QU'ON NE PEUT PLUS L'ARRÊTER.
NON. IL EST TOUJOURS LÀ, SINON LA VILLE SERAIT RETOMBÉE SOUS LA SURFACE.
PARTEZ SI VOUS LE VOULEZ. MAIS JE REFUSE DE LE SUIVRE DANS UN AUTRE MONDE. PAS SI JE PEUX L'ARRÊTER *ICI.*
HUM... HEATHER A DIT COMMENT IL COMPTAIT S'Y PRENDRE ?
SHHUMP!
¡MADRE DE DIOS...!
CES GENS VOULAIENT NOUS TUER, MAIS JE NE SOUHAITERAIS ÇA À PERSONNE.

ONT-ILS SU CE QUI LES AVAIT TOUCHÉS ?
AU MOINS, ILS NE SOUFFRENT PLUS.
BON SANG !
EEEEEEEEYAAAGGHHHHH...
...AAAGHHHHHHHH...
...HHAAUEEEEEE...*
HA HA ! C'EST TROP DRÔLE !
SI VOUS AVIEZ VU VOS TÊTES...

BIENVENUE DANS MON ROYAUME ! VOUS AIMEZ CE QUE J'EN AI FAIT ?
L'ANCIENNE PROPRIÉTAIRE A LAISSÉ L'ENDROIT UN PEU MOISI. JE ME SUIS DIT QU'IL FALLAIT AÉRER UN GRAND COUP.
MM, PUBLIC DIFFICILE. MORPH AVAIT AUTANT DE MAL À VOUS FAIRE RIRE ?
APRÈS TOUT, C'EST SON SENS DE L'HUMOUR QUE J'UTILISE...
MORPH ÉTAIT RESPECTABLE. TU N'AS MÊME PAS UNE MIETTE DE LUI EN TOI.

ET LÀ, C'EST MIEUX ? TU AS TOUJOURS AIMÉ LE VISAGE DE MIMIC...
TU CROIS QUE C'EST AMUSANT DE TE VOIR TRAÎNER DANS LA BOUE LE SOUVENIR D'UN MORT ?
MAIS IL N'EST PAS VRAIMENT MORT, IL VIT EN MOI !
MORPH AUSSI. ET TOUS LES AUTRES.
J'AI DÉJÀ ESSAYÉ DE VOUS LE DIRE... LES SOUVENIRS DE CAL N'ONT PAS DISPARU.
NI SES SENTIMENTS...
CALVIN N'AURAIT JAMAIS TUÉ TANT DE GENS.
CE N'EST PAS SI SÛR. IL EN A TUÉ BEAUCOUP QUAND IL COMBATTAIT LES BROODS.
TANT QU'IL EN A PERDU LE COMPTE.

SHMOOOSH
ET À CE PROPOS...
EN LUI PRENANT SA COURONNE, J'AI PROMIS À LA REINE DORMA D'ENVOYER SES MEILLEURS VŒUX À LA SURFACE !

ESPÈCE DE...
SPANG
OUCH, J'ADORE TE METTRE EN COLÈRE.
BLINK
VOYONS SI JE PEUX FAIRE AUTRE CHOSE...
TU AS OUBLIÉ QU'ELLE N'ÉTAIT PAS SEULE !
JE NE T'AI PAS OUBLIÉ, LONGSHOT...
"... JE N'ENVERRAI PAS UNE VILLE SUR N'IMPORTE QUI !"

SHWOOOOOM
SPLUTT
LONGSHOT !
COLT ! JOLT ! OUBLIEZ CE QUI ARRIVE ICI, VOUS DEVEZ ARRÊTER CES MISSILES !
ON FONCE, BUCKY !
MAIS...
SHWUMP

TU NE PEUX PAS *VOLER* !
SHWUMPF
ÇA VA ALLER, JOLT.
TIRE, ET NE LÉSINE PAS...
"... ON PEUT LES *DÉTRUIRE* SANS DÉCLENCHER LES *TÊTES NUCLÉAIRES*."
SHWUMPF
PLOOSH
DEUX DÉTRUITS, IL EN RESTE CENT !
J'ESPÈRE QUE LES AUTRES S'EN SORTENT...

C'EST FINI, LES GARS !
SI VOUS VOULEZ PRIER, C'EST LE MOMENT...

FRANCHEMENT, CHÉRIE, QU'EST-CE QUE TU **CROYAIS** ?
UN **ASSAUT FRONTAL** N'AURAIT MARCHÉ QU'AVEC LONGSHOT.
SANS LUI, VOUS N'AVIEZ AUCUNE CHANCE.
MAIS NE VOUS SENTEZ PAS COUPABLES, VOUS AVEZ FAIT DE VOTRE MIEUX. JE ME SOUVIENDRAI DE VOUS...
JE VAIS ENCORE UN PEU JOUER AU ROI ICI, ET JE RENTRERAI M'AMUSER CHEZ MOI.
J'AURAIS AIMÉ TE CONVAINCRE DE... DE...

TU DISAIS...?
QUE S'EST-IL PASSÉ ?
MON *PLAN*, LONGSHOT.
PROTEUS N'A PAS COMPRIS QU'EN VOLANT LE CORPS DE *MORPH*, IL ÉTAIT DEVENU SON PIRE ENNEMI.

ON DIRAIT QUE PROTEUS ÉTAIT LE SEUL À MAINTENIR LA VILLE EN SURFACE !
BLINNNK
BLOOONK
SI PROTEUS EST PIÉGÉ, LAISSE-MOI L'ACHEVER.
DENTS DE SABRE, NON !

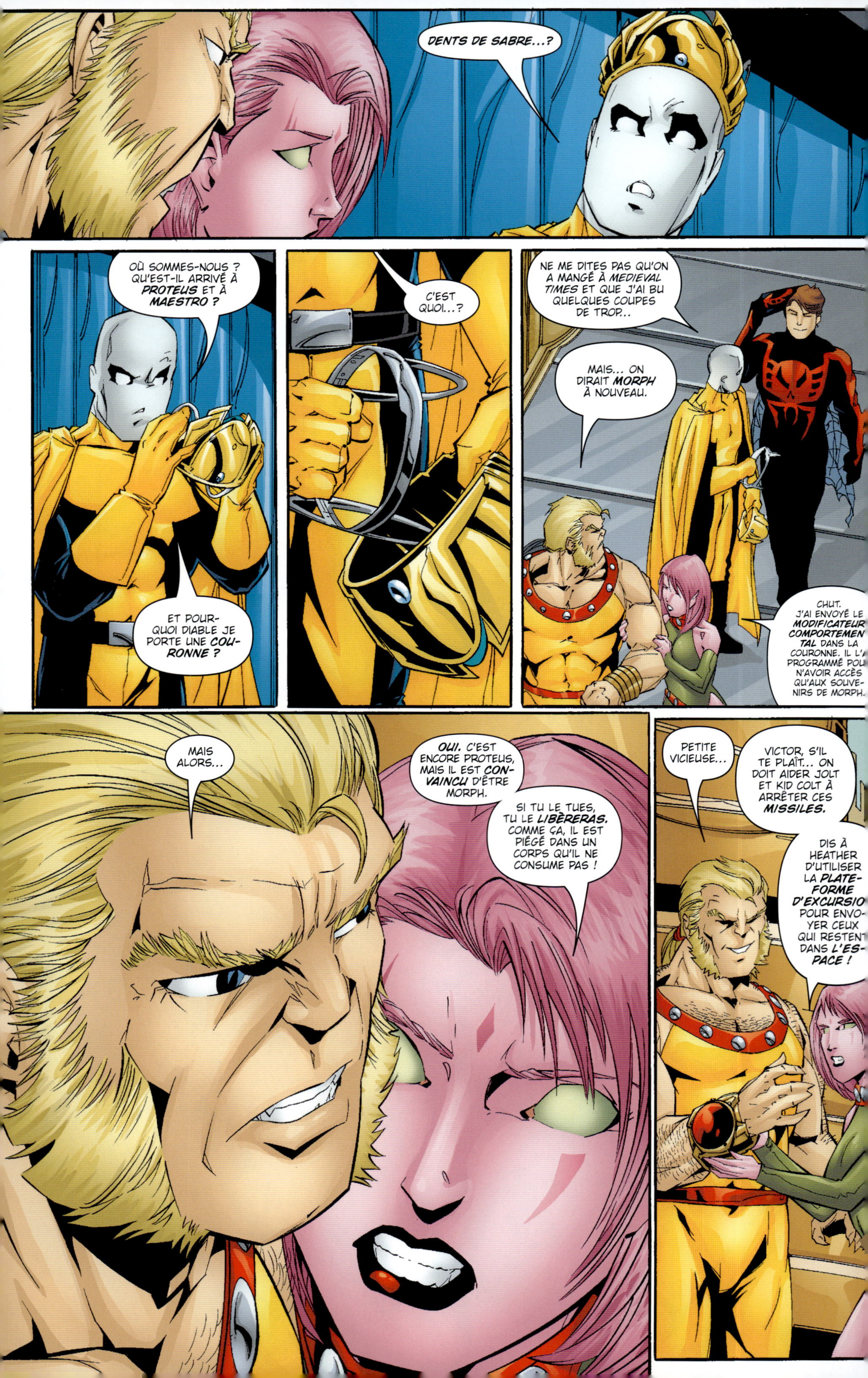
DENTS DE SABRE...?
OÙ SOMMES-NOUS ? QU'EST-IL ARRIVÉ À PROTEUS ET À MAESTRO ?
ET POURQUOI DIABLE JE PORTE UNE COURONNE ?
C'EST QUOI...?
NE ME DITES PAS QU'ON A MANGÉ À MEDIEVAL TIMES ET QUE J'AI BU QUELQUES COUPES DE TROP...
MAIS... ON DIRAIT MORPH À NOUVEAU.
CHUT. J'AI ENVOYÉ LE MODIFICATEUR COMPORTEMEN TAL DANS LA COURONNE. IL L'A PROGRAMMÉ POU N'AVOIR ACCÈS QU'AUX SOUVENIRS DE MORPH.
MAIS ALORS...
OUI. C'EST ENCORE PROTEUS, MAIS IL EST CONVAINCU D'ÊTRE MORPH.
SI TU LE TUES, TU LE LIBÈRERAS. COMME ÇA, IL EST PIÉGÉ DANS UN CORPS QU'IL NE CONSUME PAS !
PETITE VICIEUSE...
VICTOR, S'IL TE PLAÎT... ON DOIT AIDER JOLT ET KID COLT À ARRÊTER CES MISSILES.
DIS À HEATHER D'UTILISER LA PLATE-FORME D'EXCURSIO POUR ENVOYER CEUX QUI RESTENT DANS L'ESPACE !

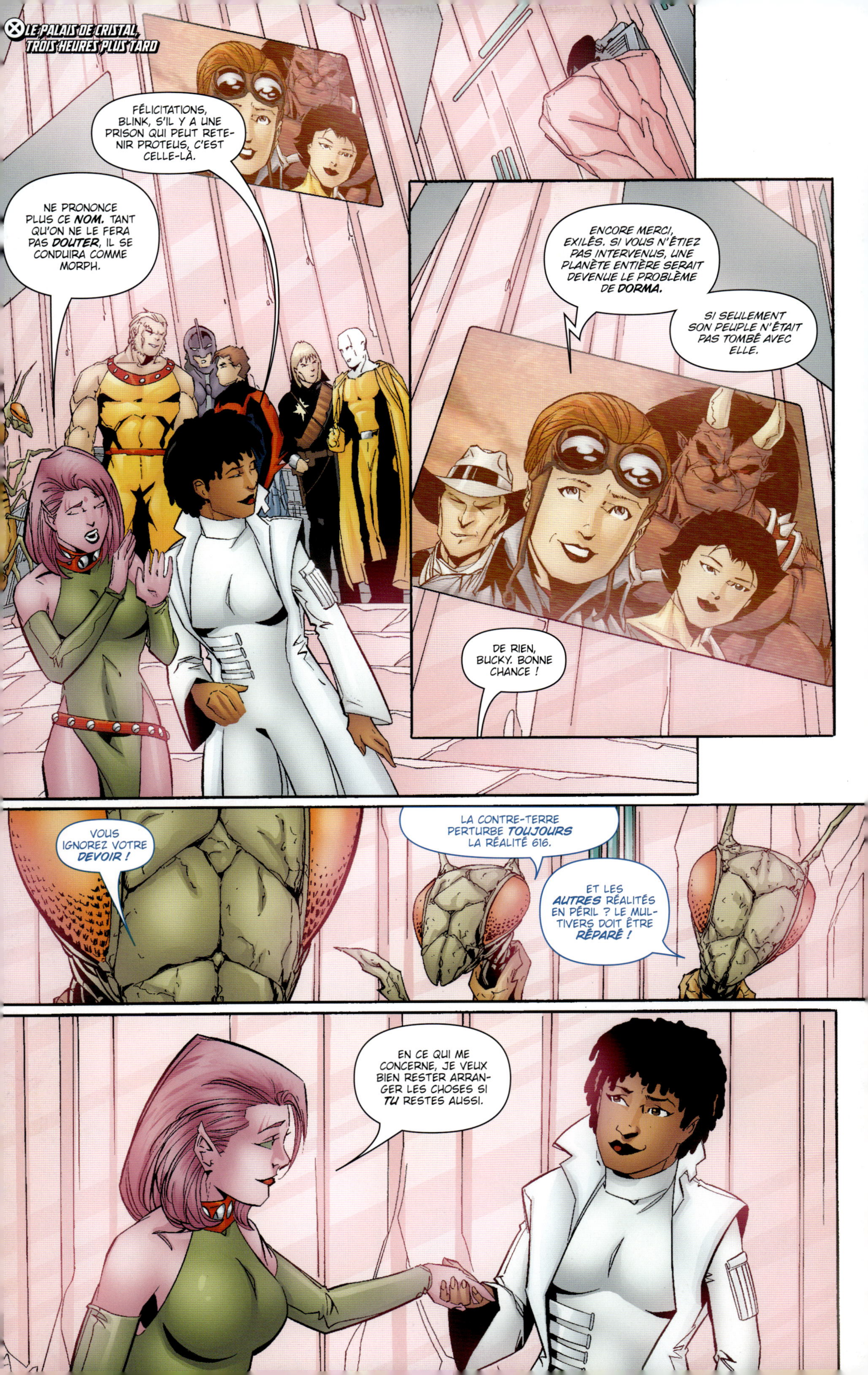

LE PALAIS DE CRISTAL, TROIS HEURES PLUS TARD
FÉLICITATIONS, BLINK, S'IL Y A UNE PRISON QUI PEUT RETENIR PROTEUS, C'EST CELLE-LÀ.
NE PRONONCE PLUS CE NOM. TANT QU'ON NE LE FERA PAS DOUTER, IL SE CONDUIRA COMME MORPH.
ENCORE MERCI, EXILÉS. SI VOUS N'ÉTIEZ PAS INTERVENUS, UNE PLANÈTE ENTIÈRE SERAIT DEVENUE LE PROBLÈME DE DORMA.
SI SEULEMENT SON PEUPLE N'ÉTAIT PAS TOMBÉ AVEC ELLE.
DE RIEN, BUCKY. BONNE CHANCE !
VOUS IGNOREZ VOTRE DEVOIR !
LA CONTRE-TERRE PERTURBE TOUJOURS LA RÉALITÉ 616.
ET LES AUTRES RÉALITÉS EN PÉRIL ? LE MULTIVERS DOIT ÊTRE RÉPARÉ !
EN CE QUI ME CONCERNE, JE VEUX BIEN RESTER ARRANGER LES CHOSES SI TU RESTES AUSSI.

OK POUR MOI AUSSI.
TANT QUE JE PEUX PRENDRE DES NOTES...
JE VEUX BIEN CONTINUER À SUPERVISER VOS MISSIONS.
ET VOUS AUREZ BESOIN DE TOUTE MA CHANCE.
HÉ ! NE M'OUBLIEZ PAS !

ONSLAUGHT REBORN (2007) 1
Couverture : **ROB LIEFELD**

SALVADOR
LIQUID!

ON DIT QUE TROIS PETITS MOTS PEUVENT CHANGER LE MONDE.
ON PENSE ALORS TOUS À...
... "JE T'AIME".
MAIS CE N'EST PAS CE QU'ON A ENTENDU RÉCEMMENT ET QUI A *TOUT* CHANGÉ.
PLUS.
DE.
MUTANTS !
JEPH LOEB SCÉNARIO
ROB LIEFELD DESSIN
ONSLAUGHT REVIENT !
MATT YACKEY COULEURS
LAURENCE BELINGARD TRADUCTION
STUDIO RAM LETTRAGE
JOHN BARBER, JOE QUESADA, DAN BUCKLEY RÉDACTION USA

EN UN ÉCLAIR, ÇA S'EST CONCRÉTISÉ.
DES MILLIERS DE MUTANTS ONT CESSÉ D'ÊTRE.
PARMI LES PLUS FAMEUX *HOMO SUPERIOR*, BIEN SÛR...
... CHARLES XAVIER, LE PROFESSEUR X, ET SON OPPOSÉ DANS LA VIE, MAGNÉTO.
WANDA NE LES A PAS SEULEMENT PRIVÉS DE LEURS POUVOIRS.
ELLE A FAIT *PLUS* CE FAMEUX JOUR...

INTENTIONNELLEMENT ?
ON NE LE SAURA JAMAIS.
WANDA N'AVAIT PAS TOUTE SA TÊTE. IL LUI MANQUAIT QUELQUES CASES...
ON PARLE ENCORE DE CE QUI A DISPARU ALORS.
LEURS "POUVOIRS MUTANTS", MAIS AUSSI, POUR CERTAINS, LEUR RAISON D'ÊTRE.
POUR CEUX-LÀ, C'ÉTAIT LEUR VIE.
ET LE LENDEMAIN, ALORS QU'IL NE RESTAIT PLUS QUE 198 MUTANTS SUR TERRE...
... C'ÉTAIT COMME SI TOUTE UNE ESPÈCE HUMAINE AVAIT PÉRI, PAR MAGIE.
OÙ...

OUI. ON A BEAUCOUP PARLÉ DE QUI ET CE QUI EST MORT.
ON AURAIT DÛ AUSSI PENSER À CE QUI EST NÉ CE JOUR-LÀ.
OU, DANS CE CAS...
... A *RESSURGI*.
... OÙ EST LE GAMIN ? OÙ EST FRANKLIN RICHARDS ?

OÙ ÉTAIT LE GARÇON QUE CHERCHAIT ONSLAUGHT ?
DANS UN ENDROIT QU'IL FAUT APPRENDRE À CONNAÎTRE.
UNE DIMENSION... UN UNIVERS DÉCOUVERT PAR REED RICHARDS, ALIAS MR FANTASTIC, ALIAS LE GARS LE PLUS GÉNIAL DU MONDE.
LA ZONE NÉGATIVE.
THOOM THOOM THOOM
AU SECOURS, ONC' BEN !
C'ÉTAIT NORMAL QU'IL SE RETROUVE LÀ.
APRÈS TOUT, C'ÉTAIT LE FILS DE REED ET SUSAN, L'INVISIBLE...
... FRANKLIN.
TU PEUX FUIR...
... TU N'ÉCHAPPERAS PAS À BLASTAAR, LA BOMBE VIVANTE !
BADOOM
ONC' BEN !

POW
VIRE TES SALES PATTES DE MON NEVEU, VERMINE !
UH OH.
TU L'AS CASSÉ, ONC' BEN.
J'AI RIEN CASSÉ DU TOUT.
TU AS DÛ FRAPPER UN PEU FORT.
NAN ! ON EST DANS UN JEU VIDÉO DE TON PÈRE. JE COGNE PAS EN VRAI, VOYONS.
ALORS, POURQUOI TOUT S'EST ÉTEINT ?
OU PLUTÔT POURQUOI LE GÉNÉRATEUR DE REED S'EST PAS DÉCLENCHÉ ?
MR GROS CERVEAU LAISSERAIT JAMAIS UN TRUC PAREIL ARRIVER QUAND IL EST EN PLEIN DANS UNE EXPÉRIENCE.
TIENS, VOILÀ ONCLE JOHNNY. IL NOUS EXPLIQUERA PEUT-ÊTRE.
DES FOIS, C'EST PRATIQUE D'AVOIR UNE TORCHE DANS LA FAMILLE.
IL A TOUJOURS DU FEU QUAND LES PLOMBS SAUTENT.
OH, TORCHE ! REED A CRAMÉ UN DE CES BIDULES...

SI TU PROTÈGES L'ENFANT...
... TU MOURRAS AVEC LUI.
HÉ, ÇA VA PAS ? ! DÉCONNE PAS AVEC LE MÔME À CÔTÉ !
TOUT À FAIT D'ACCORD, ONCLE BEN.
RESTE DERRIÈRE MOI, PETIT. JE LE SENS MAL.
ARRÊTE, ONCLE JOHNNY !
TON "ONCLE JOHNNY" PLAISANTE PAS, FRANKLIN.
VA CHERCHER TES PARENTS. FILE.
JE VEUX T'AIDER..
VA-T'EN !
AARGH ! MAUDITE AL-LUMETTE !

T'ES PAS NORMAL, TORCHE.
OU T'ES PAS LE VRAI MAIS UNE SORTE DE ROBOT...
... OU UN TORDU, GENRE LE MAÎTRE DES MALÉFICES, T'A ENSORCELÉ.
EN TOUT CAS, TU GRILLERAS PAS LE NEVEU CHÉRI DE TANTE PETUNIA !
NAVRÉ, MEC, JE VAIS TE FAIRE PLUS DE MAL QUE TU M'EN AS FAIT.
KRASSHHH
TU NE M'ARRÊTERAS PAS.
ÇA, C'EST CE QU'ON VA VOIR !
VIENS LÀ, SALETÉ ! ALLEZ, OÙ TU TE CACHES ?
ON MET JAMAIS LA MAIN DESSUS QUAND ON EN A BESOIN ET ILS SONT PARTOUT QUAND ON EN VEUT PAS.
ENFIN !

BAIN DE MINUIT, JUNIOR !
ET ON EST MÊME PAS SAMEDI !

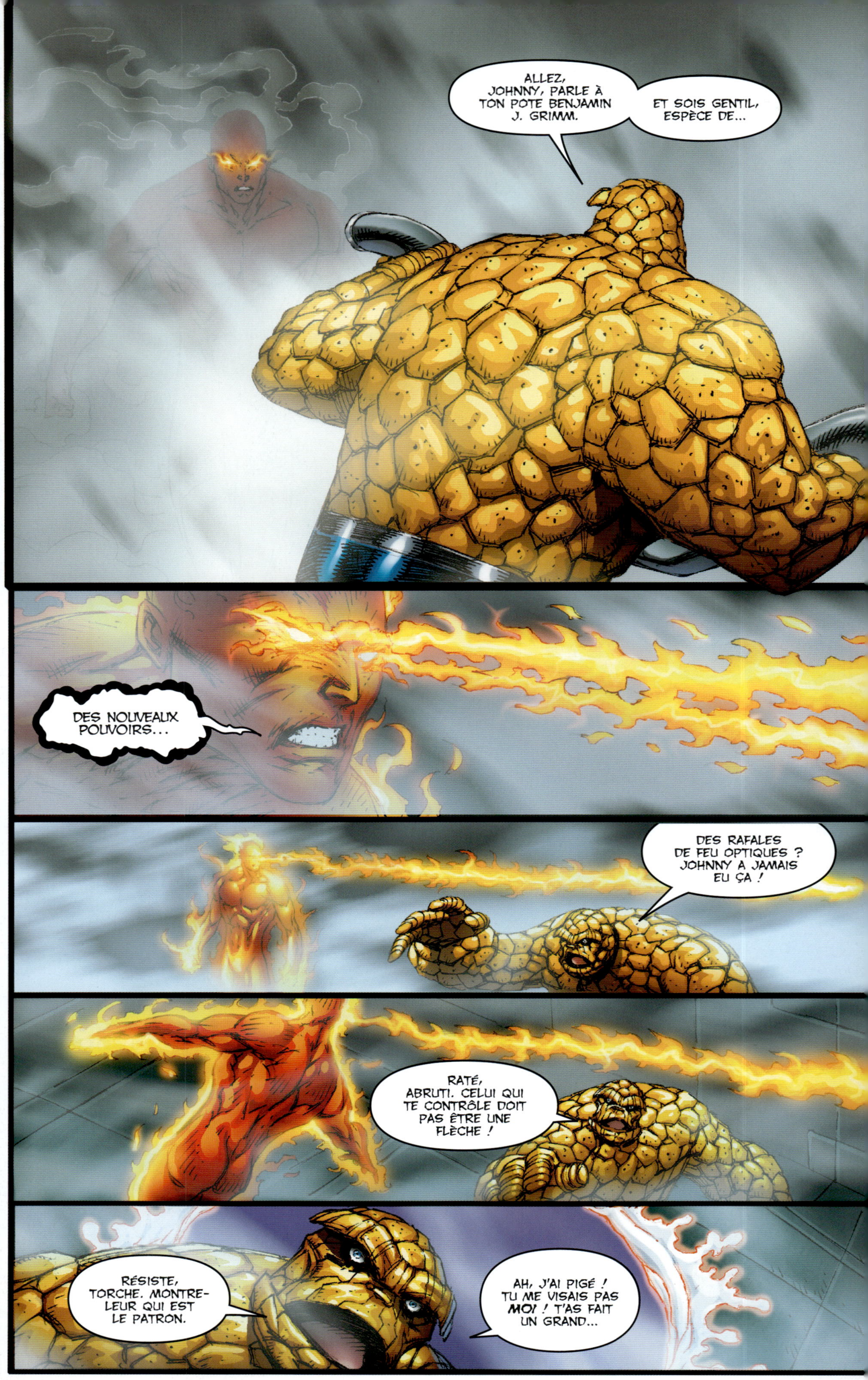
ALLEZ, JOHNNY, PARLE À TON POTE BENJAMIN J. GRIMM.
ET SOIS GENTIL, ESPÈCE DE...
DES NOUVEAUX POUVOIRS...
DES RAFALES DE FEU OPTIQUES ? JOHNNY A JAMAIS EU ÇA !
RATÉ, ABRUTI. CELUI QUI TE CONTRÔLE DOIT PAS ÊTRE UNE FLÈCHE !
RÉSISTE, TORCHE. MONTRE-LEUR QUI EST LE PATRON.
AH, J'AI PIGÉ ! TU ME VISAIS PAS MOI ! T'AS FAIT UN GRAND...

MAIS T'ES COMPLÈTEMENT MALADE !

J'AURAIS DÛ FONCER À JFK ET ATTENDRE UNE COURSE.
J'AI PAS FINI D'ENTENDRE MA FEMME !
WHOOMPH
DÉSOLÉ POUR LE TAXI, MONSIEUR. ENVOYEZ LA NOTE ET ON EN RACHÈTERA UN.
ALLEZ, JOHNNY BOY.
J'IGNORE QUI TE CONTRÔLE, MAIS TU LEUR SERAS PAS TRÈS UTILE QUAND T'AURAS EXPLOSÉ.
B-BEN... IL EST REVENU... C'EST... NNNGGNN
TOUT DOUX, PETIT.
TU T'ES CREVÉ À TE DÉBATTRE.

PAPA ! MAMAN ! VOUS ÊTES OÙ ?
FRANKLIN ! JE SUIS SOULAGÉ DE VOIR QUE TU VAS BIEN.
C'EST PAS LE CAS D'ONCLE JOHNNY, PAPA. IL VEUT RÉTAMER ONC' BEN.
C'EST POUR ÇA QU'ON VA TE METTRE À L'ABRI.
JE VAIS TE PROTÉGER CONTRE *LUI*.
LUI QUI, PAPA ? LUI QUI ?
J'AI PEUR, PAPA !
FRANKLIN, SOIS COURAGEUX. JE SAIS OÙ IL NE POURRA PAS T'ATTEINDRE.
TU M'EMMÈNES DANS LA ZONE NÉGATIVE !
NE CRAINS RIEN, MON ENFANT. CE SERA BIENTÔT TERMINÉ.
T'ES PAS MON PAPA !
JE SUIS **DANS** TON PÈRE. JE CONTRÔLE SES PENSÉES.
TU DOIS TE SOUVENIR DE MOI.
TU TE RAPPELLES... ONSLAUGHT...
MAIS QU'EST-CE QUE TU FABRIQUES, MONSTRE ?!

TU.
POSES.
MON.
FILS.
NOTRE FILS, SUE.
NON, TU N'ES PAS MON MARI.
IL N'A PAS À ÊTRE LE PLUS INTELLIGENT DU MONDE POUR DEVINER...
... QUE JE NE LAISSERAI PERSONNE TOUCHER À MON ENFANT.
OH, JE LE SAIS.
AUSSI, JE DOIS M'OCCUPER DE TOI, VITE...
... ET BIEN.
NON ! ARRÊTEZ DE VOUS BATTRE !

QUI QUE TU SOIS, TU AS BESOIN DE RESPIRER.
PAPA ?
FRANK... ACKK...
VA CHERCHER JOHNNY ET BEN, FRANKLIN !
MAIS...
VA !
TU... NE TIENDRAS PAS LONGTEMPS... SUE...
GAHNNNGGNN
NNNNGGNNN

FOUTUE SÉCURITÉ DE L'IMMEUBLE.
TOUTES LES PORTES ET FENÊTRES SONT BLOQUÉES.
BREF, L'IDOLE AUX YEUX BLEUS DOIT RENTRER COMME ELLE EST SORTIE.
UH...
... OH.
JE SUIS PAS SORTI PAR LÀ.
CET AUTRE TROU ME DIT RIEN QUI VAILLE. ÇA A DÛ CHAUFFER LÀ-DEDANS.
JE DOIS TROUVER FRANKLIN.

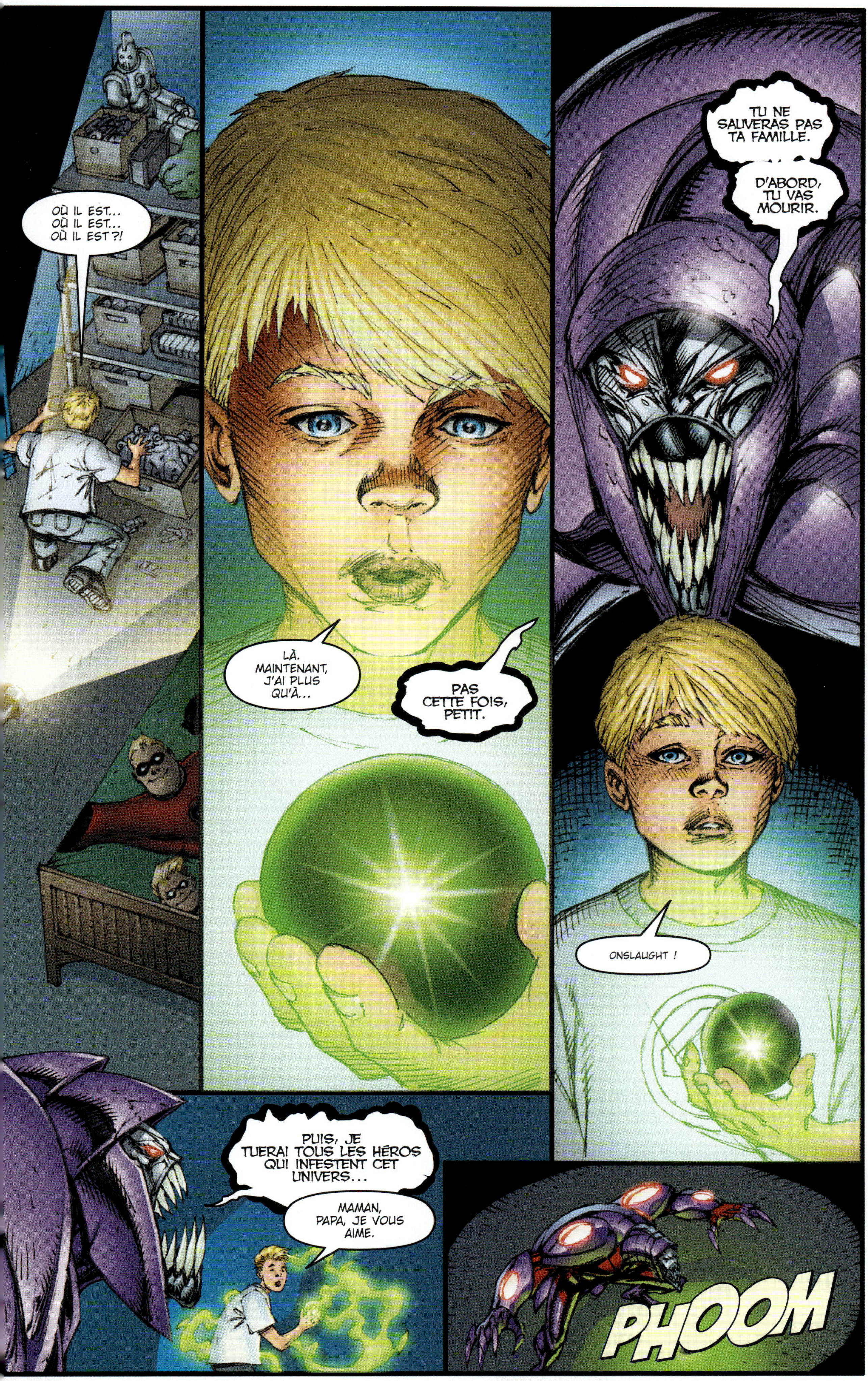
OÙ IL EST... OÙ IL EST... OÙ IL EST ?!
LÀ. MAINTENANT, J'AI PLUS QU'À...
PAS CETTE FOIS, PETIT.
TU NE SAUVERAS PAS TA FAMILLE.
D'ABORD, TU VAS MOURIR.
ONSLAUGHT !
PUIS, JE TUERAI TOUS LES HÉROS QUI INFESTENT CET UNIVERS...
MAMAN, PAPA, JE VOUS AIME.
PHOOM

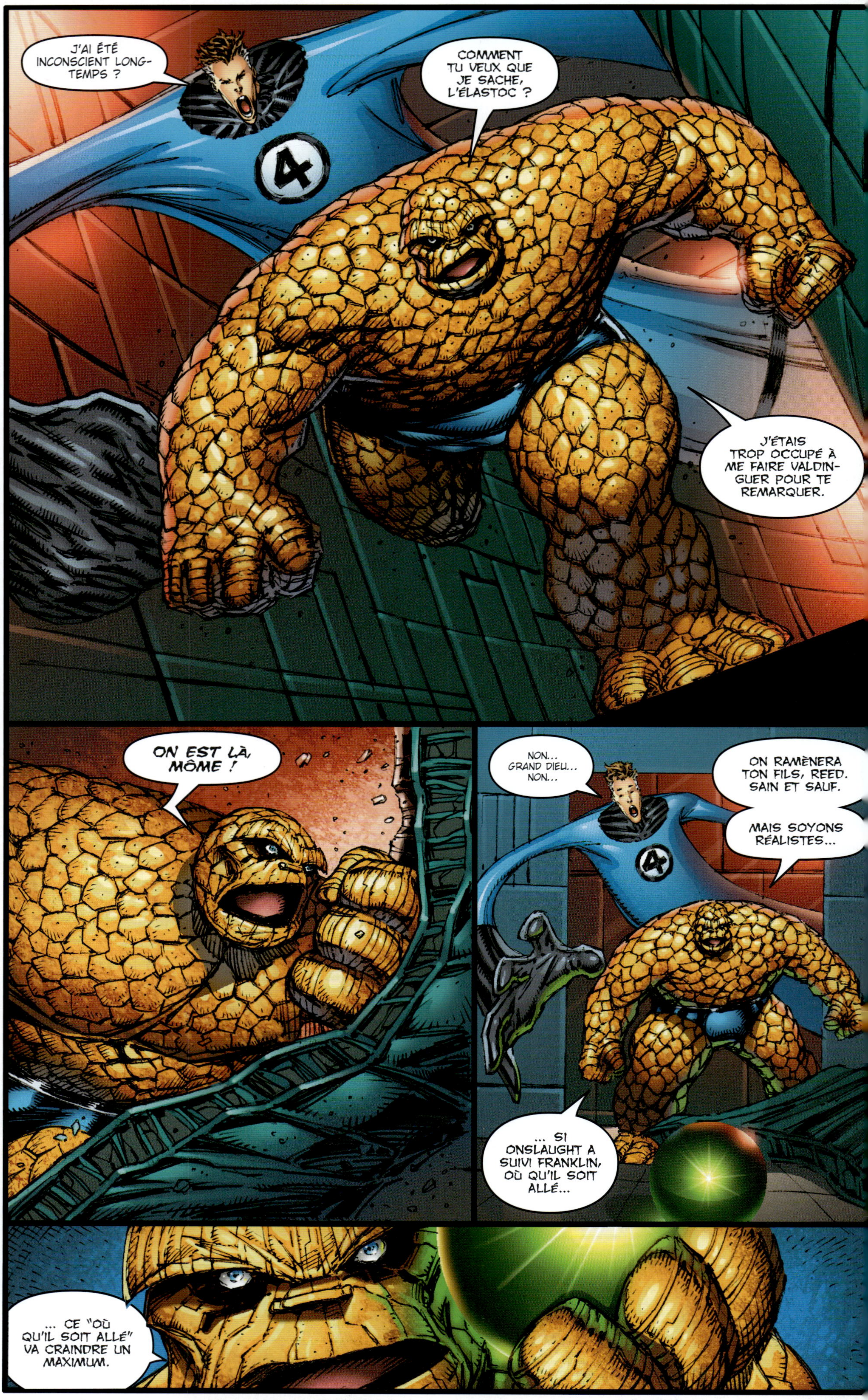
J'AI ÉTÉ INCONSCIENT LONG-TEMPS ?
COMMENT TU VEUX QUE JE SACHE, L'ÉLASTOC ?
J'ÉTAIS TROP OCCUPÉ À ME FAIRE VALDIN-GUER POUR TE REMARQUER.
ON EST LÀ, MÔME !
NON... GRAND DIEU... NON...
ON RAMÈNERA TON FILS, REED. SAIN ET SAUF.
MAIS SOYONS RÉALISTES...
... SI ONSLAUGHT A SUIVI FRANKLIN, OÙ QU'IL SOIT ALLÉ...
... CE "OÙ QU'IL SOIT ALLÉ" VA CRAINDRE UN MAXIMUM.

C'EST LÀ QUE J'AI DÉBARQUÉ.
FRANKLIN M'A RACONTÉ TOUT CE QUI S'EST PASSÉ AVANT LE SOIR OÙ JE L'AI TROUVÉ SUR LE PONT GEORGE WASHINGTON.
HÉ, PETIT, QU'EST-CE QUE TU FICHES LÀ ?
J'AI FUI.
OH. C'EST UN BON ENDROIT POUR SE CACHER.
ÇA SE BOUSCULE PAS PAR ICI.
T'AS UN NOM ?
FRANKLIN. FRANKLIN RICHARDS.
MES PARENTS SONT L'INVISIBLE ET MR FANTASTIC.
TU SAIS, LES FANTASTIQUES ?
LÀ, J'AURAIS DÛ DEVINER QUE ÇA ALLAIT SE COMPLIQUER.
C'EST VRAI, D'OÙ JE VIENS, JE SUIS QUASI SÛRE QUE REED RICHARDS ET SUSAN STORM NE SONT PAS MARIÉS.
ET JE SAIS QU'ILS N'ONT PAS D'ENFANT.
ET... QUI T'A FAIT PEUR, FRANKLIN ?
À MON AVIS...

... MOI.
AÏE.
JE L'AI RENCONTRÉ À CE MOMENT. LUI. OU CE TRUC.
ENFIN, C'ÉTAIT LA CHOSE LA PLUS EFFRAYANTE QUE J'AIE JAMAIS VUE.
LE PIRE ENNEMI QUE LES FANTASTIQUES ET LES AVENGERS RÉUNIS AIENT AFFRONTÉ.
INVINCIBLE ? IL AVAIT BATTU THOR. ET HULK ! SI ON NE L'AVAIT PAS ARRÊTÉ, IL AURAIT TUÉ TOUT LE MONDE.
VOILÀ POURQUOI JE DEVAIS...
... MOURIR POUR LES SAUVER.

ONSLAUGHT REBORN (2007) 2
Couverture : **ROB LIEFELD**

LIQUID!

UN TRUC BIZARRE M'EST ARRIVÉ EN PASSANT SUR LE PONT GEORGE WASHINGTON...
FRANKLIN.
MM.
C'EST LE MONSTRE QUI T'A SUIVI DE L'ENDROIT D'OÙ TU VIENS ?
MM.
MERDE.
JE SUIS...
... LA MORT.
AH, OUAIS ?
ELLE RESSEMBLE PAS À BRAD PITT, ALORS ?
PETITE.
TOUT CE QUE JE VEUX, C'EST FRANKLIN RICHARDS.
JE PEUX T'ÉPARGNER OU TE DÉSOSSER, ÇA M'EST ÉGAL.
POUR MOI, ÇA CHANGE TOUT !
J'HALLUCINE OU IL A GROSSI ?
IL ENVAHIT TON CERVEAU ET TE FAIT FAIRE DES CHOSES.
IL A OPPOSÉ MES PARENTS.
GÉNIAAAAL.

PETIT RÉSUMÉ POUR Y VOIR PLUS CLAIR.
LE GAMIN, C'EST FRANKLIN RICHARDS, D'UN MONDE OÙ IL DIT ÊTRE LE FILS DE REED RICHARDS ET SUSAN STORM.
VOUS SAVEZ, LES *FANTASTIQUES* ?
SUPER... SAUF QUE REED E SUSAN NE SONT PAS MARIÉS ET N'ONT PAS D'ENFANT.
MOI ? JE SUIS RIKKI BARNES. J'AI LONGTEMPS RÊVÉ D'ENTRER À L'ÉCOLE DE DANSE JULLIARD.
RATÉ. MA VIE ÉTAIT FOUTUE. C'EST CE QUE JE CROYAIS.
MAIS COMME ON DIT, "QUAND UNE PORTE SE FERME, UNE AUTRE S'OUVRE".
J'AI TROUVÉ MIEUX.
JE SUIS DEVENUE LA PARTENAIRE DE CAPTAIN AMERICA !
ENFIN, PRESQUE. DISONS QU'ON VEILLE L'UN SUR L'AUTRE.
MAIS ÇA N'A PLUS D'IMPORTANCE, CAR POUR SAUVER LES HÉROS...
... SI CERTAINS SONT "NÉS POUR PARTIR", MOI, JE CROIS QUE JE SUIS...
JEPH LOEB
SCÉNARIO
ROB LIEFELD
DESSIN
... NÉE POUR MOURIR
MATT YACKEY
COULEURS
LAURENCE BELINGARD
TRADUCTION
STUDIO RAM
LETTRAGE
JOHN BARBER, JOE QUESADA, DAN BUCKLEY
RÉDACTION USA

CAPTAIN AMERICA M'A DIT : "QUAND TU DOUTES, LAISSE COURIR !"
CAPTAIN AMERICA EST LÀ ?
MES PARENTS AUSSI, ALORS !
EUH... EN THÉORIE, OUI.

MAIS JE NE PENSAIS PAS CLAQUER À CE MOMENT-LÀ.
TA MAIN !
JUSTE !
NON !
LES RENFORTS AR-RIVENT.
OUI, PETIT, JE VAIS T'AIDER.
BUCKY... JE VAIS LÂCHER...
ACCROCHE-TOI, FRANKLIN.

QUELLE QUE SOIT L'ÉPOQUE OÙ J'ÉMERGE...
... IL Y A TOUJOURS UN **MALADE** QUI SE DÉFOULE SUR LES FEMMES ET LES ENFANTS.
OUI. C'EST **LUI**. LA LÉGENDE VIVANTE DE LA GUERRE MONDIALE.
BEAUCOUP LE JUGENT DÉPASSÉ. OU PENSENT QU'IL PORTE SES SLIPS TROP SERRÉS.
MOI ? J'AI TOUJOURS TROUVÉ CAPTAIN AMERICA PLUS COOL QUE COOL.
ENCORE UN DE CES SOI-DISANT "HÉROS".
POURQUOI VOUS AVEZ TOUT LE TEMPS DES COSTUMES TAPE-À-L'ŒIL ?
C'EST LE DRAPEAU AMÉRICAIN.

ON A VOULU LE BRÛLER, LE SALIR, LE DIFFAMER.
JE ME FICHE DE TA POLITIQUE.
WHAM
MAIS ÇA N'A RIEN À VOIR.
DEPUIS PLUS DE 200 ANS, CE DRAPEAU INCARNE L'ESPOIR SUR TERRE.
ALORS, EN TE TUANT, J'EN-VERRAI UN AUTRE MES-SAGE À TON PAUVRE MONDE...
ONSLAUGHT TRIOMPHERA
BUCKY !
EMMÈNE-LE !
UN QUINJET VOUS RÉCU-PÉRERA !

KACHUK
ARRRGHHH!
FWAK
J'AI EU MAL.
JE VAIS TE FAIRE SOUFFRIR DIX FOIS PLUS !

JE SAIS, J'OBÉIS PAS TOUJOURS.
MAIS J'ADORE LES VOIR ET LES REVOIR... ÇA M'ÉCLATE.
THOR
IRONMAN
THE AVENGERS!
LES VOILÀ.
EN VRAI.
J'AI PU TOUS LES AMENER.

ALLEZ, MAINTENEZ LA PRESSION !
J'AI ACCÈS À TOUS LES SYSTÈMES D'INFOS, CAP.
CETTE... CHOSE N'EXISTAIT PAS IL Y A DEUX MINUTES.
PEU IMPORTE D'OÙ ELLE VIENT.

CETTE CRÉATURE SERA CHÂTIÉE PAR MON MARTEAU MJOLNIR !
ÇA, IL VA LE SENTIR PASSER.
OK, ON L'ACHÈVE.

AVENGERS, RASSEMBLEMENT !

IL DIT ÊTRE LE FILS DE REED RICHARDS ET SUSAN STORM.
SI JE DIS QUE JE SUIS LA REINE D'ANGLETERRE, CE N'EST PAS POUR ÇA QUE JE LE SUIS.
VOUS PENSEZ QUE JE MENS !
VOUS COMPRENEZ PAS. C'ÉTAIT POUR VOUS SAUVER.
J'AI CRÉÉ UN REFUGE... JE VOUS AI CHANGÉS... SINON ONSLAUGHT VOUS AURAIT TUÉS.
ET AINTENANT, C'EST A FAUTE S'IL EST LÀ ! DÉSOLÉ.
JE VEUX RENTRER CHEZ MOI.
ON VA T'Y CONDUIRE.
DIRECTION, LE BAXTER BUILDING.
TIENS, POUR UNE FOIS, ILS SONT LÀ.

FASCINANT.
J'AI SUPPOSÉ QU'IL Y AVAIT D'AUTRES DIMENSIONS HABITÉES PAR NOS DOUBLES.
EXACT, REED. D'APRÈS FRANKLIN, ON N'EST PAS DES COPIES DE HÉROS DE SON MONDE.
ON EST DES HÉROS, EXPÉDIÉS DANS UNE DIMENSION CACHÉE.
DE NOUVEAUX HÉROS.
ET J'AI RÉCEMMENT DÉCOUVERT LA "CONTRE-TERRE", REFLET DE NOTRE MONDE AU-DELÀ DU SOLEIL.
MAIS ELLE EST PEUPLÉE DE "PRIMITIFS".
SI LE PETIT DIT VRAI, IL DOIT VOIR UNE IMAGE FUTURISTE DE NOTRE TEMPS.
MESSIEURS.
JE SERAIS PRÊT À ÉPOUSER SUSAN STORM, MAIS LE MARIAGE N'EST PAS ENCORE D'ACTUALITÉ.
BIEN QU'ADORABLE, FRANKLIN N'EST PAS MON FILS.
ET LE PLUS URGENT, POUR L'HEURE, C'EST ONSLAUGHT.
IL N'Y A RIEN DE TEL DANS NOTRE UNIVERS. IL A DONC SÛREMENT SUIVI LE GARÇON.

ILS ME CROIENT PAS.
TU N'EN SAIS RIEN, FRANKLIN.
SI. C'EST TOUT MON PÈRE. IL A CE REGARD QUAND JE LUI MENS.
ÇA T'ARRIVE SOUVENT ?
PAS LÀ, SI C'EST CE QUE TU INSINUES.
MM. JE ME DEMANDAIS UNE CHOSE...
TU AS DIT AVOIR AMENÉ LES HÉROS ICI DE TON LIEU D'ORIGINE.
MAIS JE SUIS DEVENUE BUCKY **APRÈS** LA FORMATION DES AVENGERS.
ALORS, COMMENT ME CONNAISSAIS-TU SI JE N'EXISTAIS PAS QUAND TU AS AGI ?
CROIS-MOI, SUSAN.
IL A UN IMMENSE POUVOIR.
ÇA A L'AIR SI INCROYABLE... SANS PARLER DU FAIT QUE REED ET MOI...
MAMAN !
C'EST MIGNON.
TU SAIS QUI JE SUIS ?
EUH... JE...
NAVRÉ D'INTERROMPRE CETTE RÉUNION DE FAMILLE, MAIS HULK...

C'EST SÛR, ON VOIT PAS ÇA TOUS LES JOURS !

LA VACHE ! J'AI LA BERLUE...
... OU UN ROULEAU COMPRESSEUR A TOUT TRANSPERCÉ...
... À 30 ET QUELQUES ÉTAGES DU SOL...
... EMBARQUANT THOR AVEC LUI ? !
ONC' BEN !
"ONC'" ? BIZARRE, CE GAMIN, SUE.
PLUS TARD, BEN. ON A PLUS URGENT.
IRON MAN, RETROUVE THOR. JE DOUTE QU'IL SOIT BLESSÉ, MAIS ON VA AVOIR BESOIN DE LUI AVEC HULK.
C'EST PEUT-ÊTRE PAS LA FAUTE DE HULK.
AH NON, FISTON ?
ONSLAUGHT MANIPULE LES GENS. IL PEUT CONTRÔLER QUI IL VEUT. MÊME HULK !
C'EST QUI DÉJÀ, CE NAIN ?
BUCKY.
CONDUIS LE PETIT À L'HÔTEL.
OK.
NOUS... ONSLAUGHT OU PAS... ON DOIT ARRÊTER HULK.

C'ÉTAIT NOTRE MISSION.
MAIS ON IGNORAIT ALORS CE QUI SE PASSAIT DANS LE MÊME TEMPS...
PARLE, ONDE DU DESTIN.
RÉVÈLE L'AVENIR À TA MAÎTRESSE...
PLOP
QUI OSE...
DEVINE.
LOKI ! QUE VIENT FAIRE LE PRINCE DU MENSONGE EN CES BOIS ?
NE TE MOQUE PAS, ENCHANTERESSE. JE T'AI VUE ESPIONNER MIDGARD.
ET MÊME ICI, EN ASGARD, JE SENS LE POUVOIR DU FAMEUX ONSLAUGHT.
LE DESTIN NOUS SOURIT AUJOURD'HUI, MILADY.
IL NOUS OFFRE LE MOYEN D'ANÉANTIR MON MAUDIT DEMI-FRÈRE, THOR...
... ET SES ALLIÉS TERRIENS.

PHOOTOSH
ON PEUT EN JOUER DES TOURS DANS LA VIE...
... MAIS ÉNERVER LE DIEU DU TONERRE, MOI, J'ÉVITERAIS.
NOMME-MOI LE SCÉLÉRAT QUI PRÉTEND CHÂTIER LE FILS D'ODIN.
ÇA DOIT ÊTRE HULK. MAIS ON A DES RAISONS DE PENSER QUE BRUCE EST SOUS L'EMPRISE DE...
QUE TON AMITIÉ POUR BRUCE BANNER N'EMBRUME PAS TON JUGEMENT.

HULK EST UNE CRÉATURE IMPIE QUI DOIT ÊTRE SUPPRIMÉE.

HOMME AU MARTEAU DÉFIE HULK ?
HULK PLUS FORT AU MONDE !

HULK ÉCRASE !
PEU M'IMPORTE L'ISSUE DE CETTE BATAILLE.
QUAND ON SAURA QUI EST LE PLUS PUISSANT DES DEUX...
... JE DÉTRUIRAI TOUS CES HÉROS DE L'INTÉRIEUR ET ONSLAUGHT TRIOMPHERA !

ONSLAUGHT REBORN (2007) 3
Couverture : **ROB LIEFELD**

SI TU ES
LE PLUS FORT, ALORS,
TA MORT SCELLERA
MON RÈGNE...
C'EST PAS THOR.
JE SAIS. IL LUI RESSEMBLE. IL PARLE MÊME COMME LUI.
PAS NON PLUS UN DOUBLE DIABOLIQUE, MÊME S'IL RESPIRE LE MAL. NI UN CLONE FOIREUX.
WHAM
... LE RÈGNE DE L'INVINCIBLE.
BREF, LE DIEU DU TONNERRE QU'ON CONNAÎT EST POSSÉDÉ...
C'EST TOUT, BLONDINET ?
TU OSES ME DÉFIER, ANIMAL ?
PING
... PAR L'ÊTRE LE PLUS DANGEREUX DU MONDE...
... DE DEUX MONDES...
ONSLAUGHT.

ONSLAUGHT VIVAIT DANS UN AUTRE UNIVERS, SEMBLABLE AU NÔTRE, SINON LE MÊME, SI J'EN CROIS LE GAMIN.
ET LE VOILÀ ICI.
LE PETIT... POUR CEUX QUI DÉBARQUERAIENT... C'EST FRANKLIN RICHARDS.
GENRE LE FILS DE REED ET SUSAN RICHARDS...
... MAIS PAS CEUX DE L'ENDROIT D'OÙ JE VIENS. EUX NE SONT PAS MARIÉS, N'ONT PAS D'ENFANT.
LA LOI DU PLUS FORT
JEPH LOEB SCÉNARIO
ROB LIEFELD DESSIN
MATT YACKEY COULEURS
LAURENCE BELINGARD TRADUCTION
STUDIO RAM LETTRAGE
JOHN BARBER, JOE QUESADA, DAN BUCKLEY RÉDACTION USA

C'EST UN PLAISIR DE TE DÉMOLIR !
PERDU ? LISEZ LA SUITE.
JE SUIS RIKKI BARNES. LA PARTENAIRE DE CAPTAIN AMERICA. PRESQUE. ON M'A DONNÉ LE NOM DE SON ACOLYTE DE LA DEUXIÈME GUERRE MONDIALE, BUCKY.
C'EST UN SUPER JOB.
SAUF QUE...
... J'EXISTE MÊME PAS LÀ D'OÙ VIENT FRANKLIN. RASSURANT, HEIN ?
EN TOUT CAS, C'EST IMPORTANT À SAVOIR.
EN FAIT, TOUT EST LIÉ À MA MORT...
RRRRRGHHH

REVENONS À ONSLAUGHT. LE PIRE, C'EST QU'IL A CE... POUVOIR... J'IGNORE COMMENT ÇA MARCHE...
GARHH!
MEURS, ANIMAL !
... D'ENVAHIR NOTRE ESPRIT. IL GROSSIT ET PREND LE DESSUS.
BLONDINET APPELLE TOUJOURS HULK "ANIMAL".
COMME DANS CE FILM AVEC DENZEL OÙ LE MAL PASSE DE CORPS EN CORPS.
ET ALORS QU'ON CROIT TOUS QU'ONSLAUGHT CONTRÔLE HULK...
HULK EST HULK.
ET PLUS HULK S'ÉNERVE...
... ONSLAUGHT POSSÈDE THOR ET VA TUER HULK !
... PLUS HULK EST FORT.
IL NE S'AGIT PAS DE PUISSANCE, ANIMAL. TU ME BATS DANS CE DOMAINE.

MAIS MOI, JE PEUX COMMANDER AU CIEL MÊME !
KRAKA THOOOM
HUUURRGHH
IL FAUT COMPRENDRE QUE HULK EST UN GÉANT INVINCIBLE, MAIS C'EST AUSSI...
... UNE SORTE DE BÊTE SAUVAGE. SI ON L'ATTAQUE, IL RÉAGIT.

ET QUAND ONSLAUGHT THOR A DÉCHAÎNÉ LES CIEUX SUR HULK...
... ON L'A ENTENDU HURLER JUSQU'À L'AUTRE CÔTÉ DE LA VILLE.
HAGNNN HAGNNNN
L'animal, puis l'enfant, mourront de ma main.
ON A EU PRESQUE PITIÉ DE LUI.
MES FORCES !
JE N'ARRIVE PLUS...
... À SOULE-VER LE MAR-TEAU ?!

NUL NE ME RÉSISTERA. NUL INSTRUMENT NE DÉFIERA MON POUVOIR.
NNNNGGGNNN
... JE PRENDRAI POSSESSION D'UN AUTRE.
JE NE ME GÂCHERAI PAS DANS LES FAIBLES.
SI CE CORPS N'EST PAS ASSEZ PUISSANT...
PAR ODIN ! MON ESPRIT S'ÉCLAIRCIT !
OUAIS... JUSTE QUAND ON PENSAIT QUE LE PIRE ÉTAIT PASSÉ...

... ONSLAUGHT A CHANGÉ DE CORPS...
... ET INVESTI HULK !
WRAM
CE MONDE...
... CET ENDROIT INSIGNIFIANT OÙ TU ES UN DIEU, THOR...

... VA SE SOUMETTRE À MOI.
ALORS, IL PRIERA ONSLAUGHT !

J'ÉLIMINERAI FRANKLIN RICHARDS AVEC TON ARME...
QUICONQUE SOULÈV
CE MARTEAU, S'IL EN EST D
POSSÈDERA LE POUVOIR D
THOR.
"S'IL EN EST DIGNE"... ?
JE SUIS ONSLAUGHT... MA VALEUR REPOSE SUR MES DÉSIRS...
GAH !
THUNK
THUNK
THUNK
QUI A OSÉ...

JE SAVAIS QUE LES FLÈCHES D'ADAMANTIUM DE PYM PERCERAIENT SA CARAPACE VERTE.
TORCHE ! IRON MAN ! AU NORD ! TROUVEZ THOR.
SI J'AI BIEN SAISI, IL NE LUI RESTE QUE 60 SECONDES !
LES AUTRES, TOUS SUR HULK !
AVENGERS, RASSEMBLEMENT !
JE L'AVOUE... J'AI TOUJOURS LE FRISSON QUAND J'ENTENDS CE CRI DE RALLIEMENT.

CETTE LAME D'ÉBÈNE A SOIF DE SANG, ONSLAUGHT. VERT OU ROUGE.
D'AUTRES SOI-DISANT HÉROS.
J'IRAI PEUT-ÊTRE EN ENFER POUR AVOIR GAGNÉ CES GRIFFES...
FRANKLIN RICHARDS CHERCHE ENCORE À M'ÉVINCER GRÂCE À SON IMAGINATION.
ÇA N'ARRIVERA PAS.
... MAIS SI ELLES T'ÉTRIPENT, ÇA EN AURA VALU LA PEINE.
ONSLAUGHT VOUS TUERA TOUS !
HAWKEYE, CET "ONSLAUGHT" PEUT CONTRÔLER CHACUN DE NOUS.
TROUVE-LE... OU LES AVENGERS Y RESTERONT.
MOI ? TU PENSES QUE JE SUIS...
TU CROIS QUE J'IGNORE QUI SE CACHE SOUS CE MASQUE ?!
TROUVE ONSLAUGHT, SOLDAT !
...
QUAND CE SERA FINI, IL FAUDRA QU'ON PARLE SÉRIEU-SEMENT...
... MEC.

LÂCHE-MOI, CRÉATURE !
WHOMPH
JE NE SAIS PAS CE QUE TU ESPÈRES...
... MAIS DANS CE MONDE, ON SE BATTRA TOUS JUSQU'À NOTRE DERNIER SOUFFLE.
SI LES VICTIMES PLEUVENT, CE SERA DONC VOTRE FAUTE.
SLASHHH
KRAKATHOOM
LE TEMPS PRESSE !
IRON MAN !

POURQUOI CAP A DIT QU'ON AVAIT QUE 60 SECONDES ?
ATTENDS, TORCHE, JE REÇOIS UN MESSAGE URGENT.
J'ÉCOUTE, CAP.
MAINTENANT OU JAMAIS, TONY.
ET MERDE.
JE DOIS PRENDRE DE L'ALTITUDE. TU NE PEUX PAS SUIVRE.
QUOI ? MAIS JE...
CE N'EST PAS UNE QUESTION DE COURAGE.
L'AIR VA SE RARÉFIER ET TU VAS T'ÉTEINDRE, JOHNNY.
ET J'AI ENCORE BESOIN DE TOI.
JE NE COMPRENDS PAS TROP, MAIS BON.
OÙ TU ES ? MONTRE-TOI !
JE LE TIENS, CAP !
SI TU LE VOYAIS, TU AURAIS DU MAL À LE CROIRE !

IL A UN POULS MAIS NE RESPIRE PLUS. JE VAIS LE CONFIER À LA TORCHE.
KRASH
JE SUIS OCCUPÉ, TONY !
LE MARTEAU... PLUS QU'UN BOUT DE BOIS ?
ENCORE UN MYSTÈRE DANS CETTE HISTOIRE.
ET JE N'AI PAS DE TEMPS POUR LES MYSTÈRES !
SPLOOSH

BRUCE... MÊME SI TU NE MAÎTRISES PAS CE QUI SE PASSE AVEC HULK... IL FAUT QUE ÇA CESSE.
JE VAIS METTRE LE PAQUET.
SKREEEEEE
DÉSOLÉ, BRUCE.

UN JOUR, TU ME PARDONNERAS, J'ESPÈRE.
BOOOM

MERCI, TONY.
BRUCE EST TON AMI. JE SAIS COMBIEN ÇA A DÛ ÊTRE DUR.
ON A RÉGLÉ LE PROBLÈME IMMÉDIAT.
RESTE À TROUVER CET ONSLAUGHT.
CAP...
... ÇA, CE NE SERA PAS DIFFICILE.
ZZZRAKKK

ET TANDIS QUE LE CAUCHEMAR EMPIRAIT, AU BAXTER BUILDING...
... LE Q.G. DES FANTASTIQUES...
POURQUOI T'AS ENVOYÉ LA TORCHE AIDER LES AVENGERS ET PAS MOI, L'ÉLASTOC ?
ET OÙ EST PASSÉE SUE ?
ELLE A À FAIRE DE SON CÔTÉ ET NOUS, ON A UNE URGENCE.
J'AI UN ÉCHANTILLON D'ADN DE FRANKLIN, NOTRE PRÉTENDU FILS.
IL AFFABULE, ET ALORS ?
JUSTEMENT, BEN, IL NE MENT PAS.
ET S'IL DIT VRAI, CE GARÇON DOIT ÊTRE...
J'AI BESOIN D'AIDE.
JOHNNY ? QUI TU NOUS AMÈNES ?
BIZARRE, MAIS D'APRÈS IRON MAN, CE GRINGALET...
... C'EST LE PUISSANT THOR.
JE CROIS QU'IL NE RESPIRE PLUS, REED.
OH, LA VACHE !

ET PENDANT TOUT CE TEMPS, J'AVAIS ÉTÉ CHARGÉE PAR CAP DE SURVEILLER LE GAMIN AU MANOIR DES AVENGERS.
J'AI FINI PAR DÉGOTER DU LAIT ET DES CÉRÉALES...
J'AURAIS PRÉFÉRÉ ÊTRE SUR LE FRONT. JE RATAIS TOUTE L'ACTION.
FRANKLIN ?
ÇA VA PAS ? ICI, LA SÉCURITÉ EST À TOUTE ÉPREUVE, TU SAIS ?
ON DOIT TROUVER MAMAN ET PAPA.
"IL NE FAUT JAMAIS PARLER TROP VITE", VOUS CONNAISSEZ ?
KRASH
JE DÉTESTE QUAND ÇA SE VÉRIFIE.
D'OÙ VOUS SORTEZ ? VOUS VOULEZ QUOI ?

L'EXÉCUTEUR
LA SORCIÈRE ROUGE

CE QU'ON VEUT, PETITE ? SE PRÉSENTER D'ABORD.
L'Enchanteresse
ULTRON V
ET JE SUIS
LOKI
LE DEMI-FRÈRE DE THOR. ET HÉRITIER LÉGITIME D'ASGARD.
LA RAISON DE NOTRE PRÉSENCE ?
VOUS APPORTER NOTRE AIDE.

ON VA VOUS DÉBARRASSER D'ONSLAUGHT.
ET RIEN NE NOUS AR-RÊTERA.
C'EST CE QU'IL CROIT.
QUE FRANKLIN SOIT MON FILS OU PAS...
... NUL NE TOUCHERA À UN ENFANT.
JE SUIS DE TOUT CŒUR AVEC TOI, SUSAN.
ILS NE SAURONT MÊME PAS QUI LES AT-TAQUE.

ONSLAUGHT REBORN (2007) 4
Couverture : **ROB LIEFELD**

TU CHERCHAIS ONSLAUGHT, CAPTAIN AMERICA ? LE VOILÀ !
JE ME SENS MAL.
ONSLAUGHT CONTRÔLE IRON MAN.
ET IL NE VEUT QU'UNE CHOSE...
... LA MORT DE CAPTAIN AMERICA !
TOOM
TOOM
TU AS LES MOYENS DE DÉBRAYER L'ARMURE.
QUAND ON Y RÉFLÉCHIT, ÇA N'AURAIT MÊME PAS DÛ DURER 2 SECONDES.
TONY, SI TU M'EN-TENDS, TU DOIS LUI RÉSISTER !
COUPE TOUT !
IRON MAN AVAIT UNE ARMURE ET UN ARSENAL À LA POINTE DE LA TECHNOLOGIE.
ET CAP ? CE N'ÉTAIT QU'UN HOMME.

FAIS-LE
OU JE M'EN
CHARGERAI !

J'AI PULVÉRISÉ HULK ET THOR. ET TU CROIS VRAIMENT POUVOIR ME MATER ?
MAIS ONSLAUGHT A OUBLIÉ QUE CAPTAIN AMERICA N'ABANDONNE JAMAIS.
D'ACCORD, IL A DU SÉRUM DE SUPER-SOLDAT... UN TRUC COMME ÇA... DANS LES VEINES.
MAIS CE N'EST NI SA FORCE NI SON BOUCLIER QUI LE DÉFINIT.
C'EST STEVE ROGERS.
CELUI QUI SE BAT AVEC SON CŒUR.
ET NE SE REND JAMAIS.
JE LE SAIS. JE SUIS SA PARTENAIRE, RIKKI BARNES. ON M'APPELLE "BUCKY", MÊME SI MON PRÉDECESSEUR ÉTAIT UN GARÇON. VOUS NE COMPRENEZ PAS POURQUOI ? MOI NON PLUS.
JEPH LOEB SCÉNARIO
ROB LIEFELD DESSIN
L'ENNEMI DE MON ENNEMI
MATT YACKEY, FRANK CUONZO & KARL ALSTRETTER COULEURS
LAURENCE BELINGARD TRADUCTION
STUDIO RAM LETTRAGE
JOHN BARBER, JOE QUESADA, DAN BUCKLEY RÉDACTION USA

TU TIENS LONG-TEMPS QUAND TON BOUCLIER SE FISSURE ?
QUAND TA SEULE CHANCE DE SURVIE S'EFFONDRE ?
TOUS LES ESPOIRS DE TES PRÉTENDUS HÉROS S'ÉVANOUIRONT AVEC TA DISPA-RITION.
PHOOM
PHOOM
C'EST LE GOUVERNEMENT QUI M'A DONNÉ CE BOUCLIER.
IL ILLUSTRE TOUT UN ART AMÉRICAIN DONT TU NE CONNAIS RIEN.
TIENS, REGARDE DE PLUS PRÈS...
IDIOT.

TU TE SÉPARES DE L'UNIQUE OBJET QUI PEUT TE SAUVER.
ALERTE ! DÉFAUT SYSTÈME. LANCEMENT RÉPARATIONS INTERNES.
TU CROYAIS QU'ON ÉTAIT FAIBLES, ONSLAUGHT.
J'EN AI VU DES DINGUES COMME TOI DANS MA VIE. TOUS AVEUGLÉS PAR LA MÊME IDÉE PRÉCONÇUE.
ZZRAKKK
CONTRÔLER L'ESPRIT, C'EST CONTRÔLER LE CŒUR.
SPTTER FZZT
PANNE SYSTÈME IMMINENTE. RESTE MOINS DE 10 SECONDES.

JAMAIS TU N'AURAS NOTRE CŒUR.
SI TU NE LE COMPRENDS PAS, TU NE PEUX PAS NOUS BATTRE.
MAINTENANT, TU VAS SORTIR DE LA TÊTE D'IRON MAN.
TU EN AS AUTANT À APPRENDRE SUR MOI.
ONSLAUGHT TRIOMPHERA.
BAM

UNE BATAILLE DIGNE
DES LIVRES D'HISTOIRE.
HÉROS
CONTRE
HÉROS.
LE GENRE QUE...
PERSONNE NE GAGNE.

SAUF CE MALADE D'ONSLAUGHT !

IL N'Y EN A PAS UN À MA HAUTEUR SUR CETTE PLANÈTE ?

CAP. HAWKEYE.
IL FAUT ÊTRE UN SACRÉ BONHOMME... OU BONNE FEMME... POUR DÉFIER LA MORT.
J'AI TROUVÉ DES CHOSES SUR CET "ONSLAUGHT".
JE SUIS PEUT-ÊTRE TROP JEUNE POUR SAISIR.
C'EST VRAI, À MON ÂGE, ON SE CROIT IMMORTEL.
ET ÇA NE PRÉSAGE RIEN DE BON. ET JE SUIS SOFT.
IL VA FALLOIR AGIR. QUITTE À DÉPASSER NOS PROPRES LIMITES.
LIEFELD
MAIS QUAND ON VIEILLIT, ON DOIT PENSER À SA FAMILLE... AUX ÊTRES CHERS... AUX AUTRES.
ET JE SAIS PAR EXPÉRIENCE QUE, QUAND ON FRANCHIT LA LIGNE, ON NE VAUT PAS MIEUX QUE CES MONSTRES.
ET LA PERSPECTIVE DE MOURIR... SURTOUT AU COMBAT...
... PEUT SEMBLER COMPLÈTEMENT IRRATIONNELLE.

LE BAXTER BUILDING, Q.G. DES FANTASTIQUES
JE CONNAIS PEUT-ÊTRE PAS PLUS DE 99 MOTS, L'ÉLASTOC...
... MAIS CE GARS-LÀ M'A L'AIR BIEN NASE.
ET ON VEUT NOUS FAIRE CROIRE QUE CE GUGUS, C'EST THOR ?
JE SAIS, C'EST BIZARRE, MAIS C'EST CE QUE M'A DIT IRON MAN APRÈS L'AVOIR RÉCUPÉRÉ DANS L'ESPACE.
ON PEUT TUER UN DIEU, ALORS ?
BEN, JOHNNY, DU CALME. SI CET HOMME EST BIEN LE DIEU DU TONNERRE, UNE DÉCHARGE ÉLECTRIQUE, GENRE ÉCLAIR, PEUT LE RANIMER.
DÉGAGEZ !
FZZAKK
RIEN.
C'EST PAS FINI.
JE VAIS... AUGMENTER LE VOLTAGE DU CONDENSATEUR...

OUI, TU PEUX. SI TON OBJECTIF EST DE LE TUER.
C'EST CETTE ORDURE DE PRINCE-T'ES-MORT OU JE RÊVE ?
JE NE RELÈVERAI PAS AUJOURD'HUI, GRIMM.
RICHARDS, DONALD BLAKE A JUSTE BESOIN DE TENIR CE BÂTON...
... ET DE LE FRAPPER AU SOL...
... POUR CHASSER LE MAL ET REDEVENIR THOR.
ET COMMENT TU SAIS ÇA, TOI ?
EN ATLANTIS, ON CROIT AUX DIEUX ET AUX MONSTRES, CONTRAIREMENT AUX GENS DE LA SURFACE.
BON, ON CONTINUE DE DISCUTER...
... OU ON SAUVE THOR ?

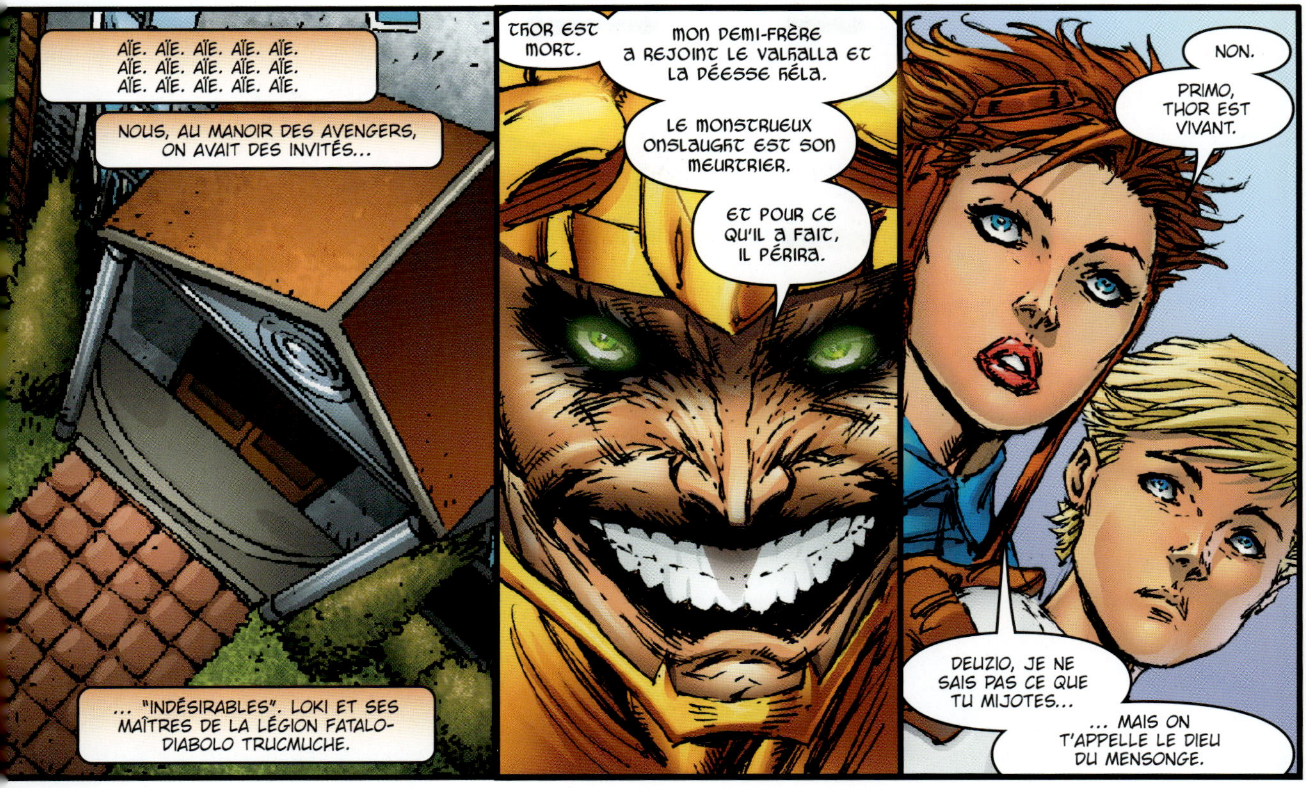
AÏE. AÏE. AÏE. AÏE. AÏE.
AÏE. AÏE. AÏE. AÏE. AÏE.
AÏE. AÏE. AÏE. AÏE. AÏE.
NOUS, AU MANOIR DES AVENGERS, ON AVAIT DES INVITÉS...
... "INDÉSIRABLES". LOKI ET SES MAÎTRES DE LA LÉGION FATALO-DIABOLO TRUCMUCHE.
THOR EST MORT.
MON DEMI-FRÈRE A REJOINT LE VALHALLA ET LA DÉESSE HÉLA.
LE MONSTRUEUX ONSLAUGHT EST SON MEURTRIER.
ET POUR CE QU'IL A FAIT, IL PÉRIRA.
NON.
PRIMO, THOR EST VIVANT.
DEUZIO, JE NE SAIS PAS CE QUE TU MIJOTES...
... MAIS ON T'APPELLE LE DIEU DU MENSONGE.

AVORTON ! TU OSES ME PARLER DE LA SORTE ? !
TOUS EN POSITION, SUE.
"DE LA SORTE" ? ÇA SE DIT, ÇA ?
ANT-MAN, ATTENDEZ MON SIGNAL.

LOKI !
J'AI LIQUIDÉ LE LARBIN...
... MAIS ON N'EST PAS SEULS.
À QUI FAIS-TU ALLUSION, WONDER MAN ? !

À MOI, LOGIQUEMENT.
YARRRGH!
C'EST PARTI. GO !
J'Y VAIS !
LANCEZ DONC DES SORTS SANS OXYGÈNE !
-GASP-
-ERK-
YOUPI !
AAAAAHHH!

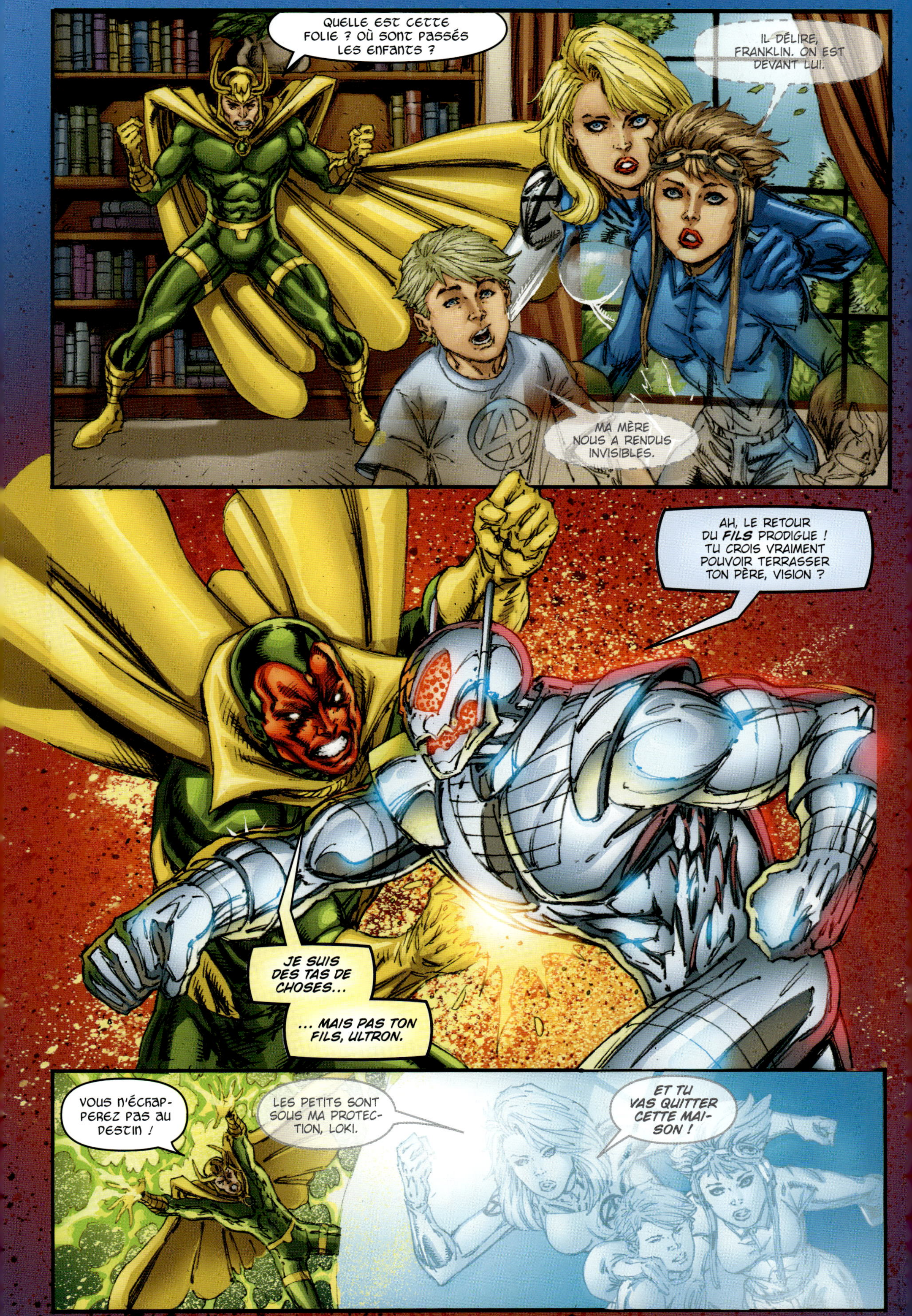

QUELLE EST CETTE FOLIE ? OÙ SONT PASSÉS LES ENFANTS ?
IL DÉLIRE, FRANKLIN. ON EST DEVANT LUI.
MA MÈRE NOUS A RENDUS INVISIBLES.
AH, LE RETOUR DU FILS PRODIGUE ! TU CROIS VRAIMENT POUVOIR TERRASSER TON PÈRE, VISION ?
JE SUIS DES TAS DE CHOSES...
... MAIS PAS TON FILS, ULTRON.
VOUS N'ÉCHAPPEREZ PAS AU DESTIN !
LES PETITS SONT SOUS MA PROTECTION, LOKI.
ET TU VAS QUITTER CETTE MAISON !

CROIS-MOI, ÇA VA TE TITILLER !
BOOM
BOOM
J'ADORE QUAND ÇA BOUME !
ZRRRAKKK
SUSAN RICHARDS, EMMÈNE LES ENFANTS, VITE.
SKOW
DEBOUT, SORCIÈRES !

DE L'AIR !
LOKI !
C'ÉTAIT SAGE DE NOUS ÉCARTER. ILS VONT VOIR POURQUOI ET PAYER LEUR AUDACE !
TOUT CE QUE JE VEUX, C'EST SEMER LE CHAOS !
NON. NON. NOOON !

IL GRAN-DIT...
JE PEUX PAS... M'EN EMPÊCHER...
BDOOM
CONCLUSION ÉVIDENTE. C'EST LÀ QU'ON A RÉALISÉ...
... QUE C'ÉTAIT CUIT.

FIN DE LA LEÇON.
IL NE NOUS RESTAIT PLUS...
... QU'À PRIER DIEU.
BON.
J'AI BESOIN DE L'ENFANT POUR L'AUTRE MONDE.
ET JE N'AI PAS RÉALISÉ QUE JE PRIAIS...

...THOR
LE DIEU DU TONNERRE !
NE BOUGE PAS, LOKI.
OU LA PROCHAINE FOIS, C'EST DANS TA TOMBE QUE JE TE JETTERAI.
OH, ET IL A DÉBARQUÉ AVEC UNE ARMÉE DE HÉROS, EN PLUS !

DEMI-FRÈRE, LES NORNES MÊMES M'ONT ÉPARGNÉ.
SI ON N'ARRÊTE PAS ONSLAUGHT SUR MIDGARD, L'UNIVERS... QUE DIS-JE ? ... ASGARD...
... LUI CÉDERA.
TOUT CELA, NOUS LE SAVONS DÉJÀ, PRINCE DU MENSONGE.
DEMANDE ALORS AU MORTEL REED RICHARDS.
POUR QUE SURVIVE CET UNIVERS...
... FRANKLIN DOIT MOURIR !
REED, DÉMENS LES INSANITÉS DE MON DEMI-FRÈRE.
JE N'AI PAS TOUTES LES DONNÉES.
DÉSAVOUE-LE, MAINTENANT.
NON.
JE DOIS EN CONVENIR.
MERDE !

ONSLAUGHT REBORN (2007) 5
Couverture : **ROB LIEFELD**

SALVADOR
LIQUID!

CERTAINS JOURS, ON REGRETTE DE S'ÊTRE LEVÉ.
COMMENT OSES-TU, RICHARDS ?
TU FERAIS DU MAL À UN ENFANT ?
JE N'AI PAS FINALISÉ MES RECHERCHES.
MAIS SI FRANKLIN A ALTÉRÉ LA RÉALITÉ ET NOUS A DONNÉ UNE AUTRE VIE...
... D'AUTRES ORIGINES...
... IL A AUSSI PU CRÉER ONSLAUGHT !
C'EST UN DE CES JOURS-LÀ.
FRANKLIN.
DIS LA VÉRITÉ.
ONSLAUGHT EST ISSU DE TON IMAGINATION ?
NON ! JE LE JURE ! IL ME POURSUIT CAR JE VOUS AI AIDÉS !
ET SI ONSLAUGHT AVAIT PRIS POSSESSION DE TOI EN CET INSTANT ?
SI TU PARLAIS POUR LUI ?
LOKI.
PENDANT QUE TON DEMI-FRÈRE EST OCCUPÉ...
... ÉCLIPSONS-NOUS.
LE JEU SEMBLE TERMINÉ.
ATTENDS, EN-CHANTERESSE.
ON PEUT ENCORE PROFITER DE LA SITUATION.
CE N'EST PAS SOUVENT QU'ON DÉCOUVRE QU'ON DOIT MOURIR.

ONSLAUGHT... UNE CRÉATURE AU POUVOIR IMMENSE... A SURGI DANS NOTRE MONDE...
... AU MOMENT OÙ J'AI TROUVÉ FRANKLIN RICHARDS.
CHOUETTE GAMIN. ISSU D'UNE BONNE FAMILLE. IRRÉPROCHABLE.
POURTANT, IL AFFIRME QUE TOUT ÇA... TOUT CE QUE VOUS VOYEZ... IL L'A INVENTÉ DANS SA TÊTE.
SAUF MOI.
RIKKI BARNES. ALIAS "BUCKY" MAINTENANT.
DANS L'UNIVERS DE FRANKLIN, BUCKY EST MORT. ET C'ÉTAIT UN GARÇON.
ALORS, JE SORS D'OÙ, MOI ? ET POURQUOI C'EST SI IMPORTANT QUE JE SACHE ?
EN FAIT, J'AI MISÉ MA VIE LÀ-DEDANS...
COURAGE
JEPH LOEB SCÉNARIO ROB LIEFELD DESSIN

ATT YACKEY
COULEURS

LAURENCE BELINGARD
TRADUCTION

STUDIO RAM
LETTRAGE

JOHN BARBER, JOE QUESADA, DAN BUCKLEY
RÉDACTION USA

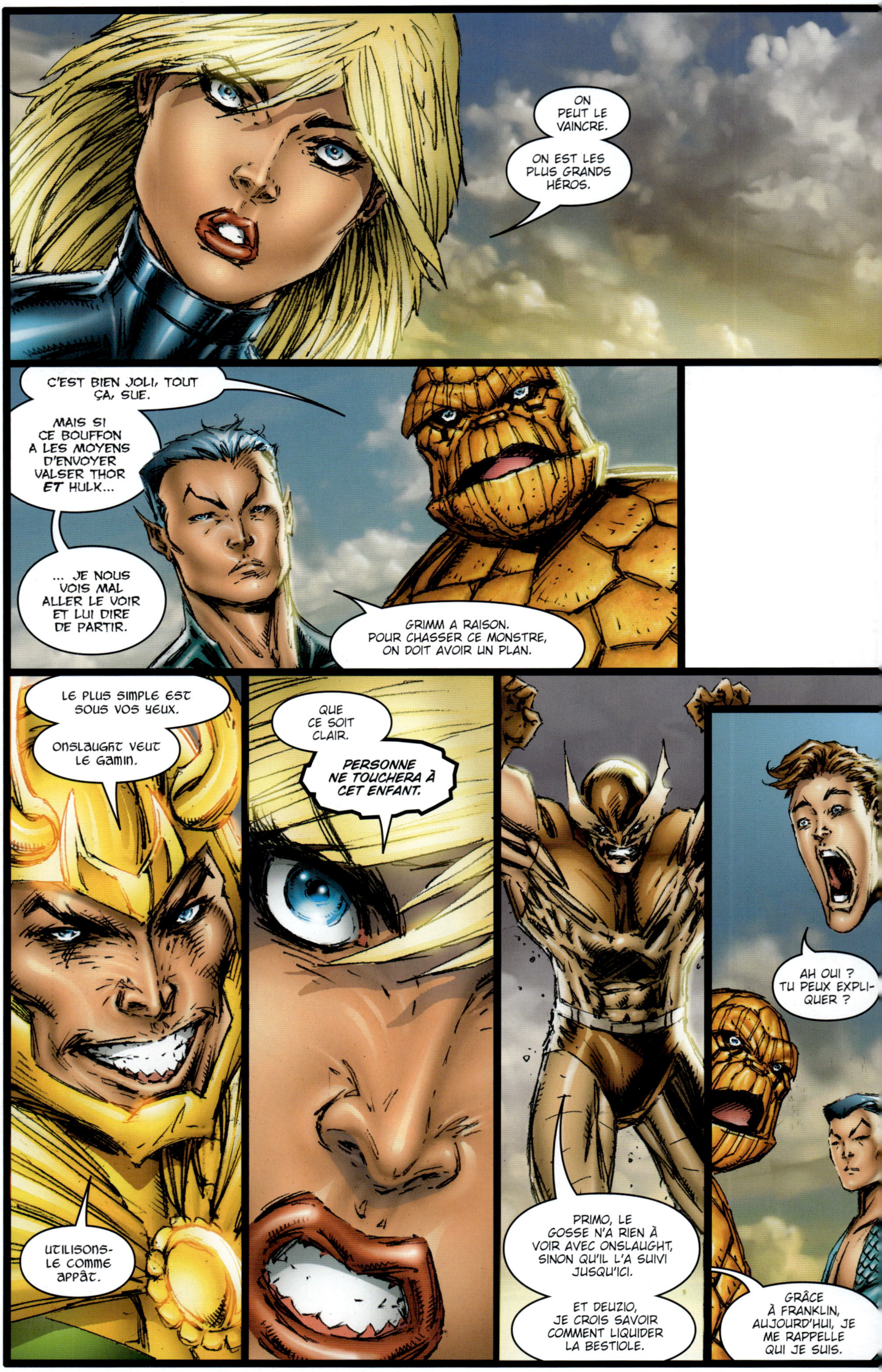
ON PEUT LE VAINCRE.
ON EST LES PLUS GRANDS HÉROS.
C'EST BIEN JOLI, TOUT ÇA, SUE.
MAIS SI CE BOUFFON A LES MOYENS D'ENVOYER VALSER THOR *ET* HULK...
... JE NOUS VOIS MAL ALLER LE VOIR ET LUI DIRE DE PARTIR.
GRIMM A RAISON. POUR CHASSER CE MONSTRE, ON DOIT AVOIR UN PLAN.
LE PLUS SIMPLE EST SOUS VOS YEUX.
ONSLAUGHT VEUT LE GAMIN.
UTILISONS-LE COMME APPÂT.
QUE CE SOIT CLAIR.
PERSONNE NE TOUCHERA À CET ENFANT.
PRIMO, LE GOSSE N'A RIEN À VOIR AVEC ONSLAUGHT, SINON QU'IL L'A SUIVI JUSQU'ICI.
ET DEUZIO, JE CROIS SAVOIR COMMENT LIQUIDER LA BESTIOLE.
AH OUI ? TU PEUX EXPLIQUER ?
GRÂCE À FRANKLIN, AUJOURD'HUI, JE ME RAPPELLE QUI JE SUIS.

BOUH. C'EST CARRÉMENT FLIPPANT.
ALORS... VOILÀ CE QU'ON FAISAIT QUAND TOUT A COMMENCÉ.
PAS VRAIMENT, ONC' BEN.
ON JOUAIT À UN JEU VIDÉO QUE PAPA AVAIT CONÇU AUTOUR DE LA ZONE NÉGATIVE.
ÇA VA, ÉPARGNE-MOI LES DÉTAILS, MÔME.
ON FAISAIT RIEN DE SPÉCIAL.
IL EST LÀ.
TU SAIS, SI JE DEVAIS AVOIR UN NEVEU, J'AIMERAIS...
... QUE CE SOIT TOI.
JE VIENS POUR LE PETIT.

LES GENS QUI GÈLENT RÊVENT DE CHAUFFAGE. C'EST PAS POUR ÇA QU'ILS L'ONT.
TROP COOL, PAPA.
FRANKLIN, QUOI QUE TU PENSES, JE NE SUIS PAS TON...
PEU IMPORTE. SOUVIENS-TOI DU PLAN ET RESTE AVEC BUCKY.
ÇA VA ?
MM... MAIS J'AI PAS ENVIE DE VOIR DES BLESSÉS.
T'INQUIÈTE. DÈS QU'ON DÉMARRE, J'AI POUR MISSION DE T'EMMENER LOIN D'ICI.
POURQUOI RETARDER L'INÉVITABLE ? UNE FOIS LE GOSSE ÉLIMINÉ, JE RÉGNERAI SUR LA PLANÈTE.
CAUSE TOUJOURS, TÊTE DE FER.
TU CROIS RÉELLEMENT AVOIR UNE CHANCE, SEUL CONTRE MOI ?
QUI A DIT QUE J'ÉTAIS SEUL ?

AU DÉBUT, J'ÉTAIS PAUMÉ. JE DOIS ÊTRE NÉ AVEC UNE MÉMOIRE PASSOIRE.
PUIS, FRANKLIN M'A AIDÉ À COMBLER LES BLANCS.
JE ME RAPPELLE QUI TU ES, ONSLAUGHT.
UNE BONNE PART DU CÔTÉ SOMBRE DE XAVIER ET AUTANT DE CELUI DE MAGNÉTO.
ON MÉLANGE ET...
TU ES FINI.
SNIKT
FRANKLIN, C'EST QUI SOUS LE MASQUE DE HAWKEYE ?
UN AMI. UN NOUVEL AVENGERS DU MONDE D'OÙ JE VIENS.
ET IL EN SAIT LONG SUR ONSLAUGHT.
AH BON ?
IL FAIT AUSSI PARTIE DES X-MEN.
QUI ?
DES HÉROS.
TOI ? ! MAIS IL N'Y A PAS DE MUTANTS ICI !
VA DIRE ÇA À LA SORCIÈRE ROUGE, MEC.

GO, BEN !
ET UN BOULET DE CANON, UN !
J'AI L'IMPRESSION D'AVOIR FAIT ÇA TOUTE MA VIE.

T'APPROCHE PAS !
TIENS !
ON A CE QU'IL FAUT.
LUMIÈRE !
GO !
NOON !

CE JOUR-LÀ, IL S'EST PASSÉ UN TRUC QU'ON N'AVAIT JAMAIS VU.
AVENGERS, RASSEMBLEMENT !

ET JE NE
SAURAI JAMAIS SI ÇA
S'EST REPRODUIT.
HÉROS ET CRIMINELS
SE SONT ALLIÉS...
... POUR CHASSER
ONSLAUGHT
DÉFINITIVEMENT.

VOUS... NE... M'AUREZ... PAS.
AVANT QUE MON SANG NE COULE...
... LE GAMIN MOURRA !
CAP RACONTE PARFOIS SON EXPÉRIENCE DU CHAMP DE BATAILLE.
COMMENT, QUAND TOUT SEMBLE PERDU, L'ISSUE REPOSE SUR UNE PERSONNE.
ET PAS TOUJOURS CELLE QU'ON CROIT.
UN SOLDAT BLESSÉ. UN PRÊTRE BLASÉ. UN MÉDECIN AFFOLÉ.

MOI.
DEPUIS QUE T'AS DÉBARQUÉ ICI, T'AS PAS ARRÊTÉ DE ME RABAISSER.
TROMP
ET ÇA FINIRA PAS COMME ÇA.
ELLE A PERCÉ LA BARRIÈRE OBSTRUANT LA ZONE NÉGATIVE.
KRASH
BUCKYYYYYY !

IL FAUT VITE REFER-MER !
SHOOOM
NON.
NOOOOOON

OUVRE-LA ! OUVRE-LA !
CE... CE N'EST PAS CE QUE JE VOULAIS.
CAPTAIN...
... SI CELA PEUT TE CONSOLER...
... SACHE QU'HÉLA ACCUEIL-LERA BUCKY LES BRAS OUVERTS.
MAIS UNE FOIS LE PORTAIL ÉVENTRÉ...
... TOUT MANHATTAN AURAIT ÉTÉ BALAYÉE. ET NOUS AVEC.

QUAND J'AI VU CE WOLVERINE LA PREMIÈRE FOIS, J'AI COMPRIS QUEL RÔLE J'AURAIS DANS CETTE HISTOIRE.
SI FRANKLIN NOUS AVAIT TOUS CRÉÉS... CE MONDE... CE SOUK...
... JUSQU'À UN CERTAIN POINT, CONSCIENT OU NON... JE LAISSE UN ESPRIT PLUS ÉCLAIRÉ EN DÉCIDER... IL SAVAIT...
... QUE JE SERAIS UTILE.

ICI GÎT RIKKI "BUCKY" BARNES HÉROÏNE REVENUE À LA VIE
ET COMME, DANS SON UNIVERS À LUI, BUCKY ÉTAIT DÉJÀ MORT, ET LA TERRE CONTINUAIT À TOURNER, J'IMAGINE...
... J'EXISTAIS, DONC JE POUVAIS MOURIR.
OUI, JE SAIS... C'EST NUL.

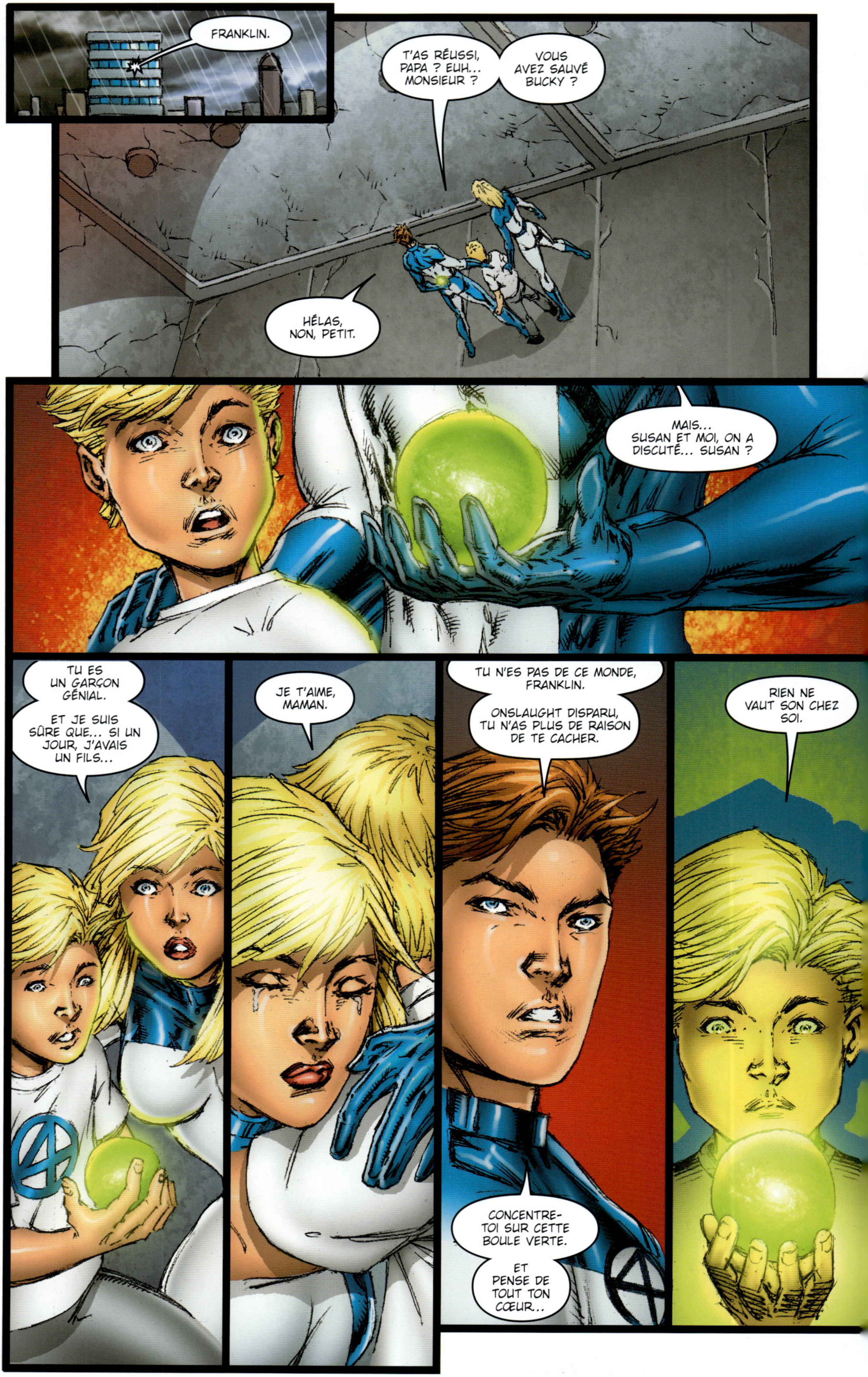
FRANKLIN.
T'AS RÉUSSI, PAPA ? EUH... MONSIEUR ?
VOUS AVEZ SAUVÉ BUCKY ?
HÉLAS, NON, PETIT.
MAIS... SUSAN ET MOI, ON A DISCUTÉ... SUSAN ?
TU ES UN GARÇON GÉNIAL.
ET JE SUIS SÛRE QUE... SI UN JOUR, J'AVAIS UN FILS...
JE T'AIME, MAMAN.
TU N'ES PAS DE CE MONDE, FRANKLIN.
ONSLAUGHT DISPARU, TU N'AS PLUS DE RAISON DE TE CACHER.
CONCENTRE-TOI SUR CETTE BOULE VERTE.
ET PENSE DE TOUT TON CŒUR...
RIEN NE VAUT SON CHEZ SOI.

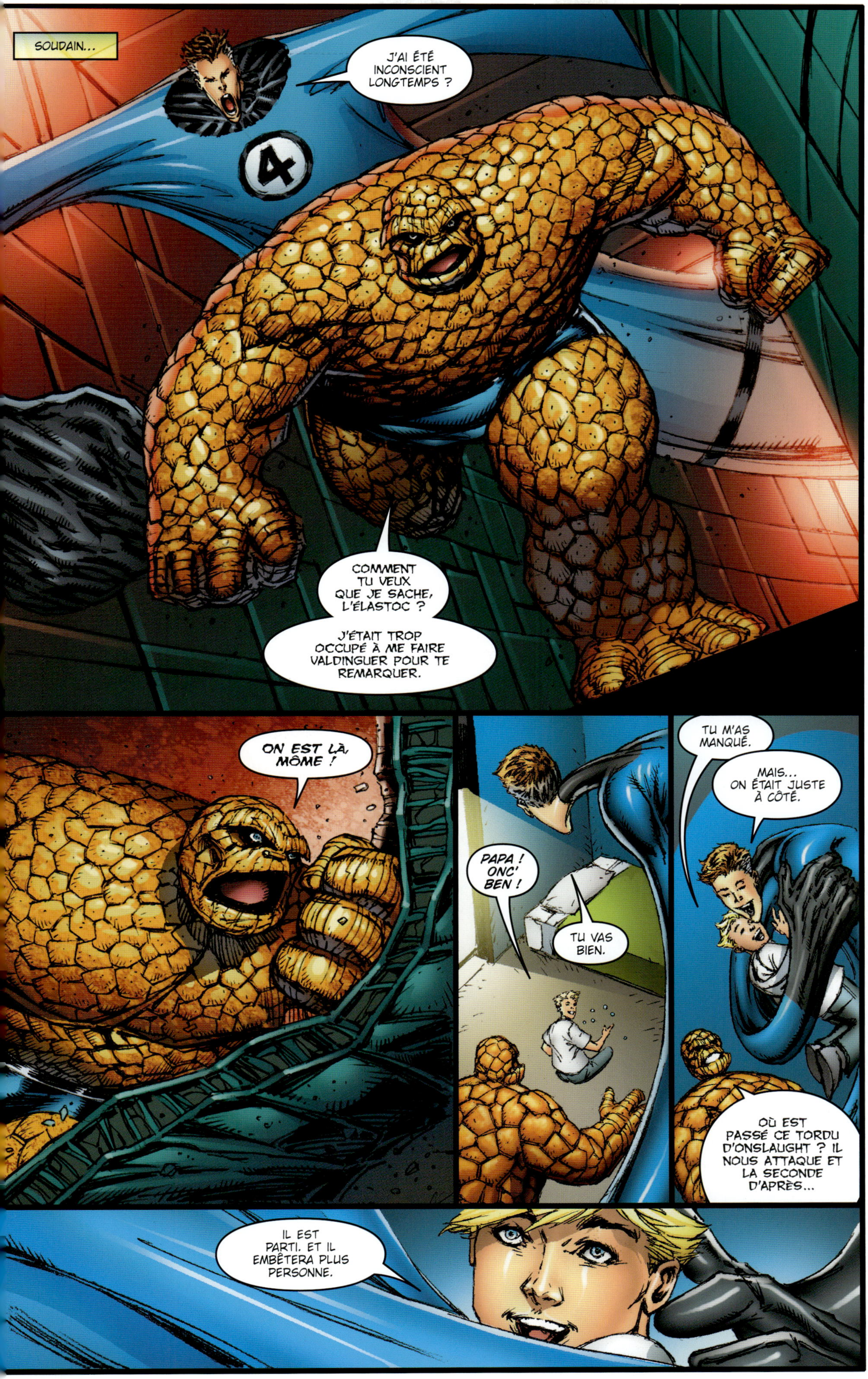
SOUDAIN...
J'AI ÉTÉ INCONSCIENT LONGTEMPS ?
COMMENT TU VEUX QUE JE SACHE, L'ÉLASTOC ?
J'ÉTAIT TROP OCCUPÉ À ME FAIRE VALDINGUER POUR TE REMARQUER.
ON EST LÀ, MÔME !
PAPA ! ONC' BEN !
TU VAS BIEN.
TU M'AS MANQUÉ.
MAIS... ON ÉTAIT JUSTE À CÔTÉ.
OÙ EST PASSÉ CE TORDU D'ONSLAUGHT ? IL NOUS ATTAQUE ET LA SECONDE D'APRÈS...
IL EST PARTI. ET IL EMBÊTERA PLUS PERSONNE.

LA ZONE NÉGATIVE
SECTEUR 41
MAIS... OÙ JE SUIS ?

ET VOILÀ.
MA MORT A SAUVÉ LE MONDE.
PAS VRAIMENT SURPRIS DE ME REVOIR, MM ?
C'EST MOI QUI RACONTE L'HISTOIRE DEPUIS LE DÉBUT.
ÇA A QUAND MÊME DÛ VOUS METTRE LA PUCE À L'OREILLE.
JE ME SUIS RÉVEILLÉE À PHILADELPHIE, SUR UN BANC, COMME SI J'AVAIS TOUJOURS ÉTÉ LÀ.
FRANKLIN A DÛ FAIRE QUELQUE CHOSE... MAIS...
CETTE RUE ? CET IMMEUBLE ?
HARRY
C'EST OÙ J'HABITAIS.
ET IL N 'Y A PAS D'ICI, ICI.
JE DOIS VOIR CAP.
HEIN ?!

DAILY BUGLE
CAPTAIN AMERICA MORT
Teens at Risk in Super Hero Behavior
QUOI ?!
QUEL QUE SOIT CE MONDE, JE NE SUIS PAS SÛRE D'Y AVOIR UNE PLACE.
QU'EST-CE QUE JE VAIS FAIRE ? C'EST PAS TOUS LES JOURS QU'ON A UNE SE-CONDE CHANCE.
À Sam
FIN

ONSLAUGHT UNLEASHED (2011) 1
Couverture : **HUMBERTO RAMOS**

RAMOS 10.
MO!

QUE… C'EST QUOI, CET ENDROIT…?
NOMAD !
RÉVEILLE-TOI !
TORO ?! RALENTIS, TU…!
TORO !
NON ! NON…!
UN R-RÊVE. C'EST FORCÉ-MENT… UN RÊVE…
OUI, REBECCA. OUI, C'EST UN RÊVE. ET POUR-TANT…

ONSLAUGHT UNLEASHED
DANS L'ANTRE DU DIABLE
... CE N'EN EST PAS UN.

ONSLAUGHT UNLEASHED

STEVE ROGERS

BLACK WIDOW

MOON KNIGHT

LE FAUVE

ANT-MAN

SHARON CARTER

SECRET AVENGERS

BLACK WIDOW, MOON KNIGHT, LE FAUVE, ANT-MAN ET SHARON CARTER SONT LES SECRET AVENGERS, RASSEMBLÉS PAR STEVE ROGERS, L'ANCIEN CAPTAIN AMERICA, AU SEIN D'UNE UNITÉ SECRÈTE CHARGÉE DE GÉRER LES PLUS GRANDES MENACES MONDIALES.

JEUNES ALLIÉS

LA JEUNE PATRIOTE QUI CHERCHE UN NOUVEAU FOYER APRÈS AVOIR PERDU SON MONDE. LA DÉBUTANTE QUI VEUT ÊTRE UNE MEILLEURE SUPER-HÉROÏNE. L'IMMIGRÉ CLANDESTIN AU PASSÉ TORTURÉ, QUI CONTINUE DE RÊVER. L'ADOLESCENT DU MIDWEST QUI CHERCHE SA VOIE. L'HÉROÏNE CONFIRMÉE QUI A EU DROIT À UNE DEUXIÈME VIE. CINQ HÉROS OPPOSÉS À LA TYRANNIE SOUS TOUTES SES FORMES. CINQ ÉTUDIANTS CHERCHANT À DÉCROCHER LEUR DIPLÔME. CINQ AMIS RÉUNIS SUR LE CHEMIN DE L'ÂGE ADULTE.

NOMAD

SPIDER GIRL

TORO

GRAVIT

FIRESTA

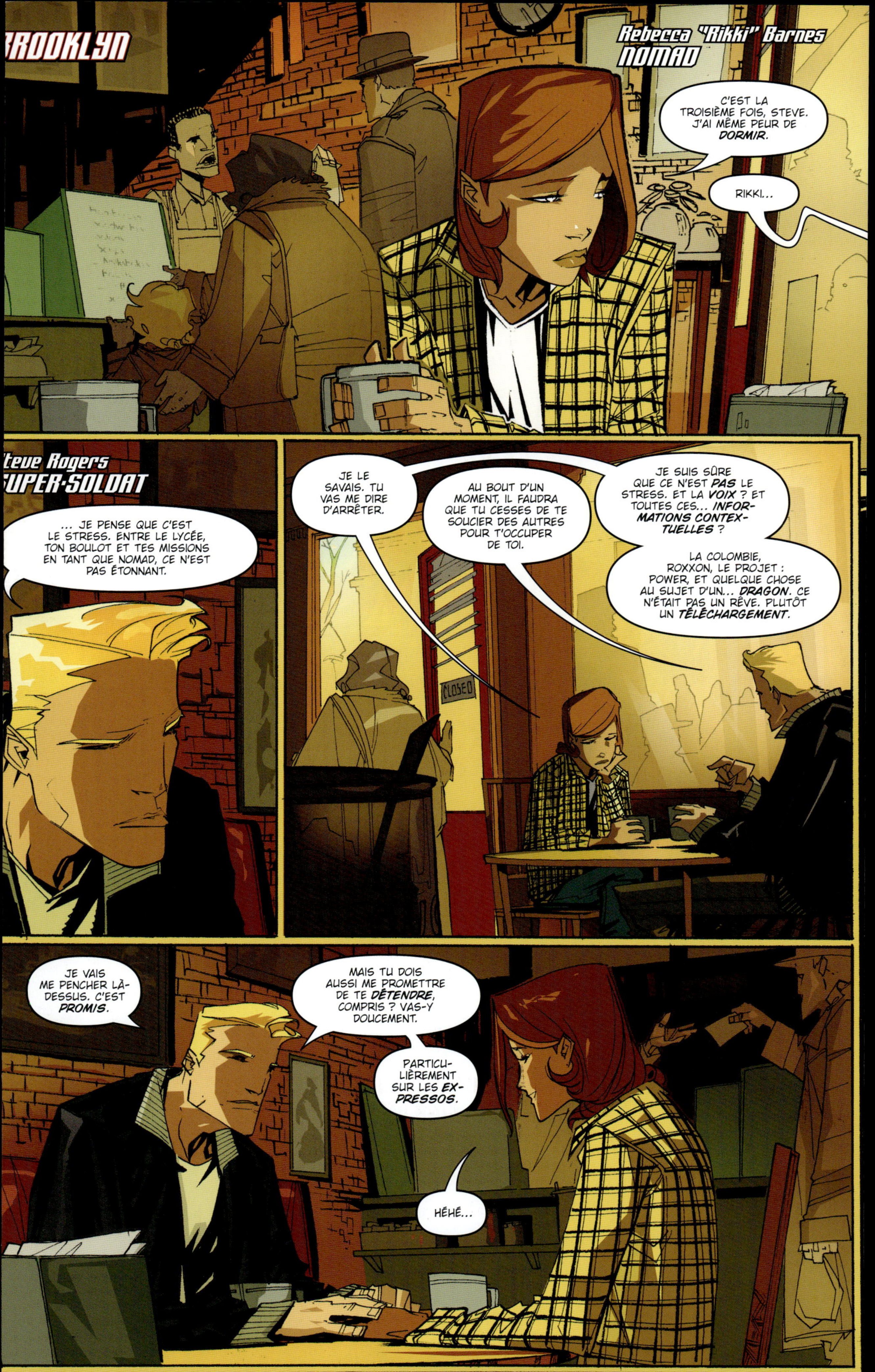
BROOKLYN
Rebecca "Rikki" Barnes
NOMAD
C'EST LA TROISIÈME FOIS, STEVE. J'AI MÊME PEUR DE DORMIR.
RIKKI...
Steve Rogers
SUPER-SOLDAT
... JE PENSE QUE C'EST LE STRESS. ENTRE LE LYCÉE, TON BOULOT ET TES MISSIONS EN TANT QUE NOMAD, CE N'EST PAS ÉTONNANT.
JE LE SAVAIS. TU VAS ME DIRE D'ARRÊTER.
AU BOUT D'UN MOMENT, IL FAUDRA QUE TU CESSES DE TE SOUCIER DES AUTRES POUR T'OCCUPER DE TOI.
JE SUIS SÛRE QUE CE N'EST PAS LE STRESS. ET LA VOIX ? ET TOUTES CES... INFORMATIONS CONTEXTUELLES ?
LA COLOMBIE, ROXXON, LE PROJET : POWER, ET QUELQUE CHOSE AU SUJET D'UN... DRAGON. CE N'ÉTAIT PAS UN RÊVE. PLUTÔT UN TÉLÉCHARGEMENT.
CLOSED
JE VAIS ME PENCHER LÀ-DESSUS. C'EST PROMIS.
MAIS TU DOIS AUSSI ME PROMETTRE DE TE DÉTENDRE, COMPRIS ? VAS-Y DOUCEMENT.
PARTICULIÈREMENT SUR LES EXPRESSOS.
HÉHÉ...

PLUS TARD
LE COLOMBIAN PRIDE FESTIVAL, HEIN ?
ALORS... C'EST COMME ÇA, LÀ OÙ TU VIS.
OH, OUI. C'EST TOUS LES JOURS COMME ÇA.
OH... BIEN SÛR..
ON S'HABILLE TOUS COMME ÇA.
Benito "Benny" Serrano
TORO
TU SAIS... J'AI JAMAIS VRAIMENT VU LA... CULTURE COLOM-BIENNE.
JE VIVAIS DANS UN PETIT ENDROIT. MOI ET MA SŒUR.. JUSQU'À...
... JUSQU'À CE QUE CUCHILLO M'EMMÈNE... ET MARERA, ELLE...
HÉ, JE NE VOULAIS PAS...
NOUS NE SOMMES PAS OBLIGÉS D'EN PARLER SI TU NE VEUX PAS, BENNY. C'EST TA NOUVELLE VIE.
NOUVELLE VIE. OUI.

TU M'AS **MANQUÉ**, MI HERMANO.
-HKK-
RIKKI...
BENNY !
TU...
TU...
RRRR...
BENNY !

MANHATTAN
LE LENDEMAIN
... TELLEMENT DÉSOLÉE DE VOUS ÊTRE TOMBÉE DESSUS. JE SUIS NOUVELLE, ÇA DOIT ME RENDRE NERVEUSE...
ACCÈS AUTORISÉ
ROXON
STEVE...
Natasha Romanoff
BLACK WIDOW
... LE PROJET : POWER EXISTE BIEN.

OUINPORTEUR DES SECRET AVENGERS
J'AI ASSEZ DE DONNÉES POUR LE CONFIRMER, MAIS ON M'EN CACHE ENCORE BEAUCOUP... MÊME AVEC MES AUTO-RISATIONS.
QU'AS-TU APPRIS, NATASHA ?
QU'IL IMPLIQUE L'EXTRACTION D'UNE SOURCE D'ÉNERGIE RARE ET SA TRANS-FORMATION EN ARMES.
QUELLE SOURCE D'ÉNERGIE ?
JE NE SAIS PAS. MAIS SON POTENTIEL EST IMMENSE.
IL Y A UN LIEU PARTICULIER OÙ ELLE PEUT ÊTRE EXTRAITE.
ROXXON A UTILISÉ UN CARTEL DE LA DROGUE EN PLEINE EXPANSION POUR OBTENIR LE TERRAIN ET Y CONSTRUIRE SECRÈTEMENT UNE USINE.
COLOMBIA
ET CE LIEU EST EN COLOMBIE.
UN LIEN AVEC L'AMI DE RIKKI QUI A ÉTÉ KIDNAPPÉ, OU L'IDENTITÉ DE CET HOMME DRAGON ?
NON. MAIS NOUS SAVONS QUE LE RÊVE DE NOMAD N'EN ÉTAIT PAS UN.
EN EFFET.
STEVE...
Sharon Carter
AGENT 13
JE SAIS QUE RIKKI COMPTE BEAU-COUP POUR TOI, MAIS AVANT DE PRENDRE UNE DÉCISION, NOUS DEVONS SAVOIR DANS QUOI NOUS NOUS EN-GAGEONS.
ROXXON DÉTRUIT DES VIES POUR LE PROFIT. ENCORE.
C'EST EXACTEMENT POUR CE GENRE DE MISSION QUE J'AI CONSTITUÉ CETTE ÉQUIPE.
PASSE DES COUPS DE FIL, SHARON.
NOUS PARTONS POUR LA COLOMBIE CE SOIR.

TU PARS CE SOIR ? ET JE NE VIENS PAS ?!
SI JE POUVAIS TE METTRE DANS UNE NAVETTE POUR PLUTON, JE LE FERAIS.
IL EST ÉVIDENT QUE QUELQU'UN OU QUELQUE CHOSE VEUT T'ATTIRER EN COLOMBIE. ALORS, IL EST IMPÉRATIF QUE TU RESTES À DISTANCE.
CE N'EST PAS JUSTE ! TU NE SERAIS MÊME PAS AU COURANT SANS MOI ! ET TORO ?
NOUS NE SOMMES PAS CERTAINS QU'IL SOIT LÀ-BAS, MAIS...
MOI J'EN SUIS CERTAINE, STEVE ! MOI !
MAIS, COMME J'ALLAIS LE DIRE, S'IL EST LÀ-BAS, JE FERAI TOUT EN MON POUVOIR POUR L'AIDER.
JE N'Y CROIS PAS. TU SAIS QUE JE NE SUIS PAS UNE GAMINE...!
JE LE SAIS, RIKKI.
C'EST POUR CELA QUE JE TE PARLE AVE RESPECT.

Greg Willis
GRAVITY
TU VOIS, UNE FOIS QUE DEUX PARTICULES SONT IMBRIQUÉES, SI L'UNE CHANGE DE DIRECTION, L'AUTRE AUSSI... INSTANTANÉMENT.
UNE PARTICULE POURRAIT ÊTRE AU BOUT DE MON DOIGT...
... ET L'AUTRE QUELQUE PART VERS CETTE ÉTOILE, OU À L'AUTRE BOUT DE L'UNIVERS, ÇA N'A AUCUNE IMPORTANCE.
ÇA RESTE INSTANTANÉ. ELLES SONT TOUJOURS IMBRIQUÉES.
Angelica Jones
FIRESTAR
ÇA T'ENNUIE À MOURIR, HEIN ?
UN PEU.
HÉ, CE N'EST PAS MA FAUTE SI LES MÉCHANTS ONT PRIS LEUR NUIT.
C'EST VRAI. MAIS J'AIME SORTIR.
MAIS ON N'EST PAS OBLIGÉS DE PATROUILLER AUTANT.
MOI AUSSI, C'EST JUSTE...
BEE-BOOP
OH, UN MAIL VIDÉO. C'EST PEUT-ÊTRE QUELQUE CHOSE.

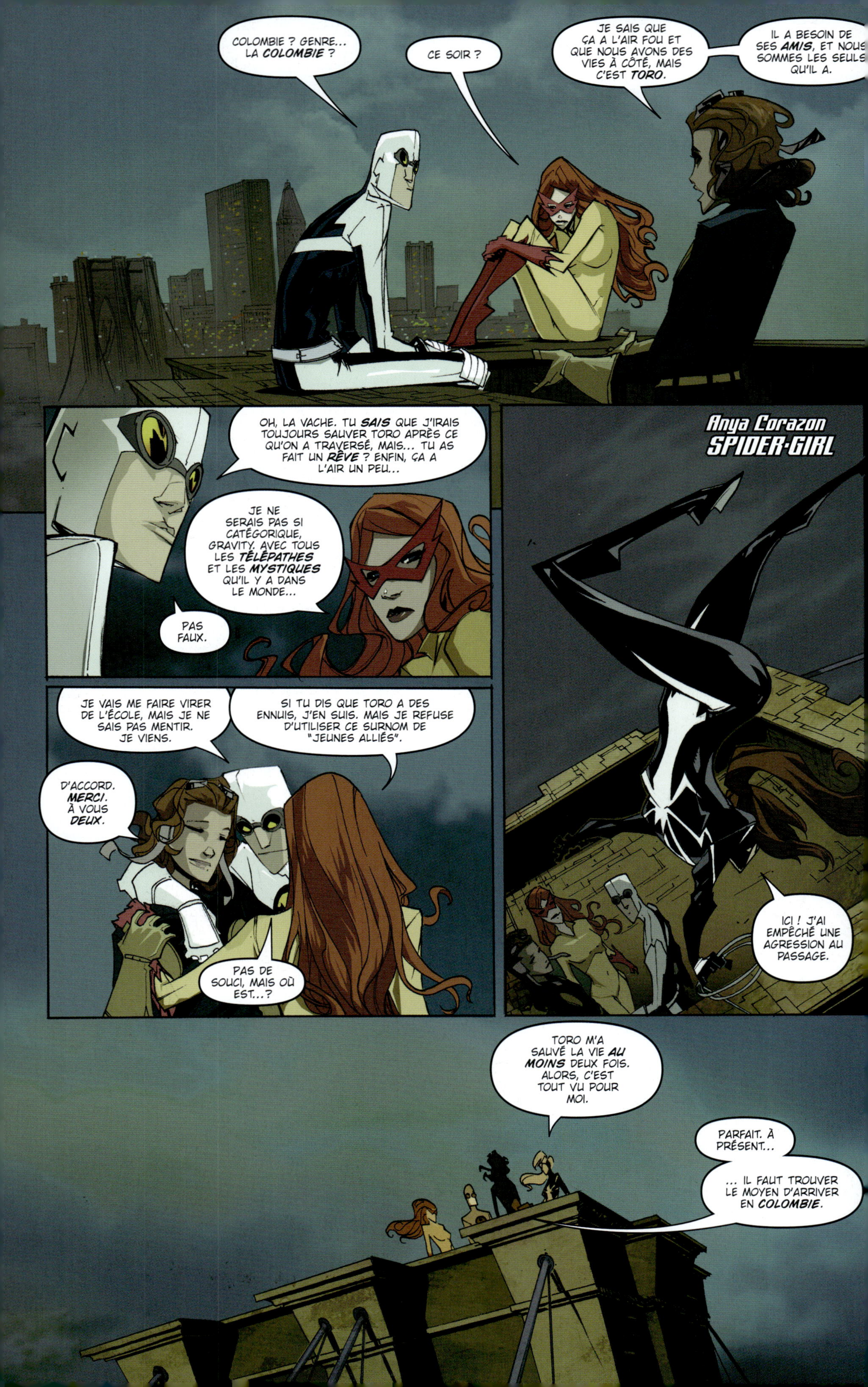
COLOMBIE ? GENRE... LA COLOMBIE ?
CE SOIR ?
JE SAIS QUE ÇA A L'AIR FOU ET QUE NOUS AVONS DES VIES À CÔTÉ, MAIS C'EST TORO.
IL A BESOIN DE SES AMIS, ET NOUS SOMMES LES SEULS QU'IL A.
OH, LA VACHE. TU SAIS QUE J'IRAIS TOUJOURS SAUVER TORO APRÈS CE QU'ON A TRAVERSÉ, MAIS... TU AS FAIT UN RÊVE ? ENFIN, ÇA A L'AIR UN PEU...
JE NE SERAIS PAS SI CATÉGORIQUE, GRAVITY. AVEC TOUS LES TÉLÉPATHES ET LES MYSTIQUES QU'IL Y A DANS LE MONDE...
PAS FAUX.
JE VAIS ME FAIRE VIRER DE L'ÉCOLE, MAIS JE NE SAIS PAS MENTIR. JE VIENS.
SI TU DIS QUE TORO A DES ENNUIS, J'EN SUIS. MAIS JE REFUSE D'UTILISER CE SURNOM DE "JEUNES ALLIÉS".
D'ACCORD. MERCI. À VOUS DEUX.
PAS DE SOUCI, MAIS OÙ EST...?
Anya Corazon
SPIDER-GIRL
ICI ! J'AI EMPÊCHÉ UNE AGRESSION AU PASSAGE.
TORO M'A SAUVÉ LA VIE AU MOINS DEUX FOIS. ALORS, C'EST TOUT VU POUR MOI.
PARFAIT. À PRÉSENT...
... IL FAUT TROUVER LE MOYEN D'ARRIVER EN COLOMBIE.

COLOMBIE
200 MÈTRES. PRESQUE ARRIVÉS. TOUJOURS AUCUN SIGNE DE SÉCURITÉ EXTÉRIEURE.
REÇU.
Marc Spector
MOON KNIGHT
TU AS ENTENDU ? DES MURMURES DANS L'AIR.
JE SUIS CERTAINE QUE C'EST SIMPLEMENT LA FORÊT.
JE VENAIS ICI SOUVENT, QUAND J'ÉTAIS MERCENAIRE. CE N'EST PAS L'ÉCOSYSTÈME QUE J'ENTENDS. C'EST UNE VOIX.
ET AVANT QUE TU POSES LA QUESTION, NON, CE N'EST PAS UNE DE MES VOIX.
ALORS, QUI EST CETTE NOMAD QUI FAIT L'OBJET DE TOUS CES CHUCHOTIS ?
ric O'Grady
NT-MAN
Hank McCoy
LE FAUVE
ELLE VIENT D'UNE AUTRE RÉALITÉ... CRÉÉE POUR EMPÊCHER LES HÉROS DE LA TERRE D'ÊTRE ANÉANTIS PAR UNE TERRIBLE MENACE. DANS CE MONDE, ELLE ÉTAIT LE BUCKY MODERNE DE CAP.
DANS LE NÔTRE, ELLE A EU UNE VISION, UN SINISTRE PRÉSAGE DE CE COMPLEXE DE ROXXON.
UN SINISTRE PRÉSAGE. DONC J'IMAGINE QUE CE N'EST PAS UNE PARTIE DE PLAISIR QUI NOUS ATTEND.
TRÈS PROBABLEMENT.
OH, HUM. CELA FAIT PRESQUE UNE SEMAINE QUE J'AI VU LA MORT EN FACE, ALORS...

NOUS Y SOMMES.
REÇU.
LA PORTE EST OUVERTE.
C'EST... SINISTRE.
ET DÉSERT.
PAS COMPLÈTEMENT...
LE FAUVE ET ANT-MAN, RENDEZ-VOUS À LA SALLE DE COMMANDE, TROUVEZ COMMENT TOUT ARRÊTER.
WIDOW, MOON KNIGHT... VÉRIFIEZ QU'IL N'Y A PAS DE RÉSISTANCE.
ET TOI ?
JE VAIS TENIR UNE PROMESSE.
TU AS PEUT-ÊTRE RAISON D'AVOIR PEUR, O'GRADY.
QUOI...?
CETTE ÉNERGIE, LA SIGNATURE M'EST FAMILIÈRE, MAIS... ELLE SEMBLE PLUS RAPIDE QUE LA LUMIÈRE.
L'ÉNERGIE... ELLE PARLE.
JE T'EN PRIE, ARRÊTE D'ÊTRE CINGLÉ. ÇA ME FICHE LA TROUILLE.

OH, LA VACHE... QU'EST-CE QUI S'EST PASSÉ ICI ?
UNE EXÉCUTION DE MASSE.
JE RECONNAIS DEUX DE CES HOMMES. LA TÊTE SANS CORPS APPARTIENT À UN DES VICE-PRÉSIDENTS DE ROXXON...
... ET CELUI-CI EST LE PLUS GRAND GANGSTER DE COLOMBIE, CUCHILLO.
UN PARRAIN DE LA DROGUE ET UNE VINGTAINE D'EMPLOYÉS DE ROXXON. QUELQUE CHOSE NE VA PAS.
BENITO ?
DROGUÉ. POUR T'EMPÊCHER DE TE TRANSFORMER.
MMNNNN...
TOUT VA BIEN. JE SUIS UN AMI DE RIKKI.
JE VAIS TE SORTIR DE LÀ.

R.A.S.
WIDOW ET MOI ALLONS CHERCHER... CELUI QUI SE BALADE ICI EN TUANT DES GENS.
FASCINANT...
LE SOMMET DE CETTE CONSTRUCTION CONIQUE CORRESPOND EXACTEMENT AU POINT D'ORIGINE D'UNE DÉCHIRURE DANS LE CONTINUUM SPATIO-TEMPOREL.
QUOI, COMME UN TROU DANS LA RÉALITÉ ? IL VA OÙ ?
IL SEMBLERAIT QUE...
OH, QUE DIEU ME PATAFIOLE...
ANT-MAN, RENTRE DEDANS IMMÉDIATEMENT. IL FAUT QU'ON ARRÊTE CETTE CHOSE TOUT DE SUITE.
POURQUOI ? QU'EST-CE QUE C'EST ?
C'EST UNE ANTIMATIÈRE NOIRE IONIQUE D'UNE AUTRE DIMENSION.
VOILÀ POURQUOI L'ÉNERGIE SEMBLE PLUS RAPIDE QUE LA LUMIÈRE... PARCE QUE, LÀ D'OÙ ELLE VIENT, LA COURBURE DU TEMPS EST BIEN PLUS GRANDE.
LA SOURCE D'ÉNERGIE QUE RÉCOLTE ROXXON...
... EST LE CIMENT DE LA ZONE NÉGATIVE.
ET... IL Y A AUTRE CHOSE. UNE SIGNATURE MAGNÉTIQUE...

FWOOOSH
JE SAIS QUI TU ES...
... MAIS PAS POURQUOI TU ES LÀ.
PEU IMPORTE.
LE CARTEL DE CUCHILLO EST À MOI.
ÇA VEUT DIRE QUE MON MEILLEUR AMI EL TORO L'EST AUSSI. ET CET ENDROIT...
... EST LE NOUVEAU FOYER DE EL DRAGÓN.
WHAPPT

TU ENTENDS VRAIMENT DES VOIX, SPECTOR ? OU TU JOUES SIMPLEMENT AVEC ERIC ?
M'AS-TU DÉJÀ VU PLAISANTER ?
JE NE SUIS PAS ENCLI AUX HYPERBOLE OU AUX SIMPLIFIC TIONS À OUTRANCE...
J'AI L'IMPRESSION D'ÊTRE DAN LA DEMEURE DU DIABLE.
SI C'EST VRAI, LES GENS COMME NOUS DEVRAIENT SE SENTIR...
TINK
TNK TNK
BA WHOOOMM
ME-✣-
-✣-VEZ ?

JE RÉPÈTE : UNE **EXPLOSION** DANS LE **QUADRANT NORD-OUEST**. **QUELQU'UN** PEUT ME FAIRE UN RAPPORT...?
PING
J'AI UN ÉCHO AU NORD !
C'EST... UNE **DATSUN** VOLANTE ?
J'AVOUE QUE C'EST GÉNIAL, GRAVITY. JE NE SAVAIS PAS QUE TU POUVAIS FAIRE ÇA.
MOI NON PLUS. C'EST LA PREMIÈRE FOIS QUE J'ESSAYE.
QU'EST-CE QUE DIT TON GPS ? ON EST ARRIVÉS EN **COLOMBIE** ?
NEW YORK
ABC-2345
EMPIRE STATE
OUI. C'EST SÛR. ET TU AS FAIT VITE.
IL VA FALLOIR ESPÉRER QUE LES VISIONS DE NOMAD LUI ONT DIT **PRÉCISÉMENT** OÙ NOUS ALLONS.
EUH, EN FAIT...
... J'IMAGINE QUE C'EST LÀ.

PAS DE COUPS MORTELS !
POURQUOI PAS ?
PARCE QUE CE SONT DES ENFANTS !
DES ENFANTS AYANT DES FUSILS ET UN ENTRAÎNEMENT MILITAIRE !
NE VOUS EN FAITES PAS POUR LES FUSILS...
... ON S'EN CHARGE !
NOMAD ! ATTENDS !
OÙ TU...?

OÙ ES-TU, BENNY ?
JE SAIS QUE TU ES LÀ.
"JE LE SENS.
"TE VOILÀ !"
BENNY !
JE SUIS LÀ ! JE...
NON !

AH... TU ES NOMAD ?
NON ! IL AURAIT DÛ ÊTRE LÀ !
JE M'EXCUSE, MAIS JE DOIS TE DEMANDER DE NE PAS PER-TURB...
REBECCA.
AAANNGH !

EUH, McCOY ? LE FAUVE ?
ON A PERDU LE **CONTACT**. IL Y A COMME DES INTERFÉRENCES CÉRÉBRALES, TU SENS...?
DOC !
MON DIEU...
C'EST LUI ! C'EST LUI ! JE L'AI SENTI IL ÉTAIT SI PUISSANT JE SAIS QU'IL EST REVENU PUISQU'IL EST REVENU !
HÉ LÀÀÀÀÀ... RALENTIS ET FAIS DES **PHRASES**, D'ACCORD ? QUI EST REVENU ?
MOI.

JE SUIS REVENU.
... ONSLAUGHT.

ONSLAUGHT UNLEASHED (2011) 2
Couverture : **HUMBERTO RAMOS**

COLOMBIE
CE FUT UNE *ÉTERNITÉ*.
UNE ÉTERNITÉ DE PERPÉTUELLE DISSOLUTION. MON ESSENCE, INCAPABLE DE COHÉSION, S'*ÉPARPILLAIT* À TRAVERS TOUTE UNE DIMENSION.
TOUT CE TEMPS, *UNE CHOSE* M'A EMPÊCHÉ DE SOMBRER DANS LA FOLIE ABSOLUE. UNE CHOSE M'APPORTAIT UNE FORME DE RÉCONFORT.
L'ESPOIR DE TE TROUVER.
GRÂCE À LA DÉCOUVERTE DU PLUS PETIT *TROU* DANS L'ESPACE-TEMPS, J'AI PU T'ATTEINDRE. ET À PRÉSENT QUE TU ES ICI, REBECCA...

ONSLAUGHT UNLEASHED
UNE INFIME FRONTIÈRE
... JE PEUX EN-FIN *REN-TRER*.

ONSLAUGHT.
TU ÉTAIS DERRIÈRE L'ENLÈVEMENT DE TORO, C'EST ÇA ? TU T'ES SERVI DE LUI POUR M'ATTIRER ICI !
J'AI SEULEMENT PROFITÉ DE CERTAINS DÉSIRS EXISTANTS POUR MODIFIER LE COURS DES ÉVÉNEMENTS. C'ÉTAIT TOUT CE DONT J'ÉTAIS CAPABLE AVANT QUE TU NE SOIS ASSEZ PROCHE POUR DEVENIR MON RÉCEPTACLE.
EUH, NON, MERCI. JE NE SERAI PAS TON RÉCEPTACLE.
JE T'AI DÉJÀ EMPÊCHÉ DE DÉTRUIRE UN MONDE, ET JE JURE QUE JE RECOMMENCERAI !
TU N'AS PAS LE CHOIX, REBECCA.
TU ES DÉSORMAIS MON PANTIN. MON HÔTE.
DÈS QUE TU COMPRENDRAS TA NATURE, TU SAURAS POURQUOI.

DOC... UH...
J'IMAGINE QUE LA FILLE BIZARRE EST CETTE NOMAD DONT TU PARLAIS...
EXACT, ANT-MAN.
ET ELLE SEMBLE SOUS L'EMPRISE DES PULSIONS LES PLUS SOMBRES DU PROFESSEUR CHARLES XAVIER ET DE MAGNÉTO, AINSI QUE LEURS POUVOIRS, INCARNÉS.
BONJOUR, HENRY. TU AS... CHANGÉ.
LIBÈRE LA FILLE, ONSLAUGHT.
POURQUOI LE FERAIS-JE ? PARCE QUE TU L'ORDONNES ?
J'AIMERAIS TANT POUVOIR ENTRER DANS CET ESPRIT ARROGANT ET FAIRE DE TOI UN VÉRITABLE FAUVE. MAIS JE NE SUIS PAS ENCORE ASSEZ PRÉSENT POUR RÉUSSIR.
CEPENDANT...
... JE PEUX FORCER DES ESPRITS INFÉRIEURS À ACCOMPLIR DES TÂCHES PLUS SIMPLES...

CES ENFANTS DEVRAIENT ÊTRE ABATTUS.
HÉ ! CE SONT DES ENFANTS, PAS DES CHIENS ENRAGÉS !
IL Y A DÉJÀ EU ASSEZ DE MORTS ICI...
OH, BORDEL.
GRENADE !
BAWHOOM
GRAVITY !!

GRAVI...
RAK
HHH !
ENFANT OU PAS, TU VAS LE PAYER DE TON *SANG* !
TON *VISAGE*... QUE...?
ILS ONT CESSÉ DE TIRER. *TOUS* EN MÊME TEMPS.
COMME S'ILS...
WHOA.
FLIPPANT...
... NON ?

*TRADUIT D
L'ESPAGNO
<NOUS NE *DEVRIONS* PAS NOUS BATTRE, MON FRÈRE...>*
<... MAIS C'EST AGRÉABLE DE VOIR ENFIN TON VRAI VISAGE.>
<CE N'EST *PAS* MOI, MARCO. C'EST CE QUE LA DROGUE DE CUCHILLO A *FAIT* DE MOI.>
<PAS CUCHILLO, BENITO. ROXXON.>
<LA DROGUE ÉTAIT LE *PAIEMENT* DE ROXXON EN ÉCHANGE DE CE TERRITOIRE.>
<ALORS, CUCHILLO PENSE ENCORE QUE JE LUI *APPARTIENS* ? C'EST LA RAISON DE MA PRÉSENCE ?>
<J'AI *TUÉ* CUCHILLO, MON FRÈRE. SON CARTEL... SA PROPRIÉTÉ... SONT À *MOI*.>

JE LE TIENS !
TORO N'APPARTIENT À PERSONNE. C'EST UN ÊTRE HUMAIN.
CE NE SONT PAS TES AFFAIRES, AMÉRICAIN !
WAMM
<LA DROGUE M'A MONTRÉ QUI J'ÉTAIS VRAIMENT, AVANT.>
<J'AI VU COMMENT CUCHILLO M'AVAIT MANIPULÉ POUR QUE JE DEVIENNE UN TUEUR DE SANG-FROID ! IL T'A FAIT LA MÊME CHOSE, MARCO !>
SHLKK
PAS MARCO. EL DRAGÓN.

<LA DROGUE A LIBÉRÉ MA VÉRITABLE NATURE. ELLE M'A MONTRÉ MON DESTIN... ET IL EST ICI.>
<TU NE LE SENS PAS, TORO ? LES TÉNÈBRES QUI NOUS ENTOURENT ? ELLES T'APPELLENT AUSSI, J'EN SUIS SÛR...>
THWAMM
<JE N'ENTENDS QUE TES IDIOTIES !>
<JE... NE TE CONNAIS PLUS. TU N'ES PAS MON FRÈRE.>
TU N'AS NULLE PART OÙ ALLER, EL DRAGÓN. ABANDONNE CALMEMENT ET IL N'Y AURA PAS...
HRRARRRR!

TU VAS BIEN, TORO ?
JE SUIS... PAS BLESSÉ.
MERCI.
JE N'AURAIS PAS APPRIS QUE TU ÉTAIS LÀ SANS NOMAD.
ELLE EST ICI ?
NON, ELLE EST RESTÉE.
ALORS, JE DOIS RTIR RETROUVER MARCO.
JE VIENS AVEC TOI...
NON. MERCI, NON. JE...
JE DOIS LE FAIRE SEUL. VOUS COMPRENEZ ?
JE PENSE.
JE SERAI AU CENTRE DE CONTRÔLE SI TU AS BESOIN DE MOI, D'ACCORD ?
GRACIAS, COMMANDANT ROGERS.
JE PEUX AVOIR UN RAPPORT DE SITUATION ?
ALLÔ ? QUELQU'UN ? SHARON ?

QUINPORTEUR DES SECRET AVENGERS
JE RÉPÈTE, À TOUTES LES FRÉQUENCES DES AVENGERS...
... ICI SHARON CARTER, JE DEMANDE TOUTE L'AIDE POSSIBLE ! MA POSITION ACTUELLE EST...
MA POSITION...
INUTILE. IL Y A TROP D'INTERFÉRENCES ÉLECTROMAGNÉTIQUES...
WHAPP
TU DOIS LES LAISSER, SHARON. ENCORE UN MOMENT. RETOURNE AUX ÉTATS-UNIS ET RAMÈNE DES...
... RENFORTS.

NNNNH...
HÉ, TU VAS BIEN ?
MAL À LA TÊTE... ET PARTOUT AILLEURS. MAIS ÇA VA.
QUE... QU'EST-CE QUI EST ARRIVÉ À GRAVITY ?
JE N'AI PAS VU, MAIS JE SUIS CERTAINE QU'IL VA BIEN. IL EST AVEC MOON KNIGHT.
QUOI, TU L'AS LAISSÉ ?
BLACK WIDOW DIT QU'ILS S'EN SONT SORTIS OU PAS, ET DANS TOUS LES CAS, ON FERAIT MIEUX DE POURSUIVRE LE CLUB DES CINQ FLINGUES.
ET PUIS, JE DEVAIS TE METTRE À L'ABRI, TOI.
SPIDER-GIRL, IL EST TOMBÉ SUR UNE GRENADE. ON FERAIT MIEUX DE VOIR S'IL VA BIEN ET SE SERRER LES COUDES.
JE PENSAIS LA MÊME CHOSE, MAIS ELLE SAIT CONVAINCRE LES...
ELLE A DES PRIORITÉS DIFFÉRENTES QUE NOUS DEUX. D'ACCORD, MAIS...
TU ES RÉVEILLÉE. BIEN.
IL FAUT NOUS METTRE EN ROUTE.
TU VOIS, ELLE SAIT CONVAINCRE.

C'EST BON !
IL FAUT QU'ON QUITTE CET ENDROIT.
QUOI, GENRE QU'ON S'ENFUIE ?
IL Y A UNE INFIME FRONTIÈRE ENTRE LE COURAGE ET LA STUPIDITÉ.
J'IGNORE CE QUI SE PASSE ICI, MAIS C'EST BIEN PLUS DANGEREUX QUE PRÉVU. NOUS AVONS BESOIN D'AIDE.
OUI, MAIS J'AI DES AMIS LÀ-DEDANS, ET LEURS MAJESTÉS DES MOUCHES OU AUTRES POURRAIENT LEUR FAIRE DE TERRIBLES CHOSES.
FAIS CE QUE TU CROIS JUSTE.
MOI, J'Y VAIS.

ALORS, MOON KNIGHT...
OUI, GRAVITY.
TU, EUH... TU AS VU UN **BON NOMBRE** DE MORTS AU COURS DE TA CARRIÈRE, NON ? DES INNOCENTS, DES GENS QUI LE MÉRITAIENT...
IL N'Y A PAS DE **BON** NOMBRE. MAIS OUI, JE VOIS CE QUE TU VEUX DIRE. J'EN AI VU... BEAUCOUP.
ET EST-CE QUE ÇA DEVIENT PLUS... ENFIN...
C'EST POSSIBLE, SI TU LAISSES FAIRE.
ET JE TE LE CONSEILLE.
OUI, MAIS ÇA NE VEUT PAS DIRE QUE LA VIE ET LA MORT DEVIENDRONT **MOINS** IMPORTANTES À MES YEUX ? ENFIN, ÇA NE ME PARAÎT PAS TRÈS SAIN COMME...
SILENCE.
POURQUOI ? QU'EST-CE...?

OH.
FLIPPANT.
QU'EST-CE QU'ILS FONT ?
NOUS LES OBSERVONS DEPUIS UNE MINUTE OU DEUX...
... ET ILS N'ONT PAS BOUGÉ D'UN POIL.
ILS SEMBLENT SOUS UNE **EMPRISE**.
TU VAS BIEN !
AUSSI BIEN QUE POSSIBLE AVEC CE TYPE SINISTRE...
LE FAUVE ET ANT-MAN ÉTAIENT ICI. MAIS À PRÉSENT... QUOI ? LES ENFANTS **PROTÈGENT** QUELQUE CHOSE ?
J'AI ENTENDU UNE VOIX ÉTRAN À L'INTÉRIEUR. IL PROTÈGENT **QUE QU'UN**.

NON...
NON... CE N'EST PAS VRAI. RIEN N'EST VRAI...!
SI C'EST CE QUE TU CHOISIS DE CROIRE, JE NE T'EN EMPÊCHERAI PAS. CELA NE CHANGE RIEN POUR MOI, REBECCA.
MAIS JE PENSAIS QUE TU VOUDRAIS CONNAÎTRE TA NATURE. C'EST TON SEUL MOYEN DE COMPRENDRE CE QUI SE PASSE.
JE DEVIENS DE PLUS EN PLUS FORT DANS CE MONDE. MAIS TU RESTERAS TELLE QUELLE. COMME TU L'AS ÉTÉ DEPUIS TA NAISSANCE.
IMPUISSANTE.

UN CONVERTISSEUR DÉBRANCHÉ ?
UN SABOTAGE. GÉNIAL...
JE T'EN-TENDS !
MONTRE-TOI, ET JE NE TE FERAI PAS DE MAL !
OÙ ES-TU ?!

JE SUIS DANS TON *TYMPAN*, SHARON.
ANT-MAN ?
JE SUIS VRAIMENT DÉSOLÉ, JE NE PEUX PAS M'EN *EMPÊCHER*.
AAAAHN!

ALORS, C'EST QUOI, LE PLAN ?
IL A INTÉRÊT D'IMPLIQUER QUE CES GOSSES RES-TENT INDEMNES.
PAS SI CE QU'ILS DÉFENDENT EST À L'ORIGINE DES TÉNÈBRES QUI ONT ENVAHI CET ENDROIT.
JE NE COMBATTRAI PAS DES GAMINS DE DIX ANS.
QU'EST-CE QU'ILS FABRI-QUENT ICI ?
HM... DES TRUCS ?
OÙ EST TORO ?
NOMAD LES A FAIT VENIR.
NOMAD ? ET OÙ EST-ELLE ?
STEVE ? STEVE, JE SUIS LÀ.
DÉSOLÉE POUR LES... GARDES, MAIS JE DEVAIS M'ASSURER QUE PERSONNE N'ENTRE AVANT QUE JE NE SOIS ASSEZ PUISSANT POUR M'EN SORTIR SEUL.

JE ME DOUTE QUE JE PARLE ENCORE COMME ELLE, MAIS ÇA NE DURERA PAS.
ET VOUS NON PLUS.
MON DIEU...
COMMAN-DANT, *LÀ* ! LE DR McCOY...
AH OUI. HENRY A PENSÉ POUVOIR M'*EMPÊ-CHER* D'ENTRER DEPUIS LA ZONE NÉGATIVE, ALORS J'AI DÛ LE *MAÎ-TRISER*.
C'EST ONSLAUGHT, STEVE. ONSLAUGHT EST DE RETOUR.

LIBÈRE-LES, ONSLAUGHT. TOUS LES DEUX.
TOUT DE SUITE !
IL N'Y A RIEN À FAIRE POUR TON ANCIENNE PARTENAIRE...
... MAIS TU PEUX AVOIR LE MORALISTE À FOURRURE BLEUE.
KRRRNKTCH
AAAGH!
FIRESTAR ! AIDE-MOI À CAUTÉRISER SES BLESSURES !
POURQUOI ? POUR TE VENGER DE NOMAD, PARCE QU'ELLE T'A EMPÊCHÉ DE DÉTRUIRE SON MONDE ?
CE SERAIT IMPOSSIBLE.
NOMAD ! JE SAIS QUE TU PEUX COMBATTRE CE TYPE ! RÉSISTE !
IL EST INUTILE DE S'ADRESSER À ELLE, PETITE. EN UN SENS, CELA A TOUJOURS ÉTÉ.

ASSEZ ! TU VAS REPARTIR LÀ D'OÙ TU VIENS...
NON !
STEVE, NE FAIS PAS ÇA ! SI TU BRISES LA CONSOLE...
... LA COLLISION DE PARTICULES ET D'ANTIPARTICULES DÉTRUIRA LA MOITIÉ DE L'AMÉRIQUE DU SUD !
NOUS TROUVERONS UN MOYEN D'ARRÊTER CE MONSTRE. NOUS LE DEVONS. MAIS STEVE... IL Y A UNE CHOSE QUE TU IGNORES.
TON AMIE, ELLE... ELLE N'EST PAS...
QUOI, HANK ?
CE N'EST PAS LA RIKKI BARNES QUE TU AS CONNUE.
ELLE EST MORTE DANS LA ZONE NÉGATIVE.

ONSLAUGHT UNLEASHED (2011) 3
Couverture : **HUMBERTO RAMOS**

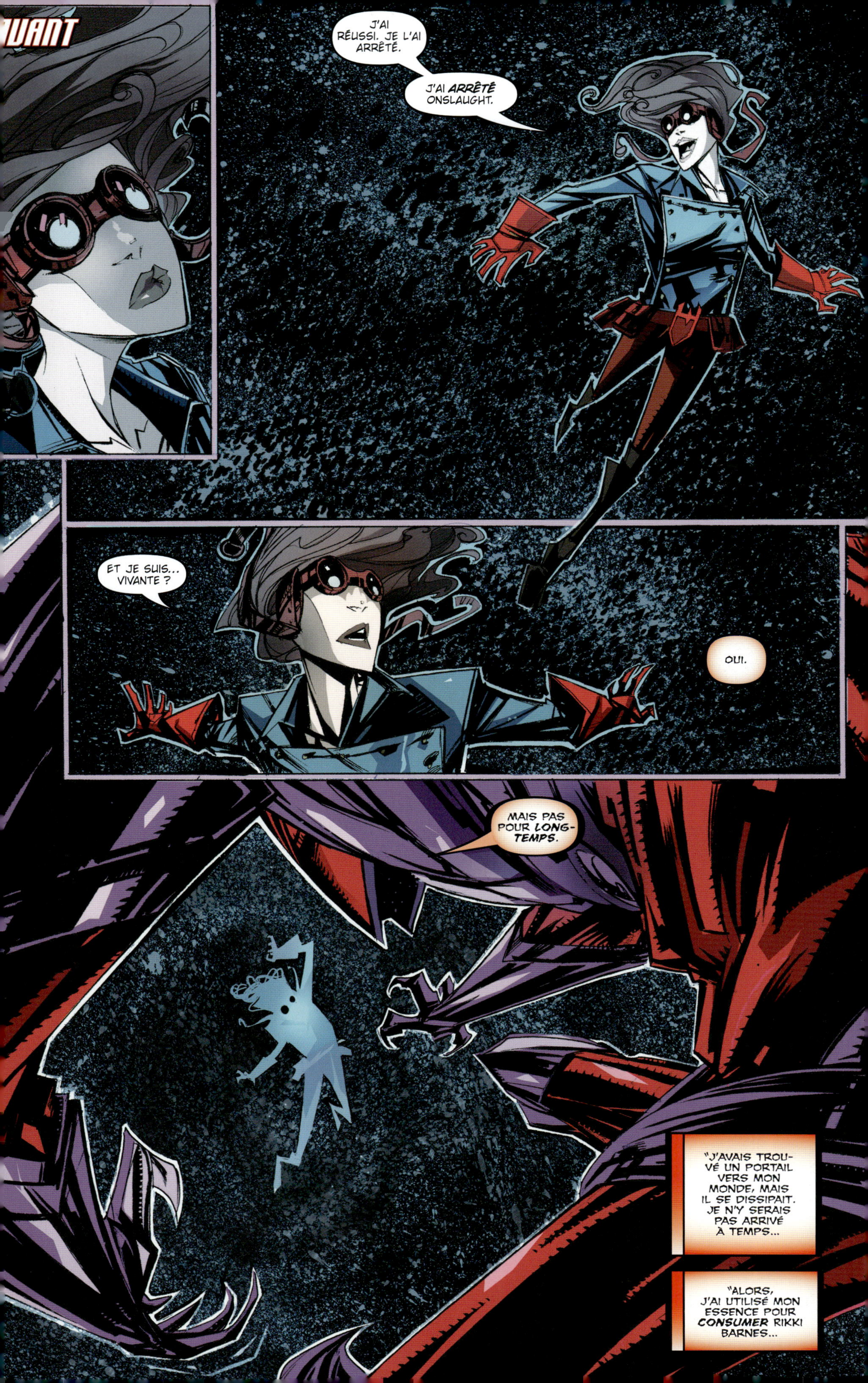

VANT
J'AI RÉUSSI. JE L'AI ARRÊTÉ.
J'AI ARRÊTÉ ONSLAUGHT.
ET JE SUIS... VIVANTE ?
OUI.
MAIS PAS POUR LONG-TEMPS.
"J'AVAIS TROUVÉ UN PORTAIL VERS MON MONDE, MAIS IL SE DISSIPAIT. JE N'Y SERAIS PAS ARRIVÉ À TEMPS...
"ALORS, J'AI UTILISÉ MON ESSENCE POUR CONSUMER RIKKI BARNES...

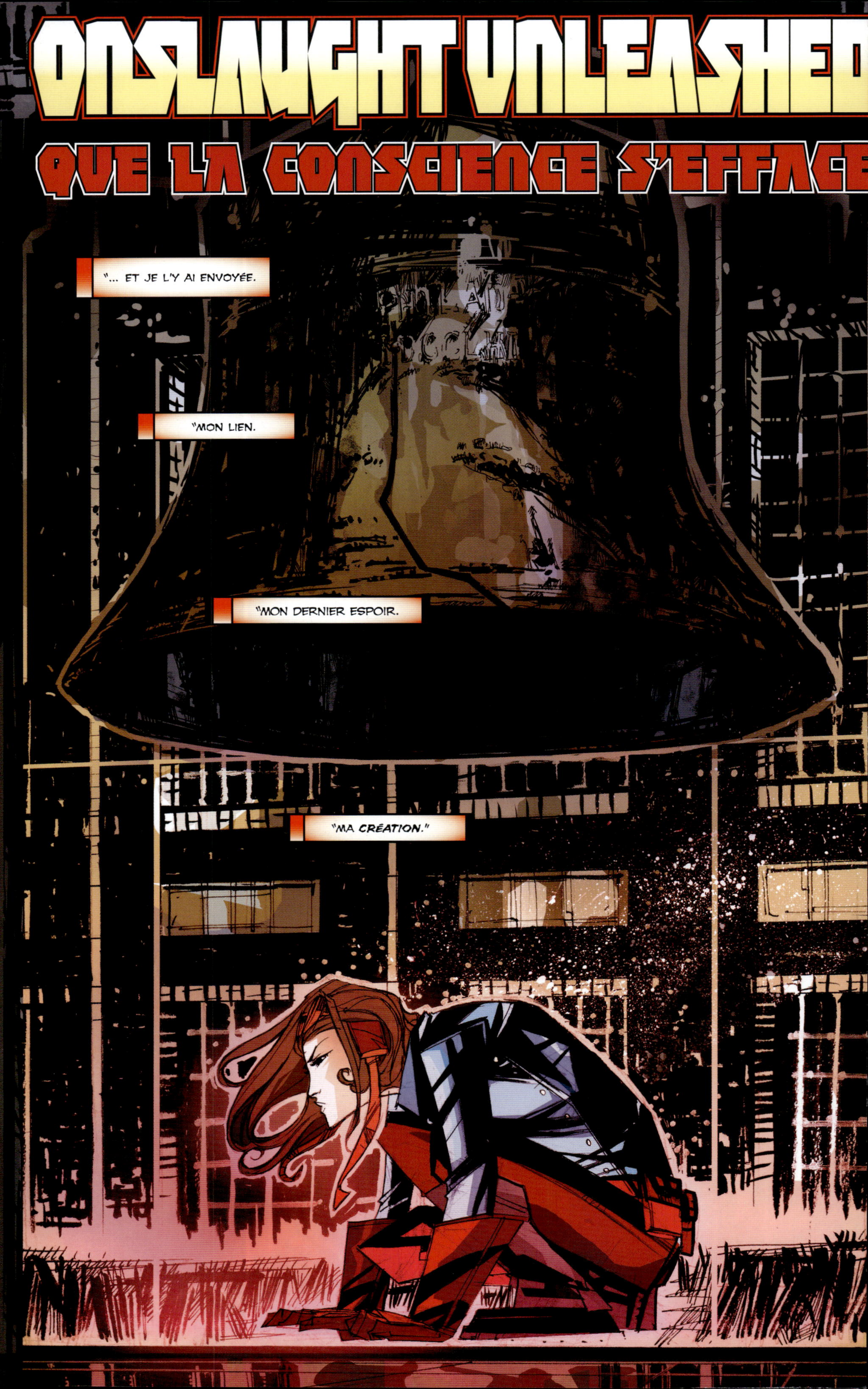
ONSLAUGHT UNLEASHED
QUE LA CONSCIENCE S'EFFACE
"... ET JE L'Y AI ENVOYÉE.
"MON LIEN.
"MON DERNIER ESPOIR.
"MA *CRÉATION*."

LE PRÉSENT
SI C'EST VRAI, ELLE N'EST PAS RÉELLE, ET IL N'Y A AUCUNE RAISON DE NE PAS LA DÉBRANCHER.
HÉ, NON ! PAS QUESTION.
HORS DE MON CHEMIN, SPIDER-GIRL.
C'EST MA MEILLEURE AMIE QUE TU VEUX TUER !
MOON KNIGHT, NOUS IGNORONS S'IL DIT LA VÉRITÉ.
ET TU NOUS METTRAIS TOUS EN DANGER D'APRÈS UNE INCERTITUDE ?
IL A RAISON. PEU IMPORTE LA VÉRITÉ, SI ONSLAUGHT REVIENT DANS CE MONDE, CE SERA LA CATASTROPHE.
TU PRÉFÈRES LAISSER NOMAD MOURIR ?
STEVE, NOUS DEVONS NOUS MONTRER RATIONNELS...
OUI, STEVE...

... MONTRE-TOI RATIONNEL. FROID ET MANIPULATEUR, COMME BLACK WIDOW ET MOON KNIGHT.
OU LAISSE TES ÉMOTIONS TE GUIDER. OU QUOI QUE CE SOIT D'AUTRE...
... PUISQUE CELA N'A AUCUNE IMPORTANCE. JE SUIS DÉJÀ ASSEZ PRÉSENT ET TROP PUISSANT POUR QUE VOUS PUISSIEZ M'AR-RÊTER.
IL BLUFFE ! OU ELLE, ENFIN...
JE PARIE QU'ON PEUT LUI METTRE UNE RACLÉE !
TU NE ME CROIS PAS, GRAVITY ? ALORS PEUT-ÊTRE VEUX-TU...
... UNE DÉMONS-TRATION ?
OHHH, QUE JE SUIS FUTÉ.

NON... PITIÉ... ARRÊTE...
ARRÊTER ? MAIS CE N'EST QUE LE DÉBUT.
UNE FOIS ENTIÈREMENT SORTI DE LA ZONE NÉGATIVE, TU EN VERRAS BIEN PLUS. TU FERAIS MIEUX DE T'Y HABITUER.
PITIÉ... CE SONT MES AMIS...
TES AMIS ?
COMMENT PEUX-TU AVOIR DES AMIS ? TU N'ES MÊME PAS VIVANTE ! TU N'ES QUE MON PANTIN. MON ANCRE.
TU ES MON APPENDICE, REBECCA. ET TU NE PEUX PAS ME RÉSISTER.

QUINPORTEUR DES SECRET AVENGERS
NH.
NHHHN.
TU DOIS L'ACHEVER, ANT-MAN.
NNNNNN.
NNON.
SI.
GRANDIS EN ELLE, ERIC. TU N'AS PAS LE CHOIX.
JE SUIS PEUT-ÊTRE... UN PEU SIMPLET...
MAIS JE NE TE LAISSERAI PAS... PAS...
AAAA!

STEVE ? C'EST SHARON ! TU ME REÇOIS ? ANT-MAN EST...
TU NE PENSAIS PAS TE DÉBARRASSER DE MOI AUSSI FACILEMENT, SHARON ?
JE SUIS UN BIEN PLUS GROS PROBLÈME QUE TU L'IMAGINES !

QUI QUE TU SOIS DANS LA TÊTE D'ANT-MAN, VOICI TON *PROBLÈME*...
WAPP
... TU PEUX CONTRÔLER LES ESPRITS...
SPAK
THUDD
... MAIS SI TU N'ES PAS UN COMBATTANT ET TON HÔTE NON PLUS...
WAMM
... TU ES À MA *MERCI*.
KKT

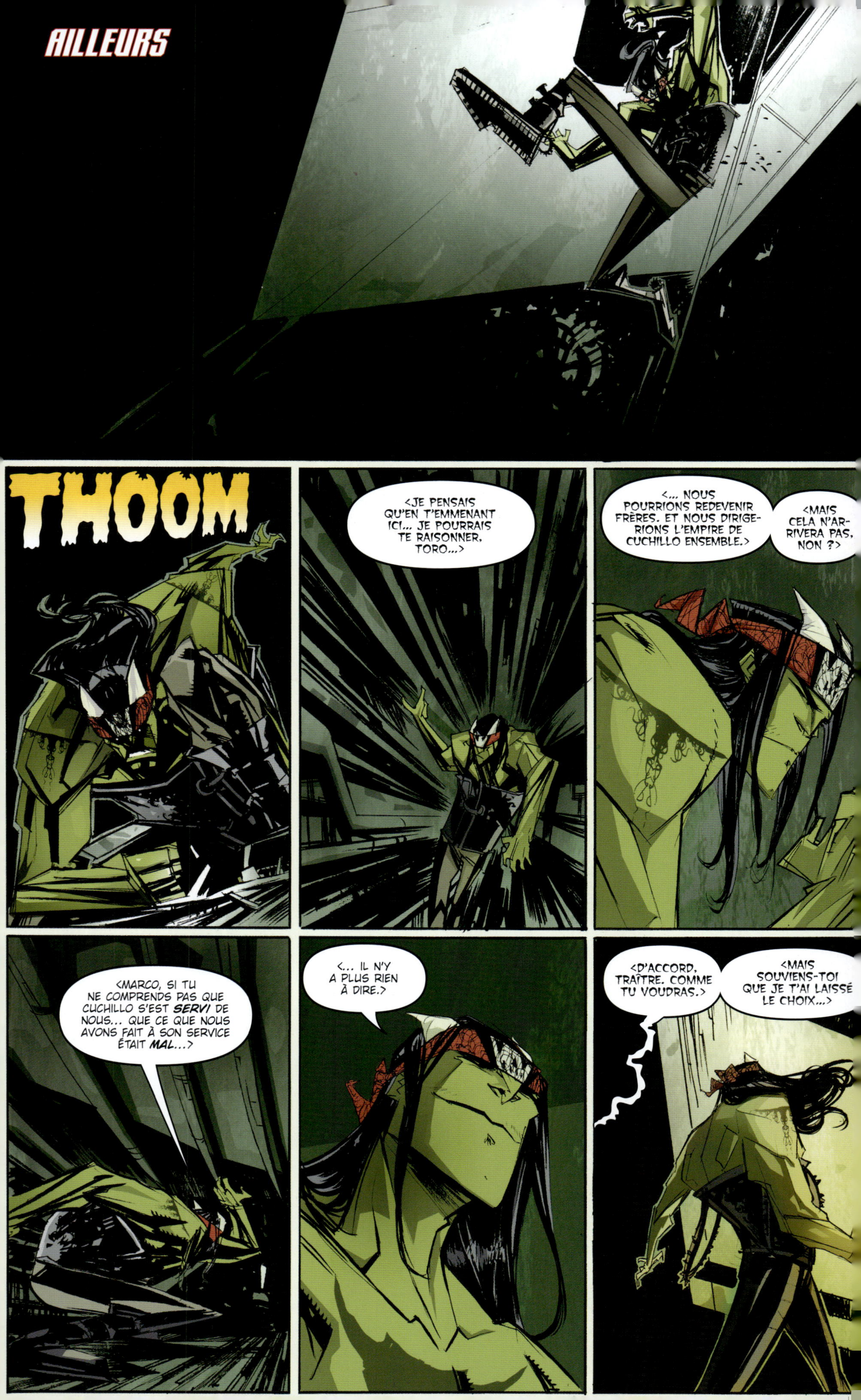
AILLEURS
THOOM
<JE PENSAIS QU'EN T'EMMENANT ICI... JE POURRAIS TE RAISONNER, TORO...>
<... NOUS POURRIONS REDEVENIR FRÈRES. ET NOUS DIRIGERIONS L'EMPIRE DE CUCHILLO ENSEMBLE.>
<MAIS CELA N'ARRIVERA PAS, NON ?>
<MARCO, SI TU NE COMPRENDS PAS QUE CUCHILLO S'EST SERVI DE NOUS... QUE CE QUE NOUS AVONS FAIT À SON SERVICE ÉTAIT MAL...>
<... IL N'Y A PLUS RIEN À DIRE.>
<D'ACCORD, TRAÎTRE. COMME TU VOUDRAS.>
<MAIS SOUVIENS-TOI QUE JE T'AI LAISSÉ LE CHOIX...>

TOI ET FIRESTAR SEMBLEZ TRÈS *PROCHES*, GRAVITY. VOUS PARTAGEZ UN LIEN PARFOIS ROMANTIQUE, MAIS SURTOUT *FRATERNEL*.
MUTANTE ET HUMAIN, VIVANT EN HARMONIE.
NON...!
FFWASSSH
RAAAAAGH!
STEVE, IL FAUT INTERVENIR TRÈS VITE.
TU *SAIS* CE QUE JE RESSENS POUR RIKKI, MAIS ELLE VIENT D'UN *UNIVERS ARTIFICIEL*.
EN UN SENS, ELLE N'A JAMAIS ÉTÉ *RÉELLE*. IL FAUT LE PRENDRE EN COMPTE.
OUI, MAIS PENSE À LA *VISION*... UN ANDROÏDE À LA PROGRAMMATION HUMAINE, MAIS TOUT AUSSI RÉEL QUE VOUS ET MOI.
DÉBATTRE DE SON STATUT DE PERSONNE IMPORTE PEU, FAUVE...
LE DÉMON DOIT ÊTRE ARRÊTÉ À *TOUT* PRIX.

DIOS...
<QU'EST-CE QUE TU FAIS ?!>
<TU TE SOUVIENS DE CES CHUCHOTEMENTS DANS LES OMBRES, BENITO ? DES TÉNÈBRES DE CET ENDROIT ?>
<ILS VIENNENT DE CES TUBES.>
<ILS M'ONT CONDUIT ICI. ILS ONT DIT QUE JE POUVAIS BOIRE LEUR ÉNERGIE. IL SUFFIT DE POUSSER CE LEVIER.>
<TU AS L'ARGENT, LA DROGUE ET UNE PETITE ARMÉE À TA DISPOSITION. TU AS DES SUPER-POUVOIRS...>
<TOUTE CETTE PUISSANCE, MARCO. QUE VA-T-ELLE TE DONNER QUE TU N'AS PAS DÉJÀ ?>
MÁS.

NON, ARRÊTEZ.
LA MUTANTE TUE L'HUMAIN. L'HÉROÏNE TUE LE HÉROS. IL... MAN-QUE QUELQUE CHOSE.
GRAVITY... TU PENSES *SINCÈ-REMENT* QUE TON IN-CAPACITÉ À ACCEPTER LA *MORT* TE CONDUIT VERS LE CÔTÉ OBSCUR.
TU N'AS PAS CONNU LES VÉRITABLES TÉNÈBRES. TU EN ES TRÈS LOIN.
MAIS CELA VA VENIR.
UN ENFANT IMPUISSANT, DÉSARMÉ.
ET SI LE HÉROS VERTUEUX QUE TU ES UTILISAIT SES POUVOIRS POUR LUI ARRACHER LES MEMBRES ? LENTEMENT, UN À UN, AVANT DE LUI ÔTER SA TÊTE ENCORE VIVANTE ?
CE SERA NOTRE *POINT DE DÉPART*.
NON... JE NE...
ALLEZ !
PITIÉ... ARRÊTEZ-MOI !
JE NE PEUX PAS BOUGER !
NOUS NON PLUS.
L'ESSENCE D'ONSLAUGHT EST TROP PRÉSENTE DANS NOTRE MONDE, SA VOLONTÉ NOUS DOMINE.
ESSAYE DE NE PAS LE *VOIR*, GRAVITY ! QUE TA CONSCIENCE S'EFFACE !

TUE-LE MAINTENANT, GRAVITY. TUE CE SEUL ENFANT, OU LES AUTRES EN TUERONT DEUX.
PITIÉ... PITIÉ...
<PRÉPARE-TOI À RENCONTRER TON NOUVEAU DIEU...>
SHHNNK
GRRAAANGH!
NOOOON ! MON POUVOIR !

MON TRANSFERT A ÉTÉ INTERROMPU ! COMMENT EST-CE POSSIBLE ?
TU AS DIT QUE J'ÉTAIS IMPUIS-SANTE DANS MON PROPRE ESPRIT, PARCE QUE JE NE SUIS QU'UN PRODUIT DE L'IMAGINATION.
MAIS J'AI COMPRIS QUELQUE CHOSE.
TOI AUSSI !

QU'AS-TU FAIT, PETITE ?!
PENDANT QUE TU ÉTAIS OCCUPÉ À FLATTER TON EGO, J'AI POUSSÉ *EL DRAGÓN* À PUISER DANS TA SOURCE D'ÉNERGIE.
VOILÀ POURQUOI TU TE SENS UN PEU *FAIBLE*...
... *ET* POURQUOI JE VAIS TE DÉMOLIR TA SALE *TROGNE* !

QUE... QU'EST-CE QUI LUI AR-RIVE ?
ELLE LUTTE.
ELLE GAGNE PEUT-ÊTRE, MÊME.
MARCO...
<J'AI SENTI... J'AI SENTI L'ÂME DU DÉMON, TORO>
<C'ÉTAIT SUBLIME.>

<JE VAIS TE MONTRER.>
SHHLKK
TORO !!
J'ARRIVE !
<JE N'AI PAS EU LE POUVOIR QUE JE VOULAIS. MAIS JE N'EN VEUX PLUS, BENITO.>
<ÇA... ÇA VA TE PLAIRE, TU VERRAS.>
<QUAND NOUS SERONS TOUS LES DEUX EN ENFER...>

BRAKKOOOM
BENNY ?! BENNY...
... C'EST MOI. JE SUIS VENUE TE SAUVER !
RIKKI.
STEVE.
C'EST LE MOMENT OU JAMAIS POUR FOUTRE LE BOXON...
C'EST... À TOI DE DÉCIDER, BIEN SÛR...

NE PARS PAS, BENNY. TU ES MON COLOC. MON PROF D'ESPAÑOL...
JE NE TE L'AI JAMAIS DIT, MAIS SUR MON MONDE...
LE BENNY QUE JE CONNAISSAIS... PENDANT UN MOMENT NOUS ÉTIONS...
NOUS...!
RI... RIKKI ?

LA MACHINE, ELLE... ELLE VIENT DE S'ÉTEINDRE.
TOUTE SEULE ?
APPAREMMENT. CE QUI SIGNIFIE SANS DOUTE...
EXACT, HENRY...
RRUMMMBLE

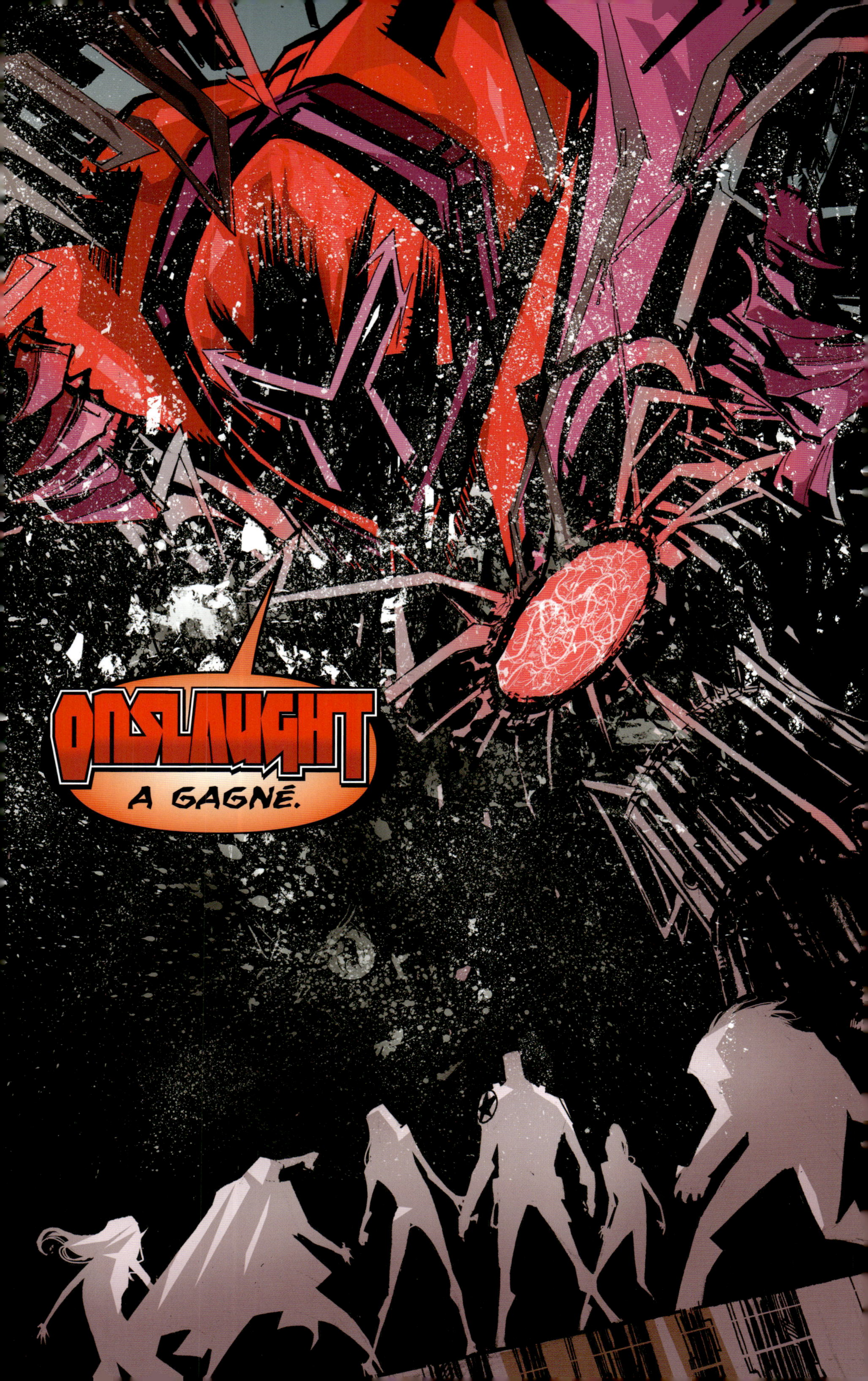
ONSLAUGHT
A GAGNÉ.

ONSLAUGHT UNLEASHED (2011) 4
Couverture : HUMBERTO RAMOS

COLOMBIE
JE T'EN PRIE, SHARON, ÉCOUTE-MOI. ON N'A PAS LE TEMPS D'ALLER CHERCHER DE L'AIDE.
COMMENT JE PEUX TE FAIRE CONFIANCE, ERIC ?
MÊME ATTACHÉ ?
PARCE QU'ONSLAUGHT N'EST PLUS DANS MA TÊTE. ET ÇA VEUT DIRE QU'IL N'A PLUS BESOIN DE MOI, ET DONC...
ME REÇOIS, SHARON ?
LA RADIO EST REVENUE !
HANK ? LE FAUVE, TU ME REÇOIS ?
OUI, ET JE SUIS HEUREUX QUE TU N'AIES RIEN. SI TU AS RÉGLÉ LE PROBLÈME AVEC ANT-MAN, JE DOIS TE DEMANDER UN SERVICE D'UNE IMPORTANCE CAPITALE.
ET À ERIC AUSSI.
SOUS-SOL DU PROJET POWER
NN
MARCOS...
<... TU ES DE NOUVEAU TOI-MÊME.>
<MAIS QUAND TU TE RÉVEILLERAS, TU DEVIENDRAS LE DRAGON, ET TU M'ACHÈVERAS.>
<DOIS-JE TE TUER MAINTENANT, ALORS QUE TU ES IMPUISSANT ? OU...>
TRRUMMM
¡DIOS MIO!
IL Y A UNE GUERRE AU-DESSUS !

ONSLAUGHT UNLEASHED
UN VÉRITABLE AMI
AVENGERS
... À L'ATTA-
QUE !

DES ARMES À RAYON ET DES BALLES DE PLOMB.
JE M'ATTENDAIS À MIEUX DE CAPTAIN AMERICA.
C'ÉTAIT POUR RETENI TON ATTENTIO ONSLAUGHT.
ET POUR ME PERMETTRE D'AGIR !
PENSES-TU VRAIMENT POUVOIR M'AVEUGLER AVEC DES PLANTES ?
PAS VRAIMENT, NON. MAIS PAS LOIN.
AU FAIT, C'EST POUR M'AVOIR OBLIGÉE À BLESSER MON AMI.

FFWOOOOOSSH
...'EST ...OCO !
SI JE TE DONNAIS UN FUSIL DE CES ENFANTS ZOMBIFIÉS, ÇA T'AIDERAIT ?
UN MISSILE NUCLÉAIRE, PEUT-ÊTRE...
JE CROIS QUE ÇA A MARCHÉ. ET TOI ?
NON.

GRAVITY ! ÉLOIGNE-TOI ! QU'EST-CE QUE TU...
JE SUIS FAIT D'ÉNERGIE ! VOS ATTAQUES PHYSIQUES NE FONT QUE ME CHATOUILLER.
NNH !
COMME IL L'A DIT, FIRESTAR... IL EST FAIT D'ÉNERGIE.
L'ÉNERGIE A UNE MASSE. ET LA MASSE...
... EST SOUMISE AUX LOIS DE LA GRAVITATION !
QUOI ?!

CELA... SUFFIT, INSECTE.
-AGH-
GRAVITY ! IL FAUT L'AIDER !
L'AIDE... ARRIVE.
QUELLE ARROGANCE, COMME TANT DES ÉLÈVES DE XAVIER. JE VAIS RÉDUIRE TON ESPRIT AU NIVEAU DE CES ENFANTS SOLDATS.
UNE PAGE VIERGE.
UN VIDE.
UNE...

BOOOOOM
... DIVERSION.
JE TE TIENS, GRAVITY !
ET QU'ESPÈRES-TU ACCOMPLIR, AGENT CARTER ?
PENSES-TU VRAIMENT QUE TON ENTRAÎNEMENT MENTAL M'EMPÊCHERA DE TROUVER LA VÉRITÉ ?
QUE CACHES-TU LÀ-DEDANS ?
QUEL-QUE CHOSE AU SUJET... D'HENRY McCOY...
JE NE PEUX PLUS LE BLOQUER
HANK !

WHOOOOOOMMP
QU'EST-CE QUE C'ÉTAIT ?
UNE I.E.M. LOCALISÉE. ELLE A TEMPORAIREMENT PERTURBÉ L'ÉNERGIE D'ONSLAUGHT SANS TOUCHER LE COMPLEXE.
VOILÀ ! TU L'AS TROUVÉ, ANT-MAN ?
J'Y SUIS PRESQUE, DOC !
C'EST UNE MESURE TEMPORAIRE ! NOUS AVONS PEU DE TEMPS !
J'ESPÈRE QUE ÇA MARCHERA... SANS ME TUER AU PASSAGE...

SPAKKKT
AAAAH !
ACCROCHEZ-VOUS !

HFF...
JE VAIS CHERCHER SHARON !
QU'EST-CE QUI S'EST PASSÉ ?
ON A PIÉGÉ CE SALOPARD, COMME DANS S.O.S. FANTÔMES !
ÇA T'APPRENDRA À ENTRER DANS L'ESPRIT DES GENS ! TU M'ENTENDS ?!
IL T'ENTEND PEUT-ÊTRE BIEN, ANT-MAN...
... MAIS PAS DEPUIS CES TUBES.
QUOI ?
CECI EST UNIQUEMENT DE L'ÉNERGIE DE LA ZONE NÉGATIVE. SON LIEN AVEC ELLE N'ÉTAIT PAS AUSSI FORT QUE NOUS L'ESPÉRIONS.
ALORS...
S'IL N'EST PAS DANS LA MACHINE, OÙ EST-IL ?
ET OÙ EST NOMAD ?
JE SUIS LÀ, NATASHA.

N'AYEZ PAS PEUR. JE NE VOUS FERAI PAS DE MAL.
C'EST... RIKKI, C'EST RÉELLEMENT TOI ?
OUI, C'EST MOI. ENFIN, AUSSI RÉELLE QUE JE PUISSE L'ÊTRE.
ÉCOUTEZ, CETTE RAFALE NOUS A TOUS LES DEUX MIS K.-O., MAIS J'AI PU RÉCUPÉRER AVANT LUI. IL REVIENDRA D'ICI UNE MINUTE.
C-COM-MENT TU LE SAIS ?
PARCE QU'IL A DIT LA VÉRITÉ.
NOUS SOMMES... LIÉS, À PRÉSENT. NOUS NE FAISONS QU'UN.
C'EST COMME CETTE HISTOIRE DE PARTI-CULES *IMBRIQUÉES* QUE TU ME RACONTAIS.
J'ESPÈRE QU'IL COMPREND, PARCE QUE J'AI BESOIN DE LUI PLUS QUE JAMAIS.
MOI ?

ONSLAUGHT EST COMME TOUT ANIMAL. CONFRONTÉ À LA MORT, IL A LUTTÉ POUR REVENIR DANS LA RÉALITÉ.
MAINTENANT QUE C'EST FAIT, IL VA REPRENDRE SON OBJECTIF INITIAL : TUER TOUT LE MONDE. PAS QUE LES HUMAINS, LES MUTANTS AUSSI.
AVANT QUE ÇA NE PUISSE ARRIVER, TU DOIS REPRODUIRE SUR MOI CE QUE TU AS FAIT SUR ONSLAUGHT.
ET PLUS FORT. POUR S'ASSURER QUE TOUS MES ATOMES...
NON. PAS QUESTION. JE NE LE FERAI PAS.
GRAVITY...
TU AS VU CE QU'IL M'A PRESQUE FORCÉ À FAIRE ? JE NE SUIS PAS UN TUEUR, NOMAD.
JE SAIS, MAIS JE SAIS AUSSI QUE TU N'HÉSITERAIS PAS À SACRIFIER TA PROPRE VIE POUR EN SAUVER DES MILLIARDS.
JE L'AI DÉJÀ FAIT UNE FOIS. J'AI L'OCCASION DE RECOMMENCER ET... J'EN SUIS HEUREUSE.
SI LES RÔLES ÉTAIENT INVERSÉS, TU VOUDRAIS QUE JE T'EN DISSUADE ?
NON. BIEN SÛR QUE NON. MAIS C'EST...
HÉ.
JE LE VEUX.
JE LE VEUX VRAIMENT.

RIKKI...
HNNNN...
AAH !
IL EST PRESQUE LÀ ! IL FAUT FAIRE VITE, GRA-VITY !
VITE !
JE SUIS... DÉSOLÉ...

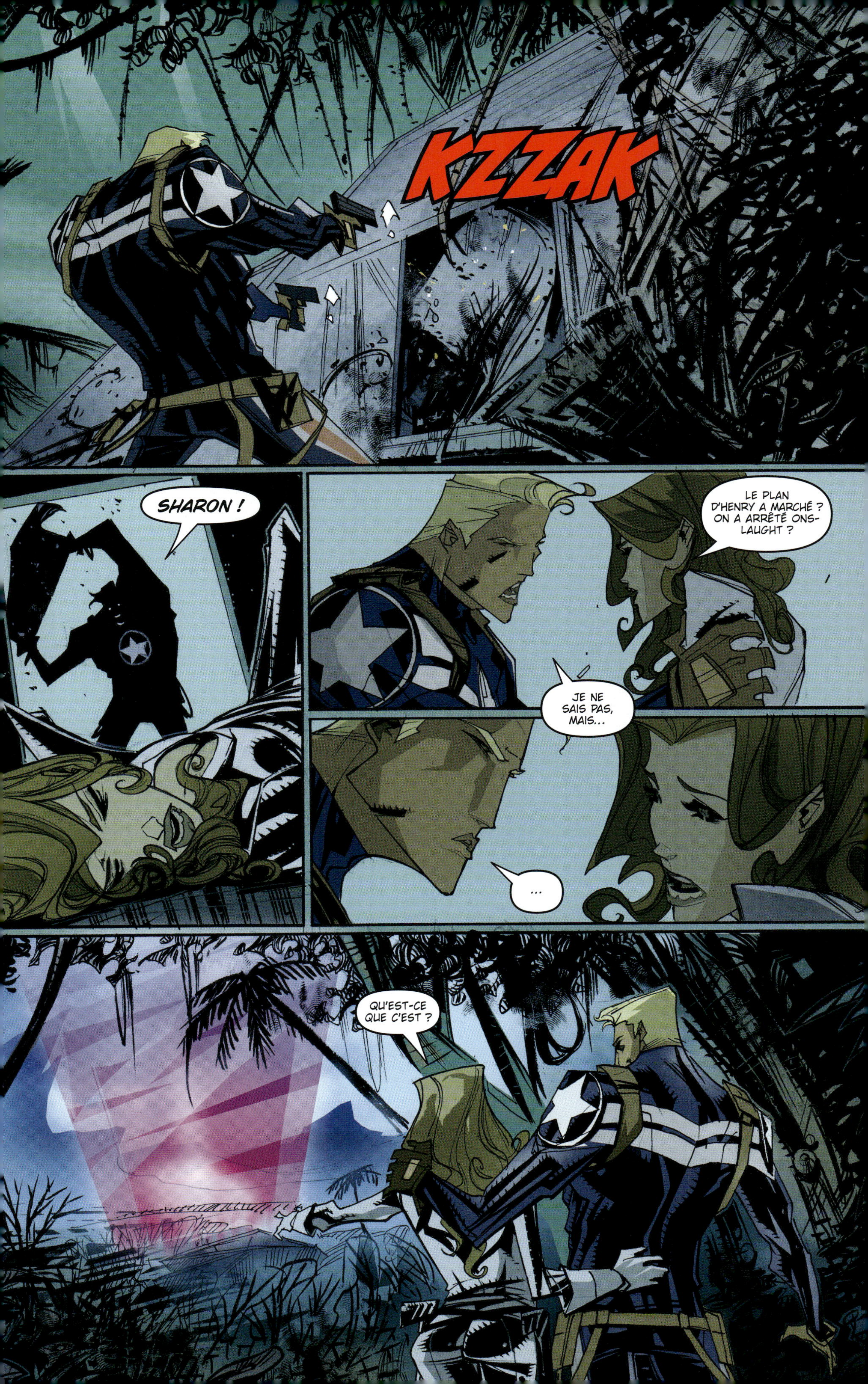
KZZAK
SHARON !
LE PLAN D'HENRY A MARCHÉ ? ON A ARRÊTÉ ONS-LAUGHT ?
JE NE SAIS PAS, MAIS...
...
QU'EST-CE QUE C'EST ?

CES ENFANTS QUE VOUS AFFRONTIEZ ! QUE...
ILS... NE SONT PAS EUX-MÊMES. JE T'EXPLIQUERAI PLUS TARD...
QUE... QU'EST-CE QUI S'EST PASSÉ ICI ?
STEVE... ELLE ÉTAIT...
JE...
JE DEVRAIS... CHERCHER TORO...

TORO.
VOUS... VOUS AVEZ DIT...
... QUE NOMAD N'ÉTAIT PAS ICI.
JE L'AI VUE. ELLE... ELLE M'A SAUVÉ ET PUIS... PARTIE.
TU AS BESOIN DE SOINS.
JE GUÉRIS.
BIEN. MAIS QUAND MÊME.
C'EST... TON "AMI" ?
NOMAD VOUDRAIT PAS QUE JE LE TUE, ALORS JE LE FORCE À PAS ÊTRE *EL DRAGÓN*.
JE L'AI ***CASSÉ***.

LEURS ESPRITS SONT VIDES.
SI, FIRESTAR. NOUS SOMMES TOUS COMME ÇA. À CAUSE DE CUCHILLO, POUR OUBLIER NOTRE PASSÉ. POUR ÊTRE DES GUERRIERS.
JE ME SOUVIENS DE MON PASSÉ. JE SUIS SEUL.
JE... ESSAYE DE LES FAIRE RAPPELER. JE RESTE ICI. J'AIDE.
ILS ONT DE LA CHANCE DE T'AVOIR, TORO. NOMAD AURAIT ÉTÉ FIÈRE.
NOUS DEVRIONS RASER CET ENDROIT.
CE N'EST PAS NÉCESSAIRE. LE PASSAGE VERS LA ZONE NÉGATIVE N'EXISTE PLUS.
COMMENT L'AS-TU FERMÉ ?
JE N'AI RIEN FAIT. JE PRÉSUME QUE C'EST UN EFFET SECONDAIRE DE CE QU'A FAIT GRAVITY.
NOUS DEVRIONS VRAIMENT RASER CET ENDROIT.

JE REGRETTE VRAIMENT, MAIS J'ESPÈRE QUE TU **COMPRENDS**, SHARON...
... JE NE POUVAIS RIEN FAIRE.
JE NE POUVAIS PAS M'EN EMPÊCHER. C'ÉTAIT ATROCE, D'ÊTRE PIÉGÉ, ET **OBLIGÉ** DE FAIRE ÇA.
JE SUIS VRAIMENT DÉSOLÉ.
ALORS, TU SAIS CE QUE RESSENT UNE FEMME QUAND ON PROFITE D'ELLE, ERIC. TU PEUX ALLER T'ASSEOIR.
TROP DURE ?
ANT-MAN ESSAYE DE RACHETER SON PASSÉ DE DÉPRAVÉ, MAIS IL NE POURRA PAS Y **ÉCHAPPER** POUR AUTANT.
EMMA FROST M'A PROPOSÉ DE REJOINDRE UTOPIA.
OH.
JE N'IRAI PAS, MAIS ÇA ME FAIT ME POSER DES QUESTIONS.
EN COMBINANT L'ESPRIT DE **DEUX** MUTANTS, ÇA DONNE ONSLAUGHT. METTRE **TOUS** LES MUTANTS SUR LA MÊME ÎLE...
... CE N'EST PEUT-ÊTRE PAS UNE BONNE IDÉE.

AVANT, J'AVAIS DES POUVOIRS, TU SAIS. SI JE LES AVAIS ENCORE, J'AURAIS PEUT-ÊTRE PU CHANGER LES CHOSES.
JE N'Y CONNAIS PAS GRAND-CHOSE EN MATIÈRE D'ÉVÉNEMENT COSMIQUES, SPIDER-GIRL...
... MAIS JE SAIS QUE TA PRÉSENCE AUPRÈS DE TON AMIE A EU UN ***VÉRITABLE*** IMPACT.
COMMENT TU LE SAIS ?
PARCE QUE JE SAIS CE QUE C'EST D'AVOIR UN VÉRITABLE AMI.
VOUS CROYEZ QUE C'EST VRAI ? QU'ELLE N'ÉTAIT PAS RÉELLE ?
GRAVITY, J'AI VU TOUTES SORTES D'ÊTRES VIVANTS DANS MA CARRIÈRE. JE N'ARRIVE TOUJOURS PAS À DÉFINIR LE CONCEPT DE "RÉEL".
ELLE ÉTAIT AUSSI RÉELLE QUE TOI ET MOI.
CE QUI COMPTE, C'EST QUE NOMAD A FAIT LE NOBLE CHOIX DE SE SACRIFIER POUR LES AUTRES. ***DEUX FOIS.***
ET, AU FINAL...

"... C'ÉTAIT SON CHOIX."
OH, CET ENDROIT N'EST PAS FLIPPANT DU TOUT.
RESTEZ ATTENTIFS. SI LES RELEVÉS DU FAUVE SONT EXACTS, IL VA FALLOIR AGIR VITE.
SOUCI, PETIE. JE NE PEUX PAS BOUGER.
DA, LOGAN, JE...
SKRRRRIKTT

GNYAAAAAH !
AAAAAAA !
WOW, C'EST PRESQUE *EXACTEMENT* COMME MES RÊVES.
NON !
OH, *SI*, STEVE... HEUREUSEMENT QU TU N'ÉTAIS PAS L POUR *ARRÊTER* GRAVITY.
IL A FAIT CROIRE À NOTRE MORT, ET NOUS A DONNÉ LE TEMPS DE NOUS METTRE D'ACCORD...
... ET DE NE FAIRE PLUS QU'*UN*.
RÉVEILLE-TOI, STEVE.

RÉ-VEILLE-TOI...

HEROES REBORN: THE RETURN (1997) 1
Couverture variante : **DAVE DeVRIES**

HEROES REBORN: THE RETURN (1997) 1
Couverture variante : **SALVADOR LARROCA**

HEROES REBORN: THE RETURN (1997) 2
Couverture variante : **SALVADOR LARROCA**

HEROES REBORN: THE RETURN (1997) 3
Couverture variante : **SALVADOR LARROCA**

HEROES REBORN: THE RETURN (1997) 4
Couverture variante : **SALVADOR LARROCA**

ONSLAUGHT REBORN (2007) 1
Couverture variante : **MICHAEL TURNER**

ONSLAUGHT REBORN (2007) 2
Couverture variante : **JOE MADUREIRA**

ONSLAUGHT REBORN (2007) 3
Couverture variante : **ED McGUINNESS**

ONSLAUGHT REBORN (2007) 4
Couverture variante : **J. SCOTT CAMPBELL**

ONSLAUGHT REBORN (2007) 5
Couverture variante : **SIMONE BIANCHI**

ONSLAUGHT UNLEASHED (2011) 1
Couverture variante : **ROB LIEFELD**

ONSLAUGHT UNLEASHED (2011) 1
Couverture variante : **ROB LIEFELD**

WIZARD: MARVEL'S HEROES REBORN
Couverture : **SALVADOR LARROCA**

SPECIAL WIZARD® PUBLICATION
MARVEL'S
HEROES RETURN

HEROES REBORN: THE RETURN (1997) 2
Couverture non utilisée : **SALVADOR LARROCA**

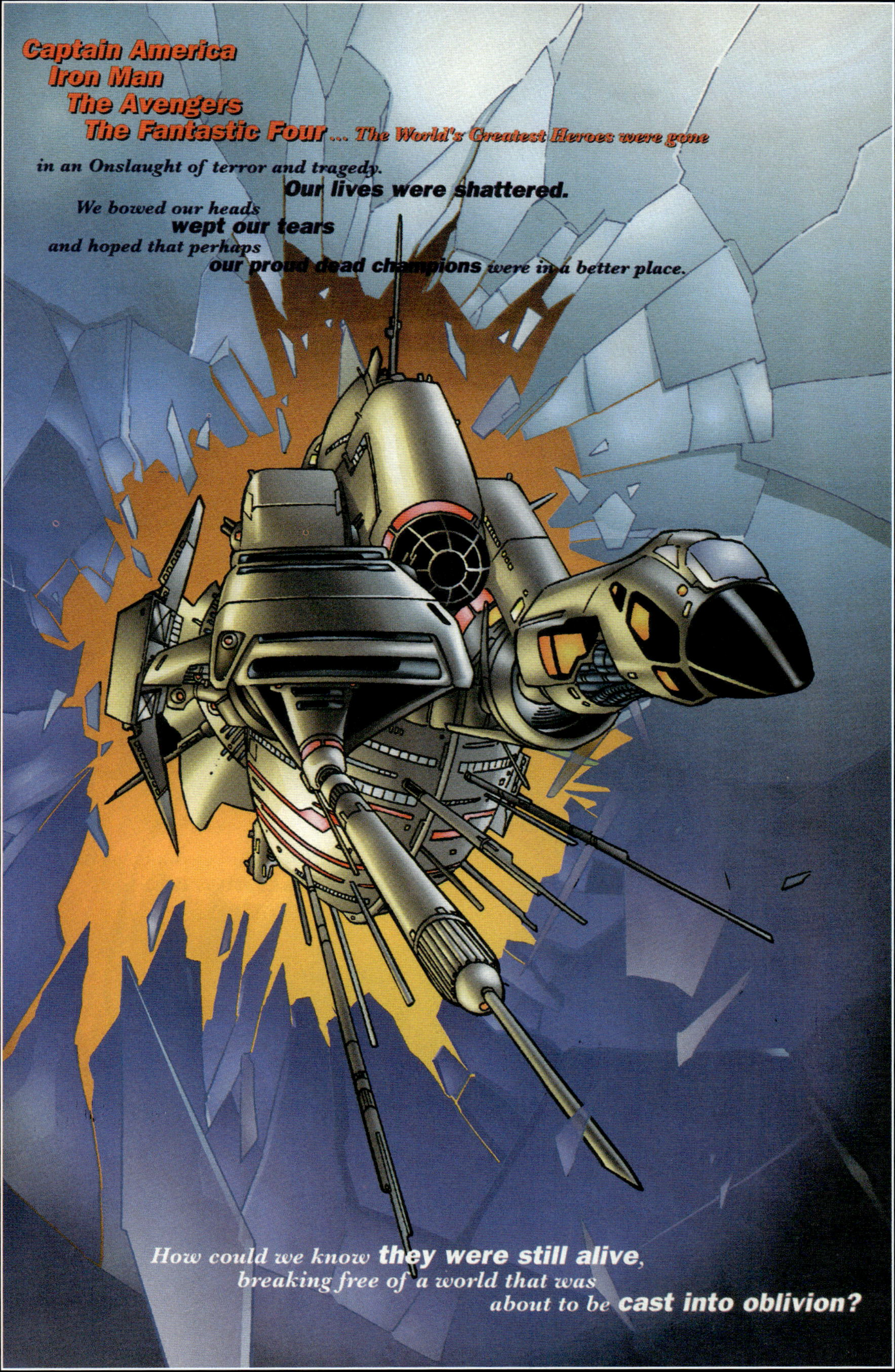

HEROES REBORN: THE RETURN (1997)
Page promotionnelle : **SALVADOR LARROCA**

HEROES REBORN: THE RETURN (1997)

Double page publicitaire qui cache le retour des **Avengers**, de **Captain America**, des **Quatre Fantastiques** et d'**Iron Man**

HEROES REBORN: THE RETURN (1997)
Poster promotionnel : **CARLOS PACHECO**

CARLOS PACHECO '96!
96
LIQUID!

RETURN OF THE HEROES TPB (1998)
Couverture : **SALVADOR LARROCA**

Their World Needed A Savior
They Got DOOM
HEROES REBORN
DOOMSDAY
MARVEL COMICS
WWW.MARVEL.COM
TM & © 1999 Marvel Characters, Inc. All rights reserved.
On Sale November 3rd
On Sale November 10th
On Sale November 17th
WANTE
THREE Weeks SEVEN One-Shots ONE Infamous Villain

Heroes Reborn.
Onslaught Reborn.

L'un a été l'occasion pour moi de faire connaissance avec **Sam Loeb**, l'autre de lui faire de tendres adieux.

Heroes Reborn fut un projet d'une ampleur considérable. Marvel nous a embauchés, **Jim Lee** et moi, pour rafraîchir quelques-unes de ses plus importantes icônes, dont beaucoup avaient été reléguées au second plan à une époque d'hystérie autour des **X-Men**. J'étais chargé de *Captain America* et des *Avengers*. J'avais des idées, j'avais de l'enthousiasme, ce qui me manquait, c'était un liant entre les deux.

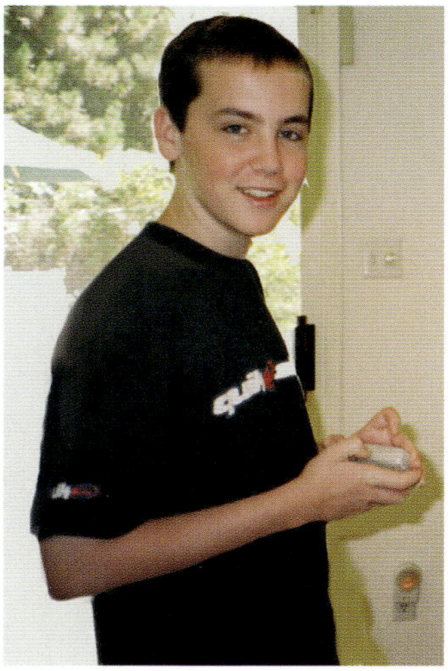

C'est là qu'entre en scène **Joseph Loeb III**, alias **Jeph Loeb**.
Dire que j'étais un grand fan des écrits de Jeph est un euphémisme. J'avais suivi avec empressement toutes ses histoires dans deux séries que j'avais créées pour Marvel, *X-Force* et *Cable*, et son travail avait rajeuni ces titres, en leur donnant un nouvel élan créatif. Son travail sur *Batman* a connu un grand retentissement dans le milieu de la BD. Nous nous sommes rencontrés sur un salon où il avait exprimé son intérêt pour *Heroes Reborn* et pour l'écriture de l'un ou des deux titres. Sans hésitation, j'ai donné mon accord, et Jeph est devenu mon partenaire pour cette partie de Heroes *Reborn*. Notre collaboration a été la meilleure que j'aie connue à ce jour dans ma carrière, et le résultat final en a été la brillante illustration. Les albums ont suscité l'enthousiasme des lecteurs, et Jeph et moi avons écumé les salons et les boutiques de comics à travers tout le pays, à la rencontre des fans, qui nous soutenaient avec frénésie. C'est à l'occasion de ces manifestions, conventions et signatures que je rencontrais la famille de Jeph et appréciais la compagnie de ses irrésistibles enfants, Sam et **Audrey Loeb**.
En entrant pour la première fois dans la maison des Loeb, j'ai été immédiatement rongé d'envie. Il y avait des flippers et des présentoirs rotatifs remplis de BD, des maxi-posters et des jouets sur les étagères. Et ce n'était que le salon ! C'était un rêve d'enfant, le paradis de tout amateur de comics. Sam Loeb m'a conduit dans sa chambre où il y avait plein d'autres figurines et des albums de BD par terre, sur le lit, sur son bureau. Ça m'a fait penser à ma propre enfance, et à ma chambre où il y avait des BD et des jouets partout. Mais les merveilleux jouets de Sam ne se limitaient pas aux murs de sa chambre... avoir comme père un scénariste et auteur de BD transformait toute la maison en un lieu d'émerveillement. J'adorais mon père, mais c'était un pasteur baptiste, ce qui n'est pas terriblement excitant ou stimulant sur le plan créatif ; en fait, c'est plutôt ennuyeux. J'ai toujours regretté qu'il ne soit pas créateur de comics ou au minimum **Walt Disney** et là, Sam Loeb avait touché le jackpot génétique. J'étais tellement jaloux de ce gamin !
Sam était plus intelligent et brillant que la plupart des adultes, le gamin le plus doué que j'avais jamais rencontré. Imaginez **Jon Stewart** à 9 ans, et vous avez Sam Loeb. Il avait un esprit et un humour incroyables pour son âge. Il pouvait taquiner son père comme nul autre, il était la seule personne que je connaisse qui pouvait damer le pion à son père dans une discussion. Il y a eu une période où Jeph et Sam assistaient à presque toutes les manifestations au programme ; papa Loeb était très demandé et Sam était plus que partant pour l'accompagner. Sam s'installait fréquemment à mon stand, s'asseyait sur une chaise et traînait là pendant que Jeph courait de réunion en réunion. Il se fichait de moi en disant des choses comme « Waouh, les gens ont l'air d'aimer ce que tu fais » et « Tu attires du monde quand même... Combien as-tu payé les gens pour qu'ils viennent faire la queue ici ? » Si vous aviez besoin d'être remis à votre place, Sam le faisait en un tournemain.
Quand j'ai commencé à fonder une famille en ayant la joie d'accueillir deux fils, nous avions l'habitude de nous retrouver avec le clan Loeb lors de leurs visites annuelles à Disneyland. Les deux dernières fois, Sam avait considérablement grandi. Devenu un véritable adolescent, il se remettait de ses traitements contre le cancer et se déplaçait soit avec des béquilles, soit en fauteuil roulant. Mes deux garçons, hyperactifs et turbulents, grimpaient sur Sam et lui se montrait patient et gentil, surtout compte tenu de la douleur et de la fatigue qu'il éprouvait.
Le jour où Jeph m'a appris que Sam avait un cancer, mon cœur s'est brisé. Mon père avait combattu le cancer pendant 22 ans, aussi je savais quel drame c'était pour une famille, mais comme tout parent vous le dirait, un enfant ne devrait jamais souffrir.

Onslaught Reborn HC : introduction par **Rob Liefeld** et épilogue par **Jeph Loeb**

Ce n'est pas juste. Comme on pouvait s'y attendre, Jeph a mis toutes ses forces pour accompagner Sam dans sa bataille contre la maladie, luttant comme s'il était **Captain America** à la tête des **Avengers** contre les **Maîtres du Mal**. À travers cette épreuve, Sam a fait preuve du courage des véritables super-héros que nous nous imaginons être dans les meilleures circonstances. Sam ne jouait pas, il se battait envers et contre tout. C'est la personne la plus courageuse que j'aie jamais rencontrée.

Alors quand Jeph m'a appelé et m'a demandé si je voulais participer à un dixième anniversaire de *Heroes Reborn* au bénéfice de la fondation Sam Loeb, j'ai accepté sans la moindre hésitation. Les héros d'*Onslaught Reborn* se rassemblent pour protéger deux enfants : le premier est **Franklin Richards**, le garçon qui peut transformer l'univers, l'autre est **Rikki "Bucky" Barnes**, la fille la plus courageuse du monde. À travers cette histoire, qui voit les fabuleux héros de l'univers Marvel se réunir et jurer de protéger le jeune Franklin contre le mal, il est facile d'imaginer la famille et les nombreux amis qui se sont rassemblés pour protéger et soutenir Sam Loeb, personne n'étant plus impliqué que son propre père, Jeph.

Alors que je suis assis ici chez moi douze ans après ma première rencontre avec Jeph et Sam dans leur Merveilleux Magasin qui m'avait empli de joie, pour écrire cette introduction au milieu de mes propres présentoirs rotatifs remplis de BD et de mes étagères couvertes de jouets, avec mon fils de 5 ans qui tire sur les jambes de mon pantalon en me demandant des feuilles pour dessiner, je me souviens de la magie qui m'avait enveloppé lors de ma première visite chez les Loeb. J'espère avoir apporté un peu de cette féerie dans la vie de mes enfants. Je prie pour que nous montrions la même force et le même courage que Sam nous a laissés en héritage.

Onslaught Reborn et son histoire de deux jeunes héros est un hommage au courage de Sam. Il était là au tout début, et il est présent dans le volume que vous tenez entre les mains en ce moment. Il était et reste un héros et dans ces pages, son esprit revit.

Pour Sam.

Rob Liefeld
janvier 2008

Je me souviens du jour où j'ai vu écrit pour la première fois « P.-S. » et demandé à mon père ce que ça voulait dire. Pour faire simple, c'est l'abréviation de « post-scriptum ». Alors je vous livre ici mes pensées...

Quand Marvel a été assez sympa pour me permettre d'écrire la préface d'*Onslaught Reborn*, j'ai demandé à Rob d'ajouter quelques mots. Après tout, nous étions une équipe, des partenaires, des frères, et son amour pour Sam, mon fils, nous a liés sur ce projet.

Ce matin, il m'a remis son texte. Je lui avais simplement demandé de faire « une histoire de Sam Loeb ». Tous ceux qui connaissaient Sam en avaient une ; je voulais entendre celle de Rob.

Et ce qu'il m'a donné est un vrai cadeau. J'aurais eu du mal à passer le premier ou à partager plus qu'il ne l'a fait. Alors je passe en second, avec fierté et amour.

Merci à **John Barber**, notre rédacteur, qui a survécu au défi de devoir gérer la folie Loeb/Liefeld que vous tenez entre les mains, et à **Mark D. Beazley**, dont les efforts ont permis de continuer cette collection. **Matt Yackey** a brillamment colorisé cet album, et les lettreurs ont aussi assuré.

Onslaught Reborn n'aurait pas été possible sans l'éditeur de Marvel, **Dan Buckley**, et le rédacteur en chef, **Joe Quesada**, qui ont déplacé des montagnes. Grâce à eux, Marvel a fait une énorme donation à la fondation que la mère de Sam et moi avons créée en son nom. Rob a généreusement vendu des dessins de la série pour en reverser les bénéfices.

Si vous voulez faire une contribution au Sam Loeb College Scholarship Fund, même pour un petit montant, écrivez à SAMLOEB4@aol.com pour de plus amples instructions.

Jeph

ONSLAUGHT REBORN (2007)
Couverture non utilisée : **ROB LIEFELD**

ONSLAUGHT REBORN HC
Couverture : **ROB LIEFELD**

ONSLAUGHT REBORN (2007) 3
Dessins préparatoires : **ROB LIEFELD**

ONSLAUGHT REBORN (2007) 3
Couverture encrée : **ROB LIEFELD**

ONSLAUGHT REBORN (2007) 1
Page 9, dessin : **ROB LIEFELD**

ONSLAUGHT REBORN (2007) 5
Page 7, crayonnés non utilisés : **ROB LIEFELD**

ONSLAUGHT REBORN (2007)
Étude de personnages : **ROB LIEFELD**

ONSLAUGHT REBORN (2007) 2
Couverture variante, crayonnés :

ONSLAUGHT REBORN (2007) 4
Couverture variante, crayonnés :

ONSLAUGHT REBORN (2007) 4
Étude pour la couverture variante : **J. SCOTT CAMPBELL**

HEROES REBORN: THE RETURN (1997) 1
Page 9 : **SALVADOR LARROCA**
Avec l'aimable autorisation de *HeritageAuctions.com*

FANTASTIC FOUR (1998) 25
Page 38 : **SALVADOR LARROCA**

ONSLAUGHT REBORN (2007) 1

Page 1, crayonnés : **ROB LIEFELD**

Avec l'aimable autorisation de *HeritageAuctions.com*